KUWEI
酷威文化
图书 影视

猫的遗产

画眉郎 —— 著

（上）

江苏凤凰文艺出版社
JIANGSU PHOENIX LITERATURE AND ART PUBLISHING, LTD

图书在版编目（CIP）数据

猫的遗产：全2册 / 画眉郎著. -- 南京：江苏凤凰文艺出版社，2019.1

ISBN 978-7-5594-2657-4

Ⅰ. ①猫… Ⅱ. ①画… Ⅲ. ①长篇小说－中国－当代 Ⅳ. ① I247.5

中国版本图书馆 CIP 数据核字 (2018) 第 177062 号

书　　名	猫的遗产：全2册
作　　者	画眉郎
责任编辑	丁小卉　姚　丽
出版统筹	刘运东
特约监制	王兰颖
选题策划	马春雪
文字统筹	马春雪
营销统筹	苗玉佳
封面设计	ABOOK-殷舍
责任监制	刘　巍　江伟明
出版发行	江苏凤凰文艺出版社
出版社地址	南京市中央路165号，邮编：210009
出版社网址	http://www.jswenyi.com
印　　刷	北京永顺兴望印刷厂
开　　本	880×1230毫米　1/32
字　　数	400千字
印　　张	15.5
版　　次	2019年1月第1版，2019年1月第1次印刷
标准书号	ISBN 978-7-5594-2657-4
定　　价	49.80元

目录

Contents

Contents

CHAPTER 1

城里来的信

新上任的邮差篱笆黄狸来敲玻璃时，阿梨正蜷成一团，悠闲地舔爪子。昨天晚上，他在镇上的花生仓库里守了一夜，抓了两只老鼠。其中较为肥硕的一只名叫大佬灰，是仓库里的常客，也是阿梨的宿敌，老奸巨猾，行踪不定。阿梨等了它小半个月，终于在大佬灰又偷了一把花生打算逃匿时一爪子扑住了它。胜利的果实是如此甜蜜，阿梨大概两三天都不愁觅食了。他的心情格外愉悦，趴在废旧工场的窗台上，眯着绿色的眸子，尽情享受夏末清晨的晨曦。

邮差黄狸心里扑通直跳，犹豫了半天，才抬起爪子虚弱地挠了挠玻璃。他才刚满八个月，接过邮差的重任也不过三周，却也从前任口中听闻了眼前这只狸花猫的盛名。会打架，爱惹麻烦，曾有十几任人类试图驯养他，均以失败告终。

阿梨听见窗户外窸窸窣窣的动静，并没有睁眼。尽管阿梨自认为此刻的自己应该是笑容满面和蔼可亲，那只茸毛还没褪干净的黄狸小毛孩显然不这么认为，只因阿梨长得太吓猫了。他从大体上看，倒也勉强算是一只标致的狸花猫。虽然看着有些瘦，却四肢强健，尾巴有力，骨骼结实，一看便是个捕老鼠的好手。坏就坏在阿梨那张脸。他的眼珠子是罕见的绿色，眼角不似一般的狸花猫略微下耷，反而上扬，带着一股说不出的邪气。鼻梁端正，下巴线条分明，显出一股不怒自威的神色。阿梨身上带着大大小小的伤疤，尤其是他左眼那道足有五厘米的抓痕，疤痕狰狞可怖。他身上的伤有新有旧，大多都没有好好处理，伤口附近的毛发打结成团，十分不好打理，阿梨便随它们去了。毛色也不是顶好看的，看起来灰扑扑的，衬得整只猫更加阴沉。

太吓猫了。

黄狸心里这么想，爪子的力度没控制好，落在玻璃上发出一串短而急促的声音。阿梨闻声，倏地抬头瞥了过去，阳光正好打在他左眼那道骇猫的疤印上，吓得黄狸一哆嗦，腿软得差点掉下窗台。

阿梨歪了歪头，默不作声地盯着来客，甩着尾巴尖儿。黄狸强按下心头的不安，壮着胆子问道："你是梨树狸花吗？"由于紧张，他的嗓音不自然地拔高了，听着像被人踩了尾巴。

阿梨本名确实叫梨树狸花，听着很拗口，也全然不像一个正经名字。然而像曲流镇这样的小地方，倘若不是家养猫，基本上是不会费心思取一个文雅的名字的。大伙儿的取名都很随意，基本上是在哪儿落地，就在后面加个毛色品种。比如篱笆黄狸，就是一只生在篱笆旁的黄狸花。而阿梨，则是出生在镇子口那棵白色百年梨花树下的棕色条纹狸花猫。和他一窝出来的还有两只小妹妹，因为生得可爱，早早被人类请到家里去，做了家养猫，自然也有别的名字：二妹叫咪咪，小妹叫尼罗飘雪。

阿梨眯着眼瞥了黄狸一眼，慢吞吞地站了起来，撑着前肢伸了个懒腰，尾巴平放着，漫不经心地摆了两下，算是打了个招呼。

"你，你的信……"黄狸在阿梨站起来时，尾巴毛瞬间奓开，下意识地后退了两步。似乎又觉得自己这样太没有骨气了，硬生生地立住了，弓着肩胛，鼓起勇气，又大声喊了一遍："你的信！"

阿梨又晃了晃尾巴尖，露出一个微笑。他的下巴倒是出奇地白净，然而这违和的龇牙的表情衬得他眼角那道疤痕更加狰狞。"知道啦。"

阿梨回答道，“有劳了。”

黄狸震惊地瞪着阿梨。尽管对方是个将近八斤的大块头，声音倒是少有的甜美……咳，温和。“那我给你搁这儿吧。”他说完，咚一下跳下窗台，顺着篱笆丛里的小道，猫着身子迅速跑远了。

唉，可是我不识字啊。阿梨略微苦恼地盯着那封信，歪了歪脑袋，尾巴尖的摆动幅度加大了几分。几分钟之后，他无奈地低下头，叼起那封信，几番跳跃，上了屋顶，往镇子东边的秀才家去了。

秀才全名叫王秀才，是一只金被银床，以前在城里养了一段时间，能看能写，很有见识。他住在镇子里盖的第一栋小洋楼里。阿梨飞速地来到了秀才家，顺着排水管噌噌几下上了二楼。二楼有一处小阳台，秀才家的人类在围栏上摆了一圈萝卜，散发出另猫不快的气息。阿梨嗤了嗤鼻子，叼着信，小心翼翼地绕开了那圈萝卜，轻轻地落在了阳台的水泥地面上。

“谁呀？”秀才立刻从落地窗里蹿了出来。他足足有十六斤，圆头圆脑圆肚皮，远远看去，就像滚来了一只球。“哦，是阿梨呀，找我什么事呀？”他停在门槛边，端着身子坐了下来，肚子立刻从他的爪子间挤了出来。

阿梨松开口中的信，也坐了下来，踩了踩两只前爪：“想拜托你一件事情，帮我看看这封信好不好？”

“哟，你这穷小子，居然会有人给你写信。”秀才诧异地说道。原本就圆滚滚的眼珠子显得更加大了。他在镇子里也算是老猫了，对阿梨也敢毫不客气地说话。他挥了挥爪子：“快拿来，我给你看看！”

阿梨用鼻尖将信往秀才的方向推了推，秀才用他肥硕的爪子麻利地拆开了信封，甩着尾巴，津津有味地读了起来。

“我亲爱的外甥，当你读到这封信时，我应该已经不在人世了。虽然我们素未谋面，但思来想去，还是希望能将我的遗产交到你的手上。”

阿梨用后腿蹬了蹬脖颈："遗产是什么？"

"别打岔！"秀才瞪了他一眼。阿梨听话地停下动作，揣着爪子俯卧了下来，瞪圆眼睛听。秀才继续念道："你可能不认识我。大概两年前，我在毛春的玲子宠物医院认识了你的妈妈阿虎。当时你和你的妹妹还没出生。阿虎被人类救助队从下水道里救了出来。我们志趣相投，很聊得来，结为姐妹。后来，你妈妈被领养到了曲流镇，我回到了毛春城里的家，匆匆一别，只来得及留下彼此的联系方式。我也是从你妈妈后来的来信里得知，她生下了你和你的妹妹们，并没有在领养她的人类家里久住，出去自立门户了。"

关于这件事情，阿梨倒是还有几分记忆。他记得自己还小的时候，妈妈曾经提起过这位漂亮的波斯猫姨母，是个上了年纪但心肠很好的女士。后来妹妹们相继被人类领走，而妈妈也不幸被摩托车撞伤离世。这位姨母就和他童年里许多柔软甜蜜的回忆一起尘封了。

"后来发生的不幸，我也不想多言。听说你的妹妹们过得都很好，唯有你，实在令我放心不下。我久病缠身，将不久于人世，有两个心愿不得解。一是我妹妹唯一的儿子你，二是我原来的人类唯一的孙子阿勤。你孤身在外，风餐露宿，何时才能安稳？而我走以后，谁来接管照顾阿勤呢？思来想去，唯有把阿勤交到你的手上我才放心。你母亲是只完美的猫，我相信身为她的儿子的你肯定也不差。阿勤是我在现世中唯一的人类，唯一的财富，我希望你能来接管他。"

姨母在信的后半部分絮絮叨叨地说了很多关于她的人类阿勤的事情，在最后留下了自己的爪印和人类的地址。阿梨听得愣愣的，半天没有声响。秀才念完，口干舌燥，不禁冲回客厅去自己的水盆里舔水喝。等他喝完，美滋滋地回来，发现阿梨仍趴在原地，姿势都没有变换过。秀才盯着阿梨看了片刻："哎，我说阿梨，"他开口说道，"你是怎么想的？"

阿梨摇了摇头。他现在脑子一片空白。在独自度过的这两年漫长的岁月中，他也曾有几次机会跟随人类回到他们的家中，但最终都没能成功。也许，他天生就不是接管人类的料。长成一只大猫之后，阿梨已经彻底放弃了。他自己一只猫也能生活得很好，捕老鼠，吃麻雀，有时饱，有时饥，偶尔去看看他的两位妹妹，累了就缩回他的旧工厂——那是他花了眼角那道抓痕的代价换来的地盘。当然偶尔会有一丝丝寂寞，但猫咪毕竟是独居动物，并没有什么可难过的。他不曾想到自己还有这样一位姨母，这样关心着他。而这位为数不多的单纯关心他的亲人，也不久于世了。

“依我看，”秀才清了清嗓子，“你应该去。毛春可是个好地方啊。”他扬起粗壮的脖子，眼神飘向远方，似乎陷入了回忆之中。

毛春是一个不大不小的城市，风景如画，气候宜人，曾被人类世界评选为十大最宜居的城市之首。同时，它还是一个猫城。城内从市长往下，都是爱猫之人。整座城被改造成了极适合猫咪生存的巨大猫窝。就算是曲流镇这样的小乡城，猫民们对毛春也是向而往之。但猫都是不喜远足的种群，除非必要，很少有猫会下定决心，离开自己的出生之地，前往一个未知之地。

阿梨踟蹰着，舔了舔自己的爪子。

他不怕离开曲流镇，离开他的窝。可是那只人类会喜欢他吗？会愿意把他请进家里去吗？

喵……阿梨不安地甩了甩尾巴。

秋天来了又走，留下了满镇子金黄色的枯木。阿梨踩着干燥的落叶，急速地奔走。他刚刚辞别自己的两位妹妹，咪咪鼓励他寻求自己的猫生，尼罗飘雪则难过得哭了两天。她们的谆谆告诫，和故乡的一抹清风，都被阿梨留在了他出生成长的那片土地上。

他奔跑着，迎面吹来带有陌生气息的风，在他的胸腔内引起共鸣。他的脖子上系着一只小包袱，里面是他猫生所有的财产。他要带上他的一切，去寻找那只属于他的人类了。

阿梨从未觉得如此畅快。

CHAPTER 2
相见

辛勤是一个宅男，现住在奶奶留给他的房子里，无须兑现父母的期待，顺从自己的心意，过上了日夜颠倒、打游戏、点外卖的颓废生活。华灯初上，他才刚刚醒来，看了一眼堆在墙角的猫窝猫玩具，复又看向天花板，发起了呆。

家里的那只老波斯猫咖啡已经离开整整三个月了。少了那低沉的喵呜喵呜的动静，整个房子沉寂得有些可怕。对楼传来生气的母亲呼唤孩子吃饭的声音，楼下有人在高声大笑，空气里似有若无地飘着饭菜的香气。辛勤又躺了十分钟，终于爬了起来。他洗漱完，穿好衣服，走到墙角，弯腰将那堆杂物摞在一起，抱了起来。往下走时，楼道里挤满了一群年纪很小的孩子。他们推推搡搡，在狭小的走道里嬉戏。一个带头的小男孩看见了辛勤，尖声大叫道："这里有个人要丢小猫！"孩子们害怕地凑成一团，怯怯地打量着辛勤。辛勤没说话，甚至没看他们一眼，抱着猫窝，从小孩让出的空隙中走了过去。不是小猫啦，只是盒子！辛勤听见背后有个小姑娘在喊。又是一阵喧闹的追赶声。

小区的垃圾箱很干净，似乎刚刚被清理过。辛勤将手里的属于咖啡的东西整整齐齐码好，放进了垃圾箱里。垃圾箱旁边的流浪猫猫粮供应机是满的，水也添过了，却不见一只猫。辛勤思索着今天该去哪家店打包一份外卖回家，脚却不知不觉地走向了花圃边上的长椅。他坐了下来，这个角度，正好能看见猫粮机。天越来越冷了，辛勤穿得不多，双腿的肌肉在冷风中不自觉地打战。他抬手，将绒毛围巾裹紧了一些，这条围巾，是奶奶在世时给他织的最后一条。

阿梨匍匐在花丛里，从枝丫的缝隙间，偷偷打量那只人类。他知道那人就是姨母留给他的遗产。这不是阿梨第一次见到辛勤，却是距离最近的一次。阿梨来到毛春，来到辛勤所在的小区已经整整一周了，只见过辛勤两三次。他曾经远远地看到这只原本属于他姨母的人类站在居民楼门口，匆匆收下了一只只不知所谓的纸箱子，又匆匆离开了阿梨的视线。尽管有些茫然，但阿梨渐渐明白，那道银光雪亮的门轻易是打不开的，所有像他一样的流浪猫都会被拦在外头。而里头，就有他的遗产。

他的遗产看起来面色苍白，身量太瘦——当然，是以猫咪的标准来看。这样瘦弱的猫咪，在冬天是很难存活的。阿梨在心中暗自摇头。他还打不定主意应该怎么出现，表明身份，让人类带他回家。今天的人类，在外头待了很久，他没有皮毛，不会冷吗？阿梨觉得这是自己的好机会，他可以出其不意地跳出去，命令辛勤成为他的人类。可是他又有些犹豫，他从来不曾有过任何人类，不知道如何与其相处。

他会喜欢我吗？

毛春城的流浪日子倒是不难过。有很多小区都自带流浪猫喂猫机，那些粗硬的粮食虽然尝起来怪怪的，倒是不难吃，阿梨不愁饿肚子。这里的人类都还算友善，和在乡下的日子大不同，虽然也没有多少人类愿意和一只带着抓痕的流浪猫亲近，但至少没有人欺负他。最讨厌的大概就是猫太多了，令人烦恼，经常要为抢地盘打架。阿梨身上的伤痕又增加了不少。冬天马上就要到了，他并不想为此丧命。

阿梨轻手轻脚地活动了一下自己的四肢，犹豫了好久，又悄悄往前挪了半爪子的距离。才动了动，阿梨就倏地收回了爪子，唔，舔舔。他才来毛春城的时候，遇上了一只霸道的大花猫。那家伙膀大腰圆，力气大得很。阿梨和他打了一架，脱身的时候没留神踩上了碎玻璃，细小尖锐的渣滓嵌入了他的爪子肉里，左前爪这几天一直疼得厉害，比右爪子大了一圈。想到这，阿梨不禁又轻轻舔了舔爪子，忽然觉得眼前一黑。

辛勤蹲下身，安静地看着自以为藏得很好的那只大猫。一只狸花猫，脏兮兮的，有只爪子好像发炎了，不同寻常地肿大，像一个小馒头。他犹豫了片刻，微微俯首，伸出两根指头，轻轻探过去，在狸花猫的鼻子前停住了。

阿梨吓了一跳，毛都奓开了，身体后仰，耸着肩胛，一时之间拿不定主意自己是否该出爪。那只人类把爪子凑了过来。他想做什么？是想让我闻他的气味吗？可是不是应该闻屁屁吗？不过他的味道真好闻！阿梨心里打鼓，脖颈僵直，两只耳朵往后贴了起来。

辛勤的手指停了片刻，坚定而缓慢地继续靠过去，弯曲，用指节轻轻蹭了蹭狸花猫的鼻尖。狸花猫显然吓着了，迅速挪开脑袋，辛勤趁机摸了摸它的颈后。阿梨感到自己浑身的毛都竖起来了。自从离开妈妈，还是第一次有人这么触碰他的颈子。这种感觉很奇怪，既不是难受，也谈不上舒服。痒痒的，怪怪的，喵，让他很想挣脱。但阿梨最终一动不动。

辛勤慢慢地靠近，用指尖顺着狸花猫的毛路轻柔地梳理。其实是一只漂亮的狸花猫呀。他觉得有些诧异，自己对这样一只陌生的流浪猫，竟会产生一种类似一见钟情的感觉。“你受伤了。”他开口，轻声说道，“你想不想去暖烘烘的地方。”

他在说什么？ 阿梨绿色的眼球瞪得圆圆的，像两颗漂亮的玻璃珠子。

“你需要一点儿食物，和抗生素。”辛勤用指节又蹭了两下，收回手，轻轻地取下脖子上的围巾，抖了抖，凑到阿梨鼻子前，就像在逗猫。

阿梨好奇地竖起耳朵，抖了抖。他开始慢慢放松，只是仍维持蹲坐的姿势一动不动。他的鼻翼轻轻抽动，在那团暖融融的编织物中嗅出了属于人类的独特气息。真好闻。

辛勤利用围巾一点一点地靠近狸花猫。他很有耐心，动作轻柔，阿梨开始眯起眼睛，带着人体温度的围巾轻轻将他围了起来。辛勤勾起嘴角笑了笑，忽然伸手，将猫连同围巾一起抱住。阿梨几乎还没反应过来，整只猫已经被人类紧紧抱在怀里，他下意识地撑开四肢挣扎。辛勤轻声哄："嘘，别动，我们去看医生。"他调整了姿势，让狸花猫窝得更加舒服。

阿梨忽然就不想挣扎了。他的人类很温柔，并没有弄疼他。更重要的是，这只人类身上有超好闻的味道，还有像暖阳一样的体温。呼呼，他好想打个呼噜呀。

这只小家伙还挺乖，辛勤心想。他也没回家，用围巾裹好狸花猫，直接出了小区门，打车去附近的宠物诊所。坐上出租车时，辛勤忽然想到，其实他不应该把咖啡的猫包给扔了，兴许还用得上。不过转念一想，咖啡的包包是草莓粉，这只狸花猫看起来是个男孩子，也用不上吧。是个男孩子吧？辛勤好奇，低头看了眼怀里乖巧的大猫咪，到了诊所再做个全面检查吧。

阿梨倒不是真的如此听话。虽然说出来有点儿丢猫，但是他真的被吓住了。他的人类抱着他进了一只大铁盒子里——汽车，他还记得自己的小妹妹尼罗飘雪以前曾经告诉过他，人类喜欢这种能自己跑的铁盒子。他不知道人类要带他去哪儿。玻璃窗外，破碎的霓虹灯光一闪而过，只留下了斑斓的光影。阿梨瞪着绿色的眼球，不安地捕捉飞掠而过的光斑，紧紧地贴着他的人类。

喵，这个世界好大呀！

人类温暖厚实的手掌贴在他的脑袋上。阿梨想仰头看看他的人类，视线被遮挡，却觉得分外安心。不知过了多久，人类终于抱着他爬出了铁盒子。阿梨被带到了一个奇怪的房间里，空气里弥漫着令猫不爽的奇怪气息。阿梨皱了皱鼻尖，有点儿讨厌呢。同时，他注意到他的身边有许多同类，还有许多蠢狗。他们或被牵着脖子，或被装在奇奇怪怪的笼子里，彼此也不交流，吱吱呜呜传达着不安的气息。

这是什么地方？阿梨惊慌地挣了挣，又被人类迅速抱紧了。“别动。”辛勤轻声嘘，用围巾将狸花猫的头包严实，只留下一个小小的圈。狭小的空间容易给猫咪带来安全感。此时，那只好奇而略有些慌张的狸花猫，正警惕地从小孔里打量外面的世界。嗤——狸花猫冲旁边那只萨摩耶不甚友好地龇牙。大白狗兴奋地摇起了尾巴。辛勤忍不住笑了笑。

时间晚了，他们并没有等很久。这家宠物诊所名叫“吃多多”，辛勤之前带咖啡来过很多次，和医生还算熟悉。今天值班的是于医生。温柔的女医生给狸花猫做了粗略的检查，还研究了一下它左眼上的伤疤，确定是陈年旧伤后，觉得还挺可惜。于医生打算用酒精清洗他左前爪的伤口，用镊子取出玻璃碎片。阿梨不知发生了什么事情，周遭忽然充斥着陌生人类的气息，他的身体被按住。阿梨开始急躁起来。

喵！妹妹说进入一个家庭，接管人类之后，猫咪会被呈现在人类的同伴面前进行炫耀。喵，不要啊！我还没有准备好！阿梨开始大声喊了起来。可惜他的人类听不懂自己在说什么，只是轻轻地抚摸他，甚至还帮医生用力按住阿梨。阿梨挣扎得更加厉害。

快走呀！我现在不行的！我的毛很脏，有好多地方打结了，我还没来得及舔好！我还这么瘦！我长得不好看，我还有疤，你会被你的同伴嘲笑的！阿梨扭过头，愤怒地冲他的人类龇牙。喵！我不要成为你的笑柄！快走呀！我以后应该会变得更好看的，我的妹妹们就很好看，我们那个时候再来好不好……

辛勤听狸花猫嘶叫的声音越来越小，想来是他这几天没怎么好好吃东西，没有力气了。他皱了皱眉，问医生：“这伤严重吗？他还有几处其他伤口，我没来得及仔细看。”

女医生摇摇头："就是发炎了，应该不要紧，不过得再检查看看。用力按着它，我拿不稳镊子。"不一会儿，又进来了一位女护士帮忙。三个人总算按住了力竭的大狸花。

阿梨的脖子动不了，很不开心地甩着尾巴。喵，这个人类笨死了，他不知道这样着急忙慌地带自己出来炫耀，是会被同伴嘲笑的吗？被人嘲笑的滋味可不好受，他可明白了。阿梨想起很早很早以前，那些曾经出现过的人类。他们中的有一些，也曾经试图接走阿梨。但是他们最终都放弃了。

啊，这只猫看起来不太好看呢。

它很凶吧，看它那眼睛。

太脏了，不洗洗吗？

扔出去！

阿梨听不懂人类的语言，但是他能感知他们语气中的不善和嫌弃。自己大概真的长得不好看。他才不要这个温柔而且好闻的人类因为他被同类嘲笑呢……

"怎么哭了？"辛勤低下头，腾出一只手轻轻刮了刮狸花猫的眼窝，指尖湿漉漉的。狸花猫扭头，不理会他。

于医生也凑过来看了看，道："没关系，是正常现象。看起来很有精神呢，小家伙。"

狸花猫已经彻底安静下来。辛勤摸了一把他厚实的后脑勺，柔声道："再一会儿就好了。"

阿梨甩了甩头，撇开人类的手。哼，大笨蛋！嘶，爪子好疼哟——

CHAPTER 3

决定

在狸花猫再次挣扎之前，于医生动作迅速地处理好他的左前爪，还笑眯眯地捏了捏狸花猫的颈子。“这孩子挺好的，有些瘦，但还算健康。是流浪猫吗？要帮你做芯片吗？”

辛勤有些愣神，他还没有想得那么远。他本身并不是一个对宠物有特殊情怀的人。上一只猫咖啡还是他奶奶留给他的。咖啡是一只非常温顺亲人的雌性波斯猫，因为年纪大了，很稳重，从不惹麻烦。辛勤养它，几乎没花费什么精力。然而，如果领养这只狸花猫，就会成为辛勤自己的选择。他自认为并不是一个值得托付的人，在他目前这样浑浑噩噩的生活状态下，为一条生命负责，是不理智的。

然而……辛勤忍不住低头，看着那只意外闯入他的生活的狸花猫。那只猫大概还在生他的气，只拿后脑勺对着他，可它的身体却紧紧地贴着辛勤的手臂。毛茸茸，暖乎乎。辛勤有片刻的愣神。

于医生没听见答复，不解地抬头，又下意识地看了一眼独自闹别扭的狸花猫。那只脏兮兮的狸花猫正无精打采地给自己的前臂舔毛。于医生了然：“哦，如果不养的话，过两周等它的爪子好了，还是带来绝育吧。公猫绝育后生存下去的概率也大些。”

辛勤点了点头。在野外，绝育过的雄性猫咪的生存概率会远远增大。

他们会更加平和，不易卷入地盘和繁殖之争。不管辛勤是否决定领养狸花猫，他都会选择为它进行绝育手术。他伸手，戳了戳狸花猫圆鼓鼓的脑袋。狸花猫仰头，好奇地歪头看了辛勤一眼，然后冲他喵了一声，声音又软又好听。你会想要一个家吗？辛勤心想，还是你更喜欢自由自在的生活。

说话间，门口传来一阵笑声。辛勤抬头望去，只见迎面走来一位身着碎花连衣裙的长发美女。她个头特别高，笑起来很有亲和力。她怀里缩着一只燕尾服花色的大猫。辛勤认出来人就是“吃多多”诊所的主人戴医生，她怀里的猫是诊所的镇店之宝：戴麻薯，是一只五岁大的黑猫。今天不是戴医生值晚班，她一身便服，看起来正要外出。她认出辛勤，友好地冲他打了一声招呼：“你们家的咖啡怎么样了？好久没来检查了吧。还是要定时看看比较好。”

咖啡走得很安详，几乎没怎么遭受折磨，在睡梦中就离开了。诊所里认识它的人都还不知道这个消息。辛勤抿嘴笑了笑：“咖啡已经走了。谢谢你一直以来对它的照顾。”

戴医生和于医生都怔愣了片刻。尽管惋惜，然而生老病死是再寻常不过的人间事。她们也不再多问，又随意地聊了点别的，戴医生留意到手术台上躺着的狸花猫，咦了一声：“这么快就决定下一只猫了吗？”她俯身打量狸花猫。她怀里的麻薯也睁开眼睛，一瞬不瞬地盯着狸花猫瞧。嗅到同类气息的狸花猫迅速抬起头，也瞪着麻薯，四肢开始紧绷。

“嘿，臭小鬼！”麻薯慢悠悠地开头，眼神里满是戏谑，“真是一只脏小鬼。”

阿梨龇牙，由躺卧的姿势翻身端坐起来，直视大猫的眼睛：“你是什么猫呀？怎么这么没礼貌的！”

麻薯倒也没有生气，继续喵道：“你的人类怎么不好好给你梳毛？你接管了一只不称职的人类吗？”

“才没有！”阿梨大声喊道，“我的人类可好了！他是全世界最好的人类！”

两只猫你一句我一句，动静越来越大。

“哎呀呀，不要吵架。”戴医生以为两只猫合不来，侧身将麻薯抱开了一些，“戴麻薯你怎么回事？净欺负人，不想要罐头啦？”

麻薯打了个哈气，喵着回嘴：“我才没有欺负他。我可是很热情地在聊天。喵！罐头要的。”

阿梨惊奇地瞪大眼睛：“哎，你懂人类在说什么？”

麻薯闻言，从戴医生的肩膀探出头，眯着眼瞥了阿梨一眼：“这是当然。”他骄傲地甩了甩尾巴，“我可是有大学文凭的。我人类语过六级了哦。”说罢，他又得意地抖了抖胡须。

大学？人类语？那是什么？阿梨好奇地歪头。

麻薯兀自得意了半天，发现他的听众并不在状态，有些不快，补充道：“我跟你说，虽然现在毛春的大学猫满地跑，但你也不要以为上大学是那么容易的哦。我可是高分毕业的优秀学员，这可是一万只猫里面也难得出一只的巨大荣耀。猫咪教育委员会还邀请我当常驻委员呢。”

阿梨的头歪得更厉害了：“喵，我听不懂你在说什么。什么是大学呀？委员又是什么？”

麻薯愣了愣，噌一下站了起来，用两只前爪搭在戴医生的肩膀上，诧异地来回打量阿梨。片刻之后，他突然毫无预警地大笑起来：“哈哈哈哈……原来你是一只文盲猫呀！哈哈哈……”麻薯笑得太放肆，戴医生皱着眉头拍了下他的头，用力往下压。麻薯立刻缩了回去，只把脑袋挤出来，继续喵喵道：“哎哎，你是从什么地方来的？你不是毛春猫吧？”

阿梨本能地觉察到那只黑白大猫在笑话他，抿着嘴不肯再说话了。此时辛勤已经走开取药去了。阿梨开始觉得无聊，转了一圈躺了下来，将自己蜷成一团，闭眼，睡觉。

戴麻薯没等到回复，着急得蹬腿："你说话呀！你是从哪里来的呀？你真的没上过学吗？哎，怎么不说话了？哎呀，急死猫了！"

戴医生嫌他烦，松开猫，将麻薯放在一旁的笼子上方，点他的鼻子叮嘱："戴麻薯听清楚了，不许欺负大狸花。仔细我抽你！"

麻薯往后缩脑袋，尽可能地避开戴医生的指头，敷衍着应和："喵喵，不欺负，不欺负。"戴医生见他老实下来，也不再盯着，摸了一把狸花猫的圆脑袋，出去了。

阿梨用力甩头，抬起后爪，挠了挠被戴医生摸过的地方。麻薯揣着爪子，舒舒服服地卧着，试图继续挑起聊天话题。无奈阿梨打定主意不再和这只讨厌的大猫说话，无论麻薯怎么喵喵，都不肯再回应一句。

这时，辛勤回来了，手里多了一包药。他用手轻轻地摸了摸狸花猫的背："还疼吗？一会儿我们就能回家了。"狸花猫翻身，抬头看他。虽然它是只脏花猫，辛勤还是觉得，这只猫肯定是个大美人。哦，不对，刚刚于医生检查过了，狸花猫应该是个男孩子。真是个大帅哥。

阿梨仰头，眯着眼睛看自己的人类。尽管听不懂他在说些什么，但仍觉得愉快。他甩了甩尾巴尖，不由自主地甜甜地喵了一声。

一直在上方观察他们的麻薯喵笑出声。阿梨烦恼地扭头瞪他。麻薯见他又注意到自己，赶忙垂下头，喊道："喂，小狸花，你想不想知道你的人类在说什么？"

阿梨本来不想理他，听了这话，不由自主地站了起来："我也能听懂吗？"

"当然。"麻薯又露出那股莫名得意的神色，金色的眼眸子里全是笑意，"你告诉我你的事情，我就跟你说说怎么才能学会人类的话语。"

阿梨迟疑地摆了摆尾巴。

"嘿，你别不信呀。要不你去打听打听，毛春城里但凡见过世面的猫们，还没有不知道我戴麻薯的。虽然我也还没到五个车子的智慧，但是听懂人类的语言还是不在话下的。”

戴麻薯说得很快，声音又尖又急促。有些词阿梨听得不甚明白，却懂了他的中心意思。猫也是可以和人类沟通的！在以前，阿梨也许会不屑一顾。可是现在……他仰头，又看了眼他的人类。

辛勤以为狸花猫这么快就交到了新朋友，笑着摸了摸他的头：“麻薯是诊所的吉祥物，我们下一次来还能见到他的。”

如果能听懂人类的话，那该多好呀。

阿梨竖起尾巴，坚定地抬头，看着麻薯，喵了一声：“我想要学，我想要和你一样。请告诉我大学的事情吧！”

麻薯开心地站了起来，转了几个圈，兴奋地喊道：“好呀好呀！不过今天太晚了。你的人类要带你回去了。等你下次来，我在这里等你。”

阿梨眯着眼睛，真诚地说道：“谢谢你。”

“不谢不谢！”麻薯呼哧呼哧笑，“我最喜欢当别人的老师了！”

辛勤用围巾重新将狸花猫裹好，抱着猫，告别了诊所的医生护士。夜已经沉了，冷风打着转扑来。万家灯火碎在晚风中，像摇曳的星辰。怀里的猫忽然发出呼噜呼噜的声响，犹如一只小暖炉。

辛勤笑了。

那就养吧。一只完完全全，只属于他的猫。

CHAPTER 4
相处

决定来得如此容易且自然。做下决定后，辛勤反而松了一口气。这大概是他辞职以来，做的第一个重大决定。然而短暂的轻松之后，烦琐的实际问题杂沓而至。首当其冲的就是，他该如何养活自己和狸花猫。

其实辞职之后，生存问题一直都在，只是辛勤之前并不刻意去思考。如今，他多了一份责任，想问题就不能再逃避。大学毕业后，辛勤进入了一家还不错的IT公司，加班当饭吃的高压工作确实带给他一份不错的收入和殷实的生活，但他并不喜欢这样的生活，他向往更加自由的时间和空间。然而，什么才是更加自由的时间和空间？辛勤并没有得出明确的答案。半年之前，奶奶去世，辛勤毅然决然地选择了离开，开始了无所事事的独居生活。除了日常的开销，他自身花钱不多。尽管是一个十足的宅男，辛勤对于昂贵的二次元爱好倒是涉足很少，平日只买买正版游戏，积蓄倒是还剩下一些。然而再怎么节约，没有开源，也难以为继。

狸花猫的到来，终于让辛勤开始正视自己的问题。

辛勤将猫抱回家。房子是设计简洁的小复式，楼上是辛勤的卧室和游戏间，楼下是厨房、客厅和阳台。辛勤将所有房门都关上，限制狸花猫的探索空间，好让它尽早适应。他打算把狸花猫安置在客厅靠近阳台的角落里，这里曾是咖啡的领地。家里属于咖啡的东西都清理得差不多了。辛勤找了几个纸箱子，临时为狸花猫搭了窝和厕所。幸好他从诊所捎带了一包猫粮，吃饭问题倒是不愁，只希望这只狸花猫不嫌弃这种口味的猫粮。

阿梨进门后就被放下了。此时，他的人类正来来回回走动，手里拿着纸箱子，做着不明所以的举动。阿梨盯着他看了一会儿，很快就失去了兴致。此时的他来到一个全新的领域，血液里属于天生猎手的野性正蠢蠢欲动，想要划分领地的冲动叫嚣着。阿梨先是小范围地绕了几个圈，歪头看了看人类，见对方毫不在意，终于放下心，挺着鼻子嗅来嗅去，努力在房子的各个角落里留下他的气息。他很耐心，巧妙地抑制着自己的好奇心，时刻保持警惕。然而什么也没有发生。不久，地面上的领土巡视完毕，阿梨抬头，眯着眼睛打量高处的庞然大物，上面有别的猫咪留下的爪印，看来是不得不征服的领域。

辛勤简单收拾了一会儿，从厨房取出一只碗，这是他平时吃饭用的。擦干净碗，辛勤倒出适量猫粮，还掺了一些于医生好心赠送的喂药零食，打算把消炎药混在里头给狸花猫服下。叮叮当当，猫粮颗粒落在白色的瓷碗里，发出清脆的声响。正在暗中巡视领地的狸花猫听闻，迅速从沙发的缝隙间蹿出来，缩着身体偷偷从抱枕的缝隙中观察辛勤的举动。辛勤也转头去看它，发现对方又默默地往阴影处缩了缩，企图消失在他的视线外，不禁微笑起来。“过来——”他张口招呼，忽然意识到，他应该给狸花猫取个名字。

猫咪一般跟着主人姓，辛勤脑海里冒出的第一个名字就是辛巴。然而看着狸花猫左脸颊的那道伤疤，辛勤又觉得这个名字不够贴切。可如果叫刀疤的话，刀疤可是个反派啊，听着一点儿都不可爱。他这么想着，心不在焉地晃了晃手里的碗，发出叮当的声响。

阿梨听见声音，心痒痒，好奇地探出身子。他刚刚巡视过他的新领地。这个家好大呀，虽然还比不上他在乡下的废弃工厂，可是对于一只猫咪而言，足够了。尤其是空气里满满都是他喜欢的人类的气味，这让阿梨很满意。气味里还夹杂着微弱的属于另一只猫的气息，阿梨猜测这个陌生的气味来自他那素未谋面的姨母。希望她现在过得开心。

阿梨正想着心事，那边的人类又开始发出古怪的声音。阿梨模模糊糊地意识到，他的人类在召唤他，可是他忽然有些害羞。喵，我该这么早和人类表示友好吗？我才第一次来呢。他甩了甩尾巴尖，细声细气地喵了一声。

辛勤有些诧异，没想到这只狸花猫胆子还挺大的。它第一次来到自己家，既没有表现出恐慌，也没有不安。恐惧而缺乏安全感的猫咪通常会表现得惧人，或是有不同寻常的攻击性和强烈的领地意识，这些都是不太健康的情绪。相反的，这只狸花猫进了家门后，先是迅速而谨慎地巡视了一番领地，继而放松下来，慢慢地来回踱步。它的尾巴高高竖起，看起来很自信，也很愿意交流，虽然此时的它仍躲在角落里，但是姿态透露出来的更多是好奇和贪玩。这是一个好迹象。看来他的狸花猫很喜欢这个新家。

辛勤尝试着发出轻柔的嗤嗤声："过来，吃饭吧。"

阿梨盯着他的人类，往前走了一小步，又停下，歪头继续盯着对方。他思考着，自己是不是应该给人类取一个称呼呢？他的妹妹们就有给她们的人类取名字，其他有家庭的猫咪也都有这样的习惯。既然自己也是有了人类的"有人一族"了，阿梨觉得应该尽快负起责任。比如，想一个好听的名字。

叫什么好呢？

一人一猫同时思考着这个问题，都有些分神。辛勤继续耐心地晃着白瓷碗。阿梨盯着他瞧，他不知道在人类眼中什么才是好看的，但是自己的人类肯定长得很漂亮。他看起来四肢对称，人类只用两只爪子就能跑能走这件事情到现在还是一件未解之谜。他还有亮晶晶的眼睛和看起来很软和很好舔的头毛——虽然他的全身上下只剩下这么一撮毛毛了，真可怜，还舔不到自己的毛毛。阿梨忽然想起在他还很小很小的时候，小到甚至能从老鼠洞里钻进去，他的妈妈还在。她有软软的身体和香香的味道，喜欢在他饱饱地喝了一顿奶之后，从头到脚地给他舔毛，并温柔地喊他“咪呜”。妈妈告诉他，咪呜是一种爱称，人类都喜欢这么喊他们心爱的猫咪，虽然他们的发音非常奇怪。将来会有那么一天，他会遇到一只喜爱他并唤他为“咪呜”的人类。妈妈是因为意外和她的人类家庭分开的，阿梨知道，妈妈肯定还很怀念曾经属于她的那些人类。

阿梨决定了，他要给自己的人类取名为“咪呜”。

“咪呜！”阿梨冲人类喊道，“你喊我做什么呀！”

辛勤只听见狸花猫在喵喵和自己叫唤，不知道在表达什么意思，干脆盘腿坐下，再接再厉地继续摇碗：“过来吃饭吧，你不饿吗？”

阿梨犹豫了片刻，从藏身之处走了出来。

“这一次我先走过去哦。咪呜，你要记得自己的名字。”

“过来吧。”辛勤笑着看狸花猫慢吞吞地在沙发上来回踱步，忽又停住。只见那只猫挺胸端坐，仰起脑袋，神色严肃地看着自己，喵喵呜呜叫了几声，也不知道在说些什么。

“咪呜，你的名字叫咪呜。这是我给你的名字。”阿梨重复了好几遍。听说人类的记忆力和理解力都很差，他可得好好教教他。

他居高临下地盯着他的人类，郑重其事地宣布道：“我既然接管了你，就会对你负责，从今以后，你就是我的人类了。我会对你好，会陪你玩儿，会努力让你吃饱，每天都开心。你学不会抓老鼠，我会替你抓，如果你想要别的猎物，我也会尽我所能满足你。这是我的责任。我不是你的第一只猫咪，也不会是你的最后一只猫咪。但是在我接管你的这段日子，我会是你唯一的猫咪。嗯……”

这段接管宣言阿梨说得断断续续。他的妈妈离开得早，并未来得及教导他如何优雅地接管人类。宣言的内容阿梨是从别的猫咪那里听来的，记不全也编不好，谁让自己是第一次接管人类呢。尽管阿梨是一只没有见识的乡下猫，但他也知道，只有宣了誓，他才能正式接管他的人类，才能分享他人类的家，分享他的食物，和他的爱。

“我现在虽然还不是一只最好的猫咪，但是我会努力的，终有一天，我会成为最厉害的。我会让你骄傲的，咪呜！”

看着狸花猫一本正经喵喵叫的样子，也不知道在自顾自说些什么，辛勤很难不笑出声。他将手里的白瓷碗放下，伸出左手，掌心向上，钩动手指吸引猫咪过来。狸花猫安静下来，很有威严地收紧下巴，站了起来，轻巧地蹬上沙发高高的椅背，扭过身子，又看了他一眼，忽然用力蹬腿，一跃而下。他扭动着柔软的身躯，在空中舒展四肢，倏地来到辛勤身边，在半米之外的地方，再次端端正正地坐了下来。

“咪呜，我来啦。”阿梨打了一声招呼。

辛勤忍不住伸手摸了一把狸花的圆脑袋，幸亏对方没奓毛，似乎一点儿不介意，反倒顺从地俯下身体，凑近去嗅那碗猫粮。

咪呜的东西闻起来腥腥的，好像很好吃。这就是人类的粮食吗？谢谢你，咪呜。阿梨含糊地道了一声谢，又往前走了几步，把头埋在白瓷碗里，吭哧吭哧吃了起来。喵喵，口感好奇怪，但是味道还不错！

辛勤松了一口气。狸花不嫌弃猫粮，吃的问题暂时解决了。他回想狸花猫从高处跳下的漂亮身姿，忽然灵光乍现。

“列奥尼达！”

列奥尼达是斯巴达的国王，最骁勇善战的勇士，辛勤喜欢的游戏角色。而列奥尼达在电影里的形象也是左眼有刀疤，凶恶的样子和严肃的狸花猫还有几分神似。辛勤轻笑，对狸花猫说：“就叫你斯巴达怎么样？”

“咪呜？”阿梨不解地抬头。

“你好呀，斯巴达。”辛勤冲他笑了笑。

阿梨并不知道，从这一刻开始，他有了一个专属于他的人类，有了新家，还有了新名字。此刻的他，只知道人类的粮食挺好吃的。夜风从阳台外吹来，带着凉凉的秋意。但是他的人类待在他的身边，浑身都暖乎乎的。

CHAPTER 5

猫咪学校

辛勤本想让斯巴达第二天再探索楼上的空间，便把狸花猫留在楼下的客厅里。天气虽然开始凉了，但是不厉害。他在纸箱里铺上了厚厚的旧衣服，看起来很舒适，适合睡一个长觉。狸花猫对这个简陋的新窝并没有表示任何不满，并且聪明地很快就知道了它的用途。它在窝里打转，用爪子四处踩踩，很快找到了自己喜欢的姿势，蜷成一团，眯上了眼睛。

“那么，晚安了，斯巴达。”辛勤蹲下来，和狸花猫告别。斯巴达闻言又睁大了眼睛，抬起下巴看了他一眼。辛勤伸手去挠他的下巴。斯巴达重新眯起了眼睛，发出呼噜呼噜的声响。辛勤笑了笑，伸手摸了摸狸花猫柔软的腹部。斯巴达伸出爪子，轻轻地搭在辛勤的手背上。“咪呜。”它轻声回应。辛勤温柔地道别：“好梦。”

尽管心里装着事，辛勤却意外地睡得很香甜。这是长久以来，他第一次在午夜之前入睡。以往打游戏，经常熬夜，甚至通宵都是常有的事情。他过着日夜颠倒的生活，上一次在早晨醒过来，仿佛已是很遥远的事情了。只是……辛勤一睁眼，就发现不对劲的地方。他的胸口很沉，似乎压着什么东西，暖烘烘的，几乎让他喘不过气。他稍稍抬头，试图看清楚，忽然一只猫爪子探过来，肉垫子直接捂住了他的嘴。

“咪呜！”斯巴达喊了他的人类一声，“你终于醒啦。”

辛勤有些怔愣，花了一点儿时间才终于想起他的家里多了一只狸花猫。而此刻，这只自来熟的大猫正霸占着他的床铺，毫不客气地盘在他的胸口。可他记得自己昨晚明明关上了房门，斯巴达是怎么进来的？

“咪呜，不要睡啦！你已经睡了一晚上了，该吃早饭了！”斯巴达冲他的人类轻声喊道。昨天晚上，他的人类抛下他，自顾自睡了！他一个人在黑暗中玩了一会儿，一点儿也不困，就顺着气味爬上楼梯。巡视了一遍新的空间，嗯，没什么问题。他的咪呜睡得高高的，但是没有关系，这点高度对于一只已经成熟的猫咪来说，简直是小菜一碟。斯巴达轻巧地落在了人类的棉被上。被面软乎乎的，又软又好闻。咪呜睡在一团棉花里头，呼吸绵长均匀。斯巴达忽然就觉得困了。蜷了蜷身体，他找到一个靠近咪呜的凹陷处，缩着脑袋，也沉沉睡了过去。可是天一亮，斯巴达自己很早就醒了，而他的人类，还睡得香甜。他只好在人类的胸腔上来回走动，试图让人类醒来。现在咪呜终于醒过来啦！这是他们在一起的第一天，值得庆祝呢。

“咪呜——”斯巴达拖长声调，拿毛茸茸的下巴凑到人类的鼻子上，伸出舌头舔了舔咪呜的鼻尖。

辛勤捂住鼻子，笑出声：“好了好了，我起来，我起来。”原本担心斯巴达原来是流浪猫，还受过伤，会有很长一段时间的恢复期。现在看来，完全不用担心，对方就是一个超有自信的自来熟。他挺身坐了起来，斯巴达顺着被子滑落到他的怀里。辛勤俯身，用力在斯巴达的脑门上亲了一口。亲完才想起斯巴达因为伤口还没洗澡，辛勤不禁哀号了一声：“你给我下去！”

咪呜很有活力啊，看来我的人类是一个很健康的人类。斯巴达满意地喵喵叫，轻轻松松地从床沿一跃而下，踮着脚顺着楼梯溜下楼。灿烂的阳光从阳台闯入，楼下的客厅被照耀得满室金黄。斯巴达在属于他的角落里找到临时的纸箱厕所，打算解决下生理需求。这时，阳台的落地玻璃窗传来奇怪的咚咚敲击声。斯巴达敏锐地竖起耳朵，踮着前爪，探头望去。

阳台上，来了一对奇怪的访客。

松鸦。

松鸦其实是人类给起的名字，虽然鸟们都嘚瑟得拿来自称，但对于猫咪而言，鸦都是鸟，只有分讨人厌（可以吃）和更讨人厌（不好吃）两种。松鸦虽然比一身黑的乌鸦长得好点儿，但不管男女下巴都长着可笑的黑胡子，还是一副鸟样。斯巴达从鼻孔呼了一口气，抖了抖胡子，爪子开始痒了。

那对松鸦看起来像夫妻，见状吓得扑棱翅膀，呜哇哇叫了起来。其中，那只公鸟说的一口标准的猫普，只是手舞足蹈的样子看起来很是滑稽。

“哎呀猫大人，早安啊早安！我们是信鸦，来给您传话的，请不要激动。”

斯巴达扭身往楼梯口瞅了瞅，咪呜还没有下楼。他转过头，舔了舔嘴唇：“说吧。”

公鸟哆哆嗦嗦，在妻子的怂恿下，又往前跳了一步，扯着嗓子说道：“我们受‘吃多多’诊所的戴麻薯大人的委托，前来给您传一个口信，是关于猫咪学校的事情。”

斯巴达原本听见戴麻薯的名字还有些纳闷，后来才想起来是那只有些讨人嫌的大黑猫。“你们说吧。”斯巴达踩了踩脚下柔软的地毯，找了个舒服的姿势趴下来，把下巴垫在爪子尖上，目不转睛地盯着松鸦夫妇看。

松鸦先生顶着巨大的压力，磕磕巴巴地开始口述戴麻薯的信息。

“戴麻薯大人如是说道：‘亲爱的狸花猫大兄弟，昨日一晤，甚是投缘，一日不见，如隔三秋。’”

斯巴达抬起头，一脸疑惑。这只鸟在说什么鸟话？

松鸦先生倒是不为所动，继续说下去。幸运的是，戴麻薯接下去的信息内容更加简单明了，至少狸花猫大部分都听懂了。戴麻薯告诉狸花猫，想要变成和他一样有学问的猫咪，必须进入猫咪学校学习，完成相应的课业，拿到高级猫咪从业资格证书。

猫咪学校是所有专为猫咪设计的教育体系的统称，主要分为学前班、小学、中学、高中和大学。学前班和小学主要教授的是常识性的知识，帮助一只初出茅庐的小猫咪更好地适应人类生活。中学开始分科目，高中阶段开始专业精选，进入大学后，每只猫咪可以根据自己感兴趣的专业方向进行深造。每完成一个阶段的学习都需要进行阶段结业考试，考试通过后方能进行下一阶段的学习。因为课程并不容易，因此并非所有的猫咪都能通过考试。事实上，大约只有 30% 的猫咪能够进入大学，其中只有一半能顺利毕业拿到高级资格证书。而戴麻薯，当然是其中的凤毛麟角，不可多得的知识型人才，是前年的优秀毕业生。

斯巴达自动忽略了后面一大串关于戴麻薯的自夸，直接抓住自己最感兴趣的部分提问："如果我上了学，是不是就能和戴麻薯一样听懂人类的话了？"

"呃……"这个问题并不包含在戴麻薯的讯息里，然而松鸦先生毕竟是一只见过世面的鸦，他镇定地点了点头，"这个问题，如果您好好学习，很快就能得到自己的答案了。"

斯巴达疑惑地抖了抖耳朵，这个答案到底是"是"还是"不是"呢？可是他并没有纠结很久。好好学习这句话，听起来就很厉害的样子。他于是开心起来，摇着尾巴问松鸦："我想要进入猫咪学校！戴麻薯跟你说了我应该怎么做吗？"

"是的，其实我此行的主要目的就是为了传达戴麻薯大人对您的嘱咐。"松鸦先生点点头，示意身后的妻子将他们的包裹叼过来。那是一叠小册子，展开后有图形和说明。可惜斯巴达看不懂喵喵文字，纠结地皱了皱胡须。松鸦先生似乎看出了他的纠结，很快就来答疑了："戴麻薯大人说，这个学前手册是预习教材，所有要参加学前班的同学都需要提前了解手册上的内容，带着问题到课堂。学习手册的最后是猫咪课堂必答题，一定要完成后才能顺利入学。戴麻薯大人已经帮你打听好了，争取到了一周后开课的学前班的位子。这个位子非常难得，是他用两个牛肉罐头换来的，大人希望您能珍惜。"戴麻薯不愧是知识分子，连斯巴达的难处都考虑到了，这让斯巴达对他不由得生出几分好感。

松鸦夫人将手册推到落地窗的角落。松鸦先生继续说道："现在，我要转达戴麻薯先生最后一条消息：'猫咪课堂的所有学习内容，一定，千万，必须要对人类保密。否则，暴露了猫咪的至高机密，会给我们的族群带来灭顶之灾。'"

松鸦先生传达讯息时，会自主模仿发送者的神态和语气。斯巴达听他说得严肃，不由自主地坐了起来，挺起胸脯："什么叫灭顶之灾？"他虚心问道。

"呃……"松鸦先生再次语塞，思考了片刻回答道，"灭顶之灾就是特别可怕的事情。"

斯巴达闭着眼睛回忆了下特别可怕的事情，两个星期抓不到老鼠饥肠辘辘的感觉，他的毛毛不由自主地奓开了。他睁开眼，郑重地点了点头："我知道了。"

松鸦先生松了一口气，总算完成了传递任务。"那么这本学前学习手册我就为大人留在此处了，大人切记不要让人类发现，只可自己偷偷学习。我和拙荆会在明天同一时刻，前来拜访大人。届时大人如有任何疑惑，我自将为大人解答。"说罢，他行了一个华丽的翅膀挥别礼，带着他的妻子，倏地一下飞远了。

斯巴达舔着胡须目送松鸦先生和他的"拙荆"离开。今天收获的知识好多呀！不过话又说回来了，拙荆是什么？他在地毯上滑动着尾巴，陷入了思索。忽然，头顶上飞来一片黑影。斯巴达仰头看去，是咪呜！

“坐着干吗呢？”辛勤低头看着狸花猫，轻声问道，“你饿不饿呀？”

“咪呜你来啦！”

“饿了我们先吃饭吧，一会儿再过来玩儿。”

“咪呜，你记得自己的名字叫咪呜了吗？”

“还吃昨天的猫粮好不好？我给你换盆水。”

“你果然很喜欢吧！咪呜咪呜，我真是一个天才，我取的名字棒极了！”

一人一猫鸡同鸭讲地来回应答，彼此都觉得对方是个好听众。

CHAPTER 6

猫咪学前班

直到中午时分，太阳爬到庭院里的老槐树上头，斯巴达才找到机会去阳台取他的学前学习手册。辛勤一直很小心，将门窗关严实，担心斯巴达一个不留神溜出去。他现阶段还是流浪猫的意识，没有培养出家猫的自觉。

毛春是有名的爱猫之城，猫咪的生存环境优于国内的大部分城市，有部分猫主人倡议散养猫咪。如果条件允许，散养猫咪倒不失为一个好方式，猫咪毕竟是一个喜欢狩猎的种群，更为广阔的空间可以帮助他们释放天性，过得更加快乐。然而，就算友好如毛春，人们也不放心将家养的猫咪随意放出门去。就算家养猫咪们都嵌了芯片戴上项圈，也难以完全避免意外的发生。谨慎的主人们更愿意让猫咪待在安全的屋子里。

辛勤自认为已经很小心了，没想到在他去阳台取衣服时，没能来得及顺手带上玻璃门，斯巴达迅速地顺着他的脚步溜到了阳台上。它的动作太快，辛勤甚至来不及反应。幸好斯巴达对外面的世界似乎并不好奇，只见它蹿到阳台角落里，一扑一回身，又以迅雷不及掩耳之势冲回屋里去了，留下不明所以的辛勤。

斯巴达叼着学习手册，在屋子里转悠了半天，终于找到一个绝好的藏身之处，沙发与墙角的缝隙里。他用胡子量了量缝隙的距离，完美。

斯巴达将自己和学习手册挤到缝隙间，缩进了狭小的角落。逼仄的空间给他带来无尽的安全感。斯巴达心满意足地吐出了学习手册，仔仔细细给自己舔了一遍毛，权当犒劳。舔了半天，一股困意袭来。斯巴达半眯着眼睛，努力想要保持清醒。然而困意是这样甜蜜，他终于受不住，滚成一圈睡着了。

学习什么的，等我睡醒了再说吧，呼噜呼噜。

辛勤在屋子里找了半天，也没见狸花猫。检查了门窗，排除猫咪偷跑出去的可能后，他不再担心，看了眼时钟，下午两点半，相对于他平日的作息，现在真的是太早了。辛勤想了想，决定去游戏间上会儿网，找点儿灵感。

游戏间是书房改造的，去掉了多余的装饰，摆上了辛勤重金购买的全套游戏设备。他目前的主页是游戏主播，一个不知名的游戏主播，在钓猫直播平台做游戏实况。辛勤从小就喜欢玩游戏，他的游戏意识很好，手法高超，不管玩什么游戏都能打到不错的成绩。然而他平时做实况不爱说话，也不会做宣传。在多如牛毛的主播圈，简直普通得像一粒尘埃，没有什么粉丝也是意料之中的事情。大部分游戏主播，做得好的可以和平台签约，收一部分的平台薪资，但其收入的主要来源都是观众打赏。

辛勤大概是半年前开始正式涉足游戏直播。在他看来，游戏主播的性质，特别接近古代的戏子。戏子唱得好，可以收到看客的直接打赏，老爷们甚至可以选择把赏银直接扔到戏台上。现代社会，已经很少有这样直白收钱的职业了。大部分人的工作，都不涉及这样赤裸裸的金钱交易，哪怕是娱乐圈的演员，也是通过票房间接获益的。这种工作性质的好处就是，你的人气直观地预示着你的收入，你的关注点非常简单，就是娱乐你的粉丝。基于各种考虑，辛勤觉得这种工作还是比较适合自己的，可以一边做自己喜欢做的事情，一边养家糊口。

只是就目前来看，他要解决的首要问题就是，怎么吸引粉丝并讨好他们?

辛勤的目的很单纯，因此手法也非常简单。他先是上网，进入钓猫直播，花了一小时的时间拜访了首页几个台柱子的直播间，研究他们的房间名称、直播时间、和历史实况记录。现在时间不早不晚，很多直播间并没有节目，但仍有不少粉丝聚在一起刷屏闲聊。辛勤找了几个和自己直播性质相似的直播间，加入粉丝聊天，问了下目前受众喜欢的主流游戏。刷完直播平台，辛勤又登录自己的微博，同样也是三三两两的几只僵尸粉，他没舍得删除，下拉粉丝框，找到一个眼熟的头像，点进去私聊。

对方微博 ID 叫“爱吃青椒炒蛋”，也是钓猫的一位游戏主播，人气还可以，算是小粉红。炒蛋做直播比辛勤时间还短，大概不到四个月。不过他为人努力，刚开始做直播的时候和其他主播互动非常勤快，实况风格又很风趣，很快就聚集了一小批粉丝。

炒蛋和辛勤互关，完全是一次偶然。一开始炒蛋只是象征性地踩了踩几位钓猫的游戏主播的房间，看了辛勤的游戏实况，对他的手法大为赞赏，私信他软磨硬泡要了微博账号，加为互关好友。虽然他们平时也不怎么说话，然而辛勤的每条微博炒蛋都点赞，也算是一位友好的点赞之交。辛勤觉得咨询炒蛋成名的套路，应该还是可行的。

心情不好看：打扰了，想问问你宣传直播间的事情，方便和我聊几句吗?

辛勤刚敲好字发送，本来已经做好了会被无视或者敷衍的准备，没想到对方马上就热情地回复了，让他有些意外。

爱吃青椒炒蛋：哇！大神居然主动找我聊天了！有空呀有空呀！

心情不好看：不是大神，你可以叫我心情。

爱吃青椒炒蛋：我可以叫你好看吗?

心情不好看：……

尽管对方看起来有些不靠谱，辛勤还是和他互加了QQ好友。炒蛋还是挺热心的，听闻辛勤有意向好好打造自己的直播间，拍桌子表示他早就该如此了。

“像你这样的大神，陨落在民间，看得我都心痛！”他发来一个青蛙呕血的表情，“你的XF到500强了吧？”

辛勤不禁微笑，打字回复：“没有，我上一赛季没去定级。”

炒蛋表示扼腕痛惜。他是个话很多的人，跟他的直播风格挺相符的，通常他噼里啪啦打了十几行字，辛勤只来得及回复一条。对于辛勤想要成名这件事情，炒蛋双手双脚赞成，他给辛勤的建议非常清晰，找一个人设，当今粉丝经济，讲的就是人设，人设就是卖点。

辛勤困惑，什么是人设？

炒蛋略得意，这你就不懂了吧。比方说，我要向别人安利你的直播间，我应该怎么介绍你呢？我对你的形容，就是你要向你的粉丝群展示的精神面貌。形容你的词汇能不能抓住一个全新的受众，主要看你的设定吸不吸引人。当然，他表示这并没有听上去那么简单。

“现在的粉丝都成精了，你以为自己打造了一个完美的人设，很可能人家就不吃这一套。有的时候套路深了，可能反而让自己栽跟头。所以我前面说的只是一个理论。据我多年观察，大部分成名的主播，都需要一个契机，而这个契机，很多时候都是可遇不可求的，说白了，就是运气好。”

在炒蛋的鼓励下，辛勤开始努力思考他自身的卖点在哪里。

首先，他游戏打得好，但是不擅长趣味解说，意味着做攻略向或是教学向的视频会更适合他。

其次……

辛勤居然想不出其次，这让他略感忧愁。

就在辛勤努力思考总结自己人生亮点的时候，斯巴达刚刚从甜美的睡梦中醒来。他慢吞吞地睁开眼，神色恍惚地打了一个哈欠，让自己清醒过来。我应该开始学习了。斯巴达挣扎着坐起来。角落的空间实在太小了，尽管斯巴达还不算一只大猫，仍被挤得后背肉都叠起来了。皱成一团的狸花猫犹自迷糊着，他拧着脖子看了一眼学习手册，忽然想起咪呜。不知道自己睡觉期间，咪呜无不无聊。喵，我先去看看他吧。

斯巴达敏捷地从藏身处爬了出来，用力嗅了嗅，确定好方位，健步跑上楼。咪呜正待在一间小房子里，门是虚掩着的。斯巴达用侧腰一拱，很容易就进去了。咪呜，他呼唤自己的人类。

辛勤一抬头，就看见自己的狸花猫正歪头看他。辛勤笑着用手指敲了敲桌面，招呼斯巴达："过来。"

斯巴达噔噔跑过去，一耸肩，后腿发力，瞬间跳上了辛勤的膝盖。辛勤想起它脏兮兮的毛发，不由得头皮发麻。但猫都已经上来了，又不可能赶他走。辛勤一边嫌弃一边拢着它，以防它掉下去。斯巴达倒是一点儿不介意，转了几圈，坐了下来，下巴一抬，正好看见发光的屏幕和跳动的光标。喵！斯巴达起身，挥出爪子，试图去抓那个光标，被辛勤迅速按回去了。

"你要乖。"辛勤揉了揉它的脑袋。

斯巴达听不懂，但还是听话地收回了爪子，歪头蹭了蹭辛勤的前胸。辛勤暗自祈祷斯巴达没招跳蚤。虽然斯巴达在诊所已经做过了简单的驱虫，但毕竟不放心。他见斯巴达安静下来，于是伸手在键盘上敲字，继续和炒蛋聊天。斯巴达竖着耳朵，目光好奇地随着辛勤的手指来回移动，甚至还试图用爪子去按他的键盘，趁辛勤没注意，给炒蛋发了一串不明所以的字符。

"大神，你脸着键盘啦？虽然是很艰难啦，但也不用这么沮丧哇！"

"不是。"辛勤安抚好躁动的狸花猫，"刚刚是我家猫打的字。"

炒蛋发了一个巨大的表示震惊的表情。"大神，你的人设来了哇！"

什么人设?

萌宠博主哇!

CHAPTER 7

预习是一件很重要的事情

现代社会，晒什么最容易出名还不容易招骂？当当当，宠物！如果你有一只天生有偶像气派或者是戏多的宠物，坚持不懈地晒，花式日晒，很快就能圈一波粉。

“快快快，拍张你家猫的照片给我看看！对了，你家猫叫什么？”炒蛋平时也关注那些萌宠博主，有事没事就爱看看猫狗照片。

辛勤这才想起来，他并没有给斯巴达拍过任何照片。想到那些收养流浪猫的主人，平日最喜欢给猫咪拍照，记录他们幸福生活的一点一滴，忽然觉得有些对不起斯巴达。他低下头，摸了摸斯巴达的脑袋瓜，问他：“你喜欢拍照吗？我给你拍张照片好不好？”

斯巴达被摸得很舒服，又不好意思叫得太大声，轻轻地喵呜了几句。辛勤就当它同意了，取过手机，迅速给怀里的狸花猫拍了一张，这应该是它有生以来的第一张照片。拍好后，辛勤给炒蛋发了过去，附言道：“它叫斯巴达。”

奇怪的是，对方好久都没有回复，这真不像炒蛋的风格。辛勤觉得有些奇怪，又不好追问，便退出聊天界面，刷了下游戏论坛，开始搜索他刚从别人粉丝那儿了解到的热门小游戏，并挑选了几个买了下来。等他回头想起炒蛋，回到聊天界面的时候，发现炒蛋已经刷屏了。

“兄弟，恕我直言，你的猫真的是丑啊！眼睛上还有道疤，它是古惑仔吗？”

炒蛋特地把字体改成血红的加粗黑体，还发了一连串的感叹号加强语气。

“这样是不会红的，算了吧。”

他连着吐槽了好几句，见辛勤没有理他，忽然意识到自己这样怪没礼貌的，立刻道歉，又叨叨了好几句，最后问道：“这只猫你养了多久了？看着像流浪猫啊。”

辛勤拍照的时候也没多想，只是随手一拍，也不加滤镜，直接就发了，想来也不会多好看，也不怪罪炒蛋这么直言直语。他回复道：“它以前是流浪猫，现在不是了。抱歉，我刚刚去下载游戏了，没看消息。”回复完毕，辛勤低下头看着斯巴达，尽管知道对方看不懂，还是颇为抱歉地摸了摸它的脖子。

炒蛋赶紧顺杆子就游戏话题讨论开。意外的是，他们两个对于游戏的喜好和见解还挺一致。炒蛋兴奋得差点要和辛勤因特网结义，隔空拜把子。

“大神你放心，到时候我帮你做宣传，我们保证可以杀出一条血路的！钓猫的未来，属于我们！”炒蛋发了一张武藏小次郎的表情包。

辛勤搜了下自己的图库，发现没有任何合适的表情应战，只好放弃。

咪呜的大腿太舒服了，斯巴达不知不觉又睡了一觉。等他彻底清醒过来，辛勤已经进入他的个人直播间，开始做直播前的准备。今天他搜集了很多信息，打算整改一下自己的直播间，让它变得更加吸引人。首先，需要改一个好玩儿的名字。辛勤本来的直播间名字非常朴实，叫“Vincent.Sing的直播间”，而Vincent.Sing就是他的游戏ID，确实是个不好记也不好听的名字。光标落在ID修改处，辛勤将手指放在键盘上空，却迟迟落不下去。他真的不擅长取一个令人印象深刻的名字，Vincent是他上学时用的英文名字，Sing和他的姓的英文谐音，普普通通，就连他的微博ID心情不好看也是当时随手一取，用了好多年，也懒得修改。

斯巴达睡醒了，打了一个哈欠，又舔了爪子洗了脸，回过神来，发现人类还是一动不动的。大概是觉得他双手悬空的姿势好玩儿，斯巴达忍不住伸出爪子去拨了拨辛勤的手指。被它这么一打乱，辛勤彻底没了思路，干脆抓了狸花猫的两只爪子，放在键盘上。“斯巴达乖，帮我想个名字吧。”

斯巴达并没有理解人类的意图，不知所措地想收回爪子，被人类压着没成功，只好在键盘上一通乱抓。

“钓猫的小鱼是耐心的”。

辛勤看着屏幕上成型的一串句子，露出微笑，好的，就这么改。

斯巴达很快就失去了兴趣，在辛勤的大腿上来回转悠，找了个空隙跳了下去。辛勤看了它一眼，确定猫只是出房间自己玩儿去了，也就没有多管。斯巴达跑下楼，竖着尾巴神气地在客厅里溜达了一圈，又自顾自地追着尾巴玩了一会儿，终于又觉得无聊了。他摊在地毯上，侧着身体躺了一会儿，觉得不得劲，又打了一个滚。唔，这个地抓起来好带感呀——斯巴达翻身站起来，迅速矮身，探出前爪，富有节奏地抓起地毯来。把地毯抓出丝后，斯巴达仍觉得爪子痒。他四处嗅嗅，找到一处满是猫抓痕的桌腿。嗯，姨母在这里画了一幅画，抓起来的感觉肯定很不错。他用后腿站立，直起身，“唰唰”又挠起了桌腿。

这么玩着闹着，一个晚上很快就过去了。等到辛勤下楼看猫时，斯巴达已经把地毯，茶几和桌椅糟蹋得差不多了。辛勤看着穿了“毛裤”的桌腿，无语了片刻，蹲下身，泄愤似的戳了戳斯巴达的背。斯巴达身体一歪，翻转过来，向他露出了毛茸茸的花肚皮。这下辛勤什么指责的话都说不出来了，想想本来也是他的责任，他并没有考虑到狸花猫的正常需求。

“抱歉啊斯巴达，之前咖啡的东西都被我处理掉了。我给你买新的，我们以后不挠家具了，好吗？”

咪呜！斯巴达轻声呼唤。他不知道咪呜有什么烦恼，可以来舔舔我的肚皮呀。可惜人类并没有如他所愿去舔他的肚皮，反倒是伸手摸了摸。唔，算了，摸摸也挺舒服的，我自己给舔舔。斯巴达弯起脊椎，以一个高难度的卷腹动作，舔起了自己肚皮上的绒毛。

辛勤又不舍地摸了两下毛肚皮，斯巴达大方地也舔了舔他的手指。猫咪的舌头有倒刺，并不是多么舒服的体验。辛勤收回手，打算去给斯巴达置办家产和玩具。虽然他并没有找到好的开源之路，但猫还是应该好好养的。

辛勤窝在沙发上，搂着狸花猫，用平板给它购物。平板可以用手指滑动切换照片，这个发现让狸花猫觉得新奇，它追着辛勤的指头玩了一会儿，终于安静下来，看来它今天的运动量已经足够了。辛勤捏了捏狸花猫的耳朵，发现它的聪明毛还挺长的。

“看，猫窝，选这个你觉得怎么样？这个看起来很帅气。”尽管知道猫咪并不能回应自己，辛勤还是很傻气地询问对方的意见。

斯巴达兴致缺缺地盯着辛勤的手指，他能辨认出来的颜色有限，对于静态的图片也不太感兴趣。有时候咪呜会停下手指和他说话，斯巴达就随口应和几声，这似乎让人类很满意。人类真是一个容易满足的种群。

由于下单的猫窝并没有那么快送到，晚上的时候，斯巴达还是溜进了辛勤的房间，打算和他同床共枕。辛勤看着斯巴达脏兮兮的毛发，甚是纠结，但又不忍心说出残酷的拒绝的话。他担心是由于生活环境变了，狸花猫会很没有安全感，需要陪伴。犹豫间，斯巴达已经大大方方地跳上了他的床，开始挑它今天晚上的住处了。唉，辛勤叹气，等它炎症好些了，就带它去洗澡吧，顺便打扫下房子。

辛勤并不知道的是，斯巴达一点儿没觉得不安。相反的，他以前听镇上有见识的大猫们说起过，人类在夜晚是看不见的，生存能力极差，觉得他的人类需要一个强壮的陪伴，那就是他，一只超级可靠的狸花猫。喵。

一整天都玩儿得很开心的狸花猫，完全忘记了，麻薯给他布置了预习作业，那本册子他连翻都还没翻。

贪玩导致了第二天一大早，松鸦先生代表麻薯来检查作业时，发现斯巴达早就把这件事情抛在脑后了。

“我……”斯巴达左爪踩右爪，难为情地低下头。

松鸦先生只是一个中间鸦，自然不好意思指责狸花猫，只好不轻不重地提醒他，学前班的开课时间就在下周，距离现在只有五天时间了。像狸花猫这样，本身没有任何课程基础的同学，如果不完成预习任务，根本无法赶上课程进度，很可能在一开始的随堂测试中就挂科。

“挂科会怎么样？”狸花猫见缝插针地问道。

“呃……”松鸦先生再有见识，对猫的世界了解也很有限，“据我所知，后果非常严重。等你好好学习后，自然就能明白了。”

这个答案似曾相识，但是狸花猫并不介意。他此刻陷入深深的自责里，自己想要进入猫咪课堂学习，本来不就是为了能够更好地和咪呜交流吗？如果自己太贪玩，不努力用功，万一不能够去学习人类的语言了怎么办？那他就再也没有机会了解咪呜在和自己说什么了。这样咪呜岂不是很孤独？狸花猫顿时难过起来。

松鸦先生大概是很少见到这样沮丧的猫，顿时嗓子眼跟石块堵住了一样，不知应该说些什么。他的妻子因为害怕大狸花，今天说什么也不肯过来了，害得他连一个商量的人也没有。松鸦先生沉默了半天，他笨拙地开口安慰道：“我听说，虽然猫咪课堂很严格，但如果能努力学习取得好成绩，也是有相应的奖励的。”

觉得自己犯了大错的狸花猫对于奖励并不热衷，心不在焉地问了句是什么奖励。

“我听说……”松鸦先生扑棱了几下翅膀，开始回忆，“很久很久以前，有一只非常聪明的猫，顺利完成猫咪大学的课程之后，又去深造，最后做了博士。他是几十年以来，第一个也是唯一一个得如此殊荣的猫咪。这只伟大的猫咪博士，利用自己的聪明才智，为猫咪种群作出了不可磨灭的贡献。猫咪社会为了纪念这位伟大的猫咪学者，特别设立了一个奖项，如有别的猫咪也能成为博士的话，会得到不可思议的神秘力量。”

斯巴达严肃地皱着脸，不可思议的神秘力量是什么？

然而松鸦先生也只知道皮毛，还是从坊间口口相传中道听途说来的，并不可信。斯巴达只好作罢，让松鸦先生回去传话，自己会加倍努力学习，争取在时间线内完成预习功课。

CHAPTER 8

第一次洗澡的猫先生

斯巴达有一个特点，就是倔强。一旦他认定了要去做某件事情，那不管是如何困难，他一定会完成目标。当初妈妈离世后，斯巴达也是靠着这股倔劲自己学会抓老鼠和麻雀的。他想要进入猫咪学校，无非是为了更好地理解他的人类，接管姨妈的遗产。为了咪呜，他绝对不会放弃的！

说干就干！

斯巴达告别松鸦先生后，就钻进他的秘密基地，将麻薯给他的学习手册翻了出来。也不知道这群有文化的猫咪是怎么做到的，猫咪的学习手册长得非常像人类的书籍，斯巴达在咪呜的房间里就看到过。只不过猫咪手册非常薄，也很小，便于叼咬携带，装订得相当随意，很容易就散架了。不过猫咪们本来也没打算做一个长久保存的材料，毕竟所有猫咪都有天然的爱好撕书的习惯。

斯巴达端端正正地趴卧着，将受过伤的左爪小心翼翼地揣在怀里，用右爪的爪尖勾书页，慢慢地翻动学习手册。学前班的学习手册是为不识字的小猫咪们特别准备的，因此并没有晦涩的内容，上面画着猫咪们很容易看懂的简易图。斯巴达仔细研究着，一页不差地翻完了正本手册。他大概理解了手册上要他去做几件事情，然而图解太过简洁，斯巴达抖着胡子思索了半天，不得其解，只好钻出去，打算喝点水冷静一下。舔了几口水，斯巴达又坐下来，认认真真地洗了个脸。

这时，辛勤打完游戏，也下楼来找水喝，看见斯巴达，招呼它："过来，让我看看你的爪子。"

刚洗好脸的斯巴达不太想过去，但咪呜好像很坚持地在召唤他。唉，他打了一个哈欠，慢吞吞地挪动身体，来到了人类的跟前。嗯——他发出一声比平时的叫唤更加低沉的声音。

辛勤被狸花猫逗笑了。这家伙，还一脸不情愿。他搓了搓对方的猫头，轻声细语地和它说话："爪子伸出来，我给你看看伤口怎么样了。"这一次，辛勤没打算征求斯巴达的同意，直接上手，拽住了狸花猫发炎的左爪子。

斯巴达很无奈地趴下了，任由人类捣鼓他。

辛勤认真地检查了一番，还伸手捏了捏斯巴达的肉垫子，狸花猫并没有表现出任何不适或不满，看来不怎么痛了。因为抗生素的关系，斯巴达的炎症好得很快，小馒头消下去了，看起来也精神了很多。猫的恢复能力果然很强大。算了算，体外驱虫的药效时间也差不多过了。看着一脸无奈的大狸花，辛勤不怀好意地笑出声，是时候给它洗澡了。

据说猫的先祖生活在沙漠地区，他们的毛发并没有进化出防水的功能，所以绝大多数的猫都不喜欢水，不喜欢自己的毛变得湿答答的，大部分猫咪都抗拒洗澡，除非是小时候就习惯了洗澡。主人给猫洗澡是一件很费时费力的事。辛勤并不打算自己给斯巴达洗，一来他并没有经验，怕给猫洗坏了；二来，家里也没有专门给猫洗澡的用品，不方便。这时候，宠物美容院就是一个上好的选择了，还能给狸花猫修修指甲做个美容。给斯巴达买的猫咪随行包是同城快递，一大早已经送到了，正好可以派上用场。

第二天上午，辛勤准备带着斯巴达去洗澡。出发之前，他还是有些担心，特地给斯巴达的爪子拍了照，发给“吃多多”的戴医生确认一下是否能洗澡了。得到医生的肯定后，辛勤放心地开始为斯巴达的首次澡堂之旅做准备。而此时的斯巴达，丝毫不知道自己即将到来的命运，仍搔首挠耳，对猫咪学习手册的任务百思不得其解。等松鸦先生来检查进度的时候，再问问他好了。

辛勤换了一身休闲装，下楼找到斯巴达。斯巴达正窝在辛勤给他制作的简易纸箱猫窝里，纸箱不大，斯巴达蜷成一团大小正好。他正眯着眼睛昏昏欲睡，听见辛勤的脚步声，快速抖了抖耳朵，缓缓地睁开眼睛。咪呜，他轻声地打招呼。

“我们出门去吧。”辛勤放下手里的猫咪随行包。

斯巴达凑过去嗅了嗅，没什么特别的味道。他抬起头，冲着人类又咪呜了一声。

辛勤伸手捏了捏狸花猫的脖子。除了上次去诊所，斯巴达还是第一次跟着他出门，辛勤没有绝对的把握猫咪会听他的话。他花了十几分钟抚摸斯巴达，安抚它的情绪。说实在的，对于抚摸猫咪，辛勤也没有什么经验，咖啡是一只独立的猫咪，并不强求人类的陪伴。但从效果看来，辛勤的手法还是不错的。狸花猫舒服得四肢松软，从喉咙里发出舒缓的呼噜声。

辛勤轻笑了一声，伸手把斯巴达抓了出来。狸花猫睁开眼睛，不明所以地抖了抖尾巴尖，瞥了一眼辛勤。辛勤把它放到了随行包前，包的口子张开，正好对准斯巴达。斯巴达好奇地凑过去嗅来嗅去，对着洞口，犹豫不决。看来狭小的洞口对于猫咪确实有强大的吸引力。辛勤也不着急，一直等到斯巴达自己忍不住钻进随行包，才伸手去摸它。他想要让斯巴达将随行包和轻松愉快的心情联系在一起，这样以后他就有机会带斯巴达出门玩儿了。这样大概又花了十几分钟，狸花猫盘着身体躺在随行包里，舒服地眯着眼睛，好像已经适应了新的床铺。它侧过头，懒洋洋地舔了舔辛勤的手指，以示感谢。

辛勤小心翼翼地将包开口的拉链拉上。拉链声一响，斯巴达就发出不安的叫声。辛勤从镂空的网格包口往里看去，确保斯巴达能看到自己，闻到他的气味。

“我们一会儿就到了，你乖乖睡一觉。”

斯巴达一眨不眨地盯着辛勤，确认自己还是安全的之后，也就不再叫唤。他不知道人类要做什么，但相信咪呜不会伤害他。他重新舔了一遍爪子，开始犯困。等到斯巴达重新醒来，发现自己周身都在晃动，他略感不安地叫了一声，人类很快就做出了反应，伸手在包包的洞口处蹭了蹭。斯巴达调转身体，头朝外，探着鼻子，嗅了嗅，是咪呜。他很快就又安静下来。

辛勤要去的宠物美容院离他们家不远，步行十分钟。他曾经带咖啡去过一次，印象里他们的服务还是不错的。斯巴达把鼻子贴在包的开口边，瞪圆了眼睛，机敏地注视周围一晃而过的街景。很快，辛勤他们来到了美容院。一进门口，斯巴达就打了一个喷嚏。

喵，这里的气味好奇怪。

辛勤在接待台办理了手续，虽然他很想全程陪同斯巴达，但美容师们建议他不要在场，否则猫咪会很不配合。辛勤只好和斯巴达道别，得知需要一个小时的美容时间，他决定先回家等着。

咪呜——斯巴达见辛勤越走越远，忍不住出声喊他。

辛勤回头，冲斯巴达摆摆手，明知道狸花猫不理解，还是耐心和它道别，并保证自己一个小时后就过来接它。

斯巴达不解地看着辛勤完全离开自己的视线，还来不及决定要不要跟上去，很快被一双陌生的手抱了起来。对方的姿势有些僵硬，这让斯巴达很不舒服，开始用力挣扎，企图逃脱。很快有人来接手了。新来的人类力气更大，拽住斯巴达的后颈肉，很快就制服了狸花猫。辛勤抱他从来不会这么粗鲁，斯巴达生气了，发出喵呜喵呜的低声嘶吼，亮出了自己的爪子。然而对方显然是有备而来的，两人一组，将斯巴达牢牢地包裹在毛巾里，带进了里间。

咪呜——斯巴达徒劳无功地呼唤着，期盼他的人类能听见他的呼救，回来救自己。

可惜辛勤早已走远，听不见狸花猫哀伤的呼唤。他心底也有些不放心，但想想，猫咪应该都不太喜欢洗澡，自己在场可能更不方便。他打算回家后，再给斯巴达下单买些猫咪罐头，犒劳一下狸花猫。

斯巴达几乎是被扭着后颈肉摔在冷冰冰的操作台上，腰和后肢都被人摁着，完全使不上力气。他嘴里发出低沉的威胁的声音，不断哈气。他听见那些人类在交流着什么，然而他听不懂，这让他感到更加愤怒。他意识到，凭自己一己之力，很难挣脱出来，于是有意识地放松自己，不再用力抵抗，麻痹敌人，等待时机。

那些人类很快就上当了，他们开始放松警惕，将斯巴达带入光滑的水池中。其中一只人类离开，很快扯回了一条水管。就在水喷薄而出的刹那间，斯巴达伺机蹬腿，借助后腿的力量，他的身体跳跃而起，在空中划出一道不可思议的弧线。虽然他的动作像闪电一般迅疾，后背仍被喷溅的水流打湿了，这让斯巴达差点没能控制好自己腾空的身体。好在他对于跳跃熟稔于心，迅速做出了调整，并怒火滔天地打算实施报复。水池里很滑，斯巴达起跳时无法借助摩擦跳得很高，但是眼前的距离足够他出爪，迅速挠了一爪刚才掐他脖子的那只人类。

这一爪子，斯巴达丝毫没有保留力气，刚落爪，就听见一声惨叫。那只人类吃痛地俯身弯腰，捂住了脸，猩红的血滴从他的指尖渗了出来。斯巴达趁机从他身体的缝隙中挣脱而走。另一只人类赶来支援，但是他的动作太慢了。斯巴达嗤了一声，踩着对方的肩膀，借力再次起跳，几番跳跃，终于逃出了包围圈。有人慌忙赶来，一时之间，整个美容室喧闹得很。斯巴达大叫一声，身姿轻盈地来回飞蹿，数次躲开人类追捕而来的手，瞄准时机，一溜烟从人群里消失了。

CHAPTER 9

可以独自出门的麻薯

此时的辛勤丝毫没有意识到斯巴达在美容院闯的祸，他正兴致勃勃地给狸花猫买口粮，两小袋猫粮和十几个罐头，就花了小一千，辛勤想要赚钱的心不由得更加迫切了。正想着要不要开个直播打一场游戏，美容院的电话就来了。辛勤听了前因后果，连鞋都没换，匆匆忙忙地出了门，直奔那家宠物美容院。到了之后，对方告知狸花猫已经跑走了，辛勤的脸都黑了。

“你的猫太凶了，你看它把我的脸都抓破了。”那位负责给斯巴达洗澡的美容师捂着伤口，手指缝隙里还有血迹，看起来非常惨。

辛勤深呼一口气，说道：“我的猫平时很乖的，我想知道到底发生了什么？”

对方以为他想闹事，态度瞬间尖锐起来，扯着嗓子说：“什么很乖呀，从进来开始就很不听话，两个人都抓不住它。我脸上的伤难道是假的吗？一看就是只流浪猫，连芯片都没有打吧，我还担心它有病，正要去医院打狂犬疫苗呢。”

辛勤有些动怒。狸花猫虽然不久前还是一只流浪猫，但它在辛勤面前，表现得特别通人性，哪怕是上次去宠物诊所检查，也没有很用力地挣扎，更不会出手伤人。对方的态度不良，护短的心情瞬间战胜了想要好好理论的意识，辛勤冷冰冰地说道：“你的疫苗钱我会给，但是你们把我的猫弄丢了，可能还弄伤了它。我的猫不熟悉回家的路，如果真的找不回来了，或是因为受伤发生了意外，我会找律师告你们，哪怕拿不到赔偿，我也会曝光你们，让附近的宠物主人知道，有些宠物美容机构，浪得虚名，并非良选。”

斯巴达只是一只流浪猫，没有价格证明，且还没有正式办理手续成为辛勤的家猫，辛勤明白，就算告上法庭，他也没什么胜算。但是他不打算就此服软。想到斯巴达此时一个人在街头流浪，他可能永远也找不回来了，辛勤的心就无比沉重，语气也显得更加坚硬。

事态变得严重起来，陆续有人聚拢围观。美容院的老板听闻，不得不赶来圆场。他提出员工的疫苗费不需要辛勤支付，斯巴达他们也会帮忙寻找，在还没确定猫肯定丢失的情况下，补偿的事情暂且搁下。

辛勤心乱如麻，也不想再和对方纠缠，一言不发地离开了。他才收养了斯巴达几天，就发生这样的事情，辛勤心里充满了愧疚。要是他不着急给斯巴达洗澡就好了，他应该多花点时间去了解这些事情，考虑得更周全一些。如果斯巴达受伤了怎么办？他发炎的爪子才刚刚好了一些，重归野外，不知道会不会又被其他猫欺负。

他开始反省，自己真是一个极为不负责任的人。在他的前半生，他先是对自己不负责任，而后辜负了奶奶，现在，他连对一只狸花猫，都没能准守诺言，好好保护它。

如果斯巴达能够再给自己一次机会，辛勤下定决心，他一定不再让它受到任何伤害。

咪呜好慢呀……斯巴达凭借咪呜的气味，一路找回来。路程并不远，可是斯巴达等了半天，也不见辛勤出现。斯巴达守在他们第一次相见的小花圃里，扭着身体舔背上被水淋湿的毛发。那些人类太讨厌了，为什么要用水来浇他，还把他按疼了？哼，下一次见到他们，一定还挠！

不过话又说回来了，咪呜为什么会把自己独自留在那个可怕的地方呢。斯巴达想到这里，连毛都没心情舔了。我是不是惹咪呜生气了？还是咪呜终于发现我是一只不值得喜欢的猫咪？斯巴达越想越难过，耳朵耷拉下来，俯卧下来，把脸埋在两只前爪之间。好想咪呜呀……

刚经历一场大战，此时的斯巴达又累又渴，想要出去找点儿水喝，又担心一会儿辛勤出现了他又要错过。犹豫了半天，肚子也饿了。骨碌碌，咪呜……

“咦，小狸花，你在这里呀！”斯巴达想得太投入，连别的猫咪靠近都没有意识到，忽然一张圆滚滚的大黑脸出现在他的视线里，还吓了他一大跳。原来是麻薯呀。

斯巴达无精打采地喵了一声，和麻薯打招呼。他仍趴着，看起来蔫蔫的。

麻薯好奇地走过去，在斯巴达身边围成一圈，问道：“小狸花你怎么了？你的人类呢？”

“我的人类好像不要我了。”麻薯不问还好，他这么一问，斯巴达忽然就伤心起来，鼻子难受得简直呼不出气。

麻薯吓了一跳：“这么快？”他下意识地说道，被斯巴达一瞪，意识到自己说得太直白了，“你跟我说说怎么回事？他怎么不要你了？你的人类看起来是个好人呀。”

“他是个好人。”斯巴达点点头，回忆起辛勤温柔抚摸他的样子，不禁喵出声，开心地晃了晃尾巴尖。“可是……”斯巴达想起今天不愉快的事情，耳朵再次耷拉下来，连说话的力气都没有，“可是他把我留给了一群可怕的人类，就再也没出现了。”

麻薯听着觉得奇怪，意识到有什么不对，缠着狸花猫让他说更多的细节。斯巴达断断续续地说了今天的经历，还没说完，麻薯就笑开了。他笑的模样太欠揍了，以至于斯巴达生气地拿爪子挠了他一巴掌。麻薯慌慌张张地跳出了斯巴达的攻击范围，又笑了起来，说道："我说小狸花你也太逗了，哈哈哈哈……果然读书育猫势在必行啊。"

"什么意思？"斯巴达忽然有些激动，"你是说我的人类没有抛弃我吗？"

"他当然没有抛弃你，只是嫌弃你的身上太脏了，想让你洗个澡。"

"洗澡？"斯巴达歪歪头。在猫咪的词典里，是没有洗澡的概念的。他不太明白。

麻薯耐心地和他解释了一番什么是洗澡，人类又为什么热衷给猫咪洗澡。斯巴达终于理解了，人类真的是太奇怪了。麻薯又补充道："你的人类是喜欢你才这么做的，只是他选择了让别人帮你洗。怎么说呢，我也在外边洗过澡，有的时候舒服，有的时候不怎么舒服。虽然洗澡是一件很令猫头疼的事情，但大体上还是有好处的，光靠我们自己舔舔，并不能完全舔干净。你不喜欢在外面洗澡的话，应该训练你的人类自己帮你洗。"

嗯？人类也能训练？斯巴达坐直了身体，竖起耳朵。

"那是当然啦！只要让他们意识到自己洗更加省事，他们就不会把你留给外人啦。"麻薯得意地说道，"所以我让你早点来上学嘛。说到这个，你的学习手册预习得怎么样？"

斯巴达这才开始好奇，麻薯怎么刚好出现在这里："你是特地来检查我的学习进度的吗？我有好多问题，还等着下次松鸦来的时候问他呢。"

"其实我和我的人类住的地方离这儿不远。今天罐头吃多了，我来消消食儿，顺便来看你。"

"你的人类允许你出门吗？"斯巴达诧异地看着麻薯。咪呜虽然对他很好，但是都不允许他去阳台，单独出门更是想都别想。

"那当然！"麻薯更加得意了，"我岂是一般的猫咪。像我这样聪明伶俐的猫咪，人类可是很放心的，你慢慢教导他们，他们就会顺从你的心愿。你愿意出门就能出门，你想上床睡觉就能上床睡觉。聪明的猫咪总是能达成自己的心愿。”

斯巴达惊讶得胡子都翘起来了：“好厉害！”他衷心夸赞道。

麻薯神气十足地甩了甩头：“你别灰心哟，我从第一眼见你，就觉得你是个好苗子。如果你认真学习，很快就能像我一样啦。”

“我愿意学！我愿意学！”斯巴达站起身，兴奋地转了一个圈。

麻薯喵呜叫了一声表示满意：“我猜你也没看懂学习手册上的任务，特地过来给你讲解一下。短尾巴虽然聪明，但还没能聪明到教导一只猫咪的程度。”

斯巴达问道：“短尾巴是谁？”

“短尾巴就是给你送信的松鸦呀。怎么，你没问他的名字？他叫短尾巴，小哑巴是他老婆。”

斯巴达在心里嘀咕道：城里猫果然很奇怪，居然还给食物取名字。

麻薯伸爪拍了一下斯巴达的后脑勺：“专心点，我要给你讲题目了。”

斯巴达赶紧收拢四肢，正襟危坐，把胸脯挺得高高的，听得认认真真。

麻薯告诉斯巴达，人类拥有一种名叫网络的东西，它没有形状和气味，不像我们能抓住的老鼠，却像我们胡子能感受到的风，看不见闻不到，却是真实存在的。网络虽然是无形的，却能够让距离很远的猫咪见到彼此，听到彼此的声音。城里面的猫出门不方便，大多数情况下就是利用人类的网络学习的。学会上网，就是学前手册要求的每只参加学前班的猫咪必须要完成的任务。

斯巴达张大嘴巴，这么厉害的东西，人类是怎么发现的？

麻薯抖了抖胡须，人类应该是为了猫咪能更好地学习，所以发明了网络。只是不知道为什么，他们自己玩得比猫咪还多。

啊，人类果然有点奇怪。

CHAPTER 10

如何使用人类的电脑

斯巴达问："既然这个叫网络的东西看不见也摸不着，我们怎么找到它呢？"

麻薯得意地抖了抖毛，翘着嘴，告诉斯巴达："这要归功于我们伟大的先辈，是他发现了网络的秘密，是他推动了猫咪文字的进化和发展，是他一爪创立了现代猫咪学校！他的名字叫王——特——区！"

相传，王特区是一只巨型黑猫，全身毛发乌黑浓密，油光发亮，只有尾巴白如雪，没有一丝杂质，人称"墨里藏针"。更神奇的是，他拥有四只耳朵，能上闻天，下听地；一双琥珀眼，纵观千里。

作为一只家猫，王特区成功破解了长久以来困扰着猫咪种族的难题——人类，并著有教程《科学饲养人类》及散文集《日子：我与人类相处的 7000 天》等优秀作品，福泽后世。他精通人类社会研究，并加以利用，创立了猫咪教育系统，改良了猫咪文字，使得猫咪文化传播成为可能，并创造性地通过人类的科技手段，实现了"猫猫都能受教育"的互联网课堂新时代。他是近五十年以来，第一个也是唯一一个中文猫咪博士。为了纪念王特区的卓越贡献，猫咪教育协会特设"喵喵喵"终身成就奖，用来鼓励和表彰所有和王特区一样有理想有抱负有能力的猫咪学者。

斯巴达听得目瞪口呆，不自觉伸出舌头，看起来傻极了：“博士？很厉害吧。”

麻薯舔了舔爪子：“那是自然。据我所知，继王特区之后，应该再也没有猫可以达到这样的成就。”

王特区确实是一只神猫。他是第一只留意到互联网的猫咪，比大多数的中国人类还要早一步。他发现了电脑和互联网的关系，并创造性地研究出了一套适合猫咪的上网法则。电脑，据麻薯描述，就是一个会发光的四四方方的物体，在城里，几乎每户人家都有。人类总是发疯一样地喜欢这个东西。麻薯前后爪并用比画着，斯巴达努力思考，好不容易才将麻薯的描述和具体实物联系上了。

“要掌握互联网的奥秘，你需要和电脑产生联系。电脑只是一个统称，如果能找到平板或者手机，都是可以的。”

大量新鲜晦涩的词汇迎面扑来，斯巴达纠结地歪着脑袋。两岁对于一个猫咪来说，果然是求学的高龄了呢。

“和电脑产生联系的方式非常简单，只要动动爪子就可以，但是不能随意瞎动，我们需要记住动作要领。这个跟抓老鼠一样，需要有技巧，需要大量的练习。”

说到抓老鼠，斯巴达瞬间清醒了。抓老鼠他最在行了，喵呜，他用尾巴在草地上划拉了两圈，表达决心。

“很好，你有这样的态度，就成功一半了。我把所有的诀窍都告诉你，你今天回去后，就可以开始练习了。我不能骗你，想要成功，非常困难。”麻薯表情严肃，盯着斯巴达的眼睛，压低了嗓音喵道，“事实上，有一大半的成年猫咪起步时，都倒在了这一步。如果无法完成这个任务，后面的学习计划你几乎无法实现。通常，猫咪熟悉这个过程需要两到三周的时间，然而我只能给你一周。一周之后，是猫咪教育界目前最负盛名的讲师姜大宝的课。我好不容易帮你插的队，说什么也要给我上！”

麻薯满腔热情，气势轩昂，喵得附近的居民以为有猫发情了。在这样强烈的期许下，斯巴达不好意思透露自己并没有什么底气，只好挺胸抬头，跟着喵呜喵呜了几句。

临走时，麻薯忽然想起了什么，问斯巴达："对了兄弟，你叫什么呀？上次也没听你说过。"

"我的乳名叫阿梨。"斯巴达老实地回道。

"你的人类没给你取名字吗？"

"我确实觉得我的人类每次都用相同的声调来呼唤我，也许那就是他给我取的名字。"说到这儿，斯巴达不禁有些难过，他完全听不懂咪呜在说什么，接管了人类却无法照顾人类的情绪和需求，真是一只失败的猫咪呀。

麻薯拿爪子拍了拍斯巴达的臂膀，安慰道："不用觉得难过，等你上了学，很快就能听懂人类的话了。那我就先叫你小狸花吧，到你听懂了你名字的那一天，你再来告诉我。"麻薯告别了狸花猫，沿来时的路，从容不迫地回家去了。

斯巴达受到鼓舞，顿时觉得好过很多。没错，虽然他现在还是一只什么都不懂的乡下猫咪，但是他不怕辛苦，会好好学习，终有一天，他会明白咪呜的意思，他会成为一只好猫咪的！想到咪呜，斯巴达不禁开心起来。麻薯说了，咪呜并没有抛弃他。麻薯是一只见多识广的猫咪，肯定不会骗他。既然咪呜没有抛弃他，那自己很快就能回去。洗澡就洗澡吧，如果咪呜想要，作为一只负责任的猫咪，我会尽力满足人类的需求的，哪怕弄湿毛毛会很不舒服。唔，毛毛……想到毛毛，斯巴达忍不住又扭身去舔他的后背。当然，洗澡这种事情，只能让咪呜来，他一点儿也不喜欢其他粗鲁的人类。

可是直到他又舔了一遍全身，还是没见到咪呜的影子。斯巴达不禁有些着急。他转了两圈，焦躁地追着自己的尾巴咬，又停了下来，往空气里用力嗅了嗅，并没有咪呜的气味。斯巴达百无聊赖地趴在一株盛开的桂花树下，金黄色的小小花朵随风落下，黏在他的脑袋上、背上和爪子缝隙间。喵呜，好闻。斯巴达舔了舔自己的爪子，有点怀念他在曲流镇的日子。那时候，他无忧无虑，无牵无挂，是一只满足的猫。而如今，他有了一笔财富，接管了一只很好的人类，突然猫心变得贪婪，他不希望咪呜把他送给别人，不喜欢咪呜离开自己的视线，他想和咪呜一起生活，住在那间他已经渐渐熟悉的房子里。咪呜会温柔地抚摸他，给他吃的，在他忽然想妈妈的时候稳稳地抱住他。斯巴达朝着天空喵了一声，忽然想起自己从曲流镇带来的小包袱。平时咪呜不让他出门，这次正好，去把包袱取回来，里面可都是他的宝贝，他准备用来送给咪呜的。

喵——斯巴达舒展身体，飞快地朝花圃深处跑去。

辛勤在宠物美容院附近找了一圈又一圈，一无所获，心情越发沉重。大多数猫咪离开自己熟悉的环境而受到惊吓后逃跑，都不会离得太远。只要主人能及时去找，还是有希望的。可是随着时间的流逝，这点温热的希望在辛勤胸口慢慢变凉、流逝。他如同行尸走肉，昏昏沉沉地往家的方向走去，心情越来越沉重。

他想到那只狸花猫，又想到了自己。

仔细算起来，他和斯巴达认识的时间不过三天。他捡到了一只受伤的猫咪，带它去疗伤。在茫茫人海之中，万物有灵，这本是一份多么浅薄的缘。然而辛勤却全心欢喜。在他二十几年的人生旅途之中，这是第一次，他需要为另一个生命负责。在这之前，从未有人指望过他，从未有人像那只狸花猫一般，看着他，只有他。辛勤甚至规划好了自己的人生，暗自下决心，要努力工作，要给斯巴达带去更好的生活。他并不想浑浑噩噩过一生，不想终年孤寂，潦倒终老。他很清楚自己不喜欢什么，却总也找不到自己应该喜欢什么，应该去做什么。狸花猫给了他一丝微弱的光，让他看清了迷雾中的自己。

然而，光总是会消散，黑暗仍会降临。

旁人行色匆匆，这世间总是有赶不完的路，赴不完的约。他们是那样充实。如果此时此刻，拦住他们中的任何一位，将忧思倾诉，恐怕换来的会是质疑和嘲讽。这世上，你身为一个人，有什么事不比一只流浪猫重要？猫是什么？是牲畜，它们又不懂得人的四情八苦，它们又不懂得回报这份忧思。

辛勤胡思乱想着，都不知自己是如何回到小区里的。经过楼底下的那株黄金桂花树时，他忽然嗅到一股浓郁的香气，然后有一声微弱的呼唤，唤回了他的思绪。辛勤低下头，看见他的狸花猫，正端端正正地坐在开满花朵的桂花树下，四只爪子拢起，刚好圈住一只小小的画着草莓的包袱。它仰头挺胸，唇角微微上扬，似乎正朝他微笑。

咪呜。

失而复得，不过如此。

CHAPTER 11

猫的礼物

辛勤将斯巴达抱回家的时候，已经是华灯初上。柔和的昏黄的灯光从窗户外头照进来，客厅的地毯上落了一地橙黄。奇怪的是，经历了大起大落的一下午，一人一猫都还挺平静。只是辛勤一直抱着斯巴达，进了门也不松手。斯巴达嘴还紧紧咬着它的小包袱，也不知道里面是什么，始终不肯松口，辛勤一动它就发生出呜呜呜低沉的叫声。辛勤累极了，也就随它去了。他将斯巴达放到它的小窝里，揉了揉它的脑袋，转身去厨房给它准备晚饭。

斯巴达将小包袱轻轻放在自己的窝里，用脸颊和下巴不停地蹭，直到包袱上重新沾满了他的气息。窝底铺满了辛勤的旧衣服，斯巴达将衣服抛开，把包袱埋了进去，还用后爪踩严实了。完成这一切，斯巴达心满意足地舔了舔爪子，正好听见辛勤喊他吃饭的声音。他从窝里跳出来，轻快地跑过去，高高竖起尾巴，拿屁股反复磨蹭辛勤的牛仔裤腿。辛勤蹲下身，用手指轻轻抓了抓狸花猫的脖颈。斯巴达于是又用脸颊去蹭辛勤的手指。终于，狸花猫蹭开心了，呼噜呼噜开始埋头吃饭。辛勤始终盯着它看，后来干脆盘腿坐在地上，看着斯巴达一颗一颗把猫粮消灭干净。

咪呜，我吃完啦。斯巴达张嘴，用舔湿的前爪擦了擦胡子。辛勤仍盘腿坐着，用手指戳了戳斯巴达的脑门。斯巴达放弃洗脸，绕着辛勤的手指蹭，蹭了半天，斯巴达忽然想起他的家庭作业。他站了起来，开始躁动不安，绕着人类转圈，用身体不停地轻轻撞击人类。

辛勤好奇地伸手摸了摸斯巴达的脖子："你怎么了？你要什么？"

咪呜，咪呜，我们去开你的平板电脑吧！

据戴麻薯说，最方便的工具就是比普通电脑要小的平板电脑，因为平板电脑直接用爪子。斯巴达知道他的人类有一只，他之前看过人类在上面滑来滑去。

"首先，你要确定你的人类有没有给这些名叫电脑的东西设定密码。密码是一种很奇怪的东西，一旦电脑被密码锁上了，那光用我们的爪子是无法打开的。最好的鉴定方式就是，看着你的人类使用。如果他们能够毫无障碍地直接进入，那就说明电脑并没有安装密码。大部分的家庭台式电脑不会设置密码，部分平板也不会，而手机往往会有密码。如果是只能使用人类手机的猫咪们要注意，需要仔细观察人类破除密码诅咒的手势。猫咪们的动态记忆很强，只要勤于观察，加以练习，很快就能熟练掌握其中的技巧。

"当然，不排除部分人类会使用他们的手指开机。这个是最讨厌的，因为不知为何，猫咪是没办法用肉垫完成这项任务的。顺便说一句，只使用手指开机的人类是极为不负责任的，他们可能会导致猫咪们无法参加在线课程，完成学业。

"其次，你需要观察你将来所能使用的电脑的种类。他们可能是大的台式机，也可能是中等的笔记本，还可能是小巧的平板电脑，甚至是手机。手机难度最大，其中最重要的原因是人类几乎不会离开他们的手机，哪怕是在吃饭或者方便这些需要专心致志的活动中，因此猫咪很难有机会下手。不过就算你分辨出了种类，一些细节也可能会导致你的失败。不同的电脑有不同的使用方法，哪怕都是平板，也分品种。在学习手册里详细地说明了针对不同的电脑品种的练习方法和准备工作，可以作为参考。”

斯巴达不断地回忆戴麻薯的指导，开始在客厅里寻找，很快，他就发现了目标——被遗忘在沙发上的平板电脑。斯巴达倏地跳上沙发，绕着平板电脑转了一个圈，用爪子勾了勾它，然后抬头，看了一眼一直在留意他的一举一动的人类，冲他细细地叫了一声。

“如何才能让人类帮助你完成练习呢？很简单，只要把电脑或是手机暴露在他们面前，引起他们的注意。接下来，你就什么都不需要干了，只要蹲在一旁观察即可。人类是非常糟糕的猎手，他们永远无法专注地做一件事情——除了上网。他们毫无意志力可言，只要留意到任何可以提供他们上网的机会，他们就会不由自主地沉迷其中，无法自拔。”

戴麻薯说的果然没错，在斯巴达绕着平板电脑晃了第三圈的时候，他的人类就忍不住走了过来，在他身旁坐下，拿起了平板电脑。

“你要做什么呀？”辛勤抓了抓狸花猫的脑袋顶。斯巴达舒服地喵了一声，停止了转圈，端坐下来，他半眯着眼睛，一动不动地盯着辛勤看。“你……想玩 iPad 吗？”辛勤不确定地说道，觉得自己可能有些魔怔了。一只猫再聪明，怎么会自己想要玩 iPad 呢？可是那只大狸花眼睛一眨也不眨地看着他，让他不由自主地按下了锁屏键。

如果说是我家的猫坚持让我上网的，会有人信吗？

喵喵，咪呜没有设立密码，咪呜真是最好的人类！斯巴达兴奋地用脑袋拱了拱辛勤的手肘。喵，咪呜的平板电脑是带圆圈圈的。喵喵，真好呀，戴麻薯说这种品种的电脑最容易上手了。咪呜果然是最最好的人类！

人就是很奇怪，明明没什么特别要做的事情，但一旦打开了平板或者手机，就会不由自主地上网，开始荒废时间。辛勤一边吐槽自己，一边用平板浏览消息。而他的狸花猫，正端端正正地窝在他的腿边，脖子微伸，聚精会神地看着他的一举一动，还时不时晃晃它的尾巴尖，仿佛兴致盎然。

“需要适当引导人类，让他们专注地演示你需要了解的操作。你可以自己动手，让他们注意到你需要打开什么界面。WC 是我们猫咪学习主要会用到的交流工具之一，那是一个绿颜色的球球，注意，球球是静态的，所以猫咪用肉眼很难找到。你得使用技巧，并且学会求助。这很困难，但你要耐心，就像狩猎一样，只要你有足够的耐心和智慧，你总会成功的。

“据我们所知，几乎所有毛春的人类都会使用这个交流工具。发明 WC 的人类对于猫咪显然很友好，他们使用了为数不多，我们猫咪能够辨别的颜色。没错，人类确实能看到我们猫咪所不能分辨的一些颜色。喵，我也不知道为什么，人类是非常无聊的物种。在你认真上学之后，你会对此有更深刻的理解。”

辛勤的手指不停地在屏幕上滑动，斯巴达看着好玩，正打算自己动爪，加入进去，就在这时，人类忽然停下了手里的动作。他将平板放在一边，撑着胳膊歪头看斯巴达。

喵？今天的练习机会就到这里了吗？斯巴达抖了抖胡子。

“记住，你的练习是不固定的，人类是毫无逻辑可言的，正如我前边所说，他们无法专注，随时会放弃手头上的事情。你得寻找机会，可能需要等上一段时间。但是别担心，猫咪最不缺乏的就是耐心。”

想到戴麻薯的叮嘱，斯巴达又放下心来。他放松身体，侧躺在沙发上，有规律地甩起了尾巴。咪呜身上的味道真好闻呀。

“你还是一只脏兮兮的大花猫。”辛勤忽然开口说道。

咪呜？

“不过，谢谢你回来了。”辛勤俯下身，在斯巴达的额头上亲了一口。

斯巴达缩了一下脑袋，不明所以地抬头，用力后仰，后颈形成一道完美的弧线，从辛勤的角度看去，他那两颗绿色的眼眸在灯光下闪着不可思议的光泽。狸花猫歪头，好奇地盯着辛勤看。

辛勤伸手，轻轻捏住狸花猫的双颊，向外扯了扯。斯巴达艰难地喵呜了一声。辛勤很快就松开它。斯巴达仍抬头，目不转睛地盯着他看。辛勤也看着它，像看着自己的同类。

“抱歉。”他开口说道，声音又轻又缓，“这其实是我第一次很正经地养猫。咖啡很乖，也因为年纪大了，懂得自己照顾自己，我几乎没有花任何精力。她是我奶奶的猫，我觉得她挺喜欢我的，我也喜欢她，然而她一开始并不是我自己想要养的猫。她是我奶奶留给我的一点念想。”

咪呜……斯巴达喊了他的人类一声。他的人类不知道在说些什么，但是似乎是在对自己说话，声音低沉而温柔，猫咪喜欢这样的声音。斯巴达煞有其事地回应，就好像自己听懂了一样。

“不过你不一样，一开始是我自己决定要养你的，我也说过要对你负责。可是我并没有做好，所以我要向你道歉。我知道你可能听不懂，这算是我的自我反省吧。我是一个有缺点的人，我也有很多事情不会，我甚至对自己的人生都无法负责。我可能会无意中伤害你，也可能会让你不耐烦。抱歉我现在还听不懂你在说什么。但希望你能多给我一点时间，我会好好爱你，尽可能地陪伴你，成为你的家人，成为你的依靠。我会让你吃上最好吃的罐头，给你买最好玩的玩具，带你去最好看的地方。当你老了，生病了，我还会在你身边。我会尽我所能，让你这一生都过得轻松愉快，成为世界上最幸福的猫咪。”辛勤说罢，伸出自己的右手，掌心朝上，“我们击掌结契吧。”辛勤晃了晃手，开玩笑地说道。

斯巴达的目光随着人类右手的动作来回移动，严肃的猫脸上看不出神色。他犹豫地举起爪子，停在空中，似乎拿不定主意。咪呜！他抬头呼唤人类。人类正期待地盯着他看。斯巴达重新低下头，看着人类的爪子，迟疑地在空中挥挥爪子，最终决定将自己的爪子搭在人类的上面。咪呜是想玩谁的爪子在上面的游戏吗？

狸花猫的爪子毛茸茸的，所有利爪都收了进去，只留下软软的肉垫子。这只爪子曾经因为意外而发炎肿大，给它带去了很多痛苦。而现在，伤痛已经痊愈。它又放心地将爪子放到了人类的手中。

辛勤笑了起来，用力地握住猫爪子晃了晃："斯巴达，你肯定是个天才！"

咪呜！斯巴达发现他的人类一点儿也不尊重游戏规则，气呼呼地甩开了爪子。下次再教你玩这个游戏吧。斯巴达闷闷不乐地舔了一会儿爪子，很快又忘了生气这件事情，忽然想起他的礼物还没送出去。他起身，一溜烟跑回了自己的小窝，从旧衣服堆里刨出了小包袱，低头叼在嘴里，又迅速地跑回人类身边。这个包袱是他的小妹妹尼罗飘雪为他准备的，她还教会斯巴达怎么把脖子放到环状的包袱里。斯巴达背着小包袱，千里迢迢从曲流镇来到毛春，包袱里是他猫生中最为珍贵的宝贝，每一件都是他自己费尽心思收集来的，又精心挑选筛出最喜欢的三样，为了送给他的人类。现如今，他的礼物，终于到达了他亲爱的人类的手中。

咪呜会喜欢这个吗？

辛勤好奇地接过小包袱。那是一只很小的布包袱，围度正好适合猫的脖子，看起来就像给宠物做拍摄道具用的。包袱略扁，辛勤用手指捏了捏，发现里面并不是棉花填充物，而是有东西。辛勤原来以为是狸花猫从哪里捡来的玩具，这么看来好像还有别的东西。

"你这是要送给我吗？"辛勤随口问了一句，他拿起小包袱，在斯巴达眼前晃了晃。斯巴达打了个哈欠，似乎一点儿也不介意。"那我拆咯？"辛勤尝试着问道，好奇地研究起这只小包袱。

包袱的侧边缝了一个拉链，辛勤打开包袱，把里头的东西掏出来。一只羽毛快秃了的羽毛球；一颗小的镂空球，里面有圆珠，晃一晃会发出细碎的声响；还有一只破损的跳跳珠，上面还有细小的牙孔印，应该是哪个孩子不要的玩具，绿色透明的珠子里头裹着一只粗糙的青蛙模型。

辛勤不知为何，产生一种奇怪的想法。他似乎明白过来，这个小小的包袱里头装着的，大概就是斯巴达的玩具。而现在，它把它拥有的所有的玩具送给了自己。

那一晚上，斯巴达仍旧没有洗澡，但是他获得了和人类同床共枕的许可。他在人类软扑扑的枕头上，沉沉地睡了一觉。而他送给人类的礼物，正安安静静地摆在客厅醒目的位置。不久之后，他曾经心爱的玩具会渐渐被无数奇怪好玩的东西淹没，斯巴达再也提不起兴趣去玩那些小时候的玩具。然而他的人类始终没有将这些来自曲流镇的小玩意丢弃，它们会被一直珍藏，很久很久。

CHAPTER 12

真的要洗澡了

第二天一睁眼，斯巴达没有被咪呜诱惑，打了一个哈欠就跳下床，兴致勃勃地跑下楼，去找他的学习手册。经过昨天戴麻薯的指导，学习手册看起来并没有那么难懂了。斯巴达渐渐领悟到那些看似随爪涂鸦的分解示意图的真正含义，不愧是专门为猫咪设计的学习课程。趁咪呜还没有起床，斯巴达兴冲冲地从沙发抱枕里刨出人类的平板电脑，用肉垫子踩那个小小的圆形凹陷处。这并不容易，猫咪更擅长去抓去挠，对一个小点用力，会让他们的爪子不那么舒服。但是，正如学习手册里教导的，他想象自己在用肉垫踩妈妈的乳房，喵，好像成功了呢！到目前为止，一切都很顺利。斯巴达对于即将到来的第一堂课，充满了信心。

就在这时，斯巴达听见人类下楼的动静，他抖了抖耳朵，用爪子迅速将平板电脑拍进抱枕堆里，然后跳下沙发，噔噔噔跑到楼梯底下，端端正正地坐好，迎接他的人类。

辛勤并不是自然醒的。难得今天斯巴达没有打扰他睡懒觉，辛勤窝在床上睡得正好，快递小哥的电话吵醒了他。他给斯巴达买的那些东西终于寄到了。辛勤起床随便套了一件衣服，准备下楼取快递。他打着哈欠走下楼梯，一睁眼，发现斯巴达正乖巧地坐在楼梯口等着，歪着头，瞪圆大眼睛。见到他，狸花猫喵一声站了起来，三步并作两步走了过来，用身体不停地蹭辛勤的裤腿，仿佛在打招呼。

咪呜！你起床啦！我什么也没有干哦！

“斯巴达，早安。”辛勤弯腰，挠了挠狸花猫的下巴和脖子，“你自己乖乖在家待一会儿，我去帮你取东西。”

东西很多，有好几个大箱子。幸亏辛勤力气大，和快递小哥两个人，一趟就搬完了。谢别快递小哥，辛勤开锁进门。一直守在门口的斯巴达倏地一下蹿了出来，辛勤吓了一大跳。幸好斯巴达并没有想要逃跑，反而凑近辛勤，仰头大声地喵喵叫唤，似乎在质问他怎么忽然就消失了。

咪呜你怎么忽然就跑出去了！你这样让我很担心哎！啊啾，你身上有别人的味道！很不好闻哎！我要生气啦！

辛勤赶忙放下手中的纸箱，蹲下身体，用双手固定住狸花猫，一抬手，抱进怀里。

“抱歉抱歉，我没留神你。我没有走，我只是下了趟楼。”

辛勤将激动的狸花猫抱进家里，又花了点儿时间轻声安慰它，总算把猫咪稳住了。“可是你这样黏着我，我怎么搬东西？”辛勤有些苦恼。

斯巴达可不管人类此时的心理活动，他紧紧地盯着他的人类，生怕一错眼，他又消失了。喵，真是令猫不省心。

东西还堆在楼道口，不整理不行。辛勤想了想，朝狸花猫伸手：“你跟我一起来吧。可是不能捣乱。如果你乱跑，走丢了，我可能就找不到你了。”

咪呜在说什么呀？斯巴达歪头看他。

辛勤用一只手拦腰抱起狸花猫，狸花猫的四肢像锁上了千斤坠，迅速将柔软的身体拉伸成长长的U型。斯巴达忽然悬空，有些不适应，它扭头不解地看着辛勤，冲他轻轻喵了一声。辛勤摸了一把狸花猫的脑袋，用手垫了垫，狸花猫的分量挺足，像一只哑铃，他无法做到一手抓猫一手搬东西。斯巴达对辛勤的窘境一无所知，见自己并没有什么危险，也就放弃了挣扎，反而饶有兴趣地用爪子勾了勾辛勤外头兜帽的拉绳。拉绳扯着帽子动了动，辛勤突发奇想，如果把斯巴达放进他的兜帽里会怎样？他尝试将猫举过头顶，用另一只手撑开帽子，凭感觉将狸花猫塞了进去。兜帽是有弹性的，猫倒是能塞得下。然而七八斤的重量实在有点重，帽子瞬间被撑大，往下坠，勒得辛勤差点一口气没上来。狸花猫也很不舒服，在掉进帽子的瞬间立刻不知所措地扑腾四肢，这让装满猫的帽子更加沉重。辛勤一边脱衣服解救自己一边自嘲，果然是没怎么养过猫，对猫的体重有错误的认识啊。斯巴达总算找到了出口，从一团布里挣脱出来，立刻蹿下地，瞬间跑出几米之后，回头，冲辛勤委屈地叫了一声。

辛勤也得以喘息，他深呼了一口气，松了松肩骨，看向狸花猫："你看着挺瘦的，怎么这么重？"

咪呜……斯巴达哀怨地叫唤。他的咪呜怎么了，为什么要把他塞到那么不舒服的地方？

辛勤无奈地走过去，蹲下来和狸花猫道歉，摸了摸它圆圆的脑袋瓜。

斯巴达瞄准人类的肩膀，后肢下沉，忽然用力一蹬，噌噌噌顺着人类的躯干，迅速地爬到了他的肩上。哼哼，我蹲得这么高，这下咪呜抓不到我了吧。肩膀的位置有限，斯巴达小心翼翼地将身体绕着咪呜的脖子弯曲，终于找到一个还算舒服的姿势，趴下，将脑袋放在咪呜的肩膀和脖子间的凹陷处，然后眯上了眼睛。

辛勤怔愣了片刻。斯巴达的重量压上来，他的脖子还是很有压力的。但狸花猫似乎挺喜欢，可能是对他刚才的举动的惩罚吧。幸好这样一来也不影响他干活了。辛勤抬手摸了摸斯巴达，确定狸花猫躺得很稳当，放下心，动手将门口的纸箱子全都搬了进来。

拆箱子又是另一项大工程，辛勤拆到一半的时候，狸花猫已经疯了。它从辛勤的肩上跳了下来，一头栽进泡沫纸和塑料胶带的海洋里，俯身，冲刺，扑住，玩得不亦乐乎。辛勤也不管它，有条不紊地将所有东西都归纳收好。

拆掉最后一个小纸箱时，辛勤忽然露出一个邪恶的笑容："斯巴达，过来。"他冲狸花猫招了招手。他原本没指望玩疯了的狸花猫会响应他，没想到猫咪听到他的呼唤，竟然真的停下了动作，一动不动地盯着他看，似乎在确认自己是不是真的在喊它。"斯巴达，过来。"辛勤坚持道。

斯巴达慢慢放开了爪子里的泡沫纸，甩了甩脑袋，踮着脚尖一路小跑过来。咪呜，做什么？

它脑袋上还顶着泡沫碎屑，看起来可笑极了。辛勤等它靠近，俯身亲了亲它的脑门："你该洗澡了，大花猫。"

斯巴达用前肢踩在辛勤的膝盖上，直立站了起来，拉长了身体，也用鼻子贴了贴辛勤的嘴巴，就像一个亲吻。

"不许耍流氓。"

辛勤伸手抱住斯巴达，回到沙发上，找到 iPad，打算找些猫咪洗澡的注意事项。最近不知道怎么回事，他的 iPad 总是藏得很隐秘。斯巴达趴在他的膝盖上，凑近脑袋看他上网，都是枯燥的网页，它居然一副津津有味的模样。辛勤玩游戏从来不查攻略，可是为了他的狸花猫，他必须要事事小心，再三查找资料才敢下手行动。亲自给猫洗澡，看似是小事，但如果第一次没做好，可能斯巴达以后都会厌烦洗澡。

希望他的狸花猫是不反感洗澡的猫咪。

做功课耗费了很多时间，等到辛勤终于把一切都准备好，已经到了黄昏时分。在带斯巴达进入浴室之前，辛勤已经做好了足够的心理建设。他换上了长袖外套，在两只手腕上都缠上了一块毛巾，以防止被狸花猫抓伤。浴室里准备了一只脸盆，里面已经倒满了温度适宜的清水，旁边立了一把小椅子，刚买的猫咪沐浴露和毛巾整整齐齐地摆放在一旁。而洗漱台上摆着辛勤的 iPad，高度正好，辛勤已经下好了网络上的洗猫视频，打算一会参考视频来操作。

斯巴达是被人类抱进去的，一看到水汽腾腾的脸盆，他的身体瞬间僵硬了。

终于还是来了！

他想起戴麻薯和他说过关于人类对于给猫咪洗澡的执着。作为一只常年在外流浪的野猫，斯巴达一点也不喜欢水。水会让他想起那些刮风下雨令猫烦恼的日子。有时候他躲闪不及，毛毛会被雨水打湿，又冷又难受，怎么舔也舔不干净。有几次他还为此生病了，好几天不能出门找食物，差点饿死了。

咪呜——斯巴达仰起头，小声地冲人类叫唤。

看着斯巴达湿漉漉的绿眼睛，辛勤的心头顿时涌上一股强烈的罪恶感。他将狸花猫抱在怀里，认真地和它解释："抱歉啊，我们必须得洗澡了，你身上的毛太脏了，很不舒服的。现在天气还不很冷，我把浴霸打开了，一点也不冷，我还会帮你把毛都吹干。"

斯巴达不开心地来回甩着尾巴。他用爪子勾住人类的外套，埋头将脑门抵在咪呜的胸口。看来咪呜是不会放弃让他洗澡的，喵，毛毛要湿了，真是讨厌，可是有什么办法呢，人类总是这么任性，接管了他就要为他负责，有时候，一些小小的忍耐可以让家庭生活更加和睦温馨。这是作为一只猫的责任啊，喵。

辛勤在镜子里看见斯巴达的姿势，差点没笑出声，它就和一个犯了错生闷气的小孩一样，脸朝内面壁思过。他忍不住腾出一只手，挠了挠狸花猫的脖子，轻声安慰它。

斯巴达自认为是一只很有担当的猫。既然已经下定决心要让人类开心，他虽然觉得不舒服，但是可以忍耐。因此他下水的时候，除了爪子落水的那一瞬间，因为不适应，本能地挣扎了一下，之后都非常安静地蹲坐在脸盆里，脸朝下，一动也不动，一副听之任之的模样。

脸盆的水，刚好能没过狸花猫的大腿根。辛勤盯着它严阵以待，双手仍然放在斯巴达的背部，以防狸花猫挣脱。可是斯巴达下水后，就保持那副埋首的姿势，既不挣扎，也不叫唤。如果不是它的身体在微微地颤抖暴露了它，辛勤都要怀疑自己的猫已经石化了。他又等了片刻才开始动作。按照网上的洗猫攻略，辛勤先是用温水将斯巴达底部的毛发泼湿，让狸花猫适应一下。斯巴达仍没有动作，乖得令人诧异。辛勤心疼地摸了摸它打战的后背，轻声安慰。

斯巴达垂着头，强忍着跳出脸盆，找一个角落将自己的毛都舔干的冲动。令他感到安慰的是，辛勤不像之前的那些人类那么粗暴，他的动作温柔又小心。喵，尽管咪呜有这种喜欢给猫洗澡的癖好，但咪呜还是一只好咪呜。为了咪呜，我一定可以坚持的！斯巴达在心底为自己打气。

CHAPTER 13

猫咪的初次亮相

辛勤又等了片刻，确定斯巴达平静下来后，他伸手点开了视频。由于视频没有静音，一声惨烈的猫叫声瞬间传了出来。辛勤赶紧按下静音键，低头去看斯巴达的反应。

斯巴达已经抬起头，高高地竖着耳朵，盯着屏幕的方向。他打了一个响鼻，对平板电脑里的那只猫很是不屑。不过就是被人类按着洗澡，居然就吓得叫救命，真是一只胆小猫。咪呜你不要害怕，我胆子很大的，我才不会那样丢猫地叫唤呢。

见狸花猫并没有很大的反应，辛勤放下心，同时又疑惑起来，斯巴达洗澡这么乖，那家宠物美容院的人为什么说它一点都不听话？一边想着，辛勤一边开始动手洗猫。他的动作很麻利，担心时间久了，狸花猫会感冒。斯巴达比较脏，辛勤也不敢洗得太马虎，下巴、脖子、肚皮、尾巴，连蛋蛋都没有放过。所幸狸花猫全程都配合得很，让伸爪子就伸爪子，让起身就起身，非常乖，就连拿喷头为它冲洗泡沫都没有任何挣扎。

在狸花猫的配合下，澡很快就洗完了。辛勤扯过一旁的毛巾，将斯巴达严严实实地包裹起来。毛巾的吸水性很好，很久就将狸花猫身上的水吸得半干了。辛勤抱着斯巴达来到客厅，洗澡的过程非常顺利，他还是紧张得出了一身汗，贴身的 T 恤都湿透了，黏糊糊的很不舒服。然而他还顾不上自己。辛勤拿起早就准备好的吹风机，打算给斯巴达吹毛。吹风机原来是咖啡的，是奶奶特地为了猫买的，噪音很小，风也相对温和。辛勤也一直用它吹头发。

据说，哪怕你的猫不怕洗澡，它也躲不过吹风机的噩梦。猫对于噪音和震动非常敏感，像吹风机这一类的电器很容易造成它们的紧张和不安。

辛勤稳稳地抱住了斯巴达，让它四脚朝天仰卧，然后打开了吹风机，先是用吹风机的背面靠近斯巴达，观察狸花猫的反应。没想到斯巴达异常冷静，它虽然一瞬不瞬地盯着吹风机看，瞳孔缩成一条细线，然而并没有做什么冲动的动作。适应了一会儿，辛勤开始给斯巴达吹毛。

温暖平稳的风将斯巴达厚实的毛毛吹起来，他忍不住打了一个喷嚏。这就是戴麻薯所说的人类的吹风怪物吗？看起来也不是很吓猫嘛，而且个头这么小，我一爪子就能打趴它。喵，暖暖的，毛毛好像也没有那么湿了，还挺舒服的嘛。他仰着身体，眯着眼睛打量他的人类。

辛勤一边翻动斯巴达的毛发，一边感叹，真的是太乖了。自己大概捡了一只猫精。那家宠物美容院真的是太过分了，斯巴达这么乖，怎么可能因为抗拒洗澡故意抓伤他们的员工，一定是一家黑心店。斯巴达的毛毛被吹得松松软软，在灯光下泛着温暖的光泽。辛勤忍不住俯下身，用力亲了一下它圆鼓鼓的脑袋："我们下次再也不去那家黑心店了。"

咪呜！

不一会儿，斯巴达的毛已经干了九成了，它开始不安分地扑腾四肢。辛勤关了吹风机，迅速调整猫的姿势，用手给它顺了顺毛："好了，你今天真乖，应该得到奖励。"

奖励就是辛勤刚给狸花猫买的拿吞鱼罐头。辛勤开了罐头，给斯巴达倒进小碟子里。碟子也是他特地买的，带着两只猫耳朵。辛勤将碟子放在斯巴达平时吃饭的地方，招呼它过来。

斯巴达嗅到一股奇妙的味道，他小心翼翼地走过去，先是用脑袋蹭了一下他的咪呜，然后谨慎地靠近那散发着迷人香气的碟子。闻着好香呀，这是什么？他来来回回地嗅，确定没有问题后，尝试着去舔了一口。喵！好吃！喵喵！

看着斯巴达埋头大口地吃罐头，辛勤忽然想起，这大概是狸花猫平生第一次吃猫罐头。他没有离开，靠着墙坐了下来，安静地看着斯巴达把罐头肉吃得一点不剩，连碟子都舔得干干净净。

斯巴达吃得心满意足，兴奋不已，用脸颊不停地蹭咪呜的裤腿。谢谢你，咪呜，这是我吃过的最好吃的东西！

辛勤伸手将狸花猫抱在怀里。吃饱了的小家伙一点也不挣扎，反而放松了身体，靠着他的胸口，发出呼噜呼噜的声音，开始给自己舔爪子洗脸。它的毛毛摸起来松松软软，像每一根毛发之间都充满了阳光的味道。辛勤抱着它，依旧靠墙坐在地上，用手轻轻地顺着狸花猫的毛。他抬起头，望向阳台之外。天上挂着一轮弯月，像一个浅浅的微笑。

自从奶奶去世之后，这是辛勤觉得最为轻松自在的一个夜晚。

他低下头，呼气，吹了吹斯巴达的胡子。斯巴达大概觉得不舒服，歪了歪身体避开了，收回两只前爪，捂住了自己的脸。辛勤觉得好玩儿，忽然想起了什么，从口袋里掏出手机，给此时的斯巴达拍了一张照片。

辛勤将这张照片发在了自己的微博，配文：来到我家的第四天，给你洗了澡，你很乖，要一直健健康康，开开心心。

这是他第一次在微博上发表有关自己的事情。他之前的博文要么是关于游戏攻略，要么是关于游戏视频的，活像一个公众号。也许斯巴达并不是所有人眼中好看的猫咪，但确是他喜欢的，喜欢到也想与人分享，也想记录它生命中的一点一滴。

晚上八点钟，辛勤准时上线。他打开自己的直播间，开始游戏直播。炒蛋刚好也在线上，很快发出了组队的邀请。辛勤同意了，进入小队。

炒蛋的声音很快传来，他嚷嚷道：“哎，我看见你发了一张你家猫的照片，比上次给我的好看多了啊。小爪子看起来挺萌的。”

“我给它洗了个澡。”辛勤解释道。洗好澡，狸花猫的毛毛都蓬松起来，精神了很多，又有姿势和光线的加成，确实比首次的爆照要成功很多。

“不错不错，萌宠还是可以考虑啊！”

由于是赛季，游戏里特别热闹，很多人都通宵晋级。炒蛋实力也不差，开自行车（两个人组队）是个比较稳妥的方法。这是辛勤和炒蛋第一次组队打游戏，不过他们的配合还不错。辛勤在游戏里依旧发挥稳定。XF是一个FPS游戏（第一人称射击类游戏），因此准度、走位和配合就显得至关重要。辛勤的突击英雄都很厉害，预判和意识无可挑剔，如果他拿到狙，基本是无敌状态。且他的英雄池很深，辅助位也能打，在竞技赛场上可以发挥巨大的作用。几场比赛下来，辛勤和炒蛋全胜。由于连胜加成，炒蛋的分噌噌往上涨，很快就上了四千。他的直播间里一片欢腾，粉丝不断地刷礼物庆贺。

辛勤玩得太投入了，丝毫没有注意到不知何时进入房间的斯巴达。那只狸花猫端端正正地坐在桌子下方，盯着辛勤看了一会儿，见对方没有反应，倏地一下跳上了电脑桌，用前爪在辛勤的键盘上踩了一脚。对方瞬间被爆头。辛勤吓了一跳，来不及反应，自己的英雄掉下了悬崖，直接送命了。

与此同时，屏幕打上了巨大的胜利二字，宣告了比赛结束。

“爆头！”炒蛋哈哈大笑，“不过一换一不划算啊辛神，你怎么还自杀了呢？”

辛勤只好解释道：“其实刚刚是我家猫拿的人头。”

像要印证辛勤的话，斯巴达踩着步子凑到了辛勤的嘴边，用脸颊轻轻蹭了蹭，喵呜喵呜叫唤。狸花猫的叫声透过耳麦传到了直播间里，弹幕瞬间炸开了。

炒蛋也听见了，开玩笑道："猫的声音比你本人软萌多了，不是说是公猫吗？"

"是公猫。"辛勤一边回答，一边试图将斯巴达放到自己膝盖上坐好。可惜斯巴达似乎想要和他说什么，不依不饶地跳上桌子，来回蹭他的脸，发出甜腻的叫声。

咪呜，不要玩啦！你该睡觉啦。你不睡觉我就没办法预习功课呢！咪呜咪呜，我在和你说话呀。

半个小时后，这局游戏终于结束了，在队友配合下，辛勤他们依然保持连胜。炒蛋心情超美，和辛勤开玩笑，问是不是一直都是他家的猫代打的。

辛勤也笑了："不是，不过，自从我养了它，我还没输过。"

炒蛋大叫："欧皇猫啊！我要给它买点罐头！"

辛勤的麦里传来喵呜喵呜的猫叫声。过了片刻，辛勤回复炒蛋："抱歉，我得下去了，你们好好玩吧。"

炒蛋正在兴头上，竭力挽留，许诺上了四千二，可以给斯巴达追加一箱罐头。

辛勤拒绝了对方的邀请："不行啊，我的猫又要开始往键盘上踩了。今天先这样吧，有机会再组。"

炒蛋觉得很遗憾，只好同意了。

辛勤下线前，听见他对观众说："哎哎，你们谁要是想吸猫，我这里有辛神的微博 ID，都去关注啊。"

可是我的微博里也只有一张斯巴达的照片，辛勤这么想着，抬手抱起了狸花猫。狸花猫嘴里喵喵叫，尾巴一甩一甩的，显然是对辛勤一直不回应它而发脾气。

"好了，我不玩了。"辛勤一边抱着猫走出房门，一边和它轻声说话，

“你要做什么？饿了？还是我们去睡觉？”他们才走到卧室，狸花猫立刻就不叫唤了，它从辛勤怀里挣脱，一跃跳到床铺上，踩着猫步来到属于它的枕头边，端端正正地坐好了，目不转睛地看着辛勤。辛勤不禁笑出声：“好吧，我们睡觉。”

辛勤很快洗漱好，抱着狸花猫窝进了被窝。狸花猫将毛茸茸的身体整个嵌入他的臂弯里，仰面躺着，两只前爪腾空，发出呼噜呼噜的声音。在这片催眠的呼噜声中，辛勤很快就睡着了。

斯巴达将人类哄睡了之后，又静静地养神了许久，确定人类已经完全陷入梦乡，他打了个哈欠，从人类怀里钻了出来。城里猫既要陪伴家人，又要抽空学习，真是辛苦啊。斯巴达用力甩了甩脑袋，彻底清醒后，踮着脚小跑到房门口。房门被关上了，但是这难不倒斯巴达。这招还是他妹妹咪咪教他的，乡下很多人家的后门不会锁严实，斯巴达很聪明，自己尝试了两次就学会了。学会开门，可以方便他在狩猎淡季去别人家厨房找点吃的。斯巴达瞄准门把手，轻轻一跳，用爪子迅速压下门把手，门很快就开了一条缝。他用身体来回蹭了蹭门板，从门缝隙间挤了出来。

斯巴达的目标是楼下的平板电脑。他已经知道应该如何开机，现在需要完成预习作业的第二道题，成功运行 WC 软件。戴麻薯曾经告诉过他，在平板电脑上运行软件要比在台式机或是笔记本电脑上容易多了。首先需要用爪子长时间地按住开机用的凹陷圆心处，等到嘀一声响起，再冲平板电脑喊出如下句子：喵，喵呜，咪咪喵。平板电脑会予以回应，自动运行 WC 软件。

这个过程对于聪明的斯巴达而言毫无困难。软件运行后，系统自动登录了人类的账号。跳动的红色提示标点瞬间吸引了斯巴达的注意力，他用爪子扑了半天，确定把所有红标都去除后，总算想起他今天的学习目标。他需要先找到猫咪课堂的账号，然后加上好友。等开课的日子，他们连线后，就能够彼此通讯。不得不说，为猫咪创造出这一切的人类，还是很聪明的。但他们有时又不那么聪明，比如现在，他们神奇的绿色账号里有上百的好友，就如同毛春城一条街上的猫咪一样多。和猫咪不一样，人类似乎热衷于交友，但往往记不住自己到底有多少好友，有些账号加上后，甚至从未说过一句话。不过，这倒是为猫咪创造了良好的机会。那些幽灵账号，被遗忘在网络的角落里，多一个，少一个，并不会引人注意。只要痕迹处理得当，毫无洞察力的人类是不会发现的。

斯巴达重复了步骤一，打开了语音系统，并使用了第二条密令：喵呜喵呜，喵喵。很快，平板电脑里传来一个奇怪的猫的声音："请问是否连接远程协助喵？"

斯巴达歪歪脑袋，怀疑这是一个人类假扮猫咪说的话，不过他还是回喵了一声表示同意。

平板电脑在指令下进入了无人……无猫操作的界面。斯巴达看不明白，他老老实实地盯着不断变幻的屏幕看了一会儿，终于没忍住，伸爪子去拍它。他用肉爪子不停地在屏幕上滑动，光滑的触感让他觉得很不舒服。斯巴达舔了舔嘴巴，把爪子收了回来。这时候，屏幕终于静止了，平板传来喵一声。斯巴达瞪圆了眼睛，两只耳朵竖得高高的。

"对接已完成，欢迎来到猫咪学园。"

咦，我成功了吗？

"即将进入语音操控，确认请回复喵。"

斯巴达凑过去喵了一声。

"在正式进入猫咪学园学习之前，请登记你的基本信息。"

斯巴达在回复了公母年龄等信息后，在名字一栏卡壳了。我还不知道咪呜给我取的名字是什么。他有些不开心地甩了甩尾巴，选择了暂停。下次见到戴麻薯再问问他好了。虽然戴麻薯说，自己可以等到能听懂了之后再改名字，可是他希望能够用咪呜给他取的名字去上学。尽管他并不知道那是什么，但他相信，他的人类一定给他取了一个最好最厉害的名字！

斯巴达没有想到，再一次见到戴麻薯的机会竟然这么快就到来了。

CHAPTER 14
复诊

第二天天亮后，辛勤没有被斯巴达踩醒，那只狸花猫甚至不在他的床上。辛勤有些奇怪，下楼找了一圈，在客厅的沙发上发现呼呼大睡的斯巴达。它四脚朝天仰卧着，底下垫着辛勤的 iPad，还惬意地打着呼噜。不知道是不是梦见了什么好吃的，狸花猫咂咂嘴，嘴角上扬，像在微笑。辛勤觉得好笑，拿手机将这一幕拍成了短视频，发到了微博。辛勤起身去厨房，给斯巴达和自己准备好早饭，再返回客厅，发现斯巴达仍在睡觉。在叫醒狸花猫和继续让它睡一会儿之间，辛勤纠结了片刻，想到今天安排了斯巴达回诊，还得早点出门。他伸手捏了捏斯巴达的肉爪子，轻轻摇晃了几下。斯巴达不为所动，依旧睡得香甜。辛勤没办法，只好弯腰，将狸花猫整个抱了起来。

忽然腾空的狸花猫蓦地从睡梦中醒来，不明所以地蹬了蹬腿，一脸茫然地仰头看向人类。咪呜……他迷迷瞪瞪地喊。

辛勤怕狸花猫有起床气，把它稳稳地抱在怀里抚摸，让它缓缓神："我们今天要去'吃多多'。你还记得于医生吗？就是帮你治疗爪子的那位医生，我们今天去看看她。"

咪呜……狸花猫无精打采地回应，脑袋耷拉在人类的肩上，眯着眼睛。昨天晚上因为纠结名字的问题，闹腾得有些久。他还没有睡够，又攒了一肚子问题，想问下戴麻薯。不知道什么时候才能看到那只大黑猫。

直到出门时，斯巴达才彻底清醒。他窝在猫包里，低声叫唤。咪呜，我们要去哪里呀？我不是已经洗了澡了吗？

辛勤隔着包和斯巴达说话："乖，我们打个车，很快就到了。"

斯巴达叫了一会儿，见辛勤不为所动，只好垂着脑袋趴着。所幸他们的目的地很快就到了，人类拎着他下了车。斯巴达抬起鼻子在空气中嗅了嗅，很快就想起来这是他第一次见麻薯的地方，麻薯曾经和他说过，这里叫作医院，生了病的猫咪需要来这里治疗。咪呜，斯巴达叫道，我没有生病呀，你是不是傻的。

辛勤和于医生已经预约好，在前台进行简单的登记后，很快就被带进了诊室。他们才刚进门，医院里的吉祥物麻薯就从高高的猫架一跃而下，拐弯来到了猫包前面。只见那只大黑猫凑近包口，拿鼻子仔细地嗅了嗅，似乎是想确认里面的猫。斯巴达喵呜一嗓子，拿爪子拍了拍包的口袋，麻薯则是回应了一声长长的呣，双方算是打了招呼。

于医生见状，不禁微笑："今天麻薯很热情呢。你们已经认识了吗？"

他算是我徒弟呢。麻薯得意扬扬地甩尾巴。

斯巴达不高兴了，嘶了一声，谁是你徒弟呀，不要脸。

麻薯丝毫不觉得不高兴，反而兴致盎然地呼唤狸花猫："你快让你的人类放你出来呀。"

"你是不是笨呀，人类听不懂我说的话。"

"你才笨，你随便叫几声，他就会来哄你了。"

斯巴达闻言，在猫包里打了一个滚，发出喵呜喵呜的叫声。果不其然，咪呜很快就出现了，将猫包打开，把他抱了出去。可惜，斯巴达并没有得意多久，就被抱去了一个小房间，被摁在冰凉的桌板上。斯巴达正想挣扎，咪呜走了过来，帮于医生按住他的身体。喵呜……斯巴达委屈地叫了一声，换来对方的抚摸。哼，摸我也没有用的，我不喜欢这样被按着。

斯巴达气呼呼地甩尾巴，很想要扭动身体在桌面上打个滚。他扭头去看咪呜，呼了一口气，看着对方认真看他的样子，又决定不和人类计较了。喵，你们要快点结束哦，想舔爪子。喵呜，不要抠我的耳朵，咪呜，耳朵，咪呜！什么东西在我的耳朵里，抖抖！斯巴达用力挣扎，而他的人类并没有放松对他的桎梏，反而将他抱得更紧了，这让狸花猫有些不开心。他将身体紧缩，别着两只耳朵，试图把脑袋藏起来，暗自生闷气。

狸花猫被于医生翻来覆去地摆弄，做各种检查。于医生一边记录一边和辛勤解释斯巴达的身体状况和嘱咐各种注意事项。斯巴达大概是觉得害怕，拼命地将身体靠近辛勤，用脑门抵着辛勤的胳膊，将脸埋了起来。辛勤心疼地摸摸它的头："很快就好了，于医生在夸你特别健康。"

好在这种耗气力的事情并没有进行很长时间，于医生总算松了手。忽然如释重负，辛勤将委屈地蜷成一团的狸花猫抱在怀里，亲了亲它的脑袋。

斯巴达靠在人类的胸口缓了一会儿，总算决定原谅他的咪呜了。此时咪呜正在和麻薯的人类说话，斯巴达歪着脑袋，听不懂他们在说什么，好奇地来回打量两只人类。

麻薯不知什么时候进来了，正盘着身体坐在一旁空的药架子上，饶有兴趣地听着人类的对话，还给斯巴达做同声翻译："你的人类说要领养你呢。"

斯巴达一甩尾巴，这有什么，我早就接管我的人类了。

"他说特别喜欢你，觉得你们两个有缘分。"

斯巴达有些不好意思地抖了抖耳朵，把脸埋在咪呜的怀里。哎呀，干吗要这样告诉别人，蠢咪呜。他低头害羞了一会儿，忽然想到什么，猛地抬头，望向麻薯的方向，喊道："哎，麻薯，你帮我听听，我的人类给我取了什么名字呀？"

麻薯闻言，扭头看了狸花猫一眼，半眯着眼睛，问道："你确定吗？

你不想自己学会了人类的语言后再亲自去确认吗？”

斯巴达低下头，晃了晃尾巴尖，说道：“可是我想早点知道我的人类给我取了什么名字，这样我就可以大声地和别的猫介绍我自己了。”

“就算人类给你取的名字很难听吗？”

“咪呜才不会取难听的名字！”斯巴达大声反驳。

麻薯喵喵笑了起来，慢吞吞地站起身，说道：“行，你等着，我帮你打听打听。”说罢，他双腿一蹬，蹦上了写字台，凑到于医生的手边，听着她和辛勤的对话。

于医生正坐在写字台前，帮辛勤填写猫咪领养记录表格，有主的猫咪需要植入芯片，芯片里需登记主人和猫咪的信息，以便猫咪丢失后，能够通过芯片迅速找到主人。辛勤指着猫咪姓名一栏，说道：“斯巴达。”

于医生笑着点头：“很霸气的名字呢，和它特别配。”

正偷听的戴麻薯听到这儿，立刻起身，蹦下桌子，噔噔几下跑到斯巴达身边，对他喵道：“原来你叫斯巴达呀。”

“斯巴达？”狸花猫瞪圆了眼睛，不确定地问道，“是个难听的名字吗？”

戴麻薯抖了抖胡须，也显出几分迟疑：“应该不是吧，我听见于医生表扬你的名字来着。于医生可厉害了，她能通过我尾巴的摆动频率判断我今天想吃什么。所以，她认为你的名字好听，那你的名字肯定超级好听！”

斯巴达激动得毛都奓开了，他欣喜地来回踱步，发出短促的呼噜声。

辛勤听见动静，回头看狸花猫，以为它不耐烦了，走过去将它抱了起来：“我们很快就好了。一会儿于医生要给你植入芯片，不会很疼。我们还得打疫苗。”

于医生填好表格后，回头看见和猫在说话的辛勤，不禁笑了起来：“我估计斯巴达可能有一岁多了，具体年龄不太好判断，体重七斤半，虽然从纯体重来看还算正常，但就它的身形，最好能再长点体重，会更健康。驱虫挺成功的，皮肤状态良好，耳朵挺健康的，记得定期给猫咪清理耳朵，不过注意别弄伤它。猫咪的体温正常，今天可以先打三联，一周后回来做内驱。再过一段时间，可以考虑给它做绝育手术，它应该已经过了今年的发情期了，正好。”

辛勤默默地用手指压住了斯巴达的两只耳朵。在一旁看热闹的麻薯忽然发出喵喵的怪叫声，狸花猫不明所以地歪了歪脑袋，扭头瞪了它一眼。

芯片植入和内驱都做得非常顺利。不知道是明白挣扎并没有什么用，还是辛勤一直守在旁边的缘故，斯巴达从头到尾都表现得非常乖巧，既不挣扎也不乱叫，打完针后，还伸头试图去舔辛勤的手指。辛勤将斯巴达抱在怀里，想起之前在网上搜注意事项时，以为会发生极为惨烈的画面。而现实是，斯巴达趴在操作台上一动不动，打完之后也不见有什么反应，反倒打了一个哈欠，随后窝在辛勤怀里昏昏欲睡。

于医生让他们在医院再待一个小时，看看过敏反应。斯巴达睡了一觉，醒来后精神抖擞，还和麻薯打了一架。可能是对剃了一小块毛的爪子还不太适应，它总是停下来去舔。辛勤担心对针孔愈合不好，抓着斯巴达不让它舔。斯巴达只好俯身去舔辛勤的手指头。

于医生和辛勤开玩笑：“你这也太小心了。斯巴达是一只非常强健的猫咪，好好吃饭就能健健康康，不用太担心，狸花猫的生存能力很强。行了，没什么不良反应，可以先回去了。”

辛勤告别于医生，带斯巴达回家去了。为了给狸花猫增加营养，吃完晚饭，又给狸花猫喂了一些冻干做零嘴，吃得狸花猫开心地喵喵叫。

经过了几天的练习和适应，现如今的斯巴达已经对平板电脑的操作了如爪子了。他很快就用自己的大名斯巴达注册了猫咪学校。而另一方面，他和咪呜的磨合越来越顺利，很快就熟悉了彼此的节奏。诚如斯巴达所说，他的咪呜是全世界最好的人类。他很聪明，又很温柔，既懂得怎么照顾狸花猫，又不会想着去侵犯他的领地和独处的时间。要知道，猫咪是独居动物，并不喜欢无时无刻的陪伴。不过有时候，斯巴达反而会希望能和咪呜长长久久地待在一起。为什么呢？当然是因为他的人类是全世界最好的人类。他会在咪呜开始玩那个大大的黑盒子的时候，闯入他的房间，霸占他的大腿，然后凑到他嘴边发出各种各样奇怪的声音。如果咪呜是一只猫，一定会被自己的幽默逗得哈哈大笑的。只可惜，咪呜并不是一只猫。不过没关系，等他通过猫咪学校的考试，他一定能够听懂咪呜说的话。斯巴达对自己信心满满。

猫咪学前班的开课日如约而至，斯巴达兴奋得停不下来，他绕着咪呜的小腿蹭了一圈又一圈，使得他的人类完全没办法沉浸在自己的事情之中。作为谈判，他的人类为他准备了好吃的冻干。哼，我才不是为了吃的才去亲近你的。不过，我还是暂时别告诉咪呜真相了。大口嚼着冻干的狸花猫这么想。

当天晚上，当月亮爬到天空的最高处时，咪呜已经沉沉睡去了。斯巴达睁开眼睛，轻轻舔了舔人类的鼻子，然后悄无声息地跳下床，走出了房门。

CHAPTER 15

猫咪小讲坛开课啦

猫咪晚上不睡觉，多半是上课去了

斯巴达找到咪呜的平板电脑，熟练地操作，很快就进入了猫咪学习系统。他用斯巴达的ID登录进去，发现小讲堂里已经坐满了猫。

猫咪小讲堂采用的是在线授课形式，所有参与的猫咪学员通过视频的方式与猫咪讲师沟通。每个小讲堂都算是小班教学，一共只有四窝猫，大概有十几二十只猫咪。每窝猫都有一个专属的视频窗口，可以传递信息，也可以发言。斯巴达的小窗口在右上方，作为一窝只有一只猫的代表，特别的醒目。而更加醒目的是，他是在场唯一一只成年猫。

意识到这一点，斯巴达有些不好意思，他调整了一下自己的坐姿，试图让自己的影像在窗口里显得更加不起眼一些。他的愿望很快就落空了，讲师姜大宝上线后说的第一句话，就让斯巴达暴露在了众目睽睽之下。

“今天是新的一期猫咪学前班小讲堂的开课日。首先，我们要欢迎有史以来，猫咪学堂的新生中，年纪最大的一只猫——斯巴达。”

斯巴达眼睁睁地看着其他四个小窗口里的幼猫们闻言，整齐划一地移动视线，齐刷刷地定位在他的脸上。他们看起来都是不超过两个月大的幼猫，大部分都是在妈妈的陪伴下来参加小讲坛的。被这么多小猫同时盯着，斯巴达顿时觉得全身的毛都奓起来了。就在他想起身躲开摄像头时，小猫咪们参差不齐地发出一串喵喵声，表示欢迎。作为城里的家养猫，他们的妈妈也是受过高等教育的，他们从小就被猫妈妈灌输了猫咪教育的概念，因此对于小讲坛的熟悉程度，比半路出家的斯巴达可是要好很多，猫咪礼仪自然也做得很好。

斯巴达不好意思地用爪子踩了踩沙发垫，回喵了一句。

此时，左上角有只短嘴巴的橘色加菲猫凑到镜头前来，盯着斯巴达看了好一会儿，忽然大声问他妈妈："妈妈，他年纪这么大了，为什么还来上学呀？"他话音才落，换来角落里的猫妈妈的一记爪子。

其他幼猫闻言，也七嘴八舌地询问起自己的妈妈。课堂上顿时响起乱哄哄的声响。斯巴达顿时觉得更不好意思了，恨不能用尾巴把脸遮住。

就在这时，姜大宝低沉地㖞了一声，将众猫的注意力重新吸引回课堂。她是一只长着玳瑁头的黄斑大白猫，两眼聚神，胡须外张，看起来很是威严。她一发声，众猫顿时收声，安安静静地重新蹲坐好，认认真真地看向了屏幕。

因为是小班教学，同期的猫咪们会一直相伴到学前班阶段结束，因此第一堂课的开头，姜大宝让众猫做自我介绍，互相认识对方。如果在自然环境下，两只猫咪要认识，需要通过对峙、屈服、嗅嗅屁屁来结束。而通过猫咪课堂，显然相识有了更加文明的方式。

自我介绍的顺序按照年龄大小排，斯巴达自然是第一个。经过刚才的闹剧，显然大家对于这只大龄猫有着超乎寻常的好奇。他还没有发声，就受到了十几对铜铃一般的大圆眼珠子的注视。"我……"斯巴达略有迟疑，忽然又想到，管他呢，就是一群小屁孩，敢嘲笑我，我就上他们家揍猫。想到这儿，斯巴达顿时自信起来，昂起头，喵喵道，"我的名字叫斯巴达，这是我的人类给我取的名字，意思是我很厉害。我出生在春季，现在二十一个月大了。"众小猫发出喵呜惊讶声。斯巴达更加得意了，继续说道，“我很会抓老鼠，也会抓麻雀。我的人类是全世界最好的人类。”

刚才第一个开口的橘色加菲猫着急忙慌地凑到镜头前，喵呜了一声，赞叹道：“你见过老鼠呀！”

其他小猫们附和地点点头。见过老鼠呀！作为城市猫，纵然他们的见识很广，懂得很多，但对于更加原始的有关猫的知识，却不那么了解。关于老鼠，他们所有的认知只来源于口口相传，甚至他们的妈妈也并不一定亲自见过。斯巴达这样的猫，简直像一个有传奇故事的江湖浪猫。

斯巴达鄙夷地环视众猫。现在的年轻人都怎么回事，连老鼠都不认识了。在他们乡下，别说要认识老鼠，还要能抓，抓不着可是要饿肚子的。可是他不屑和一群城市猫解释，矜持地略点了点头，就不肯再开口说话了。

小猫们遗憾地喵了喵，按照老师的要求，依次做了自我介绍。斯巴达这才得知，那只有点烦人的短嘴巴名叫葱包烩。他是一只橘色大花纹的猫咪，头顶上正中央有一条细线形的深色的毛发，一直延伸到尾骨那里。葱包烩是那一窝小短嘴里面最闹腾的，也是个头最大的，比他的弟弟妹妹们足足大了一圈。小胖子，斯巴达张嘴，露出尖牙，冲左上角的窗口哈了一口气。

望着满课堂的毛茸茸，姜大宝满意地点点头，开始了正式的第一堂课——我是猫。

啥？斯巴达抬起右后腿蹬了蹬自己的耳根，我是猫？他原先以为，像见多识广的城里猫一样上学难度会很大，他很早就做好了今天什么都听不懂，课后再找戴麻薯单独辅导的心理准备了。没想到，第一堂课居然是教他这么一个和饿了要吃饭困了要睡觉一样简单而浅显的东西。我是猫？我当然是猫，我在二十一个月以前就知道自己是猫了。喵，猫咪不会抓老鼠，果然办事不靠谱。斯巴达在心里打起了退堂鼓。早知道还不如和咪呜一起睡觉的！

大概是斯巴达不屑的神态太过明显，换来了姜大宝的一记眼刀。那只玳瑁头的大猫呼噜呼噜清了清嗓子，扫视了一通众猫，继续开口说道："猫，存活于世，第一个认识，就是，我是猫。那猫是什么呢？"

斯巴达和众奶猫一起歪头。

"这个世界上有很多的物种，有人类，很显然的，还有蠢狗，有可以吃的，有不能吃的。猫，也是一个物种，和我们形态相近，习性相似的生命体，都可以称之为猫。为什么要强调这一点？是因为猫是独一无二的物种，当你将自己划分到这个物种里时，你就应该知道，作为一个物种，你有怎样的能力，你应该有怎样的责任，你要怎样才能在这个世界上生存。"

姜大宝用逗猫棒做教鞭，开始演示她的课件，大多数都是浅显易懂的图片。由于教鞭太过吸引人，连同斯巴达在内的学生们都忍不住想起身去扑屏幕上晃动的逗猫棒，被姜大宝的严厉的呵斥声镇压。斯巴达心头痒痒，不时走神，听得一知半解，只知道介绍猫的部分的重点知识是关于小猫们的常识。在自然环境下，小猫们在四个月大以前，都会待在妈妈身边，由猫妈妈们负责传授这些知识，教他们如何感知世界和学习生存技能。斯巴达在小的时候，他的妈妈也是这样教他的。只不过，还没等他完全学会，妈妈就去世了。后来很多狩猎技巧和生存知识，都是斯巴达通过观察别的猫咪和依靠强大的生存本能习得的。而猫咪课堂则用更加系统的语言阐述其中的道理。不过，系统的语言就意味着枯燥。

斯巴达和小猫们听得迷迷糊糊，频频走神，那只短嘴巴的葱包烩甚至还当场打起了盹，脑袋一沉，咚一声就扑在地上睡着了。斯巴达嫌弃地瞥了一眼葱包烩，张大嘴巴打了一个哈欠，心想，姜大宝这样严厉的大猫，肯定会把那个小胖子骂惨的。

没想到姜大宝只是看了一眼睡得迷瞪的小橘猫，抖了抖耳朵，说道：

“第一部分的讲解结束了，大家有半个小时的打盹时间。一会儿系统会自动叫醒你们，我们再继续。”说罢，她自己也打了一个哈欠，站起身，转了一个圈，找地方补觉去了。

斯巴达心里嘀咕，上课也没那么辛苦嘛。他把身体蜷起来，就地躺了下来，闭上眼睛，很快就进入了梦乡。

半个小时后，斯巴达被一阵窸窸窣窣的疑似老鼠的动静唤醒了。他瞬间清醒，迅速立起上半身，调整耳朵尖的方向，想要判断声源。就在这时，斯巴达发现，声音是从 iPad 里传出来的。显然，这就是姜大宝所说的系统的提示声。斯巴达快速抖了抖耳朵，谨慎地嗅着空气中的各种微弱的气息，他听见咪呜在楼上翻了一个身，但似乎并没有要醒来的迹象。斯巴达放下心，又低头仔细地嗅了嗅 iPad，确定确实没有任何猎物的痕迹后，用爪子拍开了 iPad，继续上课。

用老鼠的声音来叫醒一只猫显然是非常聪明的做法，哪怕是从来没见过老鼠的城里猫，也会被他们野性的本能唤醒。姜大宝已经重新回到了镜头前，此时正端端正正地坐着，已经准备好要开始下一课。而刚刚从梦乡中被唤醒的小猫们咪咪乱叫，两眼迷茫，透着一股傻气。斯巴达眯着眼睛，嫌弃地看着那些小不点。葱包烩努力地爬到镜头前，喵了一声，问姜大宝：“我们什么时候才能去睡觉呀？”这个问题显然也是其他学生关心的。

斯巴达心想：这小胖子看着蠢，没想到还挺有胆子。

姜大宝板着一张猫脸，慢吞吞地看了一眼葱包烩，又慢吞吞地转过头，正对镜头：“上课。”她宣布道，显然是拒绝回答葱包烩的蠢问题。

斯巴达又打了一个哈欠，无精打采地趴在镜头前，半耷拉着眼皮，看着姜大宝。幸好第二堂课的内容比第一节有意思一些，也是斯巴达更加感兴趣的——猫和人类。

CHAPTER 16

如何选择一只人类

“众所周知，家猫们在离开妈妈和兄弟姐妹后，都会找到一个人类家庭，接管他们。如果不出意外，我们会在这个新家永久地居住下去。猫和人类有非常微妙的关系。我们都是独居动物，成年后并不喜欢和同类离得太近。对人类也是，独立的猫咪从不希望毫无保留地接纳人类。如何把控猫与人类的关系，是家猫一生的课题。

“如果一只猫咪，在两三个月大的时候没有见过人类，没有近距离接触过人类，那他很可能适应不了和人类一起生活。两三个月大的猫咪的适应能力是最强的。相对的，如果猫咪在这个阶段学会了正确的接管人类的方式，那将终身受益。所以，你们选择来参加猫咪课堂的时间点非常关键，我很高兴你们都……”姜大宝顿了顿，看了一眼缩在角落里的狸花猫大哥，重新说道，“我很高兴你们中的绝大多数猫都在正确的时间做出了正确的举动。你们应该为此对你们的母亲表示感谢。”

斯巴达继续趴着，将左爪子打弯搁在右爪臂上，下巴垫在上面，打了一个哈欠，全然不在意众猫的打趣的目光。

“猫咪们应该如何找到一只合适的人类并接管他们呢？一些猫咪在两三个月大的时候，原生家庭的人类会负责他们的接管事宜。小部分猫咪会被留在原生家庭里，和他们的母亲一起，共同接管那个家庭的人类们。大部分猫咪会离开母亲，进入一个全新的家庭里。虽然表面上看起来，猫咪去接管哪家人类，是由原生家庭的人类说了算的，但其实并不然。小猫们对于自己未来的家庭，也是有很大的发言权的。首先，如果你的原生家庭的人类是个负责任的人类，他们对接管名单做一个合理的筛选，会替猫咪们先期排除那些不负责任不适合管理的人类们。来到你面前的人类，起码符合基本条件。但猫咪也可以适度表现出自己的喜恶，比如在你讨厌的人类的鞋子上撒一泡尿。只要你足够可爱，你终究是会被原谅的。而且在你如此爱憎分明地表明自己的立场后，十有八九会换一家人来面试。

“猫咪虽然不是群居动物，但是也有足够的责任心。一旦决定接管某只人类，我们就会负责到底。因此，做出明智的选择是至关重要的。

“那怎么判断什么样的人类是合适呢？作为一只猫咪，你们需要记住以下几个选择人类的要点。首先，要远离那些太过喜爱猫咪的人类。爱猫的人类中有很多都是过分激动的，他们非常情绪化，丝毫不讲究距离感。他们会非常任性，凭自己的喜好打破猫咪和人类应有的健康距离，这种任性只能由猫咪主导，绝对不能是人类。同时他们会过分沉迷我们的身体，会随意揉搓我们的毛，总是动手动脚，还会给我们佩戴不合时宜的装饰，甚至在我们明确表达出不满的情绪后，丝毫没有任何悔意，继续肆意妄为。最可怕的是，这种喜爱总是伴随着对外表的迷恋，一旦我们可爱外表的魔咒破解之后，他们会极快地厌倦之前的喜爱，开始变得冷淡，甚至会单方面解除接管协议，抛弃我们。所以，从一开始，这样的人类，我们就应该避免和他们接触。这一类的人类，通常是有迹象可以识别的。他们看到我们后，总是会尖声大叫，不做任何自我介绍就伸爪子想摸我们的毛毛，不顾我们的反对将我们箍在怀里，非常用力。他们通常还会夸张地赞美我们的外表，激动地和他们的人类朋友分享我们的照片。如果这些举动已经到了让你不适的程度，请及时远离这种人类。如果他们试图去伤害你，可以使用你的爪子进行反击。

“第二种人类和第一种完全相反，他们非常讨厌猫或者是其他任何小动物。他们之所以在名单里，很可能是因为他的人类朋友的要求。有时候这种人类会表现得很有礼貌，看起来像一个不错的选择。但千万别被这些表象所迷惑，聪明的猫咪会做更多的试探。你可以选择去他身边捣乱，抓他的裤子，跳到他的身上，挠他的手臂——记得将爪子收好，我们并不喜欢一开始就见血闹得很不愉快。如果他变得僵硬，表情狰狞，又或者躲闪着再也不肯来到你的身边，甚至是在没有别人关注的情况下粗暴地推开你，这样的人类在你们未来的相处中并不会是个多么美好的伴侣。他们通常也不会有足够的责任心，一直陪伴你到死亡。如果这种人类是在他们的人类伴侣的要求下来见面的，那么将更加糟糕。人类的关系是非常不稳定且不可信的，一旦他们之间的关系破裂，作为一个见证过他们关系的猫咪，非常可能成为牺牲品。

“第三种人类，人类的幼崽。记住，远离人类的幼崽！他们会扯痛你的耳朵，掐住你的脖子。他们完全不讲道理。如果你反击，你很可能会被抛弃。当然，凡是都有例外。但，如果你是一只没有什么耐心的猫咪，请记住，远离人类的幼崽！

“那么，什么样的人类是合适的？我们需要寻找那种带着平静和温柔能量的人类。他们的呼吸平缓，声音的音调不会过高，不容易激动。他们动作轻柔，懂得尊重猫咪，不会肆意侵犯一个没有安全感的猫咪的领地。他们会关注细节，能觉察到猫咪的每一个需求。如果我们不小心犯了一个错误，他们也不会大喊大叫，会非常聪明地处理。这种人往往有强烈的责任心，他们是适合你长久陪伴的家人。有时候，只要多加观察，你很容易就将猫咪喜欢的这种人类从人群中分辨出来。他们周身会散发出让你感到温暖安心的气息，让你忍不住去靠近他，发出呼噜呼噜的声音，就像对妈妈那样。当然，评判一个合格的人类伙伴是一个极其复杂的过程，评判标准也并非总是单一不变的。聪明的猫咪会感受到来自他的人类独有的气息。”

斯巴达噌一下坐了起来，冲镜头兴奋地喵了一声：“我，是我！我的人类就是！我的人类是全世界最好的人类！”其他小猫听了，都好奇地歪过头去看斯巴达。斯巴达骄傲地挺直了身体，高高地扬起下巴，脑袋都超出镜头范围去了。

姜大宝瞥了斯巴达一眼，沉声提醒道：“所有猫咪需要保证自己的身体尽可能地露在镜头内。”

斯巴达踩了踩爪子，依旧兴奋不已，躺了下来，给自己舔了舔毛，平静下心情。自己的咪呜的好，真是和这些城市猫说三天三夜都说不完。

葱包烩羡慕地说道：“好厉害呀，你是怎么捡到你的人类的？”

斯巴达开心地抛了抛自己的尾巴：“我的人类是我继承来的，他是我的姨妈给我的遗产。”

哇，遗产，好厉害！尽管并不十分清楚遗产是什么，小猫们还是发出了惊叹声。

狸花猫抖了抖胡须，啊，我真是太受欢迎啦。

课程在一片轻松祥和的氛围中结束了。那只葱包烩在下课时特地叫住了斯巴达：“喵，我妈妈说再过两三周我也要挑选人类了。我能接管你的人类吗？我们可以一起玩，我有可多罐头了。”显然他被斯巴达高调的炫耀口吻吸引了，对斯巴达的人类产生了极大的好感。妈妈说接管人类其实是一件很有风险的事情，不谙世事的小猫们很可能无法做出明智的选择。与其迷迷糊糊地选择一只人类将就了，不如去接管一只已知的适合管理的人类。

斯巴达非常不客气地冲他嘶了一声：“哼，罐头我也有！才不要你和我分享咪呜。”他一爪子拍灭了平板电脑，头也不回地上了楼，气呼呼地钻进人类的被窝里，将脑袋挤进咪呜的臂弯里。那只讨猫嫌的小胖猫！斯巴达生气地打了一个喷嚏，伸出舌头舔了舔咪呜的下巴。咪呜太好，大家都来觊觎，我一定得牢牢看住他。

第二天一大早，辛勤是被斯巴达踩醒的。冰冰的肉垫子拍在他的脸颊上，让他不得不睁开眼睛。

吃饭啦，咪呜——斯巴达冲人类叫唤。

“早……”睡眠被打断，辛勤的脑子一阵混沌，动作迟缓地将狸花猫捞了过来，亲了亲它的毛毛。斯巴达俯身舔了舔辛勤的脸，又像要为他梳洗似的给他舔起了头发。辛勤窝在被窝里迷糊了一阵，终于清醒了。

咪呜，你的平板电脑不管用啦，大宝老师说是没有电了，你要去给我充电哦。

辛勤坐了起来，斯巴达顺着他的动作从他的胸口滑到他的腿上。辛勤伸手，用手指在斯巴达的脑袋顶上抓了抓。斯巴达舒服地眯着眼睛，叠上耳朵。辛勤抓过床头的手机，顺手给斯巴达拍了张照片传微博。打开微博后，多了很多消息提示，辛勤这才发现自己的粉丝不知不觉涨了一千多。前两条关于斯巴达的微博下面都有两百多条留言，很多人说看一只脸上有疤的大汉猫卖起萌来简直戳中了奇怪的萌点。辛勤编辑好文字，将斯巴达的新照片传上去，然后放下手机，挠了挠狸花猫的下巴，说道：“你要成为一个小明星了，大家都夸你好看。”可爱和好看其实是有差别的，但是在辛勤看来，斯巴达确实很好看。

“你是一只很好的猫咪。”

你是一只很好的人类哦。

CHAPTER 17

再见了蛋蛋

不知不觉，斯巴达来到辛勤家里已经有一个月了。它完成了内外驱虫，打了疫苗，饭量很好，体重也长了，毛色润泽，是一只非常健康的猫咪。辛勤在医生的建议下，开始着手准备给斯巴达绝育的事情。他在网上搜索了很多资料，做足了功课，几番对比之后，慎重地选择了一家口碑最好的医院，选择了全进口的药物，预订了手术套餐。

斯巴达对于即将到来的这一刀一无所知。他依旧是一只开心的猫咪。猫咪学前班的课程已经上得差不多了，这个阶段的课程以讲解知识为主，内容还算简单，也没有太多的作业要处理，可以说是相当轻松了。斯巴达甚至抽空学会了猫咪网络社交。他通过咪呜的社交账号，学会了如何操控平板电脑进行语音或者视频交流，还加了好几个猫咪好友，多数是他同期的同学以及不知怎么拿到他的联系方式的戴麻薯，还有那个讨人厌的小橘猫葱包烩。葱包烩已经离开他的妈妈，正式接管了一家两口的人类。他的人类是一对夫妻，都很懂礼貌，也很有责任心，对于猫咪而言，是一个不错的选择。小日子过得不错的葱包烩吃好喝好，像充气一样，很快又长了一大圈。葱包烩平日里特别聒噪，比乌鸦还吵，每次下了课都要逮着狸花猫问东问西，直到今天，还对他的咪呜抱着不可言喻的好奇心。花心猫！斯巴达在心里鄙夷，暗自发誓绝对不能让葱包烩见到咪呜。

告别蛋蛋的日子终于到来了。

狸花猫像往常一样向他的人类撒娇，可是咪呜一反常态地并没有给他准备早餐，甚至连水都没让他喝。虽然肚子有点饿，也有点渴，但还能忍受，已经习惯饥饿生活的斯巴达并没有表示太多的不满。他叫唤了一阵，发现咪呜并没有要妥协的意思后，就安静下来，趴在地毯上开始舔毛毛。而他的人类，在一旁不知道在忙着收拾什么东西。不一会儿，毫不知情的狸花猫被塞进猫包里，出了门。

斯巴达对于猫包已经很熟悉了，辛勤经常会带他去宠物诊所复诊。在那里他会见到戴麻薯和一些挺友好的人类。斯巴达对于去诊所并没有太多反感，因此人类拎着他上路时，他还在猫包里傻乎乎地舔毛，又毫无戒备心地小睡了一觉。直到辛勤将他带到一处陌生的房子，斯巴达才开始有所警惕。这个地方的气息是全新的，这令狸花猫感到不安。他高高地竖着两只耳朵，打定主意，如果一会儿发生什么意外，他就带着人类远远地跑开——当然，他全然忘记了自己还在猫包里，想要脱身，似乎并不是一件简单的事情。

辛勤找的是一家大型的综合宠物医院，负责手术的是医院里最有经验的医生，人称陈一刀。这个医生据说有些奇怪，不怎么说笑，但技术很好。做完了术前的身体指标检查后，辛勤拎着猫包，战战兢兢地站在手术室门外，忐忑地等着。他脑海里回想着网上传说的一些不良的手术事故和术后反应，心里面很没有底。而他的狸花猫对于即将到来的无妄之灾一无所知，这更增加了辛勤的心理负担。好在他只等了一会儿，陈医生就走了出来。陈医生穿着一身异常干净的白大褂，看起来年纪不大，瘦瘦高高的，口罩退到下巴处，说话时声音很平和，倒不像一个严苛的人。他让辛勤打开猫包，把斯巴达抱出来。辛勤立刻照做了。

斯巴达窝在人类的怀里，警惕地打量眼前的陌生的人类。他要做什么？斯巴达伸出爪子想拍走陌生人类的爪子，被咪呜制止了。这个陌生人类身上有和戴麻薯的人类差不多的味道，难道他也是医生吗？咪呜为什么换了一家诊所呢？我还能见到麻薯吗？斯巴达晃着脑袋，想不明白。

陈医生快速地检查了一下辛勤怀里的狸花猫，点了点头，压低声音对辛勤说道：“一会儿配合我。”

辛勤疑惑地皱眉头。什么配合？没等他想明白，陈医生忽然一把抓住狸花猫，用力抢了过去。辛勤还来不及反应，就看见陈医生抱着狸花猫一阵风一样地卷进了手术室，只留下白衣翻飞的背影。辛勤诧异地瞪圆了眼睛，下意识地想跟上去。这时，旁边的一名护士拦住他，憋着笑向他解释，有些猫咪做完绝育手术可能会对送他们去挨刀子的主人产生怨恨的情绪。但如果他们以为自己是被医生抢走的，主人无力保护他们，这种怨恨的情绪就不会转移到主人的身上。相反的，他们会认为主人为了保护他们做出了很大的努力，术后又受到主人贴心的呵护，会因此变得加倍地黏人。

辛勤听完解释，简直哭笑不得。没想到，在猫的世界里，也有这样深的套路。他想起上次斯巴达大闹美容院的事件，对于狸花猫的战斗力仍有余悸，心不禁又悬起来，暗自希望这一次不要造成流血事件。

被陌生医生抢走的斯巴达此时一脸震惊，因为太过震惊，以至没能像平时一样及时反应过来。那个医生的动作简直太快了，等斯巴达开始反击的时候，对方已经以迅雷不及掩耳之势将猫放置在了手术台。几个配合医生的护士看起来都是训练有素的，既没有伤害到猫咪又果断地控制住想要反抗的猫。见对方并没有要伤害自己的意思，狸花猫有那么片刻的疑惑，犹豫着要不要反抗，跑去找他的咪呜。就在犹豫间，他就被人放倒了，姿势有点像他以前接受医生检查的时候，因此斯巴达没有太过不舒服。他拍打着尾巴，思索应该怎么突破重围。这时，他背上忽然就挨了一针，斯巴达很不开心地叫唤了一声，没想到又挨了一针！喵呜，你们这些人类怎么回事！难道不应该先打一声招呼吗！放开我！

接下来，更令斯巴达感到震惊的是，有人在动他的蛋蛋！斯巴达感受到有个冰凉的东西靠近他的蛋蛋。那种触感他并不陌生，之前去“吃多多”打针的时候，他也曾经这样被剃过毛。戴麻薯以前告诉过斯巴达，人类给猫咪打针，一般都是为了猫咪的健康着想，只是他们在打针的同时，总是会想给猫咪剃毛，这会让不习惯裸露皮肤的猫咪特别不舒服。

换句话说，就是现在有人在给他的蛋蛋剃毛！

意识到这一点的斯巴达发出一声惨叫，这大概是这只大无畏的狸花猫，生平第一次发出呼救声。

在手术室外等候的辛勤冷不丁听见里头传来一声号叫，他几乎没能听出那是他家的狸花猫。辛勤忍不住站了起来，焦急地往里面看了看，然而什么也看不到。好在手术室里很快就安静了下来，大概是正式进入手术了。诚如辛勤之前所了解的，整个手术过程非常快，几乎是几分钟的事情，斯巴达就被送了出来，重新还到了辛勤手上。

辛勤小心翼翼地将狸花猫放在台面上。斯巴达的麻药药性还没过，眼睑处红红的，耷拉着眼皮，半张着嘴，舌头从口腔里滑出来，落在台面上，看起来极其地傻气。辛勤从来没见过斯巴达这副模样，又心疼又好笑。他用眼药水给斯巴达润了润眼睛，还偷偷看了一眼伤口，伤口处缠着纱布，隐约有血迹渗透出来，大小看起来倒是没什么变化。辛勤俯身，轻轻地亲了一下狸花猫的圆脑袋。好在麻药药性褪得很快，不到半小时，斯巴达就开始扑腾四肢，跌跌撞撞地想要站起来。辛勤心疼地在一旁护着，也不敢上手，怕刺激到狸花猫。这时候的斯巴达仍处于麻痹状态，暂时还认不出人。

斯巴达迷迷瞪瞪地划拉四肢，他想努力保持平衡，在他模糊的记忆里，这应该是一件极其简单的事情。可是，喵，我的爪爪怎么不听使唤呢？斯巴达有点着急，但忽然又觉得奇怪，自己为什么这么着急呢？自己要找什么？他感觉内心深处有一股力量，促使他使劲地嗅空气里的味道，想要找寻那令人熟悉安心的气息。可惜他的嗅觉和四肢一样，都不受自己控制。

辛勤寸步不离地守在斯巴达身边，确保它不会弄伤自己或者撕裂伤口。又过了差不多半小时，斯巴达的意识似乎有些清醒过来了，开始认人，蒙蒙地把鼻子凑到辛勤的身上，想要拖着身子靠过去。辛勤非常担心它的伤口，感觉纱布都被血浸透了。他一边用手轻轻压住乱动的狸花猫，安抚它，一边赶紧叫来陈医生再检查一下。

不一会儿，陈医生就出现了，依旧是一身白色袍子，只是下摆不知怎么溅了几处血，看得辛勤眼皮直跳。陈医生熟练地查看斯巴达的手术伤口，还动手捏了捏已经没有实心的蛋蛋，辛勤暗自倒吸一口凉气。好在陈医生确认手术很成功，斯巴达已经可以离开医院了。

辛勤给斯巴达戴上了事先准备好的伊丽莎白头套。狸花猫可能是觉得不习惯，不愿意配合，只可惜它还没完全清醒，没什么力气。辛勤不怎么费力就成功了。他亲了一口斯巴达，将它小心翼翼地送进了特别布置的猫包里。

给斯巴达摘蛋蛋花了近六百，还不算一些杂项，确实是一笔不算小的开销。让辛勤感到欣慰的是，最近他的直播间人气稳步上涨，随着赛季进入白热化阶段，作为首批进入五百强的玩家，辛勤受到了越来越多的粉丝的关注。他已经和钓猫平台交涉，按照现在的势头，他应该可以顺利签约，签约之后，他的收入预计可以有一个不错的提升。到时候，他可以更好地照顾斯巴达了。

在出租车里，感受不到深秋的凉意。辛勤将手搭在猫包上面，斯巴达好像睡着了，只是在睡梦中仍不安地抽动。辛勤想到他第一次带斯巴达去诊所的场景，那只狸花猫安安静静地窝在他怀里，对这个世界充满了好奇，明明受了伤，却一点也不害怕。辛勤的心里很不好受，祈祷狸花猫的伤口能够早日愈合。

斯巴达一觉醒来，彻底恢复了精神。它开始蹦蹦跳跳，身体也灵活了。它冲辛勤喵喵呜呜乱叫，听着像在念字母 L，有些可笑。辛勤觉得它可能是在向自己控诉昨天恐怖的经历，满怀歉意地将猫环在自己的怀里，轻轻地抚摸它的毛。

咪呜，我的蛋蛋有一点疼。昨天那些人类好奇怪哦。你怎么把我一个人留在那里？斯巴达试图用脑袋顶抵住人类的胸口，被脖子上的怪东西卡住了，只好垂着头，闷声闷气地抱怨。念叨了半天，他忽然想起来了，自己似乎是被那个穿白色衣服的人抢走的，当时咪呜没能追上来。哼，好气啊，别让我再看到你！臭乌鸦！臭老鼠！斯巴达恶狠狠地想，用自己知道的所有难听的话骂了一遍那只人类医生。

骂完了之后，他终于觉得心情好多了，重新抬起头去看他的人类。哎呀，咪呜果然是太瘦弱了呢，是不是会被他的人类同伴欺负呀？唉，真是令猫操心。咪呜你怎么不说话呀，是不是不开心呀？没关系，我没有事啦，你不要害怕。下一次我肯定会更厉害的，我会保护你，不会让人把你也抓走的。喵喵，蛋蛋有点怪怪的，好想舔。脖子上的是什么呀！讨厌！

斯巴达没想到自己戴了这个讨厌的东西整整一周。中途有好几次，他都成功地把脖子解救出来了，又被咪呜抓住，重新戴了上去。咪呜真令猫讨厌。不过狸花猫最终还是选择原谅了他的咪呜，谁让咪呜给他开了世界上最好吃的罐头呢，偶尔犯点小错也是值得被原谅的。

斯巴达不知道的是，他戴着伊丽莎白圈撒娇的照片和视频已经让他小小地红了一把。

震惊！一只左眼带疤的猫大哥，居然在去势后对饲养他的人类做出这样的事来！

为了安慰失去男子气概的斯巴达，辛勤特地网购了一条猫咪专用大金链子。这是他第一次给狸花猫买装饰品，见它不怎么反感，就给狸花猫戴到脖子上。斯巴达脖子上是一圈高傲的伊丽莎白圈，胸前晃荡着亮闪闪的大金链子，走路四平八稳，虎虎生风。它一动不动眯着眼睛看人的时候，眼神犀利，看起来凶巴巴的，就像盯着一条猎物。可是只要辛勤一靠近，它立刻就歪头咪咪叫，叫声又甜又腻。粉丝们纷纷赞叹，这种难以言喻的反差萌，简直有趣。

终于到了摘下耻辱圈的日子。辛勤决定把这个富有纪念意义的日子拍摄下来。他在客厅里设置好了三脚架，镜头对准猫。辛勤戴好口罩，走到客厅中央，在地毯上盘腿坐下，喊了一声斯巴达。不一会儿，狸花猫咚咚咚出现了，在拐角处歪头偷看了一会儿，然后昂着套着伊丽莎白圈的脑袋冲了出来，像一朵奔跑的向日葵。

咪呜！你怎么戴着奇怪的东西呀？看起来像一只医生。

“来，斯巴达，躺下。”辛勤用手指敲了敲地板。他没有特地训练过斯巴达，并没有自信狸花猫能够听懂自己的指令。

斯巴达的头部追随辛勤的手臂上下晃动，摆了摆尾巴，以为人类要和他玩游戏。喵呜！他虚张声势地张开前臂，扑了过去。

辛勤顺手一拍手，将狸花猫压了下来，一翻一滚，狸花猫就露出它毛茸茸的花肚皮。斯巴达很大方，张着后腿，丝毫不介意辛勤翻看它的蛋蛋部位。给斯巴达检查完伤口，辛勤再次感慨猫咪强大的恢复能力。伤口愈合得非常漂亮，已经结痂了。蛋蛋部分看着小了一些，只剩下完整的蛋皮，好在形状还不错。

辛勤俯下身去，隔着口罩，亲了亲狸花猫的大脑袋。“你真棒。”说罢，他伸手解开了斯巴达的伊丽莎白圈。

咦？斯巴达打了一个滚，翻身坐了起来。我自由啦！他飞速地冲到一旁，立刻盘着身体，开始给自己舔毛。舔舔爪爪，舔舔手臂，舔舔肚皮，舔舔蛋蛋……喵呜，蛋蛋好像有点奇怪，嗯，多舔舔。

猫咪能舔毛，是多么幸福的一件事情呀。

摘蛋蛋这件事情除了在当下给斯巴达带来一定的心理冲击，在他健康的身体上没有留下任何后遗症。只不过这只年轻的猫咪更加深刻地意识到，这是一个很大的世界，他的人类是弱小的，他需要好好地保护他的人类。可是如果自己连人类说什么都听不懂，又怎么能好好照顾他呢？斯巴达忽然燃起了前所未有的学习热情。他的斗志，像一簇熊熊的火焰。

我一定会通过学前班考试的！

CHAPTER 18

关于蛋蛋的猫生探讨

等到斯巴达的蛋蛋上的刀口完全没有痕迹之后，斯巴达有天在网上和戴麻薯视频聊天，谈到了蛋蛋挨刀子这个问题。斯巴达想起当天的经历，仍对那个不怀好意的人类医生耿耿于怀："他把我从咪呜的怀里抢走了！"斯巴达愤愤地控诉。

没想到麻薯听了，只是用爪子捂嘴喵喵大笑。

斯巴达不解，问道："有什么好笑的呀？"

麻薯赶忙舔了舔爪子，让自己忘记这个笑话，显得更加严肃一点："其实我早就知道你要遭遇这场祸事了。"他说道。

斯巴达不由得挺起身子，好奇地问道："你怎么知道的？"

"那天你在诊所里检查，我听见于医生和你的人类说要帮你摘蛋蛋的事情。"

斯巴达更加不解，他略有些急躁地来回踱步，继续问道："可是咪呜明明不知道这件事情！你不要乱说！"

"哎哎，你不要激动嘛。"戴麻薯赶紧安慰那只焦躁的狸花猫，"你怎么没了蛋蛋还是这么容易上火呀。"

斯巴达伸爪子拍了一下视频的镜头："你要是乱说话我就揍你。"

戴麻薯依旧躺着，慢条斯理地说话，一点也不在意："你听我说完嘛，你现在又揍不了我。其实，你的人类早就知道了，也是他安排你去那所恐怖的医院的。不过啊，他也是为了你好。再说了，不就是摘蛋蛋吗？我也没有蛋蛋呀。不仅我，很多你以后见到的家猫，都没有蛋蛋。而且你会发现，没有蛋蛋的这些猫，才是真的好相处的猫咪。没摘蛋蛋的成年猫，唔，看起来很没有礼貌很讨猫嫌呢。”

斯巴达倒是之前听戴麻薯提起过，他原来也是一只流浪猫，后来被宠物诊所的医生们收养了，成了吉祥物。没想到，他也被摘掉了蛋蛋。斯巴达皱着鼻子，重新坐了回去，按捺住自己的情绪，等戴麻薯继续说下去。

戴麻薯忽然话题一转，向斯巴达提了一个问题：“我说小狸花，你还记得自己之前的发情期吗？”

对于猫咪来说，面对面讨论发情和交配并不是一件耻辱的事情。斯巴达不以为意，回复道：“记得啊，可是这跟我的人类要摘我的蛋蛋有什么关系？”

“那你还记得发情期的时候，你的感受吗？换句话说，你喜欢发情期吗？”

我喜欢发情期吗？这个问题斯巴达从来没有思考过。对于一只猫咪，到了特定的时节，当空气里弥漫着腻人的气息时，他们就进入了交配的季节。这是一件自然而然会发生的事情，就像吃饭喝水抓老鼠，不管他喜欢不喜欢，他并不能拒绝。但如果真的仔细思考起来，斯巴达发现自己对于猫生中经历的那两次发情季都没有什么太深刻的印象。他是春季发情期出生的猫，次年的早春，进入第一次发情。他的妈妈去世得早，斯巴达在小时候有很长一段时间都处于营养不良的状态，哪怕已经长到了一岁，仍是一只比较瘦弱的青年公猫，在交配的战场里并不受青睐，也讨不了任何好处。也许是因为发育不好的缘故，斯巴达也并不热衷于和其他强壮的成年公猫抢交配权。尽管闻着空气里肆意播散的性信息素让他的身体燥热，很不舒服，但斯巴达仍选择了远离战场，安静地度过了发情期。而第二次发情，就是今年的秋季。那时的他已经是一只很不错的小伙子了，理应在当季的交配游戏中，成为一个大赢家。可惜那时候斯巴达刚刚收到姨母的来信，得知自己可以继承一只人类的接管权，心里七上八下的，没有多少心思放在妖娆的母猫身上。因此，如果真的要说，在交配这件事上，斯巴达并没有多少美好的回忆。

想到这里，斯巴达老实地摇了摇头。

戴麻薯瞥了他一眼，感叹道："真是年轻人啊。早些年，我还是很受小母猫们的欢迎的，好多母猫排队等着我，那场景……"他眯着眼睛回忆了片刻，然后拨了拨自己的脑袋，接着说道，"不过也有很多烦恼。本来在野外的猫一年就只有一个发情季，现在家猫被人类照顾得很好，营养跟上了，发情季也延长了。尤其是那些母猫们，从春天到秋天，几乎一年四季都在发情。而只要她们一发情，我们这些公猫也必须得跟着发情，特别累。那几天跟个傻子一样，什么事也做不了，打架斗殴，还可能受伤。更何况，交配也不是什么开心的事情，你通常都是过得浑浑噩噩的，从开始到结束也就是瞬间的事情，还没等你想明白，就要机灵地提防突然翻脸的母猫们。我可是听说很多公猫都在交配后被母猫挠伤过，可惨了。幸好我跑得快，不然就可惜了我这张可爱的脸了。你知道狮子吧，就是一种大猫，我们的远房表亲，如果公狮子交配后没有及时逃走，甚至会被母狮子给弄死，太惨了啊。"

这些都是斯巴达之前不曾遇到过的新鲜知识，他瞪圆了眼珠子诧异地听着，像一只傻猫："母猫这么凶吗？"虽然他知道很多母猫都是凶悍强大的，但是公猫一般都在体重上有绝对的优势，她们能徒爪打赢情绪高昂的公猫，还真是令猫刮目相看。

"我曾经倒是问过一只相识的母猫。她跟我说，交配太痛了，让她们忍不住就想揍猫。可见，发情期这件事情本身，并不是只给我们公猫带来烦恼。”戴麻薯说的一脸唏嘘。

斯巴达低头想了想，忽然明白过来：“你是说，人类摘了我们的蛋蛋，是为了我们不再受这样的折磨吗？”

“据我所知是这样的，你还是蛮聪明的嘛。”戴麻薯抖了抖嘴唇，想露出一个笑容，但是和他满脸横肉的脸配合起来显得很狰狞。斯巴达看着他，猫毛都竖立起来了。戴麻薯见状，丧气地低头：“唉，我最近在练习微笑呢。”

斯巴达很不理解：“什么是微笑？为什么要练习这个？”

“等你以后了解了人类社会就知道了。”戴麻薯给自己舔了舔爪子，“总而言之，摘掉蛋蛋，我们就基本不受母猫们的影响了。很多母猫也会去做手术，这样她们也不用陷入无穷无尽的发情期的烦恼。而且我还偷听到戴医生和别的猫的人类家属说，绝育可以预防一些疾病，对猫的身体好。大部分家猫，会在人类的安排下，完成这个手术，虽然是要在我们身上动刀子，但从长远来看，还是有好处的。当然，可能不是所有猫咪都这么想，但管他呢，反正我也没有得选，反而觉得这样更自由。”

斯巴达看着如此豁达的戴麻薯，很是羡慕。他仔细想了想，自己也没有多少对发情期的执念。如果不是受本能的控制，他大概都不会有这样的冲动。之前之所以觉得有点生气，可能还是下意识地认为咪呜不该这样瞒着他欺骗他。但既然咪呜觉得这样是为了他好，那自己也可以原谅他。毕竟我是只大度的猫咪，而咪呜是最好的人类呀！

辛勤发现这几天，他的狸花猫特别听话，喜欢窝在自己身边，哪怕自己在专注地打游戏，它也能安安静静地陪着。大概真的是应验了网上流传的那句话，摘掉蛋蛋的猫咪们会更加黏人。辛勤有点受宠若惊，手一抖，又下单买了一堆猫咪零食和玩具。

另外一件值得高兴的事情就是，辛勤如愿以偿地和钓猫直播平台签订了合约。当然，他现在只是一个小主播，要达到赚钱养家糊口的目的还有一段距离。不过得益于斯巴达的意外出道，辛勤的粉丝群体开始变得多元化。多元化意味着女粉丝多了，女粉丝多了意味着他的直播间和微博下面开始有了可爱的对话、热情的呼唤，和自愿卖安利的群体。

斯巴达对于自己的人气一无所知。他释怀了摘蛋蛋事件后，很快又有了新的烦恼：毕业季。毕业就要面临学前班结业的问题了，狸花猫对此很是苦恼。学前班的学习内容其实不难，都是关于猫咪的常识，每周只有三次课程，学习任务不重，而斯巴达这种已经很有生活经历的猫大哥，在一众乳牙都没换好的猫小子猫小囡面前，可谓是傲领群雄。姜大宝老师虽然很严格，但是课讲得很好，一个月的时间不知不觉就过去了，很快就来到了他们的最后一堂课。大宝老师宣布，本期猫咪学前班的结业项目是：演讲。

喵喵，演讲？

除部分奇怪的品种外，猫咪整体而言并不是一个喜欢聒噪的种群，大多数时候，他们都喜欢保持沉默。这种习性大概是出于对自我本能的保护，猫咪的听觉天生灵敏，需要时刻保持警惕，将这种能力用到狩猎上去。因此相对于躁动热闹的环境，猫往往更愿意在安静平和的地方待着，也更亲近那些不会发出奇怪声响的人类。从这个角度来看，不喜言辞的猫咪注定成不了大演讲家。很显然，教育的意义就是教授猫咪们认识自己，挑战自我。

不过，让斯巴达觉得更受挑战的是结业演讲的题目：假如我成年了。

作为一只已经成年很久的大哥猫，斯巴达沉默地甩了甩脖子上的大金链子，觉得自己的猫格受到了侮辱。

CHAPTER 19

直播初体验

辛勤发现自己的狸花猫这两天有点不太对劲。每天早上和晚上吃完饭后，斯巴达都会慢慢走到落地窗边，端端正正地坐好，然后仰头看向天空，目不转睛，不知道在看些什么，也不知道在想些什么。这种状态，往往可以持续一个小时。这对于有多动症的猫咪而言，简直是不可能的。辛勤开始担心它是不是生病了，抱着斯巴达去了一趟宠物诊所。戴医生说它一切正常，完全不用担心。回来后斯巴达依旧如此。辛勤有些发愁，拍了照片到微博，寻求网友的建议，得到的回复是：它在通过喵电波联系喵星球。

斯巴达当然没有在联系外星人。他只是在很严肃认真地思考自己的结业演讲。结业的成绩会根据猫咪的平时课堂表现和结业项目的分数来定。而平时课堂表现又具体体现在出勤率和课堂参与度。斯巴达在摘蛋蛋期间，缺了两堂课，因此出勤率不是特别好，加上他有在上课期间打瞌睡而被大宝老师点名批评的不良记录，斯巴达对于自己的平时成绩不抱太大的希望。因此，这次结业演讲至关重要。如果他表现得好，还是很有可能提升成绩的。只是这题目也太难了，真愁猫。

辛勤为了逗斯巴达开心，晚上直播打游戏的时候也带着它。平日里斯巴达可喜欢这样了，它可以窝在辛勤的腿上，趴在他的肩上挠他的头发，还可以趁机抓他的鼠标捣乱。可惜今天的斯巴达似乎并没有捣乱的兴致。它先是懒洋洋地在辛勤的腿上趴了一会儿，大概是嫌弃大腿不够舒服，又跳了下去，自己在书架上找了一处大小合适的空格，窝了进去。辛勤拿它没办法，只好随它去了。他玩了两盘，打算去方便一下顺便去楼下找点水喝，便暂停了游戏。

斯巴达打了一个盹儿，醒来发现咪呜不在了。他抬起下巴叫唤了几声，没得到回应，有些不高兴。在书架上溜达了一会儿，斯巴达的注意力转移到了电脑桌上。咪呜的电脑屏幕还亮着，游戏背景是一个沙滩，不时有海鸥飞过。一掠而过的鸟类引起了斯巴达的极大兴趣。他绷紧了四肢的肌肉，做好了跳跃的预备动作，目光紧紧锁在屏幕上，等待下一次猎物出现的时机。就在海鸥再次出现的那刹那间，斯巴达躬身发力，整个身体像一张弹簧，从书架上弹了出去，不偏不倚地落到了键盘上。他脖子上的金链子啪一声甩在了屏幕上。啪！斯巴达伸爪，迅速拍在了海鸥的影子上。咦，怎么什么都没有？他收回爪子，低头看了看，又抬头盯着屏幕。沙滩重新恢复了宁静。

困惑不已的斯巴达来回踩键盘，意外地将直播的摄像头打开了。直播的摄像窗口是可以随意更改尺寸的。斯巴达并没有意识到自己已经上镜，仍在来回踩，窗口一会儿大一会儿小，就像中毒了一样。

喵呜——有一只猫！斯巴达一抬头，噌一下寒毛立起，下意识地直起了后腰，做出了防范动作，左爪悬在半空，等待出击的时机。喵，原来是我呀。斯巴达想起和别的猫视频时自己在屏幕里的模样，顿时放下心。心有余悸的他，坐立着，给自己舔了舔毛。舔了片刻，斯巴达抬头，又被自己的影子吓了一跳。此时的窗口已经被他无意中放大到全屏了，冷不丁看见一只猫，还是很吓猫的。斯巴达挠着飞机耳，慢慢挪开了眼神。在自然环境下，两只猫咪如果相遇后眼神对上了，那可是要干一架的。哎，等等，那不是我吗？斯巴达冷静了片刻，再次放松下来，装作若无其事地左顾右盼。不一会儿，他又忍不住重新看向屏幕里的自己，冲镜头歪了歪头，屏幕里的自己也在歪头，喵喵，我还是蛮可爱的嘛。

此时，直播弹幕早就炸开了。弹幕越飞越多，斯巴达紧张地盯着不断飞过的文字，又开始了扑鸟的游戏。啪！啪！啪！他一边拍电脑屏幕，一边发出喵喵的声音。这对于狸花猫而言，只是一个小游戏。

斯巴达上下跳跃，一通乱动，无意中开了新一局游戏，几乎是一进入匹配就组队成功，进入了游戏地图。斯巴达被吓了一跳，停下来，歪着脑袋听游戏里传来的声响。

辛勤代表的玩家迟迟不选英雄，队友开始沉不住气了，开了麦直接问："到底玩不玩啊，自觉选个辅助吧。"辛勤不太喜欢佩戴耳机，他的麦克风是外置的，还特地配置了效果不错的音箱用来外放语音。

好像有人类在说话……斯巴达凑到音箱旁，认真地嗅了嗅。嗯，里面没有人类。

"哎哎，哥们，你还在线吗？排位啊，求不要挂机，游戏要开始了！"

斯巴达甩了甩尾巴，决定不理会这个奇怪的声音。他的注意力迅速被一旁的鼠标吸引了，他还记得咪呜经常用手摸这个带着尾巴的臭东西。哼，什么东西！斯巴达瞄准鼠标，把它想象成一只老鼠，俯身，匍匐，跳起，迅速地用爪子拍打了一下鼠标。

"哥们，你怎么还选了个刺客啊！"

反正也听不懂箱子里的人类在说什么，斯巴达自顾自地玩起了鼠标。他侧卧在键盘上，叼起鼠标，抱在自己怀里，用后腿迅速蹬鼠标，表情故意恶狠狠的，就像在对付猎物。在他的无意识操控下，游戏里的刺客英雄跌跌撞撞地往前跑，居然也顺利跑出了出生点。

弹幕一片"哈哈哈……"闪过，游戏里队友之间的交流就没有那么和谐了。在排位赛时，最忌讳队友之间不沟通不说话，这样配合起来很难。尤其上了高段位之后，很多时候，单人的技术已经不足以 carry 全场了，必须得靠队友。Sing这个账号的哥们从头到尾一句话也不说，自顾自选了英雄，很可能是游戏毒瘤。有两个脾气暴的人直接就开骂了。

喵呜呜——好吵啊这个东西。斯巴达甩开鼠标，跳了起来，对准音箱，用爪子连着迅速拍打了十几下。外置的音箱晃动了几下，和麦克风产生了刺耳的电流交汇声，游戏里一片骂声。

吵死了！斯巴达很不开心地跳开了一步，怒气冲冲地盯着音箱看。

“兄弟关下麦啊！耳朵要聋啦！”

“我怎么觉得我听见了猫叫声。”

“你再不说话我要举报你了！”

“也不是在挂机啊，还会送人头。挂机能不能找个安静的地方啊！”

斯巴达也听不懂，蹲在一旁，盯着音箱看了一会儿，确定对方不再乱叫，又开始觉得无聊，打了个大大的哈欠。

为了泡咖啡，辛勤特地煮了一壶开水，耽误了点时间。等到他拎着水壶回到房间时，对发生的这一切毫无所知。“钓猫的小鱼是耐心的”直播间已经被礼物刷屏了，超豪华的礼物还会被全网通知，吸引围观路人来到直播间。猫咪做游戏直播，大概还是头一回。这个直播平台虽然叫钓猫，但从来也没见钓来的哪个主播是真的猫呀？围观群众饶有兴趣地留了下来。

斯巴达对会飞的弹幕和会怪叫的音箱都失去了兴致，正好看到咪呜进来，兴奋地站起身。咪呜你去哪里了呀？怎么我一睁眼你就不在了？这个东西好吵呀快扔掉它！

辛勤见斯巴达踩在他的键盘上，吓了一跳，担心狸花猫无意间踩到了不得了的按键，赶紧走过去放下水壶，双手将猫拎了起来。他转头一看屏幕，顿时心就凉了。游戏正在进行中。弹幕多到几乎都看不到游戏画面。语音里，队友们还在大骂。斯巴达被他拦腰抱起，身体不由自主地拉长，双脚还踩在键盘上。它扭过头，无辜地看了一眼辛勤，冲他喵了一声。

辛勤深呼了一口气，摸了下斯巴达的头安抚它，然后一手把猫抱在怀里，先是关掉了摄像头，然后调整了麦克风和音箱，迅速看了眼局势，开口和队友解释了一下：“抱歉，刚刚网速不好。我换英雄，你们往前压，我来抬。”正好斯巴达把他的英雄玩死了，辛勤换了个治疗英雄，赶紧出门了。队友抱怨了几句，见 Sing 的态度还不错，也都不再纠结，开始专注游戏。

尽管他们开局不利，但后面的配合熟悉了，也渐渐打出了水准。辛勤的英雄是第一个火力全开的，全程大招不断，每个人的血线都能照顾到，为队友的进攻提供了强大的后盾。弹幕又是一片赞叹声。

辛勤全神贯注地投入游戏中，偶尔报个点，其余时间几乎都不说话。大概是刚刚玩儿累了，斯巴达也乖了起来，没一会儿就自己安静地坐在人类的大腿上，从辛勤的两臂之间探出身去，正对着屏幕，将自己的脑袋搁在桌沿上，露出一双绿色的大眼睛，好奇地盯着变来变去的电脑屏幕看。

斯巴达那小小的猫脑袋不知道的是，他刚刚那短短的十几分钟的摄像头直播，为辛勤带来了一千多元的礼物收入，刚好抵了辛勤前段时间给他买罐头、猫砂和玩具的花费。

CHAPTER 20
学前班结业

斯巴达的直播首秀一炮而红，因为太具有话题性了，被一举推到了直播平台的每周经典回顾里，并放在了首页的显眼位置。短短十几分钟的视频被网友剪辑，安上了不同的标题，在各大网站上迅速传播开来，也在XF游戏圈里引发了热议。我的队友究竟是谁？五百强里有只猫星人！玩家们调侃着。这条微博被直播当日辛勤方的某个队友转发了，从第一人称的角度阐述了和一只猫做队友的绝望体验，语气风趣，语言幽默，又被多次转发，最终顶到了XF的官博首页，继续扩散下去。

短短两天，XF游戏圈和萌宠圈都知道了有一位刀疤猫哥，会打游戏，刺客玩儿得贼溜。

炒蛋第一时间就找到了辛勤："这是个好机会啊哥们。早知道你家猫这么能打，我们早就上红人榜了。"

辛勤也非常意外。他始终把那天的意外定义为直播事故，但从粉丝和观众的反馈来看，似乎他们对于猫咪有着超乎寻常的容忍度和难以表述的喜爱。

"还等什么呀，赶紧趁热打铁，这个赛季，都让你家猫给你代打。"

辛勤发了一串省略号过去。

"哈哈哈哈……玩笑话玩笑话！但摄像头必须要开。你们家的猫现在人气正高，应该趁热打铁，多做一些节目，推广。再利用鸡犬升天的原理，推广你。然后你就能打响名气，签更好的平台，接广告，赚点钱，走上人生巅峰了。”

辛勤有些犹豫。在他的原本计划里，其实并没有让斯巴达出道这一选项。在他看来，狸花猫作为一只家猫，就应该每天开开心心地玩，饿了就吃好吃的，累了就去睡觉，不需要为任何事情操心。如果让它来直播，它会开心吗？会不会让它觉得无聊？

“别犹豫啦。这年头，人气这种东西一眨眼就没了，跟三伏天暴露在太阳底下的冷饮似的，说散就散。你要是抓不住，机会就跑远了，你再想来一次，说不定这辈子就没有这机遇了。”

辛勤打算慎重考虑一下。即使他想让斯巴达出镜，也会为它制订一个完全适宜的计划，不会让自己的猫盲目地去帮助他追求无限的人气。

斯巴达并没有为自己的名气所累，也没有他的人类那样的烦恼。事实上，他对此一无所知，他依旧是一只为了结业考试而忧心忡忡的考生。幸运的是，经过了几天的冥思苦想，斯巴达终于想好了怎么破题。

“假如我成年了，想象着我回到了十几个月前，这样对自己说，当我一觉醒来，发现自己长大了，爪子变得有力，可以跳得更高更远。我离开了我的妈妈，也终于要离开我的妹妹们。我是一只成年猫，开始有了责任。”

一天晚上，斯巴达忽然跑到辛勤面前，端端正正地坐了下来，两只前爪整齐地摆在一起，仰着下巴，嘴唇的线条上翘着，一副骄傲的模样，开口喵喵呜呜叫了起来。一开始辛勤以为斯巴达是饿了或者是有别的需求，特地停了游戏，认认真真地看着狸花猫，试图了解它的意图。然而等了一分多钟，狸花猫依旧没有停下来，看样子并不是想要辛勤为它做什么，它的叫声平静而温和，像有话要说，而且说得郑重其事，如同发表演讲。辛勤忍不住架起了摄像头，将狸花猫的大演讲录了下来。

“我从未想过，我会接管一只人类。

“在很早以前，当我还未成年，还和我漂亮的妹妹们窝在一起，总是有来来往往不同的人类过来，来了又走。他们中有些人看起来很友好，有些让猫不喜欢，但是从来没有一个将目光放在我身上。我的两位妹妹陆续被人类接走，她们临走的时候哭了，让我一定要表现得更加可爱，早点找到适合的人类。我也曾经这样努力过，可什么是可爱呢？我试图去回应人类毫无章法的叫声，哪怕我并不喜欢，我也曾努力想要表现得好动活泼，但最终我都被拒绝了。没有人类愿意选择我。

“后来我长得更大了，更加不适合进入人类家庭。我开始讨厌那种等待的生活，幻想着，如果有一天，我强壮起来了，我要到外面更加广阔的天地里去，做一只快乐自由的猫咪。我不需要人类，我也不想接管他们中的任何一只。

“然后真的有一天，我离开了。我变得强壮，也变得伤痕累累，我为自己感到骄傲，不管春天冬天，我都能吃饱。有一天晚上，月亮又大又圆，亮晶晶的，月光落在草丛里，落在树叶间，落在我的尾巴尖上，好看到我都不想抓老鼠了。我忽然很想找一个伙伴。这样，如果以后还有这么好看的月亮，我就可以对他说：喵，你看我的尾巴尖上有月光哦。

“也许，我就是为了这个，才愿意接管我现在的、我唯一的人类。我的人类并不是我自己的选择，他也没有选择我。可是奇怪的，我们属于了彼此。我的姨母说，我的人类的爸爸妈妈抛弃了他，他和我一样，过得很孤独。

“我愿意把我尾巴尖上所有的月光都送给他。

“我接管了我的人类。如果我能回到过去，再一次成为小猫，我一定会让自己早一点做出这个决定：假如我成年了，我就去接管属于我的人类。他会成为我的陪伴，也会成为我的责任。

“猫咪永远不会沉迷过去，因为我们拥有未来。一只成熟的猫咪不会为了暂时的安慰而出卖自己的本性。我们是自由的，我们也是孤独的，当有一天，我们能走好自由和孤独的交叉路，我们才真的成年。”

斯巴达居然念叨了三分多钟才停下来。辛勤走过去，摸了摸它的脑袋，轻声问它：“你怎么了？想和我说什么？”

斯巴达用脸颊蹭了蹭人类的手指。咪呜。

辛勤不知为何，很想抱抱他的狸花猫，他也这样做了。斯巴达窝在他的怀里，呼噜呼噜。

到了结业演讲的那一天，斯巴达特地给自己舔了个帅气的脑袋毛，精神抖擞地站在了居中的窗口中央，喵喵喵地开始了自己的演讲。学前班仅仅是他猫生学习的开始，却是他通往成功的第一步。当他还没有人类的时候，每天吃饱就很好了。可是他现在有了人类，也有了贪心。他有了目标，也有了斗志，就像他学会抓老鼠那样，他终究会考上大学，离他的咪呜更进一步。

斯巴达的结业演讲非常成功。事实上，猫咪们为他挥舞着毛茸茸的爪子，经久不停。葱包烩还喵喵呜呜哭了起来，他接管的人类其实是瞎选的，对比斯巴达的领悟，他觉得自己的猫生出现了一大块空白：“你的人类真的不打算再接纳一只猫咪吗？”葱包烩泪眼汪汪地问斯巴达。

斯巴达让系统删掉了葱包烩的好友。

另一方面，辛勤将斯巴达喵喵发言的视频传到网络上，引发了新一轮的围观。大家纷纷猜测，斯巴达是喵星人的母星派来地球的使者，它正对着人类发表独立宣言。

斯巴达并不知道自己日益高涨的人气，他已经顺利从学前班毕业了，有难得一周的假期。不过，已经习惯了晚上爬起来上网的狸花猫，依旧每天都在熬夜，成了一只名副其实的夜猫子。有一天晚上，麻薯找他聊天，忽然和他提到：“你知道你现在在人类的微博里有多受欢迎吗？”

斯巴达歪头，微博，是什么？

好奇心和八卦心都极强的麻薯爪把爪教会了斯巴达如何操控语音进入人类的微博。他还看不懂人类的文字，只能分辨里面的图片，看到的全都是自己，非常满意。

麻薯虽然也看不懂人类的文字，但是他识数，因此对于斯巴达的人气还是有一个基本的概念的："现在有一万多只的人类喜欢你呢。"

斯巴达甩甩头，并不在意。他不在意一万是有多少，他只需要一只人类就好。

麻薯接着说道："如果你成名了，对你的人类来说，应该是件好事吧。"

听见麻薯说起咪呜，斯巴达坐直了身体，终于提起了些许兴趣："为什么是好事呀？"

"你知道人类养你要花多少钱吗？"

斯巴达摇摇头，钱是什么？是罐头吗？

似乎是看懂了他的不解，麻薯耐心地解释了钱是什么以及钱的作用："简单地说，你现在吃的猫粮、罐头、冻干、营养膏，各种各样的零食，还有你的玩具，你的猫砂，都是钱买来的。如果没有钱，你以后都吃不到罐头了。"

斯巴达倏地一下竖起了耳朵，紧张地摆动尾巴："我的人类没有钱了吗？"

"人类如果想赚钱可是很辛苦的。比如我的人类，她赚的就不太多，我现在罐头都是省吃俭用的。"麻薯叹了一口气，继续喵道，"不过也有一些人类，赚钱特别容易。只要有足够的人类去关注他，喜欢他，他就能赚钱。"

"这就是你说的人气吗？"

"对，你只需要知道人气可以赚钱，至于怎么赚钱，那就是你的人类的事情了。据我所知，很多家猫都在为他们的人类积攒人气，从而赚更多的钱，买更多的罐头。我之前不是给你发了一张布偶猫的照片吗？他就是人类世界里的大明星，人气可高了。”

“记得。”斯巴达打了一个哈欠，“可是他长得也不好看呀。”

“你懂什么！人类就喜欢这样的。当然，人类喜欢的点可能也很奇怪，比如他们会喜欢你这样的。”

斯巴达不开心了，冲麻薯低吼了一声。

“好吧，可能是觉得你有猫格魅力？总而言之，如果你能受到越来越多的人类的喜欢，你的人类就会过得越来越好。”

斯巴达有些困惑，这些事情原来并不存在于他的猫脑袋里：“我的人类现在赚钱很辛苦吗？”

“应该吧。”麻薯也不太清楚，只好模糊地应和。反正大多数的人类都挺穷的。

斯巴达顿时陷入了深深的担忧里，脖子上的大金链子仿佛瞬间变重，压得他抬不起头。

CHAPTER 21
养家糊口的觉悟

咪呜没有钱的话，他会没有饭吃吗？

斯巴达第一次思考起这个问题。人类很厉害，总是能凭空变出一个罐头，更奇妙的是，他能够把罐头打开。要知道，斯巴达自己曾经用牙齿和爪子尝试过开罐头，都以失败告终。这么厉害的人类，斯巴达从来没有担心过他的吃饭问题。咪呜饿了的话可以给自己开罐头吃呀！直到戴麻薯告诉他大部分人类都不吃罐头的，斯巴达才震惊地意识到，他的人类可能在饿肚子。这个认知迅速让斯巴达紧张起来。他决定要从今天开始监督人类的进食。

首先，从了解人类吃什么开始。

辛勤发现，狸花猫不知为何，忽然开始对他吃的东西感兴趣。他最近研究了一些关于养猫的书籍，了解到大多数情况下，猫并不能吃人吃的东西。他在这方面一直比较仔细，但斯巴达以前也从来没表现出兴趣，因此辛勤也没有特地隐藏自己的食物。可是今天吃早饭的时候，斯巴达意外地对自己食盆里的猫粮不感兴趣，反而跳上了饭桌，绕着他的早餐开始踱步。辛勤的早饭是鸡蛋饼和小米粥，配了一些咸菜，是从小区门口的早摊铺子刚买回来的，还冒着热气。

嗯……闻起来并不怎么好吃，没有肉呀。斯巴达犹豫地伸出爪子，拨了拨人类的食物。烫烫的，软软的。嗅嗅，有一股奇怪的味道，不太想尝，但是我好好奇它的味道呀。

辛勤一直盯着斯巴达的动作，就在那只狸花猫张嘴想要咬一口鸡蛋饼的瞬间，他伸手将盘子拿开："你不能吃。"辛勤试图很严肃地告诉斯巴达，猫咪是不可以随意碰人的食物的。可是狸花猫软软地喵了一声，凑过来蹭他的手臂，似乎坚持想要尝一口。辛勤没办法，只好舀了一勺小米粥，吹凉了放在它的鼻子下面："你可以舔一舔这个，马上就会发现你的猫粮好吃多了。"

斯巴达歪着头，这个东西的气味很温和，可是我想尝的是那一个，喵。算了，我姑且试试这个。他小心翼翼地摆动胡须，找到一个最适合的角度，轻轻舔了一口人类递给他的食物。唔，不太好吃呢。

辛勤见斯巴达甩了甩头，很快对他的食物失去了兴致，慢慢走到桌子的边沿去了。他笑了笑，忍不住摸了一把狸花猫的圆脑袋，对它说道："吃你的猫粮去吧，我下次给你尝尝新口味。"

斯巴达跳下桌子，来到自己的食盆面前。咪呜给他买的猫粮很香，是他喜欢吃的猫粮，里面有鸡肉，好吃。他现在已经有金钱和买东西的概念了，意识到这样好吃的猫粮，肯定可贵可贵了。他的咪呜为了照顾他，肯定花了很多钱，自己都没钱买好吃的了。这样下去，咪呜会不会饿死呀。斯巴达越想越难过，沉默地盯着自己的猫粮看了半天，忽然咚一下拿脑袋抵住地面，随着脖子上的大金链子啪一声落在瓷砖上，斯巴达陷入了沉思。

辛勤吃好自己的早饭，发现斯巴达奇怪地伏在食盆前面，猫粮似乎一口没吃。他有些惊讶，斯巴达的食量一向很好，也很珍惜粮食，从来不会出现不吃饭的情况。他担心地蹲下来，摸了摸斯巴达的背，问他："你怎么不吃饭？难受吗？还是不喜欢吃这个了？"狸花猫一动不动，继续脸朝下，趴在地上。辛勤担忧地皱眉，起身找了个罐头。罐头是鸡肉和三文鱼的，是斯巴达平时很喜欢的口味。他拿着罐头，凑到斯巴达的面前，晃了晃，想引起狸花猫的注意。没想到斯巴达抬头后，只瞥了一眼罐头，迅速逃开了，留下一个不知所措的辛勤。

咪呜，我不吃罐头了！罐头好贵的！我再也不吃罐头啦！

斯巴达思来想去，打算给他的人类抓老鼠。老鼠很好吃的，又有营养，以前妈妈告诉他，小猫咪要吃老鼠才能长牙长大。咪呜吃了老鼠也能健健康康的！只可惜，这里是城里，他刚来咪呜家时就发现了，这里很少有老鼠的踪迹。那时候，他有吃有喝，每天还有假老鼠玩具玩，倒也不怎么放在心上。现在，他想给他的咪呜抓一只肥硕的大老鼠，忽然头疼起来。我上哪儿去给咪呜抓老鼠吃呀！

等到了晚上，斯巴达偷偷上网，见到同样是夜猫子的戴麻薯，将自己的疑惑说出口，想寻求麻薯的帮助。没想到，麻薯听了，只是呼哧呼哧笑，并不打算帮忙："你也别忙着找老鼠啦，你的人类不能吃老鼠。"

斯巴达着急："那他能吃什么呀？麻雀吃不吃呀？嗯嗯，麻雀也好吃的。如果我能出门，我还可以给他逮兔子。"

戴麻薯心说，兔子倒是能吃，但估计你的人类不会愿意下嘴的。他打了一个哈欠，阻止了急得团团乱转的斯巴达，说道："你忘记我之前跟你说的主要宗旨了吗？"

什么宗旨？斯巴达蹬了蹬耳朵。

"就是赚钱呀。你如果能为你的人类赚钱，就不用想着给他抓老鼠或者是麻雀了，他可以自己用钱买能吃的东西。"

斯巴达想了想，问道："那钱也可以买人类能吃的罐头吗？"

戴麻薯点点头："差不多就是这个意思吧。"

"那我要赚钱！"斯巴达挺起了胸脯，大声地喵道，"我要给我的人类买好多好多的罐头！我要把他养得胖胖的！他已经没有毛了，如果再也没有肉，冬天来了，他会冻死的。"

戴麻薯也没有急着纠正狸花猫，反而甩了甩尾巴，鼓励他："你多多让你的人类帮你拍照，然后你就能有越来越多的人气了。"

斯巴达的眼珠子亮亮的，自信地将脑袋抬得高高的。忽然，他又想起了什么，顿时气馁了，矮着头，悄声问戴麻薯："那个，可是以前收容所的人类给我拍照，好像都很不满意的样子，我也没能靠我的照片找到一个人类家庭。那是不是我的照片不好看呀？如果是这样的话，咪呜拍我的照片给其他人类看，会不会被笑话？我不要他被别的人类笑话。"

戴麻薯抖了抖胡子，沉吟着："唔——不会的，只要你摆出萌萌的造型，你很快就会比现在更红更有名气的。"

"什么是萌萌的造型？"斯巴达虚心地提问。

"就是——"戴麻薯挠了挠耳后，"哎，你不是马上要上小学了吗？你的小学课程里就会教你怎么变萌了。"

两天之后，斯巴达收到了松鸦先生投递的新邮件：猫咪小学的录取通知书。松鸦先生扯着嗓子，先是恭贺了一番狸花猫，然后为他宣读了附录里面的小学简介。猫咪小学，属于猫咪学校的低级阶段，主要教授针对人类的卖萌、撒娇和引诱，从而达到指导人类，掌控人类，达成自我目标的目的。松鸦先生还叼来了一份预习作业，所有进入小学的猫咪们，需要在正式开课之前，学会指定的三款动作：露肚皮，伸爪爪，和歪头。这三个动作对于猫咪来说不难，也不陌生。但猫咪们需要自我判断在合适的时机，找到人类实施以上三种动作，并总结人类前后的反应。猫咪小学的第一堂课，将在老师的带领下，进行课堂讨论，大家一起分享在预习作业中的心得体会。

斯巴达心说，这有什么难的呀。在当天晚上，他就找到了机会完成这次作业，他甚至思考了一个连贯动作，将三个目标动作进行了分解，然后融合在了一套动作里。这很简单喵。

辛勤关了客厅里的大灯，打算带斯巴达去游戏房待着。斯巴达之前忽然食欲不振，后来又忽然好起来了，像什么也没有发生过。辛勤对此耿耿于怀，他找到一个付费咨询的宠物医生网络平台，特地询问了这件事情。在线医生也说不出个所以然，只说如果其他指标都正常，饮食也恢复了，一般来说就没有大碍了。有时候猫咪会出现一些难以解释的反常现象，主人应该多加观察，花更多一些的时间陪伴宠物。辛勤因此决定，每天玩游戏的时候也带上他的狸花猫，让它和自己待在一起。好在斯巴达很懂事，除了偶尔会调皮捣捣蛋，大多数时候都会乖乖地待着，自己玩玩具或者是睡觉。

灯忽然灭了，斯巴达好奇地转动脑袋，听见人类在和他说话，扭头冲他喵了一声。落地台灯依旧散发出昏黄温暖的光线，他的咪呜站在暖暖的亮光里，温柔地呼唤他。斯巴达忽然想发出呼噜呼噜的声音。他倒地，打了一个滚，露出了自己浅色的花肚皮，大金链子随着他的动作，瞬间陷入了蓬松的毛毛里。斯巴达伸出两只圆圆的爪子，叠在胸前，张开爪子随意抓了抓空气，然后歪着头，看着自己的人类。斯巴达在心里给自己的这套动作打了个满分。

咪呜，快来给我拍照呀。拍了照我们就有钱买你能吃的罐头了。

斯巴达看着人类走向自己，蹲下来，用他的爪子在自己的肚皮上揉了揉。喵，好痒呀。斯巴达想发笑，又滚了一圈，将人类的爪子压在自己的肚皮下面。咪呜将他抱了起来，比平时还要温柔地摸他的毛毛，和他说话。斯巴达觉得好舒服。他柔软的身体朝上，脖子往后仰，眼睛恰好能看见落地窗户。窗帘没有拉好，有光透了进来。斯巴达盯着那亮亮的缝隙出神。就在这时，他留意到，今晚上的月亮是一只漂亮的月亮，特别像他在乡下的废弃工厂里，经常能看到的月亮。他不由自主地喵了一声。

辛勤发现自己的猫在走神，顺着它的目光看去，发现今晚的月光特别亮。不知为何，他忍不住抱着猫，走到了窗前，拉开窗帘。月色如水，撒在狸花猫毛茸茸的身体上。斯巴达似乎很开心，有节奏地甩着自己的尾巴。

咪呜，你看，我的尾巴尖上有月光呢。呼噜呼噜。

辛勤低头，看着他的狸花猫。

“我也爱你，宝贝。”

啾!

CHAPTER 22

身负重任的小学生

斯巴达上小学的第一天，他的人类送了他一份礼物：项圈。

项圈是辛勤特地去定制的。在那之前，他对于使用猫咪项圈的利弊做足了功课，终于找到一款靠谱的猫咪安全项圈。这种项圈是一种新式项圈，已经经过测试，佩戴后假使猫咪不小心卡住了，只要稍微用力，项圈的插扣可以伸展一段距离，以防猫咪被勒住。辛勤给斯巴达定制项圈的最主要目的是防止它走丢，尽管现在斯巴达是一只家猫，体内也有芯片，可是如果猫咪走失了，好心路人通常会通过带有主人铭牌的项圈第一时间联系上主人。

辛勤之前给斯巴达佩戴过大金链子，只是一种单纯装饰用的猫咪链子，辛勤特地让人做得长了一些，很容易挣脱。不过斯巴达似乎还挺喜欢，只要戴上了就乖乖地一直戴着，自己不会主动挣脱。辛勤因此猜测它应该不会讨厌项圈。相比之前的大金链子，给斯巴达定制的项圈形式非常简单，正红的底色埋着金线，插扣处别着一片小小的骨头形状镀金铭牌——辛勤认为骨头形状和斯巴达更配，不顾卖家的强烈建议，坚持采用了骨头状铭牌——上面刻有辛勤的联系方式。项圈会更贴狸花猫的脖子，也更方便它的活动。

辛勤拿到项圈实物，认认真真地检查了一遍，还自己测试了一遍，确定没有问题，将项圈贴身放了一会儿，然后把狸花猫招来，用项圈在它的脸颊两边来回蹭。项圈因为有辛勤的味道，所以斯巴达不会反感，再让项圈沾上它自己的味道，狸花猫佩戴起来就会更容易接受。辛勤将斯巴达的大金链子取了下来，然后给它戴上新的红项圈。他在一旁观察，让狸花猫自己适应了一会儿，实在不放心，又帮着它演习了几遍如何迅速挣脱项圈。虽然从旁人的角度看，猫如果自己学会了怎么挣脱，项圈就没有任何意义了，但辛勤总有一种奇怪的感觉，只要他叮嘱斯巴达不要摘项圈，那只狸花猫就会乖乖听话，它是一只极其聪明的猫咪。

辛勤伸手，给狸花猫调整项圈，又给它挠脖子。斯巴达舒服地眯着眼睛。辛勤耐心地和它说话：“你已经知道了，这个项圈一点都不可怕。只要你戴着项圈，不管你去了哪里，我都有机会可以重新找回你。所以，只要不难受，你不能自己脱下来，好吗？”

斯巴达不由自主地发出呼噜呼噜的声响。他喜欢咪呜的抚摸，喜欢咪呜这样认真地和他说话，也喜欢咪呜送给他东西。虽然戴在脖子上怪怪的，妨碍他挠痒痒，但只要是咪呜的东西，他就喜欢。之前那个亮晶晶的东西也是，有咪呜的味道，好闻。如果咪呜经常给自己的脖子挠痒痒的话，那自己不去挠脖子也是可以接受的。喵喵，咪呜不知道又在和自己说什么话了，虽然我听不懂，但还是随口附和几句吧，人类真是爱撒娇呢。

辛勤又陪斯巴达玩了半天，确保狸花猫戴上项圈后一切正常。斯巴达看起来很开心，尾巴举得高高的，没有任何不适。不过，他的狸花猫对于之前的大金链子似乎很是喜欢，摘下来还把它当成玩具，甚至叼在嘴里蹿上跳下。大金链子虽然看着闪耀，其实不是金属的，非常轻。辛勤想了想，将大金链子重新给斯巴达戴上了。这样，狸花猫的脖子上就戴着双层项圈，金闪闪的金链子，金闪闪的金丝线，和金闪闪的铭牌交相辉映，金色衬得它的绿眼睛尤其澄澈，看起来富贵逼人。

辛勤忍不住笑出声："你真是一个俗气的小暴发户。"说罢，亲了狸花猫一口。

咪呜……斯巴达不解地低下头，试图去辨认自己脖子上的东西。当他发现金链子重新回来，很快又开心起来。喵，我喜欢咪呜的东西。他的妹妹们以前告诉过他，如果一只人类喜欢他，就会送很多很多的东西给他，有些东西可能看起来很奇怪，但那是人类表达喜爱的方式。唉，这么多礼物，咪呜肯定爱惨我了，喵。

斯巴达戴着一脖子极富土豪气质的项圈开始了猫咪小学的第一堂课。进入小学后，每堂课里猫咪的数量减到十只左右。进入小学学习的猫咪，大多数都在三个月到六个月大，已经和他们的妈妈和兄弟姐妹分离了，可以自己一猫独自占领一个视频窗口。毫无意外，斯巴达依旧是年纪最大的一只猫，因此显得特立独行，他选择继续窝在左上角，闭目养神，对满屏打招呼结识朋友的社交活动没有丝毫兴趣。

"嘿！斯巴达！好巧呀！"

一声嘹亮的喵喵声唤醒了斯巴达。他撩开眼皮看了一眼，瞬间清醒过来。怎么又是葱包烩这个小胖子！

相比斯巴达的郁闷，葱包烩显得很兴奋："我们真是有缘呀！没想到又分到了同一个班！"他开心地左右摆动，肉肉的下巴一颠一颠的，"对了，我怎么在好友里找不到你了？我们是不是要重新加下好友？"

斯巴达低头舔舔爪子，权当没有听见。

好在这时，授课的猫老师及时出现了，制止了课堂上的嘈杂声，宣布正式开课。猫咪课堂在午夜两点准时开课。授课的老师是一只白色卷毛猫，漂亮的卷毛让斯巴达不由得想起以前见过的那些泰迪蠢狗。卷毛老师有着大大的耳朵和精灵一样的精巧的脑袋，细长的脖子上戴着一只大花，看起来很洋气。如果斯巴达是人类，他就会发现，这只男老师的花朵还是粉色的，显得贵气十足。他开口介绍自己："你们可以叫我喀戎老师。”他的声音和外表出奇地不相符，极为粗犷低沉，很有英雄气概，斯巴达对他的好感瞬间上升了一个高度。

“首先要恭喜在座的各位顺利通过了学前班的学习，现在我们开始上课。”喀戎老师也不多作寒暄，很快就进入了主题，“今天的内容是：人类训练入门。”

斯巴达竖起耳朵。喵喵，人类也可以训练吗？

“想必大家都已经完成了课前的练习了。现在，请各位分享下，你在做出躺倒，伸爪爪和歪头三种动作的前后，你的人类的反应或者态度有什么区别。”

猫咪们七嘴八舌地喵喵叫，迫不及待地分享自己的经历。其中，就属葱包烩喵的最大声：“我的人类给我开了一罐罐头！不知道为什么，最近他们都不给我吃罐头了。没想到我只是躺下露出了肚皮，我的男性人类就给我开罐头了。真是神奇！”

斯巴达听了打了一个大哈欠。还能是因为什么，看你这一身肉。

其他小猫也纷纷表示，发生了神奇的事情。

喀戎老师一边听一边点头，在猫咪中巡视着，最后将目光放在了斯巴达身上：“斯巴达同学，你有什么要和大家分享的吗？”

斯巴达抬起头，认真想了想：“没有。”他回道。咪呜从开始到现在，一直都这么好，并没有像别人的人类那样突然听话了，做了一件让猫咪高兴的事情。咪呜最好啦！

喀戎老师闻言，静静地看了斯巴达一会儿，然后转回视线，慢吞吞地总结道：“所以你们中的大部分，都发现了一个有趣的事实：人类的行为其实是可以预估和干预的。而作为一只家猫，如何用正确的方式去干预人类的行为，是一门重要的必修课，也是你们在现阶段的学习中，需要掌握的技能。”

“首先，当你接管一个人类家庭后，需要迅速判断，哪只人类才是你攻略的重点。如果你的人类家庭里只有一只人类，那并没有什么需要思考的。可如果你的人类家庭是由多只人类组成的，那么聪明的猫咪，总是能知道谁才是值得你花工夫去对付的。

“在大多数情况中，最先可以排除的是那些对你明确表示出友好和喜爱的人类，这部分人类通常是家庭里的女性人类，他们没有什么威胁。其次可以排除幼崽，他们虽然有时会造成危险，但他们在人类家庭中并没有发言权，你通常只要花点精力逗他们玩一下，一般不会有被他们抛出门外的风险。

“这是一个简单的排除法。排除以上分类，你就会发现，一个家庭里，最需要花心思的，是那些成年的男性人类，他们通常都是人类家庭的经济支柱，拥有绝对话语权，由于不能随意尿尿划地盘，很喜欢在别的事物上坚持自己，以彰显他们可怜的男性威信。如果你在接管这家人类时，只有女性人类同意了，而掌权的男性人类没有同意，甚至一开始表现出了反对，那你就要额外注意了。你需要在最短的时间内——我们一般建议是在一到两个月内——迅速地攻略这个挑刺的男性人类，否则你今后的日子将非常不好过，起码会大打折扣；而如果你成功了，你将取代这只男性人类，成为这个人类家庭中最有发言权的生物。

“当然，以上指的是一般情况下，如果有特殊情况，比如你接管的人类家庭中，男性女性的角色是互换的，那么你攻略的目标自然而然就需要转换。同理，如果你只拥有一只人类，需要攻略对方，以此建立自己的权威，你同样可以利用以下的教程来达到目的。这样简单的道理，作为一只聪明的猫咪，你需要自己领悟。

“我们接下去的课程，将以一个不友好且具有权威的男性人类为例，你需要掌握的主要攻略步骤如下：

“第一点，忽视他。”

CHAPTER 23

全都是重点

忽视他?

正在埋头认真听讲努力记住知识点的斯巴达愣了愣，用爪子默默把自己刚刚在沙发上记的笔记划花了。不可能的，他心想，咪呜那么好，我才不要忽视他。然而他抬头看了看，发现其他的同学们都听得津津有味，葱包烩甚至还愉快地打起了呼噜。斯巴达满是同情地巡视了众猫一眼。喵喵，穷猫真可怜。

喀戎老师并没有对课堂上的那些小动作做出任何表示。和姜大宝不一样，喀戎老师是一只很特别的老师，他似乎并不在意自己的学生们是否有认真听讲，又是否理解他讲解的内容。

“攻略人类的精髓就在于恰到好处的忽视。尽管我们会预先设定一个重点攻略对象，但这并不意味着我们必须第一个攻略他们。我们第一个要应付的往往是那些被我们排除在重点攻略对象之外的人类，至于原因，很简单，我们需要盟友。

“攻略这些原本就对猫咪有好感的人类实在是太容易了，我们只需要用冲他们毫无意义地喵喵叫，拿脸颊和身体蹭一蹭他们，通常就会换来充满爱意的爱抚。记住，聪明的猫咪会选择在不友好的男性人类在场的情况下，向女性人类释放友好的气息。男性人类虽然装作不在意的样子，他可能装模作样地在盯着发光的屏幕看，或者拿着报纸不知在做什么，顺便说一下，报纸这种东西，除了撕碎，毫无用处。总之，他会尽一切努力装作毫不在意你的样子，对你喵喵撒娇的模样不屑一顾。不用担心，别被他们的表象所迷惑，他们一定在你不注意的时候偷偷打量你。你要做的和他们一样，忽视他们，装作一点也不在意，只和那些友好的人类玩耍，只向那些友好的人类撒娇。

“之所以舍近求远，一来猫咪都是喜欢挑战的，二来一个长期抑制的人类真正放开心扉后，会变得肆无忌惮，他们将毫无原则地宠溺你，甚至比那些一开始就喜欢你的人类更加疼爱你。这就是训练人类所带来的甜蜜果实。所以尽管很有难度，你要坚持下去，胜利终将属于你，而且很快就会属于你。

“你给予了男性人类足够的忽视，足够引起对方的兴趣，他就会开始忍不住想要接近你。记住，这里有很重要的一个知识点，你只是忽略他，但并非躲避他。忽视和躲避是完全不同的，当你表现出一副漠然的姿态，人类会产生挑战你的兴趣；然而当你表现出害怕和逃避的情绪，人类很可能会产生厌烦。没错，人类就是这样不可理喻的物种。

“第二点，引诱他。

“在你的坚持忽视下，男性人类的好奇心已经拔高，总有一天他会忍不住，在你经过他身旁时，悄悄俯身，试图去抚摸你。这里又是一个知识重点，请同学们记一下。在这里，你不能跳着躲开，也不能让人类完全得逞，摆动身体的时机非常重要。在他的指尖刚刚感受到你柔软的毛毛时，你需要抬头，瞥他一眼，不需要发出声音，也不要做多余的眼神接触，然后安静地走开。这时，你可以找另一个人类盟友，要求他抚摸你为你按摩，也可以跳到高处，在男性人类看得见的地方，细心地整理自己的毛发，尤其是肚皮上的毛毛，要有耐心，一直舔到让毛毛变得蓬松柔软，看上去非常好摸。如果这只男性人类并没有很快地走开，反而若有所思地盯着你发呆，那么恭喜你，你离成功又近了一步。”

斯巴达耷拉着耳朵，苦恼地记着一个又一个知识要点。在他看来，他完全没有必要学习这个，咪呜是天底下最善解猫意的人类，如果他想摸我的毛毛，我很大方的，随时都可以。喵，我现在想窝在咪呜的窝窝里睡觉。然而，喀戎老师并没有听见斯巴达此刻内心的抵触情绪，继续不温不火地讲解。

“第三点，鼓励他。

“接下来，你需要挑战一下自我：打破一项由男性人类制定的规则。很多聪明的猫咪，在初期时哪怕听不懂人类的语言，也能从人类的行为和姿态中了解一些无形的规则。很多一开始不喜欢猫咪的人类男性都喜欢制定规则，试图以此达到巩固自己权威地位的目的。相信很多猫咪会遇到一些人类制定的毫无逻辑的规则，比如，不许在餐桌上喂食。作为一只自由的猫咪，我们应当告诉人类，我们有权利在任何地方接受他们的食物。

“你可以选择一个好的时机，比如那天的晚饭是你喜欢吃的炖牛肉，当你的人类都围在餐桌旁，开始享用食物时，你应该巧妙地提醒他们，这些食物也属于你。这时候你的目标不再是那些对你友好的人类，因为让他们违背男性人类制定的无理规则，对于你的征服之旅毫无意义，相反的，他们的背叛可能会引发男性人类的逆反心理。人类都非常幼稚，当他们认定自己的自尊心受到伤害后，他们不会反省自己的错误，反而会变本加厉地无理取闹。所以，我们的目标应该是男性人类本人，我们要引诱他们自己犯错。

“做到这一点并不难，同学们这里记一下，这是实操题的考试重点。你悄悄地靠近男性人类，选择一个合适的位置，在他的脚旁坐下，既不要远到被他忽视，也不要近到让他反感。然后你安静地仰头，看着你的男性人类。一开始，你可以选择不发出任何声音，让男性人类自然而然地察觉到你的存在；当然，如果你的男性人类是个笨蛋，你可以发出轻声的呼唤，引起他的注意。记住，这里也有一个考点，你此时用来表达渴望的呼唤，不能是急促连续的，而是一声柔软轻微几不可闻的喵声。

“这时候，男性人类注意到你了，他会表现得很奇怪，似乎并没有把你当成一回事，但是没关系，他们很快就会露出破绽。你要坚定地坐在他面前，仰着头，瞪大眼睛望着他。他很快就会坐立不安，不时地低头看你一眼，一旦你们的眼神对接上了，你就要轻轻地发出鼓励的喵声。这几个步骤可能需要反复循环，直到最后男性人类放弃。

“放弃的标志是男性人类忽然顾左右而言他，眼神飘忽，表面上他在和其他人类说话，但实际上，他正摆弄自己碗里的一块香喷喷的牛肉。这时候，需要你足够机灵，你不能引起别的人类的注意，如果他们注意到你，也就会注意到男性人类的不正常。对于男性人类而言，这样丢脸的事情如果败露了，他们将颜面无存，这也就意味着我们可能会失去下一次降服他的机会。你可以轻轻上前，挺着身体，继续仰视男性人类。他会装作不在意的样子，悄悄地将手里的牛肉抛到你面前。”

斯巴达听到这儿，越发感到困惑，什么人类啊这么麻烦？咪呜就从来不干这么无聊的事情，他如果想给我吃牛肉，会帮我盛在干干净净的碗里面，特地摆到我面前。

“你需要迅速地跑过去，像突然发现一粒自己从地上长出来的牛肉一样，叼住牛肉粒，转身离开，找到一个合适的角落，让男性人类能够看到你，又不至引起别的人类的注意，然后静悄悄地把属于你的牛肉吃掉。吃完后，你可以舔舔爪子，休息一会儿，但是别忘了去表达你的谢意。你可以走到男性人类的面前，装作刚刚一切都没有发生的样子，用你的脑袋去蹭一蹭他的裤腿。这只男性人类可能会迅速将腿挪开，但是没关系，当他第二次向你抛下牛肉粒的时候，你就会知道你赢了。

“喵喵，你很快就能躺在这只男性人类的膝盖上为所欲为了，他会纵容你撕毁他所有的报纸，甚至会给你预留一个沙发专座，没有任何人可以侵犯你的领地。”

斯巴达骄傲地抽动尾巴。我就有沙发专座，我甚至都没有要求咪呜这样做。我的咪呜肯定是上过大学的，比其他人类都要聪明。

喀戎老师伸出爪子，挠了挠脖子上的大花，将它摆正位置，然后重新回到讲堂。他说道：“接下来，我们要开始实操练习了。进入小学后，你们的很多课程都伴随大量的实操练习。你们要集中注意力。我们首先要进行练习的是：表达鼓励的短促的喵声。这个叫声并不符合我们的天性，但为了征服，我们需要不断练习，这个并不难。现在，坐好，抬头挺胸，仰起头，来跟着我喵一遍：喵～”

喵——喵呜——斯巴达张嘴，不由自主地打了一个大哈欠，换来了喀戎老师沉默的凝视。他赶紧低下头，用爪子揉了揉眼睛，试图赶跑自己的困意。

“很好，再来一遍，喵～”

喵呜呜——因为发错声调，斯巴达的声音显得格外突兀。一群毛茸茸的脑袋齐刷刷地望向他，斯巴达有些不好意思地合上了嘴，用爪子踩了踩沙发垫子。

“跟我再来一下，喵～”

喵呜——

“喵～”

……

进入小学的第一堂课结束后，斯巴达收到了大量的课后练习作业。在学前班时，因为年纪大而积攒的常识性知识方面的优势，在进入小学后，一下子就荡然无存了。猫生真是残酷。

斯巴达窝在咪呜的臂弯里，伤心地睡着了。

CHAPTER 24

勤能补拙和气生财

第二天一大早，很难得的，辛勤先醒过来。他的狸花猫还在呼呼大睡，圆脑袋枕着他的手臂，肚皮子上还煞有介事地盖着他的被子，打着呼噜。辛勤忍不住收回手，将斯巴达搂在怀里。狸花猫仍睡得香甜。辛勤盯着他的斯巴达看了半天，总觉得狸花猫的脸比以前大了一些。他从床头摸出了手机，给睡得昏昏沉沉的斯巴达拍了一张照片，发在了微博上，问大家：你们觉不觉得斯巴达的脸变大了。

粉丝们只能在评论里幻想斯巴达脸颊的手感，辛勤直接就上手了。他伸出手指，轻轻往一旁扯了扯斯巴达的脸颊肉，嗯，手感还不错，松手后还能慢慢弹回去。他以前怎么没留意斯巴达的脸还挺圆的？难道是他最近重了？绝育后的猫咪确实容易增重，这段时间辛勤没有特地给斯巴达量过体重，这么一想，觉得有些不对劲。冒着可能惹怒狸花猫的风险，辛勤打算继续揉捏斯巴达的脸，试图将它叫醒。

谁在扯我的脸！讨厌！斯巴达半睡半醒，抽出爪子往空中挥去，试图摆脱那恼猫的动静，但对方似乎并不想轻易放弃，居然越玩越用力。斯巴达生气了，甩了甩头，终于张开了眼睛，一眼看见了他的人类。哎呀，是咪呜呀。他打了个哈欠，用两只爪子撑住人类的胸膛，试图让他不要靠近自己。咪呜你不要玩啦，我想要睡觉，戴麻薯说，上了小学以后，猫咪就要保证每天有足够的睡眠，才能在课堂上不打瞌睡。呼噜呼噜，我还没睡醒！再吵我我打你哦！

“吃不吃早饭？嗯？今天给你换新口味的猫粮，你尝尝看。起床吧，小懒猫。”辛勤看着斯巴达不堪其扰地越睡越远，轻笑一声，一把捞过来，将狸花猫举了起来，抱在怀里，给它揉脖子：“吃饭去咯！”

直到人类将他抱到客厅里，斯巴达才慢悠悠地清醒。咪呜并没有放开他，而是抱着自己站在了一个奇怪的物体上面。他盯着自己的人类的脚爪子看了半天，奇怪的物体有个蓝色的屏幕，上面不断地有黑点跳动，最终停了下来。这时，咪呜终于放开了他。

辛勤称好了自己的前后体重，得出一个结论：斯巴达真的胖了。虽然以斯巴达的体型来看，九斤并不是一个很大的数字，但辛勤担心它体重增长过快造成健康问题，决定小幅度地控制它的食量和运动量。

斯巴达敏锐地察觉到今天的早饭比平时少了一点点，但是是新口味，好吃的！唔，越好吃越感觉今天的量少呢。他埋头吭哧吭哧吃完了，又给自己舔完毛，开始思索，今天的早饭为什么比平时少。他发了半天呆，忽然想起来，咪呜要赚钱才能给他买猫粮的。哎呀，我真是太笨啦，咪呜是不是没有钱了，才只好让我少吃一点的。他忽然提起精神，跳上了饭桌，绕着他的人类，开始观察人类的粮食。喵，好像还是前几天咪呜吃的奇怪的冒热气的东西。咪呜最近一直吃这个，是不是已经没钱买人类罐头了？

辛勤最近很喜欢小区门口新开的粥铺，小米粥配鸡蛋饼，米粒甜糯，饼面焦脆，热气腾腾，最近天凉，吃完后整个人都很舒服。他才吃了一半，余光瞥见他的狸花猫正偷偷摸摸地凑过来，似乎对他的早饭很感兴趣。辛勤也不吃了，看着斯巴达小心翼翼地在他的鸡蛋饼上嗅来嗅去，倒是没有下嘴直接咬，大概是很好奇但又不太敢尝试。辛勤伸手揉了揉斯巴达的脖子，给它松了松被项圈压实的颈毛，和它轻声说话：“乖，你不吃这个了吧。猫咪不能吃饼，因为……”辛勤思索了片刻，随口接下去道，“因为吃了饼会变成大饼脸，和你现在一样，还会越来越严重。”说罢，他盯着斯巴达的肉嘟嘟的脸蛋看了半天，发现真是一个很标准的圆，忽然笑出声：“圆不咙咚球，真的有点像饼。嗯，我给你取个小名吧，好多猫咪都有小名的。就叫你辛大饼吧。”

在斯巴达毫不知情的情况下，他的小名就被决定下来了。

辛大饼。

斯巴达·大饼·辛绕着他的咪呜走了一圈，很快对人类的食物失去了兴趣。他凑到人类的脑袋上，轻轻给他舔毛毛。咪呜，你不要害怕，我会攒很多很多的人气，到时候给你买罐头吃。

一心想要攒人气买人类罐头吃的斯巴达，当天晚上就开始实施自己的攒人气计划，蹲守在他的人类的身边，盯着他打游戏，寸步不离。他已经知道了辛勤每天都在用这台巨大的电脑和别的人类交流。戴麻薯曾经和他说过，人类的摄像头和他们上课用的镜头一样，如果对摄像头做动作发出声音，镜头那一边的人类也能看到和听到。好多受人类欢迎的家猫，都是通过这种方式来吸引粉丝，积攒更多的人气的。斯巴达觉得自己也能胜任，我不是刚刚才学过如何向人类表达鼓励吗？咪呜，快把你的镜头打开呀！我准备好了！

辛勤刚上游戏，斯巴达就凑过来，用它的脸颊不停地蹭辛勤的脸和脖子，发出呼噜呼噜喵呜喵呜甜腻的声音。猫咪的声音通过辛勤的麦克风传到了直播间里，引起了粉丝的疯狂。

辛勤想了想，暂停了游戏。他戴上口罩，亲了下斯巴达的圆脑袋，然后打开了前置摄像头，调整摄像角度，将镜头对准了斯巴达。

辛勤摸了摸斯巴达的耳朵，伸出一根手指，在它眼前晃了晃，然后一指屏幕。狸花猫的眼神顺着他手指的动作，来到了电脑屏幕前。它先是发现了满屏乱飞的弹幕，好奇地歪了歪头，又留意到自己的投影，瞬间僵硬了身体。

哦呀,这是我呀！咦,咪呜打开他的镜头了吗？咪呜真的好聪明呀！斯巴达开心地凑到人类的鼻子前，用嘴用力蹭了蹭。虽然隔着一层口罩，但斯巴达的内心仍充满了满足感。他感到动力十足信心满满，我一定能攒到人气的！

喵，人类们，你们好呀！我的名字叫斯巴达，你们喜欢我吧，快把人气送给我哟！

辛勤适时回答几个弹幕提问。

斯巴达对着窗口里的自己喵了好久，咪呜却在自说自话，也不知道是在说什么。这让它有点不开心的。咪呜，你不要捣乱哦，要乖的，不然我怎么攒人气呢？斯巴达转身,凑到咪呜身旁,来回蹭,叮嘱他的人类。

我要去练习了，你要乖乖的哦。斯巴达说完，噔噔跑回摄像头前。他还记得喀戎老师给他布置的家庭作业，打算利用这个机会做练习。虽然他看不见镜头前其他人类的样子，但是按照老师说的去做，应该能攒人气吧。他在心里给自己打气,抖了抖胡须,砰一下子侧身躺在了键盘上。

躺下后，斯巴达僵硬了片刻，忽然忘了下一个动作是什么。啊，没关系，随便做做就好了吧，反正这些人类也不知道喀戎老师布置了什么作业。他隐约记得要伸出一只爪子，哪只爪子呢？前爪？后爪？唉，不管了，随便吧。斯巴达将自己的右后腿伸直，举到半空中，仰起头，努力地想撑起自己的上半身，厚实的肉堆在他的腹部，给这个动作增加了不少难度。斯巴达努力地伸长了脖子，冲摄像头奶声奶气地喵了一声。这个诀窍是喀戎老师告诉他的，如果想要人类更喜欢自己，可以适当地用小奶猫时期的叫声去呼唤他们，就像对待自己的妈妈一样。只可惜，这种姿势太累猫了。斯巴达坚持了没一会儿，就咚一声倒下了，砸在了人类的键盘上。高低错落的键帽躺上去还挺舒服的，斯巴达就着键盘滚了一圈，大金链子撞击键帽，发出嗒嗒的清脆响声。

辛勤忍不住伸手，抱起了斯巴达，让它不要再继续折磨自己的机械键盘。斯巴达歪着头，冲他弱弱地喵了一声。辛勤将它的两只前爪搭在自己的肩膀上，像抱孩子一样托住它的屁股和后肢，另一只手扶住了狸花猫的腰背：“不玩了吧，你在旁边看着我打游戏，嗯？”辛勤用头蹭了蹭斯巴达的脑袋，得到了狸花猫的回蹭。

我累了，明天再来练习吧。斯巴达努力扭过身子，冲摄像头的方向喵喵道：记得送给我人气哦！我明天再来找你们玩哦！记得送人气哦！

辛勤伸手把摄像头关了。他的狸花猫大概是累了，正盘在他的腿上，闭眼休憩。辛勤揉了揉它的圆脑袋，开始正式开始今天的游戏直播。只可惜，粉丝们的心思早就不在游戏上了，议论了一晚上的圆脸狸花猫。

虽然自己的直播间看起来似乎开始不务正业了，但好消息是他的粉丝数一直在上涨，而其中，大概多数都是守在直播间，等猫主播上线。好在这位猫主播也非常勤劳，自从那天之后，几乎每天晚上都会上线，和粉丝们“单方面”互动十来分钟。

辛勤发现他家的大脸狸花猫真是越来越爱撒娇了，经常跑来蹭他的腿，用甜腻腻的声音叫唤，让辛勤一度以为是手术没有做干净，他的猫咪要发情了。可是他上网搜了一通，发现发情期的公猫的声音并不怎么好听，和斯巴达完全不像。事实上，他已经意识到，像他的狸花猫这样声音甜美软糯的公猫其实并不怎么多见，大部分猫咪还是正常的叫声。嗯，一只爱撒娇的大饼。

斯巴达也发现了异常。他的人类最近开始频繁地用另一种音调来呼唤他。一开始他觉得奇怪，偷偷询问了戴麻薯。麻薯告诉他，这非常正常，人类总是心血来潮，有时候会给猫咪取各种各样的名字，彼此之间甚至毫无关联。比如他，他的大名叫戴麻薯，他还拥有十几个小名，从“臭臭”到“煤球”不等。只要是人类坚持用一种陌生的频率喊你，又做出招呼的动作，那他多半是在用自己随性发明的小名在呼唤你。

斯巴达明白了，也不介意。只要咪呜喜欢就好。不过，我可不打算给咪呜取小名，咪呜这个名字可好了，我要一直喊下去。

在咪呜的配合下，斯巴达的课外练习进行得很顺利。喀戎老师说的果然没有错，大量的练习可以弥补薄弱的知识点。同时，通过这样的撒娇练习，斯巴达已经逐渐掌握了咪呜的喜好。他的咪呜最喜欢自己用脸颊去蹭他的鼻子和嘴巴，还喜欢捏自己的脸，也喜欢自己肚子上的毛毛。嘿嘿，我也喜欢我自己肚子上的毛毛。不过猫咪可不喜欢人类随随便便摸他们的肚皮，要知道软软的毫无防备的肚皮是他们的致命弱点，轻易不会暴露。因此斯巴达对自己的毛肚皮也是很吝啬的，大概十次里面只有九次让咪呜摸到他毛茸茸的肚皮。

相对于挖掘咪呜的喜好，斯巴达对于和人们交流就不那么上心了。他通常是利用在镜头前的十几分钟，来做作业。喀戎老师一直强调勤能补拙的道理，要求大家在实践中出真知。具体是什么意思斯巴达也说不上来，总之作业很多就对了。斯巴达每天都有做不完的课后作业和实操练习。说实在的，这种练习傻透了。每只猫咪要学习这么多对付人类的技巧做什么呢？毕竟大部分猫咪只会拥有少数的人类呀。比如他，他只有咪呜，咪呜这么乖，完全不用自己多花费心思，那么学习这些卖萌技能又有什么用呢？

当然，尽管这样抱怨着，斯巴达还是很努力地赶上同班同学的进度的。毕竟他可是一只要上大学的猫，如果连小学都毕不了业，戴麻薯就该笑掉他的犬齿了。唉，上学真的好难呀，葱包烩那个小胖子都学会大叔瘫坐式卖萌了，自己仍在“你觉得我可爱吗”这种入门的难度级别里挣扎。

好在戴麻薯经常给斯巴达带来好消息，比如告诉他，他的人气每天都在上涨，现在已经有三万多只人类粉丝了。对于数字斯巴达一点概念都没有，但人气上涨就意味着他要赚钱了，赚钱了就意味着他能给咪呜买罐头了。至于人气和钱之间是怎么换算的，喵呜，他完全没有概念。

然而不幸的是，勤勤恳恳的猫主播很快就发现自己到了一个瓶颈期：他开始无力卖萌了。“瓶颈”这个词是戴麻薯告诉他的，意思是钻不过去的洞。对于猫咪而言，一个征服不了的洞，简直就像耻辱。而瓶颈期在斯巴达身上的具体体现就是，他觉得每天都重复那些奇怪而毫无意义的举动非常幼稚，这让他的表演略显得浮夸。说起来，人类真是狡猾的物种，能够一眼看穿不够卖力的主播，最直观的表现就是：他的人气不动了，而且是连续三天，一个粉丝也没有涨。

斯巴达气得胡子都歪了。

没有人气，我的咪呜怎么买罐头！

受挫的狸花猫一下子萎靡不振，做什么都兴致缺缺。刚好到了他例行检查的时候，咪呜将他带到了常去的宠物诊所“吃多多”。斯巴达打算见到戴麻薯之后，好好诉诉苦。

辛勤拎着装有斯巴达的猫包才进诊所的门，那张大黑猫就从资料架上冲了下来，一个箭步来到他的脚边，绕着猫包喵喵叫。辛勤心想，原来你们俩还交上朋友了呀。正好也是等待挂号的时间，辛勤将斯巴达放了出来，抱在怀里，由着它和那只名叫麻薯的大黑猫喵呜喵呜说话。

“唉，麻薯，我最近好沮丧啊。”斯巴达趴在咪呜的怀里，这个姿势太舒服了，他一点也不想挪窝，只好将脑袋搁在咪呜的手肘弯里，眯着眼睛看麻薯。

麻薯蹲在一旁，呼哧呼哧给自己洗脸，闻言好奇地竖起了耳朵：“你怎么了？生病了？”

“没有吧，我不觉得有不舒服。”

麻薯蹬了蹬自己的耳根，换了一个问题：“那具体有什么表现？”

“就是……”斯巴达想了想，有气无力地说道，“完全不想动，也不想学习。”

“我当是什么呢。”没等斯巴达说话，麻薯就打了一个哈欠，完全失去了兴趣，“谁想上学呀，上学多无聊呀。”

斯巴达觉得有点奇怪。他以前一直以为戴麻薯是属于勤奋好学积极上进的那一类猫，毕竟他是上过大学的，不勤奋怎么可能上大学呢？没想到，像麻薯这样优秀的有学问的猫咪，也会厌学呀。他忽然忘记了自己的烦恼，反而关心起麻薯的烦恼：“你为什么不想上学呀？”

“这不很明显吗？”戴麻薯把自己的爪子都舔干净了，懒洋洋地趴了下来，将两只前爪踹了起来，“猫咪的天性就是狩猎和休憩。玩是我们狩猎本能的一种体现，而懒就是我们休憩本能的外在表现。而上学，则完全打破了猫咪的原始生物作息。我们需要耗费很大的精力，才能克服自己的反感和不适应。”

斯巴达仔细思考着，觉得还挺有道理的。起码就他而言，每天晚上上课的时候，他就在想，此时的自己为什么不能和暖烘烘的咪呜窝在一起呢？可是，不学习就不会有本领呀，学习本领哪里是那么简单的事情。

戴麻薯瞥了一眼狸花猫，说道：“但是我的直觉告诉我，你绝对不是因为不想上学而沮丧。”

斯巴达歪头想了想，好好组织了一下语言，将最近感受到的烦恼一股脑儿都说给了戴麻薯。无非就是关于进步很微弱，一直没有成就，饲养人类的计划也很失败，感觉自己这样浑浑噩噩下去，可能连小学都没办法毕业。戴麻薯一直没插嘴，只是眯着眼睛听。斯巴达说得太投入了，连声音哑了都没发觉。他的人类中途给他喂了点水，还担忧地摸了摸他的脑袋。咪呜，斯巴达总算停止了抱怨，将脑袋凑到人类的肩膀上，来回蹭了蹭。

戴麻薯仍端端正正地坐在一旁，眼睛闭合，似乎睡着了。斯巴达有些失落，又觉得挺不好意思的，明明是自己意志太薄弱了，为什么要找别的猫吐苦水呢？把别的猫也弄得心情不愉快，真是太不应该了。他小声地和戴麻薯道了一声歉。

那只大黑猫总算睁开了眼睛："说吧，说出来会好受一些。其实我早就预料到你会遇见各种各样的问题，毕竟大部分的猫咪都是在他们最容易接受外界环境干预的年纪开始上学的，而你已经远远超出这个范畴了。我一直以为你会中途退出，毕竟对于一只成年猫而言，抛掉以往建立的对于这个世界的认知，重现建立一个新的世界观是极具挑战性的，你有勇气做出这样的决定，已经是很了不起。当然，我原以为你是会在后面萌生退意，没想到你这么早就想要放弃了。"

听麻薯这样说，斯巴达觉得更加羞愧。他果然是一只意志不坚定成不了大事的猫咪吗？我对不起咪呜。

只听麻薯话头一转，忽然严肃地问他："你现在只需要思考一个问题：你感受到的沮丧，已经足够让你放弃原先的梦想了吗？"

斯巴达愣住了。他从来没想过这个问题。

"如果你能被现在僵持的状态打败，那其实你也不用往后走了，你不会成功的。但如果你并不想就此止步，那你一定不会被眼前这小小的困境阻挡的。"

斯巴达觉得戴麻薯说的话很深奥，但似乎又很有道理。他认真想了想，肯定道："我不想就这样放弃，我还要学习人类的语言呢，我想听懂我的人类在和我说什么。如果连我也听不懂他说的话，在这个世界上，就没有什么人会认真听他说话了。"

姨妈在信上曾提到咪呜的爸爸妈妈不太好，在他小时候就抛弃了他。斯巴达不清楚在人类的世界里，遗弃幼崽是一种怎样的行为。但在猫咪的世界里，除非是迫不得已，猫妈妈们是从不轻易放弃自己的幼崽的，如果遇到危险，她们也会拼命保护自己的幼崽。因为毫无生存能力的幼崽一旦被抛弃了，必死无疑。

咪呜孤孤单单一只人长大，一定很可怜。我要成为他的妈妈，成为他的家人，我要保护他，陪着他。所以我才要想学习人类的语言，变得更加聪明，能够更好地照顾我的人类。

听了斯巴达的回答，戴麻薯似乎很满意。他慢吞吞地站起身，抵着前爪伸了一个懒腰："我觉得我不用再多说什么啦。你只要经常想起你的目标，你是为了什么做出这个决定，你就一定不会有问题。我还是很相信你的。"

斯巴达闻言很感动，原来麻薯对自己这样有信心。他抖了抖胡子，正要开口说些什么，戴麻薯已经自顾自接下去说："再说了，小学就放弃也太早了，正常智商的猫咪都可以小学毕业的。你怎么也得熬到高中啊，哈哈哈哈……到了高中之后你肯定觉得不考大学也挺好的！超级想看你哭唧唧的样子哦！"

斯巴达生气地想拿爪子去挠戴麻薯，被咪呜一把拦住。咪呜，他在等着看我的笑话，他好坏的！斯巴达向自己的人类告状。只可惜他的人类完全听不懂自己在说什么，不过咪呜还是很温柔地帮他按摩背部，帮助他放松下来。

等我以后上了大学，我一定要做得比戴麻薯还要成功，哼，让他嘲笑我！

斯巴达恶狠狠地龇牙，冲戴麻薯做了一个鬼脸。

戴麻薯一点儿也不生气，笑嘻嘻地跑开了。他是诊所的吉祥物，自然是有工作的，比如迎来送往。麻薯是一只体型壮硕的大黑猫，蹦蹦跳跳地作出活泼可爱的姿态，竟也没有丝毫违和感。"欢迎光临！"他朝顾客们喵喵叫，"好再来哦！"又送走了一波。

斯巴达窝在咪呜的怀里，安静地看了一会儿工作状态下的戴麻薯。他能感受到戴麻薯的快乐，大概这样的工作就是他用来回馈那些爱他的人类的方式。为了完成这样的愿景，戴麻薯也曾付出过艰辛的努力吧。

想到这里，斯巴达重新燃起了斗志。

猫咪一生之中，并不可能喜欢所有的人类，我们通常都不怎么贪心，只要有一只最爱的人类就好。那么相对的，也不一定所有的人类都要喜欢我，对不对？这样才公平嘛。如果我的人气不够，并不一定说明我不好，可能是我没有遇到那些喜欢这样的我的人类。那只要我一直坚持自己要做的事情，把它们做好，我终有一天会碰见那些喜欢我的人类的。

喵呜，当然，我不一定要都喜欢他们，他们来喜欢我就好了。

自己的狸花猫似乎又精神了，自己一个人在那里摇头摆尾，不知道在高兴什么。辛勤哭笑不得地抱着它。幸好检查的结果也都一切正常。戴医生解释说，每只猫都有自己的性格，它们有时候像孩子一样，有时候又会像一群小恶魔，就像谜一样。而这样毫无逻辑充满意外的生活，大概也是养猫的乐趣之一吧。

为了让斯巴达开心一点，辛勤开始做每天的时间规划，安排出更多的陪伴它玩耍的时间，还自己发明了很多适合猫咪的小游戏。和猫咪的游戏互动，无形间也增加了辛勤自己的运动量，加上每天早睡早起，三餐按时吃饭，再也没有机会熬夜打游戏，他倒是比以前健康了很多，身体也更加结实。怪不得大家都说养宠物有益身心健康。辛勤捏了捏斯巴达的脸：“你真是一只小福星。”

对于人类的时间安排，最欢喜的莫过于斯巴达本猫了。咪呜能够多陪自己玩当然是最好不过的啦！喀戎老师说了，猫咪和人类的游戏原则之一就是，人类的注意力必须在我们猫咪身上，而不是其他任何奇奇怪怪的东西，比如电脑，比如书本，比如他们的手机。咪呜看我就好啦，不要玩电脑啦！喵呜喵呜！

咪呜在房间的天上挂了一只会发光的毛线球，可好玩了。球球挂得很高，但是没关系，我只要跳起来就能够得到。

让斯巴达跳起来勾取挂在高处的玩具球，是辛勤新想出来的逗猫的办法。他先是让斯巴达熟悉这只球的玩法，让它喜欢上玩具球，然后用钩绳将球挂起来，起先是一米高，然后渐渐增加难度，将绳子的长度缩短。到最后，斯巴达已经能够从容地弹跳两米高，将悬挂在天花板上的玩具球拍下来。每次完成一个高度，辛勤就会奖励斯巴达一份它喜欢的小零食。聪明的斯巴达很快就理解了这个游戏的含义，只要它做得好，它就能有球球可以玩，还能有好吃的奖励。

不得不说，斯巴达的表现还是超乎辛勤的意料的。他曾经看过海外有猫主人给自己的猫咪做跳弹测试，结果惊人，但他一直以为那是某些特别的猫才能做到。没想到斯巴达也可以，而且动作非常敏捷，在空中从容地翻转身体，在一瞬间出爪，完成目标，就像一只迷你的小豹子……当然，是一只圆滚滚的小豹子。辛勤揉了揉斯巴达的圆饼脸，鼓励地亲了一口它的脑袋。

不到一周，斯巴达已经能够轻松地完成跳跃游戏了。辛勤想办法在客厅里架了一台摄像机，将斯巴达跳跃起来扑玩具球的样子直播出去，立刻得到了热烈的反响。

一直关注斯巴达的人气大业的戴麻薯第一时间就找到了狸花猫，告知他这个好消息。斯巴达还觉得挺奇怪，自己最近并没有做什么很特别的事情呀，只是练练课堂上的实操动作，然后就是和咪呜一起玩游戏，游戏可好玩了！不过，他现在是一只境界不一样的猫了，以前的他有些过于关心人气的问题，以致像一只老鼠一样见识短浅（鼠目寸光，戴麻薯在一旁小声纠正道），但现在的他不会再犯这样的错误了。咪呜是最关键的，然后我要好好学习，最后才是顺便招呼一下其他的人类。

CHAPTER 25

关于猫咪的谎言

斯巴达·大饼·辛的“好再来”直播栏目收视创下历史新高，而斯巴达本猫的微博粉丝数量也迅速攀升到十万之众。虽然，这个粉丝数严格意义上说起来是属于辛勤的，但倘若斯巴达本猫能自己上微博的话，他应该会想要把一切功劳都归功于自己，而他的人类也不会有任何意见。

因为白天睡足了觉，晚上上课之后，斯巴达精神抖擞，和一众困得东倒西歪的猫崽子们截然不同。天气越来越冷了，是一个十分适合窝在猫窝里打盹的季节，挣扎起来上课，真是一件残忍的事情。

但是据喀戎老师说，今天的内容非常重要，将是考试的重点！

好吧，大概在喀戎老师眼里，没什么知识点是不重要的，没什么知识点是考试不会考的。

喀戎老师今天换了另一种颜色的大花，是一种闪亮的荧光绿，很衬他的眼珠的颜色。猫咪们虽然能够分辨出绿色，但颜色对于他们而言并没有多大意义，因此并没有猫欣赏猫老师的新装扮。就连喀戎老师自己，也对脖子上的大花兴致缺缺，开课才短短五分钟，他就已经忍不住用爪子拨了那朵花十几次了。

“今天的内容，讲的是，猫咪的谎言。没错，我们作为猫，也是会说谎的。”

讲堂里一片惊讶的喵喵声，大家好奇地望向喀戎老师："老师，什么是说谎呀？"

正想再挠一下大花的喀戎老师瞬间僵住了，忽然意识到，在一群还未成年……大部分还未成年的小猫崽子们面前谈论人类才会有的行为，确实是需要一些铺垫的。他收回了自己的爪子，端正坐好，开始和同学们讲解起什么是说谎。

简单来说，说谎就是你本来抓到了一只老鼠，可是你对妈妈说你没有老鼠，这就是说谎。

"啊……"葱包烩听得很吃力，费解地问道，"人类为什么要干这么奇怪的事情？我直接说我自己有老鼠不行吗？"

喀戎老师对解答知识点之外的问题显得兴致缺缺。他打了一个大大的哈欠，回答道："这个不重要，总之，你们要记得，正因为我们是家猫，所以有时候我们需要学会如何和不讲道理的人类相处，包括说一些必要而善意的谎言。今天我们就来了解猫咪对人类的三大谎言。

"谎言一，我们躺下，肚皮朝上，是想让人类摸我们的肚皮。

"哈哈，荒唐。但凡有点常识的猫咪都知道，有时候我们躺下，并不是因为我们想要爱抚，更不是想邀请人类把他们的爪子放在我们宝贵的毛肚皮上面。我们这样做，很可能是战斗邀请，或者是极为不爽，想要躺下平复一下心情。这时候，如果人类把爪子放到我们最柔弱的毛肚皮上，绝大多数猫都想给他挠上一爪子，或者抓住他的手狠狠咬一口。他们太没礼貌了，太挑衅了！

"更可恶的是，从人类的角度看来，因为他们的愚蠢，他们并不认为自己做错了，反而觉得我们是阴晴不定、无法捉摸的恶魔。正是因为他们这种自以为是的见解，又自傲自大得不愿意去了解真相，我们猫咪的形象，在人类的文学世界中，才会被描述得那么不堪、邪恶，甚至在很多时候都是大反派。相反的，那些一眼看穿、从小看老的蠢狗们，却得到了无数只人类的追捧，觉得他们外向乐观容易驯服。”

“哼，真是愚蠢！这就是污蔑！”众猫咪们喵呜附和，真是愚蠢！

“不过，这种误解有时候也会带来令人愉悦的时光。比如，你想给你的人类一点教训，又不想表现得太直白，你就可以利用他们的自以为是来制造假象，趁机惩罚他们。这里的知识点拿你们的脑袋记一下，如果你的人类犯错了，你可以像我这样随意躺下，看起来是在惬意地晾晒我们的猫肚皮，趁犯错的人类忍不住走过来，伸手去摸你的毛肚皮时，你一爪子伸过去，然后扑住他的手腕，用牙齿咬他。这样人类就会受到极为深刻的教训。

“当然，要记住，类似这种的惩罚方法要慎用。虽然人类是以溺爱猫咪著称的，但他们同时也是不可理喻的。此刻的他可能待你友好甚至是纵容你，但转眼之间，他可能就翻脸不认猫，数落你的种种不是，甚至做出抛弃这样丧心病狂的举动。因此，聪明的猫咪永远不要过分相信人类的底线，要为自己的行为负责。以小打小闹、双方都能承受的力度为宜，切记不能见血。如果太严重了，恐怕之后我们得在收容所或是街巷间才能见到你了。”

斯巴达听得胆战心惊，他之前在咪呜的爪子上就发现过一道挠痕，看起来就是他自己挠的，而且肯定是因为当时伤口过深见血了，过了很久咪呜的伤口才愈合。可恶的是，他完全忘记自己是什么时候挠的。所以咪呜那时候才给我的脖子戴上那种奇怪的东西，害得他不能肆意自在地舔蛋蛋吗？所以那是一种惩罚吗？可是自己怎么会对咪呜做这样的事情呢？难以置信。他花了很多天来消化这个事实，后来又焦虑地盼望咪呜养好伤，为此经常给他的咪呜舔爪子，心里可难受了。按照喀戎老师的说法，咪呜完全有可能在受伤之后把自己扔出家门。喵呜，我不要呀，我不想离开咪呜。幸好咪呜并没有这么做，他甚至没有不高兴，还给我买好吃的。咪呜真好呀，我好喜欢他！

"谎言二，我们猫咪听不懂自己的名字或是人类的语言，因此对人类的呼唤不做反应。

"啊，真是抱歉啊，人类们，我们不比随叫随到的蠢狗们愚蠢，我们当然听得懂你们给我们猫咪取的蠢名字啦。至于那些上过高等教育的猫咪，更是能够听懂多数人类的话语。

"我们之所以不想回头，那是因为，我们完——全——不——想——理——你——们——

"又不是吃饭的时候，你手上也没有零食或者玩具，为什么非要引起我们的注意力呢？难道你们人类除了逗猫，就没有其他的正经事了吗？你们的人生真是和咸鱼干一样乏味呢。"

葱包烩举着爪子，小声地插嘴道："咸鱼干好吃的。"

喀戎老师瞪了小胖子一眼，继续上课。

"说到呼唤，这里需要插一条知识点。那就是，人类总是以为我们猫咪的语言就是喵喵喵。但事实上，除非必要，我们一般都不喵。喵喵只是针对我们的妈妈和能够给我们喂食的人类特别准备的语言，而且所有的喵喵声都是独特的，并非像人类迟钝的耳朵听上去的那样雷同。

"所以，人类，当我们冲你们喵喵叫的时候，请一——定——不——要——喵——回——来——

"那听起来很蠢，而且你们口音奇怪，完——全——听——不——懂——

"当然，当你肚子很饿，想鼓励你的人类帮你开罐头时，又或是你觉得无聊，想让人类陪你玩时，你不妨让他们产生这样的错觉，以为自己能用喵喵语和我们顺利沟通。不用特地告诉他们真相，就让他们这样自以为是下去好了。我们猫咪可是还有很多别的事情要做的，比如睡觉，比如喝水吃饭，比如玩耍，比如什么也不做。"

斯巴达歪头认真地想了想，咪呜好像从来都不用人类自创的喵喵语和自己说话呢。就算是咪呜第一次见到草丛里的自己，也没有对他愚蠢地喵喵。这么看来，咪呜应该是人类里面最聪明的一只吧。想到这里，斯巴达激动得尾巴狂甩。说不定让咪呜来上学，他很快就能学会猫咪的语言，听懂我说话了呢！哎呀，好希望咪呜能听懂我说话呀！

“谎言三，我们猫咪会用眼神表达亲吻的含义。

“先让我笑一会儿。对的，这个观点，我已经说过很多次了，如果这个知识点出现在你们的下一次考试中，我相信没有猫会答错这一题的，那就是：人类通常都显得非常愚蠢，也非常顽固。一旦他们认定对自己有益的事情，他们就会坚定不移地相信下去，哪怕那是一个谎言。

“所以，对于猫咪而言，背负的最重大最无聊的来自人类的谎言，大概就是：我们盯着人类，慢慢地闭上我们的眼睛，又慢慢地睁开，这个缓慢的眨眼过程，其实是猫咪表达亲吻的意思。”

“啊？真的吗？”猫咪学员们震惊地喵喵叫，“天哪，人类真的好奇怪呀！不过亲吻是什么意思？”

“这里要说一下，什么是亲吻，对于人类，亲吻又意味着什么。简单说来，那就是在理想状态下，人类喜欢和另一只固定的人类一起生活的家庭模式，他们会一起吃罐头，一起玩，然后交配。这个和我们随遇而安不拘小节的猫咪不一样，大部分人类还是坚持感情的纯洁和唯一的。这种感情，人类称之为爱情，是一种排外的、无私的、复杂的、闹心的感情。而亲吻，就是他们对爱的一种表达方式。当然啦，人类也有不交配的感情，但亲吻，通常都是针对这种要交配的感情的。所以对于人类而言，是很珍贵很私密的举动。

“假如，你接管的人类以为你在用自己的方式去亲吻他们，这种被猫喜欢的感觉会让人类疯狂，他们会飘飘然以为自己赢得了我们所有的感情。”

“那……”斯巴达忽然开口打断了喀戎老师的讲课，有些不好意思地扭了扭身体，顶着巨大的注目礼的压力，提问道，“正常的，属于人类的亲吻是怎样的呀？”

喀戎老师瞥了他一眼，冷静地告诉他这题超纲了，不会考的。

“总而言之，人类误以为缓慢眨眼这种行为是猫咪特有的对于人类爱意的表现。很显然，他们错了。这种谣言的起源也不可考了，多半是某个人类无聊的幻想吧。我们猫咪表现爱意的方式有很多，比如用身体去蹭他们，为他们整理头毛，给他们带礼物等等，但亲吻这种方式，并不存在于自然界中的猫咪，家猫也不见得会多喜欢。

“但同样的，我们不会去戳破人类小小的幻想，就让他们继续误会下去吧。有时候，我们还可以利用这种误会，让人类开心起来，从而达到我们自己的目的，比如一通爱抚，或者是一顿爱的罐头。喵~”

斯巴达心想，其实听起来，猫咪的谎言似乎都是以人类的误会为起点的。这么说来，倒并不是我们一定要撒谎，只是人类自己自作多情了。这能怪我们吗？显然不能。人类真是容易无理取闹呢。

但话又说回来了，人类是怎么亲亲的？

CHAPTER 26

我们的目标是没有蛀牙

关于人类的亲亲，斯巴达决定还是留着问戴麻薯，毕竟在他的感知里，戴麻薯不仅是他认识的最有学问的一只猫，也是最八卦的一只，斯巴达不信他对这个领域没有研究过。果然，当斯巴达将问题抛给戴麻薯时，对方一脸兴奋，喵喵地自顾自地说了起来，还给他找了很多小视频做示范。

人类的亲亲，总的来说非常简单，就是你去尝尝他嘴巴的味道，看看他刚刚吃了什么。

虽然听着有点奇怪，但却非常好理解。斯巴达了然，迅速决定将这个新学的知识付诸实践。最好的实践机会莫过于早晨喊咪呜起床的时候。第二天一大早，斯巴达在楼下客厅喝完水，仰着头，眯着眼睛感受了一下太阳的味道。他安静地等了一会儿，直到他体内的生物钟告诉他，他的咪呜应该起床了。斯巴达脚步轻快地爬上楼，来到了人类的房间，从床尾轻盈地跃了上去，从人类的脚上往前踩去，一路踩到了咪呜的胸口。

咪呜，你该起床啦！

斯巴达歪着头打量了咪呜一会儿，慢慢地趴下身体，他将两只前爪子伸得长长的，攀着咪呜的肩膀，用力伸了一个懒腰，然后将脑袋凑到咪呜的下巴，低下头，认真地嗅了嗅咪呜的嘴巴。唔，什么味道都没有，只有咪呜的味道。他伸出舌头舔了舔咪呜的嘴，用自己的脸颊仔仔细细地蹭他的嘴唇，直到咪呜的嘴上满是自己的味道。斯巴达很满意，大概亲亲就是这样的吧。

在狸花猫不懈的捣乱下，辛勤终于睡不下去了。他迷迷糊糊地睁开眼睛，只看见一个模模糊糊的影子，他张开嘴，刚想说话，猝不及防地被斯巴达伸出舌头舔了一口。舌尖和门牙瞬间像被一道毛刷子用力擦了一把。辛勤一下子吓得清醒了，一个激灵坐了起来，反倒把狸花猫吓了一跳，喵呜一声跳开了好远，偷偷探着脑袋打量他。辛勤一手捂着嘴，歪坐着，抱着被子醒神。狸花猫贼头贼脑地又跳了上来，装模作样地迂回了一圈，又凑到辛勤的身边，嗲声嗲气地冲他的咪呜叫。辛勤揉了揉脸，忍不住笑出声，用手搓了搓狸花猫的圆脑袋："你的舌头很刺人懂不懂？"

斯巴达踩着被子试图跳进他的怀里。辛勤将狸花猫蜷成一个球，连猫带被子一起抱了起来："走吧，今天应该有太阳，我们去晒晒被子。"

斯巴达从被子里伸出圆脑袋，不明所以地喵喵叫。

"饿了吗？"辛勤低头和它说话，"我刷完牙给你放吃的。"辛勤忽然灵光一现，猫也是需要刷牙的吧。虽然刚刚好像没什么怪味道……

斯巴达躲在落地窗内，好奇地看着他的人类在摆弄被子。被子超级大，铺开后几乎占满了大半个阳台。看上去很好玩呀！斯巴达快速地摆动尾巴，盯着软乎乎的棉花被，跃跃欲试。只可惜，他的人类并不打算放他去阳台。他的爪子才踩上阳台的地面，就被咪呜拦腰一把抱进屋里去了。喵呜，好气呀。

幸好早饭一如既往地好吃，平复了一番他的郁闷心情。咪呜真好呀！蹭蹭。

辛勤陪斯巴达玩了一会儿扑逗猫棒的游戏，就让它自己在客厅里瞎转悠。他则拿起了之前买的养猫指南，特地找到给猫刷牙的篇章，认真地看了起来。在斯巴达孜孜不倦地来回干扰下，辛勤坚持看完了，果断拿出手机下单，买了一堆东西。

等辛勤新买的东西到了之后，斯巴达兴奋地陪他拆箱子，丝毫不知道自己的噩梦即将来临。实践之前，辛勤还是给自己做了心理建设的。毕竟大饼已经是一只圆滚滚的成年猫了，有自己的脾气，对不熟悉的事物很容易产生抗拒心理，不容易养成新习惯。但是书里介绍刷牙对猫咪的牙齿健康好，他去网上反复求证，发现猫咪上年纪后，特别容易产生口腔问题，也认为预防猫咪的牙齿问题应该和人一样，从每日的细节做起。

辛勤特地买了一只宠物牙膏，拆封后特地自己闻了闻，觉得没有什么特别奇怪的味道。他坐在客厅的地毯上，双腿盘了一个圈，招呼斯巴达："大饼，过来。"

斯巴达跳上沙发，踩到了客厅另一头又转了回来，绕了一大圈，装作不经意的模样来到了辛勤身边。辛勤逗它跳进自己的两腿之间的圆圈里，用身体给狸花猫营造了一个密封的环境。斯巴达显然很喜欢这样亲密安全的氛围，轻轻地划尾巴，歪着头显得乖巧极了。辛勤让斯巴达正对自己坐下，开始和它玩游戏，如果它玩得好，就奖励它一小粒零食。斯巴达开心得喵呜叫。

辛勤看着它，露出意味不明的笑意，转身偷偷抹了点牙膏在手指上。

斯巴达端端正正地坐好，抬着头，眼睛瞪圆，全身紧绷，聚精会神地等着他的人类出下一个动作。咪呜伸出一只爪子，放在他眼前晃了晃。哈哈……这个太简单啦！斯巴达站了起来，往前一扑，很快就抓住了咪呜的爪子，得意扬扬地伸出舌头舔了舔。咦？什么东西，味道好奇怪呀！呕！

眼见斯巴达中招了，打了一个喷嚏，龇牙咧嘴地想往外逃，辛勤憋着笑，拍着手转移斯巴达的注意："大饼，饼饼，来，看这里，好吃的。"他用手指捏着斯巴达的零食，凑近狸花猫的鼻子诱惑它。

斯巴达迟疑地缩着爪子，在逃走和吃东西之间犹豫不决。最终咪呜和零食的力量战胜了他对咪呜爪子上那奇怪的东西的厌恶。说好了这一次我是来吃好吃的哦，你不可以再让我舔那种难吃的东西了，呸呸，你笨呀，那个是不能吃的。

辛勤撑着脑袋，好笑地看着斯巴达喜滋滋地将零食吃完了，心满意足地舔起了爪子，很快就把刚刚吃牙膏的不愉快经历忘记了。他伸手揉了揉大饼的头，又陪它玩了一会儿，打算下午再继续训练。

斯巴达是个好学生，一周之后就开始接受牙膏的味道了。有几次辛勤将牙膏抹在它的鼻尖上，它虽然不太开心，但也会舔干净，已经不用零食来哄了。另一项训练成果就是，在辛勤的坚持下，斯巴达会安安静静地待在他的圈圈里，感到放松愉悦。等斯巴达平静之后，辛勤会半趴着，身体组成一个圈，让斯巴达轻松地蹲坐，然后开始让它熟悉刷牙。

因为有吹风机的经验，辛勤知道斯巴达对于震动的物体接受度比较高，因此直接选择了儿童版电动牙刷，用的是最小的软毛刷头，这个电动牙刷比他自己的配置还高，价格也贵了一半多。辛勤打开牙刷电源，刷头的动静很小，斯巴达好奇地闻了一会儿，就不再理会了。辛勤让它和牙刷彼此熟悉后，开始找一个合适的角度，掰开斯巴达的嘴，开始给它刷两侧大的犬牙。由于他的姿势很别扭，非常不好着力，又因为紧张不敢用力，没一会儿，辛勤就累得后背湿透了。好在斯巴达足够乖，虽然挣扎，但是不厉害。

刷完一颗牙之后，斯巴达说什么也不愿意继续了，也不跑，一头栽进辛勤的怀里，只留一条毛茸茸的大尾巴在外头，甩啊甩啊，喵呜喵呜发出委屈的声音。辛勤也不强迫它，当下关了电动牙刷，把猫抱在怀里，给它按摩，宽慰它，给它许诺了一座山高的好吃的。

在一天一颗牙的进度中，斯巴达渐渐对刷牙熟悉，不再抗拒。最后，辛勤已经能够将狸花猫仰面朝天地抱在怀里，撬开它的嘴，替它完完整整地刷牙了。

而等斯巴达学会刷牙，秋天已经彻底走远了。冬天在一个昏暗的清晨咚一声落在了人间，带着凛冽的寒风，碎向四方。斯巴达也终于成了高年级的小学生了。

高年级的同学们要开始学习更加复杂的和人类交流的姿势。喀戎老师介绍的第一个动作，就是和人类击爪。为了让分解动作更简单易懂，喀戎老师给同学们做了示范，还播放了网络上被人类四处炫耀的猫咪击爪的视频短片。

“首先，你要知道，击爪的时机是什么。当人类，将他们的爪子，肉垫朝上，凑到你的面前时，就是你出爪的最佳时机。这时候，你只需要将爪子轻轻地搭在人类的爪子上面，他们就会欣喜若狂，奖励你好吃的零食了。

“当然，这个动作还有别的变体形式。比如，人类会将他们的爪子竖着摊开，朝向你。规则都是一样的，只要你将自己的爪子贴在人类的爪子上就可以。

“记住，这个动作是特别为你所喜欢的人类准备的，不需要做到有求必应，你可以通过自己的判断来决定你的爪子应不应该放上去。

“不过，有一种情况，我要奉劝大家时刻记在心里。这种情况，并不仅针对这一个动作，而是适用于我们所有的知识点。那就是，假如，你的人类是个爱炫耀的人类——是的，和猫咪居住在一起的人类十有八九都有这个毛病，忍受吧——他们总会有这样或那样的时刻，将我们的可爱之处展现给他们的人类伙伴。这些人类伙伴可能会入侵你的家里，文明一点的说法是：到你的家里做客。他们也可能存在于你看不见的网络里，通过你的照片或者是视频来了解你的可爱之处。

“如果是这样，你的人类要求和你击爪，就是一种十足炫耀的表现。

虽然击爪只是小学的学习内容，但是全世界的猫受教育的程度之低，你们很难想象。因此，部分猫咪是学不会这项技能的。如果你是一只会击爪的猫，你的人类会恨不得向全世界宣告这个事实。他们可能会没日没夜地要求你重复，随时随地地找你玩这个幼稚的游戏。没关系，我可以很肯定地告诉你，大多数情况你都可以拒绝。只是，如果是他们的人类朋友来做客，或者是他们打算把你可爱的模样拍下来做分享，我希望你们能够好好配合，扮演一只听话的猫咪，不要揭穿你的人类。在这种时候配合，叫作给面子。

“一旦你在别的人类面前为你的人类赢取了足够的面子，他们的自信心和虚荣心会爆棚，误以为你对他们的爱深不可测，那么在人后，你的人类就会完全属于你，他们对你俯首听命，完成你所有的心愿，为你奉上最好的食物，并且为此感到自豪。

“以退为进，进退有度，也是训练人类的一种方式。”

天气冷了，辛勤发现斯巴达在客厅睡觉的时候，不再仰卧袒胸露乳了，而是缩成一团。他走到斯巴达的猫窝前，摸了摸眯眼休息的狸花猫：“来，饼哥，伸爪，我看看你爪子冷不冷。”辛勤摊开手。

斯巴达慢腾腾地睁开眼睛，看了一眼咪呜摊开的爪子。嗯……他迟疑着，这个时候，没有别的人类来参观呀，我要不要满足咪呜呢？可惜他的意识比他的大脑转得要快，等斯巴达回过神，发现自己的爪子已经搭在了咪呜的爪子上。喵呜，算了，就让他高兴一会儿吧。

辛勤诧异地看着斯巴达的举动。他没有训练狸花猫做这些动作。除非是为了斯巴达的健康，辛勤很少做关于猫咪的训练。他希望斯巴达是一只自由自然健康快乐的狸花猫。他不由自主地握紧了狸花猫的白爪子。

“斯巴达，你肯定是只天才猫，对不对？”辛勤一边说，一边将斯巴达抱了起来，“你的爪子冰凉，冷吗？我给你再铺一层毯子。冬天来了，再冷一点点，我们就开暖风。你最近要好好吃饭，不要生病，不然你会很难受的。”

咪呜，我嗅到冬天的味道了。以前在我的家乡，冬天可难熬了，肚子好饿，毛毛也不够暖和。不过今年我的毛毛长得很好啦！你都没有毛毛，肯定会很冷的吧，我可以把我的肚皮借给你哦。

辛勤轻声笑：“也不知道你在说什么。冷的话，一会儿趴我腿上吧，嗯？”

今年的冬天，和往年不一样，似乎很值得期待呢。

CHAPTER 27

大饼出巡

对于遛猫这件事情，辛勤策划了很久。虽然多数家猫都比较宅，有的甚至惧怕到开阔的空间，然而他家的狸花猫以前毕竟是一只流浪猫，身上的野性犹存，如果能带它出去遛遛，不失为一项很好的运动。尽管天气冷下来了，但是看斯巴达天天好奇地往阳台上张望，辛勤还是决定将遛猫事项尽早提上日程。

辛勤已经早早勘测过他家小区的地形和周边。辛勤居住的小区离中心交通道比较远，因此僻静；居民绝大多数都是永久自住的，比较稳定；虽然是老小区，但绿化做得很好，非常适合溜宠物。唯一不足的，可能就是宠物狗比较多，往来的流浪猫也常见，如果去遛猫，有可能造成冲突。

但如果是斯巴达，辛勤倒不怎么担心它被欺负，在他心底，大饼保护它自己应该是没什么问题的，只要不受惊跑丢就可以。

辛勤从网上购了一整套遛猫装备，用的是斯巴达直播卖萌赚的钱，幸好它自己也不知道。遛猫绳是背心式的，比较安全。配色依旧是浮夸的纯金底色，暗红盘龙纹，不知道为什么，总觉得斯巴达佩戴这样的款式才能彰显它的社会气质。辛勤之前从没给斯巴达穿过衣服，担心它不适应，提前一周给它做适应性训练。

先是不扣绳，单穿马甲，让斯巴达在客厅里玩。一开始斯巴达有些不知所措，穿上马甲后总是跌跌撞撞地想往辛勤的怀里钻，不过它很快就适应了，现在穿上马甲也能跑能跳，甚至还能自在地玩跳跃扑球的游戏。后来，辛勤给斯巴达系上绳扣，牵着它在客厅和二楼溜达。每次训练的时间都不长，斯巴达如果完成得好，就会得到零食和爱抚。它似乎还挺喜欢这个遛人类的新游戏。

真正的出门日定在一个风和日丽、暖光融融的午后。辛勤特地挑选了一个工作日，这样人会少一些。临出门时，辛勤带着全副武装的斯巴达，在玄关处待了十几分钟，他耐心地和狸花猫说话，让对方彻底平静下来，把注意力放在自己身上，这样不容易出门后情绪波动太大，受惊失控。

大门打开的那一瞬间，斯巴达瞪圆了绿眼睛。除开就医检查等必要场合，斯巴达已经很久没有出过门了，更何况这次还是他自己的爪子踏出去的，咪呜并没有把他放进那个小包包里面。咦？斯巴达疑惑地仰头，去找他的人类。幸好咪呜紧紧地跟在自己身后，并没有走丢。咪呜要做什么呀？斯巴达迟疑地走了两步，忽然想起以前自己巡逻的戴麻薯。喵呜，咪呜打算让我出门巡逻啦，太好啦，我再也不是一只尿家猫啦！斯巴达噌一下想加速跑起来，很快肩胛处就感受到了牵引绳的压力。他的人类跟在后头，和他说着话。

“斯巴达，大饼，别跑，你等我关门。”辛勤将牵引绳系在自己腰上，安抚好开始兴奋的狸花猫，反手将门锁上。以防万一，他还是带上猫咪外出包。随着斯巴达体重的上升，单手拎包已经不太适合它了，辛勤又购入了一款太空双肩包。他往包里面塞了水和斯巴达的小零食小玩具，觉得自己就像带孩子出门玩的家长。

斯巴达太久没出门了，激动难耐，下楼后小跑了一阵，终于想起了自己身为一只猫的本能。他开始放慢速度，昂首挺胸，眼神也犀利起来，像一只国王，从容地巡视他的领地。他两耳上扬，额头上有一个显眼的M型的花纹，额角宽阔，绿色的杏眼下压，直视前方，配上左眼的爪痕，显出一股不怒自威的神色。全身覆盖着厚实而有光泽的金褐色短毛，漂亮的鱼骨虎斑花纹从脸颊武装到尾巴，在阳光的照耀下，呈现出一种温暖的晕染色。他的四肢健壮，爪子宽厚，肩胛处紧实，几乎看不出脖子，反而增添了一些英气。走路时，爪子高抬轻落，脖颈朝前，肩背下压，显得矫健轻盈，又带着几分贵气。

嗯，虽然有一点点外八，但是丝毫不影响他走出十八斤的气势。

斯巴达牵着人类走得稳稳当当。所到之处，流浪猫纷纷逃窜，有几只胆大的躲在近处偷偷观察这位新来的大猫，暗自估量对方的实力。幸好猫咪在一般情况下，并不会主动挑起争端，也会尽可能避免打架斗殴。因此看起来龙行虎步视瞻不凡的斯巴达，也并没有和其他的流浪猫起冲突。

辛勤忍不住给斯巴达拍了好几张照片，再次确认，自己的狸花猫长得非常好看，和它刚来到他身边时，截然不同，判若两猫。辛勤觉得挺有成就感，这种成就感居然比他爬天梯上分还要来得满足开心。

毛春城是个爱猫之城，随处可见被喂养得油光发亮的流浪猫，但也正因为流浪猫多，养在室内的家猫很少出门。像辛勤这样堂而皇之遛猫的，其实并不多。因此，一人一猫出门不到十五分钟，就引起了附近居民的极大兴趣。虽然在工作日的午后，出门的人不多，但仍断断续续有人走过来和辛勤以及斯巴达打招呼，夸赞一番，给斯巴达拍照，甚至还想上手去摸猫。只可惜斯巴达是一只非常不客气的模特，生人想动手，直接就伸爪子。辛勤在一旁看着它，尽力避免狸花猫和陌生人亲密接触。同时，他还得应付各种各样热情的提问和寒暄，显得有些不自然。辛勤本来就不是一个多话的人，平时宅在家里，除了和斯巴达说几句，基本不开口，一下子成为人群瞩目的焦点，被一群陌生人围着，让他很不自在。

而斯巴达大爷似的守在他的人类身边，抬起下巴，半合着眼睛看人。他坐得端端正正，用粗长的毛尾巴将身体围了起来，连尾巴尖的位置都摆得一丝不苟，看起来既神气又骄傲。

在这种日子能悠闲地出门遛弯晒太阳的，多半是赋闲在家的上了年纪的叔叔阿姨和爷爷奶奶们，本来也没什么事情做，逮着一个像辛勤这样的年轻人，还遛着一只大花猫，自然充满了各种好奇和关心。

辛勤正不知所措地对付着，斯巴达忽然站了起来，开始坚定地往前面走去，将牵引绳拉得紧绷绷的。辛勤低头喊它：“大饼，还往前走吗？”

走啦，这几只人类吵死了。快跟我走，咪呜！

辛勤跟着他的狸花猫好不容易冲出重围，马上又掉进了下一个副本。副本的 Boss 是一条奶油色的吉娃娃，是条焦躁的小公狗，名叫美男，它的主人是一位退休老太太。这条吉娃娃特别小，比斯巴达还要小一圈，却脾气暴躁，为狗凶狠，对哈士奇那样的大狗都敢动手，是远近闻名的恶犬。美男就住在辛勤家的隔壁楼，辛勤虽然是不怎么出门的宅男，也听说过它的“美名”。有时候他从隔壁楼底下路过，能清楚地听见美男在二楼的阳台上冲他狂吠，大概是非常不喜欢陌生人。

辛勤对于美男的印象太过深刻，以至于远远看见它的主人带着它从小花园的拐角处出现时，他下意识地停下了脚步，思索着是不是应该走另一条路。斯巴达被他拉住了，一脸莫名地抬头看他。

就在这时，吉娃娃已经快人一步，发动攻击了。由于是小型犬，美男的主人遛它时从来不上牵引绳。吉娃娃在看到狸花猫的一瞬间，就做出冲刺的动作，几下蹬腿，瞬间就扑了过来，吓了辛勤一大跳，下意识就蹲下护住斯巴达，想把它抱起来。

斯巴达倒是很冷静，一瞬不瞬地盯着那只蠢狗朝自己冲过来。虽然在人类的眼中，这只狗可能跑得很快，但在一只猫的眼中，吉娃娃恶狠狠地拨动短腿跑动的模样显得它更加蠢了。

转眼之间，吉娃娃已经扑到辛勤面前。它急促地刹住车，一边朝狸花猫疯狂地吠叫，一边跳动着想要扑上去。辛勤着急，用手挡了它一下，吉娃娃急了，直接张嘴，作势要咬他的胳膊。就在这时，斯巴达猛地伸出爪子，对准吉娃娃的头啪啪啪连打了十几下，直接把美男打蒙。它唧唧呜呜地躲开，夹着尾巴跳着转圈。斯巴达浑身的花毛都奓开，往前踏了两步挡在辛勤的身前，侧着身体，恶狠狠地盯着那条吉娃娃，嘴里发出威胁的低沉的喵呜声。它的一只爪子悬空，显然是在伺机找下一个进攻的机会。

这时，吉娃娃的主人跑过来，嘴里嚷嚷着“怎么打人呀”。那是一位体型圆润的老太太，穿得花哨，一头深黑色的短发卷，跑起来摇曳生姿，开口骂人倒是虎虎生威。她一边迭声质问辛勤，一边弯腰想把她的吉娃娃抱起来，那生机勃勃咋咋呼呼的气势，和她的宠物倒是有几分相似。吉娃娃见主人来了，瞬间又有了力气，重新冲斯巴达狂吠起来，龇牙咧嘴，眼球瞪得滚圆，似乎下一秒就要爆浆了。

辛勤心里不想和老太太计较，打算把斯巴达抱走。可是斯巴达的动作太快，他一晃神，狸花猫就已冲出去，像一道黑影，喵呜一声扑倒吉娃娃，直接咬住对方的脖子。随着吉娃娃的一声撕心裂肺的惨叫，那团奶油色的小东西挣脱出去，瞬间蹦得老远，尾巴贴着肚皮，四肢打战，发出呜呜的叫声，看着挺惨的，但表面上看不出伤口。辛勤放下心，如果斯巴达把人家的狗咬伤，大概会被投诉，到时候就有扯不清的皮。他在狸花猫的身旁蹲下，试图检查它是否受伤。

斯巴达依旧紧绷着身体，瞳孔放大，形成饱满的黑色圆珠。他的头在小幅度地快速移动，眼神锁定，死死地盯着那只吉娃娃。如果不是牵引绳的限制，他刚刚已经乘胜追击，把吉娃娃打得服服帖帖，根本不会给他叽叽歪歪的机会。呸！他吐出嘴里的狗毛，龇着牙，发出嗤嗤声。

蠢狗，下次你再欺负我的咪呜，我见你一次打一次！滚。

吉娃娃急急往后退，不停地焦躁地转圈，但也不敢再凑上来。它的主人没办法，只好抱着狗，骂骂咧咧地回家去了。

斯巴达大获全胜。

后来，美男的主人在小区里大肆宣传，X栋楼里有个不负责任的主人，养了一只恶猫，特别凶残，把他们家的宝宝抓得遍体鳞伤，鲜血淋漓，现在出门都有了焦虑症，只敢让主人抱着，都不能自己跑了。恶猫的主人却不以为意，连句道歉都没有，纵宠行凶，看着人模狗样的，行为太恶劣了。

有几位狗狗的主人听说后，唏嘘不已，打听到辛勤的门牌号，说是要给斯巴达送猫粮。其中有个养哈士奇的女士，还问斯巴达要不要锦旗。

但对于斯巴达而言，这次战斗不过是他猫生中一段小小的插曲，对手太弱了，不值得被惦记，他连回忆胜利果实的念头都没有，这件事很快就被他抛诸脑后了。

他只记得，收拾完那只蠢狗后，咪呜带他来到了小花园的长椅上。椅子是石头的，有些年份了，坐上去冰冰凉。斯巴达用爪子不停地踩椅面，有些不高兴把屁股坐上去。幸好他的咪呜善解猫意，将他抱了起来，放在了暖烘烘的大腿上。斯巴达瞬间就开心了起来，像一只幼崽一样在咪呜的裤子上踩来踩去，想把这个暖炉弄得更舒服一点。这个举动让斯巴达有些不好意思，但他转念一想，反正咪呜也不会笑话他，管他呢！

辛勤帮助狸花猫找好舒服的姿势，顺便给它做了个按摩，让它穿着背心也能轻松一些。他还从斯巴达的爪子里抽出几缕奶油色的毛发，大概是那只美男的。斯巴达一旦放松下来，面部表情就显得很悠闲。辛勤听说猫咪的面部肌肉不如犬类发达，因此能做出的表情有限，经常会让人误会猫咪是一种冷酷而漠然的生物。但不知是不是辛勤先入为主，他总觉得自己能够分辨斯巴达的一些小表情，从而判断它的情绪。比如现在，它很放松，惬意地甩着尾巴，眼睛眯成一条缝隙，嘴巴的线条上挑，就像在微笑。它打赢了一场架，却并没有骄傲，显得很平和，这让辛勤放下心来。他的狸花猫很厉害，但并不以打斗为乐，这样，它也不容易卷进麻烦里，让自己受伤。为了表示鼓励，辛勤拆了一包斯巴达喜欢的零食，慢慢地喂它吃了。

“大饼，出来散步开心吗？”辛勤轻轻地挠了挠斯巴达的脑袋顶。

斯巴达舒服得发出呼噜呼噜的声响。

冬天好舒服呀。没想到冬天也能这样自在。每天可以吃饱，也可以玩，还能和咪呜在一起。我真是发财啦！

猫咪本来是没有金钱概念的，被戴麻薯灌输的，现在斯巴达也算是一个小财迷了。他知道发财就是行大运的意思，就像你饿了，有一只老鼠撞到了你的爪子上，太幸运啦。

他们坐在一棵大树下，风一过，树的叶子就不住地往下落，叶子已经掉得差不多了，树冠光秃秃的，难看死了。斯巴达认得这种树，是梨花树，他的家乡以前就有一棵。听镇上的老猫们说，那棵树已经有一百多年了。一百年有多长，谁也不清楚，他们只知道，每年一到春天，那棵老树就往下飘雪花一样的花朵雨。他就出生在某个下着白色花雨的春日清晨，出生在那棵不知名的百年梨花树下，并从此以梨为名。他的妈妈原本找好了一个温暖僻静的小窝，却被一户讨厌的人类撵出来了。妈妈不得已拖着大肚子在镇子里来回逃窜，最后实在不行了，经过那棵大梨树时，将斯巴达和两只妹妹生在了洁白的花瓣毯子上。斯巴达原本还有一只更小的弟弟，可是妈妈说，弟弟刚一出生，就已经死了。

斯巴达还记得，那是一个比现在还冷很多很多的日子。他睁不开眼睛，冻得瑟瑟发抖，只好和两只妹妹紧紧依偎在妈妈的怀里，在害怕和恐惧之中，嗅到了一股清甜的梨花的香气。妈妈很久没吃饭了，奶水不足，又要时刻警惕往来的敌人，也不能出门打猎。那股甜甜的花香，伴随斯巴达度过了他生命中最初的时光。

后来有一天，妈妈带他们离开了那棵梨花树，离开了斯巴达猫生中第一个家。那个家里有满满一地的白色花瓣，和他从没睁开过眼睛的小弟弟。

再后来，妈妈走了，妹妹们也离开了。斯巴达有好几次回到了那棵梨花树下，那里已经是一只大花猫的地盘了。斯巴达不能靠近，只远远地嗅了嗅记忆中那股清甜的花香味。

对猫咪来说，死亡是一件再正常不过的事情，几乎每天都会有一些猫咪悄无声息地消失。他们不习惯活在回忆里。如果可以，所有的猫咪都会选择活在当下。斯巴达并没有觉得很悲伤。

他离开镇子的那一天，并不知道未来会发生什么。长途跋涉是一个重大的决定，他可能会死在赶往毛春城的路上，这辈子再也回不来了。临行前，他最后一次来到那棵梨花树下。树上正结着青涩的果实，很好闻。斯巴达像告别一样，蹭了蹭梨花树的树桩，然后在地盘主人回来前迅速跑走。

这一路，他并没有回头，不顾一切地来到了他的人类的身边。

现在，斯巴达窝在他的人类的怀里，坐在了同样的梨花树下。那些事情，仿佛发生在很久很久以前，那么远，就像做了一场梦。这棵树没有家乡的那棵大，可能还没有到一百岁吧，也没有那种甜甜的香气。斯巴达不知道的是，梨树结的果子在秋天的时候就被小区的阿姨们打下来了，现在是落叶的季节，自然好看不到哪里去。可是不知怎么的，斯巴达的心里还是涌上了一股近似乡愁的哀伤，仿佛忽然闻到了属于他小时候的那种熟悉的梨花香。

他忽然想起了自己的妈妈。他的妈妈是意外去世的，斯巴达并没有像普通的小猫那样，被自己的妈妈强制赶出窝，自力更生，他没有经历正常的离别。在他的记忆里，妈妈就是温柔的，强大的，永远都会向他敞开怀抱。

斯巴达仰着鼻子嗅了好一会儿，终于意识到，那股香气，似乎是从咪呜的身上散发出来的。他眷恋地将脑袋倚在人类的怀里。

咪呜。

如果可以，他希望咪呜会陪伴他，永远永远，再也不会中途离开。

辛勤感觉到怀里的狸花猫正在慢慢地蜷缩起来，以为它是冷了。他拉开自己的外套，将猫裹了进去，温柔地拍了拍：“我们回家吧，好吗？”

咪呜。

CHAPTER 28

感情大危机！

辛勤天天养猫，沉迷于各种理论知识和实践，几乎忘记他的本意是想做一个游戏主播。直到炒蛋疯狂给他留言，这个赛季就快过去，你再不上分，就要止步五百强。辛勤这才意识到他还有漫长的天梯没有爬。

江湖传言，四千二以上的玩家，十个里面大概有九个半是主播。和一群游戏主播打匹配，意味着你上镜头的概率大大提升，从而增加自己粉丝数量的机会也增大。一个能在天梯上爬得远的玩家，是永远不会被埋没的。就算是块背景板，也能被好事群众给挖出来。

为了更好地养活斯巴达和自己，辛勤的路，道阻且长，天梯不得不爬。

辛勤的重心重归游戏，他开始和炒蛋等人组车，在赛季最后的白热化阶段，争分夺秒上分。这样一来，他白天陪斯巴达瞎玩的时间大幅度减少。一开始，狸花猫还没怎么在意，仍是白天自己玩自己的，晚上去上课。然而，几天过去，斯巴达终于意识到这个严肃的问题：他的咪呜最近对他的爱，很敷衍！早晚给他喂饭的时候，都是随便亲一亲，摸他几下就算了事，转身就上楼继续打游戏。平时都要搂着他一起睡午觉，睡完午觉再陪他玩一小时。而现在，咪呜不睡午觉了，陪他玩游戏的时间也缩减到半小时。哪怕斯巴达纡尊降贵去游戏室找他的人类撒娇，咪呜也只是把他抱在怀里，注意力却依旧在他的游戏上面。可恶！

最严重的是，咪呜开始晚上熬夜不睡觉，害得斯巴达没办法下楼偷偷去上课。为此，他已经无故缺勤两节课。猫咪小学规定，如果出勤达不到百分之九十，就不能毕业，也就是说，如果他无故缺勤三次，基本就和毕业无缘。

斯巴达生气了。我要给咪呜一点教训！

作为一只相当聪明的猫咪，斯巴达并不打算直接动手或是大吵大闹。他蹲在窗户前，晒了一上午太阳，终于在心底制订好一个完美的复仇计划，这真是一个学以致用的好机会。看看我和游戏，到底是谁重要！

斯巴达的第一个计划是绝食。当然，他并不是打算一点都不吃，而是特地吃得比平时少一点，这样人类就会误以为他生病了，自然要寸步不离地照顾他。只要在早晚饭的时候，往食盆里留多一点猫粮，咪呜肯定就会注意到我，真是简单。我真是太聪明啦。斯巴达得意扬扬地甩着尾巴，仿佛已经摘取了胜利的果实。

只可惜，现实往往比计划要艰难。决定绝食的第一个早晨，斯巴达一个没留神，就吃掉了大部分猫粮，只好留下最后一颗，意思意思一下自己没食欲了。一小颗猫粮并没有引起咪呜的注意，看起来完全就像斯巴达忘了舔干净。于是晚饭时，斯巴达痛定思痛，决定再接再厉，继续执行。于是，这一次，他顺利地剩下了两颗猫粮。咪呜依旧没有注意到他的食欲不振。

绝食计划进展得很不顺利。斯巴达将失败的原因归结于咪呜买的猫粮太好吃。不懂得珍惜粮食的猫咪是不值得被尊敬的。斯巴达给自己找了一个台阶，顺顺当当下来了，决定展开第二个计划。

第二个计划相当完美。斯巴达仔细思索了一遍自己的计划，觉得稳稳妥妥，没有一丝一毫的纰漏，不由得暗自得意了一番。为了奖励自己，斯巴达给自己全身上下仔仔细细舔了一遍毛，连胡子都没有放过。舔了半天，斯巴达对自己的形象总算满意了，心想，我这么可爱，咪呜不可能不上钩。他自信满满地起身上楼，打算立刻实施自己的计划。

斯巴达静悄悄地来到咪呜的游戏室，侧着身体将门推开一个缝，探着脑袋观察他的人类。咪呜昨天晚上没有睡觉，早晨的时候只睡了一小会儿，现在到中午时间，又开始对着他的黑盒子打游戏。唉，戴麻薯说，人类的游戏都是对着屏幕玩的，既不用跑也不用跳，坐在他们的电脑前面就能玩。不跑不跳的游戏算什么游戏呀？一点也不好玩。

据斯巴达了解，人类一天是要吃三顿饭的，咪呜早上只喝了奇怪的水，中午一直没下楼，也就是说，他中午没有吃饭。长得这么瘦，还不好好吃饭，真是让猫不省心。在猫咪的眼里，没有厚厚的脂肪就是瘦弱，瘦弱意味着饥饿、疾病和死亡。斯巴达沉闷地叹气，轻轻走进房间，来到咪呜的脚下。他端端正正坐好，伸出爪子，勾了勾人类的裤腿。

咪呜。

辛勤分神看了一眼脚下的狸花猫：“怎么了？”他轻声问道，手指上的操作不停，键盘发出啪啪的敲击声。

斯巴达歪了歪头，忽然双腿着地站了起来，两只前爪搭在一起，很有节奏地前后摆动，像在作揖。这是他从喀戎老师那里新学来的拜年姿势。不管啦，先提前用一下。

辛勤一怔愣，被对手 拳打死了。趁死亡回顾的时间，他弯腰，将狸花猫抱在怀里，亲了亲它的圆脑袋：“你是不是无聊了？等过了这几天，赛季一结束，我带你出门去玩，好不好？”斯巴达以前从来没有做过这个姿势。作揖一般是主人特别训练后，猫咪才会掌握的动作。辛勤觉得有些古怪，不知道他的狸花猫是从哪里学来的。但是此刻他没有时间做过多的探究，他的复活时间到了。

辛勤将斯巴达放在自己的腿上，注意力重新回到了游戏里。

辛勤最近忙着上分，很少让斯巴达出面直播。他一边操作手里的英雄，一边抽空调整了下摄像头，然后打开视频直播，直播间里瞬间一片欢呼。

原本被咪呜亲了一口，斯巴达以为自己的计划成功了，正要骄傲一番，没想到咪呜又无视他。这让斯巴达有些不开心，他站了起来，在人类的大腿上来回转了一圈，屁股冲着咪呜，两只前爪撑着桌面，直起身体，挡住了人类的视线。这下你玩不了了吧。

辛勤歪了歪身体，从斯巴达的背后绕过去，继续玩。

你还挺固执的，斯巴达心想。他轻轻一跃，跳上了桌面，在咪呜的两爪之间踩来踩去。他的长尾巴有规律地一甩一甩，有好几次都甩到了咪呜的脸上。

辛勤也不气恼，配合着斯巴达的动作来回抬手臂，十指不离鼠标键盘，居然也顺利地完成了一次占点。

眼见咪呜对他的干扰不为所动，斯巴达有些气馁，一屁股坐在了咪呜的手腕子上。

辛勤的右手一沉，几乎抬不起鼠标。他迅速看了一眼闷闷不乐的狸花猫，腾出左手冲斯巴达晃了晃："大饼，看这里。"这是他和斯巴达的小游戏，斯巴达会把他的手当成猎物，扑上去玩耍。斯巴达抬头一看，果然上当了，起身扑过去，用四肢将辛勤的左手臂抱在怀里，张开嘴，作势要咬。但它从来不会真的下嘴，只是看起来凶巴巴的，牙齿尖抵在手腕上，甚至有些痒。辛勤用手臂压着斯巴达，任由它玩闹，双手依旧黏在键盘上。

斯巴达抱着咪呜的手臂玩儿一会儿，忽然清醒过来。哎呀，咪呜真是狡猾，居然趁我放松警惕的时候，转移我的注意力。这明明是我要干的事情！他瞬间松开了四肢，气恼地喵呜了一声。

辛勤俯下身，迅速冲狸花猫的胡子吹了一口气。斯巴达赶紧用爪子捂住了脸，打滚翻身，将自己的脸埋在桌面上，身体团成一个毛球。辛勤不由得笑出声。

斯巴达自己在桌上躺了一会儿，无聊地甩着尾巴尖儿，忽然又生气起来。真是的，老是玩游戏！游戏有什么好玩的！他腾一下站起来，把脑袋凑到咪呜的下巴上，用脸颊来回蹭他的嘴巴。我给你亲亲哦，别玩游戏了吧。

辛勤岿然不动，斯巴达来亲他，他就亲回去，但眼睛始终放在电脑屏幕上。

亲了半天，咪呜都没什么反应，斯巴达的怒气值越升越高，终于爆发了。他喵呜一声跳开了，将身体弯成弓形，拿屁股和头同时对着人类，尾巴焦躁地摆动。

咪呜你讨厌死了！为什么不来陪我玩呀！整天打游戏！游戏有什么好玩的！游戏有我可爱吗！我要不喜欢你咯！你看见这个杯子没，我反手就是一爪，它就会碎掉！哼！

辛勤抬头看过去，他的狸花猫正站在桌子边缘，伸出一只爪子，对准他的水杯。“别！”他下意识地开口制止。话音刚落，啪一声，水杯被推了下去，半杯水翻了出来，瞬间打湿了斯巴达的爪子。狸花猫四肢发力，咚一下跳了起来，瞪圆了眼睛，目不转睛地盯着犹自在地上打滚的水杯，像受到了极大的惊吓。辛勤忍不住笑了起来。

“炒蛋，帮我扛一下，半分钟。”辛勤和队友交代了一句，然后冲狸花猫招手，“饼饼，过来，我给你看看爪子。”

斯巴达郁闷地甩着沾湿了的爪子，犹犹豫豫地走到了他的人类身边。咪呜！他委屈地和人类告状。

“来，抬爪。”辛勤摊开手心，等斯巴达把爪子搁在他手上。狸花猫歪了歪头，将湿答答的爪子拍在了辛勤的手心里。他抽了纸巾，帮狸花猫把爪子擦干。“嗯，好了，别玩水。等我再赢两盘吧，好吗？”辛勤说罢，挠了挠斯巴达的脖子，亲了它一口。“玩儿去吧。”

斯巴达闷闷不乐地又给自己舔了一会儿爪子。抬头，他的人类又沉浸在游戏里了。他苦恼地叹了一口气，垂头丧气地跳下桌子，走到门口，还转身看了一眼咪呜。这一次，咪呜没有抬头。斯巴达有些难过，低头从门里挤了出去。

作为一只已经上了学校，学习了基本控制人类技能的猫咪，我真的好失败啊。

斯巴达跳上客厅里的沙发，陷入对人生的思索。他不由自主地瘫软下来，背靠沙发垫坐着，两只后腿横着，前爪搭在肚皮上，垂着脑袋。喀戎老师说这个姿势叫作“猫咪瘫”，模拟的是失败的中年男性人类，也是攻略人类的一种高级姿势。一旦猫咪做出这个姿势，基本上没有哪个人类能扛得住给你拍照的冲动。如果你肚皮上的脂肪肉足够厚实，做起来效果更佳。比如他们班上的小胖子葱包烩，凭借这个姿势，曾经拿到课堂作业第一名。

然而此刻的斯巴达并不想用这个姿势来征服任何人类。他只是觉得这个姿势莫名地舒服，莫名地适合他此刻的心境。

啊，没有咪呜的时光，好无聊啊。

就在这时，斯巴达听见阳台上有动静。他直起脑袋，两只耳朵快速抖动，迅速分辨声音的来源。

“斯巴达在家吗？”

哦，原来是麻薯呀。

斯巴达翻身跳下了沙发，几步小跑来到落地窗前。戴麻薯正揣着爪子惬意地窝在阳台上。今天的太阳不错，适合晒毛毛。斯巴达将鼻子凑到冰凉的玻璃上，和麻薯打招呼：“你怎么来了？”

“我和你的老师喀戎认识，我们俩以前是同学来着。这两天我找他聊天，他说你无故旷课两次了。我琢磨着来看看你。你是怎么了？生病了？”

说起这个斯巴达就伤心。他盘着身体也卧了下来，将最近的烦恼和麻薯说了。

“嗨，我当是什么事呢。”麻薯悠然地舔了舔自己的胡子。

“这个问题还不严重吗？”斯巴达着急地喵喵叫，“咪呜都不陪我玩了。而且为此我还旷课两次，再来一下，我就不能毕业了。”

麻薯倒是淡定得很：“这倒不碍事。如果下一次要请假，可以让松鸦带话，和喀戎说一声就行。我一会儿教你怎么召唤松鸦。”

斯巴达目瞪口呆：“不是说不能无故旷课吗？”

“无故的不行，你有故当然可以啦。”戴麻薯轻松地说道，“反正很多基础课程，你可以在课后再上网温习自学。只要你能通过考试，就能顺利毕业。”

斯巴达总算放下心来。只要能毕业，能顺地利继续读书，他就没那么大的烦恼啦。

“再说说你和你的人类的问题，这其实也是我们猫咪一族要面临的巨大挑战啊。”戴麻薯的嗓音低沉下来，仰着下巴，做出一副深沉的神色，“无解，无解。现代社会，诱惑太多了，人类又是意志不坚定的种族。只能说，我们要尽力争夺人类的注意力，至于是否成功，评判的标准并不是单一的。”

“什么意思？”

“就是说，也许在你看来，自己失去了人类的宠爱。但从别猫的角度来说，其实你的人类已经做得很好了。只不过你用的标准和其他猫不一样，所以你不满足。”

斯巴达思考了一会儿，虚心请教：“所以说是我对咪呜要求太严格了吗？”

“不好说，说不好。”戴麻薯高深莫测地摆了摆头。

斯巴达最讨厌他这副故弄玄虚的模样。他打了一个哈欠，站了起来，不打算继续和戴麻薯说话了。

“哎，别走啊。”戴麻薯着急地喊住斯巴达。他今天出门早，没在家吃上点心，现在已经饿了，“你不请我进去参观一下你的家吗？”

“不打算呀。”斯巴达自然而然地回道。猫咪可不是什么好客的种族。

戴麻薯沉思了片刻：“要不这样吧，你请我吃好吃的，我告诉你怎么缓解你和你的人类的感情状况。”

斯巴达停下了脚步，这个倒是可以考虑考虑：“可是我也不会开阳台的玻璃窗呀。”

“你笨呐，我可以教你。”戴麻薯激动起来，手舞足蹈跳上跳下地给斯巴达演示怎么开落地窗的门。

动作倒是不难。斯巴达正想实践一番时，听见咪呜下楼的动静。他抖了抖耳朵，冲戴麻薯喵道：“我的人类来了。你还来吗？”

戴麻薯踩了踩爪子：“你的人类看起来人还不错。我让他邀请我进去吧。”说罢，他给自己舔起了毛，认真地整理了一下仪表。

辛勤一边下楼一边呼唤狸花猫，走到客厅，就听见斯巴达在落地窗前朝他喵喵叫。辛勤走过去，意外地发现阳台上还有一只猫咪，看起来很眼熟：“是诊所的麻薯吗？”辛勤蹲下来，看着门外的大黑猫，问道。

戴麻薯喵呜应了一声。

“你的朋友来看你呀？”辛勤摸了摸斯巴达的脑袋，将它抱起来。同时拉开落地窗门，将大黑猫让了进来。

“打扰啦！”戴麻薯一边说，一边拿爪子在门垫上蹭了蹭，然后优雅地走了进来。

辛勤觉得那只黑猫怪好玩的，把斯巴达放下，让他们俩在客厅里玩：“我给你们拿吃的去。斯巴达好好招呼客人。”

“你的人类让你好好招待我。”戴麻薯用腰身撞了撞斯巴达，“他肯定也很喜欢我。”

斯巴达敏捷地避开，侧着身子，定定地看着戴麻薯：“我打架很厉害的，要不要试一下？”

辛勤给诊所的戴医生打了电话，确定戴麻薯可以自己出门也没什么忌口的，放下心，准备好小零食，端去客厅。

戴麻薯不知怎么的，本来很精神的一只大黑猫，此刻正无精打采地趴在地毯上。而斯巴达则在一旁骄傲地舔着爪子。

辛勤走过去，盘腿坐下，将斯巴达抱在怀里，然后一猫一颗，给他们喂起了零食。

戴麻薯吃得喵喵笑，一边嚼一边还不忘和斯巴达说话：“其实我觉得你的人类对你挺好的。你不是说他这几天一直不理你吗？”

斯巴达歪着头，也有些困惑：“可能是我中午的捣蛋起了作用吧。”

“唉，那可能是你要求太高了吧。你知道吗？大部分猫咪的人类白天都不在家里的，他们要出门工作，我们猫咪只能自己在家玩。你的人类能一直陪着你，已经非常难得了。”

“是这样吗？”斯巴达疑惑道，“那些猫咪白天不会很无聊吗？”

“会呀。”戴麻薯开心地嚼着一块口感很好的牛肉冻干，“所以为了能给彼此做伴，很多人类都会养两只以上的猫咪，这样白天的时候，他们就可以自己玩了。”

忽然意识到这个问题的斯巴达震惊得连喜欢的零食都忘了。他看着戴麻薯，呆愣愣地张着嘴，看起来傻气十足。人类，居然，是可以分享的。

被这个认知打击到的斯巴达瞬间没有了食欲。他扭身钻进咪呜的怀里。虽然咪呜也会有坏毛病，但是我不要和别的猫分享我的咪呜，咪呜只能是我一只猫的。

辛勤手心里还放着一小块零食，有些奇怪地摸了摸斯巴达的背：“怎么了？”

戴麻薯趁机谄媚地蹭了蹭辛勤的手背，探头将属于斯巴达的那一份零食也吃光了。

当天晚上，当辛勤再次开游戏直播的时候，粉丝们惊讶地发现，Sing的胸口长猫了。

对，就是字面意思：长猫了。

辛勤穿着拉链式的连帽衫。斯巴达从衣摆底下钻进去，贴着辛勤的胸腹趴着，将衣服挤得鼓鼓囊囊，脑袋从拉链口弹了出来，毛茸茸的像一颗球。

斯巴达转动着圆脑袋，紧张地四处张望，冲镜头喵喵叫。

嘿，不知名的猫们，如果你们也在看这个视频，我们事先说好了。这只人类，我的！谁也不许来我家！我打架很厉害的！

听见了吗？

CHAPTER 29

猫咪俱乐部

漫长的赛季终于结束，辛勤最终落在国服前十。

普通玩家一般达到这个高度，就会惊动职业战队。辛勤的前十之役刚结束，就有几只国内叫得上名号的战队经纪人或者负责人从多方渠道找到他，旁敲侧击地打听他是否有打职业赛的兴趣。辛勤也很坦率，一旦获悉对方的意图，就开门见山地告诉他们：我今年二十六。

电子竞技的黄金年纪一般始于十六七岁，资质好的可以在十八岁登峰造极。大多数人会选择在二十三四退役，回归平静的生活。二十六岁，真的是高龄。辛勤公开了自己的年纪后，职业战队们也陆续放弃试探。

辛勤大概是唯一一个站在天梯上前十的老年人，也是唯一一个带着猫上天梯的老年人。

赛季结束后，辛勤的时间一下子充裕起来。作为一名路人玩家，他爬上天梯后，早就被各方游戏解说和咨询公众号扒得差不多。技巧老练，意识惊人，人形自走外挂式狙击手，有着神一样的预判和走位，名头都很唬人，也吸引不少慕名而来的游戏粉。他也不打算给自己做过多的游戏注解，悠闲地将之前录播的游戏实况剪辑成更有欣赏价值的短视频，放在了 Sing for the Moment 的视频专辑里，陆陆续续地写了两三篇爬天梯英雄池入门攻略。

更多的时间，花在了他的狸花猫身上。

辛勤专门给斯巴达做了一个视频专栏，名叫：眼前猫是心上猫。里面收录了大大小小关于斯巴达的视频，每一条都经过精心后期制作，记录关于这只猫一路胖来的点点滴滴，更新得比自己的视频专栏还勤快。斯巴达的粉丝们大呼过瘾，过起了天天吸猫纸醉金迷的颓靡生活。

对于人类的这种转变，斯巴达是最开心不过的。他不用再每天和那个黑盒子做无谓的奋斗，也不用再为咪呜晚上不睡觉而烦恼。咪呜会抱着他晒太阳，也会抱着他晒月亮。白天的时候，他的身上是好闻的太阳的味道；晚上的时候，他的身上是好闻的月亮的味道。每天的快乐时光一下子变得那么长，又那么短，开心得每一刻都想呼噜呼噜。

“人类尿尿后不会自己做掩埋，因此他们对于我们掩埋排泄物的方式非常好奇。假如你看见自己的人类趴在你的厕所边，一边微笑一边偷看，不要惊慌，那只是他们在偷偷学习，毕竟人类是非常不优雅的物种。当然，如果你感到非常不自在，你也可以拒绝，然后迅速离开。还有，如果厕所太脏了，人类不够勤奋，你有权利抗议，比如故意尿在厕所外面，然后喊你的人类替你收拾干净。这种方法同样适用于当你认为猫砂不够舒服时。

“人类无法长久地将注意力集中在某一处。如果他们真的这么做了，那他们很有可能陷入听不见看不见的痴呆状态。作为一只负责任的猫咪，需要谨防你的人类陷入这种状态。最好的治疗方案就是让他们的注意力永远保持在我们身上。看书？不允许。写作业？不允许。看电视？不允许。玩手机？不允许。摸我的肚皮？不允许。

“和人类相处的时间一长，你就会很惊奇地发现，他们也不能在水里呼吸，尽管他们表现得很热爱水，比如他们天天都要洗澡。他们并不像我们猫，有自知之明。因此，不能放任你的人类在浴室一只人逗留过长时间，你要牢牢盯住他，否则他将窒息而死。”

斯巴达一边喵喵呜呜，一边艰难地从自己留在沙发垫上的爪印中读取笔记。人类总是以为猫咪的爪印是胡乱抓出来的，没有任何意义。但其实每一只猫咪都有特定的爪印，他们总是能从自己的爪印中分辨出不同含义，提醒他们做记号的目的。

随着小学课程的深入，斯巴达的爪印笔记越来越多，多到如果他不勤加复习，新的笔记很快就会将旧的覆盖，再也找不到上一节课的踪迹了。更可怕的是，喀戎老师宣布，两周之后会进行期中考试。期中考试是仅次于期末考试的第二重要大考。这让斯巴达很苦恼，他已经是一只两岁的猫咪，学习能力远不如不满半岁的猫崽子们。偏偏他学习到的很多理论知识，都无法在实践中操作。比如，他的咪呜总是勤快地收拾他的厕所，猫砂铺得又干净又舒服，让斯巴达挑不出一点毛病。他的咪呜也不会长时间不理会自己，就算是沉迷游戏，也会抽空摸一摸他的肚皮。咦，肚皮是不能随便摸的吗？不过，咪呜也怕水吗？

斯巴达收着下巴，摆出一副严肃的表情。戴麻薯说，学习的要领就是学以致用，加入你能在实际操作中熟练地运用课堂里教授的知识，那么通过期末考试肯定没有问题。

说干就干，斯巴达决定今天晚上就跟着咪呜去浴室。

辛勤已经将斯巴达的晚饭准备好，却迟迟不见他的狸花猫过来。这可不像斯巴达，他的食欲总是很好，从来不耽误吃饭的工夫。辛勤敲着食盆喊了几声，依旧没见到狸花猫的踪影。他起身去客厅里找猫，发现斯巴达正蹲在沙发上，将脸埋在垫子里，沉思。

“怎么了饼饼？吃饭吗？”辛勤俯身，挠了挠斯巴达的脑袋。

斯巴达抬起头，冲他小声地叫唤。咪呜，上学好难哦。

辛勤被斯巴达一本正经苦恼的模样逗笑了，捏了捏他的圆脸：“在想什么呢？吃饭吧。”说罢，他抬手将斯巴达一把抱起来，扛在肩上。

斯巴达用爪子抓了抓辛勤后背的衣服，忧愁地抖尾巴。

尽管忧愁，斯巴达还是将晚饭吃得干干净净。今天咪呜给他准备了一份虾肉泥，虾肉里掺了一点点甜甜的玉米泥，好吃极了。吃完后，斯巴达完全忘记了自己的烦恼，兴高采烈地期待和咪呜一起去浴室探险。喵呜，他还没在咪呜洗澡的时候进去过呢。

今天的斯巴达有些反常。在辛勤再一次差点踩到狸花猫的爪子时，他确认了这一点。不知为何，斯巴达今晚黏他黏得厉害。虽然它平时也很喜欢撒娇，但从来不会像现在这样紧紧地贴着他走，不管是去厨房还是去客厅，寸步不离，蹭了他一裤腿猫毛。为了不踩着它的爪子，辛勤干脆把斯巴达扛在了肩上。

等辛勤收拾好厨房和客厅，打算去洗澡，斯巴达仍抓着他的衣领，似乎并不愿意离开他。辛勤伸手摸了一把斯巴达的圆脑袋，商量道："饼饼，你自己玩一会儿？我去洗个澡，洗完后陪你玩。"

斯巴达舔了舔咪呜的耳朵，开心地喵喵叫。咪呜你快去洗澡吧，我要看着你哦。

狸花猫始终不肯放弃，辛勤没办法，只好把它带进浴室。他一个人住习惯了，平常一般不锁浴室的门，斯巴达以前对水不怎么感兴趣，基本不会进来。今天一反常态，进了浴室后就不再黏着自己，反而端端正正地坐在马桶前，轻轻滑动大毛尾巴，两只绿眼睛圆滚滚的，歪头好奇地望着他。这让想解决生理需求的辛勤略感窘迫。不是所有人都能对着猫咪无辜的表情顺利排泄的。

哇，咪呜上厕所果然也不做掩埋呢。他也不会用猫砂吗？哎呀，笨咪呜。

辛勤顶着巨大的压力，面无表情地做完了自己的事情，开始脱衣服准备洗澡。他不怎么怕冷，这样的天气，洗澡水温略凉一点也不会觉得不舒服。但是今天斯巴达也在浴室里，辛勤怕它着凉，特地开了浴霸。

他又抽了一条毛巾，铺在瓷砖上。斯巴达坐在毛巾垫上，冲暖烘烘的亮光舒服地喵呜叫了一声。

辛勤很快脱了衣服，一脚踩进了淋浴池，弯腰摸了一把斯巴达的脑袋："真的不出去？一会儿水汽起来了，你的毛毛要湿了。门我给你留了一条缝，一会儿要出去自己开门。"

咪呜快去洗澡吧，我会看着你的，不要怕！

淋浴隔层是玻璃制的，热气上来后，从外面只能看见一个黑乎乎的轮廓。斯巴达紧张兮兮地盯着咪呜的影子看了一会儿，听着哗啦啦的水声，忽然觉得有些心慌。他站了起来，不安地转了一个圈，咪呜！

辛勤被水弄得睁不开眼睛，听见斯巴达在叫，便大声和它说话："饼饼，你自己出去吧，去客厅玩一会儿。"

空气变得湿答答的，斯巴达觉得自己的毛毛都重了起来。他看了一眼水珠连连的玻璃，犹豫地抬起爪子，踩到了毛巾外面。斯巴达迅速侦查了一番，眯着眼睛，盯着隔层玻璃门。只消一眼，他就找到了合适的着力点，身体下压，后腿一蹬，踩着水池借力，瞬间跃上了玻璃门的顶端。

辛勤才洗好头，听见声响，抹了一把脸，下意识抬头看，吓了一跳。他的狸花猫不知怎么爬上了玻璃门，在门框和毛巾架之间，找到一个舒服的位置，侧着身体躺了下来，还冲他打了一声招呼。

毛巾架是特别设计的，完美避开了水流。斯巴达卧在架子上，紧张地竖起脑袋，来回甩着尾巴。虽然他不用担心自己会掉下去，但是身处一个随时可能淋湿毛毛的环境里，是只正常的猫都会紧张！不过他可不能害怕，咪呜还在水里面呢，作为一只合格的家猫，他要肩负起责任来。

咪呜，你要小心哦，如果你被水淹没了，我就来救你。

斯巴达聚精会神地盯着他的人类，一刻也不敢松懈。

辛勤和斯巴达对视了片刻，确认他的猫是认真地来监督自己洗澡，无奈地叹了口气，继续自己的动作，不再看它。在监工尽职的注视下，辛勤洗澡的速度比平时快了很多，不一会儿就停了水，伸手拿毛巾将自己擦干围上了。

一旦确认咪呜身上不再泛水渍后，斯巴达迅速跳上了咪呜的肩膀，踩着他的手臂，窝进了人类光溜溜的怀里。

“参观别人洗澡不舒服吧。”辛勤低着头，头发梢还在往下滴水。斯巴达仰面朝上，盯着辛勤的头发，好奇地伸爪子，想去抓他掉落的水滴。辛勤抱紧它，胸脯直接贴着毛毛的感觉有点奇怪。“走吧，跟我去换衣服，一会儿帮你把毛毛擦一下。自己不爱洗澡，还喜欢看人洗澡。你是不害羞的大饼吗？”

咪呜，今天的任务顺利完成了呢。

除了一些似乎是新养成的小癖好，斯巴达总体来说，是越来越聪明。它就像一个机灵鬼，总是知道人在想些什么，知道如何撒娇最讨人喜欢，但是它在想什么，辛勤却从来也猜不透。为了更好地照顾斯巴达，辛勤还特地找了很多关于猫咪心理学的书籍和资料。为了猫咪能够更好地保持身心愉悦，适应家居生活，很多专家都会建议养两只以上的猫。这样，假使白天主人不在的时候，猫咪也可以彼此做伴，不至于无聊。

辛勤从未考虑过要养第二只猫。对他而言，斯巴达就像从天而降的礼物，可遇不可求。他不是一个别人眼中合格的猫奴，对于大千世界里的万种猫咪，他并没有与之一一亲昵的欲望。除了斯巴达，大概辛勤这辈子也不会再这样精心地对待第二只猫了吧。心上猫总是不一样的。如果随随便便再养一只猫，是对它的不负责任。

既然饲养第二只猫作为玩伴这一条不适用，辛勤就要想办法从别的方面弥补他的狸花猫。值得庆幸的是，他不是一个常规的上班族，他白天拥有足够的时间陪在他的狸花猫身边，让它不感到寂寞。但仅仅拥有人类的陪伴，对于一只猫而言是否足够呢？辛勤并不能完全肯定。他担心自己的决定会给斯巴达带来不好的影响。毕竟对于猫的研究还远远不够，谁也不能肯定，对于猫咪而言什么样的相伴才是健康有益的。

于是辛勤将重点放在怎么能让斯巴达交上猫咪朋友，有正常的猫咪社交活动。

为此辛勤仔仔细细地搜索了本地所有关于猫咪的信息，终于找到一条有价值的。在城东，离他们小区两条街的地方，存在着一家特殊的猫咪俱乐部，终身会员制，里面的会员并非是猫主人，而是猫咪们自己。

这种猫咪俱乐部非常新颖，提供一流完善的猫咪玩具屋，全天候监控，有专人管理，确保猫咪会员们的健康和安全。主人可以将猫完全托付给俱乐部，也可以在旁边的玻璃房间里围观拍照。俱乐部还定期会举行主题活动，适合有玩心的主人携猫同游。俱乐部的活动一般仅限白天，夜晚则开放猫咪旅馆，可以接待短期外出的主人托管的猫咪。猫咪旅馆有舒适的猫舍和一对一的专人管家。虽然价格不菲，但从跟帖的情况看来，这家俱乐部填补了毛春城猫咪消费市场的一块空白，并且管理周到，口碑还是非常不错的。

猫咪俱乐部并非来者不拒，所有申请入会的猫咪们必须是绝育的。经过首轮筛选和匹配后，根据各猫的表现，他们将进入不同的小组，现在共有“不喵喵”和“打豆豆”两个小组，分别适合文静温顺一些的猫咪和活泼一些的猫咪。个性特别强烈，不适合和任何猫咪玩耍的恶猫们则会被拒之门外。这样一来，能够尽可能确保不同的猫咪能够和平友好地在一起玩耍。

辛勤找到猫咪俱乐部的主页，发现过几天就是圣诞节，刚好俱乐部有主题活动：圣诞喵之夜。他果断给斯巴达填写了报名表格，提交申请。辛勤很快收到确认回复，让他带斯巴达先去猫咪俱乐部做个性匹配。

出发之前，辛勤特地给斯巴达梳理了毛发，将它一身缎子似的厚实的短毛梳得油光亮滑，一个毛结都没有。斯巴达在梳毛的时候一般很乖，不会捣乱，有时候梳得舒服了，还会袒露肚皮呼呼大睡过去。辛勤给它整理好毛发，抱着斯巴达亲了一口："今天的饼饼也好看，我们出发吧。"

斯巴达对于自己要去哪里一无所知，但能和咪呜一起出门还是相当有趣的。嗯，这条路好像也不是去诊所的路，我以为今天能见到戴麻薯呢。算了，不见他也好，不然他又要笑话我是撒娇鬼，哼，我才不是撒娇鬼。哎，树上有麻雀，哎呀，肚子饿了。咪呜！斯巴达将脑袋搁在透明的罩子上，从透气口嗅着来自人类温暖的气息。他有点想咪呜了。

好在路途不长，大概走了二十分钟，辛勤就见到了传说中猫咪俱乐部的招牌，一只非常显眼的猫爪子。外面还悬了一块牌子：人类非请勿进，狗狗不得入内。辛勤原以为规模这么大的俱乐部应该门庭若市，进门之后意外地发现里面相当冷清，几乎见不到人。前台非常热情地接待了辛勤。

辛勤将按捺不住的斯巴达从猫包里掏了出来，一手将它抱在怀里，一手在表格上签名。斯巴达伸爪子去捣乱，引得前台的小姑娘哈哈大笑："先生，你的猫真是可爱，看起来很有精神，可能会去'打豆豆'小组哦。"

五分钟之后，辛勤抱着斯巴达站在了测试房的门口，心情就像带孩子去做学校的入学面试。不一会儿，有一个穿着俱乐部制服的负责人出现。他是个瘦高白净的年轻人，戴着眼镜，一路小跑过来，脸上带着笑："不好意思。久等了，我是十二号，一会儿请跟我来吧。"这里的工作人员都用数字编号来称呼，简单易记，就是莫名让辛勤想起理发店里的老师们。

幸好这个十二号一点也不浮夸，领着辛勤进入了一间小房间。房间里铺满了厚实柔软的地毯。十二号直接盘腿坐下了，示意辛勤将斯巴达放在地毯上。房间里零散地放置着一些猫咪玩具，有些会动，有些不会。斯巴达观察了一番环境，确定咪呜在身边，周围也没有危险后，愉快地自己玩了起来。十二号在一旁认真地观察斯巴达的一举一动，不时拿玩具逗逗它，查看它的反应。

辛勤坐在一旁，大气不敢出，生怕影响了斯巴达的发挥。没想到斯巴达不管找到什么，都会叼起来，兴冲冲地跑到辛勤身边，将玩具放在他手里，用头蹭他，鼓励辛勤陪自己一起玩，完全无视一旁热情招呼它的十二号。辛勤有些尴尬地看了一眼十二号，发现对方并没有表示出明显的不满或是否定情绪，也不知道这种黏人的猫咪是会加分还是减分。

测试的时间不长，很快十二号就喊了停。他低头在自己的笔记本上快速写了几句话，抬头问辛勤："您的猫咪平时爱打架吗？"

辛勤下意识地摇头："大饼很乖的。"说完又意识到似乎不太妥，又加了一句，"除非是对方先动手。抱歉，家里只有一只猫，没有发生过这种冲突。"

十二号似乎是无意识地看了一眼斯巴达左眼上的抓痕。

辛勤低头摸了摸斯巴达的圆脑袋，狸花猫正在咬他的衣角。辛勤解释道："它以前是一只流浪猫。"

十二号微笑着说道："斯巴达表现得挺好的，在陌生环境下警惕但没有不安，也没有急着标记地盘来宣告主权。它活泼好动，对人有亲近感，但又对陌生人保持着一定的独立性，情绪很平和。如果这种状态能一直持续下去的话，我认为您的猫咪更适合'不喵喵'小组。"

这个评测结果出乎辛勤的意料。他以为斯巴达这样脸上带疤的大哥，至少会被派去打豆豆，虽然也不知道这个豆豆是谁："这个，是已经确定了吗？"

"抱歉，并没有。为了谨慎起见，首次见面，我们会先让斯巴达和我们的见习小组待一会儿，确认它可以真的融入'不喵喵'小组里。见习小组都是由非常稳重的成年猫咪组成的，算是我们的工作人员，他们的个性和组成差不多就是'不喵喵'小组的缩影。如果斯巴达能够和他们相处愉快，就可以正式入会了。这次见面算是免费体验，不收费。等正式入会后，会按月缴纳会员费用，更加详细的规则稍后会为您解释。”

辛勤放下心，起码从程序上来说，俱乐部的工作人员还算是比较谨慎的。这样不至于让斯巴达匆匆忙忙适应一个新环境。

斯巴达不知道为什么咪呜要抱着他，和他低声说了好多好多话。他也听不懂，打了个哈欠，蒙蒙怔怔地发了会儿呆，等意识清醒过来时，他已经身处一间宽大的玻璃房间里。斯巴达不知所措地转了一圈，看见咪呜站在玻璃外头，正温柔地看着他。斯巴达放下心，开始打量四周的新环境。他已经觉察到自己并不是一只猫，周围还有四五只猫咪在活动。不过大家都很安静，似乎对新成员的到来漠不关心。

斯巴达将所有陌生的气息都记住后，确认周围没什么威胁，又打了一个哈欠。到了睡午觉的时间啦。咪呜，你进来陪我睡午觉吧。

辛勤蹲下来，敲了敲玻璃：“饼饼，去认识一下你的新朋友。”

斯巴达歪着头，慢吞吞地将爪子贴上咪呜的搁在玻璃上的爪子。

辛勤笑了起来。这时，他看见一只极其漂亮的德文卷毛猫，优雅地朝着斯巴达走了过来，长得特别有招生官的气质，就是脖子上挂了朵玫瑰红的大花，看起来有些奇妙。他顿时屏住呼吸，紧张地看了一眼犹自傻乎乎地在看他的狸花猫。

斯巴达听见后头的动静，但是他懒得回头。

“斯巴达。”

后头的猫懒洋洋地叫了一声他的名字，斯巴达诧异地转过身去，看见站在自己身后的居然是喀戎老师。这还是他第一次见到喀戎老师真猫呢。斯巴达有些傻眼。

不知道别的同学是怎样的，对于斯巴达来说，在课堂外面冷不丁见到自己的老师，深感窘迫，主要是不知道怎么和老师寒暄。

说点什么好呢？普通的小学生都是怎么和自己老师打招呼的？

喀戎老师似乎也不着急，隔着半米的距离停了下来，端正地坐下了，定定地看着斯巴达。

斯巴达犹豫了片刻，开口道：“老师好，这次期中考试我们考什么呀？”

CHAPTER 30

紧张的复习周

总的来说，辛勤对猫咪俱乐部还是满意的。斯巴达似乎在里面结识了一位新朋友，就是那只漂亮的德文卷毛，两只猫一见面就喵呜喵呜不知在交流什么，他们告别前还彼此闻了闻鼻子和屁屁，友好地交换气味。尤其是斯巴达当天回到家后，开心了好久，举着尾巴在客厅里跑来跑去，不知道自己一只猫在开心什么。

因为斯巴达的好心情，辛勤立刻决定入会，并缴纳了第一季度的会员费用。只可惜，他刚付完钱，回头再看自己的狸花猫时，发现斯巴达不知怎么了，耷拉着两只耳朵，大眼睛里湿答答的，缩在他脚边。

辛勤不明所以，连忙将狸花猫抱了起来，慢慢地抚摸它："饼饼怎么了？"他问道。

斯巴达难过地将脑袋埋在咪呜的衣服里。下午他看见喀戎老师，老师告诉他，但凡在课堂上，他强调过为重点的知识点就是考试内容。斯巴达为此兴奋不已，以为自己已经掌握了复习的要点，痛快地玩了一下午。等吃完晚饭，他认真地回想了一番，忽然意识到，喀戎老师上课时，十句话里头有九句都是重点。这，这怎么复习呀？

咪呜，我不想考试呢。

厌学情绪空前高涨的斯巴达，终于迎来了停课复习的一周。然而复习周并没有给他带来轻松的感觉。进入复习周后，喀戎老师将不再教授新的知识，主要靠学生自主复习以往的学习重点，猫咪们可以选择在线回顾课程，也可以参加老师的线上答疑。斯巴达绞尽脑汁地温了两天书，终于受不了，请了外援。

戴麻薯并非是第一次晚上出门玩，却是第一次晚上出门给人当上门家教。他轻车熟路地来到斯巴达家的阳台上，礼貌地叫了门。斯巴达闻声，跳起来从里头开了门锁，将戴麻薯带进来。

戴麻薯就着月光看了一眼斯巴达，惊讶道："你怎么垂头丧气的，没吃晚饭吗？"

斯巴达不想告诉他，因为沮丧，他今天晚饭吃完，还缠着咪呜给他喂零食，吃得有点多了。他也不多说，带麻薯来到沙发上。两颗猫脑袋凑到一起，对着平板认真地看起了考试真题。

喵喵，现在的小学课程都这么难了吗？戴麻薯纠结地抖了抖胡须。我怎么记得我年轻的时候没这么复杂呀？

斯巴达眼巴巴地看着戴麻薯，麻薯惭愧地低下了黑色的脑袋，将自己掩藏在了黑暗中："这题我不会。"他诚恳地说道。

斯巴达失落地叹了一口气："我可能要挂科了。"

戴麻薯蹩脚地安慰他："不会的，小学还是很容易通过的，真正难的还在后面呢。"但是他的话显然没有多大的安慰效果，眼看斯巴达难过得都快瘫成一块肉饼了，戴麻薯赶紧补救了一句，"其实，你能记住多少重点不重要，关键是要揣摩出题猫的意图。"

斯巴达抬头，什么叫揣摩？

"唔，就是猜一下，不要随便猜，要很用力地猜。你明白出题猫为什么要出这道题，你就会做了。比如你看这道题啊。"戴麻薯随爪点了一道题，机械猫的声音从平板传了出来，有条不紊地念起了题目。这是一道单选题，听完题后需要在四个答案里面选择一个正确的选项。

四个答案……斯巴达纠结地想到。大部分猫咪不太懂数数，一般来说，他们出生的一窝中，有几只兄弟姐妹，他们最多就能数到哪个数字，其中母猫又比公猫厉害一些。像斯巴达这样小窝出生和成长的公猫，数到三已经很勉强，上了学后，跟着老师学习，才能逐渐数到五。他的班上最厉害的同学可以数到十。因此一看到和数字相关的题目，斯巴达就头疼。

机械猫的声音继续响起："提问，在明知我们不喜欢水的情况下，为什么人类喜欢给我们洗澡：一、他们想我们死；二、他们喜欢水；三、因为我们身上脏了或者长了讨厌的虫子，而我们没办法把自己舔干净；四、他们想把我们狼狈的样子拍下来传到人类的朋友圈以此来羞辱我们。"

这题很简单，戴麻薯重新自信起来。他愉快地揣着爪子，对斯巴达说道："来来，你揣摩一下，老师为什么要出这道题？答案是什么呢？"

斯巴达认真地思考了一番，有些不自信地开口道："是因为他们想我们死？"

戴麻薯怔愣片刻："不对不对，你再仔细想想。难道你的人类也是这样想的吗？"

咪呜当然不会！斯巴达似乎有点领悟到解题窍门了，他可以把题目都套在咪呜身上想一遍呀："我知道啦，答案是因为他们喜欢水！"咪呜看起来相当喜欢水呢！他已经监督过好多好多次咪呜洗澡了。

戴麻薯坐直了身体，焦躁地给自己挠了挠脖子："哎呀，不对。你揣摩一下出题猫的意图嘛。"

斯巴达听话地用力踩了一下，回到道："因为他想让我挂科？"

戴麻薯有点受打击，声音也低沉下来："其实你应该换个角度思考，出题猫的意图总是为了能让你更好地和你的人类相处，更好地管理他们。所以他们会把人类做事情的意图告诉你，引导你去选这个正确答案，从而领悟人类为什么做一些奇怪的事情，这样才能更好地理解人类的行为，帮助你和他们友好相处。明白了吧？”

斯巴达老实地回答：“没明白。”

戴麻薯叹气：“这样吧，你遇到不太会做的单选题，就选第三个。”

斯巴达诧异地竖起耳朵，还能这样选吗？

戴麻薯蹬了蹬耳朵，含糊道：“差不多吧，你先这么记着。”

机械猫又念了第二道题：“当人类吸烟的时候，我们为什么要表现出嫌弃：一、我们猫咪嫌弃所有东西；二、人类是猫咪的过敏源之一，奇异的颗粒可能引发猫咪哮喘。远离吸烟的人类，可以让他们懊悔，从而帮助他们戒烟，从而保证我们的健康；三、吸二手烟也会成瘾，而我们猫咪没有钱买烟；四、我们单纯不想让人类好过。”

斯巴达大声答道：“我知道，答案是第三个！”系统提示回答错误。斯巴达大受打击，瞪着眼睛望向戴麻薯，一脸怀疑。

戴麻薯纠结地挠着耳朵，这和我上学的时候蒙答案的情况不一样啊，怎么还改规则了：“这个嘛，总是有意外的。所以我们还是得回到揣摩出题猫意图这条解决方案上来，做猫不能老是幻想考试全凭运气这种事的。”

斯巴达半眯着眼睛，显然并没有被说服。

戴麻薯撇开头：“其实还有一个小技巧，四个选项里面，通常最长的那个是正确答案。”

机械猫念出了第三题。这是一道加分题，因此难度超纲。“如何判断一只人类是否有和猫咪相处的经验，以下错误的判断方式是：一、如果这只人类认为所有猫咪都喜欢猫薄荷，那他是新手或者从未接触过猫咪；二、如果人类随意打乱我们的作息，更改喂食时间，毫无征兆地将我们带入陌生的新环境，强行扰乱我们的日常习惯，那他们是不可靠的，因为他们不知道这样容易造成我们出现生病的症状；三、我们有时候用爪子捞水喝，可能只是因为我们不喜欢水盆的形状，那让我们的胡子不舒服。知道这一点的人类，肯定知道如何更好地对待我们；四、如果这只人类不知道最早的猫咪成功接管人类成为家猫的案例发生在中国，说明他孤陋寡闻，不值得信赖。”

斯巴达犹豫了片刻：“第二个听起来最长，选二吗？”

系统提示答案错误。

一阵沉静过后，戴麻薯忽然站了起来：“那什么，我还有事呢，今天先回去了啊，等你考完了再来看你。”说罢，他一溜烟地顺着墙根跑走了。

事已至此，说明所谓的考试玄学都是不可靠的。斯巴达反倒豁达起来，获得一种随遇而安的平静心态，平常心复习，平常心考试，只要努力了，就是好的收获。

然而，做到这一点太难了，原因无他，只因为他的咪呜实在是太黏猫。斯巴达为此整天都忙忙碌碌的，几乎没有时间安心复习。

比如说，斯巴达吃完早饭，正想安静下来，默想昨天晚上做的试题。咪呜会在客厅里走来走去，动动沙发垫，拿奇怪的东西刮地毯，在阳台上挂满了会随风飘舞的衣服，看得斯巴达爪子痒痒的，复习不下去了。

又比如，中午阳光正好的时候，斯巴达打算利用光投射出的影子的形状，回忆一下老师曾经提到过的相关知识点。这时候，咪呜会忽然搬一条靠背椅，放到能晒到太阳的地方，坐上去，然后开始安静地刷起他的手机。这怎么能忍呢？斯巴达愤愤不平，跳到咪呜的怀里，找到舒服的位置，把咪呜的手机压到自己的肚皮底下。这时候，咪呜就会捣乱，不停地摸他肚皮上的毛毛。因为太舒服了，斯巴达总是忍不住睡过去，醒来后，又不由得会饿，缠着咪呜给他喂一点零食，结果又荒废一下午的时光。

到了晚上，咪呜又会催他去吃饭。饭饭太好吃了，吃饱了难免会打盹。醒来后也一刻不得闲，咪呜要去直播了，他得跟着去，和人气们打一声招呼，提醒他们要常来。咪呜打游戏，他得守着，免得咪呜变成痴呆状态。结束了直播，咪呜要去洗澡，他还得去看着，以免咪呜呛水。

这么累，到了睡觉的时候，咪呜还要他呼噜呼噜哄着才能睡着！

而被窝总是太暖和了，斯巴达一不小心就睡过去。熬夜复习什么的，根本不现实的。

第二天一大早，斯巴达又要负责把人类叫醒，真是一点都不让猫省心。

每天都重复这样的生活，斯巴达唉声叹气，不知不觉，复习周就结束了。他迎来了可怕的期中考试。

CHAPTER 31

圣诞喵之夜

斯巴达的期中考试被安排在圣诞夜前夜，虽然在过节气氛浓厚的环境下面临大考，看起来有些悲哀，但猫咪并没有圣诞节这个概念，因此对于斯巴达而言，这不过是一个普通的恐怖的夜晚。

在夜幕降临之前，戴麻薯派遣松鸦先生给斯巴达送来一张考试必过符，据说在人类世界里非常好用，能保佑他顺利通过考试。趁辛勤不注意，考试必过符被松鸦先生塞进了门缝里。斯巴达叼起来，放在了自己的专属沙发垫下面。他不知道符是什么东西，只觉得不管是什么，只要能预示他即将有个好的考试结果，他就愿意去尝试一下。

斯巴达和班上其他猫咪一起，早早地守在平板电脑前，忐忑不安地等着喀戎老师的上线。葱包烩说自己紧张得都快变形了。可他明明是平时作业表现最好的一只猫，现在居然好意思感慨试题太难了，斯巴达觉得愤愤不平。这样一愤怒，他又觉得更紧张了。

万一自己挂科了怎么办？万一自己小学毕不了业怎么办？万一咪呜没有猫养了怎么办？万一咪呜有别的聪明的猫养了怎么办？

这些纷繁杂乱的思绪，压得斯巴达也开始变形了。他瘫软在沙发上，呆滞地盯着屏幕上的一朵亮光，紧张得想去上厕所，想吃一整个罐头，想去踩醒咪呜，唯独想不到复习过的考试题。

喀戎老师比平时晚了一刻钟才上线。作为一个尽职的老师，喀戎还是头一回迟到。这虽短却不同寻常的十五分钟，让严阵以待的猫咪们几乎喘不过气。等喀戎老师的卷毛脑袋一露出来，众猫们就不约而同地竖起耳朵，战战兢兢地盯着喀戎老师看。

喀戎老师今天戴了一朵蓝色的大花。他照例整理了几爪子自己的花，然后慢吞吞开口道："考试开始。"

斯巴达在恍惚中忽然听见咚一声，回过神来才发现，一只美短因为惊吓过度，晕了过去，直接掉下沙发。像传染病一样，斯巴达也开始觉得四肢无力，头晕目眩。他深吸一口气，颤巍巍地站起来，尽量维持自己的尊严。

如果我挂科了，我就重修。我一定会学成归来的！

不过……在那之前……我好想上个厕所，喵呜。

美短被喊醒，考试很快就开始了。猫咪们有五分钟的时间来测试自己的考试环境，所有猫的窗口都被系统控制，使得他们在自己的屏幕上只能看见喀戎老师一只猫的窗口，也只能听见喀戎老师的声音。考试题目由喀戎老师事先录制好，会按照时间间隔，自动播放。猫咪考生们对着系统语音喵出自己的答案即可，系统将自动保存并上传他们的答案，交至喀戎老师后台进行阅卷。

随着滴一声长音，系统的机械猫开始念题。

斯巴达晕晕乎乎地盯着屏幕，尾巴抖得直往下掉毛。

"第一道题为单选题。请听题，请从以下四个选项中，选出一个最符合喀戎老师形象的描述：一、英俊；二、潇洒；三、好看；四、以上都正确。请在滴声之后开始回答。"

……

斯巴达抬头，茫然四顾，试图从别的猫的表情中读出这道题的真意。只可惜，他已经被系统隔离，无法看到他猫的作答状态。他焦躁地抬起后腿，蹬了蹬脖子，又弯腰舔了舔肚皮，直到做题时间即将结束，斯巴达才犹豫地说出自己的答案：“第四个……”

“考试结束。”

喵呜？

斯巴达目瞪口呆，忍不住伸爪子拍了拍平板，看看是不是系统出错了。可是什么也没有发生，考试界面很快就消失，同学们再一次见到彼此的小窗口，只见每个窗口里，都有一只呆愣的猫头。

葱包烩举起爪子，傻气十足，怔怔地开口提问：“老师，我的考试系统有问题，我申请重考。”他的话音刚落，就遭到同学的怒目。

喀戎老师打了一个哈欠，半耷拉着眼皮，也不看众猫，慢吞吞说道：“没错，今天的考试就只有一道题。期中考试结束了，下课。”说罢，他甩着尾巴，优雅地消失在窗口之中。

同学们一脸蒙，面面相觑。然而事已至此，似乎只有接受这一条选项。大家的动作都很迷茫，仿佛已然忘记刚才发生的一切。斯巴达眼看同学们的小窗口一个接一个灭了，犹自不能平静。

这就像你的地盘上出现一只看起来很厉害的大猫，你准备很久，打算大战一场，结果却发现那是一只假猫，你甚至不用自己动爪去抓，它就被一阵风吹跑了。

这种憋了很久的劲，忽然一下子被扎破气的滋味，真是有点不好接受。

斯巴达抓了半天脑袋，决定找戴麻薯聊聊天。夜猫子戴麻薯果然还在线上，看见斯巴达的视频邀请，忙不迭地接受了。因为上次半夜家教的失败事件，戴麻薯已经很久没有主动联系斯巴达。今天估摸着斯巴达已经结束考试，戴麻薯积攒了一肚子的话想和他说：“考得怎么样呀？”戴麻薯开门见山地问道。

斯巴达想了半天，回道：“考得很复杂。”

戴麻薯不理解，“是考题很难吗？”

斯巴达歪头：“也不是。”

“嗯，那是很简单咯？”戴麻薯替斯巴达感到开心。

斯巴达把头歪向另一边：“唔，也不能这么说。”

戴麻薯被他搞糊涂了：“既不是难也不是简单，到底考得怎么样啦？”

斯巴达简单地将今天的考试经过和戴麻薯说了。他刚说完，戴麻薯就倏地一下竖起耳朵，眼睛冒光，兴冲冲地说要去找喀戎了解情况。在他的印象里，喀戎作为老师还是很负责的，不管是教课还是监考，总是一丝不苟，这样放水，真不符合他的猫设呢。

瞎紧张了半个晚上，斯巴达已经感到困倦了，趴在沙发上眯了一会儿。好在没过多久，戴麻薯就带着八卦回来了：“我打听清楚啦，哈哈哈……喀戎这只傻猫。”

原来，喀戎本来准备好了一套试题，结果他的人类忽然把平板的系统还原出厂设置，害得喀戎的数据丢失。他的人类又相当黏猫，喀戎一点私猫空间都没有，根本腾不出时间来重新出题，只好匆忙地准备一套新试题应付学生，权当便宜了这群猫崽子。

斯巴达听完，有点同情喀戎老师。原来老师家里面也有一只黏猫的人类呀。他感同身受。

戴麻薯笑得前俯后仰满地打滚。喀戎和他从高中到大学一直是同学。他这老同学平时都是一本正经的模样，又很注重形象，基本不会出现今天这样的闹剧。看他吃瘪，戴麻薯心里说不出的舒爽，谁让当年喀戎和戴麻薯竞争上岗，喀戎凭借外表和血统优势，抢走了猫咪学院教师队伍的最后一席呢？当然，暗爽归暗爽，戴麻薯并不希望喀戎在他学生面前跌份，毕竟还是自己的好朋友：“当然啦，喀戎老师本来也是心疼你们这群小屁猫崽子，如果正经出题目，估计你们十道题里面一半都答不对。是不是？”

是是是，学渣斯巴达无力反驳。

第二天一大早，斯巴达是在咪呜的怀里醒过来的。他一睁眼，就看见自己的人类，正静静地看着他。斯巴达立刻开心起来，费力地在厚实的被窝里甩起了尾巴。

喵呜喵呜，我考试通过了哦！

辛勤捏了捏狸花猫的毛耳朵："早啊，斯巴达，今天我们要出门。"

辛勤前几天收到了猫咪俱乐部发出的圣诞喵之夜的活动邀请函，参加活动的所有猫咪要求穿戴和节日主题相符的服饰。大部分猫咪主人想到的可能会是圣诞老人装，可是斯巴达对于头饰和领结的接受程度要高于衣服，辛勤不愿意强迫它，准备的是麋鹿角头饰，还有一枚扣着圣诞铃铛的绿色领结。铃铛是实心的，看起来很可爱。

吃完早饭，辛勤逗着斯巴达将麋鹿角和铃铛戴起来。斯巴达的脑袋圆鼓鼓的，顶着一对大鹿角，显得傻乎乎的。"大角饼。"辛勤忍着笑，给斯巴达拍了几张照片。然后在它把鹿角甩下来之前，辛勤帮斯巴达取了下来，将鹿角别在了领结上，这样看起来，就像斯巴达的背后长了一对角。

斯巴达抖了抖身体，觉得背上有东西压着他，虽然不重，但是好奇怪呀，都不会走路了。他不解地看着咪呜，发现他的人类似乎很开心。喵呜，那算了吧，就当我是哄哄他。

斯巴达带着麋鹿角和圣诞铃铛出现在猫咪俱乐部时，引起一阵小轰动。它的造型在全场所有猫咪中独树一帜，非常可爱，不少猫主人都围过来，纷纷举起手机，给狸花猫拍照。斯巴达有些不习惯被人群包围，缩在咪呜身边，勾着尾巴，警惕地打量不断试图靠近的陌生人类。

辛勤冲人群笑了笑，带斯巴达来到角落里。他伸手挠斯巴达的背部，帮助它放松，然后解开了它头顶上的麋鹿角，亲了亲它："自己去玩吧，有好多猫咪，可以和它们交朋友，不能打架。去吧。”斯巴达蹭了蹭他的裤腿，一会儿就被满屋子的猫咪玩具吸引，开心地投入这个猫咪大派对里去了。

为了今天的派对，俱乐部特地将原本的猫咪活动室重新布置一番，“不喵喵”和“打豆豆”两个分组的限制临时取消，所有猫咪可以在一个大场所同时活动。活动场地中放上很多猫咪玩具，还安排服务生每隔一段时间就出来巡场，端着盘子，上面摆着各式各样的猫咪零食，都是一小口的量，由主人自由决定要不要给猫咪喂食。

相较猫咪们而言，主人们的待遇就差很多了。为防止猫咪误食，活动限制主人携带人类食物入场，而现场除了供应纯净水外，将不提供任何人类食物。虽然听起来苛刻，但从主人们喜气洋洋的表情看来，大家并不介意。

斯巴达离开咪呜身边，很快就融入猫咪的社交圈之中。他是为数不多没有穿小衣服的猫咪，因此动作比别的猫要灵敏许多。他不屑和那些动作迟缓形象古怪的同类们打招呼，不一会儿就盯上了爬猫架最顶端的那个位置，眯着眼睛打量许久，一跃身，几下攀爬，很快就登上顶峰，一览众猫小。

咦，是咪呜呀，咪呜，咪呜，我在这里哦！走开，你是谁啊，这里是我的地盘。

辛勤观察了斯巴达好一会儿，确定它现在很放松，便不再盯着它，自己找了一个舒服的角落坐下休息，掏出手机刷微博。他早上发的那张照片得到粉丝的热烈响应，评论已经有五百多条了。

辛勤正一条一条翻着评论，忽然感到膝盖上一沉。他将视线从手机上挪开，发现自己不知什么时候，已经被一群猫咪包围了。布偶、英短、金吉拉……趴在他腿上的看起来是一只非常大胆外向的猫咪，一只圆滚滚的橘色加菲猫。见他抬头看自己，这只小胖猫大大方方地张嘴喵了一声，就像在打招呼。

辛勤抿嘴笑了笑，挠了挠加菲猫的短脖子，尽量不看它的眼睛，也不挪地，继续埋头刷手机。不一会儿，另一只漂亮的银色金吉拉也鼓起勇气，凑到辛勤的身边，睁着大大的玻璃眼睛，好奇地张望起他的手机。

一只又一只，渐渐的，辛勤身边的猫越聚越多。

猫咪是非常爱凑热闹的生物，只要有一两只猫咪凑在一起，其他猫咪很可能会因为好奇想看热闹也一起凑过来，形成包围效果。

大概是猫咪们聚众围观辛勤的场面太过壮观，不少主人都停下了交谈，拿出手机拍下这一幕。

这就是传说中会长猫的体质吗！这种人就应该禁止入内啊！

主人们嫉妒地想着，无奈地看着自家的猫咪一反常态地对一个陌生人充满好奇。

底下的小动静终于引起了高位上的斯巴达的注意，他一低头，立刻发现葱包烩那只小胖子正窝在咪呜的大腿上为所欲为！

喵呜！

斯巴达气呼呼地从猫咪爬架上跳了下来，迅速蹿到咪呜的腿上，抬起爪子，对着葱包烩就是一爪。他才打了一下，就被咪呜抱了起来。

“饼饼，不能打架。”辛勤低声制止斯巴达。这么凶，小心被赶出俱乐部。

斯巴达大声地朝葱包烩吼道：“你走开啦！咪呜不会想要第二只猫的！”

这还是葱包烩第一次见到斯巴达，除开第一下被打得有点蒙，他还是很高兴的。他站了起来，兴奋地和斯巴达打招呼：“哎呀，斯巴达你好呀！我是葱包烩呀！你的人类果然很好呢！他身上的味道真好闻！”

“不许闻不许闻！”斯巴达在人类的怀里激烈地扭动起来，急着想给那只胖猫再来一爪子。

葱包烩也不介意，笑嘻嘻地打算从斯巴达的人类的腿上跳了下去。他真的是有点胖，跳下去的时候下身不稳，一不小心从膝头滚了下去。

辛勤眼疾手快，一把捞住了那只小胖猫，才使得它没有整个摔在地上。他轻轻地将加菲猫放在地上。加菲猫刚刚吓蒙了，还有点蔫。辛勤伸手摸了摸它的脑袋："没事了，去玩吧。"

围观的猫咪群本来被葱包烩忽然的举动吓了一跳，瞬间散开了一个口子。见状，又渐渐恢复围观模式，笑嘻嘻地看小胖子出丑。幸好葱包烩心也大，"哈哈哈"自嘲着，拿脑袋蹭了蹭人类的裤腿以示感谢。

这下彻底惹毛了斯巴达，说什么也要挣脱咪呜的怀抱，去胖揍一番那只短嘴小胖猫。

辛勤从口袋里翻出斯巴达的小零食，凑到它面前，引开它的注意力。这招非常有效，斯巴达很快就忘记了和小加菲的矛盾，开始绕着辛勤喵喵叫。只是，它的叫声和零食的魅力，也同样吸引了围观的其他猫咪，有不少胆子大的猫咪，直接去蹭辛勤，想要分一杯羹。

辛勤有些为难，环顾四周，提高声调说明自己的零食品种，是否有猫咪是不能吃的。主人们也意识到，可以给自己的猫咪喂点食物了。于是各找各妈，猫咪们零星散去。

对此最开心的莫过于斯巴达，他骄傲地高高竖起尾巴，一边嚼着零食，一边宣告对咪呜的主权。看到没，这只人类，我的！我超级凶的，你们不要过来。

葱包烩隔着老远，吐着舌头，冲斯巴达做鬼脸。

斯巴达吃了零食，很快就满足了，瘫在辛勤的怀里，呼噜呼噜。辛勤顺着它的毛毛轻轻抚摸。这时，一个高大健硕的男人靠了上来，他的身上有一股淡淡的香水味，虽然是满脸络腮胡，但是看起来每一根胡楂都是精心修剪过的，就像他那油亮亮的大背头。

"哎呀，你就是传说中会招猫的人啊，好让人嫉妒哦。"

这个男人看起来很强健，肌肉隔着衣服也能见分明的隆起，可是说起话来却手舞足蹈，声调优柔。辛勤冲他笑了笑，并不打算接话，低头继续摸着斯巴达。

那个男人自顾自热情地介绍自己："哦哦对了，我叫方佳，你可以叫我佳佳。"

"方佳你好。"辛勤和他打了一声招呼，"辛勤。"

方佳神色夸张地夸赞了一番斯巴达："这猫长得真的好特别哦，是好看的那种特别哦。而且看着很精神，说明主人养得很好呢。"

辛勤不太擅长和陌生人聊天，只好有一搭没一搭地应和，把大部分的交谈都交给方佳。幸好对方是个健谈的人，自己一个人也能滔滔不绝说很久，从养猫心得分享一直说到上下五千年，中间不带歇气的。

斯巴达甩着尾巴，窝在咪呜怀里，打了一个大大的哈欠。这只人类好吵哦，也不知是谁家的人类。就在这时，他远远地瞥见喀戎老师正迈着稳健的步子一点一点走向他。斯巴达吓了一跳，瞬间清醒过来，温柔乡也躺不住了，踩着咪呜的手臂，站直了身体。

喀戎老师在这里做什么？难道是要通知我试卷找到了，要补考？

斯巴达的脑海里翻山倒海，灾难连连。

正胡思乱想着，喀戎老师已经走近了。只见他停下了步子，漠然地扫视了一遍眼前的两只人类，然后选择在咪呜的脚下端坐下来。

辛勤认出了那只高贵的德文卷毛，正诧异，身旁的方佳忽然弹了起来，极为夸张地叫："喀戎！亲爱的，你来找我吗！哎呀，到爸爸这里来，小宝贝儿！我也想你了！快来亲一个！"

斯巴达听不懂那只聒噪的人类在说什么，但是他发誓，他看见了喀戎老师眼神里难以掩饰的嫌弃。哦，原来这只人类是喀戎老师家的呀。斯巴达忽然对喀戎老师产生无限的同情来。一只博学多闻的猫咪，掌握了征服人类的所有技能，随随便便张口就能出一张考卷，却只能面对这样一只看起来很弱，不用征服不用训练就能自己躺倒的人类。

这是多么怀才不遇啊，猫生不公，猫生不平。

CHAPTER 32

小学毕业

早上一睁眼，辛勤发现窗外亮堂堂的，白茫茫一片，天地之间不再有分明的界限。青砖路，枝丫上，压着沉沉的一沓雪。纷飞的雪花仍不断往下飘，一层又一层，行人的痕迹出现复又消失。这样的雪势，再过一天，他们就能收获一个银装素裹的世界。

辛勤把狸花猫抱至飘窗，指着零星打在玻璃上的雪花，和它说话："饼饼你看，这是雪花。"

斯巴达好奇地摆动脑袋，目光紧锁飞舞的雪花。原来所有地方的雪都是一个样子的呀。不同的是，家里现在很暖和，没有冷风，雪水也飞不进来。他可以尽情地观察这些会乱动的雪花，而不用担心自己的毛毛被沾湿。

辛勤没有关房间里的空调，在飘窗铺上厚实的毛毯，留斯巴达趴在上面，自己一个人盯着雪花看。尽管是千篇一律的飘雪画面，斯巴达却看得津津有味。

中午时分，辛勤收到方佳给他发的文件。昨天聚会的时候，方佳要了他的微信，但两人没怎么说话。接收的只是一个音频文件，文件名为"给斯巴达"，方佳也没有说明意图。辛勤点开音频听了会儿，里面有只慵懒低沉的猫咪，不停地喵喵叫。辛勤不得其解，将手机送给斯巴达，让它听里面的猫叫声。没想到斯巴达一下子坐了起来，歪着头凑近手机的外放口，似乎很感兴趣。

辛勤摸了摸斯巴达的脑袋："这个给你的，喜欢吗？"

是喀戎老师的声音呢。斯巴达有些疑惑，喀戎老师的声音怎么在咪呜的手机里呢？他用爪子拍了拍手机背面，想要翻过来探究一番。聪明的咪呜很快察觉到他的意图，主动帮他完成了这一步。斯巴达开心地拿爪子搭在咪呜的手背上，表示赞扬。可惜手机的正面也没有任何的画面，凑过去，也只能看见一只毛茸茸的倒影。

"喜欢就给你吧。"辛勤也不知道方佳为什么要传这样一份音频给他，把手机扔给斯巴达自己玩，起身去隔壁打游戏了。

斯巴达安静下来，揣着爪子趴在窗台的毛毯子上，聚精会神地听起了喀戎老师的音频。

"斯巴达，这是给你的一份特别的补习材料。对于一只成年猫而言，要像正常学龄的猫咪一样接受教育是非常困难的。但我相信，你愿意努力学好，并走得更远。这份音频是我整理的所有知识要点。我以我的人类的名义传给你的人类，这样你在白天也可以光明正大地复习里面的内容。记住，要缠着你的人类，表现出你非常喜欢的样子，让他主动在白天帮你播放音频。好了，不要傻坐着，接下来开始上课。"

因为是重点复习材料，因此喀戎老师说得非常精简。但正因为如此，斯巴达不需要记下过多的讲解案例，反而觉得容易理解。经过昨天喀戎老师的开导，他已经想明白很多事情，在学习时，自己渐渐地能揣摩其意，甚至能挖掘出学习中有趣的地方。比如，他知道了，原来咪呜并不会像猫咪那样舔水喝，好笨呀，像猫咪一样优雅的喝水才能保证下巴和胡子不会沾湿呀。

自那之后，方佳经常莫名其妙地发一小段音频过来，也不做更多的解释。辛勤虽然觉得奇怪，但是斯巴达对此显得兴致很高，抱着他的手机能听很久。辛勤自动将这些音频归纳为会让猫咪感到开心的叫声，每次都会开着手机，让斯巴达自己去听。

在夜以继日的小灶学习和上课的模式下，斯巴达的进步飞快，成果喜猫。虽然他并非是一夜成才的天才型学生，但勤能补拙。而学习本身就是一件奇妙的事情，如果你万事开头难中间也难，收获的成果远小于付出的努力，那你很可能会持续意志消沉，失败像滚雪球一般越来越大；而相对的，如果你取得了一次胜利，哪怕只是一次微不足道的胜利，也可能从此改变你的整个状态，良性循环和雪球效应一样，只要触发，便顺理成章。

因此，成为一只优秀的猫开始变得简单，只要你成功一次，你就会把优秀当成一种习惯。

当斯巴达第一次获得课堂测验第一名时，他意气风发，骄傲不已，仿佛已经捧上了大学毕业证书。学习上的顺境，带来心境上的不同。斯巴达每天都觉得很开心，吃得香，睡得踏实，越来越有信心，连每天的直播任务，做起来都卖力十足。

咪呜在游戏室里给斯巴达安装了一座猫爬架，架子上零星挂着各种小玩具。斯巴达喜欢得不行，每天都要表演“我爬上去又跳下来”的全武行小剧场。散场时，他会扭着屁股，摇头摆尾，冲屏幕喊，好再来哦！

斯巴达工作上的努力有了回报，辛勤的微博粉丝数量正在稳步攀升。他的私信和留言也多了好多倍，其中有很多是关于宠物救助方面的信息。作为一个非典型的萌宠博主，辛勤一般只转发寻宠告示。领养信息林林总总，是非难辨，而领养本身也容易触及原则模糊的领域，辛勤总是谨慎地保留意见。为此，他被不少领养组织和个人所不齿，人还没有出名，架子却拿起来了，也不知道是不是真的喜欢猫。

炒蛋提醒辛勤，在成名初级阶段，损失群众的好感度，是犯大忌的。

辛勤倒是觉得无所谓，他不需要向任何人证明他爱不爱斯巴达。更何况，有人记得他还是一名游戏主播吗？

在赛歇期，XF 更新英雄皮肤和部分游戏模式，辛勤不时会上去再玩一两把。其余时间，他开始做其他热门游戏的解说。他的风格不同于主流的解说风格，辛勤本身并不是一个风趣幽默的人，游戏时也从来不是相声型选手。玩任何一款游戏，辛勤都非常冷静，有如事后录播。他玩游戏讲究逻辑性，不讲究热情，喜欢把游戏的规则推敲到极致，这是他玩游戏的乐趣之一。

辛勤的风格被粉丝定义为：性冷淡风。严格说起来，这种风格很难让观众投入热情，也是之前辛勤一直不温不火的原因。但是人气是很奇怪的，当你有了人气，不管你做什么，都会有买单的粉丝。

尤其是在辛勤玩恐怖游戏时，这种反差更加强烈，观众总会误以为自己在看一个机器人玩游戏。面对任何恐怖画面，辛勤都能不急不躁，连声音都不抖。但莫名的，围观的粉丝会觉得非常安心，就好像你拥有一个强大的队友，你虽然觉得害怕却不会逃跑。只要神坛不倒，慕强的心态就不会崩。

辛勤自己的视频也依旧是技术分析向的，所有温暖的色调和柔情的背景音乐都给了他的心上猫的日常。很难想象，这样的人，会养一只傻乎乎的胖猫。

辛勤的照片在微博上流传开来时，傻乎乎的狸花猫正趴在他腿上晒太阳。辛勤停住刷微博的手，看着自己的照片皱眉，终于想起来是平安夜那天的活动现场。他穿着高领毛衣，被一群猫咪围观。Po 图的也是一位小有名气的萌宠博主，她发了一张辛勤的远景图和一张斯巴达的近照，称这是她见过最有爱的一对主仆。有粉丝立刻认出了斯巴达，将图发给辛勤。

在辛勤的微博底下参与讨论的人越来越多，要求他爆照片的呼声也高涨起来。

斯巴达将毛茸茸的脑袋挤过来，想看辛勤的手机。辛勤将图片放大，对斯巴达说道：“看，这是你。”

斯巴达打了一个哈欠，眯着眼睛看了会儿。这个是我吗？这个角度的我也很可爱呢。不过他很快就失去了兴趣，推开咪呜的手机，翻身仰卧，将爪子搭在肚皮上。

辛勤放下手机，摸了摸斯巴达的毛肚皮。

等到辛勤再次上线，已经是晚上。他收到发图的萌宠博主的私信道歉，对方没想到会有人认出他和斯巴达。这位博主微博 ID 挺有意思，叫食堂大娘，她有一只金吉拉和一只暹罗，那只金吉拉就是当时很喜欢辛勤的那只大眼睛的银色金吉拉。辛勤和食堂大娘聊了几句，好友互关。食堂大娘还给辛勤发了很多金吉拉舒克的照片。虽然叫舒克，但其实是一个女孩子。

“我们家舒克可喜欢你了。”食堂大娘唏嘘道，“贝塔也是女孩子，太害羞，那天没去，它不喜欢人多的场合，在家里却是个大话痨。”

和养猫的人聊天，是件挺有意思的事情。辛勤礼尚往来地发了两三张斯巴达的照片，食堂大娘大呼可爱。

“以后去俱乐部，碰见可以让它们交个朋友呀。虽然绝育了，但我们可以做君子之交。”

两只人类不知道的是，他们家的猫咪早就开始君子之交了。斯巴达最近在猫咪聊天室的“我们就是爱学习”小组，加了一只名叫舒克的金吉拉好友。舒克告诉他，我们俩在圣诞喵之夜见过。

斯巴达挠挠后背，什么是圣诞喵？

哎，你不知道吗？舒克觉得诧异。她以为斯巴达这样大年纪的猫，应该已经大学毕业，会对很多人类世界的事情了如指掌。

斯巴达很惭愧地告诉她，自己才上小学。

刚满一岁的金吉拉震惊了。不过想想，大千世界，无奇不有，这样高龄上学的猫咪，大概也不算什么奇闻轶事吧。

“唔，圣诞喵之夜就是之前去猫咪俱乐部玩耍的那天。我还记得你的人类，是只很温柔的雄性呢。”

斯巴达努力回忆一番，终于想起是下初雪的那天。听见金吉拉夸赞咪呜，斯巴达有些不高兴，可是对方是女孩子，他又不好意思表达出来，只好低头踩了踩自己的爪子：“咪呜是很好的。”

舒克是个很开朗健谈的小姑娘，和斯巴达聊了很多大学生的烦恼，斯巴达听得惊叹连连。大学生原来也不轻松呀，我以为只有小学生需要做作业呢。舒克还说，最近临近寒假，他们也要迎来艰难的期末考，假期还要做大作业，可烦了。斯巴达感同身受。

两只考生一拍即合，迅速组成复习者联盟。每天晚上相约一起晚自习。有了同伴的鼓励，复习也更加有动力。斯巴达对于即将到来的期末考试信心十足。

期末考试被安排在一月底，春节前两周。

尽管已经复习得很不错了，斯巴达还是紧张得连连上厕所，焦躁地狂舔肚皮上的毛毛。咪呜抱着它去了一次医院。斯巴达见到阔别多日的戴麻薯，又收到一张考试必过符，　看就是戴麻薯用自己的爪子划出来的，上面还有一只明显的猫爪子印。

戴麻薯说，我最近夜观天象，觉得管文曲的星星很耀眼，你肯定能高中的。

虽然这句话里有几个词听不懂，斯巴达还是把它当作美好的祝福全盘接受了。

也许是因为戴麻薯的铁口直断，斯巴达的期末考试进行得相当顺利，虽然也有很多道题不会做，但是会做的好像多一点。喀戎老师说考试结果将在一周后公布，预祝大家新春快乐。

春节的气氛已经很浓厚，辛勤和斯巴达的家里却显得有些冷清。

这是辛勤第一次自己一个人过春节，有些茫然。想来想去，按照奶奶以前的习惯，他趁年前最后一波快递，网购了一副春联和几幅福字窗花，打算年三十当天贴上，就当作过节。

食物是另一个问题。过年期间，外卖不送，超市营业时间也短。好在斯巴达的粮食储存量充足，暂时不用担心。辛勤给自己列了一个购物清单，趁天晴，打算去一趟超市大采购。临走前，担心斯巴达一个人在家不适应，辛勤打开客厅的电视机，设置视频循环播放。视频是他从探索发现频道下载下来的，里面有各式各样的鸟，猫应该会很喜欢看。

辛勤将斯巴达抱到客厅里，陪它玩了一会儿，然后和它告别："饼饼，我大概一小时就回来。你自己好好在家。"

斯巴达晃着大脑袋，注意力完全被视频上会飞会动的鸟类吸引。辛勤检查一遍房子，确定没有什么安全隐患，看了一眼正在聚精会神地看电视的斯巴达，偷偷溜出门去。

斯巴达自己安静地看着电视，中途有几次跳下沙发，试图拍打电视屏幕，将里面讨猫嫌的鸟们抓出来。几番试探都不成功，这让斯巴达有些受挫，好奇地绕道电视机背后看了一眼，什么也没有。不开心的斯巴达终于想起来，好久没看见咪呜了。可是咪呜不在客厅里，厨房里也没有，浴室也没有。斯巴达爬上楼，游戏室里也没有，卧室里也没有。

咪呜失踪了！

空气里还有咪呜的气味，可是哪里也找不到他。斯巴达从床底下爬出来，确认咪呜真的不在房子里。这还是第一次咪呜离家出走。斯巴达紧张地在客厅里转圈圈，忽然想起来，也许自己应该问问见多识广的戴麻薯。现在虽然是大白天，但斯巴达以前听戴麻薯说过，他的人类白天要上班，几乎都不在家，所以他白天也能自己上网。

如果家里的人类丢了应该怎么办？

幸好戴麻薯在线，当他刚听到这个问题时，正在玩一只玩具绒线球，闻言吓得球都扔掉了：“你的人类丢了？”

斯巴达焦急地描述了一番咪呜丢了的情形。戴麻薯还没听完，就喵喵笑了起来：“不要着急，你的人类没有丢，他可能是出门有点事情。”

咦？斯巴达冷静下来：“他为什么要出门呀？”

“你傻呀，人类要吃的，要用的，很多东西都要买的。最近要过年了，他们都要去超市里面抢东西。唉，说到这个，再过几天，我的人类也要放假，我白天就不能上网玩耍了。到时候晚上找你哦。”

虚惊一场，斯巴达总算放下心，暗自发誓以后一定要好好读书，不然咪呜和他说的话他都听不懂，万一真的有问题，他还傻乎乎地一只猫在家玩呢。

似乎是看出了狸花猫的心思，戴麻薯告诉他：“你不用着急，等上了初中，你就能选课啦，其中有一门就是傻瓜式人类语（中文），上完这门课，你就能掌握一些很基本的人类语言，不会像现在这样什么都听不懂了。”

“真的吗？”斯巴达兴奋地竖起尾巴。

“当然啦！过不了几天，成绩公布之后，你就能收到选课单了。”

戴麻薯回忆起他自己上中学时的课程表。一般来说，猫咪进入初中学习后，就可以根据个猫喜好选择不同的科目，一般基础科目有人类语入门，猫咪语文，人类家电使用入门，还可以选择声乐、舞蹈、食物鉴赏、外语（狗普）等兴趣科目。体育项目可以选择猫猫拳，抓老鼠或者是挠窗帘。每只猫咪可以选六门课，到高中时，会减少到四门。直到大学，每只猫都会找到自己最擅长的科目，并不断深入。

斯巴达对于自己即将到来的初中生涯充满了期待，当然前提是他通过了这次的毕业考试，顺利拿到小学文凭。

等啊等啊，终于到了公布成绩的日子。斯巴达从早上就开始坐立不安，咚咚咚在楼上楼下跑来跑去，在咪呜的怀里也待不住，坐一会儿，连屁股都没坐稳，又急着下去。

辛勤以为斯巴达是在屋子里待烦了，牵着它在小区里遛了一圈。天气很冷，临近春节，没有什么人愿意出门，更别提宠物。被白雪覆盖的小路上，只留下一串胖乎乎的梅花爪印。走了一会儿，辛勤担心斯巴达着凉，就抱着它回家。回到家，斯巴达乖乖坐在门垫上，抬起爪子让辛勤给它擦干。

咪呜，我好紧张哦。

狸花猫喵喵叫，辛勤摸了摸它的大脑袋。

冬天来临后，忙碌了一年的松鸦先生也放假了，和他的妻子躲在树林里吃果子，不再出门传递讯息。斯巴达的小学毕业考成绩将直接在网络上公布，凌晨一过，就能刷新成绩了。咪呜还在打游戏，没有睡觉，但着急的斯巴达顾不得许多，偷偷溜下楼，跑到客厅，拖出埋在沙发垫下的平板电脑。最近他担心咪呜要和他抢平板，总是把平板电脑藏得好好的，只有没电了才引着他的人类给充电。

成绩页面还在加载，斯巴达焦躁地转了一个圈，大尾巴快速地甩动着。

因为放假，游戏里多了好多人。辛勤和炒蛋组队，匹配总是要花很长的时间，玩得比平时晚了一些。等他抬头看时间，才发现已经到午夜。斯巴达居然没有冲进来赶他睡觉，真是神奇。辛勤这么想着，打算这局一结束，去找找它，看它是不是在客厅睡着了，不知道会不会着凉。

没等他打完这局游戏，斯巴达就从门外头冲了进来，喵呜喵呜叫。辛勤赶忙去看它，狸花猫像一只毛球，快速地飞进他怀里。跳进辛勤怀里的斯巴达也不安分，在他的腿上踩来踩去，伸长脖子，不住地去蹭辛勤的下巴，尾巴都甩到他脸上去了。辛勤轻轻地给斯巴达顺毛，问道：“饼饼你怎么这么开心呀？”

咪呜咪呜！我考过了哦！好开心呀！我很快就能学习人类语了！你开不开心呀！你也很开心吧。

看着狸花猫莫名得意的小模样，辛勤不禁笑出声。

傻乎乎的。

CHAPTER 33

忙碌的初中生

过了一个丰盛的新年，并不只有斯巴达胖了。戴麻薯的黑脸看起来也大了一圈。选课经验丰富的戴麻薯很快就给出建议："首先，既然你以后是要学人类语的，那人类语入门肯定要选。其次，我建议你学习猫咪语文，多认识一点我们的文字，这样你将来好做学术研究。再次是家电入门，这门课不仅仅针对家电，还会介绍在人类世界更舒服地生存下来的小窍门，我觉得是很有用的。然后嘛，就看个猫兴趣了，选一些对你日后有用的科目。比如你不是要走网红路线吗？可以按照自己的需求修读科目。"

网红是戴麻薯最新学习的人类语言。人类文化的发展和变迁太过频繁复杂，真是活到老学到老呢。斯巴达没听懂，虚心请教了一番，最后恍然大悟，原来我是要成为网红的一只猫呀。

"要成为网红，就是要让更多的人喜欢你。经营粉丝可是很复杂的，要有头脑。所以我建议你修这几门课，最实用的是摄影，这门课不是教你怎么给自己拍照，而是教你怎么让人类帮你拍照。"

斯巴达晕了："这两个不是一样吗？"

"当然不一样啦。摄影这门课会教你怎么拥有更好的镜头感，怎么在拍照或者录像的时候显得更可爱。你的人气大多数都是通过你的人类帮你拍的照片或者视频积攒来的，这门课程就是为你量身打造的。”

斯巴达抖了抖胡子，觉得很有道理。

“再来可以在舞蹈和声乐中选一门，这两门都挺费劲的，为了好毕业，你修一门就差不多了。学会舞蹈或声乐，你以后就有拿得出手的才艺表演了。万一要上台或者是给粉丝送福利，你就有节目可以上了。”

斯巴达开始埋头记笔记。

“最后嘛，还剩下一门，我其实挺推荐戏剧这门课的。这门课是新增加的综合技能课，我上学那时候还没有呢。”

“戏剧是什么？”斯巴达不解。

“就是演戏，就是自己编一个故事，然后像真的发生一样投入情景里去。人类都是内心活动很丰富的动物，有时候你需要配合他们这种强烈的表演欲望。更重要的是，现在的人类对于网红猫的要求越来越高了，你光是长得好看，或者照片好看，已经不能满足他们可怕的欲望了。这时候，你就需要成为一个戏精。”

戏精……不会写，斯巴达默默在自己的沙发笔记上刮了一个圈。

“成为戏精的话，你就有丰富的素材供他们娱乐。相信我，无聊的人类会乐此不疲。你的人类也会很开心的。”

最后这一句话坚定了斯巴达的决心。经过一晚上的探讨，他最终将自己的选课定为：傻瓜式人类语（中文），初级猫咪语文，人类家电及其他使用指南，摄影，舞蹈，和戏剧。同时修了两门选修课，抓老鼠和人类心情理疗课。选修课不影响主科目的学分和成绩，仅仅作为平时表现参考，但会一定程度影响最后的综合得分，从而影响毕业等级。

初中开始，每只猫咪不再单纯地按照毕业和毕不了业两个标准，毕业生有了更加复杂的评分标准。所有毕业生将分为三个等级，分别是二等一等和特等。特等毕业生将有机会进修更加高级的下一等级课程和享受更加优秀的师资。

斯巴达暗自下定决心，初中生的我已经不再是小学生的我了，像小学毕业考这样低空飞过的情况再也不能发生。

喵，加油！

第一天进入初中课程的学习，斯巴达就敏锐地察觉到，班里的猫数又减少了不少。他紧张地来回看了一圈，愉快地发现葱包烩这一次并没有跟来。嘿嘿，说不定是那个小胖子压根就没有通过毕业考试。斯巴达得意扬扬地甩着尾巴。

只可惜，没过几分钟，屏幕上亮起的小窗口越来越多，多到斯巴达已经数不清了。斯巴达正诧异，这时，一声熟悉的呼唤将他拉入了现实。

“呀，斯巴达，我是葱包烩呀！我们又在一起了呢！好开心呀！”葱包烩将短小的鼻子凑到镜头前，兴高采烈地和斯巴达打招呼。

斯巴达打了一个响鼻，胡子上翘，纠结地看着葱包烩。喵呜，世界真是小呢。

好在老师很快就出现了，让喧闹的课堂重归安静。老师是一只模样俊俏的奶牛花色大母猫，整个下巴连同胸脯都是白色的，就像在胸前画了一个大大的逗号。她看起来年纪不大，声音很俏皮。“大家好呀，我叫豆芽，是你们本阶段学习的辅导老师。”豆芽老师宣布他们将进入为时十分钟的新生介绍课程。

辅导老师是什么呀？斯巴达盘坐着，不解地看着屏幕。

进入初中之后，由于选课的不同，学生们不再在同一个固定课堂里学习。每门课程的授课老师将守在专属的课堂里，而学生们则需要根据选择科目的不同进行“换班走读”。尽管这一步骤将由系统自动完成，但是记住课表还是学生本猫的责任。每三十只猫咪将共属于同一个虚拟班级，有专门的辅导老师负责管理和教学行政等日常事宜。在平时，这些同班同学们不会相聚，除非是选修的课程重叠，又或者是有全员通知需要颁布。

听到这里，斯巴达又开心起来。这么说起来，葱包烩这个小胖子不太可能和他上同样的课程。他心情愉快地甩起了尾巴。那个小胖子一直在打咪呜的主意，都过了这么久了还不死心，这个仇斯巴达简直能记一辈子。

豆芽老师介绍完各种新生注意事项，欢快地和大家打了招呼："祝你们学业有成哦！"

这时，所有猫咪的系统画面都更新了，根据选课，他们将被调至相对应的课堂，开始第一门课程的学习。斯巴达的第一门课是傻瓜式人类语（中文）。这是他梦寐以求的课程，为此已经兴奋得好几天睡不着觉。他粗略地扫了一眼课堂，除了他以外，只有六只同学，很好，没有葱包烩！

教授人类语入门的老师的整张脸都乌漆墨黑的，等他离镜头远了一些，斯巴达才认出来那是一只暹罗猫，有一对湖蓝色的好看的杏仁眼，说话声音也很温柔："你们好，我叫煤球，你们可以叫我煤球老师。今天是我们的第一堂课，我们将由自我介绍开始。我需要知道你们的名字，年龄，以及为什么想要修读人类语。"

哦，又是自我介绍。斯巴达有些兴致缺缺。作为总是班级年纪最大的猫咪，他并不喜欢这个部分。然而经过学前和小学的学习，他已经能够熟练地完成这一步骤。于是，等轮到斯巴达时，他从容不迫地开始介绍："我叫斯巴达，没错，我就是看起来那么老，我今年两岁了。我想学人类语是因为我想进入大学修读人类语专业，这样我就能听懂我的人类在说什么。"

哇，上大学呀！其他同学发出惊叹声。虽然每只猫进入学校学习时，或多或少都有过上大学的梦想，但真的能坚持下来不断为之努力的猫咪少之又少。大家的目光中都流露出钦佩的神色，这让斯巴达很受用，他毕竟是一只骄傲的猫咪。

煤球老师优雅地抖了抖胡须表示赞赏："很好，你的目标非常明确，我希望我们这门课程，可以真的帮助你实现它。

"好啦，下面我们正式开始上课哦。首先，我们这门课叫作傻瓜式人类语，意思是傻瓜都学得会的人类语。作为猫咪，你们必须要知道，人类语是一个非常宽泛的概念。人类这个物种呢，比较奇怪，他们并不像我们猫咪，掌握一套猫普就能毫无障碍地和任何地区的猫咪交流。不同地区的人类，说不同语系的人类语，想要全都掌握，对于猫咪而言，是不可能的，哪怕人类本身，也无法同时掌握多门人类语分支。因此，我们学习的重点，就是我们身边大多数人类所掌握的通用人类语，毕竟猫咪都是不喜欢远行的，掌握这一种语系，就足够我们辨别出人类在日常生活的多数交流意图。

"当然，我们的课程只是入门级的。正如刚刚的斯巴达同学所希望的，你们在下一阶段乃至下下阶段，会有机会接触到更加复杂更加完整的人类语学习，比如不同的地方语系。我们现知的已拥有授课资质的小语种人类语系为粤语、四川话、长沙话、杭州话和闽南语，其中多数在全国都仅拥有一名教授，学习机会相当少。要进入这些复杂的高级课程，需要不懈的努力和勤劳的付出。诸位要加油哦。"

斯巴达惊叹道："原来世界上还有这么多人类语分类啊，听起来好难哦。幸好我只需要学习通用人类语就可以听懂咪呜说的话了。好险好险。"他给自己舔了舔毛毛压惊。

虽然理论知识听起来很有难度，但是人类语入门这门课程是实践性很强的，煤球老师采用视频和音频相结合的多媒体授课形式，深入浅出，将学生们带入日常生活模式中，很容易就领悟到其中的学习技巧。

对于第一堂课，老师的要求不高，学生们只需要掌握两句人类日常用语即可：过来，饿了吗。

"'过来'，你们再听一遍人类的发音。记住了吗？这是一个指示性用语，通常用来召唤我们，常见于我们不在人类身边时的场合。那么，作为猫咪，怎么来应答人类“过来”的呼唤呢？

“很简单，假装没听见，不用理会。

“想必大家已经清楚地了解到，人类是非常爱撒娇的，总是徒劳地希望我们的所有注意力都在他们身上，只要他们一招呼，我们就会兴高采烈地飞奔到他们跟前。事实上，这种不切实际的幻想，是很多人类愿意被我们接管的最初原因。

“然而现实是残酷的，作为猫咪，我们并不喜欢招之即来挥之即去。针对这一点，人类越早认清现实，能越好地建立健康的猫人关系。我们接管人类，也并不会蛮横地要求他们对我们的每一个呼唤进行响应啊，相反的，我们总是讲道理，让他们意识到响应我们的呼唤是最好的选择。

“所以，当一只人类要求你‘过来’时，你可以根据自己的心情来决定需不需要在当下做出回应。你可以甩甩尾巴，当作自己听见了，或者干脆装作什么也听不见，反正人类也不能百分百肯定你是否听得懂他们的语言。当然，如果你的心情好，又或者人类手里头有你喜欢吃的罐头，那你可以装作很开心的样子跑过去，蹭一蹭人类的腿，他们会心甘情愿为你开罐头的。

“第二个词组非常重要‘饿了吗’，来听一遍人类语的音频——‘饿了吗’。我强烈建议所有的猫咪都记住这句人类语，因为它极其有用。这句用语是用来询问你是否想吃东西，当人类问出这句话时，就说明他们判断我们应该是需要吃东西了。鉴于猫咪总是处于想吃点什么的状态，因此你可以借机要求一点好处。只需要喵喵回去，喵什么内容并不重要，反正人类也听不懂，只要你做出回应，他们就会知道怎么做。”

听到这里，斯巴达高高地举起爪子：“老师，我有一个问题。”

煤球老师非常和蔼亲切，对于打断课堂的提问也很欢迎，没有表现丝毫的不耐烦。

“我想知道我的人类是怎么呼唤我的名字的！”

斯巴达的问题一落地，得到了诸多猫咪的响应。对呀，我们也不知道我的人类语名字，虽然能记住它的音节，却不知道具体是什么。

煤球老师抖了抖耳朵，欣慰地说道：“斯巴达同学真是一个好学的好猫咪，很有探究精神呢。没错，人类对于我们猫咪的称呼是千奇百怪的，而且并非是单一的，因此要从众多听似毫无意义的音节中判断我们的名字，是一件非常难的事情。要想听懂所有名字的意义，恐怕要等你们进入高阶的人类语学习才能实现。不过我这里有一个小技巧，可以提前帮助你们弄明白自己名字的含义。

“方法很简单，但需要求助于猫咪语音系统，且需要灵活的头脑和随机应变的能力。你可以在家中选择一个隐蔽的场所，将你们的平板、手机或者是其他可以启动猫咪语音系统的工具藏起来。指示系统启动录音系统后，这时候，你需要利用自己的可爱将人类吸引过来。人类会忍不住和你说话，系统会自动将他们的音频录制下来，智能分割成不同的音块。你事后回顾这些音块，辨别出符合你名字的音块，交予系统进行识别，很快就能得到答案。

“这个方法同样适用于你学习那些感兴趣的超纲词汇，如果运用得当，你甚至可以依靠系统翻译人类的语言。有了系统的帮助，你们的学习潜能将是无限的。当然，我需要提醒大家，这种方法虽然很好，但也很难达到最完美的效果，你可能需要经过数次失败的尝试，才能成功一次。因此，耐心是最重要的。”

斯巴达听着听着，激动地摆了摆肉乎乎的脖子。这个方法好呀，我只要录下咪呜的声音，很快就能知道他每天都在说什么了呀。虽然麻烦，但是听起来很不错呢！斯巴达磨着爪子，恨不能现在就跑上楼，把咪呜的梦话都录下来，听一听他在说些什么。

当然，作为一名初中生，斯巴达的课业还是很重的，他并不能随随便便翘课。猫咪在初中阶段，每上三天课才有一天休息，而在上课日，课程将会根据猫咪们的课程表排得满满当当，连课间打盹时间都被压缩到二十分钟。略显悠闲的小学时光一旦过去，猫咪们就要面临残酷的初中竞争了。

紧接着，斯巴达进入摄影课程的学习。和戴麻薯介绍的一样，摄影课程并不是教猫咪怎么摄影，而是教授猫咪如何成为一只完美的上镜猫咪，也许对于人类而言，这门课程叫模特拗造型课程比较合适。

摄影课程的老师名叫小王子，是一只虎斑挪威森林，有着华贵的白色大围脖和白手套，金绿色的大眼睛，一看就是一只合格的平面模特。

“作为一只有责任心的猫咪，怎么才能让你接管的人类过得更加开心呢？抓老鼠？太低级了，而且往往适得其反。现代社会，人类甘于被一只猫咪接管，除了一些莫名其妙的理由之外，很大程度上，是因为——”小王子说到这儿，忽然停了下来，等到所有猫咪的目光都聚焦到他的身上时，才得意扬扬地接下去说道，“当然是因为我们可爱呀。”

“我们毛茸茸的脸蛋很可爱，我们毛茸茸的肚皮很可爱，连我们不那么毛茸茸的爪子也很可爱。正因为我们是如此可爱，所以人类无法拒绝我们——当然，这里指的是大多数人类，有些人类的审美太奇怪了，觉得我们并不可爱，但那又怎么样呢？我们还是最可爱的。

“人类是如此迷恋我们，自然想要将我们的可爱分享给其他没有猫咪接管的可怜人类。这是他们的善心，也是他们的虚荣心。作为猫咪，要理解这部分人类的心情。他们尽可能地为我们提供了温暖的房子和好吃的食物，作为回报，我们偶尔也需要满足下他们的虚荣心。

“何况，这并不需要我们特意做什么，因为我们本来就很可爱。”

小王子老师说罢，将脑袋歪至一边，同时举起一只爪子，软乎乎地搭在脸颊上，眼睛张得大大的，一瞬不瞬地盯着镜头。

哪怕是斯巴达这样一只没有摄影理论基础的文盲猫，也不得不承认，小王子老师很可爱。

“总结起来，作为一只模特猫，不管你的人类是想为你拍照还是录制视频，最重要的是你的镜头感。那么怎么才能拥有镜头感呢？”

斯巴达伸长脖子等着答案。

“很简单，最重要的是你要长得好看。”

斯巴达的胡子不知不觉地耷拉下来，唔，又触及我的知识盲区了。

“当然，如果你长得没有我这么好看，也不用太灰心。镜头感是可以后天培养的。这里是几个简单的小窍门。大家回去后，可以利用一切机会训练自己。相信很快，你们都会变成镜头小王子小公主，让你们的人类大吃一惊。

“镜头感培养技巧一，永远知道镜头在哪里。

“知道镜头在哪里，你才能知道如何配合镜头展现出自己最可爱的一面。想知道镜头在哪儿，并不意味着你的眼睛要永远追着镜头跑。这个太傻了，几乎就是入门级别的姿势，建议可爱的各位不要尝试。甚至有的时候，我们还得学会如何忽视镜头。

“镜头感培养技巧二，调整心态。

“诀窍只有一点，永远相信你自己是最可爱的！如果你不像我这样自信的话，那就每天醒来后，对着镜子，直立身体站起来，大喊三声：我是最可爱的！没有猫比我更可爱！对于提升自信心有很大的帮助哦。

“镜头感培养技巧三，知道自己为什么可爱。

“不管镜头是从哪个角度过来，你都要知道自己在哪个角度、什么样的姿态是最可爱的。这需要对自己非常了解，了解到对身上的每一处毛往哪个方向生长都了然于胸。比如说，不同于人类，他们拍照时，总是喜欢将自己的脑袋尽量拍得小一些，这主要是因为他们长得不够可爱的原因。我们猫咪，往往是脑袋越大，眼睛越大，越靠近镜头，越可爱。因此，如果你发现镜头就在你的正前方，距离很近，你不妨将你和镜头的距离拉得更近一些，比如去嗅一嗅镜头的味道。相信我，人类没办法拒绝摆出这样造型的猫咪。

“基本上，掌握了以上三个技巧，勤于练习，你就能成为一名很出色的上镜猫咪了。理论知识暂时介绍到这里，下面我们要进入实践环节咯。”

辛勤发现他的狸花猫最近多了很多新习惯，比如以前它总是躺卧在沙发上，仰着肚皮睡觉。而现在它却会脸朝下俯卧，四脚伸直，尾巴端端正正地摆在两只后腿之间，一躺就是十几分钟，也不知道这种时髦的“失去梦想”造型它是怎么学会的。

“饼饼，你怎么了？”辛勤忍不住摸了摸斯巴达圆溜溜的后脑勺。该不会是生病了吧？他听说有很多猫咪在生病时，会摆出各种奇怪的造型。需不需要送它再去诊所检查一次呢？

斯巴达脸压着胡子，其实这种姿势说不上太舒服，但是老师们说，这样的仪态是可爱的，最能诱惑人类了。咪呜，快上钩呀！快说我的名字呀！这样我很快就能让系统帮我做翻译了呢！他想到被自己藏在沙发底下的开着录音功能的平板电脑，呼哧呼哧笑出声。

见斯巴达犹自趴着，辛勤不由得坐在它身旁，捏捏它的耳朵，逗它动一动：“谁在这里摊了这么大一张饼？”

斯巴达眼见自己的计划就要得逞了，不由得得意地甩了甩尾巴尖。

辛勤忍着笑，继续说道：“摊的是什么饼呢？葱油饼？”

喵喵，这个词语有点耳熟又有点没听过呢，也是我的名字吗？

“鸡蛋灌饼？千层饼？手抓饼？杂粮煎饼？”

……

斯巴达沉默地趴在沙发垫子上，心想，学习真的好难好痛苦哦。

斯巴达翻身打了一个滚，冲咪呜叫唤，好讨厌呀，咪呜不要再给我起名字了！人类语很难学的呀！

可是咪呜却听不见他烦恼的心声，反而抱着他笑出了声。

讨厌呢。

CHAPTER 34

初中生的日常

经过两周的学习，斯巴达将课表上的所有科目都接触了一遍。到目前为止，他最喜欢的就是人类语，因为这门课程，他已经能听懂“过来”“饿了吗”“吃饭”等几个简单的日常人类语词组，虽然每次咪呜对他说“过来”的时候，斯巴达很难忍住不小跑过去。最重要的是，通过人类语学习，斯巴达终于知道了自己的小名：大饼。据说是一种人类的食物。虽然斯巴达觉得用食物做名字不是很厉害，但看在咪呜很喜欢的份上，他还是可以勉为其难地答应的。毕竟咪呜越喜欢自己，给自己取的小名就越多，那完全就是咪呜爱的体现。哎呀，黏猫的人类，羞羞脸。

其次喜欢的是抓老鼠（因为简单）。上课之后，老师几乎见不到猫影，大家就开着视频随便玩，下课之后关掉窗口就好了。斯巴达到现在都还不知道是哪位老师教授他们抓老鼠科目。不过想来也是，抓老鼠毕竟是猫咪的本能，除了个别猫咪极为耻辱地已经丧失这种生存技能，绝大多数猫咪即使没见过老鼠，也知道怎么抓老鼠，根本不需要学习嘛。斯巴达私自认为，这门课程的开设，就是为了让同学们混一个更好看的平时表现分数的。

舞蹈这门课，唔，不是特别喜欢呢。教课的老师是一只鸳鸯眼白色狮子猫，名叫云朵。据说她天生有只耳朵听不见，但却很喜欢有节奏感的声音，只要有音乐，就能扭动身体跳起来。可是对于斯巴达而言，扭屁股转圈圈是件很有难度的事情，他永远无法做到像云朵老师那样优雅可爱，反而四处栽跟头，可疼了。不喜欢。但斯巴达还是打算学会这支肚皮舞，表演给咪呜看。云朵老师说人类可喜欢猫咪跳的舞蹈了。

而摄影这门课程，当他渐渐掌握其中的窍门，也变得有意思起来。更重要的是，斯巴达自从上了摄影课，他发现咪呜越来越喜欢给自己拍照和录像了，大概自己已经渐渐培养出小王子老师所说的明星气质和镜头感了吧。斯巴达为此骄傲不已。戴麻薯说，咪呜给我拍的照片越多，我在人类的社交平台上的人气就会越多，我就能成为一只更会赚钱的猫咪啦。

家电使用入门这门课斯巴达也喜欢。授课的是一只八岁的黄斑老猫，讲课讲得很好，浅显易懂上手快，也很实用。只通过两个课时的学习，斯巴达就基本已掌握人类电视机的使用方法。

人类电视机真是一个神奇的存在呀，只要打开这个巨大的黑盒子，人类世界的缩影就会在盒子里展现。有会飞的鸟，会动的人，还有很多神奇的画面。斯巴达听说有很多在家自学的猫咪，会趁人类出门的时间，打开电视机，通过系统翻译自主学习人类语。这是一个相当不错的学习方法呢，斯巴达也很想尝试，可是和多数猫咪不一样，他的人类是他学习的最大障碍。

咪呜都不怎么出门呢。斯巴达大多数时候都很喜欢他这一点，因为咪呜能尽情地陪他玩耍，给他挠痒痒，陪他一起午睡。但是也有很恼猫的时候，因为咪呜太黏猫了，斯巴达用于学习的时间大大缩减。这样对比其他上进的猫咪，斯巴达的课后自学时间是远远不够的。

对此，斯巴达曾经尝试过改善这种状态。他试图劝说自己的人类到外面的世界去玩一玩，等他预习完下一节课的内容再回来。

早上咪呜把食盆放到斯巴达面前时，斯巴达会竖着尾巴叮嘱咪呜：

“你出门去玩一会儿吧，早点回来就可以哦。”中午，咪呜在吃饭，斯巴达跳上饭桌，在咪呜的手臂间踩来踩去，念叨：“我是说真的哦，你可以出去玩一会儿的。下午咪呜躺在沙发上玩手机，斯巴达趴在他胸口，将脑袋搁在他的下巴处，叹气道：你这样整天待在屋子里不好呢，我允许你在外面稍微玩得久一点，晚饭前回来就可以啦。”

可惜，咪呜并不能听懂他在说什么，依旧是一天都没有出门，晚上吃完饭，咪呜直接就去玩游戏了。斯巴达闷闷不乐，却又无可奈何，只好垂头丧气地放弃了。

本来他心里还有一点点不甘心，后来转念一想，我是一个负责任的猫咪呀，怎么能因为咪呜的这一点点小问题就怪他呢？这样想着，斯巴达又重新燃起斗志。学习的时间比别猫少没有关系，我晚上趁咪呜睡着多学一会儿就能补回来了，我可是一只聪明的猫咪呢！

有着这样积极的心态，斯巴达的初中学习还是进展得比较顺利的。唯一让他有些头疼的是戏剧课。戏剧课大约每周会上两到三次，虽然不是特别频繁，但是每节课的任务量都很大。戏剧课的老师是一只棕虎斑加白美短，名叫小米糕，长相甜美，声音也温柔。在她的人类无意识的帮助下，小米糕老师录制了大量的日常表演场景视频，供课堂教学用。不得不说，从一只猫咪的角度看，表演得相当精彩呢。

小米糕老师声情并茂地教授给学生们自己的表演理论和技巧：“人类总是自诩自己是唯一能通过想象力进行创造的生物。但是no，no，no……”小米糕老师据说有海外血统，偶尔会冒出一两句令猫费解的词句，“我们猫咪在运用自己的想象力这方面也是相当聪明的。当我说出这个结论的时候，可能你们中的部分猫觉得陌生。但你们仔细想一想，有的时候，当我们无聊了，会选择一块地方——通常这个地方会是人类的床铺，柔软起伏的棉被是我们上佳的选择——不断地弹跳，俯冲，扑杀。这个时候，你们的脑海里在想些什么呢？没错，我们是在跟自己想象的同伴一同玩耍。在我们绝妙的想象中，棉被不再是毫无生气的棉被，床铺也并不仅仅限于这一块方地，我们就像祖先那样，重返荒野，捕猎追杀，扮演一个完美的杀手。

“所以，想象力是我们猫咪生来就具备的天赋。而戏剧这门课，就是为了帮助你们更好地挖掘自己的想象力，为我们乏味枯燥的吃吃喝喝的生活增添乐趣，同时，顺带着为我们的人类带去欢乐。”

斯巴达一边听课一边张大嘴巴诧异。作为猫咪，他居然从来不知道自己还能演戏，甚至还可以自己写剧本，这个想法真是太天才了。

对于写剧本这件事情，斯巴达的热情极高。他小时候就经常自己一只猫玩，幻想出一只玩伴对没有玩伴的猫咪而言是一件非常神圣而且重要的事情，因此斯巴达对于自己的想象力还是很有自信心的。

不过写剧本并不如想象的那么轻松。真的等到要下爪子构思时，斯巴达开始纠结，说点什么故事好呢？老师说，艺术起源于生活，要说点我猫生中发生过的事情，经过艺术加工，让它变得更有趣。那，我身上发生过什么呢？

斯巴达盘着身体坐在窗台上，陷入沉思。天气已经悄悄地回暖了，再过半个多月，新的枝丫就要开始发芽。鸟儿们会重新回到树枝上，他们会叽叽喳喳吵闹好一阵子，吃果子，打架，然后生下一窝又一窝好吃的小崽子们。斯巴达舔了舔嘴唇，觉得有些饿了。但是现在不是思考肚子饿这个问题的时候，我要创作！我要燃烧！斯巴达沉思片刻，啧啧，其实四条腿的壁虎也好吃的。

辛勤很早就留意到，他家的狸花猫正安静地坐在窗台上，一会儿拨楞脑袋一会儿咂嘴，不知道在想些什么，已经这样过去一上午了。他正犹豫要不要过去把斯巴达叫起来玩点分神的游戏，斯巴达忽然站了起来，咚一声跳下地，迅速蹿到客厅的角落里。辛勤不动声色地观察斯巴达的一举一动。

斯巴达一边跑一边大呼："哎哎呀，我好笨的，我猫生中最戏剧性的故事不就是我和咪呜的故事吗？这就是老师所说的灵感涌上心头兴奋不已的感觉吗？我真是太了不起了！咪呜让一下让一下！我要创作啦！我现在是一只真正的表演艺术家！"

虽然他和咪呜的故事是真实发生的，但未必需要完全写实，否则就成了没有任何艺术价值的故事复述。斯巴达牢牢记着小米糕老师的告诫，打算将自己和咪呜的故事放到冬天发生，一个虚假的开头！

啊，那是一个寒冷的冬天，和他一岁那年一样寒冷。

嗯，我得离吹暖风的口子远一点呢，有点儿热了。斯巴达滴溜溜地在客厅里兜兜转转，拖着尾巴，努力做出很虚弱的样子。

啊，我好虚弱呀。我已经一天没有吃东西了！我好饿！可是！冬天来了！我到哪里去狩猎呢！

斯巴达一脚踹开自己的食盆。

我的爪子太僵硬了，难以抬起！我的尾巴，几乎维持不了我的平衡！只是多走几步路，我就已经没有力气了。看啊，我摔倒了。

斯巴达扑通卧倒在地，蜷缩着身体，发出虚弱的喵喵声。

这个时候，我要是有一只老鼠就好了！啊，那不就是我心心念念的老鼠吗！

斯巴达艰难地爬起来，朝着他的玩具老鼠一点一点挪动。玩具老鼠就在咪呜的脚下。然而此刻的斯巴达已经全身心投入这场表演里，心无旁骛，已然忘记自己身在何方。

老鼠老鼠！甜美的老鼠！虽然你已经是一只死老鼠！但你依然是我得到的最美好的礼物！感谢上苍！

他起身，飞扑，忽然意识到自己此刻应该是虚弱不堪的，又重重倒了下来，拖着圆滚滚软乎乎的身躯，缓慢地爬到玩具老鼠身边，喵呜一口，咬在了老鼠的喉咙上。

啊，这甜美的味道！呸呸。啊，甜美！

斯巴达翻身，肚皮朝上，用四肢将玩具老鼠紧紧地锁在自己怀里，感动得摇头摆尾，仿佛真的尝到了老鼠的肉香味。

这时候，我们需要一个故事的高潮！小米糕老师的话语在斯巴达的脑海中回响。

不好，这老鼠有毒！斯巴达猛地抛出玩具老鼠，打了一个滚，将肚皮贴在地板上，四肢无力地摊开。

难道是老鼠肉坏了吗？啊，我竟然吃了坏掉的老鼠肉。哎呀，我好难受呀，谁来救救我呀！

斯巴达再次翻滚，仰面朝上，用两只前爪搭在自己的眼睛上，从毛茸茸的缝隙里，偷偷看了一眼咪呜。

哎呀，这里有一只人类！看起来是一只好心的人类！他会愿意帮助我吗？我好冷呀，我好饿呀，我还好难受呀！

辛勤一动不动，低头盯着他的狸花猫。通过斯巴达脸上惬意放松的表情，他已经判断出做出这一系列动作的斯巴达并没有什么不舒服的地方。然而对方在想什么，他也是一点头绪也没有。

斯巴达滚着身体坐了起来，慢慢站起身，走到咪呜的脚边。

喵呜，陌生的人类，你愿意帮助我这样可爱而无助的猫咪吗？

他用脑袋使劲蹭了一下咪呜的小腿，身体一软，作势咕咚摔了下去。

哎呀，我不管，你把虚弱的我撞倒了，你要负责。从今天开始，你就是我的人类了哦。

辛勤目睹了自己被碰瓷的全过程，很难绷住表情。他咳嗽两声，好掩饰自己的笑意，慢慢蹲下去，看着斯巴达。斯巴达侧着脸，瞪大眼睛看他，发出喵呜喵呜细弱的叫唤声。辛勤伸出一根手指头，戳了戳斯巴达的毛脑袋。斯巴达一把扑住他的手指头，凶巴巴地咬了上去。一点也不疼。

辛勤将斯巴达不知所谓的行为艺术视频传到了微博，发文道：“有谁知道这是个什么仪式吗？”

这些没有欣赏能力的人类并不知道的是，斯巴达的个猫戏剧作品获得了小米糕老师的五爪好评，是他们班上本次戏剧科目课堂作业里的最高分。

CHAPTER 35

人怕出名猫怕壮

辛勤盯着体重秤上的数字，沉默了半天，对斯巴达说道："饼饼，你真的应该减肥了。"

斯巴达只听懂了自己的名字，歪着头，好奇地看着咪呜。

为了选择一款合适的减肥猫粮，辛勤付费咨询网络平台及"吃多多"诊所的戴医生，千挑万选，下单了一款号称被多数猫咪喜欢、效果拔群的减肥猫粮，按比例混在斯巴达平常吃的猫粮里。

嗯，效果确实是很明显的，斯巴达总是会吃满满一大口，然而慢慢的，喜欢吃的猫粮被舔得干干净净，减肥猫粮一颗一颗被挑出来吐掉，一爪子通通扫到一边。

吃完后，斯巴达舔舔嘴巴，冲辛勤喵喵叫，显然是没吃饱。

辛勤开始头疼。

他将斯巴达挑剩下的减肥粮发到微博，试图询问有经验的猫主人怎么处理猫咪挑食的问题，结果一无所获。

辛勤没办法，为斯巴达重新制定饮食和锻炼计划，一日两顿定量，根据卡路里参数改为少食多餐定量，增加食物中蛋白质的配比，严格控制零食，以及加强室内外活动。

对于突如其来的变化，斯巴达显得有些不知所措。他总觉得吃不饱，但要说饿了，似乎又不算。这种肚皮里空落落的滋味，让斯巴达不由自主地想和咪呜撒娇，蹭蹭咪呜的爪子，再蹭蹭咪呜的下巴。咪呜现在可黏他了，恨不得每分每秒都跟在他的屁股后面。只要他一叫唤，咪呜就会蹲下来，温柔地和自己说话。可是说话我又听不太懂呀，傻咪呜，我只想吃东西呀！只可惜，每次他和咪呜撒娇，都会被抓到客厅里玩游戏。虽然游戏也很好玩，但是玩着玩着，一种说不上来的空虚感又袭来，让斯巴达有些不开心。他趴在地毯上，懒散地甩着尾巴，一只爪子都不想动。

辛勤又开始头疼了。

他一把将无精打采的斯巴达抱了起来，捏了捏它软乎乎的爪子："不行呀斯巴达，你超重的话，身体很容易生病的，到时候你又要去医院。你不是不喜欢去医院吗？"

喵呜，什么，医院？斯巴达现在已经是初中生了，可以听懂医院这个人类语词汇了。他努力划拉了几下四肢，试图通过反抗告诉咪呜，自己一点也不想去医院。

"你也不想去医院，对吗？那好好加油，等体重控制好了，我给你买好吃的。"辛勤说罢，在斯巴达的脑袋顶上亲了一口。斯巴达耷拉着两只耳朵，眼角下垂，虚弱地喵了一声，听得辛勤难受极了。但猫和人类在一起，人总是要成为更有原则的那一个。

白天没吃好，晚上上课都不太有精神。一放学，斯巴达就冲进厨房，四处扒拉找吃的。可是咪呜把所有好吃的都藏得严严实实的，他只闻到一点点若有似无的香气，却怎么也找不到。戴麻薯说，人类还是幼崽的时候，也会玩很多很傻的游戏，其中有一种游戏叫作躲猫猫。当时斯巴达还不理解，猫猫这么可爱，人类为什么要躲我们呢？现在看来，咪呜肯定是玩躲猫猫的高手呢，我都找不到。

想到戴麻薯，斯巴达忽然竖起耳朵。对呀，我可以问问麻薯这是怎么回事。他很快振作精神，回到客厅上网，找到在看小电影的戴麻薯，将自己最近的烦恼和对方说了。

戴麻薯不愧是见过世面的大猫，很快就找出症结所在："你是不是胖了？"

斯巴达不解地低头，看了一眼自己的爪子。唔，被肚皮挡住了看不到。"那又怎么了呢？"他问道。猫咪长胖不是很正常的吗？胖胖的才有安全感呀。

戴麻薯眯着眼睛，晃了晃脑袋："唉，因为人类总是很担心我们会出现这样或那样的问题呀。在野外环境下，一只猫再怎么吃也很难吃出过界的体重来。然而，在人类的精心照料下，我们很可能会长成一只球。变成球的话，我们很可能会生病，无法灵活地活动也会很痛苦，所以适当减肥也是可以接受的啦。"

听到咪呜是为了自己好才不让自己多吃的，斯巴达决定不再计较，但难免还是丧气。难道自己以后都不能多吃了吗？喵呜，好痛苦呢。

戴麻薯见状安慰他："不用担心，你现在看起来也不太胖，所以不用太用功，意思一下，减个一二两，然后保持就可以。这样你的人类会很开心，一开心，说不定会给你买好吃的。而且你平时多活动一下，也是可以减肥的。看你运动量上去了，你的人类自然会考虑给你多加点粮食的。"

斯巴达闻言，心神大定。我得告诉咪呜我是一只有决心自己减肥的猫咪！

第二天吃饭，斯巴达照例将减肥粮一颗一颗数出来，放在食盆底部，还排得挺整齐。咪呜，你来看哦，这些东西，我不吃！他态度坚定。为了表示决心，斯巴达装模作样地凑到食盆里，然后用力打了一个喷嚏，一脸嫌弃地撇开头，扭过身体，用后爪子踢了踢食盆，发出咚咚咚的抗议声。小米糕老师如果看到了这场表演，应该会觉得欣慰。

辛勤看得好笑，伸手摸了摸斯巴达的圆脑袋："好了好了，你的观点表达得很明确了，我知道你不喜欢。可是不吃减肥粮，我们很难控制总的摄入量，这样你怎么减肥呢？”

不要摸我的脑袋，我现在可严肃了！斯巴达板着脸，伸出爪子，轻轻地将咪呜的爪子从自己的脑袋上扫下去。

辛勤不由得笑出声：“所以因为减肥这件事情，我们俩不能做好朋友了是吗？再也不能要好了吗？”他说着，摊开了自己的左手，掌心朝上摆在斯巴达的跟前。

斯巴达下意识地就将爪子拍上去，但很快就收了回来。你这样请求我的原谅也是没有用的，我要告诉你哦，我可不是一只随随便便就听人类摆弄的猫咪呢。爪子拿开啦，我的脖子好痒，这样我没办法严肃地讲话呢。如果你觉得我胖，我可以自己减肥！戴麻薯都告诉我了，运动也可以减肥的！

辛勤捏了捏斯巴达肉肉的脸颊：“在说什么呢？”

斯巴达从鼻孔里叹出一口气来，拿他的人类没办法呢。他抬起屁股，一阵小跑，来到咪呜收藏他的小马甲的地方。斯巴达已经知道了，如果要出门，他必须要穿上这个，牵着咪呜一起出去。家里好无聊的，咪呜我们出去玩吧。这样我就有运动了，你要答应我晚饭不可以少给我哦，我已经学会数数了，我可是会数的哦！

“想出门吗？”辛勤诧异地看着斯巴达的动作，觉得挺神奇的。他的猫看起来就像会自己思考问题，自己寻求答案。大概每个猫主人都觉得自己的宠物是最聪明的吧，就有点像为自己孩子感到骄傲的家长。他仔细看了看窗外的天气，还不错，虽然有些冷，但初春的阳光打在身上很暖和，是一个宜人宜猫的散步天气。

斯巴达牵着他的人类，走在长满青苔的石砖路面上，左顾右盼，神气十足。看哦，这是我的人类哦！没错，我又来遛我的人类了！

走了一会儿，斯巴达就开始觉得无聊，屁股往草丛里一坐，就不肯挪地了。辛勤没办法，只好就近找了个长椅坐下，远远地拎着绳子，让斯巴达自己在草丛里玩。他先是盯着斯巴达看了一会儿，确定没什么问题，拿出手机，开始刷消息。炒蛋已经给他留了一大串文字，辛勤扫了几眼，原来是炒蛋和另一位游戏主播就某个英雄的操作见解产生分歧，急需一位盟友，迫切地想要拉辛勤进入“战场”。他们讨论的话题倒是很有意思，辛勤没发言，但是仔仔细细跟帖看了起来。

刚看到精彩的地方，辛勤忽然心里咯噔一下，觉得有些不对劲，不由自主抬起头。斯巴达仍背对他坐在草丛里，低着头，不时抬爪子啪啪几下，不知道是不是又在抓小虫子。辛勤本想放下心继续刷手机，却不知为何，站了起来，走向斯巴达。

“饼饼，在干什么呢？”辛勤停在斯巴达身后问道。斯巴达闻言，回头冲他喵了一句。就在这时，辛勤仔细看了一眼草丛，不禁倒吸一口凉气。

斯巴达的跟前，盘着一条花斑长蛇，蛇身有一部分隐没在草丛里。蛇的头部立起，正对着斯巴达，冷冰冰地吐信子，发出嘶嘶的威胁声。

而他的斯巴达，还傻乎乎地扭头，认真地看自己。

辛勤一口气没吸上来，咳了几声。就在这时，那条蛇仿佛受惊一般，忽然解开身体，扬起上身，张嘴对着斯巴达就是一口。

辛勤的心跳一瞬间几乎停止了。

就在这一瞬间，狸花猫迅速回头，几乎是在同时，四肢发力，弹跳起来，完美地避开了花斑蛇的攻击。蛇一击不成，谨慎地摆回身体，继续挺着头部和斯巴达对峙。斯巴达歪着脑袋，四只爪子轻轻抓地，缓缓地抬起右爪，看似漫步进行，却瞬间爆发，以迅雷不及掩耳之势用力拍打了几下蛇头，将花斑蛇的攻势按下。花斑蛇瞬间矮了下去，缓慢地滑动身体，调整姿势。

远处，有几只流浪猫，或蹲或坐，安静地围观战况，似乎并不打算介入。

辛勤对蛇的认知有限，也不知道对方是否有毒，揪着心怕斯巴达被咬，又担心自己如果动作过大，会影响战局，反而使狸花猫陷入不利的局面。那条蛇看起来有将近两米的长度，一身花斑，很不好惹的模样。几番思量，辛勤果断掏出手机，打通保安室的电话，简单地说明情况。值班的保安很重视，称会马上联系林业局，让辛勤不要轻举妄动。

辛勤挂了电话，心想：我也不想轻举妄动，就是不知道我家的大饼同志同不同意。

对于狸花猫而言，大概蛇也不过就是它食谱上的一种，虽然不常吃，但也不见得值得害怕。看着对峙的情景，斯巴达和花斑蛇应该已经周旋了好一会儿。它收起爪子，后退两步坐了下来，看起来好像不怎么在意花斑蛇的样子，反而大张着嘴巴打了一个哈欠，眨了眨眼睛，似乎是困了。

辛勤不禁为斯巴达捏了一把冷汗。喂，你打架好歹真诚一点，万一对方出其不备，来一个奇袭怎么办？

仿佛是要印证辛勤的担忧，花斑蛇忽然竖起身体，猛地发起攻击，张嘴就往斯巴达的爪子上咬去。从辛勤的角度看过去，花斑蛇已然成功了。他下意识地想冲过去保护自己的狸花猫。斯巴达却比他反应还快，依旧是一个从容不迫的跳跃脱离了花斑蛇的攻击范围，再次挥动爪子，将花斑蛇打蒙了。

咪呜，你看哦，这是蛇，可以吃，好吃。我今天没吃饱，我们抓一条回去吧。喵呜。

斯巴达扬起脑袋，冲辛勤喵喵叫唤，还得意扬扬地甩起了尾巴。辛勤很想求求它，认真看着点，万一被蛇咬了该怎么办。

保安室的值班人员很快就赶到现场。保安小哥瘦瘦小小的，模样看着还挺年轻，大概是自己头一回处理这种意外，看起来比辛勤还没底气，看见花斑蛇后一直在抖，说话都不利索了："这，大哥，你的猫，猫……

能打赢吗？”

辛勤只好朝他笑笑。他也不敢肯定，但现在这种状态，他不好擅自去动斯巴达。斯巴达看似不在状态，但辛勤相信，它此时一定是紧绷的备战中，对方的一举一动都在它的掌握之中，不能随意被干扰，万一那条蛇趁斯巴达分神咬上来……辛勤将这个可怕的想法抛诸脑后。斯巴达很厉害的，他一定不会有事。辛勤紧紧地盯着那条花斑蛇，在注意力高度集中的情况下，他反而冷静下来。这就像在游戏里，需要随时分析眼前的状况，得出最有利最符合逻辑的结论，并实施。如果花斑蛇咬上了斯巴达，斯巴达大概会本能地逃窜。他需要控制好斯巴达的牵引绳，在慌乱中迅速帮他的狸花猫摆脱花斑蛇的桎梏，同时也要注意控制力度，以防斯巴达被牵引绳勒伤。

小花园里的这点动静很快就引起路过居民的关注。尽管蛇的出现引起了小小的骚动，但一只狸花猫对战花斑蛇的精彩赛事还是吸引了很多人驻足围观，不少人都掏出手机，录下这难得的画面。人一多，流浪猫就散尽了，形成一圈人包围一猫一蛇的奇怪局面。辛勤有些哭笑不得。

花斑蛇大概是无心恋战，几番想逃离狸花猫的视线范围，都被斯巴达拦截。花斑蛇已精疲力竭，攻击的次数逐渐减少，力度也明显下降。然而斯巴达仍兴致盎然。它不紧不慢地调整自己的步调，不断攻击花斑蛇的头部，甚至有好几次还试图咬住花斑蛇的头部。而最后一次，它成功了。

人群发出一阵惊叹。

斯巴达用嘴叼起花斑蛇，拖着长长的蛇尾巴，昂首挺胸，蹦蹦跳跳地跑到辛勤身边，似乎是想把蛇交给他。

保安小哥目瞪口呆，诧异得合不拢嘴：“那，那什么……林业局一会儿就来人，这蛇，蛇还是得上交国家的。”说罢，他下意识地俯身，伸手拉住蛇尾巴，想将花斑蛇从斯巴达嘴里抽出来。

斯巴达没有松口,对着保安小哥龇牙,压低身体,发出威胁的嘶吼声。

花斑蛇似乎并没有死透，仍不时抽搐身体。这种情况下，辛勤也不敢让斯巴达松口，只好陪着狸花猫，共同守护它的狩猎成果。斯巴达紧紧靠着辛勤蹲了下来，一动不动地盯着保安小哥，看得对方心里直发毛。

所幸林业局的工作人员很快就赶来，并带来了专业的捕蛇工具。他们告诉辛勤，这条蛇应该是王锦蛇，虽然凶悍，但是无毒，这让辛勤松了好大一口气。

但是斯巴达不高兴了，自己肚子饿，好不容易打了一条蛇，咪呜居然送人了！哼!

辛勤用了好大一块零食，才哄好生气的狸花猫。好吧，今天的减肥计划算是泡汤了，我们吃饱了，明天再减吧。

和体重做着斗争的一人一猫不知道的是，斯巴达大战王锦蛇的视频已经被传到了网上，并快速传播，成为一时热点。

现代社会的猫，最缺乏的是什么精神？对，匠猫精神！一只猫，会抓老鼠，会捕蛇，还会把猎物拖回家交给主人，看起来比四肢退化似乎只会卖萌的宠物家猫要有魅力多了！这才是当今社会的猫才！这个观点一呼百应，被网友们迅速转发，广而告之。

而作为匠猫主人的辛勤，也在不经意间，又红了一把。

KUWEI
酷威文化
图书 影视

猫的遗产

画眉郎——著

（下）

江苏凤凰文艺出版社
JIANGSU PHOENIX LITERATURE AND ART PUBLISHING, LTD

目录

Contents

Contents

CHAPTER 36

偶遇外教

作为一只名流猫，斯巴达仍要面对减肥饿肚子的厄运。为了争夺自己的吃饭权，斯巴达用尽各种方法，可以说是将课堂里习得的知识真正学以致用了。他几乎每天都要给咪呜表演一场戏剧，还要出卖自己的毛肚皮，甚至要像一只小猫咪那样抱着咪呜撒娇。

可惜，通通不管用!

为什么会这样呢？从咪呜的表现来看，他明明很喜欢我的。斯巴达百思不得其解。

除了生活上的烦恼，初中生饼也有学业上的担忧。当然，他上中学的日子可比小学时要好过多了。可能是学久了，自然而然会总结出适合自己的高效学习方法，斯巴达再也没有胆战心惊地备考过，大大小小的随堂测试一般都能及格通过。虽然及格这个水准也不高，但低空飞过也是飞过，甚至可以说更需要控分的高级技巧。对此，斯巴达对于自己的学习情况还是表示基本满意的。

最开心的是，斯巴达通过学习获得了一些真正有用的知识。比如在人类心情理疗课上，斯巴达学会通过人类发出的声音、脸上的表情，以及做出的举动来判断人类的心情，从而选择恰当的方式，让人类重新放松下来。他学会最有用的一招就是喵喵按摩术，其实动作要领很简单，就像他小时候用爪子踩妈妈的乳房那样，轻轻地踩人类的肩颈部分，或者其他方便的部位。斯巴达有一次趁咪呜玩游戏，认认真真地给做了一套按摩操，咪呜可是感动得抱着他亲亲呢，真是好玩。

猫咪语文也挺有趣的。斯巴达以前不识字，猫咪文字对他而言，就像人类的字符一样，毫无意义。通过大半个学期的语文课程学习，他已经基本掌握猫咪文字。现代猫咪文字，是在人类现代文字的基础上革新发展而来的，简单易懂，极好上爪。对于能随时接触网络的猫咪而言，文字可以通过脚踩键盘来输出。猫咪文字的好处之一就是，于人类看来，猫咪们不过是在键盘上乱踩一气，无意中输入了乱码字符。殊不知，猫咪们在这些看似乱码的字符中，已经传达了许多重要的内容。他们甚至设立了世界猫咪论坛，通过输入特定路径联网即可登录。网页都是仅对猫咪友好的，就算哪只人类不小心登录，也会不知所云，误以为是被病毒侵占的恶意网页，会迅速离开。猫咪们通过这个小小的技巧，已经在人类浩瀚的数字网络中占据一席之地。

当然，猫咪语文也有难的地方。对于斯巴达而言，最难的部分莫过于字义翻译。由于猫咪文字中输入时能使用的字符有限，而需要传达的意思又很多，因此从文字翻译成日用口语，是一件相当耗时且需要极高语言天赋的工作。斯巴达还记得，以前他们镇上的那只王秀才就是个很厉害的猫咪文字翻译官。而本身缺少这部分天赋的斯巴达，做起转换翻译工作来难免磕磕巴巴，勉强达到及格线。

斯巴达主要担忧的是比较特殊的科目。

首当其冲的就是舞蹈课。斯巴达原先选择舞蹈，初衷完全就是想逗咪呜开心。上了课才发现，猫咪跳舞比他想象的难多了。就说肚皮舞这一项吧，要求猫咪两脚直立，不停地交换双腿重心，从而达到扭动腰肢的目的。这个基本动作至少要坚持十五秒。斯巴达每次都练习到几乎脱力，两股战战，连尾巴都甩不起来了。每到这个时候，他就后悔自己的选课决定。唱歌就比学舞蹈要好，葱包烩那个小胖子就选了声乐，据说学得还挺好，学期过半，就已经学会喵喵之歌了。葱包烩还偷偷和斯巴达说，他挺喜欢唱歌的，打算以后如果能考上大学，他就去进修音乐，要走死亡金属路线。

死亡金属是个什么新鲜东西，斯巴达并不知道。但得意扬扬甚至一夜之间就找到了猫生追求的葱包烩让他心里有点不平衡呢。不过听到葱包烩的蛋蛋也没有了之后，斯巴达还是勉强开心了一些。

唉，早知道我就去学声乐了，这样下一次咪呜唱歌，我还能和个声。现在我能做什么呢？伴舞吗？

斯巴捂着软绵绵的肚皮瘫坐在沙发上，陷入纠结的沉思之中。

还有一门让他烦恼的科目就是抓老鼠了。

这说起来实在可笑，一只狸花猫，怎么可能被抓老鼠难住呢？可怪就怪在，这门课毫无难度，每天上课，老师不见猫影，留一课堂的猫咪自己瞎琢磨，上课玩，下课打个卡就行。斯巴达玩了几节课，就开始心慌了。毕竟他是一只成年猫咪，和那些只会嘻嘻哈哈的猫小子不一样，想法也更复杂一些。他暗自猜测，大概这门课就是不看平时表现，等期末的时候来一个重点考试，一次断生死。这可比定期有大小作业随堂测验的正常课程难多了，不定因素太大，一不小心就挂科。虽然作为选修课程，抓老鼠这门课不影响其他主课的考试，可是它的得分会影响综合测评呀。

斯巴达紧张过一阵，但毫无结论。连戴麻薯都不知道是怎么回事，毕竟在他上学的那个年代，还不曾开设抓老鼠这样跟门废课差不多的科目。

“现在的课程越来越丰富啦，讲究综合素质和兴趣开发。可是毕竟教学资源有限，做不到每门课都精彩。”戴麻薯这样告诉斯巴达，“所以也不用担心啦，哪怕期末考试很难，可是你还会怕抓老鼠相关的测试吗？”

不得不说，戴麻薯还是很会安慰人的。斯巴达其他不敢说，打猎这件事情可一直是令他骄傲的特长。就说前几天吧，他还打了一条蛇呢，如果带回家，可以吃好几顿，还能喂咪呜。

唉，一想到那条蛇，斯巴达就开始生闷气。咪呜真是的，怎么就把蛇送给别的人类了？难道是那些人类在欺负他？哎呀，好气呢，当时要是不那么轻易妥协就好了。咪呜都没有尝过他抓来的新鲜的蛇肉呢。

想到咪呜，斯巴达再也坐不住了，在房子里转转悠悠，终于在卧室里找到他的人类。咪呜躺在床上玩他的手机呢。斯巴达划拉了下四肢，倏地一下跳上床去，踩在了咪呜的胸口。

“饼饼，你知道自己现在有多重吗？”辛勤一边说，一边翻身，伸手将斯巴达捞进两臂之间，眼睛始终不离手机。

咪呜，你在做什么呀？斯巴达好奇地凑到人类的手机屏幕上。手机屏幕比平板可小多了，看起来有些吃力。不过斯巴达很快就意识到，咪呜的手机里面有自己，呀，是我呢！唔，还有那条没吃到嘴的蛇。

辛勤拿下巴蹭了蹭斯巴达的脑袋顶，用手指点了点屏幕上的狸花猫，轻声和斯巴达说话：“你看，这是你。有人把你和蛇打架的过程录下来，放到了网上。他们都夸你厉害，夸你好看。”

斯巴达歪着脑袋，津津有味地观看起自己揍蛇的录像视频。我还真是可爱呢！斯巴达伸出爪子，拍了拍手机屏幕，让视频暂停。嗯，欣赏一下我厚实的背影。唉，可惜当时光顾着想蛇肉吃，没注意到有镜头。这个角度不够有镜头感呢，如果我的脸能侧过来一些，就更好看啦，毕竟我有一只好看挺直的鼻子。斯巴达一边感叹一边伸爪子拍击屏幕继续播放视频，不一会儿又暂停开始做自我评价。这都是摄影课上学过的理论知识，果然在实际运用中，还有很多待提高的空间。

辛勤在一旁看得有趣，以为斯巴达是在玩。他伸手掏出自己的第二只手机，将斯巴达观看自己大战花斑蛇视频的过程录制下来，发在微博上，并配上文字：认真做赛事回顾，一只敬业的散打冠军。

斯巴达停停放放，总算是将自己的英姿完整地欣赏了一遍。他用爪子推开咪呜的手机，仰头去看自己的人类。咪呜，我无聊了，我们出门去玩吧。这次如果还有蛇，我抓到了的话，可不能再送给别的人类了哦，我们说好了哦。

自从驯服了恶犬和猛蛇，斯巴达在小区里已经是家喻户晓。他是居民中饲养的为数不多的狸花猫，更是唯一一只会出门遛人类的猫，有着瞩目的大脸盘和刀疤眼，一走在路上，立刻就被人认出来了。有人要求合影，有人要求捏脸，斯巴达只能艰难地带着他的人类逃窜。

走了好一会儿，辛勤抱着斯巴达坐到石头椅子上休息，又是那棵梨花树。时值三月，一树白花。斯巴达似乎很喜欢这棵梨花树，每次散步路过，都要跑到树桩边，蹭一蹭，嗅一嗅，就像见到一位老朋友。

辛勤摸着怀里的毛球，心思随意飘散。他想，斯巴达在没有遇见自己之前，都在什么地方呢？有着什么样的境遇？是不是每天也无忧无虑的？

斯巴达安安静静地给自己舔毛，顺便把咪呜的手指头也舔了一遍。

一人一猫正无所事事地消磨春日时光，一只热闹的队伍忽然闯入了他们的世界。这支队伍由一人两狗组成。牵绳的是一位年轻的短发女孩，带着一条白色雪纳瑞和浅色哈士奇。哈士奇看着身量还小，又赶上了尴尬期，看起来就像秃了一般，穿着一件桃红色的绒毛背心。它正是活泼好动的年纪，嗷呜嗷呜叫唤不停，见到斯巴达更是欢腾不已，它的主人都快牵不住了。另一只雪纳瑞倒是很沉稳，见主人停下，就安安静静地坐下来，目不斜视。

辛勤认出了狗主人，她就是之前想要送斯巴达锦旗的那位女士。显然对方也认出了他，热情地打招呼："你好呀！这是斯巴达吧，好可爱呀！"她笑嘻嘻地和斯巴达打招呼，回头就踹了一脚哈士奇，大声呵斥，"张铁军你给我坐好！"

名为张铁军的哈士奇呜呜唧唧，心不甘情不愿地伏身在地，两只前爪搭在嘴巴上，一双眼睛直直地往上瞅，露出大半的眼白，看起来有几分可怜又有几分蠢。

狗主人不好意思地冲辛勤笑了笑："抱歉呀，太二了。之前都忘了自我介绍了。我叫张一，你叫什么呀？"

"辛勤。"

两人算是正式打过招呼。张一对斯巴达好感度爆棚，见了它就直呼可爱，一直想要伸手去摸摸斯巴达。看见主人这么激动，张铁军也开始摇头摆尾，想要凑上来。只可惜斯巴达始终抬着爪子，一副生人勿近的模样，对付哈士奇更是毫不留情，直接就上爪揍。

辛勤赶紧将斯巴达抱紧，收好它的爪子。斯巴达不开心地喵了一声，辛勤低头轻声安抚它。

见斯巴达在辛勤怀里这么乖，张一心痒痒，羡慕极了："唉，还是养猫好呢。我本来也想养一只来着，就这二货。"她埋怨地瞥了一眼张铁军，"太皮了，怕它伤害到小猫，还是等二货大一点再说吧。"

辛勤道："哈士奇也挺可爱的。"

张一一脸嫌弃："可爱什么呀，精神污染一条。要不是朋友送我的，早就下酒了。"尽管嘴上这么说，她还是满怀爱意地搓了搓哈士奇的脑袋，换来了一顿热情的扑腿。

趁人类们在说话，窝在咪呜怀里的斯巴达打了一个哈欠。那只蠢狗应该对咪呜构不成什么威胁，要不要趁机补个觉吧。他正想着，忽然听见有人在喊他的名字。斯巴达睁开眼睛，瞥了一眼下头。

原来是那只雪纳瑞。

雪纳瑞名叫张建国，是一只五岁大的黑白色公狗，立着两只大耳朵，毛发被修得整整齐齐，穿着蓝色的绒毛背心，看起来很精神。他的眼睛和毛发几乎融为一体，但斯巴达仍能感受到雪纳瑞的眼神。

斯巴达哈了一口气，疑惑道："你是谁呀？你怎么知道我的名字？"

张建国似乎有些不好意思，抖了抖耳朵："我是你的老师呀。"

咦？斯巴达忽然就精神，直起身体，来来回回打量那只雪纳瑞，一脸狐疑。什么老师？

张建国更加窘迫了，提醒道："我是你抓老鼠那门课的老师。"

斯巴达整只猫都不好了。什么？猫咪抓老鼠的科目居然是由一条狗来教的！

张建国结结巴巴地解释，猫和狗之间，虽然语言并不通，但彼此简单的交流还是可以的，更深入的交谈就没办法了。幸好张建国的猫普还不错，这让斯巴达对他所说的话有了几分信服。但是狗教猫抓老鼠，简直是天下奇谈，闻所未闻。

张建国倒是很淡定："其实雪纳瑞也是工作犬，我们以前也专门给人类抓老鼠来着。"

斯巴达对此嗤之以鼻。

"唉，其实吧，是你们猫咪教育发展得太快了，师资队伍不够庞大，很多课程都找不到老师来教课，因此请了很多外教来支援。不仅仅是我呢，还有很多猫咪课程的老师也是狗狗，有些甚至是鸟类来教授的。这没什么好奇怪的。"

斯巴达委顿不已，原来猫咪的教育事业已经严峻到这种地步了吗？难怪抓老鼠课上，老师从头到尾都不出现呢。想到这里，斯巴达又觉得很不甘心，一个都不需要露脸的老师，也太好当了吧。对于张建国的教学水平，斯巴达表现出了明显的质疑。

张建军偷偷看了一眼他的人类，没有发现任何异常，这才又转头和斯巴达说话："哎呀，其实我也不是特地不露脸的。只是很多猫咪都很骄傲的，如果被他们发现教授课程的老师是狗狗的话，他们会很崩溃的。所以非到万不得已，像抓老鼠这样的选修课程，我们能不出现就不会出现的。反正你们不用教，自己也会抓老鼠了。说实在，绝大部分选这门课的猫咪都会抓老鼠，甚至是抓老鼠高手，为了给自己拉分才选修的。由谁来教，实在没什么紧要的。"

这一句倒是戳中了斯巴达的小心思。他眼神飘忽，装作很不在意的样子，说道："那是当然，我们根本不用学。算啦，反正只要不影响我毕业，管他谁教呢。"

这时，那只讨猫厌的哈士奇挤了过来，呼呼哈气，说着别扭的猫普："学习学习！铁军也学习！"

张建国慈爱地拿爪子揍了一下哈士奇的脑袋："嗯，对，你要好好学习。"见斯巴达好奇，他解释道，"和猫一样，我们狗狗也有自己的教育机制，只不过不同于你们的现代化教学，我们大多数都是家里教。现在猫普作为一门外语，在狗狗中间很流行呢。铁军就特别喜欢，第一门选课就定下了猫普。虽然他学得不算特别快，但是很用功呢。"

斯巴达暗自嘲笑，蠢死了，看样子估计是学不会了。

张铁军浑然不觉，依旧疯狂地摇尾巴，试图邀请斯巴达下地来玩。斯巴达对他的邀请不屑一顾，扭身将脑袋埋进咪呜的怀里。

张一见到斯巴达这个举动，羡慕地长叹一声，赶紧掏出手机，给斯巴达拍了几张照片。拍完还不过瘾，趁斯巴达后脑勺对着她，迅速伸手摸了一把斯巴达的后背。毛毛好软好舒服，和狗毛摸起来一点都不一样！张一心都化了，翻开包，只见她从包里掏出一只白色的毛绒兔子玩具，拿在手上挥了挥，冲斯巴达说道："斯巴达你看，这是兔子！好玩吗？想要吗？"

辛勤咳嗽了两声，由于是他抱着斯巴达，正对着跟逗孩子一样的张一，辛勤还有点尴尬。他和斯巴达说话，很少会用这种语气。但对于喜欢猫狗的人而言，和宠物说话用上孩子气的口吻，是再自然不过的一件事。

见高冷的斯巴达瞥都不瞥自己一眼，张一嘟着嘴，有些丧气，转头将兔子塞给了辛勤："这个送给斯巴达吧。是宠物玩具，还是新的哦，二货和建国都没咬过，没有口水，放心吧。"

辛勤哭笑不得，代斯巴达收下了。

别看斯巴达当下嫌弃得不行，正眼都不看一下。等张一带两条狗离开，他立刻扑倒毛绒兔子，将它当作猎物，恶狠狠地抓了几下，一口咬住兔子的喉咙位置，叼了起来。

毛绒兔子大概有斯巴达的两个脑袋那么大，几乎都挡住了它的视线。幸亏兔子比较轻，斯巴达叼着也不难受。大概是真的喜欢，它叼上就不肯松口。辛勤由着它去，就是看着一团毛茸茸叼着一团毛绒绒，得意扬扬地甩着尾巴一路走回家，实在令人忍俊不禁。辛勤将斯巴达叼毛绒兔子的模样也录了下来，放在微博上，配文：大王抢了一位压寨夫人，开心。

等回到家，辛勤一刷新微博，发现粉丝数量突破五十万了。为了庆祝自己的粉丝数量达到五十万，在无数粉丝的强烈要求下，辛勤特地录制了一期答谢视频，达成了一日二更的成就。

"各位观众朋友，大家早上好，中午好，晚上好。作为一个半路出家的萌宠博主，今天的视频就是回归正业，教大家怎么才能养出一只像斯巴达这样的猫咪。因为是实用教学视频，请大家提前做好笔记。"作为福利，辛勤这次没有戴口罩出镜，穿着简单的休闲衣裤，站在镜头前，一本正经地讲解道。

"当然，不用紧张，因为步骤非常简单，只有一步：首先，你得拥有一只斯巴达。怎么拥有呢？简单的召唤就可以了。"辛勤说罢，冲房门口大喊了一声，"斯巴达——"

门口传来模糊的咚咚咚声响。不一会儿，一只毛茸茸的圆脑袋从门缝里挤了进来。斯巴达歪歪头，疑惑地盯着辛勤看。

咪呜，叫我干什么呀?

“饼饼，过来。”

斯巴达张大眼睛，依旧看着辛勤，站着没有动。

斯巴达安静了片刻，忽然喵呜一声，缩了回去。没过一会儿，它叼着毛绒兔子从门缝里钻进来，一路小跑，迅速跑到辛勤面前，跳进他怀里，将毛绒兔子放到辛勤的手心里。

咪呜，你喊我做什么?呼噜呼噜。

“好了，今天的教学视频就到这里了。是不是非常简单，包教包会。心动的话，赶快实践起来吧。下期节目还会再教大家一些实用的养猫小窍门，我们不见不散。”

……

——大骗子，怒取关!!!

CHAPTER 37
一路高歌

一大早辛勤醒来的时候，就发现有点不对劲。斯巴达不在他的怀里，也不在枕头上，甚至不在房间里。斯巴达自从来他家里，晚上就没有睡过自己的猫窝，一直都是陪他睡的，好在第二天早上踩醒他。今天他居然没在，辛勤有点适应不过来，缓了好久才清醒过来。

辛勤穿好衣服，一边疑惑一边开门，才踏出一只脚，就发现斯巴达正端端正正地坐在房门口的门垫上，仰头看他，嘴角的线条抿成一道微笑。

咪呜，你起床啦！

辛勤忍不住也笑起来，蹲下去摸了摸斯巴达的脑袋："今天这么乖？"

咪呜，我马上就要初中毕业考试咯，我很快就能上高中了呢。你开心吗？

辛勤凑上去亲了一口狸花猫："我刷完牙给你弄吃的。"

辛勤站在浴室的洗脸池前洗脸刷牙，斯巴达就一直坐在他的脚下，抬头目不转睛地盯着他，尾巴缓缓地左右划动，看起来心情很好。

不同于小学考试时的忐忑不安，斯巴达在初中课程中耗费了更多的心血，学得更加认真也更有目的性，因此对于初中的毕业考试，更多的是期待而不是担心。一想到自己如果通过初中考试，就能成为高中猫，离上大学的梦想更进一步，他就兴奋得整夜睡不着觉。

开心吗？开心吗？斯巴达来回蹭咪呜的裤腿，想要把自己的心情分享给他。咪呜温柔地抱着他，斯巴达开心得想要唱歌。

喵呜，原来生活有了目标，是这样一种愉快的感觉。当你能确认自己的每一步都在朝前走时，那种不管做什么事情都动力十足的劲头，就像在冬天里迎着太阳走，丝毫不觉得冷。

这种热乎乎的劲头，在看到依旧减量的早餐后，低沉了下来。斯巴达拿脑袋抵着食盆，无声抗议。咪呜，我是考生，我需要营养呢！

辛勤盘腿坐在斯巴达身边，摸着他的猫脑袋，试图和斯巴达讲道理："你看这张图片，"辛勤从手机里调出那张猫咪体型对比图，"你现在还在4的位置，我们要再努力。我不要求你减到3，但是我们要保持在3.5这样。嗯？"

看不懂，不看！

斯巴达撇开头，拿屁股对着咪呜。然而，不管他怎么抗议，过了一会儿，瘪瘪的肚子还是迫使他再一次妥协了。喵呜，我还是很喜欢我的猫粮的，虽然它很少。咪呜一直在旁边守着他，直到看他把食盆都舔干净。

"没吃饱吧。"辛勤伸手摸了摸斯巴达的肚皮，不知道是不是他的错觉，总觉得比之前要紧实了些，"没吃饱中午再吃点草吧。"

斯巴达偏爱狗尾巴草，这东西小区里就能薅一大把。辛勤每次都会给他摘新鲜的，洗好，码得整整齐齐地送到斯巴达嘴边。斯巴达磕完草，还知道跑到猫砂盆里吐毛球。辛勤追着他，用湿纸巾帮他擦干净。收拾完毕，斯巴达仰面窝在辛勤的膝盖上，让辛勤给他揉肚子。

喵呜，舒服呢。

辛勤一边揉猫肚皮，一边刷微博。每天登录微博，辛勤都能感受到斯巴达是真的火了。最明显的特征就是，有关斯巴达的表情包开始泛滥了，代表作就是"是我大饼的爪子钝了还是你飘了"，"猫生还缺个扒蒜小妹”和“大哥在暗中观察”。说来也神奇，斯巴达原本拍照还是挺正经的，后来不知怎么的，每次上镜都神色飞扬，表情特别丰富，看起来有趣极了。每次只要辛勤一放图片，评论区就会被新鲜出炉的表情包淹没。

这么想着，辛勤决定给斯巴达再拍一组照片，作为今天的午安图。他一拿起手机对准斯巴达，他就倏地睁开眼，歪头看了看，然后迅速爬了起来。辛勤原以为斯巴达不乐意拍照，没想到斯巴达走走停停到了客厅的另一头，扭身看他，然后重新从那一头走向他。这走路姿势怎么说呢，和斯巴达以往的画风大不同。斯巴达以往走路都会带点小外八，颇有气势，现在走路却四只爪子走成一道直线，腰肢一扭一扭的，配合尾巴的动作，看着还挺妖娆。

咪呜，看我这猫步还标准不？我从舞蹈课上学的，老师说猫咪就要走猫步才优雅……哎哟，踩爪子了。咳咳，重新来。做猫嘛，就要融会贯通，哇，这个词好高级呀，我居然说出来了，嘿嘿，我语文真好。舞蹈课上学的知识也可以和摄影课上的知识结合起来，这样我是不是可以更有人气呢。咦，咪呜，你怎么不给我拍照呀？

辛勤眼见斯巴达走到半道又咚咚跑回去重新走了一遍，忽然有种感觉，也许狸花猫不是不想拍照，只是想拍特定造型的照片吧。辛勤觉得又诧异又好笑，干脆举起手机，录成小视频，发到网上。

斯巴达扭完猫步，小跑到人类身边，两只前爪搭在咪呜的爪子上，站立起来，一边甩着尾巴，一边凑到手机屏幕上。咪呜咪呜，看看是不是有更多的人类喜欢我啦！

辛勤挠了挠斯巴达的脖子，在他的脑袋顶上亲了一口：“今天的饼饼也很棒。”

我很棒呢，我听懂了哦。斯巴达的尾巴甩得更加欢实。哦哦，我知道怎么攒人气了，哎呀，我学过的。

斯巴达用爪子不停地挠辛勤的手机，似乎很感兴趣。辛勤把手机扔给斯巴达，让他自己玩，起身收拾垃圾去了。养猫之后，他比以前更加爱干净，为了猫咪的健康，猫主人总是需要付起更多的责任。

斯巴达用爪子抱住咪呜的手机，贼头贼脑地偷看了几眼在忙碌的人类，确定他没有在意自己，斯巴达轻车熟路地打开手机，用爪子按出照相功能，调整为自拍模式。然后他拖着手机来到阳光充足的角落，侧躺在地毯上，找到一个最合适的角度，抬起眼皮，眨眼，按下快门。

很好，这张照片看起来很可爱呢。再来一张。

啪啪啪，斯巴达连续给自己拍了十几张，终于满意了。这时，他看见咪呜在朝他走过来，赶紧用腿蹬了蹬手机，装作毫不知情地玩耍的样子，还伸了一个大大的懒腰，整个腰背后仰，形成一个完美的弧形。咪呜，你快看我的毛肚皮呀。

辛勤从斯巴达的屁股底下抽出手机，摸了一把他的花肚皮：“这么胖还练习下腰动作，小心抽筋。”

斯巴达快速翻折身体，用四脚抱住人类的爪子，轻轻蹬了蹬。

辛勤打开手机，发现正处于自拍模式。他觉得有些奇怪，翻开相册，不禁笑了起来。

下午太阳特别暖和，斯巴达牵着咪呜走了一会儿，回到家觉得又热又渴。他决定去喝点水，顺便复习一下家电使用课上的知识。斯巴达来到咪呜的浴室，眯着眼睛观察了一会儿洗手池，后腿一蹬，跳了上去，将自己蜷成一团，塞进水池里。除了一些挤出去的毛毛，大小还是挺合适的。斯巴达开心地晃了晃脑袋，用爪子一拨，打开水龙头，控制好水流，以能成柱为准，力度合适。细小的水柱子打在他的脑袋顶，炸开，水滴顺着毛毛往下淌。斯巴达伸出爪子接了几滴水，舔了舔，好喝。

经过老师的指导，斯巴达对于水已经不是那么恐惧和无措，而且采用这个姿势，整个身体都能窝在一个安全封闭的圈里，四肢稳当，丝毫没有在水里的不安感，这让斯巴达很放松。

我真是一只学以致用的好猫咪呀，我一定能考过的！

我要上高中啦！

“辛大饼，你看看你的毛，都湿了！”

嘿嘿，咪呜一定也很开心。

小区里的梨花落下一地白，人间终于来到最美的四月天。辛勤把冬天用的被褥都洗干净晒好，放到柜子的最底下。斯巴达偶尔还会进去打个盹，回味一下暖烘烘的冬天，每次都会被辛勤拎出来。地毯上，沙发上，空气里，到处都飘着细小的毛毛！不知名的树苗抽了新芽，不知名的小虫子在上头飞啊绕啊。松鸦先生也回来上班了，还给斯巴达送了一颗过冬剩下的松果。

斯巴达也终于迎来了初中生毕业考试。

大概是心理状态可以影响猫的物理发挥，等到了考试的那一夜，斯巴达昂头挺胸，一路上斩关过将：这题，不会写，过；那题，不会写，过。当然，最后会写的题目数起来还是要比不会写的多。对比一下同班同学，斯巴达对此已经很骄傲了。

整个考试时长两个小时，所有科目都混杂在一起考。除了客观题，初中毕业考还增加了现场实操题，系统会随机出示考题，学生临场发挥进行表演，由四位评审打分。

轮到斯巴达上场时，他看到场上四位评审都是科目老师，有小王子、小米糕、煤球、和……张建国？

喵呜，今天难道还要考抓老鼠吗？斯巴达暗自对由一位外籍老师来评分有些不满。当然，论抓老鼠我是不会输的！

四位老师围成一个圈，或坐或立，静静地盯着斯巴达。斯巴达倒是一点也不怯场，胸脯挺得高高的，打了一个大哈欠。很快，系统的提示音响了起来：请模拟一种境况，运用所学知识进行阐述或表演，时长一分钟，准备时长五分钟。主题为“我的人类抛弃了我，我会如何”。计时开始。

喵呜？咪呜抛弃我？斯巴达瞪大眼睛，不安地晃了晃脑袋。这算个什么题目呀，太坏了！咪呜才不会抛弃我的，哼。

猫咪的智力经过系统的教育训练会有所提升，他们对于自身处境和大环境的理解会更加透彻，而更加贴近人类习性的教育体系，一定程度上会改变猫咪的情感模式，鼓励他们用更加人性的方式进行思考，产生感情。

当一只猫咪选择和一只人类共同生活在一起时，他们是平等的，猫咪接管了人类，人类也担负起日常照顾的责任。然而猫咪是非常自我的种族，他们享受生活，喜欢生命呈现出他们喜爱的美好的样子，同时，他们也乐于帮助人类意识到这样生活的好处。如果一只人类无法满足他们的需求或是不再热爱生活，猫咪通常不会留恋，如果有机会，他们便会永远地离开。

但是，随着猫咪受教育程度提高，他们越来越能够理解人类的情感，从而产生的情感牵绊将越强烈。如果有一天，人类选择结束这种共同生活的模式，对于一只猫咪而言将会是一场大麻烦。他们需要从原有的生活剥离出来，形成新的模式，这对于总是喜欢固定行为模式的猫咪来说是一场严峻的挑战。他们需要迅速忘记原先的人类，投入生存游戏之中。

在年纪越小的时候接触到人类，和人类生活的时间越长，这个过程就越痛苦。

猫咪教育希望所有的猫咪学员不仅能够获得更多的知识，增长生存技能，还能够更加成熟理智地处理自己的情感。

煤球老师温和地开口提醒道：“请开始你的表演。”

斯巴达犹豫地看了一眼楼上，他还能听见咪呜入睡时舒缓悠长的呼吸声。他慢慢开口道：

如果，有一天

我离开了我的人类

我想，那一定是身不由己

我生来就有毛毛

我生来就有爪爪

但我并非生来就拥有我的人类

我想，失去是正常的

那一定不会是抛弃

那一定不会是破裂

我想，那一定是我和我的人类靠得最近的时刻

因为我们一样伤心着

但是，如果，有一天

我真的离开了我的人类

我不声不响地，小心翼翼地

从来时的路，返回

我拥有厉害的本领

我不会以痛苦为生

我不会需要另一只人类

我不会放弃我的生活

咪呜

我会在远方继续想着我的人类

斯巴达的表演结束后，考场上有片刻的沉寂。四位老师仍目不转睛地盯着斯巴达。斯巴达顶着巨大的压力，总结道："以上就是我针对考题所作的诗歌朗诵表演，谢谢！"说罢，他想表演一个鞠躬的姿势，一不小心，头重脚轻栽了跟头，打了个滚滚直接四脚摊开趴在地上。

……

小米糕老师打破沉默，用力地挥舞两只前爪：“Good！这首现代诗歌简直很完美了！我觉得可以推荐给猫咪出版社。”

煤球老师也表示肯定：“写得非常好，有人类现代诗歌的风采。我们的人类语课程并没有深入诗歌这种高深的内容，能有这样的造诣相当不错。”

小王子老师接着说道：“台风也相当棒哦，声情并茂地表演的同时没有忽略观众的感受。”

忽然意识到自己要做总结陈词的张建国老师瞬间紧张起来。他吐着舌头，左看右看，最后汪了一声结束了本次考试。

斯巴达后来才知道，他的那场表演获得了四爪半的高分，位居现场实操题表演的第一名。

不过，当时的他并没有沉浸在老师们的夸赞中。这道莫名其妙的考题，忽然搅乱了斯巴达的内心。他不是一只多愁善感的猫咪。他只是忽然想到，在很久以前，有一次他去看自己的妹妹咪咪，咪咪告诉他，隔壁有一只长毛白猫因为生病被人类赶了出去。猫咪和人类彼此的契约似乎并不是天长地久的，猫咪总是会先老去。虽然他现在是一只健康的猫咪，但如果有一天，他老了，生病了……光是想想，斯巴达就觉得难过。

喵呜喵呜。

斯巴达窝在沙发上，不知不觉睡着了。第二天，他醒来得比平常晚一些。他入睡时，因为伤心，是蜷缩着身体睡着的，醒来发现自己不知不觉又摊开肚皮仰面睡了。肚皮上还盖着一只小被子。咦，是咪呜！

斯巴达清醒过来，翻转身体，趴在沙发上，看见咪呜正在阳台上将洗干净的兔子玩具挂起来晾晒。他用夹子将两只兔耳朵夹起来，放在自己的白色衬衫旁边。风一过，兔子屁股一摇一摆，看起来可笑极了。客厅里开了通风窗，纱窗并不能阻挡春日柔和的微风穿堂而过，微风带来了微醺的花香味，似乎是梨花香。

斯巴达的心情忽然就舒畅起来。咪呜是世界上最好的咪呜！如果时光只能是短暂的，我会让他在这短短的时光里，天天都这么开心。斯巴达甩掉身上的小被子，咚一下跳下沙发，小跑来到阳台的落地窗前。

咪呜，早上好呀！

辛勤听见动静，回头，看见他的狸花猫仰头冲他喵喵叫，不由笑起来："早啊，小懒猪。"

斯巴达这一天都很黏人。他贴着辛勤的脚边走路，监督他吃饭，围观他去浴室，还会跳上他的肩头，趴着看他打游戏，喵喵喵唱着不知名的歌。

晚上游戏直播的时候，粉丝们抗议说很久没看见大饼甚是想念。辛勤看见评论的时候，斯巴达正圈住他的脖子伪装围脖，毛尾巴耷拉着，时不时一甩一甩的。辛勤抬手挠了挠斯巴达的下巴："饼饼，想不想开工？"

斯巴达张嘴，打了一个哈欠，露出两粒洁白的小尖牙。

辛勤打开摄像头，调整了下镜头。

——哦哦哦！今天是围巾饼！

——斯巴达瘦身成功了吗？

——好看，今天我在微博上看到有关养猫的种种不理想状态。本来是想收养一只流浪猫的，现在有点纠结。你能说说养斯巴达的心得吗？

辛勤看到这条提问，思考了片刻，开口道："你们觉得斯巴达是一只完美的猫吗？"

弹幕的回应是一片"对啊，不然呢"……

辛勤笑了笑："我也觉得它挺好的。"斯巴达这时忽然伸长脖子凑到他嘴边，用下巴蹭了蹭。

咪呜，你是在夸我吗？喵呜！

“可是我在收养斯巴达之前，并没有做过周全的考虑。我之前有说过，我不是一个合格的养猫人，我和斯巴达的缘分，几乎算是随心所欲了。但有一点，我当时虽然不够了解，但是下决心时，承诺过斯巴达，我会承担收养之后可能会发生的所有风险。也就是说，不管出现什么问题，我都愿意去解决。哪怕他是一只不完美的猫咪，我也不会抛弃他，我也会尽我所有去爱他。

“如果你从来没有养过猫，我还是建议你再认真想一想。

“首先，你并不认识那只即将到来的猫咪。每只猫都有自己的性格，可能高冷，可能亲人，可能胆小，可能脾气火爆。他们可能在很短时间内能够适应你的存在，也可能很长一段时间无视你。几乎所有人在收养一只猫之前，对它的性格都有过设想。这一点特别像找一个伴侣，你总是会有自己的预期。如果你的预期无法达到，你会怎么办呢？如果一开始你的预期达到了，比如你想要一只好看的猫，它是一只好看的猫；你想要一只温顺的猫，它是一只温顺的猫。可是随着时间流逝，世事无常，好看的猫渐渐老去，温顺的猫也可能变得冷淡。你得到又失去了，又会怎么办呢？这些都是可能存在的风险。

“其次，你需要有责任心。爱有时不能地久天长朝朝暮暮，但责任心可以。等你有养猫经验之后，很多事情就变得日常，日复一日，年复一年。猫很爱整洁，但有时候也脏，会有你无法预先设想的郁闷问题。太过爱干净或者是太过不爱干净的人，都需要认真考虑好。对了，有时候他们也会伤人，当下你可能也会变得很恼火，猫并不能完全顺着你的心意，有极端掌控欲的人，也需要谨慎下决定。

“再次，你需要用心去经营这段感情，这需要不断地投入。和建立人类关系一样，和猫的感情也需要培养和经营。你付出的努力，往往会有回报。人和猫的感情，其实是平等的。我们需要他们，正如他们需要我们。我们对他们有要求，他们也同样的会对我们有要求。健康的感情应该是各取所需，相互依恋也相互独立，既有爱，也有责任。最好不要把猫当成你感情缺失的一种弥补，猫并没有责任承担你的空虚。当你是一个成熟理智懂得爱的人，才能够更好地去爱一只猫，乃至是一个人。

“然后，你需要懂得生活。相信我，养了猫之后，你会发现，他们是令人惊叹的天才，他们总是懂得如何让自己更加优雅从容地生活。如果你无法爱自己，平衡你的生活，那增添一只猫甚至是几只猫对你来说无益，而猫也并不喜欢在一个没有任何生活感的环境下生活。

“最后，可能往往也是最重要的，你需要付出大量的金钱。猫需要食物，需要空间，需要玩具，生病需要治疗。这大概是猫和人类的相处，对比人和人的相处，最大的不同吧。猫是无法自己满足这些生活所需的，在金钱方面，它通常都是索取者。你愿意，有决心，有能力为它带来更好更稳定的生活吗？

“今天说的话有点多，抱歉，在这个问题上，我无法提供任何专业的意见。我只是希望你在做决定时，已经是一个理智而温柔的人。这样，世界上又会多一只或者是几只开心健康的猫咪。”

——如果给饼饼打分，我们饼饼是几分呀！

辛勤认真思考着，将脖子上的毛围脖捞了下来，举到胸前，仔细打量。

斯巴达不明所以，大大的眼珠盯着人类，也不挣扎，只是轻轻甩了甩尾巴尖儿，咪呜。

“嗯……”辛勤沉吟着，“我的饼饼是一百分。”说罢，他将斯巴达抱在怀里，亲了一口，“满分是十分。”

咪呜，亲一口就可以了哦，不要太过分呢。斯巴达用两只爪子抵着人类的下巴。那好吧，就再让你亲一口。啾！

CHAPTER 38

社会实践

短暂而又愉快的假期很快就要过去了。斯巴达拿到初中毕业证书的那天，小区里他最喜欢的梨花树刚好落下最后一朵花。春夏之交总是令人犯困。斯巴达在睡了两个小觉之后，才最终定下自己的高中选课：初、中级人类语（中文），中级猫咪语文、戏剧、和声乐。

把咪呜哄睡了，他照例来到客厅，打算上网找别的猫聊天。上线后，意外地发现舒克在线上。据说过完年，舒克的学习压力骤增，已经很久没出来闲逛了。斯巴达友好地去打了一个招呼。

舒克看到斯巴达很开心："好久不见呀，听说你又过了初中毕业考试呢，恭喜呀！"

斯巴达有些不好意思，矜持地抖了抖耳朵。

"对了，我们今天要去做社会实践活动，就在巫台山公园里，你要不要一起来呀？"

"什么是社会实践呀？"斯巴达虚心地问道。

"就是一种课外作业，等你上了大学就会碰见啦。我们这一次一共有五只猫，打算去公园里的流浪猫基地里，参加支教活动。"

"什么是支教呀？"

"就是免费给别的猫当老师。很多流浪猫不是没有途径上学吗？我们就去他们的生活圈子里做宣讲和免费试听。这样，多一点的猫咪接受教育，就能有多一点的猫咪能够更好地生存下来。”

听起来还挺有意思呢。斯巴达抖了抖尾巴。他确实知道怎么开窗门，他一直小心翼翼地没让咪呜发现这一点。这还是戴麻薯叮嘱他的，猫咪总要有一些属于自己的小秘密。如果让人类知道自己能开窗户了，那他可能会换一个更难开的锁来，到时候如果自己想溜出去，就更难了。不过迄今为止，斯巴达一次都不曾想要自己溜出去过。咪呜会固定带他出门玩，平时也有吃的，还会时不时地去猫咪俱乐部找朋友打架，基本上不缺什么了。

不过，如果我悄悄跑出去，咪呜也不会发现，应该没什么吧，喵呜。

斯巴达小跑上楼，悄悄地挤开门缝，探头看了一眼床上睡着的咪呜。很好，咪呜一点都没有要醒过来的样子。他轻轻地跳上枕头，低头嗅了嗅咪呜的鼻子。咪呜，你要乖哦，我天亮就回来，你一醒来就能看到我啦。斯巴达悄无声息地退出房间，下楼来到客厅，用爪子熟练地勾开窗户锁，从窗户缝隙中蹿了出去。

斯巴达踩着皎洁的月光，脚步轻快，像一只暗夜黑影，快速赶往和舒克约定的地方。

一般来说，猫咪的认路本领还是很强的，他们的体内，有着奇妙的关于太阳位置的生物钟，用于判断方位。外出时，猫咪会记住家相对太阳的位置，然后不断调整偏差，最终回到自己的家中。当然，这仅限于一定的范围内，如果距离太远，又或者猫咪本能不强，那迷路还是很有可能的。

可是作为曾经流浪大军里的一员，斯巴达对于自己的本事还是很有自信的，下每一步爪子都很坚定。他甚至打算，做完那个什么社会实践，如果有时间的话，他上树去给咪呜打一只麻雀吃。这个季节的麻雀可好吃了。

然而斯巴达最终还是没能上树抓麻雀，抓麻雀这项运动太耗费工夫。而他赶回家的时候，天空已经开始翻肚皮。如果他不早点回去，咪呜可能会醒过来。如果咪呜醒过来找不到他，喵呜，那可是不好玩的事情。

斯巴达费劲地从昨晚开的窗户缝里钻进去，就在他准备跳下窗台的瞬间，他忽然意识到一个很严谨的问题：这个窗户，应该怎么关上呢？

所有猫咪都善于制造问题，但解决它们，并不在自己的知识范畴内。

斯巴达蹲在窗台上，努力思考了十来分钟，最后惊慌起来。他是没办法把窗户恢复原样不被咪呜发现的。斯巴达有些害怕，他想起戴麻薯的叮嘱，绝大多数人类都不愿意放任猫咪自己外出，毕竟适合外出的猫咪只有极少数。如果咪呜认为自己太淘气而生气了怎么办？我好冤枉，喵。

斯巴达费力地靠后腿直立起来，试图用爪子将两扇窗户拨得离彼此更近一些。嗯，看起来有那么点效果，然而并没有什么用呀。就在他撅着屁股奋力掩盖犯错痕迹时，忽然听见楼上传来窸窣的动静。

糟糕，咪呜起床了！

斯巴达怔愣了两秒，迅速做出决定。他本能地逃向自己的秘密基地——沙发与墙角的缝隙里。情急之下，他忘了胡子的作用，已经比原先的自己要圆了一圈的斯巴达急着将自己的身体挤到缝隙里藏起来，爬到一半，屁股被卡在了缝隙之间，前后动弹不得。他无助地甩了甩尾巴，听见咪呜的声音由远到近响了起来。

"斯巴达？"辛勤早上起来，没看见狸花猫。一开始是不怎么担心的，最近斯巴达还挺喜欢自己一个人睡。可等他洗漱完毕，也没看见斯巴达跑过来，心里有些不安，下楼去找。

客厅居然没有。

辛勤心一凉，声音有些发颤："斯巴达？"他迅速检查了一遍门窗。昨天晚上他很清楚地记得自己睡前做过检查，这是他每天晚上必做的事情。而现在，客厅有一扇窗户的落锁没扣上，虽然窗门是紧闭的，但不排除斯巴达会从这扇窗跳出去。辛勤打开窗户看了一眼地形，扣上窗，当机立断，抓起手机穿好鞋，打算出门找猫。就在他拉门的那一瞬间，他听见一声微弱的猫叫声。辛勤的心忽然就落定下来。

辛勤最终是在沙发的角落里找到了斯巴达……的屁股。也不知道他要做什么，这么小的缝隙，也想挤进去。辛勤又气又觉得好笑，小心翼翼地挪开沙发，把瘫成一条饼的斯巴达拖了出来。

斯巴达将脸埋在两只前爪下面，不敢直视他的人类。

辛勤先是认真检查了一番斯巴达的身体，确认没有任何受伤的痕迹，总算松了一口气。他瘫坐在地上，静静地看着斯巴达，不说话，也不抚摸他。

一人一猫安静地对坐了一会儿。斯巴达终于忍不住，开口喵了一声。

辛勤没有回应他。

斯巴达着急忙慌地将头从爪子之间抬了起来，看了一眼人类。咪呜不说话呢。他心里有点慌，默默爬起来坐好，低着头盯着自己的爪子。

“刚刚叫你的时候，怎么不出声？明明卡住了，怎么不向我求助呢？”辛勤终于开口。他的语气很平静，但是比平时要低沉。敏感的猫咪很容易从这些细小的变化中察觉到人类的情绪。斯巴达抬起头，像没有听见一样，左顾右盼，眼神乱飘。辛勤差点笑出声，很快就忍住了。猫咪的这种表现，虽然看起来特别不真诚或是耍无赖，但往往意味着他们已经认识到错误了，正在反省。看着斯巴达若无其事的小模样，辛勤已经很难继续生气。其实在他确认斯巴达完好无损之后，就已经不气了。

又安静了好一会儿。斯巴达偷偷回过头，自以为掩藏得很好，别着脑袋，侧着眼睛斜睨人类。见咪呜没什么反应，他悄悄回正身体，伸出左爪子，轻轻勾了勾人类的爪子。咪呜还是不说话呢。斯巴达舔了舔嘴唇，继续用爪子去拍他。咪呜，我下次会学会怎么关窗户的。唉，早知道，还是把麻雀抓回来的好，也许咪呜吃了麻雀就不生我的气了。话又说回来了，咪呜为什么要生气呢?

辛勤叹了一口气，也不一定是斯巴达自己偷偷溜出去了，难道真是我忘记再检查一遍？斯巴达的爪子很脏，但也可能是因为钻沙发底下蹭来的。他忽然想起诊所的麻薯，似乎也能自己出门。回头还是增加斯巴达的体检频率吧，顺便问问戴医生。想到这儿，辛勤终于露出笑来，伸手摸了摸斯巴达的脑袋："爪子伸出来，我给你擦擦。"

斯巴达开心地伸出自己的爪子，被咪呜一把抱了起来。他被仰面朝上放在咪呜的大腿上，后背贴着咪呜坐了起来。这个姿势其实挺舒服的。斯巴达放松下来，轻轻摇了摇尾巴尖。

辛勤用湿毛巾将斯巴达的四只爪子擦干净，打算顺便给他修一下指甲，才拿起指甲刀，他忽然想到，如果斯巴达自己在外头，没了尖锐的指甲，是不是很容易被欺负。这么想着，辛勤决定不剪了："不舒服了，自己找猫抓板挠一挠，知道吗？"他用手心顺了顺斯巴达的耳朵，"但是别挠沙发，你看看沙发给你挠的。"

咪呜。

"小傻猫。"

虽然在辛勤的眼里，斯巴达时不时傻乎乎的，但是傻乎乎的斯巴达也终于要上高中，成为猫咪种族里头难得的有学问的一员了。受限于教学条件和个猫能力，能够通过初中学习的猫咪很少，因此高中课堂规模比初中几乎小了三分之一，每门课只有四五只同学一起上课。

斯巴达意外得知，葱包烩并没有通过初中毕业考试，差了两只爪子的分数，正在为重考做准备呢。如果重考没有通过，那葱包烩将需要重修初中课程。重修的成本很高，大部分猫咪如果无法通过某一阶段的学习，会选择直接放弃。这让斯巴达有些得意，我果然是比较聪明的一只。

喵呜，葱包烩上到初中就差不多了嘛，他已经接管人类了，也不需要花太多心思，也别惦记着要来抢咪呜了。斯巴达毫无心理压力地想道。

不过，开学后的第一夜，斯巴达就深刻感受到高中学习带来的全新感受。不同于初中的寓教于乐，高中学习深入浅出，更加注重知识体系的完善和实践能力的培养，简而言之，对学生的要求也更加高了。这让小学和初中都是低空过关的斯巴达措手不及。可是现在的他已经不是两岁只有八斤的他了。面对挑战，斯巴达信心满满，斗志昂扬。

其他几门都是之前学习过的，斯巴达有一定的基础。但是声乐这门课，对于斯巴达而言，是一种全新的体验。声乐课的老师是一只巧克力色的伯曼猫，名叫可可，叫声特别悦耳动听。她教授学生们如何发出更加优美的叫声，控制声调和频率，让猫咪的叫声不再单调，反而像歌声一样动听。可可老师还通过多媒体课件，教授学生们如何配合人类的音乐进行和声或是合唱。斯巴达迅速对这门课产生浓厚的兴趣，并很快学以致用。

辛勤发现，他的狸花猫最近对他的吉他很感兴趣，经常会蹲坐在他放吉他的架子上，一动不动地盯着他，直到他取下吉他。如果辛勤这时抱着吉他开始弹唱，斯巴达就会顺从地趴在他的身边，眯着眼睛，饶有兴趣地听他唱歌。听到高兴的地方，还会随着拍子喵喵附和着，就像在为他做和声。

辛勤百思不得其解，难道猫还能自己进化出音乐天赋来吗？他在网络上搜索了很多关于猫咪唱歌的视频，有些看起来比较牵强，有些却真的匪夷所思。所以，他的斯巴达也是一只有音乐梦想的猫吗？

不管怎么样，只要斯巴达喜欢，辛勤一般都乐于配合。他还特地录制了一段斯巴达和他一起唱歌的视频，发布到网上，引发了热议。

在视频里，辛勤弹唱慢奏版的小手牵大手。斯巴达趴坐在他身边的猫架上，两只爪子交叉叠在胸前，闭着眼睛，尾巴尖一甩一甩地点着拍子，在每个小结会喵呜一声，配合得天衣无缝。一首歌毕，辛勤竖起手掌，对斯巴达说道：“击掌庆祝。”

斯巴达慢慢睁开眼睛，歪着头看了一会儿人类的爪子，缓缓地将自己的爪子贴上去，舔了舔嘴唇。咪呜今天也唱得很不错哦。

“斯巴达，怎么办，现在唱民谣好像没有太大的前途，你要不要考虑试试看嘻哈风格呢？来，把你的金链子戴戴正，做猫要有点嘻哈精神。”

“喵～”

在咪呜的全力帮助下，斯巴达在声乐课上的表现一鸣惊人，很快就名列前茅，成为颇受老师关注的尖子生。

CHAPTER 39
故事大会

作为一只聪明的猫，斯巴达越来越能感受到学习不仅仅只能在课堂里，还在生活的一点一滴之中。以前他还没有进城的时候，并不喜欢和别的猫交流，对于发生在这个世界上的任何一件事情，只要关系不到他的吃喝生活，斯巴达就不屑于去了解。而现在，他已经不愁吃不愁喝，对于猫生的百态喜悲，倒是流露出一种天然的兴趣来，而听这些八卦最好的时机，就是在猫咪俱乐部里。

辛勤是属于比较闲的猫主人，一周能带斯巴达去猫咪俱乐部三次左右。平时工作日的时候，俱乐部里的猫其实并不多，斯巴达也不能很愉快地和别的猫交朋友一起玩耍。等到放假时，光景就大不一样。猫咪俱乐部每日会接待数十只大大小小品种不一的猫，很热闹。因此，辛勤总是会挑一天假期去俱乐部，让斯巴达多见见他的同龄猫。

五一假期的第二天是艳阳天。辛勤带着斯巴达出门，打算步行前往猫咪俱乐部。这是斯巴达第一次在小区以外的地方遛弯，倒是一点也不害怕，在辛勤前头一扭一扭地带路，遇到车流，还会主动停下来，端端正正坐好，等下一次安全通行的机会。猫是色盲，教他们识别红绿灯没有意义，但是生存的本能会让他们主动躲避潜在的危险。辛勤一直跟在狸花猫后头，观察他的一举一动，暗自评估斯巴达对于外面世界的适应程度。

斯巴达打了一个哈欠。在马路上走很简单的喵，老师在学前班的时候就讲过，如何用正确的方式在人类的马路上行走。猫咪应该要有意识地避让车速过快或者是车流较大的马路，选择更加僻静安全的道路。好啦，车子停了，咪呜，我们走吧！

这样走走停停，一人一猫不多会儿就来到了猫咪俱乐部门口。今天是假期，俱乐部比往常要热闹很多，仅仅是“不喵喵”小组就来了三十多只猫咪。俱乐部新安置了一批猫咪玩具，斯巴达到达现场时，已经有不少猫投入玩具的世界里了。

主人照例是不能进入猫咪的活动场所的。辛勤亲了一口斯巴达的圆脑袋，叮嘱他不能打架，然后让他自己进入了游戏房。舒克和贝塔的主人食堂大娘也来了，见到辛勤，还和他热情地打招呼。这次她送了两只猫过来。贝塔经过一段时间的训练和适应，已经可以慢慢接触更多的人和猫了。食堂大娘很高兴，特地挑了一个热闹的日子，让贝塔来见见世面。

斯巴达还是第一次见到贝塔。作为一只暹罗猫，贝塔真是少有的文静。她看着年纪还小，显然很怕生，从踏入游戏房的那刻开始，就紧紧地贴着舒克，尾巴夹在两股之间，蹑爪蹑脚，一双圆溜溜的眼睛，不停地四处张望，一点声音都不敢发。站在她身边的舒克则蹦蹦跳跳，喵呜喵呜的和所有熟猫打招呼，和贝塔形成鲜明的对比。

“哟，斯巴达，给你介绍我的朋友，贝塔。”舒克溜达完一圈，来到斯巴达身边，侧过身子，将身后的贝塔露出来。

并不习惯这么靠近一只健硕的大狸花，贝塔非常紧张，叽唔叫了一声，算是打了招呼。

对于胆小的猫咪，斯巴达一向来都不怎么在意。他张嘴打了一个哈欠，凑到贝塔的鼻子底下，嗅了嗅：“你的朋友是第一次来吗？”斯巴达问舒克。

舒克兴奋地说："对啊，听说今天有故事大会，我特地劝贝塔和我一起来玩的。她一只猫老是自己待着，学也不敢上，会很寂寞的。"

故事大会？斯巴达抖了抖耳朵。这个倒是新奇。自己来过好多回了，从来没碰上呢。

舒克见他疑惑，特地解释道："猫咪俱乐部的成员，每隔一段时间就会大聚会一次，如果猫数足够多，那么就会举办一场故事大会。所有猫都能参加，但有几只是固定的讲故事猫，他们很受欢迎的。我前两天听说今天会来其中的三只，就知道肯定要举办故事大会了。"

斯巴达也觉得有趣，跟着舒克一起挤到了猫多的地方，找了个高处好躺的地方，舒舒服服地趴了下来，静等故事大会开始。

不一会儿，在场的所有猫咪渐渐聚拢，三三两两围坐在一起，有些关系好的，开始给彼此舔毛。所有猫无形中组成一个松散的大圈。从人类的角度看来，可能会认为猫咪像在进行某种奇怪的仪式吧。

故事大会原本起源于野外，正如人类所了解的那样，猫并不是一种群居动物。事实上，大多数猫都非常宅。如果能让他们选择的话，多数猫可能都会选择和同类老死不相往来，哪怕在路上偶遇，也会彼此装作不认识的样子，一只看天，一只看地，错开目光，避免打招呼的尴尬。喵呜，简而言之，他们并不适应频繁的社交活动。

但事情往往又没有那么绝对，作为一只猫咪，再怎么独立，都有和别猫交流的需求。而这种需求，除了心理上的需要外，往往也是他们的生存本能促使的。猫不是群居动物，往往不会有头猫和从猫的社会地位区分。大多数情况下，他们是彼此合作的关系。只有彼此合作，才能共同抵御外敌，应对突发情况。通常，在同一领域的猫咪，对彼此都会有一定的印象。而野外的猫流动性较强，猫咪需要不断更新情报，从而更好地掌握该小区的猫口情况。有没有新来的？有没有离开的？邻居是只什么样的猫？哪来的这几只猫崽子？野外猫并不像家猫那样，可以享受人类的网络资源，爪不出户就能和朋友聊天交流。定期的野外聚会就成了交流信息的绝好平台。而等到交配的季节，这种平时单纯的聚会，也会演变出另一种意味。

衣食无忧的家猫们并不需要联合自己的邻居来交换信息和抵御外敌，但他们同样享受猫咪聚会带来的快乐。因此，有些家猫先驱，提议将这种野外聚会改良成娱乐性质更浓厚的猫咪派对，而最受欢迎的派对形式就是故事大会。讲故事听故事，既不消耗体力，又不容易带来争端，还能美美地睡上几觉，真是一举多得。

斯巴达原先只参加过野外的猫咪大会，对这种以娱乐为主的派对倒是深感新奇。他高高地竖起两只耳朵，目光炯炯，脑袋频繁地移动，生怕错过派对的精彩内容。

本次故事大会的主持猫是喀戎老师。斯巴达已经很久没在课外时间见到喀戎老师了。他似乎很忙，并不是每次猫咪俱乐部活动都会遇见。只听见喀戎老师用他独特的慵懒低沉的声音宣布本次派对开始。话音刚落，喀戎老师就打了一个哈欠，顿了一会儿，才接下去介绍第一只讲故事猫：墩布。

墩布是一只长毛的褐色大花猫，个头挺大，左耳朵缺了一个角。斯巴达认得，那是流浪猫绝育的标志。看来墩布是一只有故事的猫呢。他这么想着，身旁的舒克已经激动得奓毛了："墩布可是最受欢迎的讲故事猫之一。他的猫生经历丰富，讲得又好，我可喜欢听他说故事了。"说罢，她几下舔醒已经开始打盹的贝塔，让她和自己一起激动起来。

墩布慢腾腾地来到包围圈的中心位置，转了一个圈，然后侧身躺下来，用尾巴尖轻轻拍打了几下地面，就像要引起大家的注意似的。如果这些猫咪有看过人类说故事，说不定会从墩布的尾巴尖上，看出点惊堂木的味道。

"谢谢大家捧场啊，唉，我也是很羞愧，每次我都说我不上了，给年轻猫一些表现的机会，你们又把我推上来了。这不，我又上来了，怪不好意思的。不过，既然大家伙儿喜欢听，我就再说几回，观众的要求就是我艺术生命的指路灯。

“哎，那今天说点什么呢？今天还是说点我年轻时候的事情吧。我年轻那会儿啊，拿你们现在时髦的话来说，那就是长得可萌了。真的，你们别看我现在，我年轻的时候，杏仁眼，大脸盘子，那时候耳朵还没这缺口呢。长毛飘飘，很好看，看见我这尾巴没，一甩，哎，好看，那是真好看啊。但就因为长得好看，唉，就出事情了。

“我还年轻那会儿，差不多两岁吧，可能还不到。我记得啊，毛春分东西两城，现在是拆了边界了啊，还建了座大桥，跨个河，走哪儿都方便，那时候不是的。在座有些年纪大点的朋友，可能也还记得，那时从东城跑到西城，四只爪子全用上，使劲跑，大概要两个多小时，太远，麻烦。所以一般猫就在一个地盘里待着，要么在东城，要么在西城，很少有那些个互通往来的。

“我年轻的时候体格好，又喜欢到处乱晃，觉得两个多小时，也不算什么远，就爱在东西二城来回跑。跑累了跑饿了怎么办呢？讹人呗。我在东城临时接管了一家人类。现在年轻点的朋友们可能不太清楚临时接管这个概念啊。现代猫都讲究一生一世一只人，基本就是接管了，就绑定了，不解锁了。我那个年代，没有那么讲究，大街小巷，全都是流浪猫。大家不拘束，你也是没有人类的，我也是没有人类的，谁都不会瞧不起谁。有时候，日子难过了，就找一家看着合眼缘的人类，临时接管一下。他们管吃管喝，有时候还给你挠挠痒，挺好，自在。

“我在东城接管的人家呢，是一家卖牛肉的大户，每天都从乡下地方拉几百斤新鲜现宰的牛肉，到市场上去卖。那个牛肉可新鲜了，现在的年轻猫应该都吃不到了。你们现在不爱吃生肉，都是因为人类的肉都不新鲜了，不好吃。但如果你去尝尝那些肥美多汁的鲜肉，滋溜一口，保管你一星期不想吃老鼠。哦哦，话扯远了。自打我接管了这只人类，新鲜牛肉就没断过，每天上工，我只要往人类的店门口一趴，张嘴，就有人类把肉送到我的嘴边。当然，咱们不能挑人类忙得七荤八素的时候过去，那也太没眼力见了。我一般都是选择在九点半左右，早市结束了，午市还没开始，那只人类正无聊呢。我跑过去，摊开肚皮，喵一声，一会儿就饱了。

“吃饱了做什么呢？去西城溜达一下。这一溜达，经常都是下午才能到西城，就困呐，也渴。这时候，我就琢磨，光是接管一家人类，看起来还不够呢。于是，我就在西城临时接管了另一家人类。”

墩布说到这儿，猫群里发出一片轻轻的喵呜声。大家唏嘘，一猫两人家，太过分了吧。斯巴达抖了抖耳朵，张着嘴，诧异地忘记将舌头收回来。原来还能同时接管两只人类呀！他歪头想了想，如果我在咪呜之外，接管第二只人类呢？还没想出个所以然，斯巴达就甩头将这个可笑的想法抛诸脑外。咪呜是全世界第一好的人类，我做什么要去找一只不如他的人类呢？不存在的。

墩布又拍打了一下尾巴尖，四周安静下来。他抖抖胡须，面不改色地接下去说：“虽然这有那么些不道德的味道在里面。但猫嘛，你们都知道的，总会有那么点小心思，难道你们就没有想过在现有的人类之外，再接管一家人类？仔细琢磨一下啊，你将会有两份食物，两份零食，还能有两份玩具，两份人类的喜爱。你心动不心动啊？心动吧。

“再说了，你看那些个人类，动不动就一只人类同时被好几只猫接管。这不是左拥右抱见异思迁是什么？怎么的，只许人类同时拥有很多只猫，就不许猫同时接管多只人类？这不公平嘛。

“不过啊，我干的这件事，其实是有技术难度的，要胆大心细厚脸皮，真是不容易。在此呢，你们中间要是哪个也没把持住的话，要记住我的行为准则，不然容易出事情。

“准则一呢，就是要给两只人类都带去五爪级的贴心服务。你要让他们觉得自己独一无二无可替代，自己离开他们就没办法生存下去，人类就会爱心泛滥，就会尽可能地去讨你喜欢给你食物。准则二，就是要有一个完美的时间规划表。比如说我吧，我上午去东城吃牛肉，下午踩点到西城吃零食，这样两边都不会发现，两边都不影响。准则三，就是千万别留下什么罪证，不然你会两只人类都失去的。”

说到这，墩布长长地叹了一口气：“我当时太年轻啊，不懂事，就是没守好这第三条，就出事了。”

有好事的猫，就问道：“出什么事了呀？”

“到了冬天，天特别冷，卖牛肉的人类怕我冻着，就给我戴了一条围脖。我呢，确实是觉得有点冷，跑到西城喝下午茶的时候，就忘了围脖这件事，就穿帮了。西城的人类以为我是有人类的，当下就不高兴了。”

“所以他把你赶出来了？”

“没有，他给我织了条毛背心，也脱不下来，让我第二天一大早穿到牛肉铺子去。”

啊，人类真是好奇怪呢。众猫发出一致的感慨。

墩布就这样被东城一口肉西城一口饭，生生喂到十二斤。后来不行了，太重了，走路费爪子，墩布就跑不动了，有一天被人类抓起来绝了育，再后来，他被西城那个会织毛衣的男人给接回家去了。

那东城那只卖牛肉的呢？

后来不是东西两城通了嘛，西城的人类会跑到东城去买肉，有一天还带上了墩布，两只人类就这样见面了。那只卖牛肉的当下脸就黑了，西城的人类还得意扬扬地笑。不过，那天墩布还是吃到了好吃的鲜牛肉。

故事讲完啦。大家呱唧呱唧鼓爪子。

喀戎老师嗤了一声，慢悠悠地说道：“你就是欠打，脚踩两只船，别教坏小朋友。我们这里可还有高中生。”说罢，他若有似无地瞥了一眼斯巴达。

斯巴达移开目光，装作若无其事地盯着天花板发呆。

墩布觉得委屈：“我这怎么能叫脚踩两只船呢？我这叫发挥余热，为了人类的共同富裕做贡献呀。你想呀，世界上愿意和人类一起待着的猫总共就那么多。人多猫少，那些没有猫的人类怎么办呢？他们也很绝望啊对不对。正是有我这样不羁不计较的大肚猫，才能让那些家里没有猫的人感受到一丝安慰。我做流浪猫的时候，不是我吹牛，我的服务意识可是一流的，力争让每一只想对我友好的人类感受到如沐春风宾至如归，让他们以为自己非常受猫欢迎，非常和蔼可亲。这从整个种群角度来说，也是有好处的呀。越多人类喜欢我们，就意味着越多的猫咪会被接纳到人类的家庭里，你说对不对？我还培养了一大批有这样交际花潜质的流浪猫，我简直就是人猫两族亲善大使呀。”

墩布的观点，对于斯巴达来说，是非常新颖的。他从来没有想过，猫还可以以这种方式接管多只人类，并且能让其中的每只人类都感受到快乐，都感受到自己的重要性。喵呜，猫生真的是学无止境，要思考的问题实在太多了。

晚上斯巴达跳上人类的电脑桌，凑到咪呜下巴处，嗅来嗅去。他轻轻地甩着尾巴，思考着，如果是咪呜的话，他会喜欢我在外面找人吗？他会觉得伤心呢？还是觉得无所谓呢？可是，如果换一个角度思考，如果咪呜把其他猫接回家了，和他们玩，也对他们好，我是不会开心的。那咪呜是不是也和我一样，认为我是世界第一好呢？

呼噜呼噜，咪呜。

辛勤眼睛盯着电脑屏幕没挪开，低头迅速亲了一口斯巴达。大概是亲到胡子了，怪扎嘴的。

斯巴达忽然开心起来。没错，在咪呜心里，我肯定是世界第一好的猫咪。我有毛茸茸的爪子，我还有毛茸茸的肚皮。扭头。我还有毛茸茸的大尾巴。我的两只耳朵可以竖起来，也可以往外撇成一条直线。哪只猫咪会像我一样能干又可爱呢？他把脑袋抵在人类的胸口，来来回回地蹭，将自己的气味留在咪呜的身上。

咪呜肯定是不想我去外面找人，才不让我自己出门的。哎呀，真是小气的咪呜。

斯巴达踩着键盘，来到屏幕前面，冲着麦克风喵呜叫："听着哦，外面的人类们，我是一只有家室的猫咪了，我也是一只道德品质高尚的猫咪，我是不会去接管你们的。我知道你们很难过，但是你们要坚强哦。你们只要继续努力，继续做一个好人类，会有猫咪喜欢你们的——唔，也许吧！"

语音里传来队友不解的提问："是我的错觉吗？我好像听见猫叫。我果然是太想养猫了。"

CHAPTER 40

留守大饼（上）

说好的新年新气象，新的一年要开源节流，结果这一年已经过去将近一半，辛勤才终于等来一次赚外快的机会：某品牌男士洗面奶的广告。鉴于不是猫咪用品，且是外用，辛勤还是比较好接受的。他原以为自己这样一个粉丝才六十几万的宠物博主附带游戏主播，最多也就拿几千块的广告费，原本毫无压力，结果对方说斯巴达的粉丝质量好活跃度高，直接将酬劳添了一个零。

这……辛勤有些为难，需要用心设计一个硬广吗？他对于广告宣传这一块，一直不怎么灵通。

对方倒是挺好说话的，对推文没有做任何限制，让辛勤自由发挥，当然，能得到粉丝的踊跃参与就更好了。

——最好斯巴达也能出镜哈！

对方道别之前，终于说出了最重要的一条要求。

让斯巴达上镜倒不怎么难，可是，一条男士洗面奶的广告，怎么把猫给算进去？让猫洗脸？辛勤赶紧将脑海里那些天马行空的念头撇开。

没过两天，试用品和广告道具寄到家了。辛勤本着诚诚恳恳打广告老老实实做人的原则，先自己试用了两天。没什么不良反应，当然也没什么奇效。他心里稍定。

斯巴达进入高中学习，热情高涨，上课认真听讲积极提问，下课还自发补课复习，人类语的水平竿头日上，很快就能将不同的词组连起来，猜测人类整句话的意思了。当然，他并不能完全听懂咪呜的话语，事实上，连蒙带猜，他差不多能听懂十分之一。虽然十分之一对于人类而言，是轻而易举的事情。但作为一只猫咪，能听懂这么多，已经很了不起了。

嘿嘿，等我上了大学，咪呜肯定会很震惊，怎么会有这么聪明的小猫咪呀！

光是想到咪呜赞许的目光和温柔的抚摸，斯巴达就能笑出声。

他正美滋滋地幻想着，忽然听见咪呜在召唤他。

我来啦——

斯巴达咚咚跑上楼，快步走到浴室门口，好奇地往里张望。他的咪呜凑到水龙头上喝水，把脸都喝湿了。真是笨咪呜啊。

咪呜你喊我来帮你舔干脸吗？斯巴达跳上洗手台，凑到咪呜的脸边，嗅来嗅去。

辛勤调整好相机的位置和拍照模式，然后拿手指头点了点自己的左侧脸颊，对斯巴达说："大饼，来亲亲我。"

斯巴达抖了抖胡子。湿答答的，不想亲亲呢。他扭过头，打算跳下洗手台。

辛勤见斯巴达要走，赶紧用手臂挡了一下："求求你了，饼饼，你亲我一下，我们赶紧把这条硬广发出去。等拿到钱，我请你吃冻干。"

斯巴达得意地心想，咪呜真是的，明明是自己想要亲亲，还用零食来骗我。哎呀，我已经上高中了，怎么会被你轻易骗到呢？但既然你诚心诚意要请我吃东西，我就满足一下你的要求吧。斯巴达甩着尾巴，重新回到洗手台上，找了一块不那么湿的地方，小心翼翼地把屁股贴了上去。然后他高高抬起头，将下巴凑到咪呜的脸颊上，轻轻碰了碰。

成片的效果很不错。光晕正好从斯巴达的侧脸轮廓上渗透出来，衬得他整张脸都毛茸茸的，和辛勤光滑的脸形成鲜明的对比。辛勤觉得很满意，将图片发到微博，编辑好广告语：让你的猫爱上你的脸。

这样一句俗到不能再俗的广告语，居然在短短一个小时，收到了破千的评论和转发。

厂商对于这次广告的宣传效果非常满意，爽快地支付了广告费用，还许诺下一次的合作。辛勤拿到钱，很快就履行了自己的承诺，给斯巴达喂了一次鸭肉冻干。

斯巴达大概早就忘了人类之前的许诺，将这次的零食当作是自己的好运气，开开心心吃了个精光。

“饼饼真是一只招财饼。”辛勤抱着斯巴达，轻轻揉了揉他的圆脑袋。

斯巴达躺在咪呜怀里消食。咪呜的抚摸很舒服，他有些贪心，既想让咪呜摸摸自己的肚皮，又想让咪呜摸摸自己的后背。翻来覆去，最后一爪子抱住咪呜的手臂，让他挠挠自己的下巴。呼噜呼噜，舒服呢。

辛勤只是随口一说，没想到招财的机会接二连三，很快他又有了新的活动。X 市不日要举办二次元夏日祭活动，钓猫直播也设立了自己的展台，邀请当红的主播们驻台，和粉丝互动。活动时间倒是不长，算上路上的时间，大概就三天两夜。辛勤很犹豫，自从斯巴达来到他家，他们俩从来没有分开过，斯巴达晚上睡觉都要和他窝在一起。自己冷不丁离开三天，斯巴达会习惯吗？

炒蛋也要去参加夏日祭的活动，鼓动辛勤和自己一起：“活动费嘛倒是其次。这次夏日祭是全年规模最大的一次，有不少粉丝参加，还设立了 24 小时主播线下互动直播，几乎名主播都会出现，还是挺吸粉的。怎么说呢，我觉得参加一下，百利无一害。”

辛勤想了两天，决定接受邀请。现在斯巴达身体健康，体重平稳，没有需要特别担心的状况。当务之急，就是将斯巴达托付给一个好的寄养平台。经过筛选，辛勤觉得猫咪俱乐部的夜间猫咪旅馆很适合。

虽然说是猫咪旅馆，其实就是寄养性质的猫舍。就之前参加猫咪俱乐部白天活动的体验来说，其服务质量还是满意的。辛勤认认真真地研究好猫咪旅馆的入住条款，签订协议，缴纳押金，在约定的当日，将斯巴达的物品打包好。

出门前，辛勤将斯巴达召唤到自己身边，摸着他的脑袋，解释道："抱歉啊饼饼，我要出门去了。你去猫咪俱乐部待两个晚上，第三天我就回来了。一下飞机，我就去接你。"

斯巴达只听懂了出门，以为咪呜想去遛弯，兴冲冲地跑到放着他的背心牵引绳的架子上，端端正正地坐下来，等着咪呜过来给他套绳。

"饼饼，快回来，我们不出门。"

咦？不出门吗？斯巴达愣了愣，又想到也是，现在天气热了，这个时间段出门会烫爪子呢，那还是不要出门了。他溜到客厅里，身体一摊，贴在瓷砖上，划拉尾巴。喵呜，还是家里舒服呀。

辛勤哭笑不得，跟了过去，俯身将斯巴达抱了起来："只有我出门，饼饼不出门。一会儿我带你出门，你到了新地方要乖，好不好？"

斯巴达听得一头雾水。到底是出门还是不出门？

斯巴达最终还是被人类打包好，带出了门。斯巴达认出他们的目的地：猫咪俱乐部。今天也有活动吗？斯巴达被放到陌生的房间里时，还不知道发生了什么事情。他懵懵懂懂地在自己的笼子里转悠，然后凑到咪呜身边，轻声叫唤。咪呜我们搬家了吗？

辛勤心里酸酸的，摸着斯巴达的脑袋和他说话："我一会儿要走了，饼饼一个人要乖哦。我很快就会回来的。我到了给你打电话。"

我可乖的。斯巴达张大嘴巴打了一个哈欠。可是咪呜，我还没有学会打电话呢。

一人一猫嘀嘀咕咕说了半天，斯巴达终于意识到咪呜是想让他在这里住两天，当场就不愿意了。他贴着人类走来走去，拿身体拼命蹭咪呜，想让人类把自己抱走。咪呜去哪儿，我也要去的！斯巴达坚持。

辛勤一遍又一遍地安抚斯巴达，直到他平静下来，窝在他怀里，似乎是接受了这个事实。辛勤低头，亲了斯巴达一口："最爱你了。"

斯巴达抬起下巴，跟着亲了亲咪呜。

咪呜，你要快点来接我哦！

咪呜最终还是走了，留给斯巴达一件软乎乎的外套，上面都是咪呜的味道，好闻。喵呜，我已经开始想念我的咪呜了。斯巴达无精打采地趴在咪呜的外套上，将鼻子塞进外套的袖子里。

不多会儿，有两只陌生的人类走了进来，抬起斯巴达的笼子，将他带到一间大房间里。这个房间看起来倒是很舒服的，摆着大小不一的笼子，大部分都是空的，只有两三只里头有主猫。斯巴达立刻就嗅出了葱包烩那个小胖子的味道。阿嚏！

葱包烩眼尖，一下子就认出斯巴达，激动地扭动圆滚滚的腰肢，热情地和斯巴达打招呼："喵呜喵呜，斯巴达呀！太好啦，我在这里住了一天了，终于见到熟猫了！你好吗！你的人类也不要你了吗？"

斯巴达冲过去就想揍猫。

那两只人类检查了一番，没把笼子锁上就走了。斯巴达有些奇怪，但也意识到他们并不会把自己关起来。这个房间，大概是猫咪公共活动的区域，他们可以选择待在自己熟悉的笼子里，也可以到外面去玩耍或者睡觉。

猫咪旅馆的房客不多，除了斯巴达和葱包烩，还有三只猫咪，两只布偶猫和一只波斯猫，都是母猫。斯巴达巡视完自己的新领地，将所有的猫口组织起来，开了一次见面会。在会上经过了解，他才发现除了他以外，其他四只笨猫根本不知道自己为什么会被送过来。

没心没肺的葱包烩还摇头晃脑地吓唬三只女孩子："肯定是你们的人类不要你们了。哈哈哈……你们被抛弃了！你们被抛弃了！"他一边唱一边在女孩子们的身旁跑来跑去。其实他也不知道什么是抛弃，就是欠打贪玩，想撩猫家小姑娘哭一下。

一只胆小的布偶直接被吓得哭出声。

斯巴达听得心烦，一爪子将葱包烩打翻在地。葱包烩缩着耳朵，身子缩成一团，不敢再唱了。

不过不唱歌，猫咪也有自己的娱乐活动。旅馆的房间里到处都是猫咪玩具，各式各样，几只猫玩得不亦乐乎。墙壁上还嵌着一面巨大的液晶显示屏电视，里头播放着各种有趣的会动的动物画面。斯巴达对于那些低级的小游戏并不感兴趣，他跳上高高的窗台，试图看外面的景色。不知道人类在窗户上糊了什么东西，从里头往外看，什么也看不清。大概是担心猫咪会越狱，纱窗都是加固的，看起来结实得很。

斯巴达漫不经心地在纱窗上磨爪子，他早就想这么做了，但是在家的时候他不敢，怕咪呜看见了伤心。唉，我又想我的咪呜了。不知道咪呜现在过得好不好呀，有没有被别的人类欺负呢？咪呜为什么不能带着自己呢？喵呜，我很厉害的。他的思绪乱飘，爪下没个轻重，一不小心，将纱窗扯开了一个角。

斯巴达吓了一跳，心虚地看了一眼四周，发现没有猫注意到他，若无其事地拿后脚将翘起来的　角蹬回原样。起码从表面上看起来，咪呜不用赔钱了。

吃晚饭的时候，有一只斯巴达见过的人类进来了，递给他一只手机。手机上都是陌生的气息，斯巴达不感兴趣。不一会儿，手机里传来了熟悉的温柔的声音。呀，是咪呜呀！斯巴达扑过去，用两只毛茸茸的前爪盖住手机，投入地听咪呜和他说话，不时喵喵回复两句。虽然咪呜听不懂他说的话，但是斯巴达还是很认真地告诉咪呜，自己在这里过得挺好的，不过你还是要早点带我回家哦。

今天值晚班的是十二号。宠物主人要求和自己的猫通话并不稀奇，稀奇的是猫居然也会有板有眼地喵回去，这还是十二号头一次见到有这么配合的猫，觉得有趣，忍不住想摸一把斯巴达的大脑袋，被对方一爪子毫不留情地拍了回去。

斯巴达龇牙，不要动我的脑袋，打你哦。

人类收拾好食盆，又出去了。葱包烩一扭一扭地凑到斯巴达身边，和他说话："电话里的是咪呜啊？咪呜真好呀，我也希望有这样的人类呢。"

斯巴达哈了一口气："羡慕也不给你！不许你喊咪呜咪呜！"

"小气鬼！"

"小胖子！"

"你也不瘦呢！"

"比你瘦就行！"

三只女孩子没有加入他们无聊的对话之中。夜深了呢，白天玩得多，几只猫咪很快就困了，围成一圈，找到舒服的地方，各自睡去。

不知睡了多久，斯巴达的耳朵忽然抖了抖，从睡梦中醒过来。他机敏地抬起头，往空气中嗅了嗅。什么东西，好臭。这时，他看见一只黑影站在从玻璃窗口，黑魆魆的，隐约是一只人类的轮廓。谁呀？那只黑影突然一动，很快就消失在视野之中。

而此时，令猫不安的气味越发浓重。

斯巴达打了一个喷嚏，用力踹醒了睡在不远处的葱包烩。葱包烩从深睡中醒来，还迷迷瞪瞪的，摇晃着脑袋，努力睁大眼睛去找斯巴达。"怎么了？"他口齿不清地问道。

"你的鼻子短，果然是个装饰吗！"斯巴达一爪子下去，将葱包烩拍清醒了，示意他角落里的动静。

猫的夜间视力都很好。葱包烩瞪大眼睛，果然看见在房间的角落里，不知什么时候出现了一只奇怪的包裹，从开口处不断往外冒泡沫。越来越浓厚的刺鼻气味，就是从那里散发出来的。

CHAPTER 41

留守大饼（下）

其他三只女孩子都被呛猫的气味熏醒了，迷迷糊糊地趴在猫架上，看着斯巴达和葱包烩。猫对于气味很敏感，不一会儿，大家都觉得眼睛刺痛呼吸艰涩起来。葱包烩大声地喵喵起来，叫了一会儿，却没有人类出现，反倒是喉咙变得干涩。

斯巴达当机立断："我们走！"

葱包烩傻眼了："可是门窗都是锁起来的。我们出不去呀。"

斯巴达也不回答，跳上窗口，用爪子将他白天弄破的纱窗角扒拉开来，勉强撕开一个猫能通过的口子。葱包烩也回过神来，蹬着小胖腿费劲地跳上来，想要从口子里爬出去。他才俯身，就被斯巴达挤开了。

"让女孩子先过去好不好。"斯巴达没好气地说道。

葱包烩也是有点吓蒙了，闻言听话地退开。斯巴达指挥三只母猫先从洞口爬出去。幸好她们几只都身量娇小，毫不费劲就逃脱成功了。等轮到葱包烩时，果然出了问题。他虽然年纪小，但因为喜欢吃，体重噌噌往上冒，身材短小却圆不隆冬的，要想从这么小一个口子钻出去，着实有些难度。

斯巴达在葱包烩身后，用力撑着爪子用身体帮他挤出去。他一边使劲一边批评葱包烩："你太胖啦，还不承认！"

葱包烩不服气地想反驳，又想省点力气爬出去，最后只好默不作声。好在他身上的毛毛被压实后好了很多，不多一会儿，他也成功从口子里爬出。

斯巴达是最后一个。破洞口似乎被葱包烩撑开了一些，因此斯巴达觉得信心满满，自己肯定能顺利爬出去。没想到，他才爬到一半，肚子上的肉肉堆得太多，使得他的腰肢和屁股卡在洞口，动不了了。嗯？斯巴达震惊地瞪圆了眼睛。明明葱包烩都爬过去了，自己没可能会被卡住呀！他深吸一口气，扭动身躯，四爪用力抓地，试图让自己再前进一步。

喵呜，好疼哦。

斯巴达明显感觉到屁股后有一撮毛毛被铁丝缠住了，一用力就疼。但他顾不得许多，咬牙继续用力。终于，随着斯巴达的大喵一声，他艰难地把自己肉鼓鼓的身体从破洞口子里拔了出来。

脱力。

屁股好疼哟。

窗台翻下去就是草坪。斯巴达顺势滚了下去，一下瘫在地面上，连屁股上被扯掉毛毛的部位都没心思去舔了。他正难受着，对上了葱包烩那只小胖子狐疑的眼神。斯巴达立刻用力划拉四爪站了起来："洞口都被你挤变形了，不好爬，哼！"他高高地抬起爪子，姿态优雅地小跑几步，来到三只母猫面前，坐了下来，认真地盯着她们。

这三只淑女猫从出生开始就和人类一起生活，从来没遇见过这样的变故，吓得瑟瑟发抖，挤成一堆。葱包烩也跟着跑了过来，虽然看起来还体面，但是两只胖耳朵也无精打采地耷拉下来，看来也是吓到了。

斯巴达打了一个喷嚏，甩着脑袋。哎呀，一群温室里的花朵猫咪。

斯巴达抖了抖胡子，一只一只猫咪问过去，将大家的情况都了解清楚。没想到，这里头，两只初中生，一只小学生，加上葱包烩这个初中毕业考补考没过的留级生，斯巴达作为一只高中生，居然是学历最高最有知识的！

要是在平时，斯巴达早就骄傲地翘尾巴了。今晚情况特殊，斯巴达推测他看见的那只黑影子故意将不好的东西放到了他们的房间里来。哼，一只坏人类。不晓得俱乐部里的人类都怎么了，刚刚也没有出现。现在他们最好不要回到俱乐部里。

斯巴达抖着耳朵尖儿，思考片刻，开口问道："你们都知道怎么回到自己人类的家里吗？"

其他四只猫一致摇头。

哎呀，就是不能指望这几只花朵。

斯巴达严肃地拉着脸，心想，送回家也不是一个好办法。他们来到猫咪俱乐部住宿，多半也是和自己一样，因为人类有事离开了，没办法照顾他们。如果是这样，那他们今天晚上不得不找一个栖身之地，还得想办法求救。喵呜，如果咪呜在就好了。唔，舔舔爪子。

等斯巴达舔好爪子，一个计划在他心里成型了。他开口道："我们现在也不知道是谁想害我们，最好不要再待在这附近。我认识一位朋友，他住在几条街之外，我们跑过去，大概得半个多小时。我朋友可以收容我们，还可以找人类帮助。我希望你们能和我一起，这样你们就不会走丢了。如果走丢，你们的人类很可能就找不到你们了，到时候你们得去大街上流浪，自己找东西吃。流浪的生活可艰难了，肯定不适合你们。现在，我们投个票，同意我的计划就举起爪子。"

斯巴达已然成为这个临时倒霉小团体的领导猫，他的计划获得了全爪通过。

斯巴达说的朋友就是戴麻薯。斯巴达还记得前几天麻薯和他说，最近诊所里的老鼠变多了，他晚上会留在诊所值班。"吃多多"诊所距离这里不算太远，看现在的天色，他们应该在月亮爬到最顶上时就能赶到。

斯巴达仰着脖子，静静地在空气中嗅了一会儿，辨认好方向，回头整理队伍，很快就出发了。他走在最前面，三只母猫在中间，葱包烩殿后。趁夜色，一串毛球快速赶路。

哪怕是深夜时分，在马路上仍不时有车飞驰而过，发出巨大的轰隆声，经常把几只毛球吓得一惊一乍。斯巴达叹气，很无奈。可是他也无可奈何，这里头除了他，其他猫几乎都是第一次自己走在马路上，对突发状况都一无所知，惊恐地瞪大眼睛。斯巴达不得不时时刻刻回头，叮嘱毛茸茸小队成员们保持队形，不管受到什么惊吓，都不能离开他的视线范围内。好在，小队成员们虽然胆子小，但还算听话，一边吓得直哭一边紧紧地贴着斯巴达往前跑。

斯巴达带着他的小伙伴们，熟练地在人类的街道和楼房间穿梭，终于来到“吃多多”诊所的门口。斯巴达停了下来，示意其他猫先坐在一旁。他上前两步，扬声问道：“戴麻薯在家吗？”

不一会儿，门里头传来动静，一颗黑乎乎的圆脑袋从门的下端的猫洞里钻了出来，射出两道精光：“欢迎光临。”戴麻薯欢快地说，定睛看了眼外头，开心地和斯巴达打招呼，“你怎么来了呀？快进来吧。怎么还带了朋友呀？你们这是吃完夜宵来我这里续摊吗？”

几只猫跟着斯巴达从猫洞进入诊所。诊所晚上没有人类，黑漆漆的一片。幸好这对夜间视力绝佳的猫咪而言，并没有什么困难。戴麻薯将他们带到了舒服的等候室，里头有软扑扑的垫子。葱包烩和母猫们挤在垫子上，心神未定地给彼此舔毛。斯巴达凑到戴麻薯身边，简要地将今晚的经历说了一遍。

戴麻薯听完，皱着鼻子，觉得事情有些蹊跷。但具体要说哪里不对，他也说不上来，只好先想办法向人类求助，将几只猫安顿好：“你现在有什么打算呢？”他问斯巴达，“戴医生回她出生的窝里去了，要好久才能回来，所以诊所的人类这几天都放假呢，就算明天天亮了也不会有人类过来。”

斯巴达有些犯难，低头看了一眼自己的爪子，忽然意识到他还戴着咪呜送给他的项圈。以前上课的时候，老师曾经说过，有些人类会在项圈上留下他们的联系方式，万一猫咪走丢了，别的人类就可以通过项圈上的信息帮助猫咪回家。想到这里，他急忙将脖子抬了起来，让戴麻薯帮他瞅一眼他的项圈上是不是有咪呜的联系方式。

戴麻薯费劲地扭头看了半天，终于确定：“没错，你的人类把他的手机号码印在你的项圈上了。只要我们拨打这个电话，你就能和你的人类说上话了。不过……”他烦恼地用后腿挠了挠自己的脖子，“你的人类也听不懂猫咪的话呀，你打电话给他，能有什么用呢？”

斯巴达倒是认为，只要他能和咪呜联系上，哪怕咪呜听不懂，但聪明的他肯定会想尽办法来救他的。只是，现在很晚了，咪呜往常这个时间都要睡觉觉了。唔，要不要给咪呜打电话呢？

就在斯巴达犹豫的时候，葱包烩忽然开口，语气听起来有些着急：“这只猫说她肚子不舒服呢。”他低头嗅了嗅窝在他身旁的其中一只布偶猫。那只布偶猫将自己蜷得严严实实的，不知道是因为受惊了还是因为当时吸入了太多不好的气体。

这样不行呢。家猫的体质还是比较弱的，如果身体出现明显的病症而得不到及时治疗的话，有可能会发展成大毛病。斯巴达毅然做出决定，对戴麻薯说道：“我们给咪呜打电话。”

打电话对猫咪来说是一件不容易的事情，要理解人类的那几个数字就已经超出大多数猫咪的知识范畴了。幸好戴麻薯和斯巴达都是人类家电使用指南课上的高才生，两猫合作，很快就开始了第一波测试。

他们用的是诊所里的座机，用爪子将听筒拨开，进入免提状态。由戴麻薯将项圈铭牌上的号码念出来，斯巴达用爪子去按数字。用毛茸茸的爪子去扣小小的数字键并不容易。在电话接通前，他们错了好几次，其中有两次都误拨到一只陌生人类的手机上，两只猫一头雾水地被一个尖锐的女性人类的声音劈头盖脸一顿狠骂，缩着耳朵将脑袋也缩了起来。幸好他们也不完全听得懂，直接按下挂断，继续试。试到不知道多少个，终于又接通了。

咦，这次还是一只陌生人类的声音呢。

斯巴达不开心地抖了抖耳朵。

这是辛勤第一次参加主播线下活动，没想到游戏主播会玩得这么嗨。他们下飞机后到达酒店，放好行李休息了一会儿，被接到了会场，开始夏日祭的特色活动二十四小时狂欢不断的直播节目。游戏主播们不分平台，都聚到同一个游戏室，通过玩游戏等方式，和在线观看直播的观众进行互动。

辛勤原以为二十四小时只是说说而已，毕竟明天白天还有重头戏。没想到已经到了凌晨两点，主播们仍在玩着无聊的扑克牌游戏，丝毫没有散去的意思。在线观看直播的人数也一直居高不下。大概就是因为观众多的缘故，大家都兴致盎然，游戏换了好几轮，依旧乐此不疲，玩得热火朝天。虽然累了的人可以自行到一旁的沙发上睡一会儿，但此刻沙发上都是女主播们，辛勤不打算和她们抢为数不多的休息位置，只好守在位置上，继续坚持。

不知道饼饼一个人怎么样了？他会择席吗？今天吃饱了吗？

等几位主力军对扑克牌终于感到腻烦时，有人提议玩随机拨打好友电话说真心话的游戏。这个游戏说起来很无聊，就是被抽中的人，需要供出手机，由主持人在他的联系人里随机挑选一位，被抽中者需要按照其他成员的要求，和联系人进行对话。有点整蛊的意思。

辛勤运气很好，炒蛋都被轮到两次了，他一次都没被抽中。最后，主持人宣布要抽今晚最后一位，玩完后他们就散。辛勤正要松一口气，忽然就听见了自己的名字。在他愣神之际，炒蛋已经贼兮兮地将他的手机顺走，众人哄笑，Sing 今天太沉默了，一句话都没说，是时候让他有点参与感了。

“告白！告白！”炒蛋高声建议。

弹幕也瞬间多了起来。

辛勤骑虎难下，没办法，只好解锁手机。炒蛋将他推到了直播镜头前。做人要有点娱乐精神，他自嘲地想着，不过自己手机里没有任何一个固定联系人，估计会被认为是怪胎吧。他正走神，忽然就听见自己的手机响了。

炒蛋疑惑地环顾四周，说：“我没拨呀，我刚刚没找到联系人。”

有人猜测，大概是熟人打过来了吧，这么晚能打过来，肯定关系匪浅。不管，精挑细选不如盲选，先接了再说。

辛勤慢慢皱起眉头，莫名觉得有点不安。

这时，炒蛋已经手快地划动到接听键，还贱兮兮地捏着嗓子，凑到手机边上，大声说道：“这里是特别好看的 Sing 神的手机哦，你是谁呀？为什么半夜打电话给他？”

斯巴达忍不住用爪子去拨动电话听筒。什么东西呀？吵死猫了。他正想要不要把电话挂掉，听筒里忽然传来熟悉的声音。

“喂，你好。”

虽然有些失真，但斯巴达还是一下就认出是咪呜的声音。斯巴达开心地扑过去，喵呜叫了一声。

咪呜，是我呀！

炒蛋和几名想看热闹的主播面面相觑。猫？猫给 Sing 打电话？不是，猫会打电话吗？

辛勤也被吓了一跳，下意识地脱口而出：“是饼饼吗？”他心中的不安逐渐扩大。

是饼饼呀！斯巴达开心地飞快扭动屁股，尾巴一甩一甩的。咪呜你好聪明哦。

在一旁安静坐着的戴麻薯终于忍不住出声打断斯巴达，说重点啦！

辛勤疑惑，还有一只猫？谁？

斯巴达不开心地瞪了戴麻薯一眼，你是不是傻的呀，咪呜听不懂的。

戴麻薯耷拉着眼皮，斜睨斯巴达。就算他听不懂，但你要表现得很着急，这样你的人类才会意识到发生了不好的事情，才会想着帮我们呀。

斯巴达回过神来。哦哦，对的呢，现在不是和咪呜说话的时候呢。于是他回忆着戏剧课上的知识，酝酿了片刻情绪，然后痛苦地喵呜一声。

咪呜，救命呀——救猫命呀——了不得了啦——

辛勤紧张得一下子站了起来，赶紧对着手机说道："饼饼你怎么了？你在哪儿？"

炒蛋站在一旁，以为辛勤是急傻了。问猫，猫能告诉你自己在哪儿吗？呃，不过，如果对方是一只会自己打电话的猫，听起来似乎也没有那么匪夷所思了。

辛勤意识到应该是斯巴达遭遇了意外，但是猫也只能喵呜喵呜叫几声，不能告诉他发生了什么。辛勤没挂断电话，不停地轻声安慰斯巴达，同时示意炒蛋将手机借给他，用炒蛋的手机拨通了猫咪旅馆的值班电话。

值班室的电话很快被接通了，听说是寄住猫咪之一的主人，那头的工作人员显得有些慌乱，但也诚恳地告知，今晚在旅馆的五只猫咪不知去向，在猫咪的居住室发现了有毒气体，他们已经报警了，具体事宜要等警方调查后才能得知，他们现在正全力以赴地寻找丢失的猫咪们。

有毒？辛勤瞬间觉得自己的血液都冰冷下来。后来转念一想，斯巴达肯定是自己逃出来了，不知怎么的拨通了电话。能拨通自己电话的地方，又是座机，难道是他们去过的地方？他迅速排除可能的选项，将线索提供给猫咪俱乐部，希望他们能利用这段时间，将斯巴达和其他猫找到。

“饼饼，还有别的猫和你一起吗？”

有的喔，咪呜。斯巴达一边轻快地回答一边看了一眼葱包烩。

葱包烩正缩在架子上，不情不愿地大声喵了一句。

辛勤放下心来，看来斯巴达是自己逃出来了，顺带把别的小伙伴也带出去了。不管怎么样，要尽快找到他们。

这闹剧一般的剧情被如实地直播出去，就在短短的几分钟时间里炸开了锅。

在场的几位主播也没想到会发生这种直播事故，一时不知如何是好。最后还是辛勤做了安排。他先是和观看直播的观众和别的主播道歉，然后和炒蛋交代自己要立刻买机票飞回去，让他把酒店的行李之后寄给他。炒蛋连连点头，让他放心。

辛勤冲出会场，在马路上狂跑了很久，终于拦下一辆出租车。幸好他身上有证件，在去往飞机场的路上，辛勤买好了机票，和主办方和展台的负责人请了假，表示愿意承担一切违约损失。都交代清楚后，辛勤看着窗外浓墨一般的夜色，想着他的狸花猫，胸口像被人狠狠地捶了一下。

辛勤重新拨通了那个座机号码。他不知道斯巴达会不会自己接电话，他只是等着，想再和他说说话。

电话响了好一会儿，终于接通。里头传来哐当一声响，似乎是听筒掉在地上。不一会儿，斯巴达软软的声音从电话那头传了过来。

咪呜，是你吗？

辛勤忽然笑了起来，对着电话说道：“饼饼，我马上就回家。你再等一会儿，不管你现在在哪里，如果已经安全了，就不要动。我会找到你的，等我。”

斯巴达听懂了回家和等我，开心地发出呼噜呼噜的响声。

咪呜，我等你喔。

CHAPTER 42

英雄斯巴达登报

斯巴达喜滋滋地挂了咪呜的电话。其他话他也听不太懂，他只知道咪呜现在要回家，很快就能把自己接回去。他正开心着，忽然听见葱包烩沉沉的一声叹气。斯巴达好奇地扭过头，看向葱包烩。只见那只小胖子耷拉着圆脑袋，将自己的脸埋在垫子上。只可惜他的脸太大，埋起来后，一簇毛毛还从爪子间隙中扑出来了。

“葱包烩，你怎么啦？你也不舒服吗？”斯巴达跳上架子，来到葱包烩的身边。

葱包烩沉默半天，终于慢吞吞地开口说话：“我好羡慕你哦。”

这种话斯巴达听得多了，不以为意，还蛮骄傲地露出两粒小尖牙。嘿嘿，我也知道咪呜很好哦。

“我被我的人类抛弃了。”

嗯嗯，你被人类抛弃了。斯巴达忽然怔楞，什么，你的人类抛弃你了？

葱包烩将大脸抬起来，叹了一口气，说道：“其实在这之前，我已经住了好久的猫咪旅馆了。之前我隔壁住了一只三花，很聪明，她能听懂人类语。她偷偷告诉我，我的两只人类送我过来时，提到过怀孕和领养。我的雌性人类怀孕了，所以他们不想要我了，打算让我在外面住一段时间，等找到合适的领养家庭，就把我送走。”葱包烩说着说着，大眼珠子里满是泪水，“我有时候能感觉到我的雌性人类不是很喜欢我。但我以为我认真学习了，掌握了更好的管理人类的技巧，我就能变成一只更加优秀，更受人类喜欢的猫咪。唉，早知道我就不贪玩了，如果我初中毕业考试通过就好了。”

不过，葱包烩没告诉斯巴达的是，他初中考试没通过，很大程度上是因为那段时间，他的两只人类在吵架，白天吵，大半夜也吵，他没有任何的学习时间，只能窝在角落里，等人类们自己冷静下来。这种情况一直持续着，直到雌性人类怀上了小崽子。

斯巴达一时之间不知道如何开口，他挨着葱包烩一起趴下来，用舌头舔了舔小胖子的耳朵：“也许……”他沉吟着，很是犹豫。如果让葱包烩住进自己家里，咪呜肯定会对他很好的，葱包烩再也不会被人类抛弃了。可是……斯巴达想不好，低头看着自己的爪子。我不太想要别猫分享咪呜呢。他为自己的自私感到羞愧，又为葱包烩的遭遇感到难过。

戴麻薯从里间跑了出来，招呼几只猫咪去吃点东西：“我的人类给我留了充足的粮食和水，你们可以和我分享。”

斯巴达原以为伤心的葱包烩会拒绝戴麻薯的好意，没想到他听到迅速站了起来，扭动肥硕的小身板，一路小跑进去吃东西了。啊，也是，什么也没有填饱肚子舒服。吃完后，再美美地睡上一觉。天亮了，我就能见到咪呜了，天亮了，一切都会变得好起来。

天亮后，斯巴达并没有立刻见到辛勤。事实上，辛勤一下飞机，先直奔猫咪俱乐部了解情况。警方已经介入调查，名义是入室盗窃和投毒。他们从监控录像中发现有一名黑衣男子在昨天深夜潜入猫咪俱乐部，在放置借宿猫咪的房间投掷了一包不明物体。这个时间段，刚好是夜间值班人员的交接时间，通常会有十分钟左右的空隙。黑衣男子显然对内部工作人员的时间表和工作流程非常熟悉。黑衣男子穿着严实，几乎辨认不清脸部。那包不明物体经化验得知是两种化学药剂的混合物，遇水会产生强烈刺激的氨气，大量吸入会造成呼吸道灼伤甚至是肝脂肪变性。不过从监控录像可以看到，那几只猫在呛醒后第一时间就找到出口逃脱，离混合物距离也较远，应该不会有严重的中毒反应。只是监控覆盖范围有限，只能看到几只猫在狸花猫的带领下离开，并不能查明他们的去向。

辛勤心急如焚。他相信，斯巴达非常聪明，它绝对会给自己和其他猫咪找一个安全的地方。他忽然又想起那个座机号码，打算调出来请警方帮忙确认位置，然而得到的回复是需要时间。辛勤没办法，尝试在网上搜索号码，没有完全一致的匹配，但是有相近的座机号，看起来像连号，而搜索到的号码是“吃多多”诊所的咨询电话。辛勤忽然明白，斯巴达应该是去找戴麻薯了。

当辛勤以及闻讯赶来的媒体记者一起赶往诊所时，发现诊所大门紧闭，上面贴有“暂停营业”的字样。辛勤好不容易安定的一颗心瞬间又提了起来。就在这时，他看到诊所门底的猫洞里，忽然钻出来一只毛茸茸圆滚滚的大脑袋。

是斯巴达！

斯巴达原本听见门外的动静，只是想探头出去看一眼情况，没想到一抬眼就看见咪呜。他开心地叫唤，着急忙慌地将自己从猫洞挤了出来。

咪呜咪呜！

辛勤张开怀抱，将冲到自己怀里的大狸花紧紧抱住。

咪呜，我好想你呀。斯巴达喵喵叫唤，用脸颊在人类的下巴处不断地蹭。哦哦，给你看，我的屁股上秃了一块呢，你看！毛毛都掉了，可疼了。其实就是毛毛被扯掉的瞬间挺疼的，但是在他舔了几次之后，已经没有感觉了。不过斯巴达仍扭过身体，让咪呜看他受伤的部位。他向他的人类控诉，撒娇，然后安静地窝在人类的臂弯里，享受咪呜温柔的抚摸。

辛勤摸了摸斯巴达扯掉了一撮毛的臀部，心疼地亲了他一口。

其他几只从猫咪俱乐部逃离的猫都找到了，只是猫咪俱乐部已经被下令进行整改，暂时无法开业，而它们的主人仍在外地，一时赶不回来。辛勤正忧愁怎么安排这几只猫，幸好白天戴医生听到消息就从老家匆忙回来了。她给所有猫咪都做了身体检查，所幸并未有猫咪留下身体病症，还给安排了寄住。戴麻薯虽然不是这次英雄事件的主角，出于爱，戴医生仍大力夸赞了一番他的聪明机智，还特地给戴麻薯打印了一张彩色照片，打算挂在诊所橱窗里做优秀员工展示——只可惜，戴麻薯这样的黑白猫，彩色照片和黑白照片看起来并没有什么区别。

两天后，几位猫主人来接猫，得知斯巴达是本次危机事件的大英雄，纷纷过来表示感谢。他们将斯巴达围在中心，不停地夸赞他，并决定几家一起，给斯巴达买一堆罐头。猫咪们陆续被接回家，诊所的临时招待所又冷清起来——除了葱包烩仍留在原地。

辛勤敏锐地发现，那只他之前见过的橘色加菲的主人并没有来。他有些奇怪，按理来说，猫咪俱乐部应该通知了每一个家庭。就算主人身在外地，应该也会来电了解情况并做安排。他辗转找到猫咪俱乐部的负责人，得知葱包烩的主人不打算要它了，正在寻找领养人。

葱包烩似乎已经知道自己被抛弃了，安安静静地蹲在角落里，看着它的伙伴一只一只被家里人抱走，不吵也不闹。斯巴达乖巧地坐在它身边，仰着头，看着辛勤。

辛勤蹲下来，用手指轻轻顺着葱包烩的脑袋毛，对他说道：“你是一只很棒的猫咪，你做得很好。”

葱包烩抬眼看着辛勤，忽然喵呜一声，用脸颊轻轻蹭了蹭他的手指头。

斯巴达耐着性子坐在一旁看着人类和葱包烩的互动，忍了一分钟，终于按捺不住，站起来，挤到了咪呜和小胖子中间。

咪呜，也摸摸我吧，我也很棒哦。

见咪呜并没有把小胖子带回家，斯巴达既松了一口气，又为葱包烩感到难过。然而小胖子本猫反倒没有别的猫那样的烦恼，在诊所里吃好喝好，跟着戴麻薯学做前台接待，反而还长胖了三两。不过他对咪呜的好感暴增，每次见到斯巴达都要念叨叨，已经达到让斯巴达不爽的地步，巴不得让他早点接管新的人类。

辛勤出资将葱包烩寄养在诊所里，请戴医生帮忙照顾并且寻觅一位合适的领养人。他还将葱包烩的照片发到微博上，以朋友的名义有偿招募一名长期铲屎官。可爱的橘色加菲一下子得到了广泛的关注，领养微博被转发了好几千。

辛勤提出的领养要求相对于大部分的微博领养，看起来非常简单，有偿领养也预先排除了一些想要占便宜的人，但领养人同时必须通过斯巴达的面试。辛勤相信，在确认人类的好坏是否适合领养猫咪上面，斯巴达是最有发言权的。不过，听说报名领养还能见到斯巴达本猫，粉丝们蠢蠢欲动，更有甚者，打算打飞的去一睹偶像风采。一时报名表格像雪花一样飘落到诊所。这个局面导致辛勤的审核工作迟迟不能展开，进展缓慢。最后，他不得不将审核领养人的工作委托给戴医生和“吃多多”诊所负责。然而，最终确定下来的领养人，既不是他在微博上招募的，也并非是戴医生诊所里熟悉的顾客。

大概也算是一种缘分吧。有一天，一位男士来诊所，带着一只被挡风玻璃撞伤的燕子。燕子是他在路上发现的，想让医生给包扎伤口。他长得圆滚滚的，笑起来有两粒酒窝，两只手小心而认真地捧着受伤的燕子，看起来是一位相当和善的人。葱包烩从架子上跳了下来，用胖乎乎的爪子搭在了那个男人的皮鞋上。喵呜，我要接管你。

新的故事就这样发生了。

辛勤的微博被好事者扒了出来，一时间人气暴涨，斯巴达的身价也水涨船高，前来洽谈合作的厂商纷纷开出了诱人的条件。辛勤并没有答应，他隐约觉得将斯巴达过度曝光有可能为狸花猫带来不必要的麻烦，依旧只是做一名低调的游戏主播。不过他的谨慎反而给围观而来的新粉丝带来不错的印象，毕竟一个并不借机炒作的爱猫人士总是受欢迎的。

虽然斯巴达有市无价，辛勤却因为高人气，迎来了自己的直播生涯巅峰。夏日祭活动方并没有因为辛勤爽约的问题而责问他，反而主动报销了来回的路费，并承诺了下一次的合作机会。辛勤的直播室在钓猫平台上了热搜前三，被挂在主推荐位置，每天晚上直播能达到三十几万观众，成为平台台柱，收入也终于稳定下来，渐渐有了积蓄。

钓猫平台还趁热度，以平台的名义寄了一大箱罐头给斯巴达。加上之前几位猫主人寄的，以及炒蛋等朋友送的，斯巴达拥有了小山一样的罐头堆。发财了的斯巴达每天都守在他的罐头山旁边，一个罐头一个罐头嗅过去，像一位十足的守财奴。然而罐头太多了，吃不完就会浪费，吃多了又会长肉。辛勤经常瞒着斯巴达，将罐头偷偷送给“吃多多”诊所，让他们提供给流浪猫。

败家的咪呜呢。

斯巴达唉声叹气，眼睁睁地看着自己的罐头山缩小，最后只剩下一个小堆。等他吃完罐头山最后一只罐头时，斯巴达也终于迎来了自己猫生中的最大最重要的一次考试：高考。要说猫咪俱乐部逃亡事件给斯巴达带来什么直接影响，那就是他意外得知，因为自己勇敢的救猫行为，猫咪协会给他颁发了“英雄猫咪”奖章，这个奖章是虚拟的，不能吃也不能玩，但可以让他在高中毕业考试中拿到五只爪子的加分，这对于一只偏科的高中生猫咪而言，真是一件充满诱惑和实用价值的奖励呀。有了加分，斯巴达对于自己的大学之梦信心满满。

不出意料，斯巴达在人类语和声乐的考试中取得了令猫瞩目的高分。虽然他另两门课程的表现平平，然而在平时表现和勋章加分的帮助下，毫不费力地突破了重点线，成了猫咪大学新一批的高才生。

斯巴达满怀兴奋之情，郑重其事地在志愿选择一栏填上了自己的理想专业：人类语。

斯巴达认认真真地按下了自己的爪子。如果通过大学人类语的学习，他就能成为为数不多可以理解人类世界的聪明猫咪了。想想真是令猫有些小激动呢。

猫咪协会在第一时间发来祝贺。当然，在鼓励的同时，斯巴达也收到了来自猫咪协会的提醒。协会认为斯巴达是一只难得一见的聪明的猫咪，是他们教育体系的硕果。然而，既然是生活在人类的世界里，猫咪需要知道自己有所为，有所不为。如果一味地将自己的能耐毫无保留地透露给人类，那猫咪这个种群也势必走不远了。一次两次的事件，可以视为突发情况的偶尔为之。但如果不加以控制，那事情可能会走向一个极端。

我们是人类之中的伪装者，这是我们种群的秘密。

为了激励斯巴达继续前行，保持初心，猫咪协会特地送给他一句王特区同志的名猫名言：要取得伟大的成就，就需隐忍而坚定，喵。

被勒令整改举止言行的斯巴达，过了相当长一段时间装疯卖傻的生活。随着人类语学习的深入，他在和咪呜的日常交流中，已经越来越能理解人类的意思了。然而为了表示自己还是一只普通的猫咪，斯巴达必须时常表现得一无所知，摇晃着大脑袋，装作什么都听不懂的样子，甚至做一些和指令完全相反的举动，以期达到让咪呜相信自己没有任何特殊能力的目的。

咪呜，我听不懂呢，你在说什么？“过来”“别动”“跳高高”？“饼饼”是谁呀，完全听不懂呢。

而在辛勤看来，斯巴达明明就听懂了自己的意思，却总是装傻，还自以为演技很好，殊不知他的一举一动早就出卖自己，看起来傻乎乎的。

不过，好在咪呜并不是一只好奇而高调的人类。斯巴达和他种群的小秘密，今天也依旧安全着。

喵呜。

CHAPTER 43

大学之道在喵喵喵

最近在家里出现了一只奇怪的家伙，圆滚滚，扁扁的。它没有气味，却会动。它有名字，叫地宝。它每天都会撒娇很多次，吵吵嚷嚷着让咪呜把它抱起来。

哞，令猫生气。

斯巴达将身体藏在墙后，悄悄地盯着阿宝。阿宝正在欢腾地跑来跑去，不明所以。斯巴达矮下身体，小幅度摆动后肢，目不转睛地盯着阿宝。就在他意图发起进攻时，身后忽然传来咪呜的脚步声。斯巴达不由自主仰起头，朝着咪呜喵了一声。

“饼饼，不要老是去扑扫地机器人，它是来给你收拾猫毛的。”辛勤低下头，和斯巴达说话。

斯巴达舔了舔嘴唇，慢慢坐了起来，开始放松身体，给自己舔毛。好吧，那先不揍它了。

辛勤俯身，用手指挠了挠斯巴达的脑袋顶：“不过，你最近的活动量是不如以前多了。”他说道，“一会儿我们不玩地宝，我们来玩跳高游戏吧。”

舔爪子舔到一半的斯巴达忽然顿住了，思索片刻，决定装傻。他身体一软，侧身瘫倒在地。什么叫跳高游戏呀，不懂呢。天气热呀，不想动呀。他吐出舌头，斜着眼睛盯着天花板，开始发呆。

辛勤被逗乐，拨动几下斯巴达的爪子，确定对方是装傻不想运动，他慢慢走到客厅中央，忽然哎呀一身，也倒在地上，四肢张开，仰面朝天躺着。

斯巴达听见咪呜的叫声，倏地抬头，看了一眼。咪呜在做什么呀？他仔细抖了抖耳朵，并没有奇怪的声音，咪呜不会不舒服的呀。他依旧侧身躺着，尾巴尖却不受控制地缓缓拍打地面。斯巴达坚持了十几秒，终于耐不住内心的好奇，起身走过去，凑到咪呜的脸边。咪呜咪呜，你在做什么呀。

辛勤撇开头，叹了一口气："家里有一只超级懒惰的猫咪呢，心情不好，我也不想动了。"

为什么心情不好呀？斯巴达嗅了嗅咪呜的头毛，伸出舌头，认认真真舔了起来。

辛勤憋着笑，随手捞了一颗玩具球，轻轻往上抛了抛："心情不好，想要找一只猫玩抛接球游戏。"

斯巴达的目光随着球的运动而摆动。咦，猫？什么猫？家里只有我呀，傻咪呜。

"可是饼饼不想和我玩呢。"辛勤努力皱起眉头，贡献出自己的毕生演技，痛苦地说道，"那我找地宝玩吧。唉，还是地宝好呀，地宝更听话，地宝不懒惰，地宝不吃罐头，地宝也不会长胖。"

喵呜！不许说！不许说！斯巴达用爪子轻轻拍打咪呜的嘴，不快地甩起尾巴。我要生气了哦！

咪呜猛地坐起来，吓了斯巴达一跳。他下意识地跳开，瞪着眼睛好奇地盯着咪呜。

辛勤并不看斯巴达，反而冲着不远处正在奋力工作的扫地机器人招呼："来，地宝，乖地宝，过来，接球。"扫地机器人当然听不懂人类的话语，也不会做系统设置之外的举动。

然而斯巴达并不清楚这一点。他只听到咪呜想和地宝玩，还夸它乖。哼，那只蠢东西！斯巴达眼见咪呜将他的玩具球抛向地宝，不由自主地就跳跃起来扑了上去。球飞过地宝头顶，直接撞向了墙壁。斯巴达不费吹灰之力就找到了它，用爪子拨了拨，将球重新拍回咪呜的方向。路过地宝的时候，斯巴达挠着耳朵，犹豫片刻，还是忍不住伸出爪子用力拍打了几下地宝的脑袋。砰砰砰——

你会玩球吗，傻东西，喵呜！

辛勤不停地表演夸赞地宝喜欢地宝的戏码，终于逗着斯巴达玩了半小时抛接球和寻球游戏。看狸花猫的运动量差不多了，辛勤终于露出了笑意，一把捞过斯巴达，抱在怀里搓了搓："好了，不生气了，我错了，你还是最可爱最好看的。"

我当然是最可爱的！斯巴达气鼓鼓地翻了一个身，翘着毛茸茸的屁股。讨厌呢。

辛勤抱着斯巴达，仰面倒在地毯上，伸出手指头和斯巴达玩起了"谁的爪子在上"的游戏。斯巴达很快就决定原谅他了。穿堂而过的清风拂面，一人一猫彼此依偎，舒舒服服地摊着，享受夏日的悠闲时光。

扫地机器人呼哧呼哧路过，撞到了辛勤的小腿，怎么也绕不过去，大声地叫唤起来："地宝被卡住了！地宝被卡住了！"

辛勤和斯巴达谁也不想动，任由扫地机器人自我投入地呼救。

斯巴达张嘴打了一个哈欠。哎呀，下次一定要找机会揍翻这个蠢东西。吵死猫了。他不满地抖了抖耳朵，将脑袋塞到咪呜怀里，打盹去了。

尽管白日的时光依旧清闲，但身为大学生的斯巴达，晚上面临的课业负担却一天比一天要重。大学生活果然不像初高中那样可以按部就班通过考试就行。猫咪大学的学习一般为时一年，分三个学期。大学讲究创造性和实践能力，课堂上的学习很多时候已经不单单是老师讲授知识学生接受信息，更多时候，学生被要求参与到课堂中来，会提问，会思考，会表达观点，会课下实操。由于本身上大学的猫咪就很少，每门课上基本上只有两三只猫。打从第一堂课开始，你脸上有几根胡须老师都数得一清二楚，想要偷懒，那是根本不可能的。逃课？想都不要想。

好在大学的学习内容并不枯燥，在很大程度上缓解了由学习压力带来的心理烦闷感。除了主修课程外，猫咪们还可以根据个猫喜好，从课表中选择不同种类的选修课程，自己定制课程表。为了最大程度地利用教学资源，选修课和主修课享受同等师资，也就是说，在同一门课上，专业学生和非专业学生将一起上课。选修课程的数量是不设立上限的，但由于选修课程的分数也会影响总的学习成绩，因此在课程选择上要求学生们要极为理性。

选修课列表非常丰富，比较热门的有食品鉴赏学、人类管理学、教育学、模特、声乐、造型师（发型和服装）。

食品鉴赏学是关于如何品鉴猫粮和罐头等食物的。作为一只有见识的猫咪，一味地接受人类提供的任何食物是很没有水准的一件事情。这门课程旨在培养正确的食品美学观，教导学生如何对不喜欢的食物说不。

人类管理学是近年来最热门的课程之一，也是葱包烩以前最想修读的专业。管理学是一门综合性很强的学科，主要针教导猫咪们如何通过发挥执行力，组织力和领导力，实现人类接管计划。这门课程在那些拥有大家族人类的有产阶级猫咪之中有极高的猫气。

教育学，顾名思义，就是学习教育的理论和实践知识，学生们最终利用所学为猫咪教育体系做贡献。

模特是一门新兴学科，学科创始人是一只豹猫。近年来，随着人类网络交流工具的快速发展，普通的猫咪形体和仪态课程已经无法满足当今社会家猫对于外在仪表的高要求了。模特学科，可以量身为猫咪塑造完美的形体计划，培养他们的台风，是很多明星猫咪的首选。

声乐专业与初高中时代的科目相比较，多了流派的细分。猫咪们可以选择摇滚乐，民谣，或者古典乐继续深造。声乐专业一般要求学生有一定的初高中基础，但如果作为选修，则没有太高的要求，学生们只需要会唱喵喵之歌就可以了。

造型专业是针对人类需求开设的。猫咪们从很早以前就意识到，人类是不会自己打理自己的物种，他们既不会舔毛，也不会整理外形。因此，猫咪大学专门开设这门高端课程，教授学生如何通过舔毛、挠爪子等技巧，娴熟地给人类的发型和衣服做造型和保养。当然，同样的技能可以运用在窗帘、床上用具、地毯等家用编织物品上。

斯巴达给自己定下的选修课是教育和管理。

教育课的老师是一只长着三角眼的黄白相间的老猫，名叫如玉。别看他长得其貌不扬，课却上得很好。拥有七年丰富教龄的如玉老师，上课会分享各种发生在猫咪教学中的有趣故事和他的个猫经历，整堂课听下来一点都不枯燥。更让斯巴达期待的是，教育这门课，会提供大量的实践和实习机会。假如他将来想成为一名猫民教师的话，这门课将帮助他积累不可多得的宝贵经验。

在第一堂教育课上，如玉老师就分享了他当年第一次正式当老师的经历。那年他才两岁，刚刚大学毕业。年轻气盛，意气风发，励志将教育传播给每一只猫咪。他选择了最有难度的实习岗位：给巫台山公园里最爱寻衅滋事的十只壮汉猫上课。当年如玉老师还很瘦，下巴还是尖的，背着一沓课件，被一群看着肌肉横生睚眦欲裂的壮年流浪猫包围，四肢战战，头都抬不起来。如玉老师当下就打了退堂鼓，正不知道如何开口好。这时，有一只长得巨大的缅因混血走近了两步，朝着如玉老师鞠躬，带头大喊了一声：老师好。如玉老师吓得一屁股坐在地上。没想到这群看起来脾气火爆的危险分子，也有尊师重道的一面。他心里渐渐放下防备，不知不觉投入了更多的爱和耐心，最终成功将十只都带到了初中水平，其中有两只还顺利完成了高中课程，成为流浪猫里头难得一见的高才生。

班级里多愁善感的未来老师们都感动得热泪盈眶：看起来再不可能的学生，也有纯真好学的一面呀，我们不能放弃。

斯巴达偷偷打了一个哈欠。他选择教育，大概是受戴麻薯的影响。斯巴达觉得如果毕业以后，找一份教师的工作也不错，这样自己就有机会给所有猫的成绩单上都画一个大大的叉叉，告诉他重修，想想就很有意义呢，喵呜。

相对教育课，管理课程则更加紧凑，学习氛围也更加紧张。老师是一只声音甜美的长毛玳瑁，名叫花花。花花老师采用了引自人类世界最先进的翻转课堂教学模式，让学生在课后自主学习，而课堂主要用来答疑，互动和深化理解。课堂的节奏往往很快，如果不做充分的准备，很难跟上高强度的学习计划。在每门课上都会组织案例分析的课堂讨论和演讲，案例一般会在课前下发给参与的学生，学生们需要提前通读案例，做好预习。舒克以前就是管理学专业的学生，得知斯巴达要选这门课，曾给斯巴达做过铺垫，好让他对未来的学习状态有心理准备。

尽管有了心理准备，在进入第一次管理课程学习时，斯巴达还是觉得有些吃力。课前复习的案例是关于一只奶牛色母猫在平衡家庭新成员时管理不力的失败案例。案例理解起来倒不难，但如何从一个普通的案例里提炼更加高深和有参考性的适用性理论呢？斯巴达挠秃了脑袋也想不出来，只好按照老师要求的，带着问题进入课堂。

没想到，进入课堂后，斯巴达就震惊了。并非是因为课堂模式，而是因为他们的课上有一位奇怪的同学。

一只狗。

确切地说，是那只名为张铁军的哈士奇。

斯巴达已经好久没见到张铁军了。如今哈士奇脱离尴尬期，毛发茂盛，五官分明，已经长得狗模狗样的了。可是，猫咪课堂里为什么会有一只狗？

花花老师很快出现，给同样疑惑的猫咪们解释道：“张铁军是这个学期的交换生。他的猫普非常不错，为狗和善，希望大家能和他做朋友。”

喵呜，交换生？

斯巴达甩头打了一个喷嚏。

张铁军早就认出斯巴达，兴奋得狂甩尾巴，冲镜头汪汪叫，吐着舌头，和他打招呼。哪怕隔着屏幕，他的傻气还是迎面扑来。斯巴达下意识地抬起爪子，走开，走开。

不过，作为一只交换生，张铁军的课堂表现还是很不错的。他积极参与猫咪们的讨论，上课认真听讲，不懂就汪。花花老师对他的表现非常满意。斯巴达则嫌弃地耷拉着眼皮，刀刀眼盯着对方。

一只狗，为什么要占用猫咪课堂的资源？喵呜。

斯巴达确实是对猫咪世界和狗狗世界在教育方面的友好合作历史不够了解，早在二十多年前，两个种群的教育先驱们就提出教育合作方针。双方的高校代表和教育精英欢聚一堂，通过猜爪子的方式，定下了多渠道多领域深层次的有关教育领域的探索与合作计划。由于狗狗现代教育也深受王特区教育体系的影响，因此两边教育也算是同宗同源，没有太大的分歧点。而双方都有自己的优势领域，比如狗狗教育擅长人类理疗和人类行为研究，猫咪教育则擅长人类管理及人类教导，两边合作，无疑会帮助双方培养出更加全面发展的新时代全能型猫才和狗才。

合作计划还提供了无数交流学习的机会，学生们可根据个猫个狗需求，提出留学申请，得到双方审批通过，即可加入对方同等级教育项目，以交换生的身份进行学习。在交换期间所得的学分可以在两个教育体系内共享。

随着这种交叉学科的交流的深入，猫咪协会预计，未来将会出现更多的类犬型猫咪和类猫型狗狗，以满足多元化的人类社会对猫狗才需求。

喵汪汪。

CHAPTER 44

狗仗猫势

不同于猫咪，狗狗是一个极为重视种群秩序和友善的种族，像美男这样的害群之狗，早就被逐出群内。如果有猫动爪教育美男，他们也是相当欢迎的。正因为如此，斯巴达得到了多数狗狗的认可，在遛人类大军中，赢得一席之地。

辛勤一开始还为斯巴达担心，狸花猫并不喜欢和狗狗相处，如果发生流血斗殴事件，那后果不堪设想。他正考虑要不要再换个时间遛猫，没想到斯巴达的表现却意外的好。他虽然对狗狗们表现冷淡，但也维持着相当友好的表象，从不轻易动爪子。而那些狗狗也对他的存在表现自在，甚至有些狗狗还表现出强烈的交友欲望。

当然，都被斯巴达冷漠地拒绝了。

其中，最兴奋的还属于张铁军。辛勤对这只哈士奇已经很熟悉了。它的主人每天都会在固定时分，将它和那只精神的雪纳瑞带出门，在小花园的梨花树下，两支队伍总是会相遇。

张一对斯巴达仍兴趣十足，每次见到狸花猫，仍然试图去摸摸斯巴达的脑袋，都以失败告终。

张铁军的兴趣却是向另一个方向发展。在张建国的教导下，他已经成长为一只虚心好学的好狗狗，虽然在自控力和学习能力上有所欠缺，但仍不失为一只好学生。

人类对于哈士奇的智力总是有固执的偏见。事实上，哈士奇并非蠢，只是作为大型工作犬，因为他们需要极大的运动量和拥有较高的作业需求，一般人类家庭无法提供。得不到满足的哈士奇容易表现得超出寻常的兴奋和健忘。

张建国相信，结合耐心的教导和科学的锻炼方案，他们家的军军会成为新时代的哈士奇，令所有人类刮目相看。

“蠢狗。”

张建国正愉快地畅想哈士奇的未来，思绪被一声高冷的呼唤打断了。他抬眼一眼，眼见斯巴达正窝在他的人类的怀里，居高临下斜睨张铁军。而那只哈士奇正摇头摆尾地围着人类转圈，兴奋地和狸花猫说话。

张建国一声长叹，教育哈士奇的道路还长着呢。

哈士奇并不懂雪纳瑞的哀愁，他正兴高采烈地和喜欢的狸花猫说话，想探讨在课堂上他没能理解的知识点。这只狸花猫可厉害了，每次课堂发言都头头是道，还会作诗，真是棒极了！汪喜欢他！

斯巴达张嘴打了一个哈欠，嫌弃地用爪子推开哈士奇不断往上凑的大脑袋：“离我的咪呜远一点啦，他不喜欢狗的。”

话音刚落，他的人类就伸手摸了摸哈士奇的后脑勺。

……

“他只是礼貌性地摸一下你，不要得寸进尺哦。”斯巴达气呼呼地说道。忽然又意识到，喵呜，我居然会用得寸进尺了，我真是聪明呀，给自己舔舔爪子。

哈士奇压抑兴奋之情，一屁股坐在草地上，仰头看斯巴达：“汪，我知道呢。你的人类看起来很好哦。这肯定是因为你管理有道，对不对！你真是厉害呀！”

斯巴达尽量克制住得意的心情，瞥了一眼张铁军，将爪子搭在下巴上。我当然知道我自己厉害啦。他忍不住想甩甩尾巴……咦，被咪呜抱紧了，甩不动。

辛勤感受到狸花猫的小动作，低头去看他，伸手挠了挠斯巴达的下巴："怎么了？"

咪呜，我想甩尾巴呢。

辛勤调整手臂的姿势，让斯巴达窝得更加舒服。狸花猫有节奏地甩起尾巴，嘴唇的线条抿成一道骄傲的微笑。

尽管斯巴达经常看不上他班上的留学生。但事实证明，张铁军这样能给团队带来多样性的外来狗才，在某些项目中，还是能起到关键性作用的。

舒克大学毕业之后，依旧没有放弃巫台山公园流浪猫基层教育计划。她将自己的实习与福利教育计划结合在一起，接替馒头，成为计划的领头猫。馒头也并没有退出计划。他毕业之后，成了最大的线上猫咪互动平台的管理员之一，为那些有学习和生活烦恼的猫咪们答疑解惑。在业余时间，他也会抽空参加巫台山教育计划，为更多的流浪猫争取福利做努力。

目前，这个基层教育计划以巫台山公园为试点，经过不断的完善，吸引了更多的猫咪参与，逐渐推广到各个社区和猫咪聚集点，已经成为猫咪大学的金牌学生实践项目，得到了猫咪学会的明文表彰。

作为实践项目的主要头脑之一的斯巴达，自然也受到重视。骄傲的斯巴达为了更好地发光发热，绞尽脑汁想要为这个基层教育计划添砖加瓦。他仔仔细细地从网络上搜寻现有的流浪猫教育研究资料，想要找寻一些灵感。

猫咪学者们灵机一动掐爪一算，发现对于那些想要接管人类的流浪猫，表现得类犬一点会让他们在接管人类的竞争市场中更有优势。因此，在流浪猫的教育计划中，学习狗狗们的“如何与人类打交道”的理论知识，将更好地帮助这些流浪猫找准定位，成功攻略人类。

当然，当他们进入人类家庭，正式接管之后，他们是否想要暴露猫的本性，完全就看猫自己的想法了。

怎么才能让狗的智慧（如果有的话）融入这个计划里头呢？

斯巴达是知道的，大概是由于狗比猫更加不靠谱，人类基本是不会放任狗狗外出的；如果一只狗自己出门，基本都会见报（寻狗启事）。在被人类严密看守的情况下，狗狗很难亲自加入基层教育计划中来。不然张铁军倒是一只不错的队友，傻，听话，很得人类的欢心。

斯巴达百思不得其解，于是跑上楼，想看看他的人类在做什么。喵呜，咪呜在玩游戏呢，不行，我得监督一下。斯巴达轻轻地跳上人类的书桌，踩着咪呜的爪子，攀上了咪呜的肩膀。他打了一个大大的哈欠，用爪子踩了踩咪呜的肩膀，有点困了。

辛勤侧过头，用脸颊蹭了蹭狸花猫的耳朵，这种猫咪打招呼的方式，显然让斯巴达很开心。他轻轻甩了甩尾巴，毛茸茸的尾巴尖蹭得辛勤的鼻子痒痒的。

“饼饼，你要和大家打招呼吗？”

斯巴达用凉凉的鼻尖亲昵地抵着咪呜的脸颊。

辛勤打开摄像头，让一直念叨要吸猫的粉丝们看看斯巴达最近长胖了没。斯巴达已经很努力了，他最近都没有长肉，只是毛多了。

斯巴达轻车熟路地凑到摄像头面前，向他的人类们打招呼：“哟，人类们，今天的你们也依旧无所事事，只能来看我吗？看我的头毛，看我的侧脸，看我的……唔，肚皮是不可以给你们看的。总之，今天的我是不是依旧可爱得不行呢？”

斯巴达尽忠尽职地完成了自己的直播任务。就在他想要窝回咪呜的怀里时，忽然灵光一闪。哎呀，对嘛，视频就是一个很好的交流方式呀！

平板电脑也不重，完全可以想办法背到巫台山公园。然后让傻狗通过视频，将他的知识传达给流浪猫们，不就可以实现线下猫狗的跨平台交流吗？

我真是太聪明啦！咪呜，你说我怎么能这么聪明呢？

斯巴达用头顶蹭辛勤的下巴，辛勤伸手挠了挠他毛茸茸的下巴："饼饼最棒了。"

斯巴达发出愉悦的呼噜声。

听见没？我最棒啦。

虽然斯巴达的计划很好，但实践起来，还是很有难度。

首先，他需要把人类哄睡着。

斯巴达轻轻用身体将游戏房的门推开，探着脑袋看咪呜，提醒道："咪呜，你应该睡觉了哦。"

辛勤在狸花猫炯炯有神的注视下，坚定意志，又玩了两盘，到了十一点，终于忍不住，下线关机，抱着猫洗漱睡觉去了。给斯巴达刷牙，给斯巴达洗爪子，最后把斯巴达抱上床，放在软软的枕头上。

辛勤俯身亲了狸花猫一口："晚安，饼饼。"

斯巴达开心地在枕头上打了一个滚，把毛肚皮翻到咪呜的鼻子尖上，两只前爪抱着他的脑袋，尾巴有节奏地一甩一甩，开始给咪呜唱猫咪摇篮曲。

喵呜，喵呜，喵呜，呼噜呼噜~

辛勤已经有点困了，哈欠连连，伸手揉了揉斯巴达的肚皮："饼饼乖啦，如果不想睡再去玩一会儿，你这样唱歌我睡不着。"

咪呜不要说话哦，你一说话就睡不着了。你听我唱歌就好啦。喵呜，喵呜，喵呜，呼噜呼噜~

猫咪之歌一直响到半夜。斯巴达的声音越来越轻，低头一看，嗯，很好，咪呜睡着啦。斯巴达舔了舔咪呜的头毛，确定对方已经熟睡，起身伸了个懒腰，打着哈欠跳下床，一路小跑来到客厅。

今夜的我也是干劲十足呢。

斯巴达很快找到他的平板电脑，发现平板电脑光秃秃的，没有任何可以下嘴的地方，这怎么叼呢？斯巴达甩了甩耳朵，摇晃着脑袋环顾四周，忽然发现他从曲流镇带来的小包袱。那只小包袱被咪呜洗得干干净净，正安静地待在电视机柜上，和他的小兔子凑在一起。

对呀，我可以用包袱！

斯巴达带来的小包袱太小了，肯定装不下平板电脑。但是他记得咪呜也有一只小包袱，就挂在门边的木架上，那只包袱大！斯巴达很快来到门边，起身跳跃，用爪子将单肩背包的背带勾了下来。他用力过度，背包下落时，袋子扯动木架，架子摇摇晃晃了几下，几乎要砸下来。斯巴达赶紧跳到一旁，瞪大眼睛盯着晃动的木架子。

喵呜，如果架子倒了，肯定会发出声音，那咪呜就要被我吵醒了。

斯巴达不由自主地竖起耳朵，缩着脖子在墙角等着。

咦，什么也没有发生，木架子安安稳稳地立住了。

斯巴达开心地冲过去，用嘴叼起背包带子，拖着背包跑回客厅。人类的背包是帆布的，虽然有点重，但胜在结实能装。斯巴达用爪子比画着，琢磨着怎么将平板电脑装进咪呜的背包里。呼哧，真是辛苦呢。

就在斯巴达奋力和背包搏斗时，他留意到窗外有轻微的动静。他竖起耳朵，迅速朝窗口看去。很快，一只黑溜溜的影子出现在玻璃窗外头。

“打扰啦。”戴麻薯礼貌地冲斯巴达打了一声招呼。

“是麻薯呀。”斯巴达跳起来，给麻薯开了窗，“你来做什么呀？”

“我听说你们今天晚上要去巫台山公园做教育下乡活动。舒克说我比较有经验，也邀请我过去帮忙。”

斯巴达不信任地瞥了一眼戴麻薯：“你就是想出去玩吧，顺便给我们捣捣乱。你最喜欢在给别猫上课时胡说八道了。”

被说中心事的戴麻薯一哽，咳嗽一声，反驳道：“不要这样子嘛，我还是很能帮忙的。别的不说，我听说你这次想邀请一只狗当嘉宾讲师，你打算怎么弄呢？”

斯巴达骄傲地用尾巴尖指了指他塞到一半的平板电脑，说道：“我都打算好啦，我一会儿把平板电脑拖过去，然后让张铁军和我们做现场连线。这样他讲完课，我们还能做现场答疑和互动呢。”

戴麻薯俯身嗅了嗅那只平板电脑，慢悠悠地说道：“计划倒是不错的，但是你打算怎么连线呢？”

斯巴达下意识就想回道：你是不是傻呀，当然是上网连线呀。可是他刚想说话，忽然意识到一个很严重的问题。

公园里没有 Wi-Fi！

斯巴达原本精神十足的耳朵瞬间耷拉下来。哎呀，我真是太笨啦，这么基本的知识，明明在人类家电使用指南课里头，老师都有强调过的。我居然给忘了。没有网怎么连线呀？不能连线怎么上课呀？今天晚上的教案本来都做好了，现在匆忙之间还能修改吗？我怎么没有做后备方案呢？舒克他们还不知道发生了这些意外，他们那么相信我，我怎么就搞砸了呢？不想面对，好想躲进咪呜怀里哦。

戴麻薯端正地坐在一旁，见斯巴达反省懊恼得差不多了，他才优哉地接下去说道：“我有办法呀。”

斯巴达倏地抬起头：“你有办法吗？”

戴麻薯得意地露出两颗小虎牙，说道：“当然，我是谁呀？我可是这片区里最聪明的猫——咳咳，最聪明的猫之一呢。走吧，拖着你的平板电脑，我帮你解决 Wi-Fi 的事情。”

斯巴达露出崇拜的表情。戴麻薯真厉害呢！他的干劲一下子又回来了，二话不说，加快爪子的动作。在戴麻薯的帮助下，斯巴达终于将平板电脑塞进了咪呜的背包，拖上了窗台，又扯下地面。平板电脑在背包里稳稳当当。斯巴达放下心。两只猫趁夜一起拖着一只单肩背包，迅速往巫台山公园方向前进。

斯巴达和戴麻薯赶到公园的集会草坪时，发现猫员已经差不多到齐了。这次课程的学员一共有十一只，都是成年左右的流浪猫，有意图接管人类进入人类家庭生活。而义工猫员，除了舒克以外，还有馒头……以及豆包。

豆包是舒克的好朋友，一只壮硕的黑色长毛猫。戴麻薯和豆包两只主黑色大猫坐在一起，不仔细辨认，还真有点认不出来。斯巴达起先还有些担心豆包会和戴麻薯打架。好在戴麻薯是一只友善懂礼貌的猫咪，而豆包自从和馒头一起接管人类之后，也变得温和不少。他们俩客客气气地并排坐，既没有想要认识的意思，也没有敌对的态度。

斯巴达一边从咪呜的包里将他的平板电脑扒拉出来，一边好奇地问馒头："所以你现在和豆包还有你的人类一起生活了吗？"

馒头有些不好意思，回答道："没有呢，其实豆包现在还不算真正的家猫。他只同意借住在我家，并不愿意承认他和我的人类的关系。豆包每天只有晚上才到我家里睡觉，白天依旧会出门巡视领地，算半散养状态吧。"

豆包闻言，打了一个哈欠，硬邦邦地说："我可没有欠那只人类什么，我现在每天都有带猎物回家给他哦。我可是很尽职地在养家。只不过，我并不想现在就同意接管这只人类。"

馒头叹气："其实，那些猎物都是我吃的。人类还是很喜欢你的哦，每次见不到你，都会担心你。"

豆包甩甩头："没差，你吃的和给那只人类的，都一样。我会负责的。"

斯巴达沉默着，想到他已经好久好久没给咪呜打吃的了，唉，我这么懒，咪呜还这么喜欢我，咪呜果然是天底下第一好的人类。喵呜，等有空，我一定要给咪呜打猎！

戴麻薯对于小朋友之间的爱恨情仇并不感兴趣。他坐了一会儿，忍不住出声提醒道："斯巴达，你应该要联网了。"

斯巴达猛然醒悟，对哦，他还是有任务的。他熟练地用爪子打开平板电脑，然后招呼戴麻薯：快来变出一只可以用的 Wi-Fi。戴麻薯不紧不慢地走过去，让系统搜索附近可用的无线网络。没想到还真找到了一个，信号挺好的，名字却有点古怪。

因为它并不是人类语命名的，而是猫咪文字。

这个无线网络的全称叫：被你发现啦。

连接需要输入密码，戴麻薯不慌不忙地提示系统输入：牛肉罐头好吃。

斯巴达看得一头雾水。他问戴麻薯："为什么是牛肉罐头呀？"鸡肉罐头也好吃呀。

戴麻薯告诉他，牛肉罐头是王特区同志最喜欢的口味。

斯巴达还是不解："这是猫咪协会特地在这里设立的无线网络吗？和王特区老师有什么关系呢？"

戴麻薯歪头："其实我们也不知道这里为什么会有猫咪可以连接的无线网络。从我上学开始，我的老师就告诉我，巫台山公园附近可以搜索到这个网络，可供所有猫咪使用。这个信号似乎是从山顶上的研究院发出来的。"

"山顶的研究院呀！"一只瘦削的白猫忽然插嘴道，"我知道我知道！传说是一只可怕的地方呢。是吧是吧？"他扭头看向自己的同伴，试图得到附和。

其他猫咪一致点头，是呢是呢。

"怎么可怕呢？"作为一只外来猫，斯巴达并没有听说过相关的传说，有些好奇。

那只白猫压低嗓音，小心翼翼地往左右看了看，说道：“听说啊，山顶那所研究院是一只奇怪的人类建立的，会抓各种各样的猫咪过去做实验，那些被抓走的猫咪，就再也没有回来过呢。可怕可怕！”

其他猫咪一致点头，可怕可怕。

这个故事，大概是母猫们经常用来警告小猫不能离开安全区域的恐怖传说。其中真实性有多大，还有待考究。但是在当地猫，尤其是当地流浪猫心中，巫台山主峰山顶的那家研究所，是一个禁区，永远都不能靠近。

舒克打了一个冷战，说道：“你们别吓猫了，大晚上的，好怕猫呢。”她意图将众猫的注意力重新拉回正事上来，“趁夜深，我们还是赶紧开始上课吧。”说罢，她看向斯巴达。

斯巴达上线找到一直在线上等着的张铁军，提出了视频请求。请求很快就被接受了。张铁军的一只大狗头瞬间出现在屏幕上，吓得众猫缩着脖子后腿了一步。

“汪，斯巴达，你总算找我了！”张铁军今天特地戴了一只红色的领结以示隆重，衬得他的长脸更加傻气。

有几只胆大的流浪猫，好奇而谨慎地围上去，凑到平板电脑前，来来回回嗅。他们都是第一次见识到人类世界的新鲜事物，诧异不已。有一只狗在说猫普，他待在小盒子里，没有气味，也没有实体，却能听见他的声音。

好神奇呀！

斯巴达得意扬扬地仰头，说道：“很有趣吧，没见过吧。等你们以后顺利接管人类，就有机会接触更多更好玩的东西了。现在，开始上课吧。”

流浪猫们开始投入紧张的课堂学习之中。

看着一众猫咪努力瞪大眼睛吐舌头哈气，斯巴达觉得自己的猫生观受到了冲击。他很庆幸咪呜是一只很爱他的人类，没有要求他做任何有辱猫格的傻事。

不过事实上，当猫咪们放下自己的成见，迈出艰难的第一步，向狗狗学习这件事情变得没有那么难以令猫接受。张铁军虽然不是一位富有经验的老师，但是他脾气很好，会不厌其烦地重复动作要领。猫咪们在张铁军一遍又一遍的指导下，渐渐学会了吐舌头哈气，疯狂地摆屁股，扑向人类小腿等高难度的动作。

总体而言，今天晚上的课程还是硕果累累。斯巴达总算松了一口气，趁流浪猫们正围着张铁军老师进行课后答疑，他一只猫开始在草坪的另一头溜达。这次他们的课堂并没有设立在醒目的草坪正中央，而是选在了草坪和树丛的交界处。从这一头望过去，猫咪们的身影多数都被树丛和灌木丛遮挡，看不清他们的举动。斯巴达一边小跑一边谨慎地环顾四周。

忽然，斯巴达的脚步停下来。他耸起肩膀，压低脑袋，两只耳朵慢慢往两旁下压。

他嗅到一只陌生人类的气味。

斯巴达莫名觉得害怕。他奓开全身的毛毛，缓缓地侧身后退，一边发出尖叫声，提醒在另一头的伙伴们注意隐藏自己。忽然，他看见一只黑色的人影，渐渐从远处显现。凌晨的雾水腾起，空气中弥漫着细小的水滴颗粒。那个身影朦胧，看不分明。斯巴达内心的不安却不断扩大。

这时，一道刺眼的手电筒灯光射过来，晃得斯巴达的眼睛刺疼。他喵呜一声跳开，却并没有逃开。他打算再坚持一会儿，好让其他猫咪有更多的时间隐蔽撤退。幸好，那只人类似乎不愿意贸然上前，只是远远地举着手电筒。那道刺眼的灯光追着斯巴达，在他脖子上的红色项圈上停留了一会儿。

这时，斯巴达听到一连串细小的人类的咕哝声。他听不懂，却敏锐地察觉到对方正在慢慢靠近。他小心翼翼地后退，将自己的身形隐入草丛之中，在光亮的交错之间，伺机迅速逃开。

斯巴达跑得很快。自从他来到咪呜身边，已经很久不需要像此刻这般拼命逃离危险。他咬着牙，奋力迈开四肢，像一只离弦的箭，从草坪中掠过，一晃眼，就隐匿在灌木丛中，再也不见身影。

斯巴达和其他几只没能来得及逃离的猫咪安静地躲在藏身之处，直到确定那只陌生而危险的人类已经离去，才慢慢地现身，彼此确认安全。

斯巴达沉默地看着那只人类离开的方向，心中充满狐疑和焦躁。

那只白色的流浪猫也没离开，忽然小声说道："唉，最近不知道怎么了，总是有奇奇怪怪的人类靠近我们的居住区，也不知道要做什么。"毛春是一个爱猫之城，像他这个年纪的小猫，几乎没有遇到过任何人类伤害猫咪的事件。"听说有几只长得好看的猫咪已经不见了。不知道是接管人类去了，还是出了什么事。要不是现在外头越来越不平静了，我们也不会急着想去找一只人类的。"他嘀嘀咕咕，和另外几只猫咪离开了。

斯巴达和剩下的朋友们一起赶回城区，一路沉默。馒头和豆包在街口和斯巴达道别，他们负责将舒克送回家，戴麻薯则帮助斯巴达一起把平板电脑再拖回他家。

戴麻薯将斯巴达送到家，犹豫了片刻，开口道："你也不用太在意。危险是我们进步必须要付出的代价。没有猫可以只获取而不付出。虽然我们猫咪的总体形势是大好的，但危险随时存在。猫咪教育从创立的那一刻开始，就清楚自己的使命和责任。我们不惧怕危险，也不惧怕挑战。我们需要做好准备，但同时也要尽力享受每一刻的生活。这个世界，加害我们的人类有很多很多，然而喜欢我们愿意与我们共享家园的人类，总是有更多更多。"

斯巴达闻言，心里安定了很多。他将麻薯送走，回到自己温暖的家。

是的呢，今天只是一次意外。果然猫咪在人类世界，还是需要更加低调和小心。如果有更多的猫咪能意识到知识的重要性，同时通过知识来武装自己，那么作为一个种族，我们势必将更加强大。我们可以学会趋善避恶，学会保护自己，学会约束自己，从而获取更有保障的自由。

斯巴达靠在窗户边，盯着月亮发了一会儿呆。他忽然觉得，教师这个职业真是伟大。他可以教会一只懵懵懂懂的小猫这世间值得掌握的一切。这只小猫会成为他们种群的未来，会成为再下一带的保护者和教导者，生生不息。

喵呜，我想成为一名老师呢！

我不单单是能够照顾我的人类，我还可以帮助很多很多像我当年一样无知而弱小的猫。

斯巴达下定决心后，忽然觉得心胸开阔，像有使不完的劲儿，全身充满了力量。他抖动着两只耳朵，听见墙里头传来熟悉的窸窸窣窣的声响。

斯巴达在黑夜中，悄无声息地露出一个猫咪的微笑。

CHAPTER 45

来自狸花猫的试探

已经拥有了远大理想的斯巴达认为自己的猫生不再是一片混沌。这种思考自身生存之外的状态令他有些新奇，也有些茫然。毕竟，猫咪并不适合舍己为猫这样的思路。这就像，他降生于世后再一次重组自己的三观，这个过程，不能说是痛苦，却充满不安。

困惑了几天，斯巴达找到自己的人类语老师彩票。彩票是一只性情温和的英短，脸大头圆，脖子也圆，爪子也圆，腰身也圆……说话慢吞吞的，因为特别喜欢中文，所以大学时期修读了人类语的中文分支，后来成为一名猫民老师。彩票老师学识渊博，甚至知道怎么优雅地撕开零食包装袋。斯巴达觉得睿智的彩票老师应该能够解答他的疑惑。

彩票老师听完斯巴达的疑问，沉默了很久，慢腾腾地给自己舔了舔爪子，舔完爪子，他又打算给自己舔舔肚皮……肚皮叠了太多层，舔不到。彩票老师于是坐立起来，慢条斯理地说话：“其实，你有这种想法，是很难得的。正如你所了解的，我们猫咪并不适合社会角色。不过，几乎每只接受教育的猫咪，当他们的学识达到一定程度，都会产生这样的困惑。尤其是我们学习人类语的，每当我们进一步靠近人类的世界，我们就会不由自主地思考自己的猫生意义。这不是什么奇怪的事情，相反的，这种对于自身和世界的反思正是智慧的体现，是自然而然形成的。

你不必对此感到不安。

“你希望通过利用自己所学来造福你的同类，这是一件非常好的事情。依靠自然的力量，我们的种群可以壮大，可以无限繁殖。然而，我们家猫的生存在很大程度上依赖人类社会的发展。人类社会最终会走向何处，任何一只猫咪都无法解答。有着这样不确定的因素，我们必须尽己所能地思考自己的未来。

“猫咪的未来，必定是和人类合作的未来。我们相互依存，各取所需。这个理念并非被所有猫咪理解或是接受，而你，可以帮助他们。越多的猫咪能正确认识这个世界，意味着越多的猫咪能够健康长寿地生存下来。

“但是，我同时也希望你知道，我们的世界，对于人类而言，是隐秘的。我们的秘密，只能为我们自己所知。任何泄密的行径都可能导致这个种族的巨大灾难，甚至是灭亡。

“你需要谨慎，再谨慎。可能，走到最后，你会发现只有你一只猫，你是那么孤独，然而你仍需要谨慎，再谨慎。正如我们伟大的先驱王特区老师曾经说过……”彩票老师停顿下来。

斯巴达立刻接下去说道：“没有什么成功是随随便便取得的，我们可能要付出爪子和牙齿的代价。我们可能再也无法抓老鼠，我们可能还要放弃小鱼干和牛肉干。”

彩票老师定定地看了一眼斯巴达，然后打了一个哈欠，说道：“行了，就这样吧。我要舔毛了，你走吧。”

斯巴达窝在沙发上，消化了一番彩票老师的话语。他想到自己，想到这个世界，想到发生的种种事情。喵呜，所以说，我产生这样的想法是很正常的嘛。不过，人类真的都是不可信任的吗？斯巴达抖抖耳朵，纠结起来。可是，咪呜就很好呢。如果咪呜知道我是一只聪明的猫咪，他对我的态度会有所不同吗？猫咪的秘密真的只能由猫咪守候，我们无法获得人类的帮助吗？

斯巴达将这个危险的想法分享给戴麻薯，后者听完连连甩尾巴：“不可以的哦斯巴达，我们需要保守秘密，坚定地沉默到最后一刻。”

斯巴达歪着头：“可是，我并不是想把我们猫咪的所有秘密都暴露给咪呜，我只是想告诉他，我是一只与众不同的猫咪。我想让他为我感到骄傲。”

戴麻薯叹气：“人类的心思是很多变的。尽管他现在表现得很喜欢你，但也仅限于当下他所了解的你。你能肯定，当你透露出更多不为人知的秘密后，你的人类还能依旧保持冷静，像以前那样无差别地对待你吗？”他盯着斯巴达，面色严肃。

斯巴达端正地坐着：“我不会暴露我们守护的秘密的。”他肯定道，“但我总觉得，猫咪世界的背后，并不仅仅是我们了解的那样。麻薯，你有考虑过猫咪教育这件事情吗？虽然我们是聪明的猫咪，但是我们的教育体系是完全建立在人类智慧的基础之上发展起来的。这意味着，猫咪教育在成立伊始，受到了巨大的来自人类的影响，甚至在当下，我们日常所需所看所得，似乎都有着强而有力的保障。这一切，都只是猫咪自己完成的吗？”

戴麻薯被斯巴达的一番话惊得后背毛毛竖起。

斯巴达冷静地看着他：“这一切，真的从来没有任何人类知晓过吗？”

戴麻薯迟疑着，他并没有想到这种层面。他是一只城市猫，虽然经历过几年流浪生活，但是他所处的环境便捷，很容易接触猫咪教育和其他一切新奇的事物。对他而言，这些神奇的事情已不再神奇。他打从一开始就接受了这样的世界观，不会再怀疑，因此不会再做无谓的猜想。然而斯巴达不同，他来自一个猫咪教育发展相对落后的乡镇，这一切给他带来的冲击力不言而喻。也许正是在这种冲击力下，迫使他不断思考，不断突破自己的思维局限。

想到这儿，戴麻薯不禁对斯巴达肃然起敬。当一只猫咪钻进纸盒子里时，他很难再留意到纸盒之外的世界。对于纸盒之外的思考，恰恰是教育应该达到的一种高度。他诚恳地说道：“你说的话我觉得有道理，但是我们并没有事实依据，所以只能存疑。我觉得你是一只聪明可靠的猫咪，你一定能找到自己的方式，验证你的想法。”

在戴麻薯的鼓励下，斯巴达开始制订自己的咪呜试探计划。一开始，他还是有些忐忑的。但是随着计划的深入，他开始兴致勃勃跃跃欲试起来。他对咪呜有绝对的信心。

如果咪呜知道我是全世界最聪明的猫咪（之一），他是不是会开心得勾起尾巴尖呢？哦，我忘了，咪呜没有尾巴呢，唉，真是可怜。不过，咪呜如果知道我是一只聪明的猫咪，他肯定对我会有更大的信心，他可能会让我一只猫出门，我会拥有更多的自由，做更多有意思的事情呢。

虽然这个计划名为计划，但斯巴达并不打算将事情弄得很复杂。他的咪呜是一只傻咪呜，斯巴达不愿意吓坏他。所以，试探计划的第一步，是小小的尝试。

教会咪呜听懂他的名字。

斯巴达趁咪呜坐在沙发上刷手机，离得远远地坐下，脸朝着人类，端端正正揣着爪爪，然后开口冲人类喊道：咪呜。他一直重复咪呜的叫唤，直到咪呜明白自己是在召唤他。等咪呜从沙发上下来，走到他面前，斯巴达就会站起来，奖励地蹭蹭咪呜的裤腿，舔舔他的爪子。

你干得很好哟，咪呜。

接下来，斯巴达打算增加难度，给咪呜设置几个障碍。他坐在食盆旁边，冲咪呜叫唤他的名字。如果咪呜将注意力放到食物上或者是问斯巴达是不是饿了，斯巴达就会远远跑开，不让咪呜摸到自己，借此告诉咪呜他猜错自己的意思了。这样重复几次，直到咪呜能清楚地知道，他这样叫唤只是单纯地在喊他的名字，并没有想要吃的或是想让他陪自己玩。

咪呜很厉害呢，虽然重复了好几次，但已经很不错了哦。说不定你是这个世界上第一个听懂猫咪语的人类呢。

在接下来的训练中，斯巴达逐渐加入了其他的叫声，虽然咪呜并不能清楚地明白每一个声调代表的意义，但是他已经能够明白自己的叫声都是有意义的。

每天晚上，等咪呜睡着，斯巴达都会找到戴麻薯，分享这一天的成果，请他分析一番。咪呜的进步非常明显，斯巴达已经肯定，他的人类是全世界最聪明的人类。戴麻薯教会斯巴达如何登陆人类的微博（据说是人类用来分享自己的衣食住行的一种线上工具）以及如何使用语音翻译系统将人类语的文字转换为猫咪语音。语音翻译系统虽然不够准确，但连蒙带猜还是可以了解微博的大概内容。斯巴达将咪呜最近几天的微博都听了一遍，没有发现任何一条和自己最近的异常行为有关的微博。

咪呜真是一只低调而聪明的好人类呢。

很快，斯巴达就增加训练难度。他将咪呜召唤到窗户边，当着人类的面，跳起来，熟练地利用体重将窗户锁拨开了。

辛勤僵硬地站在一边，面无表情地看着他的狸花猫跳上窗台，用自己胖滚滚的屁股挤开玻璃窗，然后……钻了出去？然后，若无其事地蹲下来洗脸？

斯巴达在玻璃窗外舔了一会儿脸，又自己钻回屋里，麻利地用屁股将窗户推了回去。

为了让人类更好地巩固新学的知识，斯巴达将开关窗户来来回回表演了三遍，蹭了一身灰，最后一屁股坐在地上，得意扬扬地抬头看咪呜。

咪呜，你看清楚了吗？我可以开窗户，但是我也会回家。我可以选择自己是想出去还是回来呢。

辛勤很纠结。最近几天，他已经明显感觉到自己的狸花猫哪里不对劲。他似乎有迫切要和自己交流的冲动。可是一只猫怎么能够和人类交流呢？辛勤反省，应该是自己休息不够的缘故，才可笑地将狸花猫正常的猫咪举动视为异类。

可是……可是……

此刻的他，没办法说服自己，这是一次简单的意外。

辛勤恍惚了一整天，斯巴达倒是开开心心，晚饭吃得干干净净，还缠着辛勤给他喂了一点零食。晚上睡觉的时候，斯巴达像往常一样，黏糊地挤到他怀里，冒出呼噜呼噜的声响。斯巴达给自己舔完爪子，已经困得眯眼睛，脑袋一歪，很快就睡了过去。辛勤一手抱着他，一手继续刷手机。他犹豫了半天，也没有在微博发问。

万一，只是万一，如果他的斯巴达是成精的，一不小心暴露了，岂不是不太好？

辛勤自嘲自己脑洞太大，忽然回神，猛地发现自己在网页中的搜索词都是：猫成精了怎么办？辛勤冷静了片刻，决定继续搜索下去。

我家的猫好像成精了。

这样的问题下面，往往有千奇百怪的回复，有些甚至发展成灵异事件。不过所有所谓的成精事件，似乎并不能说明猫有和人类交流的欲望。大多数事件，仅仅能看出猫是聪明而有灵性的动物——没错，只是动物而已。

辛勤刷了半天，心下稍定。也许他的狸花猫只是一只聪明而又表现欲很强的猫。他想用自己的方式告诉他：你看，我是可以自己出门的，你不能再把我关起来了哦。辛勤脑补了一下斯巴达如果能说人话会是怎样的语气，轻轻笑出声。这么想着，辛勤忍不住网购了一条夜光扣链。扣链可以别在项圈上，可以在黑暗中发出荧光，就像小朋友的夜光鞋一样。这样如果斯巴达晚上走在马路上，就比较不容易被车误伤。

买完东西，斯巴达已经睡得四脚朝天，呼呼打鼾。空调发出轻微的声响，凉风习习。辛勤扯了一点自己的被角，把斯巴达的花肚皮遮上。辛勤忽然觉得有些好笑。一定是自己这几天太紧张斯巴达了，成天胡思乱想。他将手机扔到一边，侧头看了一眼睡得七扭八扭的狸花猫，轻轻弹了弹他耳朵上的聪明毛。

第二天早上，辛勤醒来的时候，脑袋还有些沉。昨天晚上，他因为熬夜了，虽然到了生物钟醒来的时刻，但脑袋还是不清醒的。他下意识摸了一把身旁，斯巴达已经起床了。辛勤挠挠头，起床，开门，一脚差点踩上一团黑乎乎的东西。幸亏他反应迅速，及时收住脚。辛勤揉眼睛，定睛一看。

他的卧室房门口，摆着三只老鼠，按照个头从大到小，摆放得整整齐齐。最小的那只似乎才长毛不久。

而罪魁祸首正挺胸昂首地坐在一旁，抬起头看着他，一副骄傲自矜的小模样，两只绿色的眼珠子亮闪闪的。

咪呜咪呜，早上好呀，还记得隔壁楼新搬来了那家老鼠哇？我数了数哦，有好多只呢！不知道你喜欢什么口味的，随便给你抓了点儿，趁热吃哦，吃了可以更聪明呢。

开心吧，喵喵！

CHAPTER 46

手艺人王师傅

自从养了猫，辛勤已经习惯在最短的时间内迫使自己冷静下来。因此，哪怕面对三只躺尸的老鼠，他也能面不改色地和斯巴达道早安：“饼饼，早。”

斯巴达大幅度地晃动自己的尾巴，依旧抬头看着人类。咪呜，早哇！

辛勤冷静地说道：“我们今天不吃老鼠，来，下楼，我给你准备早饭。”

眼见人类越过老鼠，直接往楼梯口走去，斯巴达有些困惑，赶紧叼上最大的那只老鼠，跟在人类身后。咪呜，你还没有吃早饭呢！

辛勤觉得头疼，想了想，一屁股坐在台阶上，指了指身旁的空位，招呼斯巴达：“饼饼，过来，坐。”

斯巴达迟疑片刻，慢吞吞地走了过去，小心翼翼地放下嘴里的老鼠。本来，他是将老鼠放到他和咪呜之间的，转眼想了想，不妥，又伸出爪子将老鼠拨开，推到台阶面正中央。好不容易抓住的，别滚了呢。斯巴达舔了舔嘴巴，这才不慌不忙地贴着人类坐了下来。咪呜。

辛勤看得又好气又好笑，忍不住伸手给斯巴达挠了挠脖子。他问道：“昨天晚上你灭人满门了？”

斯巴达扬起头，示意咪呜给自己再挠挠下巴。喵呜，你在说什么呀？他打了一个哈欠，惬意地眯着眼睛。挠下巴好舒服呀。

辛勤给斯巴达挠了一会儿，狸花猫呼噜呼噜，撑起爪子想往他怀里钻。辛勤赶紧制止他，说道："饼饼，来，我跟你说件事。来，我们先坐好。不管事情是什么，首先，我们谈心的态度要端正，对不对？"

斯巴达困惑地歪头看他。

"虽然你已经没有蛋蛋了，但是我一直敬你是条汉子，现在的对话是男人和男人之间的对话。想要维持良好健康的关系，我们必须开诚布公，你同意吗？来，同意的话我们俩先击个掌。"辛勤摊开手心。

斯巴达迟疑地将爪子放到人类的手心里。这是要做什么的呀？

辛勤握了握斯巴达的爪子。握完才想起来那是一只抓过老鼠的爪子。他也顾不得许多，保持面部的严肃，继续和狸花猫说道："首先，我宣布，你是一只聪明、能干、可爱、好看、厉害、独一无二的狸花猫。我们饼饼是全世界最棒的猫咪。同意的话，我们再击个掌。"

好像在夸我呢，果然老鼠是最有用的。斯巴达愉快地将爪子伸过去。

"然后，我们生活在一起这么久了，感情日渐深厚。我觉得有些事情，我得告诉你真相。真诚，是维系长久关系的基石。"辛勤低头看着狸花猫，"我，不吃老鼠。"

斯巴达一动不动地看着咪呜。

辛勤耐心地重复了好几遍，狸花猫似乎终于意识到他在说什么，缩着脖子，耳朵渐渐耷拉下来，屁股挪动，不动声色地往后退了一步。辛勤忍不住摸了摸斯巴达的脑袋："谢谢你。我知道你很辛苦，一大早就起床打猎，还把猎物送给我。你是最好的饼饼。"

咪呜你为什么不喜欢我的老鼠呀？斯巴达觉得很委屈。

"可是我不吃老鼠，就像你也不喜欢吃处方粮，我们都有自己不吃的东西，对不对？世界上还有那么多我们喜欢吃的东西，没有必要把注意力都放在不喜欢的食物上，对不对？"辛勤轻轻地给斯巴达厚实的背部顺毛。

斯巴达渐渐放松，一点一点地又凑到咪呜的身边，将圆圆的脑袋搭在咪呜的膝盖上，软乎乎的脸颊挤在人类的大腿边缘，像一块融化后流淌下来的巧克力团子。可是，咪呜你为什么不喜欢老鼠呀？

辛勤摸着斯巴达，夸赞他，然后告诉他，人类大多数时候是不可以吃生肉的。

斯巴达抬起头，瞥了一眼楼下的厨房。

辛勤哭笑不得："如果是老鼠肉的话，熟了我们也不吃的。"

斯巴达失落地将脑袋重新摆到咪呜的腿上。你真的是很挑食呢，咪呜。斯巴达重重地叹了一口气。那模样，就像为孩子不吃饭而发愁的妈妈。

辛勤被逗笑了，直接拎起斯巴达，将他抱在怀里："好了，不生我的气了吧，我们下楼。我给你准备你喜欢吃的早饭，好不好？"

斯巴达不开心地甩着尾巴尖。可是你还是很挑食哦。

"然后我再给你洗下爪子……嗯，最好再刷个牙。"

辛勤给斯巴达喂好早饭，为他擦干净爪子，肚皮和嘴巴。顶着斯巴达哀怨的注视，将老鼠一家三口处理好，又给自己洗了个澡，终于，一切收拾妥当。辛勤抱着斯巴达，一人一猫窝在沙发上看电视。

斯巴达是一只神奇的猫，他不仅会看电视，还会看得傻乐，欢快地勾着尾巴，好像他能看懂一样。

辛勤对电视剧不感兴趣，躲在斯巴达身后刷手机。他在查找本地信息：如何驱鼠。虽然捕捉老鼠是猫的天性，但现代社会人工化学物质太多，连老鼠都不能保证天然无公害，辛勤担心因为抓老鼠，斯巴达会吃进去不太好的东西。大部分驱鼠方式都是化学攻击，如果能对老鼠造成伤害，也可能伤害斯巴达，辛勤并不打算冒险。刷了一圈，一无所获，辛勤正打算放弃时，忽然看到一条出现在本地论坛的小广告。

"你还在为家里的老鼠感到烦恼吗？你还在为家里的猫抓不住老鼠感到难堪吗？现在，你的机会来了！人工驱鼠，不含有毒物质，不含防腐剂，砌墙补洞，手工打造一个无鼠环境。联系人：王师傅。”

广告后面跟着这位王师傅的手机号码和联系方式。辛勤将信将疑，用关键词又搜索了一遍，找到王师傅的主帖，发现这位人工驱鼠的王师傅还是有一些客户的，且大部分客户评价都很好。

辛勤决定试一试，很快联系上王师傅，和对方约好时间和价格。王师傅的声音听起来很粗犷，像一位中年大叔，但是笑声爽朗，不怎么计较价格。只不过，对于驱鼠的时间，他表现得有些奇怪，问了辛勤家的大致方位，说是要回去夜观天象，算一算什么时间去驱最好，等定下时间再联系辛勤。定金？唉不用不用，小伙子先等着啊，我算好了给你回消息。

辛勤挂了电话，觉得有些莫名其妙。不过，总算是解决了一件事，他放松下来。斯巴达正趴在他的腿上，电视上他最喜欢的节目已经播完了，大概是觉得无聊，斯巴达开始眯着眼打盹。辛勤忽然好奇，斯巴达是不是有些怀念生肉的味道。

猫为何要吃老鼠？有些人说猫吃了老鼠会变得耳聪目明，因此老鼠成为猫咪饭桌上的必备肉食。但事实上，如果有替代品，猫并不是非老鼠不可，就像其实很多猫都不喜欢吃鱼，他们的生活环境、猎食的便捷性都影响了他们的饮食结构，而人类的干预也一定程度上影响了猫的食谱。不过不管怎么说，猫是单纯的肉食动物，对于肉类，他们有着天然的偏好。

是不是应该给斯巴达适当喂点生肉？

产生这样的想法后，辛勤做了一番功课。大部分专家建议不要轻易尝试喂食生肉，主要因为现有的食品安全无法完全保证生肉的可食性，生肉中未去除的细菌或寄生虫卵都会增加猫咪感染的概率。但是很多猫主人还是认可生骨肉喂养法。众说纷纭，不一而足。但看到有人担心吃了生肉后家猫变得更加有野性时，辛勤还是忍不住笑了。他们家的狸花猫已经够有野性了，这个担忧基本不存在。

不管怎么说，增加体检和驱虫的概率都是有必要的。

又是一大笔银子呢。辛勤揉了揉斯巴达的肉肚子："干活去吧饼饼，我们得赚点钱。"

斯巴达打了一个哈欠。

虽说贫穷使人进步，但斯巴达的运气还不错，猫在家中坐，肉从天上来。当天晚上直播的时候，辛勤收到炒蛋的信息。炒蛋最近在外面玩，意外获知有一款牛肉，号称是顶级品质的可生吃标准的牛肉。炒蛋特地给辛勤买了一份，空运了过去。

第二天一大早，辛勤就收到了快递，拆开的时候，肉还冒着冰气，看起来肉质鲜嫩欲滴，很是新鲜。见斯巴达好奇地往泡沫箱里张望，辛勤洗了手，用筷子挑了一小段肉，喂到斯巴达嘴里。

斯巴达嗅了老半天，终于张嘴舔了一口。唔，还可以吧。

辛勤知道猫对于肉质是非常挑剔的，并不指望斯巴达能有多喜欢。但是狸花猫表现得这么冷淡，有点出乎意料。要知道，这种牛肉，从人的标准看来，已经是新鲜度极高的好肉了。

"不喜欢吃吗？"辛勤问道。

肉不够新鲜了呢，咪呜，你也不要吃了哦。我昨天给你抓的老鼠就是新鲜的呀，你又不喜欢吃。哎呀，气死猫了。

既然斯巴达不喜欢吃，辛勤就毫无压力地打算犒劳自己。他按照奶奶的食谱，嫩煎了一盘牛肉，又用边角料做了一锅西红柿牛肉汤，做出一顿丰盛的午餐，吃得很满足。

斯巴达好奇地凑到咪呜的嘴边，只舔到了一丝丝咸味。

刚收拾好厨房，辛勤收到王师傅的消息，说下午三点钟可以驱鼠。辛勤和王师傅确认好地点和注意事项，放下手机，朝斯巴达喊道："饼饼，过来，你的玩具要收一收，下午有客人来。"

按照王师傅的叮嘱，辛勤将所有琐碎的物品和小件家具都收拾好，给斯巴达留了一小块能玩的地方。不巧的是，才收拾好，斯巴达的夜光项圈扣链也到了。辛勤将包装拆开，东西比效果图看着要大，在白天的灯光下，看起来就是塑料绳的样子。辛勤研究了一番，确认不会有什么危险，抬手招呼斯巴达过来戴上。没想到，一向对他的礼物都很满意的斯巴达，第一次表现出不愿意的情绪。

不好看呢，咪呜，我不想戴呀。戴起来会被别猫笑话呢。不要戴好不好？

斯巴达把自己的身体整个叠起来，将脑袋藏在肚皮里，拿屁股对着辛勤，说什么也不肯抬头。

就在一人一猫僵持时，王师傅来了。

王师傅真人比他的头像显得还要健壮一些，皮肤黑黝，目光烁烁，拎着一只黑色的工具包，一进门就乐呵呵地笑，显得很忠诚憨厚。王师傅一个大个子，放下工具包，拘谨地在玄关里换了鞋，然后在辛勤的邀请下，进了客厅，一眼就看见了斯巴达。

“哎，好猫呀。”王师傅发出感叹，似乎对斯巴达很喜欢，“他不喜欢戴那个，不好看。”他指了指辛勤放在沙发上的夜光扣链。

斯巴达原本正撅着屁股，试图趁咪呜不注意，将丑陋的扣链推到沙发底下去。闻言，他抬起头，好奇地打量进来的陌生人。

辛勤有些不好意思地将夜光扣链收了起来。他觉得有些奇怪，斯巴达往常不喜欢陌生人，总是表现得很冷淡甚至是有敌意。但是面对第一次来的王师傅，斯巴达却是好奇多于厌恶。他甚至跳下沙发，远远地绕着王师傅，似乎是想嗅一嗅他身上的味道。

“您还真是招猫喜欢呢。”辛勤不由自主地感叹道。

王师傅呵呵一乐，有些害羞地挠了挠头。辛勤还挺喜欢这位憨厚的大叔，看起来像一个平易近人的人。他给王师傅指明了房间的布局。原本以为要驱鼠，必定会有一番大动作。没想到，王师傅只是小范围地四处探索了一会儿，并没有拿出什么神奇的道具或是开始起范儿。担心斯巴达玩耍蹦跳的时候撞到家具，辛勤把家里所有尖锐的角都用安全材料裹起来。家里也收拾得很干净，地上没有明显的猫毛，猫砂盆整洁无异味，喂水器里的水新鲜清澈。王师傅一边看一边满意地点头。在他走动时，斯巴达一直小心翼翼地跟着他，探着脑袋，既想靠近又显得有些犹豫。

辛勤怕斯巴达捣乱，冲斯巴达喊道："饼饼，过来，别打扰王师傅工作。"

斯巴达朝辛勤看一眼，一步三回头地小跑过来，扑到了辛勤怀里。

王师傅笑了起来，露出洁白的大门牙："不碍事不碍事。家里挺干净的，听动静老鼠应该不多，很快就能处理好。小家伙很能干呀，家里照顾得很不错。"

斯巴达似乎听懂了，骄傲地甩动自己的尾巴尖。

王师傅终于检查完毕，走向他的黑包。辛勤原以为包里头都是要用到的工具，没想到王师傅一拉开拉链，一只奶油加白的漂亮大猫慢悠悠地从里头走了出来。它不紧不慢地端坐下来，扬着头，礼貌地冲辛勤喵了一声。

打扰啦，我叫奶黄包。

斯巴达打了一个喷嚏。

辛勤诧异："我刚刚都没发现您还带了猫来。这是要帮忙吗？我给它拿点水喝吧。"辛勤下意识地想招呼客人。

王师傅连连摆手："不用不用，这是我的小助手奶黄包，我们一会儿就完事儿了，不用费心。"

斯巴达开始挣扎。辛勤低头，摸了摸他的脑袋，叮嘱道："不许和客人打架。"说罢，他将斯巴达放到地上。斯巴达小跑来到客人猫的近旁，侧着身体打量对方。

喵呜，你来做什么的？

我来抓老鼠呀。

哼，我自己就可以抓老鼠，做什么要你来帮忙？

两只猫一猫一句，你来我往地念叨了半天。最后，奶黄包被王师傅喊去干活了。斯巴达不死心，跟在对方背后，仔细地嗅了嗅他的屁股才作罢。

整个驱鼠过程意外的非常简单。王师傅几乎毫不犹豫地定准方位，招呼辛勤一起将挡路的家具挪开。从墙角处漏出一小块斑驳的墙体，有一条看起来很窄小的缝隙，王师傅说那就是老鼠洞的入口。辛勤心道，原来老鼠也会缩骨功呀。只见王师傅从兜里掏出一个收音机模样的装备，不断旋转圆形按钮，似乎在调整音频，但辛勤什么也听不见。

两只猫都高高地竖起耳朵，以准备攻击的姿势蹲坐着，目不转睛地盯着一个方位。

就在辛勤一头雾水之际，说时迟那时快，有五六只黑乎乎的老鼠瞬间从缝隙里涌出来，四下散开，慌不择路地乱窜。就在辛勤眨眼的工夫，斯巴达和奶黄包已经各扑了一只老鼠，而剩下的都被王师傅眼疾手快地拿钳子夹起来塞进特制的笼子里。

奶黄包乖巧地将自己的劳动所得上缴了。而斯巴达则一脸骄傲地拿爪子踩住他的老鼠的细尾巴，半眯着眼睛看着王师傅。

我就不交出来！我抓的，就是我的！

王师傅为难地看了一眼辛勤。

辛勤叹气，蹲下来，摸着斯巴达的脑袋和他讲道理。最后，在辛勤的坚持下，斯巴达心不甘情不愿地交出了老鼠，气得胡子都弯了，自顾自地跳到一旁去舔毛。奶黄包凑过去，喵喵咪咪和他说话，也不知道在聊些什么。

王师傅将所有的老鼠都收起来。鼠笼里发出令人不快的吱吱声。王师傅用水泥和墙灰将老鼠洞和墙缝补好。他的手艺很好，动作麻利，不一会儿，墙缝就消失了，和周围的墙体融为一体，再也找不出痕迹。王师傅还尽职地检查了屋子里的其他墙角，将缝隙都补上。不到一小时，工作都结束了。

最后，王师傅站起身，朝辛勤微笑道："行了，这个洞，老鼠是不能再打了。家里有猫，一般不容易生老鼠。多半会从邻居那里跑过来，注意别放太多吃的在外头。如果还是不行，你再来找我。"他想了想，忽然又加了一句，"对了，我就住在巫台山山顶的研究所里头。巫台山下面有一片梨树林子，开花的时候可美了，你可以带你的猫去玩。"

辛勤不明所以，还是点头答应了。斯巴达从沙发上冲出来，叼着他的裤腿喵喵叫。

咪呜，巫台山的研究所，据说很危险呢。不要去呢。

奶黄包从他身后扑过来，大声反驳道：研究所才不危险呢，你自己来看看就知道了。

斯巴达将脑袋塞到咪呜的脚踝缝隙之间，不想和抢走他的猎物的无耻猫说话。

辛勤给王师傅结算工钱，又给他递了饮料，感谢他的帮忙。王师傅将奶黄包招呼过来，重新放进黑包里，拎着一笼子老鼠，摆着手，乐呵呵地走了。

自此之后，辛勤家有很长很长一段时间，没有了老鼠的踪迹。

CHAPTER 47

中华寻回猫

大学的第一个学期已经进行到一半，按照规定，每到学期结束时，他们需要创作一份学期论文，课题自拟。随着人类语和教学学的深入学习，斯巴达已经早早定下他本学期感兴趣的话题：论流浪猫群体对人类语学习的需求现状及未来发展建议。

作为一只有理想有抱负的大猫咪，斯巴达并不仅仅希望写一篇没有任何实用价值的文献阅读类论文。在人类语研究及普及这一块，仍有一大片空白。这片空白，需要一代猫咪甚至是好几代猫咪的共同努力，如果始终没有前者，后来者就无以为继。斯巴达决定要做开拓者，将他的爪印结结实实地烙在这一片空白地上。

斯巴达制订好自己的研究计划。他需要大量真实的数据，收集这些数据的最好方式是通过现场访谈。斯巴达开始利用他外出的短短时间，走访毛春各地的流浪猫群体，筛选符合要求的研究对象。为了提高数据的有效性，斯巴达还咨询他的人类语老师，设计并改进问卷，用更加容易实现数据统计的方式进行提问。

研究方式的改进极大地提高了斯巴达的工作效率，然而随着每天新数据的累积，斯巴达不得不面临严峻的数据统计及分析的任务。对于猫咪而言，这几乎是不可能完成的任务，斯巴达毕竟连数清楚自己的爪子都有难度。幸好，猫咪大学所要求的论文字数并不多，所需的数据也不大，而且可以利用计算机代为计算和分析。在戴麻薯的帮助下，斯巴达渐渐能够熟练运用猫工智能帮助他完成烦琐的计算分析过程，他所要做的就是每天及时将新数据分类录入。

毛春的流浪猫群体数量太过庞大。而斯巴达在研究过程中发现，他需要设立一组对照组，即原流浪猫现家猫组。但是已经成为家猫的猫咪们不会轻易出门。戴麻薯建议他可以在“吃多多”诊所设立问卷调查点，那里可以见到很多前流浪猫成员。只可惜这样一来，斯巴达要处理分析的数据更加庞大了。

这项工作进项得异常缓慢且艰难。每天总结自己的研究计划时，斯巴达都觉得自己完成的目标仅仅是冰山一角。龟速的进展难免让斯巴达有些气馁。每当感到难过时，斯巴达都会跑到咪呜身边，亮出自己的肚皮，让咪呜亲亲他抱抱他。

我是一只大猫咪了呢，我不可以因为一点小小的挫折就放弃，那样多丢猫呀。喵呜。

幸运的是，彩票老师将斯巴达的研究课题上报给猫咪协会，斯巴达一下子受到来自各方的注意。猫咪协会对于斯巴达的研究非常赞许，鼓励他尽可能地做出研究成果。为了配合斯巴达的进度，猫咪协会甚至破格同意斯巴达将每个学期的学期论文合并为一次大论文。也就是说，斯巴达可以用这一篇论文，抵两次学期论文加一次毕业论文。这样一来，斯巴达的时间一下子充裕起来。然而他的压力并没有因此减轻，研究时间的充裕意味着他需要精细化的地方变多。同时，相对于其他同学可以综合几次论文的总体表现，于斯巴达，一篇论文就能决定他大学学业的“生死”，还是相当冒险的。

扛着这样巨大压力的斯巴达，居然成功瘦了下来——虽然并不明显。

辛勤以为是外出计划使斯巴达的运动量增大，同时能保持健康的心态，因此身体各方面的指标变得均衡。虽然有些心疼那些花钱养起来的肉，辛勤还是很为斯巴达感到高兴。他开始适当调整斯巴达的营养配比，让狸花猫能够适应体重的变化。

吃得好睡得好，还有咪呜的陪伴，尽管辛苦，但斯巴达依旧开开心心地度过每一天。

他现在每天外出的时间会再延长半个小时，这样斯巴达就能有足够的时间前往“吃多多”诊所做自己的调研工作。戴麻薯会事先帮他筛选确认好受访者名单，节省了不少时间。

诊所的医生和护士们对于这只聪明精神的狸花猫自然非常欢迎。戴医生甚至单独给斯巴达准备了喝水盆。

在完成工作后，有时候斯巴达能剩下一些空闲时间。为表示感谢，他会和戴麻薯一起趴在诊所的挂号台，甩着大尾巴，迎来送往，招呼前来“吃多多”就诊的客户们。

这一天，斯巴达打完义工，正打算回家。戴麻薯忽然喊住他，告诉斯巴达明天就不用过来了，人类马上要迎来一个吃饼的节日，不上班呢。

听见人类要吃饼，斯巴达惊讶地竖起耳朵。“做什么要吃饼饼呀？”

“因为呀，”戴麻薯慢吞吞地摆头，看了一眼窗外，“人类觉得天上的月亮很像一块大饼。他们想吃月亮了，但是不能像鸟一样飞到天上，于是他们就改吃和月亮长得很像的大饼。因为吃得相当愉快，他们还把吃饼的这一天当作纪念日，每年固定有那么一天，全国的人类都要围在一起吃饼，快乐地吃饼，一直吃饼。”

斯巴达听得耳朵都缩起来了。好可怕呢，居然聚众吃饼！

可怕！

斯巴达夹着尾巴跑走了，一路上跑得飞快，生怕被喜欢吃饼的人类抓起来。没想到，跑到半路，吃饼的人类没有看到，反倒看见一只哈士奇，正蠢兮兮地站在马路边，他看起来像迷路了，神色茫然失措，有几次都想冲到马路上，险些被来往的汽车撞倒。

咦，那不是张铁军那只蠢狗吗？

斯巴达停下爪子，好奇地歪头，看着那只哈士奇。

没错，就是张铁军，张铁军把自己弄丢了。

辛勤听到这个消息时，哈士奇的主人已经急疯了。今天斯巴达回来得比平时稍微晚一些，辛勤不放心，下楼去等他的狸花猫。没想到才下楼，就撞见四处打听哈士奇下楼的张一。张一焦急地将事情说了一遍，她的语速非常快，因为着急而前言不搭后语，但辛勤还是听清了大概。张一的父母过来看她，老人家不懂养狗，遛狗的时候没看牢，哈士奇直接挣脱，追着一只野猫跑远了。张一找遍了小区也没看见哈士奇的影子，担心它跑到外头去了。

“这只蠢狗，又蠢又尿，连过马路都害怕，不晓得会跑到什么地方去。”张一一边擦眼泪一边不知所措地转圈子。

辛勤比她冷静，迅速帮张一分析了一下当下的情况，让她先拟一张寻宠启事，一会儿打印出来，去周围的街道和小区派发张贴。现在时间还不长，狗狗仍在附近的可能性比较大。同时，辛勤在微博上，以朋友的名义，也将铁军的照片发出去，请求广大网友帮忙扩散，寻找更多的信息。

张一在辛勤的劝导下，很快冷静下来，迅速打印好寻宠启事。辛勤特地从家里拿来便于后续清理的胶水，主动帮忙将告示贴出去。他为张一制定了一个最便捷有效的搜索方案，两个人从不同方向前进。只可惜，一个小时过去了，两人都一无所获。

令张一牵肠挂肚的张铁军，此时已经被斯巴达安抚好情绪，渐渐安静下来。他那巨大的脑袋趴在两只前爪上，委屈得呜呜直叫：“我只是觉得那只猫咪很眼熟呢，好像巫台山公园来上课的一只。我一时开心，就想追上去问问他最近过得好不好，有没有找到合适的人类呢？可惜他都不理我，越跑越快，最后我把他跟丢了，发现自己在一个完全不认识的地方。呜呜，我迷路了。”

斯巴达张嘴打了一个哈欠，伸爪拍了一下哈士奇的大脑袋。“活该！普通的流浪猫看见一条大狗追来，第一反应都是逃命好不好。你是一只狗啊，居然能迷路，你退出我们的大学班群吧，我们丢不起这个猫。”

张铁军呜咽：“不要赶我走嘛，我以后不敢淘气了。对了斯巴达，你这么聪明，你一定认识回家的路吧！我的人类肯定着急了，我今天还没吃骨头呢。”

“吃吃吃，就知道吃！”斯巴达生气地拿爪子又拍了几下哈士奇的脑袋。不过，说到吃的，他也有些饿了呢。哎呀，今天耽误了这么久，咪呜该担心了。“走吧，我带你回家，别跟丢了哦，我赶时间呢，你要是再丢了，我可不理你。”

“好好好，我保证！只要能回家，我保证听话！”哈士奇开心地站起来，疯狂地甩着尾巴，张开大嘴，试图给斯巴达舔毛表示感谢。

斯巴达嫌弃地避开了张铁军的口水，他抖着胡子，绕着张铁军走了一圈，心不甘情不愿地叼起了那只蠢狗的牵引绳：“我只是为了不让你跑去才牵着你的哦，你要是敢拽着我乱跑，我就挠死你。”

已经吃过一次亏的哈士奇心虚地夹着尾巴，不敢再胡来。

就这样，一只狸花猫叼着绳子，煞有介事地遛着一只健硕的哈士奇。路人们纷纷驻足，诧异地看着这一猫一狗的神奇组合。

对于回家这条路，斯巴达早就熟稔于心，根本不需要四顾寻觅，坚定地望着家的方向走去。路过红绿灯时，他还指示哈士奇和自己一起蹲坐下来耐心等待。虽然猫咪不能完全分辨红绿灯，但斯巴达聪明得知道车流何时停下来。不管来往的车看起来有多吓猫，他们总会有停下来的时候。而车停下来，就意味着他们可以从容地过马路了。

一向对过马路充满畏惧的哈士奇瞪圆双眼，几近惊悚地盯着他面前的那只狸花猫：“汪，斯巴达，你好厉害呀，你居然会自己过马路。”

斯巴达闻言很是骄傲，又不想表现得太容易满足，矜持地收紧自己的下巴，不紧不慢地说：“这有什么，我很聪明的，这种过马路的小把戏，我还是一只小猫的时候就学会了。”他看了一眼路面的状况，站了起来，重新将牵引绳叼起来，“我们走。”

张铁军走在马路的沥青路面上，四肢无力，紧紧地夹着尾巴，害怕得不停颤抖。可是他也不敢挣脱狸花猫的束缚，要是他这一次又跑丢了，怕是再也没有谁能帮助自己回家了。汪汪，我好怕呀！

斯巴达丝毫没有哈士奇的担忧和烦恼。他叼着牵引绳的绳头，有节奏地扭动圆滚滚的腰肢，高高竖着尾巴，一晃一晃，目不斜视，走得稳稳当当。

停在斑马线前排的司机们都不由自主地掏出手机，直起身体，想把这神奇的一幕拍下来。

这世道，猫都能遛狗了，刺激啊。

心里惦记着自己的狸花猫，辛勤先回到小区，打算喂好猫再给张一带点食物。他才回到小区门口，看到的就是这样一幕。

他的斯巴达正神气十足地牵着一条哈士奇，骄傲地昂首挺胸大步走来。斯巴达看到辛勤，开心地喵起来，很快就撒开哈士奇的牵引绳，一蹦一蹦地朝他冲过来。

咪呜呀！

辛勤下意识地抱住他的狸花猫，又眼疾手快地将哈士奇牵住了。他一手托着斯巴达，轻声问他：“你怎么遇见张铁军了？”

这只蠢狗迷路啦！斯巴达很不客气地和他的咪呜告状。你说他蠢吧，喵呜呜。

哈士奇窘迫地将自己的长嘴巴埋起来，闭着眼睛不看人。

咪呜，明天人类都要吃饼饼吗？斯巴达又想起戴麻薯的故事，有些不安地甩着尾巴。不要吃饼饼呢，不好吃的。

“我们饼饼真是厉害。”辛勤低头亲了一口斯巴达的大脑袋。

很快，守着辛勤微博的粉丝们就刷出了新消息。

“谢谢大家的热心转发，分享一个好消息：哈士奇找到了。他被饼饼牵回来了。”

CHAPTER 48

更大的世界（上）

第二天，人类过吃饼节。斯巴达胆战心惊了一整天，但并没有见到传说中聚众吃饼的恐怖画面。咪呜还是像往常一样，为他准备早饭，替他梳理毛毛，抱着他晒太阳。不过，他的咪呜一大早倒是收到一份礼物。

辛勤拆开钓猫平台寄送的节日礼物，是一块月饼——没错，确实是一块，一块巨大的几乎和斯巴达的脸一样大的月饼。这种月饼据说是今年的网红，复古朴实，巨大的面饼上烙着一个大大的“饼”字，没有太多的噱头。辛勤有些为难，因为他不喜欢吃甜食。他的狸花猫倒是一直往他身边凑，对这块大月饼似乎极为感兴趣。

这是什么呀？什么呀？

斯巴达从人类的手臂底下钻过去，好奇地嗅那块奇怪的东西。是可以吃的吗？

“这是月饼。”辛勤伸手摸了摸斯巴达的脑袋。

斯巴达的爪子僵硬地抬在半空。原来这个就是可以吃的饼饼呀，和我一点都不像嘛。他犹豫片刻，还是忍不住趁咪呜不注意的时候，拿爪子勾了勾月饼的表皮。他知道咪呜不希望他吃这些东西，但尝一尝味道总可以的吧。他收回爪子，认真地舔了舔肉垫和爪子缝隙里的碎屑。唔，什么味道都没有的。

斯巴达张开嘴，打了一个哈欠，两颗小虎牙卡在唇边，瞪着眼睛，幻想无数可怕的人类正对他虎视眈眈，故意露出一副凶狠的小模样。

喵呜，我看今天哪只人类敢吃饼饼！

斯巴达很快对那块大月饼失去了兴趣，放松下来侧着身子躺在桌上。辛勤将斯巴达的头和大月饼摆在一起，拍了一组对比图，然后发在微博上，配文：饼饼和饼。

——几乎是一模一样了！

——不知为什么，总觉得斯巴达看起来好亲切呀，我以前也见到过这样一只流浪猫，和斯巴达长得几乎一模一样的小狸花。只可惜后来再去看他时，到处都找不到了，可能是没有缘分吧。希望那只小家伙现在和斯巴达一样幸福，找到一个爱他的人。

中秋之后，人类可以偷懒的长假不久就到来了。戴麻薯说，人类之所以要过国庆节，是因为大部分人类平时都要辛苦地工作，他们需要一个可以睡懒觉和花钱的节日。

“国庆节不用吃饼饼的吧？”斯巴达不放心地问道。

“不用的不用的。”戴麻薯甩头。

这个国家里的所有人类都不工作的话，咪呜是不是也可以不工作了呀。哦，不对，咪呜好像本来也不用工作。哎呀，懒惰的咪呜呢。

可惜的是，斯巴达又一次猜错了。

国庆期间，游戏主播也是要工作的，不仅要工作，因为节假日观众数量变多的缘故，他们还得加班加点地工作，以此巩固人气增加收入。放假的前三天，辛勤没有出过门，每天直播数达到八个小时，为此还牺牲了和斯巴达一起无所事事和玩游戏的时间。

好在斯巴达现在也还挺忙碌，并不在意他的人类沉迷游戏不再把注意力放到自己身上——唔，只是不是很介意而已，等我做完研究，我一定要告诉咪呜，什么叫作健康正确的生活方式。不过眼下，我还是先把我的研究任务做完吧。

斯巴达对于他的研究课题已经驾轻就熟，经过不断地尝试，他自认为他的研究开展得相当顺利。在收集数据的同时，斯巴达逐渐发现问题。虽然现代猫咪教育体系日渐完善，能够解决相当一部分家猫的受教育问题。然而，现代教育在很大程度上仅仅是为那些有能力有良好的环境上学的家猫们。对于流浪猫，或者是一部分无法利用人类的设备进行连接的猫咪们，他们并不能享受到现代教育带来的便捷。

猫咪现代教育是王特区同志根据人类教育延展而来，所有的教育理念及落地都依赖人类的科学技术。如果脱离人类社会这个大环境，则无法展开。所以，一定程度上，所谓的猫咪现代教育其实就是那些不愁生计的家猫们的专享福利，是猫为的阶级划分。然而，流浪猫是猫咪种群中数量庞大的一支，如果无法向他们传播知识，意味着有半数以上的个体无法享受现代教育带来的福利及机会。

当一个种群的多数个体无法保证同步进步时，并将拖累整个种群的前进速度，直至后退。

那么，在野外时，我们是否可以回归传统教育，通过猫猫相授的方式进行教学实践呢?

在王特区之前，猫咪社会是没有传统教育这个观念的。在现代教育发展成熟后，为了区分这条分水岭，猫咪协会将王特区提出现代猫咪教育理念之前的母子式的家庭教育统称为传统教育。然而斯巴达认为，传统教育的概念并非母传子这么狭窄，任何通过非虚拟手段的传播，应该都可以算作是传统教育的一种形式。

比如，我们可以通过教育下乡的方式，深入流浪猫群体中，利用面对面教学的方式，让他们接受校园式教育。又或者，我们可以开设成猫教育的试点，让符合条件且有需求的猫咪前往固定的授课地点上课。后者的概念非常接近人类社会的上学。

斯巴达甩着尾巴，为自己的想法激动不已。老师们说，猫咪的社会总是往前发展的，随着人类科技的进步，他们的授课模式也会发生翻天覆地的改变。可是，谁能保证往前发展就是唯一的模式呢？也许在针对特殊群体和环境时，他们应该换位思考，后退一步，才能更好地将虚无的计划落地。斯巴达决定针对教育下乡和成猫教育这两点建议，做更为细致的研究，最终提供一份有价值的报告。

研究不能停，走访不能断。

斯巴达每天奔走在毛春城的大街小巷，每天外出的时间渐渐延长。这样一来，他的人类很快就会意识到问题，有些不安。尽管课后生活异常忙碌，但斯巴达还是一只很顾家的好猫咪。他不想让咪呜担心呢。

怎么才能更为便捷地前往各个调查点，缩减时间，更早地回家呢？

斯巴达蹲在小区门口，暗自观察了两天，发现他忽略了一件很重要的事情。他生活在人类世界呀，那些人类每天出门都不需要用自己的脚走路的，那自己为什么需要呢？

哎呀，我好笨的。和人类一起坐车子不就好了吗？

踌躇满志的斯巴达很快就总结出最为方便的乘车路线。咪呜所在的人类小区，每天固定时间都会往毛春城区各大主要干道发班车，这些方向几乎能满足斯巴达所有的出行需求。这些班车对业主是免费的，对一只猫咪自然也不用收钱，这样很好（毕竟咪呜赚钱可辛苦了呢）。更重要的是，同车的都是住在同一小区的人类，他们中的很多人都养宠物，对于这只会遛人类的狸花猫并不陌生。这些友善的人类对于斯巴达蹭车的行径会表现得更加宽容。

斯巴达预估的没错。他第一天早上，跳上发往东区的班车，没有遇到任何阻碍，司机甚至没有留意他。斯巴达敏捷地从多只人类的腿间穿梭而过，来到车的最后头，选择了最后一排靠窗的座位，很不客气地跳上去，宣告主权。

车上的人类很快发现了狸花猫，发出惊叹的呼声，纷纷站起身来往后排望去，其中，就有那只哈士奇的人类。她快步靠过来，试图去摸斯巴达。斯巴达犹豫了好久，没有躲开。喵呜，毕竟我是来免费蹭车的，不好不付任何代价呢。

这还是狸花猫第一次主动将他的毛脑袋贡献出来，张一激动得鸡皮疙瘩都起来了。但她很快冷静下来，照着斯巴达项圈上的联系号码，赶紧给辛勤打了一通电话。班车很快就要发了，如果是斯巴达自己跑出来的，主人该多着急呀。

辛勤接到电话时，听得云里雾里："你说斯巴达在小区班车上？"斯巴达不是出门去玩了吗？"那……麻烦你让他接下电话吧。"

张一一头雾水，迟疑着将手机凑到狸花猫的面前，打开免提。

"饼饼，你在车上做什么？"

呀，是咪呜呀！我在坐车哦，免费的哦，不要担心哦。

斯巴达开心地摆着脑袋。

斯巴达的声音听起来很放松，他自己一个人已经出门很多次了，辛勤倒不是特别担心。只是狸花猫自己坐车还是头一次。辛勤和张一问清楚班车停靠的方位，那是离得比较近的一个小区，他以前带斯巴达散步的时候也曾去过。辛勤安慰有些惊慌的张一，告诉她让斯巴达自己玩就好，他知道怎么回来。

"你说真的吗？"张一诧异得下巴都合不拢，瞪着那只狸花猫。虽然说毛春的猫多，爱猫的人也多，但从来也没听说哪只猫能自己出门，还自己去坐车？

班车很快就发动了。今天车上的氛围和平日里大家闭目养神彼此不交流的安静状态大不同，多了一只狸花猫，所有人的话匣子似乎一下子打开了。他们惊叹世界上居然还有如此聪明的猫咪，争相给狸花猫拍照，还彼此交流养猫心得，加上好友，分享角度拍得好看的照片。有些主动的，甚至趁等红灯时，跑到后排，比剪刀手和狸花猫合影。狸花猫虽然面无表情，但是相当配合，镜头感也很好，每张成像都令人很满意。车上的气氛太好，连一向严肃的司机师傅都不由自主微笑起来，满面春风，哼起了不知名的小调。

相较而言，斯巴达是车上最沉默的一只。他意兴阑珊，也不想回应那些吵吵闹闹的人类。后排的窗户被哈士奇的人类推开一道小缝，凉丝丝的秋风从外头灌进来，带来了清新的气息。斯巴达将毛毛的下巴搁在车窗缝里，眯着眼睛享受这悠闲自在的时光。

啊，舒服呢。要是咪呜也在就好了，咪呜的怀里最舒服了。

大家热热闹闹地到达目的地，开开心心下了车。他们恋恋不舍地和斯巴达告别。斯巴达扭着屁股，朝着目标方向，大步走去，头也不回。

唉，真是一只冷酷的猫咪呢。

斯巴达和访谈对象们谈好话，收集完数据，又踩着班车回程的时间点，搭乘免费车回到家。自从和司机师傅熟悉后，斯巴达还能得到免费的干净的水喝。当然，他也是贡献了毛茸茸的后脑勺作为感谢的。不过，屁屁、尾巴和毛肚皮不可以哦，那里只能让咪呜摸呢。

这个聪明的搭车计划，使得斯巴达外出的时间大大缩减，陪着咪呜的时间越来越多了。让斯巴达最开心的是，有几次咪呜也陪着他一起乘车，抱着他，帮他揉肚皮。每当这个时候，斯巴达就会把咪呜带到他做研究的地方，恨不能向他所有新认识的伙伴炫耀自己的咪呜。

这是我的人类哟，羡慕吗？嘿嘿，别忘了给我回答问题哦，别忘了你答应我的，明天要让你的表弟也来答题哦。

咪呜也相当配合他的工作，不吵不闹，等斯巴达累了，咪呜还会变出清甜的水和美味的零食，让斯巴达美滋滋地吃上一顿。

出门工作的时候，还能有家属陪伴，真是最开心不过的。

最让猫不满意的，大概就是有太多野猫觊觎自己的人类了吧。每次斯巴达的注意力一转移，等回过头来，就会发现他的咪呜又被一大群流浪猫围住了。有些猫看起来年纪特别小，居然也懂得如何掌控人类呢，真是猫不可貌相。每到这个时候，咪呜就会喂他们水喝，给他们吃的。以为我看不到吗？我看到啦！

哎呀，好气呀，你们快走开，咪呜不会想要第二只猫咪的，死心吧！

不过，得益于咪呜无形中的帮助，原本对于参与访谈和调研心怀狐疑的流浪猫渐渐放开心扉，有越来越多的猫咪同意参与斯巴达的计划，这让他的调研项目进展得更加顺利。好吧，那我就勉强原谅咪呜吧。

不久之后，自己坐车上下班的狸花猫登上了本地报纸的生活版块，成为爱猫人士茶余饭后的绝妙谈资。

事实就是如此神奇，有时候，能让人的生活变得更加愉悦惬意的，往往是一些极小的琐事，比如上班途中，出现了一只同行的猫咪。它安静地趴在你身旁，就像原该如此。

喵呜。

CHAPTER 49

更大的世界（下）

自从斯巴达证实自己是一只负责任的猫咪，从来不乱跑之后，咪呜对他的约束少了许多。在天气好的时候，咪呜都会主动打开门窗，让屋子里透气。此时的斯巴达，就窝在窗沿的缝隙间，两只前爪搭在窗台上，眯着眼睛晒爪子。晒了许久，觉得不过瘾，他艰难地擦着窗框翻了一个身，露出毛茸茸的花肚皮。

有什么是比晒肚皮更惬意的事情呢？没有。

微微的风温柔地吹开他肚皮上细密的毛毛，肚皮凉凉的，很快又被温柔的秋阳烘暖了。他能感受到每一根毛毛轻轻舞动的触感，痒，又舒服，让斯巴达忍不住想笑出声。

这么舒服，斯巴达已经困了。他忽然产生一种强烈的想偷懒的冲动。今天的调研任务还没有完成呢。算了，不想管了，出门跑事情哪里有晒毛毛自在呢？反正离我大学毕业还早着呢，这篇论文，既不是今天要交，也不是明天要交，有什么可着急的呢？

再说了，我只是一只小猫咪呀，猫咪偷懒，有什么的。

斯巴达很快就说服自己，决定今天不出门了，就窝在家里晒太阳。咪呜应该会很感动吧。正想着他的人类，斯巴达忽然听见咪呜的脚步声在靠近。然而他不想睁眼睛，只是懒洋洋地划拉了两下尾巴，示意咪呜自己听见他的动静啦。

辛勤拎着一个软枕头，哭笑不得地看着他的狸花猫："饼饼，肚子上的肉都露出来了。"

咪呜。

"来，饼饼，起来。"

斯巴达不情不愿地睁开眼睛，做什么呀？

辛勤一手捞起狸花猫，用另一只手的手肘推开半扇窗户，露出更大的空间，将软枕头搁在窗台上，然后轻轻地将斯巴达放在枕头上。

枕头很软，斯巴达一落地，就陷了进去。

辛勤随手将斯巴达心爱的毛绒小兔子塞进他的怀里，揉了揉斯巴达的下巴，和他说："乖乖睡吧，冷了自己进屋。"

斯巴达打了一个大哈欠，用爪子将小兔子揉进自己的怀里，圈着身体，昏昏沉沉就要睡过去。在意识模糊之前，斯巴达想到，如果咪呜和我的兔子一样大就好了，这样我就可以抱着他睡觉。唔，或者如果我变成和咪呜一样大也可以呢……

斯巴达醒来的时候，阳光已经退到窗台边缘。空气有些凉了。他慢吞吞地起身，伸了一个懒腰，用屁股将枕头推到屋子里，然后叼着他的兔子，兴冲冲地上楼，打算找咪呜玩。

咪呜在房间里面玩游戏。

斯巴达从门缝里挤进去，小跑来到人类身边，带着兔子，一起跳上了咪呜的膝盖。咪呜用手臂搂住他，轻轻地给他挠下巴。

咪呜，你在看什么呀？

斯巴达好奇地攀着桌沿站立起来，盯着人类的电脑屏幕晃脑袋。

辛勤正在看十一月动漫嘉年华的邀请函。这次的嘉年华活动是业内口碑较好的大型活动，地点依旧是在人流量大、动漫产业发达的X市。钓猫平台在主展台旁边的醒目位置设立了分展台，邀请所有高人气主播一通驻台。

时间和活动内容都挺合适的，但辛勤对前一次斯巴达带领猫咪小分队大逃离事件仍记忆犹新，很不愿意将斯巴达一个人留在家里。他低下头，用下巴蹭了蹭狸花猫的毛脑袋："要不我就不去了吧，在家陪你玩。"

陪我玩？好呀好呀！

斯巴达用爪子将他最喜欢的兔子玩具埋在了咪呜的衣服里。

辛勤向联系人委婉地表达拒意。对方倒是很有礼貌，但仍坚持劝说辛勤再考虑一下："我们的官宣大概是一周之后投递，所以你在那之前决定都没有关系。如果是担心斯巴达的话……"联系人也有关注辛勤的微博，对狸花猫的印象深刻，"我觉得它那么聪明，你可以考虑带他一起来参加活动呀。"

这倒是辛勤从来没有考虑过的事情。他从来没带斯巴达出过远门。它会愿意吗？在人多的场合，斯巴达会怯场吗？他会喜欢吗？

辛勤答应一周之后给答复。在此之前，他需要确认一些事情。

辛勤将斯巴达放到电脑桌上，面对自己，摸着他的脑袋和他说话："大饼，来，看我。"辛勤打了一个响指。斯巴达倏地抬头，眼睛盯着他的手指运动，最后和他对视。这是辛勤发现能让斯巴达迅速注意到自己说话的一种方式。

斯巴达舔着嘴巴，瞪圆了双眼。咪呜，什么事呀？

"我们商量件事情吧。几周之后，我可能又要出门去了。"辛勤重复这个意思，说了好几遍，直到斯巴达耷拉脑袋听懂了。

你怎么又要出门呀！

"这次出门呢，和上次一样，应该最长就走三天。饼饼，你想一个人待在家里吗？"

不想一只猫呢。

"不过呢，我们也有一个折中的好办法。"

嗯……没听懂。

“那就是，你和我一起出门。”

一起？好呀好呀！

“来，你先坐好。如果你要和我一起出门，那你就一定要听话。”

听话，听话的。

“为了能确保没有问题，我们这周要进行特别训练。”

喵呜？

辛勤首先要确认的是，斯巴达在人多的场合不容易受惊，不会怯场。在之前，他们参加猫咪俱乐部，他也带斯巴达出席过集体活动，斯巴达表现得很好。然而，那些场合通常都是事先筛选过参加者，大家都是友好和善的团体，不容易给猫咪造成紧张感。辛勤决定在陌生的场合测试下斯巴达的应变能力。

他带斯巴达来到毛春本地最大的公园：人民公园。人民公园建立得早，经过两次扩建，俨然成为市区一景，因为景色优美，很快就被广场舞团队们划分好地盘。每天晚饭后，公园的霓虹灯会亮起来，各大音响你方唱罢我方登场，谁也不能掌握永久的主导权，也导致了公园里恢宏壮阔的斗舞场面。广场舞势力庞大，已然成为一道喧闹的风景线。

用这样一个公园来测试和训练斯巴达在人群中的反应，再好不过。

当天晚上，辛勤牵着斯巴达出现在人民公园门口时，他深吸一口气，对着斯巴达道：“看，饼饼，这里就是你的新天下。”

斗舞的场面比辛勤想象得还激烈，两个方队几乎是紧挨着的，辛勤怀疑那些舞动的双手一定会时不时打到隔壁的友邻。双方寸土不让，气势高昂。两支曲风迥然的歌曲由各自的音响喊出，乱而无章，震得地板似乎都在颤动，大概大音希声这样的标准是不符合时代新审美的。

辛勤有些后悔，别说猫，连他自己都快待不住了。他站在两支队伍的正中央，就像检阅士兵的首领，眼前都是挥舞的手帕和娟扇。

不过在一定程度上，这样的场合也很二次元了。

辛勤低头看向斯巴达，没想到他的狸花猫倒是临危不惧坦然自若，一屁股坐在地板上，两只前爪八字形岔开，昂首挺胸，稳如泰山，盯着那一大片挥舞的蝴蝶，饶有兴趣地观看起来。

看着这样认真而入迷的斯巴达，辛勤有些羞愧。

在斯巴达的配合下，辛勤在广场舞炸裂的场地，坚持完成了对斯巴达的训练。在喂食几次零食后，斯巴达已经能从一片喧闹声中，对辛勤的响指声迅速做出反应，将注意力放回他的身上。只要做到这一点，辛勤就心满意足了。如果猫的注意力始终在那些令他感到不安的因素上，则很难彻底让他放松下来。在人多的场合，容易造成意外。

随后几天，辛勤带着斯巴达又去了几次斗舞现场，斯巴达表现得一次比一次好，哪怕是注意力一时被外界吸引了，也能自己收回来，安安静静地待在辛勤身边。

这个星期的最后两天，辛勤和航空公司确认好宠物乘机的事宜，从毛春飞往 X 市，只要一个半小时，平时斯巴达自己睡觉也能睡这么久，辛勤稍微定下心来。他很快又搜索了嘉年华活动场地附近的可以接纳宠物的星级酒店。这两项开销原则上都是超出协议范围的，需要辛勤自己支付。但如果能够安排斯巴达舒舒服服地出门玩一次，辛勤觉得一切付出都是值得的。

辛勤很快就回应确认自己和斯巴达都会参加嘉年华活动。钓猫直播将 Sing 神携猫出席活动作为噱头，十足做了一波宣传，主办也趁热度大肆宣传。

“号外号外，可能是 21 世纪最聪明的狸花猫即将迎来它猫生的综艺首秀！”

听说斯巴达要出现在嘉年华活动现场，粉丝们都沸腾了，很不少原本不打算参加嘉年华的人开始抢票，甚至有打算从周边城市或者是更远的城市特地奔赴现场吸猫的。一时之间，沸沸扬扬，群众热情高涨。

临出发前，辛勤仍在微博上劝斯巴达的粉丝们要冷静，毕竟嘉年华不是他们的主场，甚至钓猫直播的展台也只是邀请辛勤作为嘉宾上场。斯巴达就像一个额外的暖场嘉宾，据说只有十分钟的上台时间，而且因为活动当天的不确定因素太多，辛勤也无法确定最终会是以一种什么样的方式让斯巴达和粉丝们互动。因此他劝粉丝们谨慎决定，将期待放到最低，如果人在 X 市或者往来非常方便，可以考虑来看看；如果太麻烦了，则不用来。辛勤还买了一款价格不菲的智能眼镜，佩戴后可以直接录制视频，将斯巴达的现场第一时间传达给无法亲临的粉丝朋友们。

热热闹闹出门的日子很快到来了。辛勤给斯巴达做体检，打疫苗，开好检疫证明等必需材料，又提前两天收拾好行李。他自己只有一只简单的背包，甚至没有装满，却给斯巴达准备了一只二十八寸的大行李箱和一只随行包，塞满各种可能会用到的猫咪用品。

整理行李的时候，斯巴达可帮了“大忙”。辛勤花了比平时多一半的时间整理好行李箱，将斯巴达从一堆玩具里拎出来，在行李箱的缝隙塞好防震填充物，将斯巴达拎出来，然后封包，最后贴上自己的联系方式。准备妥当，辛勤联系好酒店，将大件的行李先行寄到酒店，自己只带着斯巴达。

辛勤没有给斯巴达喂食太过，又陪他好好玩了一会儿，希望斯巴达上飞机后能安安稳稳地睡一觉。出门前，辛勤花了点时间，确认斯巴达身体状态良好，情绪稳定。他将狸花猫抱在自己怀里，轻声和他说话：“饼饼，我们要出门了，你开心吗？”

开心呀！斯巴达甩着尾巴，我和戴麻薯说我要去坐飞机啦，他很羡慕呢。不是所有小猫咪都有机会坐飞机的哟。

辛勤亲了斯巴达一口，得到一个回吻：“我们走吧。”

托运的过程非常顺利，斯巴达在航空箱里适应得很好，很快就抱着他的小兔子睡着了。直到飞机降落，辛勤去领它，斯巴达依旧蜷成一个球，睡得香甜。辛勤办理好手续后，将斯巴达摇醒了。

斯巴达张嘴打哈欠，迷迷瞪瞪地望着四周。我坐飞机了吗？

“我们到了。”辛勤挠斯巴达的下巴，给他按摩四肢，最后给斯巴达穿上牵引绳，让他下来活动一下。

哇，这里好大呀。

斯巴达很快就醒过神来，恢复活力，在机场里大大方方地探索，享受周围赞叹的目光。不过他很快就被咪呜抱了起来，和人类一起钻进车子里。

酒店的服务还不错，前台细心地给斯巴达也发了一张宠物来宾卡，可以挂在牵引绳上。辛勤牵着斯巴达，在周围人的注视下乘坐电梯前往他们的房间。斯巴达端端正正地坐在电梯间的地毯上，抬着头，煞有介事地盯着发亮的电梯按键看。帮他们搬运行李的门童小哥忍不住盯着他看，艰难地憋着笑。他们偶尔可以见到客人带宠物来入住，都是一些叫不出名的名贵品种，像这样的中华田园猫，很少见呀。

房间很大，透过一扇巨大的落地窗，可以看见城市的夜景。斯巴达扒在玻璃窗上，傻乎乎地盯着外头跳跃的霓虹灯。

这是他第一次见到这么大这么亮的晚上呢，喵呜——

以前，当他还在曲流的时候，从未想过曲流之外的世界。后来，他来到毛春，意识到原来世界这样大呀。在他心目中，毛春就是一个大城市。没想到，现在，他又来到一个全新的城市。戴麻薯说，飞机就是一种不能吃的很大很大的鸟，人类坐着这种鸟，可以去世界上任何地方。这些地方可能在很远很远的地方，但都是真实存在的。

真的好神奇呀。

当他身处在这样大的世界里，一些日常会发生的似乎是理所当然的事情都变得微不足道。他的存在变得渺小，他的力量渐渐消失。他全身心地投入对于这个世界的赞叹和崇敬之中，浑然忘记了他平凡的自我。

辛勤整理好行李，将斯巴达的物件都摆好，开始给他准备晚饭。一人一猫吃完饭，辛勤盯着斯巴达用完猫砂，确认他排泄正常。然后，他抱着斯巴达，舒服地窝在躺椅上，开始无所事事地看起电视。

辛勤问斯巴达："今天出门，开心吗？"

开心呀，我真是一只有见识的猫咪呢。

"你表现得特别好。"

嗯嗯，你表现得也很好呀。

不一会儿，炒蛋给辛勤发消息，说要来看看斯巴达。炒蛋和其他受邀的嘉宾都被统一安排在会场附近的酒店里，离得不远。辛勤将地址和房间号告诉他，炒蛋很快就带着礼物上门了。

辛勤给斯巴达上好牵引绳。门铃一响，斯巴达就兴冲冲地跑到门口，歪着头认真等着，好奇地打量进来的陌生人。辛勤在他后头牵着，将炒蛋让进来。

相较辛勤而言，炒蛋从外表看来，是个更加典型的宅男，T恤套上运动外套配球鞋，身材微肿，脸色白净，戴着黑框眼镜。他每次都自嘲他自己才是原汁原味真材实料的死宅。他给辛勤准备了一套古老游戏的光盘，给斯巴达带了一盒木天蓼磨牙棒。

"哇，你的房间好棒呀！"炒蛋赞叹道，然后低头，用更加夸张的声调冲斯巴达喊道，"哇，你好可爱啊！喵喵！"

斯巴达抖了抖耳朵，很快就对这个新的人类失去了兴趣。他看起来好蠢哦。斯巴达等着咪呜给他松开牵引背心，就跳到一旁，自顾自地玩他的玩具。

炒蛋不死心，试图用木天蓼勾引斯巴达，只可惜对方不为所动："小猫咪，斯巴达，快过来呀！”

辛勤忍着笑，说道：“斯巴达不喜欢这些东西。”

什么？从未养过猫的炒蛋，觉得自己的世界观受到了冲击。

“Sing，你养的是一只假猫吧。”

不过，斯巴达的冷淡丝毫没有击退炒蛋想要一亲芳泽的迫切之情，他满房间地追着斯巴达跑，试图摸上一把。斯巴达被追得喵喵叫，生气得直哈气，最后一屁股坐在地毯上，顺势躺倒翻肚皮。炒蛋见状以为自己的不懈终于获得回报，迫不及待地想扑过去摸斯巴达的肚皮，幸好被辛勤眼疾手快地拦住了：“你现在去摸他，小心被挠，虽然不用担心狂犬病，但挺疼的。”

炒蛋悻悻然收回手，不解道：“不是说猫朝你露肚皮就说明他喜欢你吗？”

辛勤哭笑不得：“那也要看情况的好不好。斯巴达现在是生你的气，想自己躺下来安静地休息一会儿。你要敢动手，可能会见红。”

辛勤在斯巴达旁边站了一会儿，等他给自己舔好毛毛，心情平静下来，才蹲下来，伸手挠了挠斯巴达的下巴。斯巴达舒服得眯起眼睛，彻底忘记了刚才的不快。辛勤又给他揉了揉肚皮，斯巴达一点反抗都没有，任搓圆扁，炒蛋羡慕得不行。

辛勤盘腿在地毯上坐下来，将斯巴达抱在自己的腿上，然后让炒蛋靠过来。他伸出手，对斯巴达说道：“来，饼饼，爪子。”

斯巴达舔着嘴唇，慢吞吞地伸出爪子。

辛勤示意炒蛋去握一下斯巴达的爪子。炒蛋小心翼翼地用手指头捏了捏，斯巴达没有拒绝。毛茸茸的，好软啊。炒蛋轻轻握了握斯巴达的爪子，激动得差点热泪盈眶。

斯巴达将爪子抽回来，认认真真地舔了好久。

炒蛋腻着斯巴达又玩了一会儿，起身回自己的酒店。明天是活动的第一天，也是周六，预计会迎来一个高峰，到场人数估值在十万左右。一场硬战，好好休息才能在台上发挥出色。

斯巴达松松软软地窝在他的人类怀里，呼呼大睡，对于明天即将到来的盛况一无所知。

CHAPTER 50
握爪会

第二天一大早，天气晴朗，阳光明媚，是个难得秋高气爽的好天气。

辛勤给斯巴达换上帅气的牵引背心，背心的图案是定制的，代表XF游戏的某个英雄，也是辛勤最擅长的英雄。辛勤还给他戴上全新的大金链子。原先的那条在斯巴达胖了之后，箍在脖子上，显得有些局促，被辛勤淘汰了。这条新链子继承了原有金链子的社会气质，质朴中透露出一股极为坦诚的霸王之气，适合外出旅行及蹦迪唱K，以及——粉丝见面会。

辛勤给斯巴达整理好造型，前前后后左左右右打量一番，肯定道：“好看。”

斯巴达凑到辛勤嘴边，开心地蹭了蹭。

十万观众不是说着玩的，一大早，还远不到九点入场的时间，已经有长长的队伍在检票口排了起来。按照以往动漫嘉年华的情形，辛勤估计这些孩子是来抢热门又稀缺的周边和物料的。嘉年华的主题很多，大部分的人气都被几个动漫主展厅吸引去了。像辛勤这种和直播平台绑定的游戏主播，其实并不指望有特别多的观众前来。他们的主要功能，应该是在主展的节目人流过大时作为分流。

这次钓猫直播的展台分为两个部分，游戏区和非游戏区。游戏区以

XF 为主，为了提高粉丝的参与度，平台特设主播与粉丝对抗的水友局，几位平台上比较出彩的主播都会参与进来。

因为辛勤带着猫，他的职责其实是游离在游戏区与非游戏区之间的。

斯巴达一路上很乖，只是下车后就不肯让辛勤抱着或者进猫包待着了。他踩着辛勤的手臂爬到他的肩上，绕着辛勤的脖子趴着，高高昂着他的大脑袋，就像埃及的人面狮身像。辛勤暗自庆幸，为了配合斯巴达的体重，他最近一直在锻炼身体，尤其注重肩颈肌肉的培养，虽然不能说毫不费力，但是扛着狸花猫走半个多小时还是没问题的。

辛勤独自住在外面的酒店，没能领到嘉宾证，只好等在入口处，等炒蛋给他送出来。没想到，他刚到达排队口，就遭到了强势围观，瞬间被长枪大炮对准了。来参加嘉年华的不少粉丝为了拍到更好的照片，设备都很齐全，对准斯巴达就是一阵猛拍。

“啊！好可爱啊！小猫猫！”不少小姑娘尖着嗓子喊起来。

辛勤呼了一口气，一时有些不知所措。他很想告诉这些人，他的斯巴达可不是什么小猫咪。谁家的小猫咪有能力把一个成年男人的脖子压折呢?

好在炒蛋及时出现，将辛勤和斯巴达带进会场，化解了一场人猫恩怨。炒蛋在前头走，还不时回头调侃辛勤：“没想到我们还没开始呢，你和斯巴达就已经引发热潮了。”

“确切地说，是斯巴达引起轰动了。”

刷着微博，不知不觉，外面的暖场节目就开始了。炒蛋从前台偷偷瞅了一眼，回来告诉辛勤，到场的人数比预计的好多了，都坐满了，主办还给加了几排小椅子，也都坐满了。“我觉得肯定是因为你到场的女粉太多了，很多男性观众也不由自主地过来凑热闹。”炒蛋说得眉飞色舞，偷偷伸手摸了一把斯巴达毛茸茸的后脑勺。幸好他昨晚已经和斯巴达建立了临时的商业友谊，斯巴达的嫌弃没有表现得那么明显，只是踩着步子，在辛勤的外套上来回蹭他的后脑勺。

因为节目不吸引人，广告又植入得太明显，很多粉丝都在低头刷手机。

广告商因为不满意现场效果，找到负责人，要求增加他们产品的曝光率。负责人没办法，临时召集团队想法子。有人提议，应该让 Sing 和他的猫试一下，斯巴达现在已经是本次动漫嘉年华的热搜之首了。

辛勤和斯巴达就这样被临危受命，毫无准备地走上舞台。斯巴达从辛勤怀里跳下来走到舞台边缘的瞬间，引发了现场不小的轰动，主持人花了好几分钟，都没能让观众安静下来，最后还是辛勤接过话筒，客串主持人，将主题引到广告上。

斯巴达溜达着，仔细地嗅空气。有很多好多复杂的气味呢。好多好多只人类呀，比刚刚还要多。他们都是我的人气吗？斯巴达从来不知道，原来他这么受欢迎。

忽然登上了猫生小高峰的斯巴达，有些无措地踩着爪子，挠着耳朵紧张地盯着四周看了一圈，忽然听见咪呜在他身后说话。斯巴达回过头，看着他的人类。

辛勤走到斯巴达身边，俯身摸了摸他的脑袋，向台下的观众介绍自己："大家好，我叫 Sing，这是我的猫，它叫斯巴达，也可以叫它大饼。很高兴在这里见到大家，谢谢你们这么喜欢饼饼。"

台下响起热烈的掌声。

斯巴达依着咪呜的小腿站着，忽然就不怕了。他抛开心里的那点茫然，迅速膨胀。

哎呀，我果然是人气超级高的猫咪！世界上还有比我厉害的猫咪吗？我真是太能干啦！

辛勤打了一个响指，成功地让斯巴达把注意力转回他身上。他俯身，看着斯巴达，笑着点了点自己的嘴唇。斯巴达直立着站了起来，两只前爪搭在他的脸上，凑到他的嘴边亲了亲。

台下又是一阵掀开房顶的尖叫声。

辛勤接着说道："刚刚饼饼在后台待得很无聊，听说台上能玩游戏，所以我们就上来了。你们现在无聊吗？你们想玩游戏吗？"

——想！

辛勤将斯巴达抱上展示台，上面有一只平板电脑，平板里安装了他们要推广的游戏平台 App。辛勤打开 App，翻到休闲类的游戏界面，让斯巴达自己选一款。斯巴达歪着脑袋，犹豫着拿爪子拍开了一个消消乐小游戏。

辛勤奖励地亲了斯巴达一口，和观众说道："现场可能有朋友之前看过斯巴达玩过切水果的游戏，知道他是一位游戏大佬。这款消消乐游戏也有玩家对抗模式，有没有在座的哪位大佬想挑战一下斯巴达的江湖地位？如果你赢了斯巴达，可以获得一次友好的握爪或者是合照留念。"

他话音刚落，粉丝群瞬间沸腾，还没懂规则的粉丝们不管三七二十一，先站到了椅子上，高举双手，大喊："选我！选我！选我！"

辛勤抬手示意大家先冷静一下，接着说道："感谢大家的踊跃报名，现在，希望大家打开手机，扫码下载我们的 App，安装好后登录，进入这款消消乐游戏，加上斯巴达，然后才能开始比赛。"他回头看向广告商的负责人，问道，"我们现场有免费的 Wi-Fi 可以下载 App 吧？"

负责人眼见观众的兴致如此高昂，激动得连连点头，说道："有的有的，网速不够快的话，我开热点给大家！"

辛勤原本以为让一两位粉丝上台，意思一下，这个环节就过去了。没想到看到现场效果如此火爆，平台直接一口气加了半个小时的互动时间，将后面的行程都推后了。毕竟赞助商的满意才是原则。这样一来，大家都下载软件登录，最后有十位粉丝被抽中安排上台，他们都是斯巴达自己用爪子按下滚动条抽出来的。

斯巴达舔着嘴巴，不明所以地拍屏幕，他也不知道自己要做什么，只是咪呜告诉他要这么左右划拉。喵呜，很简单嘛。

在消消乐游戏中，赢一只猫有多难呢？答案是，还挺难。原本辛勤觉得最多半分钟就能定下胜负，没想到对面的女孩太激动了，手抖得比斯巴达失误率还高，很快就触雷死了。她懊丧地摔了手机，一脸郁闷地看着斯巴达。

辛勤有些傻眼，没想到，就这样，还有人输了。他低头清了清嗓音，尽量平静地对这位女孩说道：“很抱歉呀，你输了。”

女孩号了一句，台下一阵爆笑。她不舍地盯着斯巴达看了好几眼，最后沮丧地站起来，正打算往台下走，忽然被辛勤叫住了。

“刚刚我没有说清楚规则，如果赢了的人，可以选择和斯巴达握爪或者是合影。那如果输了的话，只能让斯巴达自己来选了。”

女孩张大嘴巴瞪着辛勤看了好久，终于理解了他的意思，兴奋地蹦了起来，直接冲到斯巴达面前，大喊道：“饼饼，再爱我一次！”

在咪呜的坚持下，斯巴达心不甘情不愿地贡献出自己的爪子。尽管他的表情凝固，对方人类看起来还是幸福得要死过去了。她没事吧？斯巴达担忧地看着她，心想，人类不吃老鼠，果然不够聪明，有很多缺点呢。

看到输了也能有福利，被选中的粉丝瞬间觉得圣光普照，脸上咧开灿烂的笑容。台下则是一片艳羡。不过，辛勤许诺，以后如果有机会的话，他会单独再找时间，让斯巴达和粉丝们在线PK。这稍稍安慰了落选粉丝的心情。

广告商听闻露出欣慰的笑容，一个全新的推广计划就此诞生。

最终，斯巴达以两胜八负，结束了漫长的车轮战。他打着哈欠，凑到陌生人类的身边，歪着脑袋，露出可爱的表情，尽责地完成了最后一场合影。然后，他扭头钻进咪呜的怀里，说什么都不肯再露头了。

辛勤心疼地摸着斯巴达的后背，带他下台休息去了。

尽管不舍，但得到满满福利的粉丝们还是心满意足。后面辛勤又上台一次，参加了 XF 水友局的对抗赛，以三金的牌子和全场最佳赢得了水友杯的奖励——来自男粉的二十个熊抱。女粉丝们看得兴起，尖叫声一波高过一波。等辛勤离开，他们也没有退场，一直坚持等到所有活动环节都结束才离开，给足了人气支持。

钓猫直播很开心，赞助商很开心，主办方也很开心。

只有斯巴达一只猫不开心。喵呜，他抬起爪子，示意咪呜，你看哦，我的爪子都被握肿了呢。高人气真是一个沉重的负担哦。

辛勤亲亲斯巴达，将他带回舒适的酒店，并奖励他一份丰盛的晚餐。

于是，斯巴达也开心起来。

这真是多赢的局面呢！

CHAPTER 51

故地重游

当天晚上辛勤没有和其他的游戏主播一起参加庆祝活动，抱着斯巴达睡了一个大长觉。第二天，X 市是个大晴天。嘉年华属于钓猫直播的部分已经结束，理论上辛勤可以离开 X 市了。不过，既不用上班，也不用上学，大闲人辛勤没有着急要做的行程安排，斯巴达的生活用品也带足了量，于是他打算带斯巴达再住一晚上，陪他的狸花猫出门逛一逛。

X 市是辛勤大学时代待过的城市，对于这里，他有一种说不清道不明的感情。他的大学位处 X 市郊区的大学城，虽然离市中心远，但风景很好，空气清新绿化佳。他隐约记得大学城附近，有一处以适宜拍照著称的风情小镇，设有许多有趣的雕塑以及色彩鲜艳的小木屋，还有人造的沙滩海景，斯巴达也许会喜欢。

由于地方比较远，斯巴达又不好坐公共交通，辛勤租了一辆车，自己开过去。他把斯巴达安置在后座上，给他铺了一个柔软舒适的小窝。斯巴达也很听话，自己待在后座上，不吵不闹。

十分钟后，他们来到了风情小镇的停车场。今天是周末，从停车场里车的数量来看，游客应该不少。辛勤停好车，背上猫包，牵着斯巴达，大摇大摆地走进小镇里。

辛勤和斯巴达陆陆续续逛了一个小时，给斯巴达拍了很多照片。不得不说，斯巴达的镜头感很强，虽然并不是每张都是好看漂亮的造型，但每一张都很精神，有的搞怪，有的有趣，有的就像是表情包。最后，斯巴达不想动了，四脚一摊，直接趴在地上。辛勤将他抱在怀里，沿着来时的路慢慢往回走。

这条路不属于主道，也没有特别出彩的景点，因此相对安静，只有零星几个行人。石头路，铜质的欧式路灯，两旁的店铺门口摆着小黑板，上面用白色的粉笔扭七扭八地写满了今日菜谱。有些店铺客人不多，店主就坐在门口的藤椅上，懒洋洋地刷手机。

辛勤低头和斯巴达说话："我们以后有钱了，也可以开一间属于自己的小店。到时候，我把你放在柜台上，你就是我的招财猫，谁不给你钱，你就去挠他。如果客人都被吓跑了，我就抱着你坐在门口晒太阳。"

斯巴达轻声叫了一句，像在回应。

辛勤载斯巴达离开风情小镇，时间还早。他将车开往大学城，带着斯巴达重回母校。大学城里都是学生，对待斯巴达的态度更加热情，不少人要求要合影或者是摸一摸，都被辛勤婉言回绝。

斯巴达昨天已经累了，不想再被人搂搂抱抱了。

辛勤将斯巴达裹进外套里，装成学生的模样，溜进校园。他不由自主地来到校图书馆楼前，这里有一条小道，两旁栽满法国梧桐，连接着图书馆和食堂，饭点之外，行人很少。

这里是他学生时代最重要的走道。他曾经在这里来回无数次，有时候是天黑，有时候太阳还未升起，但他总是一个人，或者满怀心事，或者什么也不想。

今天，辛勤再一次踏上这条熟悉的小路，只不过，这一次，他并非是一个人。他的狸花猫走在前头，扭动着身体，牵引绳随着他的动作一颤一颤。斯巴达蹦蹦跳跳地用爪子去踩梧桐枯黄的落叶，被嘎吱嘎吱的声音逗得开心不已。他偶尔抬起头，似乎在找寻枝丫间那些不知名的鸟儿的踪迹，然而深秋时节，很多鸟已经准备过冬去了，不见痕迹。

辛勤看着他，心一下子就装满了。

就在这时，他的手机响了起来，系统自带的单调的铃声打破四周的宁静。辛勤看了一眼屏幕的来电显示，不由自主皱起了眉头。他看着不远处的斯巴达，犹豫片刻，还是接听了来电。

屏幕闪烁着三个字：董太太，是他的妈妈。

董太太的声音听起来和前两年没什么区别，依旧是温柔无骨的样子。她先是和辛勤寒暄了几句，无非是告诫他要注意季节更替，饮食规律等。辛勤没有插话，静静地听着，等对话停下话头，他礼貌地开口问道："你有什么事吗？"

董太太沉吟着，似乎有些为难，最后问道："你在家吗？我现在在你奶奶家门外，敲了门，好像没有人的样子。"

"抱歉，我不在家。"

"这样啊……"董太太笑了笑，似乎是换了个姿势接听，通话有了片刻的中断，很快，她的声音再次响起来，更加清晰，"其实也没什么，就是想来看看你。我们已经很久没坐在一起吃饭了。唉，怪我，我应该事先通知你的。"

辛勤没说话，两边同时沉默着，耳边除了轻微的呼吸声，就只剩下电流声。他再次问道："你有什么事吗？"

"没有没有，就是想看看你。我还给你织了一件过冬的毛衣呢，今天也带来了，但你人也不在。你晚上回来吗？"

"不回去。"

"那……那我下次再来见你吧。啊，新年你有空吗？就是元旦节的时候？你们公司应该也放假的吧？"

辛勤停顿片刻，回答道："我不能确认。毛衣我不需要，谢谢你。如果没有特别的事情，我先挂了。你也早点回去吧。"说罢，他等了两秒，然后挂了电话。

在他上大学时，这样的对话似乎很熟悉。只是，很长一段时间没有联系，忽然说了一会儿话，倒有种不适应的感觉。辛勤拿着手机，说不上是什么感受。忽然，他觉得脚踝痒痒的，有什么毛茸茸的东西正往他的裤管里动。

是斯巴达。

他躺在地上，伸着爪子，试图将爪子探进辛勤的裤管里。可惜，辛勤今天穿的是直筒的牛仔裤，空隙很小，斯巴达努力了很久，仍然没能成功将他毛茸茸的大爪子塞进去。他有些受挫，甩着头打了一个喷嚏。

咪呜咪呜，不要说话了呢，和我一起玩吧。

斯巴达敏锐地察觉到他的人类的情绪变化。他不知道是为什么，只知道他想好好地陪着他的咪呜，直到他的心情再次好起来。

辛勤忍不住笑起来，俯身将斯巴达整个拎起来，作势要将他往天上抛，在斯巴达四脚紧紧地扒住他的袖子时，又迅速收回怀里："逗你玩呢，我怎么舍得把你扔上去。"

斯巴达将自己的身体挤进咪呜的怀里，鼻子贴着他的人类，用力蹭了蹭。

"别把鼻涕蹭我衣服上。"辛勤嘴上这么说，但是抱着斯巴达的手并没有松开。

"饿了吗？"

饿啦！

"找个地方，喂你吃点东西。"

好呀！

辛勤最终带着斯巴达进了湖心园，来到一处僻静的角落。这里临近人工湖，有石椅可以休息，景色很好，且曲径通幽，茂密的林子阻挡了彼此的视线，很适合安静地坐一会。记得以前每到清晨，都会有外语系的同学来这里，旁若无人地练习口语。

石椅很凉，辛勤不敢将斯巴达放上去，就自己坐下，将狸花猫摆到腿上。他从包里取出水和小零食，慢慢地喂斯巴达。

斯巴达鼓着腮帮子，飞快地咀嚼，忽然停下动作，朝一旁望过去，一动不动，就像发现猎物。

辛勤顺着他的目光看过去，片刻之后，一个瘦弱的声影从暗处显现。

啊，是一只狸花猫呢。

CHAPTER 52

另一只狸花猫

那是一只狸花加白，肚皮和四只爪子都是白色的，只是脏兮兮的，几乎分辨不出颜色。大概是只公猫，瘦得毛皮贴骨头，介于成年与未成年之间，看不出具体年纪。它的脖子上系着一只掉色的铃铛，可能是小时候戴上的，时间长了，项圈的细绳深深地陷在肉里。

陌生的狸花猫向前又走了几步，停了下来，缩着脑袋，蹲在角落里静静地观望。斯巴达也紧绷身体，歪着头看向那只猫，不一会，斯巴达开始放松下来，重新嚼动嘴巴里的零食，还凑到辛勤手边，舔了几口水。

那只瘦小的狸花猫弓着背，以一种奇怪的姿势，小心翼翼地踱步过来，凑到辛勤脚边，又蹲下了。

辛勤低头看了一眼斯巴达，见他毫不介意，便伸手慢慢靠近那只小狸花。小狸花不怎么怕他，见辛勤的手伸过来，轻轻地将脸颊凑上去蹭了蹭。

斯巴达打了一个大大的哈欠，趴在人类的腿上，静静地盯着那只陌生猫。

辛勤觉得有些奇怪，又想不出是哪里不对劲。他重新取了一瓶水，打算给小狸花喂一些，野外的猫咪很难喝到干净的水。可是那只小狸花似乎对水没有什么兴趣，凑过来嗅了嗅便不再理会。辛勤又拿了一些斯巴达的零食，沾了点水，撕成小小的一块，喂给小狸花。小狸花也只是舔了一口。

辛勤用手指轻轻顺了顺小狸花脑袋上的毛毛，有些担忧地看着他。这时，他终于想起来，是哪里不对劲。如果是平时，他当着斯巴达的面去摸其他猫咪，斯巴达早就发脾气了，根本不会像现在这样安静地坐着。

辛勤挠了挠斯巴达的下巴，轻声问他："这只小狸花怎么了？"

他好像生病了呢。

辛勤看了眼腕表，对斯巴达说道："我们送他去医院吧。"

斯巴达对宠物医院没什么好感，不过这次要去扎屁屁的猫又不是他，也就没什么好介意的，嘿嘿。斯巴达站起身，在人类的大腿上伸了一个懒腰。去医院咯！

小狸花抬起头，好奇又胆怯地瞥了他一眼。

辛勤将斯巴达的猫包腾出来，包底铺着柔软的毯子，那是斯巴达最喜欢的小毯子，平时都是拿来盖肚皮的。辛勤怕斯巴达生气，抱着他安慰道："猫包暂时让给病人吧，我抱着你走好不好？"

斯巴达不太愉快地甩着尾巴，转眼又释怀了。咪呜的怀里更舒服呢。那好吧！

辛勤脱下外套，裹在手上，温柔地将小狸花裹起来。在抓住狸花猫的瞬间，它用力挣扎了几下，似乎是很害怕，又或者是有不舒服的地方。辛勤不敢太用力，确定小狸花情绪安稳下来，才将它小心翼翼地放进猫包里。

一人一猫蹲在猫包外，静悄悄地盯着包里的小狸花看。那只狸花猫很快给自己找到一个舒服的角落，蜷缩着身体蜷成一个球，便不再动弹了。

辛勤觉得情况不乐观。他将猫包背起来，一手抱起斯巴达，一手翻手机查看附近的宠物医院，快步朝停车处走去。斯巴达大概也意识到情况紧急，尽可能地缩着爪子将自己蜷好，不给辛勤增加负担。只可惜他实在是有点重，被单手抱着，很快就顺着手臂的缝隙往下滑落。他不安地抖了抖四肢，情不自禁地喵呜了一声。辛勤赶紧捞了斯巴达一把，将他送到自己肩膀上。

斯巴达在人类的肩上踩来踩去，最后在猫包和咪呜的脖颈之间的空隙处，将自己圆滚滚的肚皮嵌了进去，稳稳当当正合适呢。啊，舒服。斯巴达心满意足地眯起眼睛，忽然又想起什么，大幅度地拉长自己的身体，弯下脑袋，从上往下，凑到猫包的透气窗口，盯着里头那只不速之猫。只可惜那只蠢猫一动也不动。斯巴达盯着看了一会儿，觉得没意思，收回脑袋，窝在咪呜的毛毛里睡着了。

等斯巴达睡醒，他们已经来到最近的宠物医院。辛勤给小狸花挂急诊，医生做了检查，判断是尿道炎，要立刻住院做疏通。辛勤抱着斯巴达站在门口，想要进去看看小狸花，它被一群陌生人围着，又这么痛苦，可能会害怕。但他担心将斯巴达一起抱进去，看到手术的模样也会害怕。

斯巴达才刚刚睡醒，白天玩得多了，现在依旧没什么精神，一头短毛乱糟糟的，半眯着眼睛，将脑袋抵在辛勤的胸口。

辛勤思考片刻，用外套将斯巴达包裹起来，露出一个出气口。他垫了垫怀里的肉球，轻声说道："饼饼你再睡一会儿。"

斯巴达于是迷迷糊糊地又睡过去了。

辛勤进入手术室时，医生已经帮小狸花疏通好尿道，不一会儿，小狸花就尿出了半壶血尿。医生说，这只猫的膀胱已经有沉淀物了，如果再晚送来一会儿，估计就憋死了。

辛勤提醒医生，让他帮忙把小狸花的铃铛剪了。在来的路上，辛勤不敢自己动手，怕处理不好伤口。

很快，小狸花脖子上的一圈绳子及铃铛被取了下来，绳子嵌得略深，医生小心地用剪子一点一点剪碎了，断绳子上浸着厚厚一层深褐色的血渍。

医生感慨道："多半又是附近的大学生养的，寝室里不让养，就偷偷养在阳台，也不好好做体检。等不感兴趣了或者毕业了，就往外面一扔。你看着绳子，应该还是小猫的时候给系的死扣。"

小铃铛被扔到盘子里时发出清脆的一声响。小狸花抖了抖耳朵，瞪着大眼睛，安静地看着那颗铃铛。他仍很虚弱，只能趴在笼子里。

辛勤伸进一根手指头，轻轻碰了碰小狸花的鼻子，说道："以后你会有更好的。"

小狸花抬头，看着辛勤，两只眼睛亮晶晶的。

也是漂亮的绿眼睛呢。

辛勤笑了起来。

小狸花要住院，辛勤带着斯巴达先开车回酒店。在半路上，斯巴达又醒过来了，慢腾腾地爬到副驾座上，好奇地看着辛勤。

那只小蠢猫呢？

"小狸花要住院，我们明天再去看他。饼饼，我们多住一天吧？"

斯巴达没有听懂，只是打了一个大大的哈欠。

折腾了一天，回到酒店时，一人一猫都懒洋洋的不想动。辛勤挣扎着给斯巴达刷好牙，擦干净爪子，将他放到床上。等他洗漱好出来，发现斯巴达趴在落地窗台上，抬头看着天空，甩着尾巴尖，优哉游哉地打着拍子。

"看什么呢？"

咪呜，今天晚上的月亮好圆哦，像一只饼。

想到这里，斯巴达不由得眯起眼睛笑起来。饼饼在看饼，哈哈哈，真好笑。

辛勤不理解猫咪世界的笑点，倒身也躺在飘窗台。窗台上铺着绒毛垫子，不冷。僵硬的肌肉躺在硬硬的台面上，有一种诡异的酥麻感。他仰面躺着，放松着关节处，深深叹了一口气，舒福地闭上眼睛。

斯巴达在一旁看得有趣，扑上去，用大半个身体的重量压着咪呜的胸口。哎呀——他也试图像人类那样长长地叹一口气，吐出来的却只有呼哧呼哧的声音。

辛勤被逗笑了，睁开眼睛，正对上一双漂亮的绿眼睛。他舒展双臂，将手臂枕在脑后，看着斯巴达的大脑袋，说道："你知道你有多重吗，就往我身上扑？"

斯巴达心虚地放下一只爪子来，眼神飘忽。不重的呀。

"胸口好疼。"

斯巴达默默将另一只爪子也放下了，端坐在人类身旁，担忧地盯着他看。

辛勤抽出一只手，轻轻捏了捏斯巴达弹性十足的肚皮："这是什么呢？不是肉吗？"

斯巴达羞愤地扭转身体，拿屁股对着他的人类。哎呀，猫咪的重怎么能叫重呢！猫咪本来就是越重越好看的。在野外，如果吃不饱长不胖的话，会被别的猫欺负的。我好不容易养起来的肉呢。可恶。

辛勤侧过身躺着，伸手将斯巴达捞在怀里。他亲了亲斯巴达的脑袋，轻声说道："胖点就胖点吧，只要你健康。饼饼是全世界最好看的猫咪，谁也比不上。"

斯巴达拿两只前爪捂住眼睛，翻了一个滚儿，将身体贴在人类热乎乎的胸膛，不一会儿，就发出呼噜呼噜的声响。

"睡吧。"辛勤轻轻摸着斯巴达的肚皮。

斯巴达很快又睡过去了。辛勤则没什么睡意，拿出手机开始处理消息。他在微博上求问 X 市比较成熟的流浪动物救助组织，有不少人给他私信建议，其中有不少实用的推荐。最后，辛勤联系上的是当地一家成立了多年的流浪动物爱心协会，其中有一位成员离大学城还挺近的，明天就能过来接猫。和协会成员定好地点和时间，辛勤退出微博，开始处理邮件。

嘉年华时他们展台的赞助商趁热打铁，拟定好一份推广合同，要求斯巴达参与。钓猫直播也更新了合同材料过来，同时承诺可以帮辛勤将他额外支付的住宿和路费报销了。这倒是个好消息。辛勤搂着他的招财猫，将合同条款一条一条看完，将意见反馈编辑好返回。

夜已经深了。

斯巴达睡得香甜，四肢松软，整只猫泡在月光里，就像在发光。

第二天早上，辛勤办理退房，续租了车，前往大学城看望小狸花。他将斯巴达的行李一起打包带上，万一还需要再住一晚上，他们可以就近找一家合适的酒店。半路上，他们途经一家宠物用品店，辛勤停了下来，带着斯巴达进店。

店铺虽然小，商品却很齐全，琳琅满目。老板笑眯眯地夸赞斯巴达长得健康。辛勤给小狸花挑了一套生活用品，然后不顾老板的力荐，买下一款看起来灰扑扑的老鼠玩具，用手指捏一捏，会发出老鼠一样吱吱的叫声。

老板有些尴尬，说这只老鼠进货其实很久了，都没人买，其实料子做工嘛，都是好的。

斯巴达不停地想用脸颊去蹭那只老鼠玩具，表现出很感兴趣的样子。

辛勤有些为难，和狸花猫商量："这个给小狸花。我单独再给你买一个不一样的。"辛勤不知道猫是不是也会像人一样产生不同的情绪，他总觉得，小狸花第一次收礼物，应该有一个独一无二的。

斯巴达发出撒娇式的喵喵声。

辛勤从一堆猫咪玩具里，给他挑了一件浮夸的金色响声球。

斯巴达果然很喜欢，立刻叼在嘴里，说什么也不松开。

等辛勤和斯巴达再次来到宠物医院时，爱心协会的人已经到了，正在门口等着。对方是一位三十出头的女性，头发梳得一丝不苟，穿着干净整洁的套裙，看起来像刚从办公室赶过来。她介绍自己为朵拉。朵拉笑着和斯巴达打招呼，又和辛勤道歉："不好意思呀，我刚下班，本来应该早点来了解情况的。"

斯巴达打了一个大哈欠，对人类之间的对话并不感兴趣。

辛勤抱着斯巴达，和朵拉一起看望小狸花。小狸花看起来精神多了，可以自己吃一点处方粮，只是因为连日的进食问题和尿道感染状况，身体还很虚弱。它远远地看见辛勤，挣扎着站起来，凑到笼子边喵喵叫。

辛勤轻轻地抚摸小狸花，挠了挠他的下巴。脖子上的伤口看起来也开始愈合，露出鲜红的肉色。

斯巴达安静地在一旁蹲了十分钟，终于忍不住了，站起来，贴着咪呜的身体来回蹭。

咪呜咪呜，他已经好啦！不要摸啦！

辛勤笑了起来，说："看来真的要好起来了，小醋精又开始了。"他俯身，将胖乎乎的醋瓶子拎起来，抱在怀里。

斯巴达得意扬扬地甩着尾巴，盯着小狸花看。

小狸花不屑地白了他一眼："哼，有什么了不起。"

斯巴达皱了皱鼻子，骄傲地回："当然了不起啦，我的人类是最好的人类，你不能再接管他啦，找一个第二好的人类去吧。"

小狸花别过头，不想再看到那只大胖猫。

大胖猫斯巴达并不知道自己因为体型又被嫌弃了，他盯着小狸花，忽然意识到自己已经好几天没有做调查和作业了。他有点心虚，装模作样地四处张望一番，压低声音和小狸花说道："喂，我的人类帮助了你，你也需要帮我一个忙。"

小狸花本来不想理会他，可是转念一想，确实是这样的，毕竟他的人类真的是个很好的人类呢。他懒洋洋地趴在笼子里，抬着眼皮，问道：

“要帮你什么呀？”

“帮我填一份调查问卷呗。”

小狸花也是流浪猫，作为调查样本很合适呢，这还是斯巴达第一个跨省的样本采集，真是具有里程碑式的意义。

调查问卷非常简单，都是口头的，毕竟斯巴达每天也记不住太多的东西，问卷一旦做得复杂了，就失去了收集数据的价值。斯巴达鼓着腮帮子，用力将小狸花的答案记下来，打算回到家后第一时间把答案录入他的网盘里。

唉，如果我像人类一样，可以随时随地使用电子设备就好了呢。

斯巴达低头看了一眼自己毛茸茸的圆爪子，不由自主叹了一口气。

小狸花犹犹豫豫，终于忍不住，装作无意间提起的样子，问斯巴达：“你做的东西是干什么用的？”

斯巴达自豪地竖着两只耳朵，得意地晃着脑袋：“嘿嘿，你们这种文盲猫是不会了解的。”似乎全然忘记不久之前，自己也是一只十足的文盲猫呢。

小狸花有些郁闷，闭上眼睛，决定不再理会这只胖狸花。

斯巴达直立起来，将两只前爪搭在笼子边，偷偷和小狸花说道：“我告诉你，你要保密哦，不要被你将来的人类发现。”

小狸花竖起两只尖耳朵。

辛勤将给小狸花买的东西都交给朵拉，说道：“这阶段的医药费我都会负责，直到他康复，包括必要的驱虫疫苗和检查。麻烦你们帮它找到合适的收养家庭，谢谢。”辛勤没有接触过患有尿道炎的猫咪，听说这种病容易复发，需要悉心照顾。这必然是一个长期而曲折的过程。

朵拉看了一眼歪着头在听他们说话的小狸花，忍不住问道：“其实他很喜欢你呢，如果……”

辛勤微笑着，温和地打断她，说道：“我相信，它的缘分不在我这里。”

朵拉也笑了，叹了一口气，又说道：“你给他取个名字吧，我们协会一般是谁救助谁取名呢。”

辛勤看着那只小狸花，想了想，说道：“就叫它福满吧。”

“要不要公布你的名字或者微博 ID 呢？”

“不用了，匿名就好，谢谢你。”

“明白了。”朵拉说着，然后笑了笑，说道，“我弟弟很喜欢你呢，他一直有关注你的微博，前两天还去参加那个嘉年华活动，听说斯巴达也去了。这次也是他从微博上看到你的提问，拉着我来看看的。”

辛勤温和地笑了笑。

“他天天就知道上网，不过能喜欢你这样的，我觉得也挺好。”

朵拉说，爱心协会会安排成员交替照顾福满，直到它出院，找到合适的领养人。辛勤和斯巴达没什么事情，今天就可以回去了。

辛勤抱着斯巴达和福满告别。小狸花也许是意识到离别的到来，恋恋不舍地用鼻子嗅辛勤的手指，似乎想要记住他的味道。

辛勤将那只会叫的灰老鼠塞进福满的怀里，对他说道：“送给你的。你也是一只好猫咪，要好好吃饭。”他摸了摸福满的脑袋。

福满低头看着怀里的灰老鼠，怔愣了很久，才意识到，这是人类送给他的礼物。

他抬起头，用湿漉漉的眼角慢慢地蹭人类的手背。

谢谢你，人类，你是第一个对我这么温柔的人类，虽然我不能接管你，但我会永远记住你。

在福满心中满是离愁的忧伤时，一抬眼，就看见那只胖狸花正挤眉弄眼地朝他暗示。

小狸花，不要忘记找机会上学哦！别忘了我留给你的联系方式！我在毛春，你在 X 市，以后你就可以帮我收集数据啦。我们就可以联合起来，制霸两地的猫咪学者协会啦！狸花天团！很威武呢！哈哈哈哈……

福满一动不动地看着斯巴达，然后叼着他的灰老鼠，跑进笼子里，再也不肯回头。

背后传来人类和胖狸花说话的声音，越来越小，越来越远。

CHAPTER 53

人类语四级考试

在外头疯玩了几天的斯巴达，回到家后，忽然不适应白天出门调研，晚上上课做作业的勤奋模式了。

喵呜喵呜——

斯巴达张嘴打了一个大大的哈欠，本来秋天就是极好睡觉的时候，这样难得舒适而闲暇的日子，居然要用来学习。斯巴达甩着毛茸茸的大尾巴，觉得很不开心。他正犹豫着，今天晚上的课要不要继续翘掉时，他们家的玻璃门被敲响了。

“斯巴达在家吗？”

啊，是戴麻薯呀。

斯巴达拨楞四只爪子跑上楼，朝他的人类迭声喊：“咪呜，我可以和戴麻薯玩一会儿吗？我们可以吃零食吗？”

辛勤跟着狸花猫走下楼，发现“吃多多”诊所的麻薯来了。他将玻璃门拉开，把麻薯让了进来。

戴麻薯拿爪子装模作样地在门垫上蹭了蹭，对斯巴达的人类礼貌地点头：“打扰啦！”

辛勤端出小零食和水招待客人，戴麻薯和斯巴达脑袋凑在一起，开心地吃点心。吃完后，两只猫一人一边，窝在沙发上，给自己舔毛毛。

戴麻薯一边舔一边和斯巴达聊天:“好几天不见你啦,X市好玩吗?”

“好玩呀，我坐了飞机。有一栋很高的房子，从上面往下看，好小好小的人类的汽车。我还看见好多只人类呢，哎呀，他们都很喜欢我。”斯巴达兴高采烈地和戴麻薯分享他的所见所闻。

戴麻薯听完新闻，心满意足地眯上眼睛：“我最近也有一件好事情要和你分享呢。”

“什么呀？”

“我也要当老师啦。”戴麻薯说完，得意地抬起下巴，抿着嘴角。

斯巴达诧异地瞪大眼睛：“这真是一件了不起的事情呢！”

戴麻薯从大学毕业后就打算应聘教师岗位来着，无奈他毕业那年，正巧碰上猫咪教育十年教师培训改革计划，行业竞争太大，就业形势严峻，教师岗位需要经过严格的考核和实习测验才能通过。当年的戴麻薯以一爪的差距，无奈落选，只好回家当了迎宾猫。不过，他对于教师职业的热爱一直没有退减，在工作之余，经常给自己充电，始终活跃在猫咪教育论坛里，成为民间小有名气的教育专家。

终于，皇天不负有心猫，戴麻薯等到属于他的机遇。

猫咪大学在新的学年打算扩招，建立新的学科，丰富已有的教师团队。其中有一门学科，叫商业礼仪，专门为那些需要为人类提供迎宾和招待服务的特殊工种猫咪们开设的。随着当今社会猫咪咖啡屋，公司养猫等情况的增多，服务型猫才的需求日渐增长。猫咪协会顺应时代的号召，在毛春创立了这门新兴学科的试点，招聘了一批有实践经验的教师猫才。而戴麻薯作为从业多年的诊所前台猫，顺利应聘上岗，成为一名光荣的猫民教师。

斯巴达听完，拍尾巴给戴麻薯鼓掌：“很厉害呢！这门课好玩吗？好玩的话，我下学期也去选修。”

“课程制定还在完善中呢。”戴麻薯兴奋难耐地在沙发踩来踩去，还忍不住在坐垫上挠了几爪子，把斯巴达的笔记弄得乱七八糟，“不过，我很有信心啊，我脑海里已经有无数好玩的念头想要付诸实践了。”

见戴麻薯挠咪呜的沙发，斯巴达瞬间不高兴了。他走过去，用圆滚滚的身体将戴麻薯挤到一旁，故意岔开话题，问道：“那你今天就是来和我分享这个好消息的吗？”如果是的话，说完你就可以走啦。点心也吃过了，快走吧。

戴麻薯愣了愣，总算想起今天还有项任务：“我还有件事情啊，你不提我还真忘了。就是学校通知大家，要抓紧时间准备四级考试，下周要考试了，尤其是你这种大考在即还忽然请长假的猫，真是心大呢。”

斯巴达甩了甩脑袋，应和地喵呜了几声，忽然僵硬了：“什么四级考试呀？”斯巴达挠着耳朵，惊恐地瞪着戴麻薯。

戴麻薯觉得奇怪，回答道：“人类语四级考试呀？一个多月前就通知了吧，你不知道吗？”

我……知道的吗？

斯巴达完全傻了。他这才意识到，他已经将考级这件事情忘得干干净净。毕竟对于猫咪而言，一个月是一个非常长的时光，那时候通知的时间，不到一周就会被忘得干干净净的呀。

要死猫了！

斯巴达将脑袋埋在两只爪子中间，紧张得直抽尾巴。

这种情况，一直持续到晚上。辛勤头一次看见狸花猫在吃饭的时候还一副垂头丧气愁眉苦脸的样子，舔一颗猫粮就叹一口气。他担忧地摸了摸斯巴达的脑袋，问道：“怎么了饼饼？”

斯巴达将脑袋抵在人类的手心里，痛苦地思考着。不想考试呢，不想学习呢，只想做一只咪呜的小猫咪。学习这件事情好难的，就像划船，你不滑，就会被水流冲走，把你卷到水里，弄湿你的毛毛，喵呜，要很用力很用力才能一直往前走呢。虽然斯巴达并不清楚划船是一种什么样的操作，但这并不妨碍他产生讨厌自己掉进水里的心情。

辛勤搂着斯巴达，慢慢地给他喂了晚饭，又抱着他在客厅里走了会儿。狸花猫终于精神了一点，还舔了舔他的脸颊。

哎呀，不说啦，我已经答应过自己要好好学习，成为让咪呜骄傲的猫咪了，不可以中途放弃的。今天晚上我就要拉大灯，一路学习到天亮——可是，学习为什么要点灯呢？猫咪在黑暗中用不需要太强的光源。

斯巴达再一次对人类世界的熟语产生困惑。如果这样迷茫的状态一直持续下去的话，他肯定过不了四级的。

当天晚上，斯巴达鼓着腮帮子，费了一点工夫将请假时落下的功课补好，然后翻出四级考试的备考书目：《人类语四级考试真题逐句解析》《四级考试历年真题》和《四级考试一本全》。戴麻薯还额外给他推荐了一本号称是四级包过的神书：《少女猫的祈祷》。如果觉得学习动力不足，需要鼓励，还可以看一看王特区的小说体别传：《我的奋斗喵》。

斯巴达看着像胡子一样多的书目，顿时萎靡，一头栽进沙发里，连一根爪子都不想动。我真的应该多吃点老鼠补补身体呢，可惜邻居一家都搬走了。

做猫好难哦。

人类语四级考试分四个模块，分别是试听听力、完形填空、造句和问答题。其中，听力就是截取猫咪日常生活中与人类的对话，根据人类的口语表述，从不同的选项中选择符合题目答案的选项。而完形填空则是选择能够将问题中的句子补充完整的选项，要求补充完整后的句子能够被人类所理解。造句与完形填空的要求相近，都是需要完成正确的符合人类语使用习惯的句子，只不过造句的要求更高，考生们需要利用提供的词组自行组织成一句完整的句子。而问答题是开放题，问题是理论性的，考生们需要根据平时的学习和自我的理解，针对题目回答关于人类语相关的知识点。

人类语四级考试在猫咪世界中属于高级资格证书，如持有四级证书，则可以从事或者进入多个与人类相关的社会领域，成为高级从业猫才。在四级考试之上，还有更高级的人类语六级考试，这个考试只限于人类语专业的同学，而普通专业的学生们则无法报名参加。拿到六级资格证书的同学，可以从事人类语教学和对外交流工作。由于考试难度很高，通过率极低，有些同学在大学阶段会不断重复参加，直到毕业也无法顺利取得资格证书。而这部分学生，是无法拿到优秀毕业生等级的学位证的。

总而言之，如果斯巴达想成为让他的人类为之骄傲的有学问的大猫咪，四级考试势在必得，终有一天，他还要发起对六级证书的冲刺。

斯巴达勤勤恳恳，废寝忘食地啃了一晚上书，看得两眼冒星星，脑袋里的词组成语搅成一团。喵呜——他滚下沙发，迷迷糊糊地爬到楼上，钻进咪呜的被子里，贴着他的人类，不一会儿，就沉沉睡去。

只可惜，第二天一大早，斯巴达就被他的人类摇醒了。

做什么的呀？斯巴达甩了甩脑袋，试图将眼睛里的星星甩出去。我很困的，咪呜。

“斯巴达早安。”辛勤俯身亲了亲狸花猫

早安哟——这道题应该选择回答“早安”。斯巴达打了一个哈欠。

辛勤捏着他的爪子晃了晃：“今天是你来到我身边的一周年纪念日呀。你应该已经三岁了，也不知道你是什么时候生日，今天就当给你补过生日好不好？饼饼生日快乐！”

生日哟——生日应该回答生日快乐哟。斯巴达耷拉着眼皮，又打了一个哈欠，忽然回过神，倏地一下竖起耳朵。什么呀什么呀？谁生日呢？

辛勤将犹自迷糊的狸花猫拎起来，抱下楼。他早就准备好丰盛的早餐：用肉糜做成的小蛋糕，有三种口味的、虾肉、牛肉和鸡肉。小蛋糕被整整齐齐地码在崭新的白色食盘里，上面用胡萝卜作点缀，就像小烛光。

斯巴达用爪子扒拉人类的衣领，低头好奇地打量他的新食盆。这是什么呀？看起来很好吃呢？谁生日呀？

辛勤松开斯巴达的爪子，将他放下来，端正地坐在食盘前，摸了摸他的脑袋，说：“我不知道你从哪里来，但谢谢你找到我。生日快乐，宝贝。”

咦咦咦？是我生日吗？斯巴达甩动毛尾巴，眼神亮闪闪的，抬头看着他的人类。可是我记得不是今天呢。不管啦，今天是我的生日呀！

辛勤低头，亲了亲斯巴达冰凉的小鼻子，说：“吃饭吧，吃完饭给你拆礼物。”

斯巴达也舔了舔咪呜的鼻子。礼物，礼物，我喜欢礼物呢！他俯下身体，晃动脑袋，开心地大口大口地吃起了属于他的肉糜蛋糕。

送给斯巴达的礼物是猫咪别墅，实木的，有三层，里面有各种好玩的走道和抓板，小房间里还塞满了斯巴达喜欢的玩具。

斯巴达在他的别墅里头蹿上跳下，将小玩具一只一只拎出来，撒得到处都是。

辛勤抓住疯跑的斯巴达，抱在怀里，揉着他柔软的肚皮：“饼饼开心吗？”

开心呀！

“把你的别墅放到阳台上，冬天你就可以去晒太阳了。”辛勤挠了挠斯巴达的下巴，斯巴达报以亲昵地蹭脸颊。

从此之后，斯巴达多了一项爱好。他晚上学习的时候，会将平板电脑拖到阳台上的别墅里，一边晒着皎洁的月光一边搔头抓耳地做真题。别墅里很暖和，月光他也很喜欢，这是最舒服不过的复习状态呢。

大概是有礼物的加成效果，再适应两三天，斯巴达渐渐掌握了自己的复习节奏。他停下调研的工作，白天更多的时间用来补觉和思考；晚上则延长学习时间，每天还争取做一套四级真题。备考虽然是一件枯燥的事情，过程既乏味又很容易被打击自信心。然而斯巴达干劲十足，迎难而上。

他已经等不及要看咪呜发现自己是如此聪明后惊叹的表情啦！

斯巴达参加四级考试的当天晚上，天上下起了大雨。秋雨浇落大地，夺走了日渐消散的暖意。天气越来越凉了。斯巴达站在阳台上感受了一番空气的温度，打了一个喷嚏，无奈，只好放弃他的小别墅，默默将平板电脑拖回客厅，缩在沙发上，将四只爪子揣得严严实实。

紧张严肃的四级考试掐着时间点，准时开始了。开场有一段十分钟左右的音乐，美其名曰让考生们放松，以最佳状态进入考试。音乐结束后，有一段短暂的音频，据说是王特区本猫的真声。

“你们……

平板里传来一个低沉而柔和的声音。斯巴达竖起耳朵，对这只极具传奇色彩的猫咪充满了好奇。他歪着头，认认真真盯着屏幕，只听片刻停顿之后，音频继续播放。

“随便考吧，反正也会挂，就这样吧。”

……

嗯？

斯巴达甩了甩脑袋，以为自己的耳朵出现问题。刚刚王特区前辈说的什么呀？

但是不容他多想，系统已经变换画面，进入核对考生信心页面。斯巴达满怀疑虑地将爪子贴上爪印验证区，通过检验，进入正式的考试间。

考试结束后，斯巴达在班级群里溜达了一会儿。同学们怨声载道，对于四级考试惨无猫道的题目进行了无情的谴责和强烈的抗议，一片不满的喵呜声。斯巴达对此没有兴趣，打了一个哈欠，退出来，到猫咪社区聊天室逛了一会儿，意外碰见了葱包烩。

葱包烩那只小胖子也渐渐长成大猫的模样了，只是依旧胖，呼个气都喘。听说他最近又在备战初中毕业考试，打算升学到高中后，学习外语狗普。

斯巴达觉得有些奇怪，问道：“你之前不是想学声乐的吗？”

葱包烩甩着球一样的圆脑袋，皱着一张脸，严肃地回答道：“我已经是一只成年成熟有担当的大猫了，应该为我的人类分担责任呢。”

原来，他的人类最近领养了一条小罗素梗，取名叫粢饭团。粢饭团因为之前受过虐待，所以特别怕人，刚到家没几天，把家里上上下下的角落都尿遍了，每天晚上还乱叫。他的主人愁眉不展，葱包烩觉得很心痛，下定决心要学会狗普，帮助他的主人训练那只蠢狗。

斯巴达想了想，鼓励道：“那你要努力哦，不然等你的主人都学会狗普了，你还没考上高中。”

葱包烩哀怨地趴在屏幕上，幽幽地看着斯巴达，扁扁的大脸占据了整张屏幕。

斯巴达用爪子一拍，结束了通话。

考试后的日子恢复了之前的正常作息。斯巴达又重新开始日间巡逻，孜孜不倦地为他的论文搜集素材。彩票老师时不时会来查看他的进度，对他的研究方式和资料搜集工作提出建议。研究一旦上了正轨之后，其实也还不错，至少每天都过得很充实。

不久之后，斯巴达就得到了一个意料之中的好消息：他通过四级考试啦！

在整个班级十五只猫咪中，只有三只通过了四级考试。斯巴达虽然不是最高分通过的那一只，却因为在学习总结经验部分的出色表现，受到了猫咪协会的嘉奖。

朋友们也不断传来了好消息。

戴麻薯终于开始了第一次课堂试讲，并且很成功。作为一只经验丰富的大猫，戴麻薯成功总结出与人类的商业交流中猫咪应有的行为准则建议。由于他出色的工作，猫咪协会已经决定让戴麻薯参与到商业礼仪专业教科书的修订中来。这不得不说是戴麻薯猫生中的里程碑式的成就。他的名字，将随着这门科目的深入和推广，永远留在猫咪教育史上。

斯巴达暗自决定，要向戴麻薯学习，也成为一只有用的猫才。

舒克和馒头依旧奔走在各大流浪猫社区之间，将教育普及项目继续推广下去。听说在馒头的坚持下，豆包也加入了工作小组，主要是负责武力镇压不守规矩的学生。斯巴达时不时地仍会支持他们的项目，并且将从项目中总结的经验运用到他的理论知识归整中。这种从实践到理论的归纳方式，也有效地推动了猫咪教育理论系统的完善。

因为斯巴达的卓越贡献和优秀成绩，在本学期结束时，他获得了一等奖学金：一麻袋小鱼干。这是猫咪协会设定的最高奖励呢。不过，斯巴达本猫并不喜欢小鱼干，因此他选择将小鱼干捐献出去，给那些饥饿的流浪猫们分食。

秋天已过，严冬来临。在户外的流浪猫们，又将迎来一场严峻的生存大考验。

猫咪们与情感丰富的人类不同，猫咪们并不奢望能够消除病痛、饥饿和死亡。对于自然界的每一个决定，猫咪们心怀敬意。他们所能做的，就是平和冷静地面对，尽可能地保持自我的准验。

但猫咪协会对于数量庞大的流浪猫群体并不打算视而不见。事实上，他们每年都会聚在一起，琢磨怎么才能让流浪猫们更好地和人类和平共处，尽兴地过完一生。

今年落雪的第一天，斯巴达收到一条陌生的文字消息，只有简单的几个字：我很好，代我问候你的人类。落爪的是一个陌生的爪印。斯巴达猜测，可能是那只瘦不拉几的小狸花的。

虽然猫生不易，但大家似乎都找到了自己想要做的事情呢。

喵呜。

CHAPTER 54

猫生的起起落落落落起

新年到来的时候，斯巴达终于完成了大学第一学期的学习，进入了冬歇假期。在学期末，他递交了一份阶段性报告给彩票老师，总结他目前的研究进度。彩票老师并没有回复。

事实上，随着冬天的到来，整个猫咪社区都安静下来。不用上课，不用上学，不用备考，不用写作业。大家可以随意选择自己喜欢的姿势，把身体揉成一个长条形，或者圆形，或者碗形，然后优哉游哉无所事事地度过一年之中最冷的这几天。聊天室里，大家的头像都换成了打哈欠或是眯眼睡觉的慵懒的自拍。

而事实上，今天的冬天远比去年暖和许多，并不怎么下雪，就算下了，也只是零星的雨夹雪。单薄的雪花一落在地上，就陷入肮脏的泥淖之中，很快就消失不见。不过，一整个冬天难得见几次晴天，空气中总是弥漫着雾霭和细尘，天地之间变得脏兮兮的。

咪呜让斯巴达别出门。这样的天气出门，爪子和毛毛会被弄脏的，冬天不好洗澡呢。斯巴达也不愿意出去溜达，躺在温暖的沙发上或是咪呜的怀里，睡觉，玩耍，说话，多好呀。

最近网上很流行用碗装猫，辛勤也给斯巴达买了一只透明的玻璃大碗。玻璃碗事先在暖风口吹得暖烘烘的，斯巴达很喜欢，只要把碗往他跟前一摆，他就会自己跳进去，将整个肉乎乎的身体塞到容量有限的碗里头，满满当当，新年好兆头。

辛勤将斯巴达碗的照片放到微博上，引起了粉丝们的强势围观。

冬天里，斯巴达的唯一一次出门，是和辛勤一起参加游戏推广宣传片的拍摄。拍摄地就在隔壁市，辛勤租了一辆车，当天就能来回。在辛勤的指导下，斯巴达表现得相当出色，配合导演和摄影师，高效地完成了自己的任务。

于他看来，这不过就是摄影课程的实践内容罢了。

喵呜。

宣传片很快正式投入。在片子中，经过后期处理，斯巴达能做出夸张的面部表情和动作，身着战袍，在虚拟的游戏世界里过关斩将，还打出“世界已经被喵占领，谁不服？”的狂傲标语。据反馈，宣传片的效果很好，不仅有大批的粉丝买单，还有很多喜爱猫的路人觉得广告创意新奇有趣，被吸引而来。广告商有意向洽谈续篇的合作。

而斯巴达作为一只猫，其演技得到了充分甚至是虚高的认可。当然，他并不认为自己受之有愧，相反的，在搜寻到各种人类对他的大肆赞美之词后，斯巴达的信心暴涨，膨胀得像一只气球，一松手就要飞起来了。

由于晚上不再有繁重的学习任务，斯巴达能够好好休息。白天的他就显得更加精神。他每天晚上都要参与咪呜的直播活动，用自己勤勤恳恳的工作，换来更多的人气。

辛勤赚钱的方式，比斯巴达要周详一些。得益于斯巴达的努力，他们两个人渐渐有了积蓄。如何积少成多，并不是只靠简单的粉丝效应就可以实现。在众多请求商业合作的私信中，辛勤筛选出一家服饰网店。这家店是中低端的年轻品牌，有合作的线下工场，规模虽然不大，但运作成熟。最近，他们的老板正在考虑整顿男装，想要做一个线上的推广。

辛勤之前工作时，也给项目组写过产品推广计划，虽然当时是赶鸭子上架，但恶补了一番理论和实践知识，成品还不错，也算是累积了一些心得体会。辛勤联系到网店的负责人，通过协商，获得更多的信息，写了一份针对男装线的营销推广计划书。网店的老板亲自前来谈判，辛勤协商入股，几番洽谈后，他成为网店合作者之一，可以以分红的形式获利。合作计划书是双方共同拟定的，辛勤咨询律师意见，尽可能避免在合作过程中产生不利于他的纠纷。

一切准备就绪后，辛勤开始了网红生涯的第二步：卖衣服。

第一步？第一步当然是养猫。

其实游戏主播中开网店的主播不少，大多数宅男主播都有一家专属于自己的零食店，以卖辣条和方便面为主。这些店的生意或好或坏，无非都是赚粉丝的心甘情愿钱，以主播微博吆喝为主，并没有特别的营销手法。

辛勤的主要目的却并不是快钱，而是希望有更加稳定的收入，能为他和斯巴达提供更好的生活保障。稳定，意味着品牌经营，这并不是几次随随便便的微博营销就能做到的。生平第一次，辛勤开始琢磨自己的衣着打扮。

新的服装线品牌商标注册为“斯巴达”，商标图案即为斯巴达的Q版头像。设计及成衣等环节不需要辛勤担心，他只要把控好大方向的风格及路线问题即可。“斯巴达”的目标群体为宅男宅女，以舒适的面料和休闲的风格为主，价位中等。

辛勤还需要承担前期的大部分模特工作。这对于不善于镜头表现的辛勤是一项极为艰巨的任务，但好在他有表现欲极强的斯巴达的帮忙，想来应该问题不大。为了造势，辛勤还与部分网络推广团队合作，创作广告剧本及推广方案。

一切谈妥，只等年后开工。

在极短的时间内敲定这么多重要的大事，辛勤内心却并没有太大的波澜。他对于人生的起落，向来看得很淡。一旦着手去做，既有在此一搏的信心，也有接受失败的坦然。不管如何，他还有斯巴达，这只狸花猫就是他人生所有的退路。

斯巴达对于他的人类偷偷做的事情一无所知，每天依旧睡吃玩乐。当然，他也并不是只想着玩儿，作为一只大猫咪，再过半年即将大学毕业，临近毕业，他也要开始为今后的学习计划做打算呢。

原本斯巴达的想法很简单，他会成为一名厉害的大学生，然后走上猫生巅峰。然而，他掌握的学问越多，见识越丰富，对于世界的看法就越理性。大学文凭并不是猫生巅峰所在，在他拥有的地平线之外，显然还有更加广阔，鲜少有猫驻爪的世界。那是一个近乎神秘的国度，是每只有理想有抱负的猫咪向而往之的境界。

然而，随着与老师们交流的深入，斯巴达已经渐渐了解到一个奇怪而悲伤的事实：毛春城已经有三十多年没有出现过研究生学位以上的猫咪了。

从古至今，关于博士生猫咪的传闻，的确仅有一猫。

斯巴达不负责任地暗自揣测，为什么没有第二位猫博士呢？可能世界上根本就不存在猫博士。所谓的王特区博士，可能都是骗猫的，毕竟谁也没有见过王特区博士，甚至连他的照片也未曾流传于世。也许这是一个惊天大骗局，所有猫都被蒙在鼓里。

猫咪教育有背后的主使人——没错，就是人——他们塑造了一只不存在的博士猫，把猫咪一族骗得团团转，为的就是鼓励猫咪自主学习，接受高级教育，这样好让猫咪和人类友好相处，他们就能长长久久地享受可爱的猫咪的陪伴了。

斯巴达想到这里，不由得背脊发凉，毛毛根根竖立。他既为琢磨出这个复杂惊猫骗局的自己感到骄傲，又为这个残酷冰冷的真相感到惊惧。他窝在温暖舒适的沙发上，想了很多很多。

到了晚上，胡思乱想了一整天的斯巴达，终于忍不住将自己的担忧告知戴麻薯。当然他聪明地并没有把全部的猜测都说出来，万一这是一件危险的事情呢，万一他猜中了骗局的核心引来杀猫之祸呢？没想到他才说完，就换来对方呼哧呼哧一阵笑。

“有什么好笑的？”斯巴达有点不开心，觉得自己的远虑没有得到足够的重视。

“我不是在笑话你，只是觉得好玩罢了，你以为这么多年了，没有猫提出过质疑吗？”

斯巴达瞪大眼睛，没想到这个世界上竟然还有和我一样聪明的猫咪呢。

“事情的真相很简单呀，没有研究生和博士猫，完全只是因为没有猫教呀。大家都是本科生，谁教谁呀？”

嗯？咦？

斯巴达愣住了，原来真相竟然是这样吗？嗯——真是无趣的真相呢。

“不仅如此，很多学科也正是因为没有继承猫而被迫关闭失传了。猫咪的生命是有限的，我们教育发展的程度却很低，这需要好几十代猫咪甚至更长时间的共同努力。很多我们曾经取得过的进步和突破，就在时间的长河里消失不见了。这是我们猫咪的不幸，但同时也是自然的选择，对此我们应该心怀感恩，只争当下。”

斯巴达舔了舔爪子，觉得有道理。如果成为巅峰这种事情，随随便便一只猫就可以完成的话，就不能称之为梦想了呢。只要是自己想做的事情，哪怕最终并不一定能做成，只是尝试做的这个过程，就是弥足珍贵的。因为我们的时光有限呀，所以才需要更加勇敢决绝。

不过，还有一个问题哦。

“王特区博士是怎么当上博士的？他既然已经是博士了，为什么不带自己的学生也成为博士呢？这样他的学生就能带出更多的博士，我们就能拥有好多好多只博士猫了。”

戴麻薯沉吟片刻，迟疑地开口说道：“这件事情嘛，很少有猫能够说得清楚。不过我猜呀。”他忽然左顾右盼一番，压低嗓音悄悄说，“可能是王博士自己给自己取的名号，毕竟大学生啊研究生啊这种等级划分都是王特区博士自己定的。他是第一猫，想把自己叫什么就可以叫什么。不过仅靠他一猫之力，也很难完成整个研究院的工作。这才有了后来的猫咪教育协会和教育系统。等到我们的时代成熟了，必然会有新的猫获得深造的机会。”对此，戴麻薯深信不疑。

斯巴达打了一个哈欠。听起来真是好遥远的事情哦。不过唯一能够确定的是，他需要继续努力，完成学业，为那个可能或者不可能降落的机遇做好十足的准备。

做猫真的是很辛苦呢。听说有些人类天天幻想变成一只猫，像猫一样地生活。他们到底是哪里得来的自信呢？做一只猫，其艰辛程度是人类所难以想象的。别的不说，就说要长相可爱吧，这种外貌带来的负担，就不是普通人类能够承受的。

而且，作为一只普普通通的狸花猫，斯巴达可是有眼下的生活需要兼顾的。

“饼饼——”

这不，天才刚亮，他的人类又需要他了。

斯巴达叹了一口气，在沙发上伸了一个懒腰，然后不慌不忙地踩灭平板电脑，优哉地跳下沙发，原地踩了踩爪子，然后仰头大喊一声：我来啦——咚咚咚快速冲上楼去。

斯巴达并不了解的是，做一只人类，也是艰难的。人类也会遇到生活中许许多多的不平之事。

春天的节日后的第二天，家里来了一位不速之客。斯巴达躲在一旁，偷偷嗅来访的陌生人类身上，有一种奇妙的和咪呜相似的气息，虽然这股气味很淡，且被刺鼻的令猫窒息的气味掩盖了。

喵呜，这只人类会是咪呜的妈妈吗？

可是，为什么咪呜看起来一点都不开心呢？

来客确实是董太太。自从那次通过电话后，董太太隔三岔五会给辛勤打电话，辛勤有时候会接起来，不咸不淡地聊几句。董太太对于儿子的生活状态投入了前所未有的热情，这让辛勤觉得很不适应。他早已过了希望得到长辈宠爱的年纪，不会因为缺少而失落，也并不会因为得到而欣喜。

大概是怕被辛勤拒绝，董太太特地挑选一个辛勤有很大概率会在家的日子，不请自来。她穿着漂亮利落的套裙，手持名牌包包，略施淡妆，乌黑浓密的头发挽成一个完美的弧形，温婉贵气。被请进屋，她姿态优雅地在沙发坐下来，不时地缕头发，手指看起来依旧是不沾阳春水保养得当的模样。

不过董太太完美的笑容在看到斯巴达时有了片刻的裂痕。她显然是被这只大狸花吓了一跳，整个人不受控地跳了一下，浅浅地坐在沙发边缘，几乎滑落下去。董太太及时稳住自己，又整理了一番发髻，略显尴尬地微笑着，柔声问道：“这是什么呀？”

辛勤看了一眼斯巴达，平静地回答道：“猫。”

斯巴达打了个喷嚏，耷拉着眼皮静静地看着陌生的人类。

你闻起来才不像咪呜呢，呸呸，刚刚我的鼻子瞎了呀。连猫你都不认识，你是不是傻的哦。

听见辛勤简洁的回复，董太太的面部肌肉出现片刻的僵硬，不过她掩饰得很好。她抬起眼，看着辛勤，又笑了起来，说道：“我知道是猫呀，看着不像你奶奶以前的那只。”其实她对辛勤奶奶的印象也有些模糊了，只是隐约记得她养的是一只漂亮的长毛猫。不过董太太对于所有猫都不感兴趣。相对来说，她更喜欢狗，喜欢那种被时刻关注喜欢的感觉。当然，她也不愿意养狗。她只想过自己想过的生活。

辛勤也没有纠正她，只是强调说：“这是我的猫。”

对呀，我是咪呜的猫，咪呜是我的人类。斯巴达赞同地甩了甩尾巴。他忽然想到，咪呜的妈妈以前对咪呜不好呢。爸爸就算了，反正猫咪们自己也没有爸爸，因此没有什么好的对照物。但是所有猫咪的妈妈都是能干的呀，像这样对幼崽不负责的妈妈是不受猫咪喜欢的。想到这里，斯巴达不由得眯起眼睛打量咪呜的妈妈——嗯，他决定给对方取名叫棉签女士。棉签是斯巴达最讨厌的物品之一，每次去医院都能遇到。

大概是感受到斯巴达的低气压，辛勤招手将斯巴达唤到自己身边。

斯巴达决定暂时忘记对这只棉签女士的讨厌，跳上沙发，转了一圈，将自己的下巴摆在咪呜的大腿上，四脚张开摊成一面饼状。咪呜温柔地挠了挠他的下巴，安慰他。咪呜最好啦。

董太太低头喝了一口茶，辛勤给她泡的是茉莉花茶，虽然只是茶包，但至少说明辛勤还是在乎她的喜好的，这让董太太心下宽慰不少，脸上又重新恢复笑意。她接着说：“你工作这么忙，还是别养猫了，养猫费神。你看看你，是不是平时也不好好吃饭？”每当看着这个熟悉又陌生的孩子，董太太觉得自己又像一位母亲了。这个念头让她的内心不由得柔软起来，语气也亲近许多。

辛勤抬头看了她一眼，并没有搭话。

董太太原名叫陈桠楠，是辛勤的生身母亲。辛勤始终不理解她和辛力，也就是辛勤的父亲的婚姻，既没有爱情，也没有生活。陈桠楠是一个很自我的女人，她喜欢镜花水月，清风和雨，喜欢从别人身上看到自己的价值，喜欢用温柔的方式强迫别人实现她的期许。她的情感就像藤蔓，需要依附才能顺利吸收养分，才能向上生长。在他还小的时候，陈桠楠这样捆着辛力；当辛勤长大一些，陈桠楠又试图捆住他。当发现均不可为时，陈桠楠忽然失去了耐性，寻找下一位可以让她依靠和寄托的男人。

而辛力则是一个完全没有担当的男人，在他的世界里，永远没有责任感三个字。喜欢的时候随口许诺，不喜欢的时候借口离开。他将陈桠楠的束缚当作自己懦弱的借口，把责难指向了他的家人。

他们彼此就像两个不合适的齿轮，无论怎么磨合，永远无法契合。

而辛勤，则是他们强行组装的一道划痕。曾经试图上过机油保养，最终仍留下了不可磨灭的痕迹。

斯巴达挪了挪后腿，小心翼翼地蹬上了咪呜的膝盖，贴着咪呜的身体躺了下来，将自己盘成一团毛球。我的咪呜冷了呢，我给你捂一捂。他将人类的爪子扒拉到自己的怀里，用毛茸茸的肚皮盖住了，严严实实。

“小心粘毛。”董太太皱着眉头，忍不住出声提醒道。

辛勤笑了笑，用空着的那只手摸着斯巴达的脑袋，轻声问道：“和董先生还好吗？家里怎么样？”董太太不会无事回来找他，除非她发现自己的情感再一次无处寄托。她的新孩子没能满足她的母爱之心吗？她并非是一个全然没有爱的母亲，只不过比起孩子，她更享受身为母亲被需要的感觉。当辛勤已经成长到不再对任何人表露情感的冷漠年纪，她渐渐不喜欢当他的母亲了。

想来也有些可笑，母亲这样身份竟也是可以随心所欲选择的。

果然，听见辛勤的问话，董太太有片刻的停顿，有些不自然地拢了拢头发，笑着回答：“没什么事情，家里一切都好。前两天，你叔叔还问起你来，说好久没见你了。还有你妹妹，丫丫你记得吧，现在也长大啦，要不要……”

“不用了。”辛勤打断她，笑着问，“要不要再添点热水？一会儿出门冷。还好今天天气好。”他将斯巴达揉开，抱着他站了起来，却并没有去厨房取热水的意思。

斯巴达眯着眼睛，迷迷糊糊地打量四周。不聊天了吗？咪呜不要聊天啦，我们一会儿出门玩吧。他努力攀直身体，试图去蹭人类的下巴。哎呀，亲不到。斯巴达咂咂嘴，一回头，发现棉签女士还站在那里。

做什么呀，想在我们家吃午饭吗？

斯巴达从咪呜的怀里挣脱开，落在地上，打了一个哈欠，装作若无其事的样子绕着客厅走了一个大圈，转到棉签女士的身后，眯着眼睛盯着她轻轻抖动的裙摆。唔，是流苏呢……斯巴达抬起爪子，以迅雷不及掩耳之势冲流苏裙摆挥动爪子，“唰唰唰”，瞬间将原本整整齐齐的流苏条挠乱了。

董太太猝不及防，高声尖叫起来，下意识地想扯回自己的裙摆。只是没想到斯巴达的爪子尖还勾着流苏，用力一拉，她名贵的裙子迅速被撕开一道镶着毛边的小口子。董太太的脸都变形了。

辛勤和董太太道歉，然后蹲下身，将斯巴达抱起来，顺便批评他。

斯巴达重新回到人类的怀抱，得意扬扬地甩动尾巴，看着棉签女士，认认真真地给自己舔起爪子。好辛苦的。

董太太僵了片刻，也没办法和一只猫生气，只好用大衣挡住裙摆的口子，拿着包愤愤离开了。

斯巴达舔了舔嘴唇，喊道：不要再来了哦，不要再来了哦。

辛勤站在门口，一直目送董太太离开。

他已经长大成人了，在很久很久以前，就能够决定谁可以在他的生命里逗留，谁将永远地消失。

下午，辛勤在家里做大扫除，用斯巴达喜欢的空气清新剂去除异味。斯巴达开心极了，扭着屁股一颠一颠地贴着辛勤跑动。家里面所有带气味的东西，都要经过斯巴达的鼻子的鉴定，只有他喜欢，才可以继续使用。因此这个家里，所有东西散发出的味道都是斯巴达喜欢的。

做完家务，辛勤在客厅里摆出斯巴达的玩具，陪他玩了好一会儿。运动完之后，辛勤给斯巴达称体重，郑重宣布：斯巴达体重控制住了。

斯巴达并不知道这个消息意味着什么，他只知道晚饭的时候，他可以多吃一勺猫粮。

喵呜喵呜，今天是什么好日子呀，咪呜这么大方。

斯巴达一边低头啃猫粮一边绕着食盆转圈圈，幸福地甩着毛尾巴。

CHAPTER 55

饼饼说人话了？

吃吃喝喝的好日子一直持续到冬天的小尾巴，梨树又冒出了花骨朵。斯巴达早已恢复上课，继续奋斗在大学的课业和研究之中，而他的咪呜也忽然忙碌起来。

最重要的特征就是咪呜开始早睡早起锻炼身体。

对于人类锻炼身体这件事情，斯巴达原本是没什么概念的。为什么要锻炼身体呢？每天好好吃饭不就可以身体健康了吗？后来戴麻薯告诉他：“人类锻炼身体，同时也是为了自己更加好看，就像你的人类天天让你多活动，好减重保持更好看的外形。”

斯巴达反驳道：“我的肉就是好看的。”

可是人类如果长肉就不好看了呀？你发现没有，人类眼中漂亮的人类都是高高瘦瘦的长条样子，他们就喜欢这样。

斯巴达僵硬着身体，震惊得瞪圆了眼睛。人类都好奇怪哦，胖胖软软的有什么不好的呀？

无论他内心是怎么想的，他的人类不可抑制地变得越来越硬了。虽然咪呜原本就不怎么软，有时候趴在他身上，都不是很舒服呢，幸好我的肚皮软。但斯巴达已经不嫌弃他了，没想到，咪呜居然变本加厉。好过分哦！

斯巴达决定干扰人类的健身计划，最直接的方式就是在咪呜折腾自己的时候，跑过去捣乱。

辛勤在客厅的瑜伽垫上做平板支撑，忽然觉得背后一沉，差点整个人贴到地上。他稳住胳膊，调整呼吸，平稳后，沉声开口道：“饼饼，下来。”

不要！斯巴达踩在咪呜的背上，转了一个圈，然后侧身躺了下来，将大尾巴顺着咪呜的腰际线垂下来，轻轻划拉着。

辛勤又一次调整呼吸：“你知道自己有多胖吗？我的腰要被你压断了。”

不知道不知道！斯巴达甩了甩头。我不胖！

在斯巴达的友情帮助下，辛勤提前完成了负重目标。肌肉线条不容易练成，好在辛勤之前的底子不错。科学配比饮食加上运动计划，他很快就小有成就。他在微博上晒出自己的腹肌和人鱼线条，还配上一张斯巴达“陪”他一起锻炼的图片，发文：如果你想有腹肌，你需要一只猫。

自此之后，辛勤时不时会发一些他和斯巴达一起健身的图，健身餐和健身猫饭。渐渐的，他会配上自己的配搭图，当然，会带着猫一起。显然这种用猫溜粉的营销方式还是很受欢迎的。他采用营销团队的剧本，拍摄了一些与猫的穿着打扮相关的小视频。虽然这些视频并没有他为斯巴达拍摄的心上猫系列那么动情真诚，但胜在夸张有趣，有猫，有颜值，还是很能吸粉。起码在辛勤增加露脸次数后，他的微博粉丝突破了百万，并且有不断上升的趋势，俨然成为一只崛起的萌宠势力。

就在涨粉势头正好的时候，辛勤顺势推出了“斯巴达”服装品牌。这一举动得到绝大多数粉丝的热忱欢迎，他们终于找到一个机会为斯巴达花钱，给他变相买猫粮了。衣服还挺好看，又不贵，收到的都表示很不错，更重要的是，还能随机得到斯巴达的亲爪签名售后卡。一时之间，斯巴达的网店也红红火火开起来了。

当辛勤的微博粉丝涨到两百万时，他给斯巴达装上了一个猫洞。洞口的门和斯巴达的项圈会起感应作用，只有斯巴达挤进来门才会松动，这样防止别的不认识的动物趁机跑到家里来，和斯巴达打架。

斯巴达一开始还不太会使用，用猫脑袋在洞口撞来撞去，撞得咚咚响，不得章法。好在他还挺聪明，几次尝试之后，很快就找到了窍门。每天开心地从专属于自己的洞口出入，遵循统一的时间表，像一只需要上班通勤的人类。

我出门去啦！今天我也要努力工作的哦！

辛勤的微博粉丝数量达到三百万后，他通过海购，买了一只猫咪专用摄像机，操作简单，续航能力强，重量轻，可以挂在斯巴达的项圈上。这样，斯巴达出门带着相机，就可以将他的所见所闻都拍摄下来，成为弥足珍贵的猫咪的影像资料。

只可惜，猫咪摄像机刚到时，由于不明原因的故障，无法正常使用。辛勤自己动手拆了，又补了几个小零件，捣鼓了一下午，总算是修好了。斯巴达原本不喜欢这个黑乎乎的奇怪盒子。辛勤鼓励他带着摄像机在家里溜达了一会儿，然后将成像的视频文件导入电脑，播放给斯巴达看。聪明的斯巴达一下子就抓住了摄像机的本质，兴致勃勃地凑到屏幕前，一边观看自己拍摄的视频一边甩动毛尾巴，看起来还挺喜欢这个奇怪的东西所具备的功能。

从那以后，斯巴达每次出门玩耍，都会让辛勤帮自己绑上猫咪摄像机。为此，辛勤还新买了一台笔记本电脑和几个大容量的移动硬盘，专门用来给斯巴达编辑和存储他的大作。辛勤帮斯巴达将所有视频都分门别类，标注好时间和地点。

这些大大小小的视频文件，就像斯巴达自己的秘密资料库。在视频的画面中，可以看到斯巴达毛茸茸的下巴，听见他和别的猫咪喵呜喵呜聊天的声音。虽然对于人类而言，这些对话意义不明，但对于猫咪而言，他们大概正在进行一项会让人类震惊的秘密实验研究吧。

猫咪摄像机虽然优点多多乐趣多多，但它也有不足的地方。最明显的一点就是体积太大。自从脖子上挂着摄像机出门后，从专属洞口出入就变得不再那么惬意。有时候，斯巴达一个不留神，就会把自己卡在洞口，挣扎半天也挣脱不出去，只好喵呜喵呜向辛勤求救。

为了避免这样尴尬的事件反复发生，辛勤又想方设法给斯巴达的专属洞口安装门铃。他花了一点时间和一小袋零食，教会了斯巴达门铃的用法。每当他心满意足地回到家，又不想自己费力气去挤洞口时，斯巴达就会用爪子拨动门铃，提醒辛勤他回来了。门铃连接着屋子里的所有房间，辛勤听见，便会下楼来给斯巴达开门。

“我回来啦！”

斯巴达进门口，总是这样说，然后端端正正地坐在门垫子上，等他的咪呜拿湿纸巾给他擦爪子。这时，咪呜就会俯身，温柔地拍拍他的脑袋，对他说：“你回来啦。”

咪呜在门口放了一把小椅子，他会坐在椅子上，先帮斯巴达取下脖子上挂着的摄像机，然后将斯巴达整只猫仰面朝上，抱在怀里，开始给他擦毛毛和爪子。斯巴达配合咪呜的动作，把自己重新弄干净。

斯巴达用四只爪子紧紧抱着自己的黑盒子，这里都是他的宝贝呢，自从有了这个黑盒子，他每天能采访的猫咪一下子多了起来，有些没有记清楚的地方也不用再在第二天跑回去重新问了，直接调出视频资料，补充资料即可，效率和准确度都大大提高。咪呜真是太聪明啦！为了更好地回顾自己的材料，斯巴达还重新找到家电使用课的老师，学习如何使用笔记本电脑。这个比他想象得要简单一些，斯巴达很快就掌握其中的窍门。

一边整理毛毛，斯巴达还会一边和咪呜分享自己今天的所见所闻。

咪呜，你知道吗？住在“吃多多”旁边的小花又生了一胎崽子哦，一共有八只呢。大毛实在取不出名字来，就把崽子取名叫大毛、二毛、三毛……好笑吧？不过小花说她不想再生娃娃啦，每年的时间那么短暂，不是在生娃就是要去生娃，她觉得很没有意思，上课都去不了呢。我教她去和戴麻薯的人类撒娇，这样就有机会绝育了。

“来饼饼，翻面。”辛勤帮着斯巴达翻身，给他梳理背上的毛毛，“今天是不是也很开心？不知道你在说什么，小话痨。”

开心呀！对了哦，你还记得我以前和你说过的会讲故事的墩布吗？他和他的人类最近搬家了呢，隔壁就住着以前喂他吃牛肉的人类。好巧吧，是不是很神奇呀？这样一来，墩布又有了两只人类。不过大家说他这样不好，朝三暮四。哇，我居然也会用朝三暮四这个成语了呢，太厉害了！给自己舔舔爪子。

对啦，葱包烩那只小胖——大胖子，已经快要高中毕业啦！他的狗普学得很不错哦，听说他家的那条狗也不再害怕了。现在，他们整个小区的狗都认识葱包烩了。他还经常去劝架，在小花园里撵狗，成为狗界调解员，还是有点厉害的。

咪呜给斯巴达整理完毕，斯巴达又变成一只干净整洁的大狸花了。他叼着自己的摄像机，在人类的裤腿上亲昵地蹭来蹭去。咪呜呀，我有一个小时没见到你了呢，我好想你呀。

辛勤将狸花猫抱起来，亲了他一口，然后带他上楼，帮他将摄像机里的视频导出来，整理成文档。斯巴达就乖巧地坐在一旁，津津有味地盯着他干活，时不时用脑袋顶蹭一蹭辛勤的手背，喵上几句，可能是在点评他的工作。

在辛勤的粉丝数量涨到四百万时，辛勤在毛春景致最好最有前景的一条街买下了两间店面，过上了包租公的生活。有了闲钱之后，辛勤又买了一辆二手车。每当天气好的时候，他就载着斯巴达出去玩。

他第一天将斯巴达接回家的时候，他曾经答应过它，会带它去不同的地方，看最好看的风景，吃最好吃的食物。他的狸花猫可能不记得了，但辛勤一直记得。

忙碌了很长一段时间后，辛勤终于攒够了钱，实现了人生中一个小小的目标。达到小目标的辛勤，做的第一件事情，是以斯巴达的名义，给偏远的山村，捐建了一条公路。

公路竣工揭幕的那一天，公益微博发图文感谢不具名的捐赠者，并宣布新的公路将命名为大饼路。虽然名字很朴实，但这条宝贵的公路将首次实现两个村寨的互通，帮助更多的孩子能去隔壁村上学。

辛勤将剩下的钱投入理财，辞掉了网店品牌的广告拍摄和模特的工作，又重新开始一心一意地陪着斯巴达。一人一猫，像一对懒洋洋的树懒，天天琢磨怎么吃饱了去更舒服地晒太阳。

对此，最开心的当然是斯巴达。他喜欢他的人类天天待在他的身边，陪他一起晒月亮。如果他有一天能出书，他一定要为自己的人类出一本诗集，名字就叫《尾巴尖上的月光》。

当然，这也只是想想而已。

斯巴达最近已经进入紧锣密鼓的人类语六级考试的准备中，不能再惬意地写诗了。有了四级考试的经验，这一次的斯巴达决定不再临时抱佛脚，而是提早三个月，早早规划备考方案，并且强迫自己认认真真地执行。学习这件事情，大概是他猫生中，除了接管他的人类之外，做出的第二重大的决定。斯巴达想要并且相信自己可以做得更好。

不过，人类语六级考试的难度显然要高于四级考试，最显著的一个特征就是增加了口语考试。

口语？

你能想象一只猫开口说人话的样子吗？

听起来似乎是一件神秘不可知的事情。但事实上，猫咪种群还是有很多猫曾经泄露过这个秘密的。有心的人类，只要随手搜一搜，就会发现无数备考人类语六级口语考试的视频。幸亏大部分人类都不够聪明，洞察力不足。大多数情况下，他们看见这些猫咪开口说话，只觉得搞笑，一笑而过之后并不作他想。这在一定程度上，也让猫咪种族的秘密得意继续延续。

而斯巴达，如今也面临备考口语这项难关。

不同于其他考试科目，口语是逆天而行的一项技能。它需要猫咪有极强的学习和模仿能力，克服他们天生的发声规则，尽可能地做出贴近人类语言的发音。要做到这一点相当困难，因此六级口语考试的要求并不强求考生们能够流利地说出人类对话——那是不可能达成的任务——只需要考生模仿三个以上的人类词组发音，在此基础上，成功模仿的词组的数量越多，质量越好，口语模块的得分越高。

不服输的斯巴达，铆足了劲儿想要学会更多的人类语词组发音。

因此，辛勤有一天晚上，将斯巴达抱在怀里梳毛的时候，震惊地发现，他的狸花猫会说话了。

斯巴达微微张嘴，有模有样地给自己的表演报幕。

下面，我带来的节目是诗歌朗诵，朗诵题目是：牛肉面面。

面

拉面

牛肉面面

面面面

好吃

饿了

CHAPTER 56
最后一课

斯巴达在晚上的六级考试中发挥出色。尤其是口语环节，斯巴达不仅说出了全场最多的人类语词组，还将其根据词义，组成一首小诗，赢得口语考官们的赞赏。

六级考试之后，大学生涯所剩无几。说来也奇怪，一年的时光，对于一只猫咪而言，应该是很漫长的。在一年的时间里，可以发生许许多多的事情，一只猫，可以从幼崽成长为大猫，从青年过渡到壮年。

然而，斯巴达猫生中最重要的这一年就这样过去了，似乎和以往也没什么不同。他过得忙碌，充实，有价值，感受到爱，也拥有梦想。无数绚烂的当下，最终组成了一段平凡岁月，他的时光既不比别猫少，也不比别猫多。只是个中滋味，只有当事猫知晓。

九月三十号这天晚上，斯巴达迎来了大学生涯的最后一堂课。

这是一堂特殊的课，因为它是被安排在期末考试结束后颁发学位证书之前进行的。也就是说，它不在所有猫咪的课表里，也无须计入学分和考试范畴。它只是一门通识课，一门据说所有猫咪都应该掌握的课程。

课程的名称叫：如何优雅地离开这个世界。

主讲人：王特区（影音资料）。

当天晚上是本届猫咪大学生最为重要的时刻。他们即将知晓自己的大学成绩，如果合格，将被授予学位证书，正式成为受过高等教育的猫才。他们中的优秀成员将进入猫咪教育体系中，发光发热，用自己的聪明才智为整个猫咪种群的教育普及做出贡献。

不过，在那之前，他们仍然是学生，仍然需要端端正正地坐在大学的虚拟讲堂中，等待最后一堂课的开始。

这是为数不多的同班同学能够聚集在一堂课上课的时刻。斯巴达环顾四周，看着那些陌生又有点眼熟的同学们，心里忽然涌上一股说不出是难过还是兴奋的情绪。他想起自己第一次接受猫咪教育时，坐在学前班的教室里，就算是趴着也比他的同学们要大好几圈。那时候的他什么也不懂，除了自己的人类，一无所有。

后来，斯巴达渐渐成长了，每天都学到新知识，开始有了自己的目标，更高的目标。他开始用一种更加智慧的角度去看到他自身，他所身处的环境，和他爱着的人类。

斯巴达觉得自己大概是世界上最幸运的猫咪。

如果有猫告诉他，你必须得经历过往那些不开心的种种，才能换来今日的生活，斯巴达会毫不犹豫地答应。

和别的辛辛苦苦走到大学毕业这一天的猫咪一样，斯巴达满怀希冀，激动不已。对于最后一堂课，他无比珍惜，就像想用力抓住他的大学生涯，那无忧无虑的，单纯读书只求上进的快乐时光。

只是，大学的最后一课，为什么是如此伤感的内容呢?

最后一课在安静而严肃的氛围中开始了。

虽然主讲人名义上是王特区博士，可是全程只有风景图片和王特区博士的音频资料。据说这门课是王特区博士生前录制的，专门为即将踏出校门的同学们准备的。后来被猫咪协会定为大学必修科目，成为大学课表的最后一课。

“首先，恭喜你们成功修读完大学的所有科目，来到最后一课。虽然也没什么好恭喜的，但毕竟不容易，你们总算可以知道，自己比别的猫要聪明那么一点了，所以允许你们为自己开心一下。

“然后，你们会走出校门，进入更加广阔的世界之中，很快，你很聪明这种幻象就会被无情地打破。

“事实上，作为一只猫咪，我们总是弱小而无助的。相较于这个世界上存在的那么多未知的力量，很抱歉，我们无能为力。”

同学们瞪圆了眼睛，不由自主地发出一片嘘声。

哎呀，这只博士好奇怪哟。

斯巴达抖了抖耳朵，却忍不住聚精会神听下去。

“是猫，都会死亡，有的是因为病痛，有的是因为伤害，有的是因为岁月。我们的一生充满意外，有好的意外，也有不好的。这一切，是我们猫力无法掌控的，是严格的生命之母对我们的要求。然而就算是这样无奈的生命，我们也仅仅只能享受十来年。这就是生活的真相，你们需要承担的现实。

“我想你们大概已经知道了，相对于这个世界上的很多动物而言，我们的寿命也许还算不错。可是，相对于人类而言，我们的生命很短暂。你们都是家猫，我们今天就多讲讲猫与人类的故事。

“你们中的绝大多数，都在学习过程中度过了自己的成猫时光。如果幸运的话，你们离开母亲之后，会接管一只或者好几只靠谱的人类。他们会替代你的母亲照顾你，替代你的兄弟姐妹陪你玩，最后，等你慢慢长大又慢慢老去，他们会成为你的朋友，成为你的孩子。

“然后，你会离开这个世界，而你的人类可能还需要继续生活很长一段时间。

“作为一只猫，你可能会意识到自己什么时候应该离开，可是你无法决定自己要不要离开。

“那么，你所能做的，就是决定自己应该如何优雅地离开。”

斯巴达耷拉着耳朵，安静地听。

“如果你很喜欢你的人类，你希望自己为他挑选下一任的接管猫咪，我建议你在七八岁的年纪开始决定并且行动。那时候你还有力气和精力，认认真真地为你的人类把关。接任你的猫咪，对其年纪、性格、学习能力等方面，都需要了解透彻，寻找最适合这个家庭的猫咪——当然，你的意见并不是唯一准则，你可以找一只和你差不多的猫咪，也可以找一只和你相差极大的猫咪，相关性并不重要。

“记住，唯一不变的准则只能是你的人类会喜欢他。

“在这个准则下，你可能会受到伤害，可能会觉得难过，但是既然选择了去爱，那么就要勇敢付出。

“如果你幸运地找到这样适合的继任者，且你的人类也愿意被接管。那么你就需要利用剩余的时间，尽你所能为你的人类教导出一只出色的继任猫。陪他玩，让他学习，告诉他所有一切关于人类你想说的事情。

“这只猫咪会代替你去爱你的人类，接管你的人类，在你离开的日子里，陪伴你的人类。

“有的时候，这个过程你可能没办法亲自参与，比如你来不及为你的人类挑选一位合格的继任者。你也许可以考虑以遗产的方式，将你的人类托付给下一任继任猫。这种方式历史悠久，且在近年来有了更多更好的改良措施。

“比如，现如今，以遗产方式托管人类，继任者已经不再受限于有亲缘关系的猫咪，现在有很多猫甚至会提前在网上了解到附近适合的猫选，进而发出邀请。这种方式尤其适合那些年纪大的老猫们，他们可以足不出户，为他们的人类安排好一切。如果你觉得这种方式更适合你，我建议你多加了解。网络上公布的猫咪信息非常详尽，可以帮助你更好地判断做决定。

“你的继任者们会自行选择一个合适的时机，出现在你的人类的生命里，成就他们自己的缘分。

“而完成了这一切的你，是时候思考自己的猫生，以及自己离开的方式了。

“我们猫咪从不畏惧死亡。对我们而言，生命就像一场有始有终的旅程。我们过得尽兴，离开时也要保持高贵。

“大多数猫咪都不希望自己悲惨的模样被人瞧见，这也是我们生病时不愿意暴露在人类的视线里，反而更喜欢待在角落的原因。虽然有高傲的成分在里面，但我想，如果可以，大概我们都不愿意让我们心爱的人类不得不面对我们的离开。人类对于死亡有着超乎寻常的忧愁感，他们总是无法释怀，做不到像我们这般洒脱。

“让他们直面我们的死亡，这么做是残忍的。要知道，他们毕竟是脆弱的人类呀。”

斯巴达觉得很是犹豫，他原本一点都不愿意和别的猫来分享他的人类。咪呜只能是属于他一只猫的。

可是，如果我离开了呢，咪呜岂不是只有一只人了？再也没有猫会为他暖手，趴在他的枕头边打呼噜，也没有猫会叫他起床，陪他一起吃早饭。如果他也想去看月光呢？他一只人，会不会觉得难过？这个房子有点大呢，自己和自己说话好奇怪呀。

如果是这样，我是不是有点自私呢？

最后一堂课的主题，虽然听起来有些沉重，但事实上，后半截的课堂非常实用和有趣，王特区博士用风趣幽默的语言，教大家如何做分别感言，如何挑选适宜的安息之地，如何做一只了无遗憾的猫咪。他甚至罕见地分享了自己与人类的小故事，要知道王特区博士的事迹虽然在大大小小的教科书和课外读物中都被演绎遍了，但他和人类的故事却绝少被人提起。

同学们都竖着耳朵，听得津津有味。

斯巴达却仍惦记他的人类，心里头酸溜溜的。

CHAPTER 57
大学毕业

猫咪大学的毕业生名单其实早就公布了，斯巴达毫无悬念地凭借年度最有价值的猫咪论文，获得当年优秀毕业生的殊荣。他早早地被告知在今晚的毕业典礼中，需要当众发言。发言对于斯巴而言并不是一件难事，他已轻车熟路，几千字的演讲稿很快就准备妥当。可是听完最后一堂课，斯巴达的心情很复杂，原本计划着要说十分钟的优秀毕业生演讲，但他忽然决定要大幅度修改。

他想说一些和荣誉以及踌躇满志无关的真正想说的话。

由于心里头压着事情，当斯巴达的窗口被放大摆到正中间，演讲正式开始的时候，他并不像往常那样骄傲愉悦，倒显得稳重起来，配合他左眼上的抓痕，更有一种成熟的气质。

斯巴达先是感谢了猫咪协会和自己的诸位老师，然后沉声开口说道："很开心今天我可以站在这里，和各位分享我的毕业感言。我发现一个奇怪的现象，那就是，我们在做很多决定时，似乎都是临时的，随机的，只针对眼前，并没有考虑更远的以后。

"比如说，当我决定做流浪猫研究的时候，并没有想到会把它做得这么大这么好。我当时只想着要完成一份作业，刚好我有感兴趣的题目，所以我就选择做下去。不知不觉，一个小决定跟随着另一个小决定，我居然已经将这项研究进行了一年，收集了一千多只流浪猫的资料和数据，最终将它做成了一项大课题，并且顺利完成了。

“再回过头来想我自己的动机时，我大概只能说，我仅仅是感兴趣吧。

“作为猫咪，我们大概都是将兴趣作为驱动力的吧。我们对人类吃完东西不洗脸感到惊奇，对他们频繁地进入奇怪的浴室感到惊奇，对他们喜欢洗澡这件事感到惊奇，他们甚至不会掩埋自己的排泄物，虽然我也不知道最终我的人类是怎么处理的，总之，我们的家没有被他们弄得乱七八糟真是万幸呀。（笑）”

斯巴达的老师同学们报以热烈的喵呜声，表示赞同。

“所以因为有兴趣，我也曾经做过许许多多的决定，其中的很多我都已经忘记了。据说有很多人类认为我们猫咪只能记住几天的事情，这纯属污蔑——人类总是有许许多多关于猫咪奇怪而错误的认知。不过，可能在某种程度上，他们也是这样认为我们的吧。（笑）

“事实上，我们可以记住很多很多事情，甚至是很久远的那些回忆。能够被我们遗忘的东西，大概是不重要的，而那些重要的，都会被好好珍藏，在我们心里，是和爪子和尾巴一样重要的存在。

“决定哪些记忆是重要的，哪些不重要，也是一种决定。而且这种决定，有时候关系甚大。

“就在刚刚，我忽然有些后悔，对于过往的生活，我是不是做过仓促的决定。假如我只能陪伴我的人类十年，我是不是已经错过了许多？

“我是不是应该更加听话一些，在我的人类要求我过去或者是坐好的时候，认真地配合他？这样会让他更快乐一些吗？

“我是不是应该多为我的人类梳理毛毛？虽然他只剩下一点点头毛，可那也是需要每天打理的呀。没有猫为他舔毛毛，是一件很可怜的事情呢。

“我是不是应该少吃点肉呀？我的人类一直希望我能够再瘦一点。虽然我觉得我现在的身体挺可爱的，但如果是我的人类的希望，我是不是应该满足呢？

“所有这些，都是微不足道的小事，做这样的决定甚至不需要舔一下爪子的工夫。如果这些都能让我的人类更加快乐，我愿意去做呀，毕竟我能够陪伴他的时光是如此短暂。

“可是，我转念一想，过去的事情，似乎我们也是无能为力了呢。与其后悔，不如将注意力放到我的下一个决定。

“上大学是我的上一个决定，我完成了；成为老师是我的下一个决定，我也会坚定不移地去实现它。对于我的人类，过去的种种都已经发生，我决定，在接下来的时间里，继续做好我的决定。而这些决定，未必每一个都是令猫满意的，未必每一个都是完美的，我可能还会后悔，可能会无动于衷，可是，这并不妨碍我想为我的人类做更多的更好的决定。

“我的余生中的第一个决定是：我会永远地陪伴在我的人类身边。我不知道我还有多久的时间，如果我只剩下十年，我就用这十年来陪伴他；如果我只剩下一年，我就用一年；如果只剩下一天，我就用一天。如果我只剩下一个小时，我就用六十分钟。

“未来是一个无限制的时间状态，似乎永远看不到头。但我的建议是，如果你们愿意听从的话，不要想得太远，毕竟我们是猫咪嘛，我们总是习惯活在当下。你有一天就用一天，你有一秒就用一秒。不用想着太长久的以后，从当下开始，从这一秒开始，做出你的决定。

“我对我的人类，大概是一种爱吧。爱这个概念，还是我上学之后才明白的。对于猫咪来说，感情这种东西似乎有些复杂，我们能模模糊糊地感受到对妈妈和兄弟姐妹的感情，对一起玩耍的伙伴的感情，但这些感情似乎总是缥缈的，并不成体系。而在学习人类语，更深入地接触人类的世界之后，我才知道，原来人类会将自己某种长久的感觉定义为爱。

“真神奇呢。‘爱’这个来自人类语的外来词，我从第一眼看见的时候就很喜欢，因为它解释了很多我以前没办法描述出来的心情。

“我爱我的人类，不像对妈妈，不像对妹妹，不像对我的朋友。对我而言，他是这个世界上独一无二的存在。正因为有他，我才会成为今天的我。而我知道，正因为有我，他也才能成为今天的他。我们都做出了聪明的决定。

“别问我为什么知道，我就是知道！

“因为我的人类也爱着我呀。他不需要说话，我也能明白，就像我在呼噜呼噜，我的人类其实听不懂，但他总能正确地回应我。爱怎么需要语言呢？

“当然，也许你们会说，人类对我们的爱，和我们付出的并不一样。在他们眼中，也许我们仅仅是可爱的宠物吧，我们不会拥有自己的情感，不会像人类一样精准地感知喜怒哀乐。那这种不对等的感情，还值得维系吗？

“嗯……我曾经尝试过去思考，我的人类是不是仅仅将我看做一只什么也不懂的宠物。答案是，我也不知道呢。也许吧，毕竟我无法探究人类的心理。不过如果事实真的是这样，我也不会太难过。因为这样也是公平的呀，毕竟我们一直在研究人类的世界，而人类对于我们猫咪知之甚少。让他们对未知的事物秉持理性的态度，想想似乎也太强人所难了吧。

“我的人类不知道我在爱着他，并不妨碍我爱他这个事实。我不需要用我的爱去兑换一份等值或者是超值的爱。我们猫咪做决定，从来只看自己，随心所欲。

“甚至，就在刚刚，我产生一种近似庆幸的感觉。幸亏我的人类不知道我的想法呀，如果他能明白我的心意，当我有一天不得不离开他的时候，他会有多难过呀？

“因此，我要做我余生中的第二个决定，训练我的人类，让他变得更加快乐，让他学会在没有我的时候，也能一只人好好生活。

“这样，如果有一天，我离开了，我的人类会继续好好活着。我知道他可以活好长好长的时间，这段漫长的时间，足够他去爱另一只或者几只猫咪，但我永远都会是独一无二的。

“这样的生活决定会让我觉得满足。我希望你们和我一样，也能做出让自己觉得满意甚至是幸福的决定。我也愿意用我的力量去帮助更多的猫咪，尤其是那些从未感受过人类的爱的流浪猫们，理解和感受这样的生活。

“谢谢大家，我毕业啦——”

这些为数不多，通过了大大小小的考试，最终顺利大学毕业的高才生，激动不已地转圈圈，挥舞毛茸茸的爪子，迎接他们猫生中最重要的一份证书。他们纷纷在屏幕上截图合影留念，彼此说着毕业赠言。

斯巴达是最受欢迎的一只，被同学们和无数闻讯来观礼的猫咪们拦截。他们问着各种各样的问题，还送出了各种祝福。还有好多还未上大学的猫咪，想要截图斯巴达当自己的头像，以激励自己努力学习，成为对社会有用的猫咪。

幸亏这是虚拟的平台，不然斯巴达就要被压成真正的饼饼了。

于是，在那之后的很长一段时间里，猫咪学生中流行拿龇牙咧嘴的狸花猫当头像的潮流，狸花猫的左眼睛上还有一道酷炫的抓痕。还有不少学生佩戴起了大金链子，其中那些狸花花色的猫咪尤为受欢迎。

这股潮流，被当时的猫咪们成为“狸花风”。

不过“狸花风”的创始猫对此并不感兴趣。他早已习惯自己人气极高的事实，现在猫气也涨了起来也是意料之中的事情吧。

谁让我是一只可爱的大狸花呢?

正如斯巴达所规划的那样，大学毕业后，他短暂地给自己放了三个月的假，然后就投入正式的教育工作中去了。斯巴达获得了猫咪大学的聘用，成为一名光荣的猫民教师，教授人类语课程。他参与课程改革计划，对现有的教学模式和教材都进行了整合改良，根据当代猫咪的学习需求，丰富教学内容，使人类语学科成为猫咪大学最受欢迎且最厉害的科目之一。

此外，斯巴达也在努力兑现他对流浪猫群体创立成猫教育计划的许诺。成猫计划会将线上课堂再次复刻到线下，帮助流浪猫，尤其是已经成年的流浪猫，获得再教育的机会。由于受到资源和场地限制，这个计划进行得很缓慢。幸运的是，斯巴达得到一众好朋友的帮忙，在他们的共同努力下，猫咪协会也正式通过成猫教育方案，预计在近五年内就会投入实践。

当然，这些都是后话。对于斯巴达而言，他猫生中的另一件头等大事，陪伴咪呜，也依旧每天都在进行。

CHAPTER 58

意外的旅途

在接管他的人类的第八个冬天，斯巴达终于决定给自己的人类找一只合格的接管者。可是他最近变得懒洋洋的，不想动，不想出门。而且，他也不愿意离开咪呜太久。也许等雪化了，春天降临后，他再开始行动比较好。

等冬天过去了，梨花树又要开花了。

选个什么样的猫咪好呢？狸花猫吗？狸花猫倒是很可爱呢，可是也许咪呜会想要一只不一样的猫咪。

斯巴达打了一个哈欠，回忆来到他的课堂上课的那些年轻的猫咪的模样。

长毛猫挺好看的，缅因猫长得又大又神气。不过，在缅因猫里，似乎没有合适的猫选。也许还是选只流浪猫比较好呢，流浪猫能干，可以保护咪呜。可是，流浪猫的独立性更高，他们会喜欢咪呜吗？

斯巴达在脑海里筛选可能的合适猫选，这也不满意，那也不满意，似乎没有任何一只猫，是可以完全放心将他的人类交付给他的。

斯巴达不由得变得忧心忡忡，转念一想，其实自己大可不必如此。在人类的精心照料下，家猫可以活到十几岁甚至是二十几岁。像戴麻薯，就还活得好好的，身强力壮，前两天还揍了一只年轻的不守规矩的公猫。

他现在还属于健壮的老年猫，身体健康，毛发油亮，虽然变得不太活泼了，但没有任何病痛，连牙齿都还好好的。他也许还能陪咪呜过很长很长一段时间，完全不需要着急。

可是，他的心里还是没来由地升起一股莫名的不安。他模模糊糊地记得，以前有老猫告诉过他，当他们即将离开这个世界时，内心会有感应。这种不能言说的感应，会指引他们度过生命的最后时光。

斯巴达想到这里，不由自主地看向枕头边犹自安睡的人类。不知为何，咪呜仍是斯巴达第一次见到他时的模样，在它的记忆里，他从未改变，那么温柔，就像那棵无言的梨花树。斯巴达抬起下巴，轻轻地搁在咪呜的脖颈间，感受人类脉搏平稳的跳动。

咚——咚——咚——

这个声音让斯巴达觉得安心。他闭上眼睛，发出轻轻的呼噜声。

在轻柔的呼噜声中，辛勤醒了过来，脖子刺刺的，斯巴达像一条毛围脖，将他缠得严严实实。辛勤不禁微笑起来，伸手轻轻摸了摸狸花猫的背。

斯巴达抬起头，静静地看着他的人类。

斯巴达的年纪大了之后，眼神越加温和。辛勤有时候怀疑，他是不是将现在的自己，看作他需要照顾的孩子。辛勤将斯巴达抱入怀里，轻轻地亲了亲他的脑袋："早安。"

斯巴达张了张嘴，却没有发出声音。

辛勤低头看着他，慢慢地用手指梳理他的背毛，逗他说话："饼饼，你看看你，睡觉的时候也不把舌头收起来，你是小狗吗？"他用手指捏了捏斯巴达吐出来的舌头尖。

斯巴达也不挣扎，反而用舌头轻轻舔了舔他的手指头。

辛勤抱着斯巴达起床，为他准备早饭。现在斯巴达的食量小了一些，也不再像以前那样对人类的食物感到好奇。辛勤为他加入了一定比例的处方粮，也说不上斯巴达是喜欢还是不喜欢，只是他每次都会吃得干干净净。

吃完早饭，斯巴达会跑到他最喜欢的角落里，趴在人类为他准备的柔软的垫子上。等太阳爬上来，这里可以晒到暖融融的阳光。他的人类一会儿就会过来，为他播放人类语的散文朗诵。这是近几年斯巴达新增的一个兴趣。一开始时，他是为了更好地学习人类语，没有什么素材比慢速的内容简单的散文朗诵更适合练习人类语听力的了。再后来，他开始喜欢上这种温和地带着专属于人类的复杂情感的诵读。

斯巴达最喜欢的一首，名叫“假如我是一座荒岛”。

他花了好几年的时间，渐渐理解其中的意思。这是一篇很有趣的文章，很奇怪，但能让他安静地听上很久很久。

每当他安静地听朗读音频时，他的人类会安静地陪着他。有时候，咪呜会给他剪指甲，现在他的运动量少了，指甲容易长得很长而不会自己剥落。有时候，咪呜会给他梳理毛发，他分辨不出自己毛发的颜色，但似乎他的部分毛毛开始变得浅了一些。有时候，咪呜听着听着，会忽然停下手上的动作，一动不动，然后，他会俯身，亲他头顶上的毛毛。

开春之后，天气渐渐暖和起来。辛勤带着斯巴达去诊所做例行体检，体检结果很理想，斯巴达体重维持得很好，非常健康，身体素质甚至要比部分年轻一些的猫咪还要好。不过他仍不可避免地在老去，会变得更加不好动，更加沉默。

辛勤用猫包将斯巴达拎回家，到家后，斯巴达仍在猫包里蜷成一团睡觉，不愿意出来。辛勤没有勉强他。

这时候，家里来了一位不速之客。斯巴达只抬起头，朝着空气嗅了嗅。他的嗅觉不如从前了，但仍辨认出，那是属于棉签女士的气味。他并不喜欢棉签女士，但这几年，棉签女士来得越来越频繁，斯巴达已经习惯了。

他可以感受得出来，咪呜并不喜欢他的妈妈，可是他也没有拒绝过她。

大概人类都守在自己的荒岛之上，早已习惯。但他们并不抗拒来客，毕竟他们的荒岛是如此荒芜。

斯巴达重新趴下来，耳边回响两只人类交谈的声音，但并不妨碍他继续睡觉。他睡得昏昏沉沉，很快陷入香甜的梦乡。在梦中，他似乎坐上了一条小船，就像咪呜之前带他出海时坐的那条，摇摇晃晃，晃晃摇摇，其实还挺舒服的。

董太太今天来是告诉辛勤，她同意和董先生签订离婚协议了。辛勤没有说话，他在很早以前，曾经提过类似的建议，但是他只是一个旁人，无权置喙。董太太和平日的她很不一样，妆容潦草，大衣和鞋子也没有费心配搭，说话时声音颤抖，大概是因为离婚的打击而精神状态不好。辛勤虽然和她无话可说，但也不好将人直接赶出门外。他走进厨房，给董太太烧热水，打算让她喝一杯热茶再离开。

等他端着热茶出来时，董太太不见了，而他的狸花猫也不见了。

斯巴达醒过来时，发现自己仍在猫包里，可是猫包的开口被紧紧扣上了。周遭是陌生的气息，斯巴达意识到自己并不在家中。他尝试高声叫了两句，很快又安静下来。他不知道自己身处何处，但如果被其他陌生的人类发现，有可能会有危险。他用爪子扒拉猫包的拉链，但一无所获。

斯巴达皱着眉，趴下来给自己舔爪子，同时迅速思考应该如何脱身。要想从猫包里出来，必须要寻找人类的帮助。可是他怎么才能找到可信赖的人类呢？

从透气孔斯巴达可以隐约看到外面的情形。似乎是一个偏僻的地方呢，鲜少有人路过。斯巴达安静地在猫包里趴了一会儿，放过了一只骑自行车路过的人类，又放过了一只成年的男性人类。最后，他发出求救信号的对象是两只人类幼崽。人类幼崽好奇心重且力气小，他脱身的把握更大。

果然，那两只人类幼崽被斯巴达的叫声吸引过来，惊叹这里有一只大猫咪。他们毫无顾忌，直接将猫包打开，两人争执着，试图抢先抚摸斯巴达的脑袋。斯巴达躲开人类幼崽的爪子，抓住一个间隙，从两只人类的双脚之间溜走了。

斯巴达花了一会儿工夫在附近巡视，终于确认，他确实不在家里，甚至不在他熟悉的领域范围。这里大概还是毛春，但是离他的咪呜已经很远很远了。斯巴达从来没有来过这里，太远了。他的耳朵和鼻子也不是很好用了，他体内的指南针可能无法将他指引到正确的方向。

喵呜，我还是得寻求人类的帮助呢。斯巴达端坐下来，打了一个哈欠，开始思索下一步计划。

首先，他得了解附近的情况。没有比流浪猫更清楚此处地形的居民了。斯巴达打定主意，朝着流浪猫气息交杂的区域走去。

辛勤给董太太打了三十几个电话，都处于无人接听的状态。一直等到下午，终于得到保安室负责人的同意，调出当日出入小区门口的监控录像。当看见董太太拎着装着斯巴达的猫包消失在小区门口时，辛勤的心都凉了。他从来不知道，董太太这样瘦弱无力的人，居然能拎着斯巴达走得这么快，在那么短的时间内，将斯巴达带离。

她为什么带走斯巴达？她会把他带到什么地方去？

辛勤打了报警电话，被告知，如果是亲属纠纷，建议先私下了结，他们暂时无法出警。辛勤只好继续给董太太打电话。手机打到没电，他回家充好电，又准备了一块充电器，一边出发在附近找寻，一边继续打。

一直到华灯初上，董太太终于接听了电话。她的声音听起来很嘶哑，辛勤一下子没认出来。她平静地说：“你的猫我送人了。我早就和你说了，别养猫。”

辛勤觉得不可思议，一时之间，居然说不出任何话来。

董太太自顾自地继续说："早就和你说了，你们都不听话。不要养猫，养猫不好的。你们不听我的。"她重复念叨这几句。

辛勤面对偌大的交叉路口，不知何去何从。他深吸一口气，冷静下来，对着电话那头喊道："妈。"

董太太瞬间安静下来。通过电流，她的呼吸声清晰可闻。

辛勤已经十几年没有喊过这个词。

他有些哽咽，继续说道："我求求你，告诉我，它在哪里。"

电话那头沉默着，不知过了多久，董太太终于开口了。她说道："我不知道。"

绿灯亮了又灭了，霓虹灯在沉默的夜空下闪烁着。辛勤抬头，看着墨色的天空："你还记得我上一次喊你妈妈是什么时候吗？"

董太太没有回话。

"十九岁，我生日那一天。我不会再喊了。在我心里，你早就是一个陌生人，与我无关。但是你并不在乎吧，你只在意你自己，在意别人是否在意你。你总是想掌控一切，当你发现自己无力掌控的时候，你就会抛弃。你以前抛下我，现在又擅自扔了我的猫。凭什么呢？凭什么？"辛勤笑了起来，眼泪滴在脸颊上，是滚烫的，"如果我找不到我的猫，我会对你提出诉讼，你应该去看看精神科医生，你不正常。我觉得你的丈夫——不，你的前夫和女儿会很乐意配合我的诉讼。永远不要再出现在我面前。"他说完最后几个字，挂断了电话。

已经到了斯巴达平时该吃晚饭的时候，斯巴达不知道饿了没有。他在哪里呢？

毛春只是一个中小城市，此刻却显得无边无际。辛勤感到一阵无力。

我饿了——

斯巴达喵呜叫了一声。他弯着身体，舔了舔自己的肚皮。好想吃罐头呀。可是找不到咪呜呢。呸呸，他吐出嘴里的毛毛，冲着身旁的一只橘色流浪猫喊道："你说的那只人类什么时候过来呀？"

斯巴达找到一小群还算友好的流浪猫。据其中一只名叫旺旺的猫咪说，每天晚上十点左右，会有一只女性人类来给他们喂食。那只人类人很好，可以信任。

旺旺扭着脑袋，似乎也很不解。他才四五个月大，长得很瘦小，说起话来缩头缩脑，底气很不足的模样。他轻声说道："我也不知道呢，那只人类平时很准时的。"他有些担忧，朝着巷子的尽头望去。那只温柔的人类总是拎着美味的食物，从那里慢慢走过来，用好听的声音呼唤他们。

流浪猫们三三两两窝在一起，无精打采地打着盹。天气虽然开始暖和起来，但到了夜里，晚风一起来，还是冷得厉害。饶是斯巴达有一身肉，也冻得直打战。喵呜，他想念咪呜温暖的怀抱了。那只人类迟迟不来，一些流浪猫扛不住了，先行离开。渐渐地，路灯下只剩下斯巴达和旺旺，以及其他三四只饿得不行的小猫。旺旺不由自主地缩到斯巴达的身旁，近到斯巴达能听见他牙齿打战的声音。斯巴达这时也不再介意，毕竟两只猫取暖要比一只来得强。他们眼巴巴地盯着巷子。

终于，在昏黄的路灯下，走来一只黑色的身影。那个身影渐渐清晰，是一只长头毛的人类，她穿得很厚实，手里拎着一袋东西，闻起来很香。

身旁的旺旺不由自主地站了起来，冲着那只人类柔柔地喵了一声。

人类轻声回道："等急了吧，抱歉呀，今天加班了，没赶上末班车。"她将手里的塑料袋解开，取出给猫咪们准备的食物，垫在报纸上，招呼流浪猫们来吃。不一会儿，她就留意到斯巴达。在一群脏兮兮的瘦弱的猫咪之中，圆滚滚的斯巴达实在是太显眼了。"咦？"人类轻呼道，"你有项圈呀，你是走丢了还是你的主人不要你了呀？"她一边说，一边试图伸手去摸斯巴达。

斯巴达甩了甩脑袋。才不是，咪呜没有不要我呢！他抗议，却仍然顺从地矮下身体，纵容人类的接近。可就在这时，他忽然挺起身体，耳朵警惕地抖动，朝着暗处看去。

他嗅到一丝令猫不安的气息。

有人类靠近了。

小林被一个陌生的醉汉从背后勒住脖子，身体往后倒去，整个人重重地摔倒冰冷的地上。流浪猫们受到惊吓，一下子逃窜散开。她穿得厚，摔倒后倒是没有受伤，但精神上受到的惊吓令她浑身发凉，四肢无力，她下意识地想高声尖叫，迅速被那个醉汉捂住了嘴。他力气很大，整个人压在小林身上，鼻息之间有着浓烈的酒精气息，熏得小林差点晕过去。意识到那个男人的另一只手正试图扯开她身上的外套时，小林用力挣扎起来，张口咬住捂住自己嘴的那只手。

醉汉惨叫一声，扭动着爬起来，捂住自己的后脑勺。

小林惊魂未定，没有发现那只漂亮的大狸花猫从醉汉的身后一跃而下，骄傲地亮出自己的爪子。

哎哟，我的腰哟。斯巴达皱着眉。唔，我果然是年纪大了呢。以前我还可以跳起来拍屋顶上的小球的。他很想舔舔自己的腰，可是现在情况紧急。那只很臭的人类力气好大，不好对付呢。他冲着那只人类大声哈气，一边高声提醒那只女性人类赶紧跑。流浪猫们早已消失不见，斯巴达也没有帮手，这样僵持的话，他们胜算很少呢。

小林慌慌张张，挣扎了几下才爬起来，迅速朝着家的方向跑去。那个醉汉终于回过神来，用力踢了斯巴达一脚，朝着小林追去。

斯巴达险险避开那一脚，可是腰部感觉更疼了呢。他眼见那只女性人类要被追上了，正打算跑过去，眼角余光瞥见那只名叫旺旺的橘猫并没有离开。他冲旺旺高声喊道："你是傻子吗？帮忙呀！"

旺旺显然被刚刚的意外吓傻了，被斯巴达一喝，瞬间清醒过来，犹豫片刻，从藏身之处冲出来，四脚并用，迅速追上那只男性人类，学着斯巴达战斗的样子，也伸出爪子去挠他。

在两只猫的骚扰下，那个醉汉的后脑勺满是血痕，脚步混乱，最终没能追上小林。此时小林已经跑到小区门口的路灯下，隐约能见到远处的人影。那个醉汉咕咕叨叨，不知道是酒醒了还是依旧醉着，跌跌撞撞地从一个方向拐走了。

斯巴达盯着那只人类，直到确定他离开之后，叮嘱旺旺跟着自己，朝着另一只人类的行迹追上去。

喵呜，她还要帮我找到咪呜呢，可不能让她跑啦。

哎呀，你等等我呀，人类！

CHAPTER 59
回家

小林扭头见后头没人追了，也不敢停下，一路狂奔，三步并两步地跑上楼，开门，进屋，反锁。她的力气一下子就被抽空，顺着门板，直接跌落在地上。她茫然四顾，甚至没感到害怕，只是脑海一片空白。

就这样坐了不知多久，小林觉得双腿有些麻了，正要爬起来，忽然听见门口有人在挠门。她的精神瞬间紧张起来，吓得一动不敢动。等了很久，没有听见更大的动静。居民楼一层有防盗锁，没有门禁卡进不来。她很确定刚刚她身后没有人跟来，也锁上了门。这让她稍稍安定下来，壮着胆子，从猫眼往外望去。

什么也没有。

小林觉得头皮发麻，拽着手机，犹豫不决要不要报警。就在这时，她听见一声柔软的猫叫。起先声音很小，小林还以为自己听错了，后来，猫叫声变大，似乎就是从门口传来的。那个猫叫声又软又甜，不知为何，让她忽然松了一口气。

快开门呀，人类，我叫斯巴达呀，不要害怕。

斯巴达在人类的门口端端正正地坐好，耐心地喊着。旺旺也学着他的样子坐下来，试图开口帮着一起叫门，却因为声音太过粗糙，得到斯巴达的一记白眼。旺旺不好意思地拢起尾巴，低下了头。

等了一会儿，小林终于鼓起勇气，从厨房拿起一把菜刀，紧张地开了一条门缝。

一只狸花猫挤了进来。他的身体肉乎乎的，挤进来费了点劲儿。紧跟着，又挤进来一只小橘猫。

小林长舒一口气，赶紧将门锁上，盯着两只不请自来的家伙，手里还举着菜刀，一时之间不知所措。

斯巴达倒是一点也不怕生，找到一只脚垫子，将四只爪子认认真真地蹭干净了，轻声喊道：打扰啦，我叫斯巴达。然后他扭动着腰身，从容地走进里间。旺旺着急忙慌地学着斯巴达的动作，抖着腿也跟上了。

小林的房子很小，客厅直通卧室，通道上摆着各种杂物，应该是一人独居。

斯巴达有些犹豫地下着爪子，终于找到一处还算整洁的空地，盘着尾巴坐了下来，旺旺亦步亦趋地跟上了。

小林举着刀，跟着两只猫来到客厅，愣了很久，直觉和意识终于慢慢回到她的身体。她忽然觉得无力，手上一松，刀朝着地面砸下去，发出哐当一声响。小橘猫吓得后腿蹦了起来，迅速滚到一旁的角落，惊慌地盯着人类。

恐惧和疲惫一下子袭来，小林终于失控，抱着双臂痛哭。她哭得又急又响，近似号哭。

小橘猫竖起身体，似乎想要过来查看情况，可他胆子太小了，也不知道应该怎么做，只好挠着耳朵，缩在角落里不敢动。斯巴达不屑地打了一个响鼻，胆小鬼呢。他瞥了一眼旺旺，然后慢悠悠地站起来，绕着人类转了几圈，确定人类发泄完毕，他跳上沙发，从一堆衣服里抽出一条毛巾被。他蹬着后腿，用力将毛巾被拖到人类身边。

这是斯巴达从人类心情理疗课上学来的小技巧，当人类感到难过的时候，可以为他们找一只毯子或者被子，把他们裹起来，就像幼崽一样。

人类被安全地包裹起来，他们会觉得好过很多。从这一点看来，人类和猫咪还是有共同之处的。

斯巴达将毛巾被成功搬运过来，拨到人类的腿边，然后用两只毛爪子搭在人类的膝盖上，凑过去，蹭了蹭人类的脸颊，轻轻地发出呼噜呼噜声。

好啦好啦，不要难过啦。我会陪着你的哟。你可以用这只毛巾将自己裹起来，很舒服的。不要哭了哦。

小林终于抬起头来，她的眼睛通红，哭得头晕目眩，鼻子塞得厉害。她泪眼婆娑地看着狸花猫，忍不住一把将他抱在怀里。软软的，毛茸茸的，呼噜呼噜，这种温暖的触感瞬间让小林感到安心。她开始放松下来，心中涌起一股劫后重生的感觉。

斯巴达被人类紧紧抱在怀里，也没有挣扎。他抬头，轻轻舔了舔人类的脸颊，无声安慰她。

不过你不可以把鼻涕蹭到我的毛毛上哦，咪呜给我洗澡很辛苦的。

小林用毛巾被将自己和狸花猫裹了起来。这时，那只小橘猫也终于从角落里爬了出来，小心翼翼地靠近她，发出断断续续的呼噜声。他似乎很不确定，却坚定地走到了她身边。小林被小橘猫严肃的模样逗笑了，伸手将他也捞过来。小橘猫身体僵硬，却没有挣扎。

“你是旺旺吧？”小林小声说。她给小区里眼熟的流浪猫都取了名字，方便呼唤。这只小橘猫尤其瘦小，小林一度担心他会熬不过冬天，特地给他取了一个吉利的名字。好在旺旺很坚强，熬到了春天。

一个人，两只猫，在这个春寒料峭的夜晚，相互依偎着取暖。

过了好一会儿，小林终于恢复了些精神。她起身，开始给两只猫准备吃的。她为流浪猫储备了一些罐头，刚到货，正好可以取出来。那只狸花猫似乎不是很喜欢这种罐头，但可能是肚子饿了，还是埋着头吃了一些。小橘猫倒是一点都不客气，哼哧哼哧吃得欢快，恨不得将脑袋塞进罐头里。

趁猫吃东西的工夫，小林洗了一个热水澡，收拾妥当。等她从浴室里出来，两只猫已经吃完了，正坐在一起舔爪子洗脸。小林已经晃过来了，再次注意到狸花猫脖子上的项圈。她走过去，想要仔细看一看。狸花猫并不躲闪，反而大大方方地抬起下巴，似乎在鼓励她这么做。

小林觉得不可思议，不由得轻声说："你是想让我帮你找到主人吗？"

是的呀。

小林忽然笑了起来，忍不住摸了摸狸花猫的大脑袋："你真是一只厉害聪明的狸花猫。"

我知道的呀。

斯巴达得意地晃动着大尾巴。

小橘猫趴在一旁，羡慕地看着他们的互动。

项圈上有联系方式，时间已经到凌晨两点，小林不确定是否还能联系上对方。说不定这只狸花猫是被人抛弃的呢？电话接通的那一刻，小林迅速打消了原先的念头。

他的主人肯定很爱他，她心想，他听起来是那么绝望又欣喜。

小林将手机凑到狸花猫面前，狸花猫发出欢快的叫声，比他之前的叫声还要柔软，用脸颊在她的手机上蹭来蹭去，看起来开心极了。

"饼饼，你还好吗？"

我很好哟。我刚刚吃了一个罐头，唔，小半个罐头，味道不喜欢。咪呜你什么时候来接我呀？

"现在天太晚了，小姐姐要休息，而且让她给我开门太不安全了。我明天早上再去接你好不好？"

喵呜，那好的吧，你明天要来哦。

"你乖乖的，睡一觉，就能看见我了。"

好的哟。

看着这一人一猫竟然毫无障碍地在通电话，小林既觉得诧异又觉得有趣。她一直很喜欢猫，但从来没自己养过。她也曾动心过，想把小区里的流浪猫接一两只回家。她在这座城市没有什么朋友，家人在很远以外的地方，如果能有猫陪她生活，大概会很不错吧。可是她工作很忙，经常要加班，担心自己无法照顾好猫，只好力所能及地喂养一些找不到吃的流浪猫。

可是，猫实在是太可爱了。

她回想起狸花猫窝在自己怀里那种令人心安的感觉，忽然动摇起来。

电话很快回到小林手上。猫主人非常礼貌地表示感谢，约定好接猫的时间，小林正想把地址告诉对方，却被制止了。

“我明天早上再联系你确认吧。你也可以给我任何一个你方便的地址，今天先好好休息。斯巴达很乖的，让他有个睡觉的地方就好，实在是麻烦你了。”

小林挂了电话，忽然想到，刚刚她无意识地告知对方自己一个人住——想想自己也是心大，明明发生了那么恐怖事情，却仍然下意识地去相信别人。好在对方很细心，大概是为了让她放心，尽管着急，却没有直接问地址或者是现在就过来取猫，而是约在了白天，等她完全方便或是做好准备。

真是一个很温柔的人呢。

她低头看着那只漂亮的狸花猫，笑道：“就和你一样。”

狸花猫眯着眼睛，似乎在微笑。

小林在客厅里，给斯巴达和旺旺搭了一个临时的窝，用旧衣服铺得软软的。旺旺显然有点蔫蔫的，蜷成一个小小的球，将自己塞进角落里。斯巴达则大大方方地占据了最有利的位置，将四只爪子都好好地揣起来。他不是很困，只想眯着眼睛休息一会儿。

人类已经上床休息了。她似乎还是有些害怕，窝在被子里，没有将卧室的灯关上。

旺旺抬起头，不住地往人类的方向望去。

一旁的狸花猫忽然发声，问道：“你想接管这只人类吗？”

旺旺被吓了一跳，差点滚出猫窝。他抬起眼睛，惊慌失措地晃动脑袋。

斯巴达终于掀开眼皮，镇定地看了一眼旺旺，打了一个哈欠：“没错，你表现得很明显……除了你同时也很胆小以外。”

旺旺将脑袋紧紧贴着爪子，耷拉着两只耳朵：“可是，我觉得我没办法接管好这只人类呢。她很好的。”

“嗯，看起来是挺不错的。这样好的人类，如果你不接管她，她可能就要属于别的猫了。”

旺旺震惊地瞪大眼睛，显然是没有考虑过这件事情。

“猫咪可是不会讲究谦让的，如果你喜欢这只人类，你就要争取呀。”

“可是……可是……”旺旺踩着自己的爪子，迟疑道，“我不是一只聪明的猫咪呢。我听见你可以和人类对话，你能听懂人类语，好厉害呀。而我什么也不懂。”

斯巴达又打了一个哈欠，毫不在意地说：“我接管我的人类之前，也什么也不懂。可是，我现在是大学老师了呢。”

旺旺张着嘴巴，惊讶道：“你好厉害呀。”

斯巴达抖了抖胡子，满意地点点头：“我也觉得自己挺厉害的，嘿嘿。你也可以做到的，只要你想要。如果你真的想接管这只人类，你需要主动一点，赢取机会。那些知识啊学问啊，可以等你真正接管人类之后，再去慢慢学习。”

旺旺若有所思地低下头。

斯巴达可是猫咪大学的明星讲师呢，开导这样一只毛都没长全的小猫，自然不费抓老鼠之力。于是，到天亮时，旺旺已经完全想开了。他要争取，要主动，要努力成为一只可以被依靠的猫咪！

小林醒来时发现两只猫正安安静静地蹲在她的床边，等着她。这种感觉格外好。她几乎要忘记昨夜糟糕的经历，那种被生活击倒的无力感瞬间消散，重新充满希望。那只名为斯巴达的狸花猫真的是非常有灵性，他跟着她，就像全然知道她要做什么，一点不捣乱，又恰到好处地过来撒个娇，让你开心一下。

小林不知道的是，斯巴达正在给旺旺做示范，告诉他应该如何赢取人类的欢心。

旺旺紧张地跟在一旁，聚精会神地学习起来，恨不能马上就学会，好展示给人类他温暖可靠的一面。

他也并不是只想做一只胆小的㞞猫，只会躲在角落，遥望着人类，永远战战兢兢。

他也想变得勇敢，变得有趣，让他喜欢的人类也喜欢上他。

一只猫和一只人类，离得太远太远了，就像两个毫无交集的世界，就像两座不相连的海岛。你望着他，他望着你。如果有人先行离开，就永远无法相聚。总要有一边先勇敢起来，迈出第一步，朝着缩短彼此距离的方向，努力前行。

辛勤到来的时候，小林已经在公寓楼下等，斯巴达安安静静地坐在她身旁，他身后跟着一只瘦弱的小橘猫。辛勤给小林带来了早饭，还没来得及和斯巴达说话，斯巴达一个俯身，直接跳起来，扑入了辛勤的怀里。

辛勤稳稳地接住他，亲着他，抚摸他顺滑的被毛安慰他："担心了吗？"他轻声问道，拍了拍斯巴达的后脑勺。

斯巴达用两只前爪搂住人类的脖子，喵呜着和他说话。

我不担心哦，可是我怎么会从家里出来的？

他其实还想说自己的腰有些疼，不过他忍住了。也许没什么大事呢，如果他要去医院，他的人类肯定会自责，会难过。

辛勤和小林道谢，看向小橘猫，取了一只他为斯巴达带来的罐头，送给小橘猫。

小林连连摆手，说道："其实我没有养猫。"

辛勤看了她一眼，又看了一眼小橘猫，微笑起来，说道："没事，你给需要的猫留着吧。"

留着吧，留着吧。

斯巴达搭嘴道，冲旺旺挤眉弄眼使眼色。

等辛勤抱着斯巴达走远，小林若有所思地拿着罐头，正打算回家，一转头，看见那只小橘猫正缓缓地倒向地面，毫无保留地露出白色的小肚皮，歪着脑袋，满怀希冀地看着她。

让我接管你吧，人类。

辛勤抱着斯巴达走进他们的小区时，发现小花园里的梨花树结出花骨朵了。辛勤抱着斯巴达在梨花树下站了一会儿。

斯巴达抬头，好奇地打量这些才冒头的小花苞，清澈的绿眼睛里满是白色的倒影。

"等过两天诊所不忙了，我们再去预约检查一下。"辛勤和斯巴达说话，发现他的狸花猫在走神。

辛勤亲了亲斯巴达。斯巴达回过头，安静地看着他。

我决定啦，咪呜，我不帮你找接管猫了。猫和人类的缘分，是一件很神奇的事情。我没办法替你做决定呢。你不要害怕，喜欢你的猫咪，总有一天，会勇敢地来到你的身边。

以后，你要乖乖的哦。

CHAPTER 60

荒岛

辛勤给小林买了一条石榴石手链作为谢礼，礼物是斯巴达自己挑的，虽然辛勤怀疑他只是随手用爪子拍了一款。给小林买完礼物后，辛勤让斯巴达给自己挑一款礼物，这只狸花猫玩来玩去，最后拍下一束红色玫瑰花。

花当天就送到了。辛勤也不知道红色玫瑰花有什么用，只好拿空玻璃瓶插上，摆在客厅里。斯巴达倒是很喜欢，绕着鲜艳的花朵转悠了好几圈。

辛勤摘下一朵鲜艳欲滴的玫瑰花，端正地摆在斯巴达的脑袋顶上，给他拍了一张照片。照片里的斯巴达弯弯地眯着眼睛，嘴角抿成一道好玩的微笑。

他看起来很开心。

那天的天气很好，万里晴空，风和日丽。斯巴达安静地用鼻子感受了一会儿春风，真是一个适合远行的日子呀。他已经很久没有出门溜达了呢。他舔完爪子，觉得有些无聊，决定一会儿出门去。

斯巴达慢吞吞地从窗台上跳下来，又慢吞吞地跑上楼，悄悄地往游戏室里偷偷看他的人类。咪呜正在玩游戏呢。斯巴达安静地看了一会儿，然后从门缝里挤进去，走到人类身边，贴着他的小腿蹭了蹭。

辛勤弯腰，将斯巴达捞到怀里亲了亲：“要做什么？”

想出门呢。斯巴达瞥了眼窗外。

“想出去玩吗？”辛勤摸了摸斯巴达的脑袋，“我陪你去吧。”

斯巴达轻轻地舔了舔他的脸颊。

等辛勤下楼时，并没有发现斯巴达。过堂风从窗户吹进来，又从另一扇窗户跑出去，窗帘摇曳，显得偌大的客厅空荡荡的。斯巴达像往常那样，从猫洞里钻出去，出门了。辛勤走到阳台，从上望下去，还能看见那个毛茸茸的身影，一扭一扭的，慢慢往前走。他走过他们相遇的那个小花圃，停下来，片刻之后，继续走，一路往前，没有回头，最后融进无限的春光之中，再也不见。

斯巴达漫无目的地走，其实他不知道自己想去哪儿。他路过戴麻薯的诊所，葱包烩的家，舒克和贝塔在阳台上窝在一起晒太阳，豆包在树上抓刚破壳的小鸟，馒头蹲在树下等他。他还遇见许许多多友善的面孔，有他的朋友，有他的学生，有他不认识的猫，和他不认识的人类。

在这个美好的春日里，毛春城笼罩在一片柔软温暖的阳光里，明亮，没有阴霾。

不知不觉，斯巴达来到巫台山公园。这段路他已经很熟悉了，没想到，这条路比他记忆里的要长很多。他年轻的时候，是怎么不停不歇一路跑过来的？

斯巴达喘着气，停下来，给自己舔了舔爪子。

这时，他嗅到一股浓厚的血腥味。斯巴达警惕地抬起头，盯着气味的源头。一只黄色斑块白猫从草丛里蹿了出来。她少了一只耳朵，瞎了一只眼睛，尾巴也短了一截，身上的毛毛纠结成块，凝结着斑斑血迹。

她看起来糟糕透了，可斯巴达还是认出来，那是他以前成猫教育班里的一只学生，名叫奶糖。她很优秀，却在两个月前的某一天忽然消失，再也没有回到课堂上来。斯巴达还询问过她的朋友，没有猫知道她去了哪儿。

奶糖消失了，直到此刻忽然出现，伤痕累累，一身狼藉。

奶糖显然也认出斯巴达，跌跌撞撞地往他跑过来。斯巴达站了起来，小跑着迎过去，问道："你怎么了？"

奶糖身体很虚弱，显然受惊吓过度，说话语无伦次，斯巴达认真地花了一点时间，才理清楚事情的来龙去脉。原来，这附近生活着两只人类，是兄弟俩，他们是极其恐怖的人类。

这两兄弟常常趁休息时间，到巫台山公园的流浪猫聚集地里抓猫，主要针对那些长得好看的或者曾经是家猫的品种猫下手。由于流浪猫数量庞大，这里距离人类的主要居住区又远，基本上不会被人发现。兄弟俩将奶糖这样的流浪猫抓回去，关到他们专门设立的"工作室"。工作室常年潮湿昏暗，里面有无数骇猫听闻的道具。奶糖被他们用刀或剪子等锋利的工具折磨了长达两个月的时间。这两只人类还录制视频，并将视频发到人类的网络上，供其他同样恐怖的人类观看，从而获得金钱奖励。

除此之外，这两只人类还经常偷别人家养的猫咪，用于做实验。他们曾经在密闭的工作室里，给猫咪投毒气；还养老鼠，最后用毒药毒死，将毒老鼠投喂给附近的流浪猫。奶糖还听另一只同她关在一起的黑猫说，这两只人类还曾经申请领养有猫艾滋的猫咪，然后将生病的猫咪投放到流浪猫群里，让他去感染更多的猫。

大多数和奶糖一起被抓的猫都熬不过死了。奶糖趁那两只恐怖的人类抓来新猫的时候溜走。可她实在是太虚弱了，不知道应该怎么办，下意识地回到她最熟悉的环境里来。

斯巴达听完，背上的毛毛根根竖起。自从来到毛春，他感受到的都是来自人类的友爱善良，哪怕其中有部分人类并不是那么喜欢猫，但他们也能相安无事地和平共处。斯巴达从未见过有这样残忍恶毒的人类。

“我们需要寻求帮助。”斯巴达当机立断，让奶糖先找安全的地方藏起来。他打算回去向咪呜求救，咪呜那么聪明，肯定能明白他的意思。

然而，他们还没能动身，就意识到有陌生而危险的气息在朝他们逼近。斯巴达做出防御的姿态，将奶糖挡在身后。

藏在树荫下的黑影慢慢走出来，终于显出全貌。

斯巴达眯着眼睛，嘴里发出威胁的嘶吼声。

他从未在太阳底下见过如此丑陋的一张嘴脸。

那只人类手里拿着奇怪的巨大白色网罩，另一只手拿着长柄铁钳子。他的身躯在阳光的照射下投下一大片暗影，将斯巴达和奶糖笼罩起来。

随着距离的拉近，斯巴达忽然想起来，这股味道，这种奇怪的感觉，他曾经见过这只人类。他回忆起在猫咪俱乐部发生毒气事件的那天晚上，他见到的黑影，又想起在巫台山公园看到的拿着手电筒的人类。

原来是他。

不知为何，对方似乎也认出斯巴达来。那张脸居然在笑，露出黄色的门牙，用奇怪的语调说话：“真是一只漂亮的狸花猫呀，没想到已经这么久了。”

斯巴达让奶糖先跑。她还受着伤，跑得并不快，但只要斯巴达能够拖延足够的时间，熟悉地形的奶糖还是可以找到栖身之处先藏起来。

那只人类大概胸有成竹，并不急于去追。又或者，他忽然对逃跑的奶糖失去兴趣。此时，他正死死地盯着斯巴达，看得狸花猫浑身奓毛。不管是哪一种，对斯巴达而言，情况都不容乐观。他不能硬碰硬，需要伺机逃跑，寻求帮助。

只要奶糖跑得足够远。

只可惜，对方大概猜透他的心理，并不主动进攻，而是利用手里的工具和地形优势，将斯巴达困在自己的进攻范围之内，慢慢消耗他的体力。

斯巴达用四只爪子抓地，将身体扭成一个奇怪的攻击姿势。他的腰背很疼，大概是在跑动中太过紧张再次拉伤，这严重妨碍他的速度和力量。但他不敢分神。这只人类有着可怕的力量和灵敏度，并不好对付。

就在他伺机寻找突破口之际，那只人类忽然身体一晃，似乎是没站稳，露出背后的一个缺口。啊，好机会！斯巴达用后腿蓄力，紧绷肌肉，在瞬间爆发，一跃而起，飞快地往那个方向蹿去。就在他马上要成功时，忽然被一道巨大的白布罩住。他挥舞着四肢，很快发现自己被困住。

斯巴达才落地，就听见人类刺耳的大笑。紧接着，他听到脑后一声闷响，像有什么坚硬的东西碎裂的声音，顿时一股温热的暖流顺着他的后脑勺流淌而下。

斯巴达砰一下倒地。

他没有感觉到痛，只觉得头晕目眩，力气从他的四肢渐渐抽离，他的爪子，他的尾巴，他的下巴，通通不受使唤。他侧身躺着，一动也不能动，燥热的气息从鼻翼扑出，发出呼哧呼哧的声响。

我怎么了……

不知过了多久，眼前的白布再次被掀开。斯巴达已经无法抬起眼皮。只见一只陌生的人类的脸映入眼帘。他的眼睛很大，眼神温柔极了。一只好看的人类呀。他身上的气味很好闻，莫名有些熟悉，这让斯巴达安心下来。

他是谁呢?

斯巴达心想，可是他实在是太累了，连声音都发不出来。

“好孩子，别动。”那只人类的声音也很好听，也很柔和。他有一只干燥温暖的手，盖在斯巴达的肚皮上，让他觉得很舒服。

斯巴达一下子放松下来，钝钝的痛觉从脑后渐渐爬上前额，瞬间击垮了斯巴达的意志力。他用力吐字，轻轻说道：“我想回家。”

放在他肚皮上的那只手顿了顿，继续轻柔地抚摸他。斯巴达听见那只人类温和地回答道：“好。”

斯巴达的注意力被分散了，奇怪地问：“你可以听得懂我说话吗？”

“我可以。”

这个回答如果放到平时，斯巴达恐怕要抱着肚皮喵喵大笑。太搞笑了，一只人类居然能听懂猫咪的话呢。可是不知为何，此时，斯巴达愿意选择全然相信这这只陌生的人类。他的保证让斯巴达充满希望。“那，你可以带我回家吗？”他小心翼翼地问道。

“可以。”这一次，人类毫不犹豫地回答。

可以回家的话，我们为什么不能走了呢？奶糖呢？那只坏蛋呢？斯巴达躺在原地。视线里出现奇怪的光斑和色块，人类的影子逐渐模糊。他忽然觉得累极了。

“好孩子，疼吗？”

“不疼。”

人类轻轻地摸斯巴达的爪子，发现他在抖，不受控制地抖着。

“我不是想要当英雄呢……”斯巴达嘟囔，“可是这是值得去做的事情，对不对？”

“对。”

“我只能做到这样了。”

“你很好。”

“我是一只好猫咪吗？”

“你是一只好猫咪，所有认识你的人类或是猫咪，都会为你感到骄傲。”

斯巴达想要甩一甩尾巴，可惜他抬不动自己的尾巴。他安静了一会儿，忽然浑身的肌肉抽搐起来。他努力想要睁大眼睛，轻轻地呢喃：“其实有点疼呢，咪呜……”

那只好看的人类俯身，用手指头擦了擦斯巴达的眼泪，说："好孩子，别怕。"

原来这里也有梨花树呀，刚刚太着急，都没仔细看呢……

斯巴达的视线，透过人类柔软的发丝间的缝隙，看向头顶那片大大的梨花树。树上的梨花开了，好多好多，好香呀。

他那双绿色的眼睛像玻璃珠子一样澄澈明亮，闪着好奇惊叹的光芒。

然后，那道光芒消散了。

辛勤带着斯巴达的骨灰来到巫台山公园里的梨花林里时，天空飘起了小雨。他没有撑伞，细细的雨丝慢慢地将他的风衣浸透。他摸着粗糙的梨花树树干，一株一株找过去。

最后，他终于来到那棵梨花树下。这一棵和其他任何一棵看起来并没有区别，一样的迎风开花，一样在雨中静默。不同的是，他的狸花猫曾经长眠于此。

不管曾经怎样嘲笑过它圆滚滚的身材，斯巴达的骨灰只有小小的一握。那么少，稍不小心，就会随风飞逝。辛勤将它小心翼翼地分成两份。一份将埋在这棵梨花树下，另一份他还没想好应该带到哪里。

斯巴达会喜欢哪里呢？

他曾经带斯巴达去过很多地方，有山，有湖，有海，有花潮。斯巴达是一只很容易满足的猫咪，他哪里都喜欢。

辛勤开始挖土，他认真地避开盘根错节的树根，将斯巴达的一部分骨灰撒在靠近地心最温暖的泥土层里。雨越下越大，雨水将梨花瓣一片一片打落下来，洁白的花瓣陷入泥泞之中。它们终将被泥土掩埋，和斯巴达一起，融入大地之中。

将土坑重新掩埋好，辛勤依旧蹲跪在树下。地面已经填平，除了新泥的颜色，看起来什么也没有发生。辛勤沉默着，想和斯巴达说说话，可是张开口，却发现自己无话可说。

大概是他的举动太过奇怪，引起两位大妈的注意。从她们的着装看来，似乎是公园绿地的保洁人员。她们若无其事地走近，倚靠在附近的树干上，看上去像在闲聊，谈话声随着夹着雨丝的风吹来。

——你知道那两个神经病吧？最近听说有新鲜事。

——那两个神经病不是被抓起来了吗？

——没呢，报警了，但警察说这个也判不了，问了话，扣下了作案工具，后来就给放了。

——缺了大德啊。

——可不是说，救出来二十多只猫呢，都不成样子了，地下室里全是血。那两个人好像外乡来的，住了好几年，指不定害了多少猫。现在房东不给租了，邻居都赶他们走，还很多人想去揍他们。

——夹着尾巴跑了吧。

——说是要搬。哎，说到这个，我想起来，有个小姐妹和我说的，她就住在附近。听说这段时间，经常有猫去骚扰那两个神经病，就算房东不赶，他们也住不下去了吧。

——是嘛，我就说，猫可有灵性了。我家里养的那两只，成精了似的。

——不过毕竟是猫嘛，唉，可怜的，也做不了什么。不过听说啊，那个哥哥过桥的时候，被掀下去了。

——被什么掀下去了？

——就是不知道是什么呀，据说是猫，脸上还有爪子印呢，但没人看见。

——猫哪能这么大力气呢？

——说不清，反正当场就摔下河里。春天本来河水的水位是涨的，就那么巧，摔到了浅水区，脑袋撞上石头，捞起来的时候已经断气了。

——这是报应吧。

——可不是？弟弟也疯了，被送去精神病院了。

——活该。

辛勤站起身，拍了拍膝盖上的泥土，摸着树干。片刻之后，他转身离开了。

他回到冷清的家里，斯巴达的东西还没有收起来。辛勤躺在沙发上，手里摆弄着斯巴达最初带回家的那只小包袱。

天渐渐黑了，这是一个没有月亮的夜晚。

辛勤的手机响了起来，他没有理会。仍由它震动，不停地震动。后来，手机安静下来，又冒出十几条短信的提示音。

辛勤仰面躺着，盯着窗外的夜空。一直到半夜，月亮都不曾露脸。

天亮时，辛勤才拿起手机查收消息。他原以为和之前一样，是炒蛋的消息，点开却是一个陌生号码。

“Sing，非常抱歉，在这种时候打扰你。我本来在微博上私信过你，可是不确定你是否弃号。我辗转找到别的主播，求到了你的联系方式。希望你不会介意我唐突。我只是想，你可能会想要知道这个消息。”

辛勤确实决定不再使用那个微博账号。那个账号已经和斯巴达联系在了一起，那里有许许多多一直爱着斯巴达的人，这让他无法忍受。

“我曾经给你留过言，说斯巴达长得特别眼熟，你可能没有留意过，连我自己都没有细想，以为只是巧合。前几天得知斯巴达的消息，我特别难受，心里头堵得慌，就去整理老照片。

“我住在曲流镇，是一个非常小的乡镇。我和另外两位朋友大概是这个镇子上仅有的流浪动物救助员。在好几年前，我们曾经救过一窝狸花猫，妈妈意外离世，留下兄妹三只，最大的是一只绿眼睛的狸花猫哥哥。

“我们试图给这三只狸花猫找领养人，两只狸花妹妹顺利被接走，其中一只被我朋友领养了。那只哥哥却一直没能送成功。后来它长大了，就自己独立出去流浪。我时不时还能见到它，有时候会给它拍拍照片，希望有一天他能找到合适的领养家庭。

“狸花哥哥经常和别的猫打架，毛皮底下都是伤疤。有一天，我发现他的左眼发炎，应该是被别的猫抓伤了。后来，伤好了，留下一道伤疤，很明显。”

辛勤看到这里，心里一紧，颤抖着点开彩信图片接收按钮。

那是一张用手机拍的老照片，照片上有一只小狸花，看起来才几个月大，又瘦又小，倔强地昂着头，警惕地看着镜头。他的眼睛是漂亮的绿色，左眼上有一道新鲜的抓痕。

有很多人认不出猫，但其实每一只猫都是不同的。他们有自己的花纹，自己的身形，有自己与众不同的特点。

辛勤用手指轻轻地摩挲着手机屏幕。

“再后来，我就没有见过这只狸花了。谁也不知道他去了哪里。也许他真的是斯巴达，虽然这个听起来有些不可思议，毕竟我们相隔很远。如果你也对他的过往有兴趣，欢迎你来曲流镇，我这里还有一些没有底片的照片，可以都给你。”

辛勤踏上曲流镇的时候，天气暖和起来了，到处鸟语花香。他找到那位给他发消息的姑娘，她叫小柔，个子很小，笑起来很灿烂。她带辛勤去狸花猫哥哥以前的领地，镇上的旧厂房。

“没给它起过名字，想着以后让领养主人给取，没想到就一直耽误下来了。我们都随狸花妹妹叫它哥哥。”

“我叫它斯巴达。”辛勤笑了笑。

小柔怔愣片刻，也笑了起来：“这个名字挺好的，听着很英勇，特别像狸花哥哥。你看，这就是它以前的地盘，厉害吧，这么大一个厂房，它自己打下来的，虽然挨了不少揍。”

这里以前是造纸厂，里面的仪器都被搬空了。看起来空荡荡的，空气里都是尘土。角落里零星地散着废弃的家具，有一只很小的布沙发，上面都是爪子印。有一只大花猫从角落里蹿了出来，迅速消失在视线里。它大概是这个地盘的新主人。

“原造纸厂迁址后，这里就废弃了，镇上也一直放着没改造。听说今年要重新动工，把这里改成居民楼。”

厂房的后头有一个临时废品站，里面堆满了各种杂物和垃圾。看着这些被人遗弃的废物，辛勤莫名想起斯巴达送给他的破旧的羽毛球，响球，和跳跳珠。他几乎能想象出一只小小的狸花猫，撅着屁股，认真地从一堆废弃物中，刨出适合心意的玩具，然后珍而重之地叼在嘴里，藏起来，又携带至远方，最后心甘情愿地送给他。

傻乎乎的。

辛勤微笑起来，端起相机将斯巴达曾经生活过的一点一滴记录下来。他的狸花猫曾经在这里长大，不知为何，在这里做出远行的决定，从这里出发，来到他的身边。

辛勤最后探望了斯巴达的妹妹，一只名叫尼罗飘雪的狸花猫。尼罗飘雪的主人是一位很友善的中年男人，热情地将辛勤让进屋里，带着点憨厚的窘迫，解释说猫的名字是女儿取的，她喜欢看漫画。

它长得和斯巴达真像啊，一样圆圆的脑袋，一样肉滚滚的身体。

辛勤第一眼看见尼罗飘雪，就喜欢上它。

它慢慢走到辛勤身边，认真地嗅了嗅他身上的味道，然后慢慢地蜷起来，趴在他的腿上。辛勤不知道这只猫想要向他传达什么，他什么也没做，只是轻轻摸了摸它的脑袋。

这种触感熟悉又陌生。

它抬头，温柔地舔了舔辛勤的手指。

小柔将辛勤带至镇子前，那里有通往毛春的公路。一棵巨大的梨花树静静地站在镇子口，伞盖延展开来，开满梨花，像一大片白云，又像一座漂泊的岛屿，与镇子的其他部分分离对望着。

“这棵树有一百多岁了。”小柔说道。

辛勤抬头看着这片梨花海，若有所思。

他最终将斯巴达剩下的那一份骨灰，埋在了这棵梨花树下。这样，来年春天，当花期再次来临时，斯巴达会和无数的白色花朵一样，再次来到这春光之中。

清风吹过，雪白的梨花纷纷落下。小柔红了眼睛，笑着与他挥手道别。

辛勤看向前方，那条公路方向明确，指向他来时的故地。也许，当年斯巴达也是这样，独自踏上前往毛春的旅途。

他再一次来到这棵大梨花树下，辛勤忽然想起斯巴达最喜欢的那篇散文。他不确定一只猫是否真的能够理解人类的文学。但他还是轻声念出来，就像和斯巴达在交谈。

假如我是一座荒岛，我愿意依然这样被海水依偎着。就算是千年，哪怕是更长岁月的等待。因为我相信，我的爱人，还有，所有爱着的人们，总有一天，他们会回来。[①]

---

① 假如我是一座荒岛，左旗老师改编、诵读。

CHAPTER 61

新的邂逅

又是人间四月天，毛春城迎来最美的梨花季，云蒸霞蔚，怡人万分。

在这样风和日丽的日子，哪怕只是坐上普通的公交车，沿着飘满花云的巫台山公园的梨花道缓缓行驶，也是一件令人心醉的美事。

巫台山公园的北门建有毛春城最古老的公交站牌之一。绿底白字的站牌在一片春色之中并不起眼，边缘处有些脱漆，还挂着即将消失的晨露和零星落下的白色花瓣。这一站是整条公交线路的起点站，这一班是今日的头班车，乘客不多，司机师傅照例打开上车门，在正式发车前等上十分钟。

春日使人乏，有着和煦暖阳的春日尤为如此。早起的乘客们裹着颜色亮丽的春衣，无精打采地分散在角落，眯着眼睛，时不时传来打呵欠的声响。司机师傅瞥了一眼毫无生气的车厢，拿起储物箱里的一只罐头瓶子。那是他的茶缸，已经有些年岁，罐头玻璃上积着厚厚的茶渍，已看不出里头茶水的颜色。师傅拧开盖子，白色的水汽腾起，他小心翼翼吹了一口气，嘬下今日的第一口浓茶。

就在这时，司机师傅余光瞥见上车的车门处，觉得有些不对劲。他抬头看去，不由得瞪大眼睛。

站台上端坐着一只狸花猫，脖子上系着金色的小包袱，仰头眯眼，盯着车头的数字打量许久，似乎是在确认路线。良久，狸花猫站起来，来到敞开的车门前，纵身一跃，跳上车厢，然后轻车熟路地往后排走去。

狸花猫的尾巴举得高高的，神气十足，没有丝毫的胆怯。它踩着轻快的步子，柔软的身躯一颤一颤，四只爪子厚实有力，咚咚落在地面，节奏感极强，居然踩出赛马的骄傲气势。更好玩的是，狸花猫脖子上还系着一只金色的小包袱，包袱皮上绣满金币花纹。狸花猫看起来还是一位少年，小包袱背在身上显得有些大了，但这并不妨碍它的可爱。

真是一只漂亮的狸花猫呀。

原本昏昏欲睡的乘客们纷纷清醒，连连叹息。

这是在拍摄广告吗？

从未见识过此种情景的毛春人民面面相觑，片刻之后，又忍俊不禁，情不自禁拿出手机，争相拍下这一奇景。

那只狸花猫倒是一点都不怯场，面对不断凑到面前的镜头，不仅不躲闪，还甩了几个连贯帅气的pose。但这位高傲的猫模特显然只可远观，如果有人尝试伸手摸上一把，会被立刻灵敏地躲开，动作快到看不清。狸花猫在车厢里晃悠了一圈，充分满足围观群众的好奇心之后，才不紧不慢地找到一处无人的椅子，跳上去，踩了踩，大大方方坐了下来，晃动几下毛茸茸的大尾巴。狸花猫打了一个大大的哈欠，然后歪着头，抬起后腿轻轻蹬了蹬脖子上的小包袱将它扶正，然后端端正正地坐好，将大尾巴和四只毛茸茸的爪子整整齐齐地收在毛肚皮下头，目视前方，神色严肃。

喵呜——

狸花猫催促地叫了一声。

司机师傅从后视镜里看了一眼，默不作声地按时发车。

天气尚凉，车内没有开空调，车窗大开，一股暖风灌进来，夹杂着微甜的梨花香气。狸花猫抬起鼻子，鼻翼扇动，眯起眼睛，表情放松下来，像极为享受。

这条线路从巫台山公园出发，贯穿整个毛春城，途径不少城内重要的地标和景点。毛春城是一个内陆城市，青山环绕，一条宽阔的毛川河将整个小城分为东西两城。毛川河两岸水秀风清，四季花开，景色宜人，成为城里居民闲暇时的消闲之处。渐渐的，河两岸被开发，一条名为“再会路”的风情商业街应运而生。再会路上有各种特色餐厅、咖啡吧，和挂着独立设计师名号的趣味小店，吸引着不同年龄层次的消费者和观光者，逐渐发展成整座城市重要的商业中心。再会路上的公交站牌即以该路名命名。

正是一年之中春意最浓的时节。当公交车缓缓驶入再会路，乘客们的目光很快被河岸旁的风光吸引。翠绿的垂柳，风过拂面，带起一阵粉色的桃花雨，三色堇似彩色蝴蝶一般铺满整个草坪。这时，车上响起机械的报站声：再会路到了，请到站的乘客有序排队，从后门下车。

往日再会路这一站下车的人很多，今天到站的乘客却只有一位。

那位背着金色小包袱的小乘客不急不缓地跳下座位，像掐准时间似的，在后门打开的瞬间，来到下车口，众目睽睽下顶着压力，举着尾巴，大摇大摆地跳下车去。

啊——众人发出一片遗憾的叹息声。

那只漂亮的狸花猫脚步轻快，颠颠地一路小跑，很快就消失在明媚的春色之中，不知去往何方。

再会路上新开了一家餐厅，名字挺有意思，叫“能让斯巴达吃饱的小馆”，招牌是一只狸花猫的形象。尽管是新店，却已经积攒一定的固定客户，这其中主要是年轻的女性。原因无他，这家餐厅看起来太过养眼。餐厅的服务员看起来都很年轻，大概还是学生，稚气未脱，成天笑吟吟的，令每一位来访的顾客不由得心生愉悦。

最重要的是餐厅老板长得特别好看，三十多岁的男人，成熟懂生活，待人温柔，笑起来像春日的晨光，掉落湖面又激起千层涟漪。常客们发现，老板经常坐在店门口，一坐就是一下午，就算一动不动，也能招来半条街的猫。将他围得严严实实。老板看起来总是很悠闲，无所事事，盯着天空发呆，似乎一点也不担心收入，也不担心客流。

显然，这家餐厅吸引的不仅仅是喜欢享受生活的人类，还有特殊的客人。

那只背着小包袱的狸花猫几乎没有任何犹豫，直直地朝着能让斯巴达吃饱的小馆跑来。它来到餐厅门口，停了下来，歪着头，盯着餐厅招牌看了许久。

能让斯巴达吃饱的小馆。

真是好奇怪的名字哦。

狸花猫眯着眼睛，嘴角弯起，像在笑。

从外面看起来，餐厅的装潢属于欧式小镇风情。灰色砖面墙体上爬满嫩绿的藤蔓，红色雨棚下摆着铁制的桌椅。从窗户往里看去，能清晰地看见窗明几净的餐桌布局。餐厅门口立着一块小黑板，上面用粉笔字随意写着：今天特价，斯巴达也能吃饱的套餐，百香果苏打水。玻璃门上挂着一小块告示牌：营业中。告示牌下挂着几串小小的铜铃铛。

狸花猫忍不住直起身体，伸出爪子抓了一把铃铛。铜铃发出叮叮当当清脆的声响。狸花猫晃着脑袋玩得不亦乐乎。没过多久，它终于回过神来，扔下铃铛，匆匆忙忙地跑到餐厅一侧的落地窗前。落地窗被分割成上下两块，上边的推窗半开，清风带着春天的香甜气息溜了进来。这里的位置极佳，透过玻璃窗，河岸风光，一览无遗，因此落地窗边的座位总是有人。很快，里头的顾客就发现了窗外那只奇妙的狸花猫。

“呀，快看，它还背着小包袱呢！”

“好可爱呀！”

几位女士发出惊叹声，纷纷凑到推窗前，争相观看那只狸花猫。

狸花猫正欲上前一步，似乎又想起什么，停下来，开始梳理毛发。它认认真真地给自己洗脸，整理头毛，将胡须捋得一丝不苟，连肚皮上的毛毛都舔得柔顺齐整。这样过了十几分钟，它大概终于是满意了，放下爪子，抬起那双澄澈得近似绿色宝石的眼珠子，歪头，安静地看着陌生的人类，慢悠悠地皱眉，露出一种极为可爱的懵懂神色。

喵呜——

狸花猫张了张嘴，发出软软的呼唤声。

店里头的惊呼声更甚，不少隔壁桌的客人也挤了过来，冲狸花猫挤眉弄眼，同样软软地回应。

“声音好软好可爱呀！”

“好想撸它的脑袋，手感肯定超好的！”

不少人伸出手来，试图与狸花猫亲近。只可惜那只猫谁也不理，固执地叫唤，似乎在等着什么。有人开始尝试为它喂食。嫩煎的牛排，多汁的鸡块，肥浓的三文鱼，都没能获得青睐。

狸花猫高昂着毛茸茸的脑袋，依旧坚持叫唤。

喵呜——喵呜——

客人们的投喂被适时劝止。由于餐厅老板极受猫咪们的喜爱，店内常备有猫粮罐头等，用于招待来串门的猫咪客人们。店员们也都是爱猫之人，很有经验，能够更好地处理流浪猫的投食问题。

一位年轻的扎着马尾辫的姑娘推开玻璃门，从店内走出。她穿着印有狸花猫标志的绿色工作围裙，是餐厅的常驻服务生。她手里拿着一只干净的白色盘子和一小袋猫粮，小心地靠近狸花猫，慢慢蹲下。

“喵喵——”她轻声呼唤狸花猫，试图引起它的注意，“你饿了吗？来吃点东西吧。”

狸花猫掀开眼皮只瞥了她一眼，似乎意不在此，并不多加理会。见对方还妄图伸手过来摸它，它顿时弓背猫腰，喵呜一声，摆出一副马上要抬爪的姿态。

马尾辫只好作罢，继续摆弄猫粮，呼唤狸花猫。

狸花猫后退一步，有些纠结地踩着步子原地转了一个圈，忽然用后肢支起上身，两只前爪扒在玻璃窗上，开始有节奏地上下挠抓，就像在玩猫抓板一般，两只巧克力色的肉爪子在玻璃上按下不少梅花印。它软绵绵的腰肢咕咚涌动，尾巴尖儿轻轻颤动。

客人们立刻发出怜爱的叹息声。她们埋怨道，猫粮太不可口了，给它开一个罐头吧，看它多可怜。

马尾辫没法，只好返回店内。不多时，她拿着一只鸡肉罐头，重新回到狸花猫身旁。

鸡肉罐头很香。只是这一次，狸花猫连一眼都没舍得给，依旧扒着玻璃，像乞求一般，继续锲而不舍地双爪交替挠玻璃。

喵呜——

没有一只人类懂得该如何回应它。

忽然，狸花猫停下动作，虽然这么说有些可笑，但它的神情真的肉眼可见地严肃起来。它凝神思考片刻，鼻翼微动，仔细嗅着空气里各种混杂的气息，接着猛然掉头，像一支穿云箭，倏地飞出去，很快就消失在众人的视线里。

马尾辫和诸多客人们发出惋惜的叹气声。这只狸花猫似乎并没有表面上看起来的那么亲人呢，不知道它要去哪里，要找什么。

这些人类虽然一头雾水，但狸花猫自己显然非常清楚他的目标所在。他沿着来时的公交路线，飞速往回程跑去。有公交车代步时，狸花猫并没有觉察到这段路程的实际距离。没想到，真的用自己的爪子跑起来，还是有些累猫的。他时不时停下来，舔舔爪子，又嗅嗅空气，确定好方向，很快再次出发。

这样跑跑停停，等狸花猫到达巫台山公园时，刚刚过下午四点钟。太阳将落未落，整座梨花林笼罩在懒洋洋的夕阳中，温和得像煮好的吐着泡泡的米酒，微醺，温暖。林子里的梨花盛开，挤作一堆，摇摇晃晃地停在枝丫上，只要再来一夜春风，这些洁白的花朵就会纷纷往下落，陷入泥里，吹进风中，结束这一年的春色。

而不远处，他要找寻的那只人类，正站在那棵开得最美最盛的梨花树下。

他的人类又高又大，有宽厚的肩背和温暖的手掌，就算离得这么远，就算四周满是梨花香，狸花猫还是能闻见人类身上特有的令猫心安的气息。

是他的人类没错了。

狸花猫激动得毛发奓开，爪下一滑，四肢打结，险些被自己绊倒。这让他稍微冷静下来，没有急于冲过去。他首先想到的是自己的仪表，赶忙坐下来，再一次舔舐毛发。然后他用后爪挠了挠脖子上的小包袱，确认一切无误。做完这些，狸花猫忽然觉得空虚不安，他身体酸软，使不上力气，连尾巴都甩不起来。他想叫喊，张嘴却只能发出奇怪的嘶哑声。明明他的人类就在眼前，狸花猫却害羞起来。

狸花猫难耐地在落满梨花花瓣的草地上打了一个滚儿，洁白的花瓣混在他油亮的金褐色毛毛里，惹得他连着打了两个喷嚏。就在这时，他忽然计上心来。

人类语课的老师曾经说过，梨花雨的景色是相当美的，所以古代的人类才会说娇美的女孩子哭起来像梨花带泪。狸花猫停在一棵大梨花树下，望着整片的花云，发起呆来。

现在没有风呢，怎么样才能让咪呜看到漂亮的梨花雨呢？

今天是斯巴达的忌日。每到这天，辛勤便会回到这片梨花林，回到斯巴达的安息之处。在那棵最耀眼的梨花树下，埋着他的心上猫。两年过去了，这里的一切似乎都没有改变。辛勤蹲下来，用手轻轻摸了摸树干。

饼饼，今天也有乖吗？

就在辛勤陷入自己的沉思之中时，忽然听见头顶一阵窸窸窣窣的声响。他抬头，只见一大片梨花砸下来，瞬间将他淹没。他的头发上，外套上，背包上，和鞋子上，挂满大大小小的花瓣。紧接着又是咚一声，再次落下花瓣雨。辛勤抬头望去，只见一只狸花猫，脖子上系着一只小小的金色包袱，踩在树干上，眯着眼睛，得意扬扬地冲他甩尾巴，显然刚刚的花雨是他的杰作。他的毛脑袋上也全是花，连睫毛上也挂了一朵，狸花猫眨巴眨巴眼睛，晃开了。

艳丽的橘色夕阳，混着一点殷红，从枝丫间穿梭而过，直晃晃地打在辛勤的眼睛里，那样夺目，令他睁不开眼来。恍惚之间，那个熟悉的名字几乎要脱口而出。

番外一

王特区

阳光将狸花猫浸透，他看起来是那样小的一只，毛茸茸的，发着光，慢慢地从纤细的树枝间跳跃，穿梭而下。梨花林里的梨树主观赏，任其生长，大多数的株高都能达到六七米。狸花猫走得很小心。在距离地面三米多高的地方，他忽然撒开爪子，腾跃而起，直接往下跳。辛勤不由自主地张开双臂，试图接下那只精灵一般的狸花猫。

狸花猫顺顺当当地落进辛勤的怀里——几乎顺顺当当。狸花猫的右后肢没踩稳，掉出人类的怀抱。这个小小的失误似乎让他有些生气。狸花猫在辛勤怀里扑腾了一会儿，把自己的毛毛弄得乱糟糟，然后翻身仰面躺下，四爪朝天，整只猫软趴趴的，前爪在空中虚虚地抓了抓，像在打招呼。

哎呀——

辛勤喉咙发紧，死死地盯着怀里的狸花猫，目光片刻不离。他想开口说话，发现自己早已哽咽："是你吗，饼饼？"

是我呀！我是饼饼呀！开心吗！

斯巴达甜甜地叫唤，努力将自己拱进人类的外套里，用力蹭。

辛勤的手有些颤抖。他的脸上在笑，心里却沉入冰河。他的斯巴达没有这样轻，他的斯巴达左眼上有道疤，他的斯巴达已经是成年猫了，他的斯巴达……他的斯巴达已经离开，被他亲手埋在这棵梨花树下。

他一定是魔怔了，才会觉得眼前的狸花猫是他的斯巴达。

辛勤弯腰，将狸花猫轻轻放下。

斯巴达恋恋不舍地绕着人类的两腿之间来回走动，腮帮子在裤腿上蹭来蹭去，发出欢快的呼噜声。咪呜身上已经好久好久都没有他的味道了，他一定要好好努力才可以！

在斯巴达的捣乱下，气氛很难沉重起来。最后哀思不成，辛勤只好放弃。他转而弯下腰，轻声问那只小狸花："你饿了吗？想吃东西吗？"这只狸花猫看起来不过半岁多，身量还未完全长开，浑身裹着细碎的短绒毛，正是需要营养的时候。

斯巴达闻言果然欢快地叫唤，好呀好呀！我饿啦！想吃肉肉！

辛勤招呼狸花猫往林子里的石椅走去。石椅上已经躺着两只猫，一黑一白，见人过来了，也不怕，依旧大大方方地侧躺着，抬起脑袋盯着他们看。辛勤将背包卸下，又脱去自己的外套，将一层白色的梨花抖落下来，铺在冰凉的石椅上。狸花猫也不客气，直接跳上去，慢悠悠地用爪子将辛勤的外套踩软和，然后将自己蜷好，乖巧地看着辛勤。

辛勤见外套被踩脏了也不恼，看着那只狸花猫，不由得笑起来。他将袖子挽起来，从包里开始往外掏零食。这些零食是斯巴达最喜欢的，辛勤每次都会带一点过来看他。当然斯巴达也吃不上，所以他每次都会喂给附近的流浪猫。

躺在石椅中间的长毛白猫见状，也很不客气地踩在辛勤的外套上，好奇地看着他手中的零食，发出喵喵的叫唤声。辛勤开始撕零食的包装袋。撕到一半，感到腿上一沉，低头，狸花猫不知什么时候将白猫赶到椅子另一头，挨着他坐下来，也瞪大眼睛看着他手里的零食袋。

辛勤笑了笑，将第一口喂给狸花猫。狸花猫眯着眼睛，就着辛勤的手，大口嚼着肉，脸上露出愉快的神色。

零食的味道吸引了周围的流浪猫，他们渐渐聚拢过来，大概有十几只。不少胆大的直接走过来，不停地蹭辛勤的裤腿，撒娇要吃的。辛勤一向很招猫喜欢，也习惯了，手上的动作很麻利，能同时喂四五只猫。

这些猫真是太过分了！

斯巴达气呼呼地又往辛勤身边挤了挤，一边凑到辛勤的手边抢吃的，一边将爪子搭在人类的手腕上宣告主权。他动作迅速，一包零食大概有一半进了他的嘴。这样霸道的行径自然引起其余猫咪的不快。一只长着一对三角眼的黄色大狸花率先反击，伸爪就是一记猛拳。

黄狸花已经是一只成年的大公猫，体型庞硕。若是两只猫打起来，小狸花一定吃亏。辛勤眼疾手快，在黄狸花落爪之前，将狸花猫一把捞起，塞进自己怀里，强行将他带离战区。狸花猫怔愣片刻，很快反应过来，兴奋地舞爪子，趁辛勤和黄狸花都没注意，一爪子挠了黄狸花的耳朵。

辛勤出声制止："听话。"他抓着狸花猫的爪子收回怀里。

斯巴达神气地抖动两只耳朵，眼睛亮亮的。黄狸花则似受了委屈，蔫了吧唧地趴在地上，耷拉着一双三角眼，两只耳朵也垂了下来。

哼，撒娇鬼。斯巴达在心里唾弃。

可是辛勤还是将手里的最后一小块零食递给黄狸花。大黄狸睁开眼，急急忙忙地舔干净了，又用脑袋蹭了蹭辛勤的手指头。

斯巴达趁机探头，用力拍了一下黄狸花的脑袋，又将他打蔫了。

辛勤忍不住笑了起来。这还是第一次，他来看巫台山公园看斯巴达，内心不是全然的悲伤和空虚，反而充满轻快："你怎么这么淘气？"他低头看着狸花猫，轻声说道，"你这样在外头很容易被别的猫欺负的。"

才不会呢！斯巴达大声反驳道，我打架可好了！他赌气地调转身体，将屁股对准人类，尾巴啪嗒啪嗒地甩动。

辛勤看着狸花猫，忽然笑了笑。连生气的样子都很像呀。他抬头，思绪开始放空。疯狂地思念斯巴达以至于产生了它回来过的错觉，在路上每见到一只猫都想停下来认认真真辨别一番，有好几次，他都坚定地认为自己听见了斯巴达呼唤他的声音。这样的情景在斯巴达离开后的半年里几乎是他的生活常态。后来，失望的次数多了，辛勤开始强迫自己不再思考，不再回忆。

现在又算什么呢？又一次的胡思乱想吗？可是这一次，分明是这样的真实，真实到他可以触摸。

辛勤忍不住摸了一把狸花猫圆滚滚的后脑勺。连纹路似乎都是一样的。这不可能，辛勤在心底否定自己。他皱起眉头，下意识地摆弄他左手腕上的项圈。那是他送给斯巴达的第一只项圈，现在被改造成手链的模样，戴在手腕上，大小正合适。

被咪呜摸着，斯巴达的气很快就消散，毕竟他不是想要真的生人类的气。他感受到人类的动作，好奇地扭头看过去。咦，是我的项圈呀！看到自己戴了好久好久的项圈，斯巴达还是很怀念的。这个项圈其实他就佩戴了两年，咪呜帮他保养得特别好，一直像新的一样，一直都那么好看。后来因为他的脖子粗了，咪呜只能又给他换了一款新的，也一样很好看。只不过，在斯巴达心里，没有什么比咪呜第一次正式送给他的礼物更宝贵。

斯巴达还记得他收到这个礼物时，是他上小学的第一天。时间过得好快哦。转眼间，我已经是猫猫羡慕的研究生了呢。没想到，咪呜还好好地保管着我的第一只项圈呀。想到这里，斯巴达不由地叹了一口气，他费劲地探头，用鼻尖蹭了蹭项圈。

狸花猫的动静惊醒了沉思的辛勤。他低下头，又摸了摸狸花猫的脑袋。不可能会有两只纹路一模一样的猫咪，不存在的，他提醒自己，眼睛却不由自主地瞥向那些精致的鱼骨虎斑花纹，那些看似普通、却只有辛勤知道是多么特别的纹路，那些曾经也出现在斯巴达身上的狸花纹。

“你长得真像我的饼饼。”辛勤开口说道，自嘲地笑了笑。

斯巴达停下动作，仰起头，抖了抖胡须，露出两颗小尖牙。“你傻呀”，他慢吞吞地回道，“我就是你的饼饼呀，傻咪呜。”

可惜人类并不能理解狸花猫含义深刻的喵喵叫，只是一下又一下地顺着他毛毛的方向抚摸着，动作越来越轻柔。

斯巴达觉得舒服极了，就好像有一辈子那么久，没有享受过咪呜的抚摸。他感觉自己又变成一只小奶猫，什么也做不了，什么也不敢做，只想窝在咪呜的怀里，呼噜呼噜，向他撒娇，和他说好多好多话，告诉他自己有多么多么想他。巫台山顶上的月亮升起了好多好多回，又落下好多好多回，多到他数也数不清。每次看到美丽的月光，斯巴达都会在心里嘀嘀咕咕，将每一种他认为可以让人类过得更开心的方法想了一遍又一遍，光是想想就乐不可支。他等啊等啊，想着有一天，他们终能再次相见。这一天来得太晚太晚，又太好太好，好到斯巴达仍不敢相信，他居然真的做到了，他居然再一次找到他的人类，回到他的怀里。

这一次，他会再次接管属于他的人类。他会好好照顾这只人类，让他每天都过得很开心。

零食吃完了，流浪猫们在辛勤脚下休憩片刻，逐渐散去。夕阳的余晖很快消散，直到最后一丝亮光在天际抹去。路灯亮了，从山脚一直到山顶。气温慢慢降下来，狸花猫打着呼噜，将自己蜷得更圆，紧挨着辛勤取暖。

辛勤解下围巾，轻轻地盖在狸花猫的身上。时间的流逝似乎很漫长，却又转瞬即逝。他在心底已然做出决定。

“你要跟我一起走吗？”辛勤低头看着那只亲人的狸花猫，温柔地开口询问。

如果这只狸花猫愿意和他回去，辛勤将不再固守誓不养猫的决定。他曾经拒绝过一只又一只可爱的小生命介入他的生活，只因他知道斯巴达是无可替代的，任谁也不能抹去他在辛勤生命中厚重的痕迹。他不想要一只替代品，也不想让无辜的猫咪承担舒缓孤寂的责任。

然而，这只狸花猫终归是不同的。

到底是哪里不一样，辛勤也说不上来。也许是因为他身上那熟悉的纹路，也许是因为他撒娇的样子，也许是因为他靠在怀里令人贪恋的温度。

也许是因为第一眼看到他时，辛勤忽然放下的心。那是一种奇怪的感觉，像一颗坠落的心，被一双温暖的手稳稳地接住，再也不用彷徨。

斯巴达掀开眼皮，张嘴打了一个大大的哈欠。好呀好呀，他懒洋洋地回答道。他一点都不觉得诧异，如果他不和咪呜生活在一起，他又会去哪里呢？这个问题好奇怪呀，这个问题根本不需要答案。

不过，在同咪呜回家之前，斯巴达还有一件要紧的事情要做。

差点就忘记了呢。斯巴达从人类的怀里跳了下来，撑着前肢伸懒腰。要是忘记了，王博士肯定要数落他的，幸亏我聪明，想起来啦。斯巴达扭动着身体，姿态优雅地朝着上山的路口走去。他自信满满地走了好一会儿，一回头，才发现他的人类丢了。这个认知让狸花猫吓了一大跳，下意识要往回跑，一抬头便看见他的人类还站在原处，神色复杂地盯着他看。

你在做什么呀？傻咪呜，你要跟着我走呀，你要是走丢了，要找你就可累了！咪呜——

斯巴达柔声抱怨着，发出啾唔啾唔的声音。他的调调很奇怪，并不是普通的猫叫声，反而有点像呼唤的雏鸟。

这一声叫唤，却给辛勤带来极大的震撼。他像被人砸中了后脑勺，木头一般立着，两眼只能痴痴地看向狸花猫，几乎不敢相信自己的耳朵。

记忆的碎片如潮水般涌来，辛勤强忍住心酸，回应道："斯巴达……"他不甘心，往前又走了一步，追问道，"是你吗？"

狸花猫歪着头看他，并不回答，不知是没听懂还是不屑回应。但它并未离开，仍蹲在上山的路口，耐心地盯着辛勤看，似乎在无声地催促着。

辛勤朝着他慢慢走去："你是要我跟着你吗？你并不是不愿意对不对？你是想和我一起回家的，但我得先跟你走对不对？"他自言自语。清冷的山风迎面扑来，让他有片刻的清醒。然而越是清醒，这种奇妙得令人发颤的感觉越是强烈。他的情感和理智几乎同时发声，它们同时呐喊：跟上他，跟上那只猫。辛勤心想，如果这时候有旁人在，大概会以为他真的发疯了。

一个人养了一只猫，猫离开后，他就疯了。

辛勤惊讶自己居然还能自嘲地笑出声。然而脚步却轻快起来，很快他就追上狸花猫。没等他靠近，狸花猫就站了起来，轻快地迈步，继续朝上山的方向走去。

我们要快点赶路哦，现在回去，没准还能吃上一只罐头呢，嘿嘿。

心里惦记着晚饭，斯巴达变得格外没有耐心，但是他又不舍得把咪呜一个人放在路上，只不远不近地带着他。每当人类的脚步稍有迟缓，狸花猫就会回头，软软地叫唤，催促他。

巫台山并不十分高，夜色很浓很厚，云层压得很低，像一床厚实的棉被，令人不由心生困意。盘山公路两旁的树木深深浅浅，不知名的花草茂密丛生，即使在夜色下，也难掩一派春光。

辛勤紧紧盯着他眼前的狸花猫，生怕一错眼，那只神奇的小猫就会再次消失不见。好在狸花猫很负责，一直回头等他，没有把他丢下。走到半山腰，狸花猫忽然停了下来，掉头小跑到辛勤脚边，四肢一软，翻身露出毛毛的花肚皮，尾巴划拉出一个半圆，小声叫唤。

看出狸花猫是在撒娇，辛勤觉得好笑。他蹲下身，问道："你累了吗？"

是呀是呀，我好累呀，不想自己走了。

斯巴达又打了一个滚儿，将自己的大脑袋埋在人类的两腿之间。

辛勤尝试用双手去抱狸花猫，见它没有挣扎，放心地将它整个拎起来，牢牢地托住它的屁股。狸花猫却蹬腿挣脱辛勤的怀抱，轻车熟路地顺着他的手臂爬上肩头，在肩窝处找到舒服的位置之后，安心地趴了下来，将身体软软地围住辛勤的脖子。大大的尾巴往下垂，尾巴尖刚好落在辛勤后背的肩胛骨尾端，一晃一晃，蹭得他痒痒的。

喵呜——狸花猫抬起爪子，轻轻勾了勾辛勤的发梢，温柔地舔舐着他的脸颊，像在指挥他出发。

辛勤稳定心神，迈步继续朝山上走去。又过了大约半小时，他们终于见到了山顶。在狸花猫的喵呜声中，辛勤找到了目的地。尽管是本地人，他还是第一次认认真真地审视巫台山。没想到山顶建有房屋，围墙之中开着门。建筑物里透出黄亮的灯光，似乎还有人居住。

一见到灯光，狸花猫又激动起来，从辛勤肩头一跃而起，轻巧地落在地面，小步往门跑去。来到门下，忽然吧唧一声扑在地上，四肢展开，就像一张摊饼，甩着尾巴彻底不起来了。明明多半路程都是被抱着走的，却好像受了多大的累似的。他的猫脑袋顶上正对着建筑铭牌，上书几个黑体大字：特区研究所。还有几块匾牌，大概是不同的资质证书。

辛勤觉得奇怪，不由得上前几步，借着灯光，认真打量这座不知名的研究所。研究所不大，建筑楼方方正正，看起来像20世纪的建筑风格，墙体爬满了爬山虎，连缝隙里都是青苔。大门是铁质的，连接着外围墙。围墙上不像一般隐秘的建筑，会砌上防盗的玻璃或是铁丝网。唯一算是与众不同的地方，大概就是——全是猫。

围墙上，大门口，站着的，趴着的，躺着的，全是猫。不同大小，不同毛色，不同品种的，猫。

这些猫见了生人，一点也不怕，反而大大方方地注视他，像在围观一件新奇的事物，眼睛全都亮晶晶的。

辛勤站在大门口，接受几十只猫的注目礼，这还是生平头一次。如果他能够听懂猫的言语，大概会更加吃惊。

——这就是饼哥的人类吗？

——闻起来不错呢。

——他是来吃晚饭的吗？

——哦哦，晚上有客人吗？

——所以我们晚上吃什么呢？

——王叔带回来好多老鼠！

——所以我们晚上吃老鼠咯？

——哦哦请客人吃老鼠！

——吃老鼠！吃老鼠！

辛勤不知道在一片喵喵呜呜的叫声中，他的晚饭已经被定好。这时，从传达室里走出一个高大的身影。辛勤看了他一眼，觉得有些眼熟，迟疑地问道："是王师傅吗？"

几年前，他请王师傅给家里驱鼠，之后几年，确实再也没有见过老鼠。没想到这么多年过去了，王师傅变化不大，一眼就能认出来。

来人确实是王师傅，他显然也认出辛勤，笑呵呵地和他打招呼："你好呀，家里还闹老鼠吗？"

辛勤笑着摇摇头。

"那就好，那就好。我就说啊，养猫的家里有猫气，就不会有老鼠了。"王师傅憨厚地笑了笑，又和辛勤聊了几句，然后他低头对摊成饼状的狸花猫阿梨说道，"回来啦？怎么在这趴着呢？累了哦。你老师正找你呢，别贪玩，快去吧。"他说完，就径自走回传达室。

"喵呜——"狸花猫不情不愿地应答。

辛勤惊讶得说不出话来。虽然他曾经也会和斯巴达这样亲昵地交流，但那是基于他对于自家猫的喜爱，大多数的对话都是自己脑补的。眼见一个人能够如此自如地和猫交流，宛若对方能够听懂人话一般，着实令人不解。

狸花猫连打了两个滚，慢悠悠地爬了起来，来到辛勤身边。他低声叫唤，似乎在和辛勤说话。见辛勤并不理解自己，狸花猫着急地往下山的方向跑了几步，急刹车，调转身体，摇晃了几下脑袋，又往回跑，回到辛勤身边，绕着他转了一个圈，然后定住，直立上身，用两只前爪不断作揖。狸花猫的动作幅度很大，辛勤终于是懂了，它想自己留下来，留在原地等它。

辛勤说不上自己现在是什么心情。他缓缓地点了点头，说道："我等你，我不走。"

狸花猫放下心来，用身体蹭了蹭辛勤的裤腿，一溜烟跑进那扇大铁门里头去了。

等待的这五分钟里，大概是辛勤度过的心情最为复杂的五分钟。他忍不住掏出手机，翻开浏览器。他的眼睛一刻不离地盯着手机屏幕，不管脑海里的念头有多么不可思议，他都如实地输入，随心所欲地变换着搜索关键词。毫不意外的，一无所获。

他隐约记得在很久以前，他也有过类似的经历。那段时间，他老是神神道道地怀疑斯巴达成精了，上网搜了很多相关资料。事实证明，他的狸花猫并没有成精，一只成精的老猫，才不会自己傻乎乎地跑到坏蛋面前任人宰割。辛勤自嘲地笑了笑，关闭手机。

就在这时，研究所的大门再一次打开，从里头走出一位陌生的男子。那人白净瘦削，大概四十几岁的模样，却眉清目朗，一副斯文清俊的模样，只是身着毛茸茸的睡衣和毛拖鞋，顶着一头乱糟糟的浅色卷毛，耷拉着眼角，满脸写着不高兴。

辛勤看着他，礼貌地打了一声招呼。

"鄙人姓王，三横王。"那人回道。他说话的方式很奇怪，有种刻意的文绉绉的腔调，“欢迎欢迎，欢迎光临寒舍。”

辛勤不知该如何接话，只好点头微笑。

王老师哈欠连连，被山风吹得打了一个寒战，似乎总算清醒过来。他也笑了，语气变得正常起来，解释道：“抱歉，我刚刚起床。我得喝杯咖啡，你也要来一杯吗？”

中国人很少有晚上喝咖啡的习惯，但辛勤并不介意，他迫切地想要知道一个答案。

王老师带着辛勤走过一个宽大的院落，夜色正浓，看不清院子里栽种的都是什么植物。他们才走到中庭，辛勤就发现自己身后跟了一串猫咪。那些猫们不吵不闹，有些紧紧贴着他走，有些则默不作声地从他身旁擦过。不一会儿，王老师在一栋老旧的建筑物前停下。这是一座两层的小楼房，在昏黄的灯光下，隐约可见斑驳的石砖墙体。

王老师的房间在二楼，房间格局紧凑，卧室之外隔有一间小小的会客厅，两张看起来相当舒服的沙发椅，一张木质茶几，一台不到二十寸的迷你电视机。王老师的起床气消散之后，他似乎换了一个人，热情地招呼辛勤坐下，转身去准备咖啡。他的动作很快，不一会儿，伴随着开水咕嘟的声响，一股浓厚香醇的咖啡气息在房间里弥漫开。王老师给辛勤递了一杯热咖啡，笑眯眯地和他说话。

心里惦记着狸花猫，辛勤脸上并未显露太多兴奋的神色。他有问有答，礼貌而克制。他其实有多话想说，很多情况想了解，但是踏入研究所的那一刻，辛勤忽然意识到，也许有些话并不能放在明面上开诚布公地说明白。于是他小心地收好自己的试探，像一个真正的局外人那样，用自己的方式去探知狸花猫想要告诉他的事实。

王老师相对于他的年纪而言，显得很年轻。鬓角的银霜和眉眼间的皱褶，都精致而恰到好处。然而他身处的环境，却又很难用精细来形容。

所有琐碎生活的细节，都坦然地敞开，不加掩饰。他似乎也不介意这种与他的外表格格不入的世界。他显得优雅从容，又带着不容忽视的慵懒和淡漠。说话时语气柔和，总是吊着一股似有若无的气，似乎说着说着就会忽然没了兴致。好在面对辛勤，王老师还是健谈的。他主导着他们的谈话，天文地理，侃侃而谈。辛勤一直认真地听着，偶尔附和几句，偶尔看一眼门外。

王老师似乎是看出他的担忧，终于结束了漫长的寒暄，主动进入正题："其实是我让斯巴达带你来喝咖啡的。"

当王老师说出那个名字时，辛勤有片刻的恍惚。他心下骇然，面上却很平静。咖啡杯很烫，少许咖啡泼洒，滴落在他的裤子上，很快晕染开来。

王老师像忽然有了兴致，开始谈起斯巴达"小时候"的故事。他说起自己第一次见到斯巴达的模样："傻，像一只饼。"

按照斯巴达——如果它真的是斯巴达——现在的模样，还远远谈不上是一只饼。辛勤稳定心神，将咖啡小心地放回茶几。他认真地听王老师的念叨，想从里头汲取更多关于斯巴达过往的一点一滴。

"不过我当时一眼确定，那个小家伙，就是我想要的。虽然不算多聪明，但好歹够使唤。优点就是心眼实在，想法虽然多，但是从来都是脚踏实地的。喜欢什么东西呢，也能一眼看穿，不会变心又不会耍花样。吃得虽然多，但是会长肉啊，天冷的时候抱起来可舒服了。

"刚开始的时候，斯巴达身体不好，很不适应研究所里的生活。有几次情况很严重，我都以为他要挺不过去了，和王经济说，实在不行的话，就别为难孩子了。但是斯巴达很坚强，它自己明白为什么我需要它这么做，最终挺过来了。它也有自己的目标，是那种你哪怕说破嘴皮，它认定了就不会更改的东西。我想斯巴达本来在家里也是千般宠爱养出来的小猫崽子。我很感念它做出这么多努力，忍受住孤独，经历考验。

我希望它将来能够收获与之相匹配的幸福。”说罢，王老师瞥了一眼辛勤，似乎很随意，但却一眼能看穿人的心底。

就在辛勤屏住呼吸，准备迎接更惊人的信息时，王老师忽然收住，话头一转，说起另外一件事来。“我今天早上刚刚数过，现在我们研究所里一共有一百三十九只猫，都是附近的流浪猫，目前是半散养状态。整个毛春城像这样的猫咪大概有十几万只，而拓展到全国，则这个数量要乘以成百上千倍。在研究所里的这一百多只猫咪中，大约有三分之一有健康状况，有些猫正是因为疾病而被人类抛弃，有些猫则是天生有疾，很可能活不到正常家猫的平均寿命长度，就会被病魔吞噬生命。如果流浪猫能够成为家猫，得到悉心照料之后，寿命一般会大幅度延长，病痛情况也会得到很好的改善。

“生老病死，再合理不过。并不是所有猫都应该或必须要过上无忧无虑无病无痛的生活。每只猫的道路，都是它自己的选择。我们也许无法做到将所有流浪猫都收养照顾，但我们可以尝试去让它们明白，它们还有别的选择。做选择是一回事，知道自己有什么样的选择又是另一回事。猫咪可以选择孤独，也可以选择陪伴。当它终于意识到自己能够拥有的生活和许多的可能性，它会变得理智，成熟，可以为自己做更好的决定。让它们成为更聪明成熟的猫咪，这是我想要帮助猫咪们实现的。”

这番话无异于是一枚炸弹，轰炸了辛勤以往的所有认知。王老师等于是承认了猫具有高等智慧，它们可以和人类一样，学习，教育，思考问题，并解决问题。王老师影射的内容所包含的信息量之大，让辛勤不由得有些佩服自己此刻的冷静和从容。

“那……”辛勤认真考虑措辞，“斯巴达呢？他是怎么想的？”

王老师抿嘴笑了起来，似乎很满意这个问题。他慢吞吞地说道：“他是最特别的一例，也是我最骄傲的成功之作。”

但是他说的相当模糊，并未详尽展开。特区研究所，包括特区大学，以及所有猫咪教育的构建体系，最初都建立在王特区的财富之上。他表面上是民营企业家，而实际上却是一位隐匿的民间科学家，极有天赋，对超越现有科学维度的不可思议事件都抱以狂热的研究热情。

王特区利用家族资产，在巫台山山底的地下，建立了巨型的实验室，在里头进行各种令人匪夷所思的实验。其中就包括利用 DNA 克隆技术，用人类基因改写猫的基因，对其进行改造。这种技术可以让一只猫拥有人类的寿命基因。这项技术并不完全成熟，改造技术的缺陷包括高风险，低转化率，以及巨额的耗费。寿命基因改造理论上只有 1% 的成功机会，是小概率事件。只有适宜的基因和天时地利猫和的时机，才能成功一例。因此，在进行实验之前，必须认真做好各种匹配测试，以提高成功率。王特区已经将这个过程尽力简化，但仍有不可省略的程序，需要严格把关，而成功改造的猫咪被命名为猫咪人。

延长寿命，从人类的角度看来，似乎是一件令人梦寐以求的美事。然而并不是所有猫咪都能接受自己可以与人类同寿。事实上，大部分猫咪面对这项抉择时，会选择拒绝。与人同寿可不是什么好玩的事情，延长寿命意味着你同时需要承担各种来自人类社会的潜在风险，需要学会隐藏自己，学会人类的规则，生活在人类的圈子里，更要为猫咪种群做出自己的贡献。这个过程并非只是短短的几年，而是长达数十年，甚至百年。正因为如此，在筛选实验体的时候，猫咪的个猫品性和理念也在考虑范畴之内。只有那些有望做出大事的猫咪才会通过考验，成为新一代的猫咪人。

所有的这些因素，都造成改造实验进行得极其少，而成功的更少。当然，更重要的原因就是：没钱。由于技术和资金所限，截止到目前，全国只有一千多只成功的猫咪人，其中就有斯巴达。大多数猫咪人生活在不同的地方，生活在普通的你我他之间。实验成功后，这些猫咪人仍保留作为普通猫咪时期的记忆。度过最初的危险期，成功进入成猫期，他们的衰老节奏会和正常成年人类一致，多数猫咪人可以活七十多年。

这些猫咪人共同维系着猫咪协会和猫咪教育体系的运作和平衡。正因为有了这部分优秀猫咪人的付出，猫咪世界的最大秘密才得以保存和延续。

斯巴达进入猫咪协会后，目前的工作主要是帮助王老师完成流浪猫的成猫教育计划。成猫教育和幼猫教育不同，更注重实践功能，意图帮助成年流浪猫树立健康和卫生意识，控制成猫之间的泛滥繁衍以及疾病滋生。如果资金成熟，他们还将建立成年流浪猫定期体检福利计划，力图帮助成年流浪猫提升生活品质，过得更加健康和长寿。这项工作只能由寿命稳定智商超群的猫咪人完成，而成猫计划的基础建立在斯巴达的毕业论文之上，由斯巴达执行，再好不过。

“不管怎么样，现在斯巴达已经脱离危险期了，工作也上手了，研究所里也不想再多供一份罐头。你是他最信任的人类，只要你愿意保密，他就可以回家去了。”

王老师语焉不详，辛勤思绪万千，一场惊心动魄的对话最后轻描淡写地落幕。

斯巴达不知什么时候溜进小客厅，趴在辛勤的脚边听得入迷，这时听见王老师说不想再给他罐头，顿时生气地喵喵叫，冲过去想挠王老师的棉拖鞋。他现在还是一只小猫，比以前还要淘气，四只爪子抱着拖鞋一顿啃咬。

心境不同，眼前所见也随着改变。之前辛勤一直暗示自己不要代入太深，而现在得到王老师的承诺，斯巴达还记得他，它还有原来的记忆，辛勤忽然觉得眼前的狸花猫是那样的熟悉，一举一动都令人感到亲切，仿佛从来没有离开过。

辛勤清了清喉咙，呼唤道：“饼饼，过来。”

斯巴达的动作猛然顿住，他慢慢地松开嘴里的拖鞋，翻身坐了起来，像受到惊吓，身体僵直，挠着耳朵，红通通的舌头尖也忘了收回去，只是瞪大眼睛盯着辛勤看，模样傻极了。

辛勤伸手，耐心地等着。

忽然，狸花猫像发射的鱼雷，飞速蹿出，化作一道黑影腾起，重重地落到辛勤的膝头，猛地扎进他怀里，站立起来，两只前爪紧紧地搂住他的脖子。

咪呜——咪呜——

斯巴达用自己的脑袋、脸颊、脖子反反复复地摩擦人类的肌肤和衣服，试图将离别的这些日子里，他所有的思念都倾诉出来。

辛勤的眼角发红，任由斯巴达疯狂地动作。他想告诉他的狸花猫，他也很想它。但他相信，哪怕他没有说出口，斯巴达也能理解。它那么聪明，那么独特，它是全世界唯一的斯巴达。

王老师忍了很久，终于开口打断这久别重逢的感人画面："还有一份小小的文件需要签署。"王老师如此说道。

斯巴达渐渐冷静下来，但依旧搂着辛勤，片刻不想松开。它的嘴抵在辛勤的脖子上，发出呜呜低吟声。辛勤只好像抱孩子一样，一手稳住斯巴达，一手轻柔地给它的背顺毛。

保密协议看起来非常正式，一式两份，需要双方签字。令辛勤感到意外的是，这份协议居然是双语的，只不过不同于普通意义上的中英双语，保密协议由中文和另一种不知名的语言组成。那些陌生的文字看起来很奇怪，非常像乱码。

斯巴达好奇地用爪子扒拉了几下保密协议，挣扎着要凑过去看。辛勤将文件正面放到斯巴达鼻子底下。斯巴达有模有样地认真看了一会儿，喵喵呜呜地给辛勤做翻译。咪呜你要小心哦，不然你会被奇怪的人类抓去剥皮做实验的，还会被吊起来打。

事实上，剥皮、吊起来虐待这些情节都是斯巴达从人类的电视剧里头看来的，被人类发现他们猫咪人的秘密后具体会发生什么，斯巴达并没有一个清晰的概念。总而言之，原则就是，猫咪人只能是人类世界的伪装者，不管何时，不管何地，他们都不能暴露自己，从而导致整个种群陷入困境。

中文的保密协议看不出任何具体内容，也不知是否具有法律效力。最最重要的一条，他需要保护斯巴达，让他平安地度过这漫长的一生。辛勤拿过笔，认认真真签上自己的名字。他不知道这个什么的“组织”是以什么评判标准来确认他是值得信赖的，但想来，他的狸花猫大概占了很大的比重。

签好协议后，气氛再次缓和下来。王老师笑眼吟吟，从窗户探头出去，喊着王师傅的名字。不一会儿，王师傅端着一碟炸鱿鱼圈走进来。炸鱿鱼圈不知是什么时候做的，已经凉了，原本酥脆的表皮有些返潮，失去了最佳的口感。王老师倒是一点都不介意，一口一个吃得香甜。

院子里的一些小猫不知什么时候也溜了进来，冲王老师殷勤地喵喵叫。王老师俯身，严肃地警告各位小猫们，炸鱿鱼圈里头有洋葱，是不可以吃的。

辛勤不由自主地想起以前斯巴达缠着他要吃洋葱圈的情形。他不肯给，也是这样认真地告诉他，洋葱有害猫咪健康。每到这个时候，斯巴达就会气呼呼地缩到自己的小窝里头，不再理会辛勤。它会转过身，开始给自己舔爪子，然后认认真真地洗脸，洗后脑勺。可惜它的头太圆了，爪子够不着。斯巴达变换身体的姿势，蜷成一团，努力想搓后脑勺。每次搓到一半就没了力气，摊在窝里，四脚朝天，沉沉地睡一觉。睡醒之后，它就不再记得洋葱圈，大度地原谅了辛勤，又开始缠着他，要他和自己一起玩。

而现在，斯巴达老老实实地窝在他的怀里，除了最开始的好奇，对鱿鱼圈没有表现出丝毫兴趣，不知是否还记得那些往事。

大概还是记得的吧。就像他一样，斯巴达对于他们一起度过的时光，也有自己的记忆。

辛勤忽然觉得前所未有的满足。

小猫们没有分到任何食物,所有的炸鱿鱼圈都进了王老师的肚子里。他嘬完最后一口咖啡，心满意足地拍了拍肚皮，大手一挥，下了逐客令。

今天又是一个月色极好的日子。在皎洁的月光下，一切都显得很干净。斯巴达走在前头，走得很慢很慢。

辛勤忽然喊住他：“我们在这里坐一会儿吧。”他指了指院子里的一处花圃台子。

斯巴达果然听得懂，并开心地同意了。他迅速蹦到花圃的台子上，找到一处喜欢的空位,用尾巴尖示意辛勤。辛勤走过去,贴着他坐了下来。

院子里有风，风摇晃着枝丫，枝丫间流淌的月光像潮水，随着树的影子，时涨时落。

斯巴达抬头看着月亮，心情一下子变得很好。虽然他无法将自己此刻的心意传达给他的人类，但能这样和咪呜坐在一起，哪怕是什么话也不说，也是好的。他回来了，咪呜就在他的身边，哪儿也不去，真好呀。作为一只猫，哪怕是聪明的猫咪人，他的词汇量也是有限，说不出特别精准的形容词，只知道此情此景，唯有一个“好”字。

见它如此高兴，辛勤的心情也轻松起来。他伸手，轻轻地挠斯巴达的下巴，狸花猫舒服得呼噜呼噜冒泡泡。“你做得很好。”辛勤轻声说道，“谢谢你一直这么勇敢，这么努力。”

斯巴达愉快地地晃动尾巴尖儿，忽然踩上辛勤的腿，前爪搭在他的肩头，凑到辛勤脸颊边，小心翼翼地舔了舔。

辛勤这才发现，自己已经泪流满面。

他已经很久没哭过了。

斯巴达离开的时候，辛勤一滴泪都没有流。那两年是如此不真实，很多细节他都无从回忆。他只记得，自己仍是照常生活，照常吃饭，照常睡觉，一切都照常过得平平淡淡。后来有一天，他路过小区附近的街道，发现新开了一家宠物用品店。他不由自主地走进去，在一排颜色鲜艳的遛猫牵引背心前停了下来，脑海下意识地为斯巴达挑选。一直到付钱时，辛勤才回过神来。他已经不需要了。辛勤放下牵引绳。当天晚上，他决定将斯巴达的头像纹在他的手臂上。他需要一个提醒，一个清晰冷静也残酷的提醒，告诉他，这一切已经发生，无可挽回。

辛勤定制的图案篇幅虽然是中等的，但要求很高，每根毛发都极为精细。为了完全呈现他想要的效果，辛勤特地开车去 X 市，找到当时据说是手艺最好的文身师。纹了三个多小时，开车回家的时候，背后全是汗水，一呼一吸都是痛。但这种痛很真实，因为真实而显得充实。那时的他，以为一切都结束了。生命是如此地不可预测。

辛勤下意识地卷起袖子，看了一眼自己手臂上的文身。斯巴达也注意到那个图案，好奇地凑过来，仔细嗅。

“好看吗？这个是你。”辛勤指着文身说道。

斯巴达打了一个喷嚏，甩了甩头，叫唤道，当然好看啦，我的脸最可爱了。

可能真的存在所谓的命运之神，在冥冥之中，露出怜悯的笑容，将一切提前安排好，然后静静地看着他们犯错，纠正，重新回到正确的轨道上。让你措手不及，让你狼狈不堪，让你最终心怀感激。

番外二

新的旅程

辛勤决定带斯巴达去远行，这是他们重逢后的第一次旅程。辛勤要去爬山，斯巴达没有任何意见。

明河山不高，最高峰也不过八百多米，但未被完全开发，并没有舒坦的上山大道，只有几条羊肠小路，沿着山体攀岩而上。想要一口气爬上山顶，还是挺耗费力气的。一路上并未看见什么人。山脚的树木茂盛，密不见光，只听见脚步落在潮湿的经年落木层的声音；再往上，是更矮一些的树种，阳光开始穿透密林，将山路烘得干干燥燥，溪水潺潺，却不见踪迹；接近山顶时，矮小的灌木丛再也阻挡不住耀眼的阳光，湿气一扫而空。他们找到了一条银龙一般的溪流，溪水从山顶呼啸着，直冲山脚。

辛勤站在小小的山路间，斯巴达趴在他的肩头，转身往来时的路看去，盘结交错，看不到头。层云遮住了太阳，云的影子投在山谷的林被上，像一叶浮游在绿色海洋中的扁舟，忽隐忽现。不一会儿，扁舟不见了，太阳又冒了出来。斯巴达抬头望去，迅速眯起了眼睛。

最后，他们登上山顶。山顶有一家老旧的寺庙，可以留宿，只收取少量的斋饭钱。不过斋饭并不是很可口，米粒粗糙，咸菜里有一股发霉的味道。辛勤求了一份斋饭，吃得干干净净。吃完饭，他用山泉将碗碟清洗干净。尽管时值盛夏，山中的泉水凛冽，打在手上，还是相当凉的。收拾妥当，他拿纸巾擦干手。斯巴达缠着他要吃零食。辛勤带着狸花猫出了寺庙，继续往上走。

时过傍晚，天色暗了下来，山路变得更加崎岖，山风很大，戴不住帽子。辛勤打开了手电筒。斯巴达被人类裹得严严实实，倒是很自在。猫的基因赋予它过人的眼力，哪怕在昏暗的光线中，也能很好地分辨出物体的形状。

又爬了差不多二十分钟，他们就来到明河山的顶峰一色峰。辛勤找到背风处，借着最后一丝天光，将帐篷搭好了。斯巴达在一旁扑草玩儿，也帮不上什么忙，自己玩儿了一会儿，很快就无聊起来。辛勤只好拿出收音机，让斯巴达守着收音机玩儿。狸花猫很喜欢这种会发出人类声音的小玩意儿。只可惜山顶能收到的电台频率有限，无论辛勤怎么调频道都没能收到节目。空气里除了呼呼的风声，只剩下嘶啦嘶啦的电流声。

好在辛勤很快将他们过夜用的装备都准备好了。他又掏出一捆太空毯，找了一处视野最佳的山尖，铺好，招呼斯巴达一起过来坐下。斯巴达贴着辛勤的胸口盘起身体。辛勤取出它的罐头，是牛肉和鸡肉的混合口味，是斯巴达最喜欢的味道。斯巴达埋头吃得很开心，最后将罐头底的汤汁也舔得干干净净，胡子上倒是沾染了不少肉末残渣，也不自己洗脸，仰着头，等着他的人类用湿纸巾为他擦拭。

斯巴达吃完，辛勤收拾好垃圾，回来抱着斯巴达坐好。气温越来越低，只有彼此的体温可以取暖。斯巴达就像一只咕嘟冒热气的小火炉，抱起来舒服极了。他们彼此挨得紧紧的，静静地望着远处。

他们的前方，是一望无际的夜空。他们的脚下，是群山之巅。

夜色渐浓，山里头的夜很凉，白天积攒的温热的水汽从地表渐渐腾起，往上，凝结，雾化，成滴，成霜，成雪花，散落在无垠的夜色之中，仰头看去，一片星如雨。

斯巴达心中受到巨大的震撼。在这天地之间，他忽然变得极小，咪呜也变得极小。他们俩像一对小黑点，融化在这无边无际之中。那些明亮的星星摇摇欲坠，似乎下一瞬就会落到他们肩头。他不由自主地将脑袋靠在咪呜的胸口，感受他的体温和心跳。

辛勤用毯子将斯巴达身体的另一侧裹了起来。他轻声解释道："这座山叫明河山，这里是一色峰。明河就是星河，一色是指天地一色。"

斯巴达疑惑，什么叫天地一色？

就在此时，不知从什么地方，忽然腾起一大片亮点，忽闪忽闪，就像星星不小心掉了下来。这些亮点会动，从这一头到那一头，汇集再散开。最后越来越多，越来越远，和满天星辰融为一体。

天地之间，全是星光。

这时，斯巴达听见辛勤轻声说道："这就是天地一色。"

哇哦，这就是天地一色呀。

辛勤继续说道："萤火虫就是地上的星星。平时你无法找到它们，只有它们自己愿意时，才会亮起荧光。"

萤火虫真好看呀，不知道好不好吃呢？

斯巴达像一个人类那样，心满意足地长舒一口气。望着璀璨的星空，他忽然想到一个故事，一个他从老师那里听来的关于人类世界的神怪故事。每个人死去之后，就会化作天上的一颗星星，远远地挂着，静静守候着他喜欢的人。如果那个人不记得他了，这颗星星就会消失不见。而每只猫咪死去，也会化作一颗星星。如果哪天星星不见了，那一定是他的人类过得很幸福，猫咪觉得可以放心离开了。而如果，猫咪的人类很爱他，他就能感受到，那他就不用去天上，他会永远在人类心里，哪儿也不去。

斯巴达很想把这个故事转述给他的人类，只可惜，咪呜听不懂猫咪的话语。不过，他还有另一种表达情感的方式。

斯巴达为他的人类写了一首诗。这首诗歌被藏在他心爱的小包袱里，被一起带上山。嘿嘿，咪呜还没有发现呢。想到这里，斯巴达兴奋不已，拱出人类的怀抱，急急忙忙地钻进辛勤的背包里，捣鼓半天，从里头掏出那只金色的小包袱。他用嘴叼起包袱，蹦跳着重新回到人类身边，奋力地蹬着腿，重新爬回咪呜的怀里。

辛勤好奇地接过狸花猫的礼物。斯巴达以前也曾经送给过他这么一只小小的包袱，里头有狸花猫最珍贵的礼物。在斯巴达的示意下，辛勤轻轻地解开包袱，一小卷白色的纸从里头滚了出来，险些被山风卷走。他眼疾手快，一把捞住，小心翼翼地展开。纸上有字，依旧是辛勤看不懂的乱码。他皱着眉研究片刻，不得其解，只好将纸摊开在斯巴达眼下，企图让狸花猫解释。斯巴达是很愿意这么做的，但显然，他的解释也并没能起到多大的作用。尽管如此，辛勤还是从他眉飞色舞的神色看出些许端倪。

“这是礼物吗？是你写的什么？”辛勤迟疑地问道。

斯巴达已经学会如何像人类一般点头、摇头表达意愿，闻言，立刻点头点得欢快。你真是太聪明啦！他激动地夸赞道。作为人类而言，咪呜果然是世界上最厉害的。

辛勤不禁笑了起来，低头亲了他一口：“你给我念念吧。”

斯巴达站立起来，两只耳朵高高竖起，精神十足，抑扬顿挫地喵喵起来。这是一首诗，是斯巴达最得意的作品之一。哪怕他的人类并不能理解其中含义，斯巴达还是希望将自己的心声与他分享。

咪呜说

这个世界很大

天空比这个世界还要大

星星包裹着天空

那之外 还有一个世界

很大很大

我不信

因为所有的星星

都只在咪呜的眼睛里

后来

我走了很远很远

去找寻这个世界的尽头

我发现自己很小很小

小到就像这天上的一粒星星

星星这么多

我是什么样的我

而当我再一次回到家

我终于找到答案

有人爱我

我便是最可爱的我

斯巴达念完这首伟大的创作，昂首挺胸，骄傲地抬起下巴，直视他的人类，等待他的表扬。

辛勤特别认真地听完，思索片刻，赞叹道："真是很美的文字。"

斯巴达心花怒放。

"我也给你念一首我写的，好不好？"

嗯？好呀好呀！

斯巴达没想到咪呜也会写诗，欣喜地蹿到他怀里，迭声催促起来。

辛勤不紧不慢地从怀里掏出一个笔记本。这原本是他要写给微博粉丝的。

自从斯巴达两年前离开，辛勤便不再更新萌宠信息。斯巴达的粉丝们扼腕叹息，在短暂的哀思之后，有些人离开了，有些人留下。留下来的人尊重辛勤不再养猫的选择，任谁都无法保证自己能有足够多的勇气走出丧宠之痛。辛勤也一如既往按照自己的节奏和他们保持不远不近的互动。这样平淡如水的相处，倒也有趣，这大概是现代生活的压力下，陌生人之间能够拥有的最美好的距离。

他并不打算将现在的斯巴达公开。他的斯巴达，他的大饼饼，将会无忧无虑地长大，和他一起慢慢变老，最后优雅满足地离开。他终于可以参与斯巴达的整个猫生，参与那些他不曾涉足的过往。斯巴达不会再有伤痕，不会再有行走千里的孤独。这个过程，无须见证。

尽管如此，辛勤还是很愿意将自己和斯巴达相处这么多年以来累积的所有心得，与那些爱猫懂猫的网友分享。于是应邀，他准备了一份稿件，原本是打算在微博发表的，现在倒是可以先给斯巴达审阅。

辛勤想说的是，人类的责任。

“以前饼饼刚来我家的时候，不太熟悉，也经常会捣乱。有时确实让人挺生气的。”

斯巴达才听到这里，就已经开始生气了。他大声反驳，还伸出爪子，试图去挠辛勤的稿纸，被温柔地制止。辛勤将斯巴达紧紧抱在怀里，安慰地顺毛，然后柔声继续念下去。

“但是我不能怪它。饼饼才认识我，在那之前，它都是自己一个人自由自在地生活，没有人告诉它这样做不好。它也不明白为什么和人类一起生活之后就会有这样或者那样的规矩。它的幼年时代，学习的黄金时代，并没有人类的介入。我可以责问它为什么不听话吗？它只是一只猫呀。

“后来，我花了一段时间认真观察饼饼的捣乱‘路线’，看它最喜欢从哪里经过，最喜欢咬什么东西。渐渐的，我把这些区域会‘阻碍’它的零碎都处理干净，电线都缠上保护套，规整好。这样，饼饼就有了专属于它的‘跑道’。这条跑道不会无聊，因为我摆上了很多小玩具。

“同时，也是最重要的，我学会怎么帮助饼饼宣泄它过剩的精力。猫咪其实并没有你想象的那么缠人，它们一天之中的大部分时光会花在睡觉上。在剩下的为数不多的清醒时光，它们也爱玩。作为它的主人，你需要做的就是，陪它一起玩。当它的精力得到合理的疏导，它会变得温和，更有分寸。它会逐渐把你当成一个重要的存在，一个能够分享它的快乐的人。

“当然，你也可以反驳我。你怎么能知道什么是对猫好呢？你又不是猫。说到底，不过就是一厢情愿。没错，有时候，人和猫的相处，就是一厢情愿。我们很难搭建互通信息的桥梁，像地球试图与月亮对话。但这其实就和养孩子一样。当孩子还无法为他自己做决定时，父母必须承担起责任。责任意味着决定有好有坏。哪怕人类科学发展到如此发达的程度，也没有任何权威能够百分百肯定父母应该如何为孩子做选择。但我们能够以此为理由，拒绝为孩子做选择吗？例如，既然我们无法确定孩子是不是适合和喜欢教育，那就等他成年之后让他自己决定是否要上学吧。如果因为患得患失而选择不作为，放手自由，从某种程度而言，也不过是不想负责任的表象罢了。

“有人说，宠物猫除了你，一无所有，它只有你。这句话确实很感人，但也只有我们自己会感动。猫除了人类，还有它自己，还有整个世界。它可以成为你的孩子，成为你的朋友，成为你的伴侣，成为任何可以与你对等的存在。我们人类也应该明白这个道理：尽你所能，担起责任，既不负它，也不负自己。

“你养了一只猫，有些时候并非仅仅是为了饲养一只可供玩乐的宠物，或是满足自我一时的保护欲，而是出自一个生命对另一个生命的敬重。不管这个生命是强大还是弱小，你见它生，见它死，见它挣扎，见它毫无保留地活。在浩瀚的宇宙苍穹之中，我们所不知意义的漫漫长途，正是无数生命乐在其中的过程。我们的责任也在其间。有了这个认知，我们大概不会再如此自以为是，也不再如此孤独。”

后半段斯巴达听得很认真，他似乎想说些什么，一开口却只有喵喵的叫声，这让他有些受挫。

辛勤摸摸他的毛脑袋，笑了笑，说道：“没关系，我们还有时间。我学习新东西很快，从来不用看攻略，你相信我。”

斯巴达抱住辛勤的手腕，在他戴项圈的地方舔了舔。

辛勤将项圈解了下来，小心翼翼地给斯巴达戴上。大小意外的正合适。他笑了笑，将目光投向深邃的夜空，沉默良久，忽然开口说道：“曾经有一只狸花猫，历经千辛万苦，从很远很远的地方，乘风而来，寻找到一个喜欢的人，倾尽所有，送给他许多许多的快乐。他们生活在一起，经历了好多好多事情，大部分是好的，也有一些不那么好的。他的人类很幸福。那这只狸花猫自己呢，他开心吗？”

开心呀！

斯巴达不会说话，但辛勤听懂了他的意思，顿了顿，继续问道：“每天都开心吗？”

狸花猫认真想了想，很肯定地再次点头，每天都很开心呀！

每一天，每一刻，每一秒，都很开心。